U0008825

女系家族

にょけいかぞく

山崎豊子

Y a m a s a k i T o y o k o

邱振瑞——譯

目錄

譯序　邱振瑞

從女系家族看盡人性的貪婪與私利

去年秋天，日本新潮社的資深編輯伊藤女士來台北出差，走訪各大書市之後，爲台灣大量翻譯日本各類小說的出版現象感到驚奇與欣慰。閒聊之際，我提到由山崎豐子原著小說改編的《白色巨塔》電視劇風潮席捲全台，更造成中譯本的狂銷熱賣，登時成爲討論台灣醫界弊病與醫療倫理的話題，山崎豐子的小說魅力不能不說是超越國界。另外，我還意外得知，當初山崎豐子出版《女系家族》時，伊藤女士正是該書的責任編輯。我趁此良機，向她請教該小說中現代人已難看懂的「死語」，經她指點迷津才豁然開朗，這也算是翻譯這小說的命運邂逅。我還有個疑惑：以山崎豐子的寫作方式來看，她的每部作品，分量非常厚重，寫作時間又長，必須做許多訪查或消化資料，在未成書之前，經濟是否會陷入困境？只見她微笑說，這個擔憂是多餘的。其實，山崎豐子的小說在日本向來擁有廣大的讀者群，每部小說幾乎都引起注目與討論，其作品經常改編成電影或電視劇，創下收視與書市的長紅，堪稱是長銷書的代名詞，有眾多作品的版稅收入，經濟自然不虞匱乏。

我們不禁要問，山崎豐子的小說魔力到底是如何產生的？特別是她的作品規模宏大，卷帙浩繁，對分秒必爭的現代人而言，無疑形成難以卒閱的壓力。然而，這些問題似乎都不存在，無論小說分量如何厚重，照樣能吸引讀者發出感動的喟嘆。這些成功的要素都要歸功於她的生花妙筆，以及綿密詳實的採訪調查，而這正是卓越的寫實主義作家所具備的特質。以《白色巨塔》爲例，山崎豐子光是爲了生動精準刻畫主角財前五郎爲病患開刀的情景，她曾到大阪外科大學旁聽兩年半，充分見習外科手術的實況。正因爲其小說情節的描寫太過逼眞，往往使讀者誤以爲作者有醫學背景或是醫生出身，這種日本文藝評論家稱爲「植林小說」的寫作風格也是山崎豐子的小說特色。

我們若往前追溯，不難發現這跟作者的經歷有密切關係。

山崎豐子，一九二四年生於大阪，畢業於京都女子大學國文系，畢業後，任職於《每日新聞》大阪總社藝文版記者。當時，著名作家井上靖擔任藝文版副部長，山崎豐子在井上靖的訓練下，勤跑新聞之餘，開始嘗試小說創作。一九五七年，她寫出以海帶批發商爲本、細緻描繪富有大阪風情和商人氣質的處女作《暖簾》，在文壇蕩起新的漣漪。翌年，在《中央公論社》上連載《花暖簾》，榮獲第三十九屆直木獎。同年，辭去報社的工作，結束十五年的記者生涯，矢志做爲專職作家。其後，又以旺盛的創作精力，接連發表短篇佳作〈吝嗇人〉、〈船場迷〉、長篇小說《少爺》、《女人的勳章》、《女系家族》、《華麗一族》、《白色巨塔》、《不毛地帶》、《兩個祖國》、《大地之子》等作品，聲名大噪。

若以文學體裁來看，山崎豐子的寫作風格與法國作家巴爾札克、福婁拜、左拉有異曲同工之妙。在日本文壇中，山崎是屈指可數的「大作家」，尤其在小說家獅子文六（一八九三—一九六九）去世後，堪稱是描寫現代日本民俗風情的第一人。在她耐煩細緻的描繪下，讀者輕而易舉就能體會戰後大阪商圈的氛圍，從中目睹船場商人的精明能幹，看盡人性的貪婪與爭奪。她的作品宛如時代的畫卷，令人看得目不暇給，甚至可以用驚心動魄來形容。不論是描寫大阪商人吾平從當學徒到兩代人傾其全力撐起老字號家業奮鬥史的《暖簾》；或是描述老字號的獨生子放蕩成性，在外拈花惹草的風流史的《少爺》；或大阪某商人遺孀爲拯救亡夫的事業，沿街推銷棉布，終至獲得成功的《花暖簾》；或探討服裝設計師大庭式子爲擴展自己的裁縫學校，終於登上服飾界的頂峰，被名聲與財富的虛榮心擺弄的《女人的勳章》；或刻畫大正時代的和歌詩人，如彗星般消失，爲不可能的愛情賭上自己半生的《花紋》；或描寫以關西某國立大學外科醫生財前五郎爲爭奪權位，與各教授爾虞我詐，爲了一己之便，罔顧病患性命，最後引起家屬打醫療官司的《白色巨塔》；或描繪萬俵大介家族利用大眾的存款，背地裡卻與財團掛鉤，進行所謂銀行合併，如何融資超貸的《華麗一族》；或刻畫前日本大本營參謀壹岐正，在西伯利亞集中營熬過十一年強制勞動，返回日本後，投身熾烈商戰的《不毛地帶》；或以二次大戰期間，因日本偷襲珍珠港，導致日系移民被抓到集中營受到不人道待遇，認同上出現嚴重矛盾的《兩個祖國》；或描寫中國殘留孤兒的悲慘命運，歷經日本戰敗、國共內戰、文化大革命，反省戰爭帶來莫大災難的《大地之子》；或描寫航空公司的勞資爭議，以及發生史上最大空難事件奪走五百二十條人命，家屬叩問航空公司良心與勇氣的《不沉的太陽》等等，在在證明山崎豐子的筆力萬鈞。

《女系家族》這部小說的魅力也不遑多讓。《女系家族》成書於一九六三年，主要內容描寫：入贅到老字號棉布批發商的店主矢島嘉藏，生前飽受代代以女系家族掌權的妻女們的冷遇，臨終前，理應對聞訊趕來的三個女兒交代遺囑，可是他為了報復身為入贅女婿的屈辱、鬱悶，故意不明白昭示，只說遺產分配全權交由歷經三代店主的大掌櫃大野宇市處理便撒手人寰，一場爭奪家產的風波於焉展開。

在女系家族中長大的矢島家三姊妹平常甚少來往，總是彼此提防，惟恐自己吃虧，全無手足之情可言。出嫁又歸的長女藤代驕橫跋扈成性，貪得無厭，不惜借助外人（日本舞蹈老師梅村芳三郎）之力，想為自己多爭得利益；次女千壽外表溫馴嫻靜，私底下卻工於心計，跟入贅丈夫良吉無論如何都想保住矢島家的繼承人寶座；涉世未深的三女雛子，在姨母芳子的算計下，險些成為她夫家東山再起的搖錢樹；至於老奸巨滑的大掌櫃大野宇市在整個分產爭奪戰中，始終扮演著五鬼搬運和巧取豪奪的重要角色；最孤援無助的矢島嘉藏情婦濱田文乃，在矢島家族的欺凌下，為保住腹中胎兒付出前所未有的代價。這些人性的醜惡面，讀來令人不勝唏噓！這場豪門的家產爭奪戰可謂無所不用其極！《女系家族》就是這樣一個唯勢是趨、唯利是圖的醜陋世界。誠如作者在後記中所言，女系家族是舊時代的怪物，而這個龐然怪物，隨著店主矢島嘉藏的去世，跟著轟然倒下，留下了巨大的驚嘆號。

山崎豐子的《女系家族》結構完整妥貼，富有戲劇性，充滿了對人生的諷刺。同時還指出這些醜陋現象的根源——愚昧自私，一心追慕榮利。作者更想提醒讀者的是，人性的貪婪自始至終都盤踞在每個人心中，而考驗人性善惡的正是世俗的名利場。

（本文寫於二〇〇六年）

第一章

矢島家的親族個個穿著捻線綢料、利休橘家徽的喪服。從店員、掌櫃到同族別門的親戚都穿著一式的喪服，這種隆重的排場比起葬禮的肅穆來得引人矚目。

光法寺的大門前掛著黑白相間的直條紋布幕，穿著同款喪服的矢島親族聚集在門前。人們從懸掛的家徽布幕一眼即知葬禮的隆重，從寺町的電車道到光法寺的石坡路上排滿了紡織業界老店致贈的花圈，連寺內都擺滿了芥草。

從大門到正殿的參道兩旁擺滿了三百對大芥草，中央的通道鋪著木板，還特別覆上一層雪白的長布。大殿正面的捻香台自不必說，連弔唁者捻完香從側門離開的石階都覆上了白布。

正殿也只露出了屋頂，其餘部分被白布遮蓋，整體瀰漫著清淨莊嚴的氣氛。印有家徽、棺簾遮蓋的故矢島嘉藏的靈柩，安放在殿內正面一階高的佛壇上。這時候，披著紅色七衣（袈裟）的光法寺貫首擔任主法師，其他披著五衣（袈裟）的十五個分寺住持羅列在大師兩旁，執事僧和作務僧等站在後面，不斷誦念經文。眾人隨著大師一齊誦經，那聲音宛如松濤般響徹大殿內外，整座大殿在裊裊輕煙與亮紅搖曳的燈火襯托下顯得格外美麗。

穿著潔白綸綢喪服的矢島藤代和兩個妹妹並坐在佛壇左側的家屬席中，她低垂著頭，同時以眼角餘光確認葬禮盛況。與六年前母親去世的葬禮相比，今天的排場似乎略微遜色，但想到父親只是矢島家招贅的女婿，這場葬禮算是盛大了。

寺內擺滿了三百對芥草和供花，通道上不吝惜地鋪著白布，光法寺貫首為法事導師，下屬的十五名分寺住持全員到齊，這是父親臨終前交代的遺言。當初，他並未說得這般詳細，但似乎暗示過他的法事必須比六年前（西元一九五三年）秋天過世的母親的葬禮還要隆重些。

其實，身爲船場第四代棉布批發商的老闆，又是矢島家的一家之主，並沒有必要留下這種遺言。藤代想到父親以入贅女婿的身分隱忍了三十四年，最後的遺言居然是葬禮要比母親的盛大，不由得爲父親的淺陋感到悲哀。

矢島家族於寶曆年間[1]從北河內遷到大阪，第一代在南本町開了個半間門面的棉花店，歷經四代以後，終於成爲老字號的棉花批發商繁榮至今。不過，矢島家三代掌門人都是入贅的女婿，因此，藤代的母親、祖母、曾祖母都是矢島家的女兒，她們從管家之中選婿入門來繼承姓氏和經營家業。藤代的父親矢島嘉藏也曾經是矢島家的管家，他二十四歲那年的春天，跟小他兩歲的松子結婚，被招爲門婿。

自從藤代稍微懂事以來，矢島家的宅內總是有許多女賓客來訪，時而迎辦女兒節，時而賞菊或賞雪等等，彷彿一年四季都在玩樂。可是，不知父親嘉藏是因爲心情不佳或不願掃女人家的興，他總是待在木格子帳房裡埋頭處理商務。

即使大過年，在矢島家中，女眷歡度正月十五比起男人過新年還受重視。打從那天清晨起，女眷便在高腳桌擺放明石鯛魚和七草粥[2]舉行慶祝儀式，就連餐具的擺放方式也不一樣，

1寶曆年間：指西元一七五三年十二月至一七六四年六月期間。

2七草粥：在正月七日以春天的七種菜煮成的粥品，包括芹菜、母子草、繁蔞、小鬼田平子、菘、蘿蔔、薺。

器皿上的家徽並不是朝著父親嘉藏，而是對著年幼的女兒藤代。

「總而言之，這孩子是將來要繼承家業的人呀……」

母親松子點出其中的奧妙，那時尚健在的祖母阿金接著說：「藤代，託你的福，我們過了一個好年。矢島家三代的女人同桌用餐，沒有比這更值得慶賀的了。你曾祖母若能多活幾年，我們就是四代同堂了……」

說完，轉身對著嘉藏說：「請，你也吃一點……」

祖母的態度宛若高高在上的主人對傭人說話似的，但父親表情依舊，端正跪坐，默然地拿起筷子。

繼藤代以後，千壽和雛子兩個女兒又陸續出生，當時大家都在議論怎麼連續生了三個女兒呀。

「我們家是靠女人興旺起來的，生了三個繼承家業的女孩，以後會更興旺才對。」

矢島家反而設宴款待親朋好友，大肆慶祝女兒的七夜[3]。

對矢島家的家族關係毫無疑惑的藤代，上了女校之後，在學校上了「生活與倫理」課程，有天受邀到同學家中作客，這才發現自家的家風與習慣不同於一般家庭。

在藤代家中，父親的存在形同影子，而在其他家庭裡，做父親的卻能隨意斥罵女人，對女人所做的事情盡情挑剔。剛開始，藤代對此事有一種特殊的新鮮感，因而經常到有父親斥喝女人的友人家玩，但久而久之，有一種說不上來的不快，便不再這麼做了。對於從小習慣凡事由女人做主的藤代來說，在母親松子的耳濡目染下，也學著在家中頤指氣使了起來。

母親完全沒把父親放在眼裡，每次出言差遣父親，藤代儘管作勢幫父親說上幾句，但內心裡自視爲矢島家的女總管，瞧不起入贅的父親。

父親去世的那天也是如此。

罹患肝病、長期臥床的父親在兩三天前病況突然惡化，可是她們三姊妹相偕要去京都的南座看戲，好不容易才弄到門票，便將父親託給女傭和看護照料。等到那場戲的第二幕結束，她們接到父親病危的電話通知，才慌張地驅車趕了回去。

千壽的丈夫良吉已經站在店門口等候，藤代對他連瞧都不瞧一眼，便逕自穿越院子，從旁門往父親的房間跑去。當她正要走向中庭兩側的迴廊轉角，發現有個女人從院子裡的樹叢縫中走進旁門。平常只有店裡的伙計、女傭和看護從院內泥地進出而不經走廊，剛才走進去的那個女人卻梳著漂亮的西式髮型，以前從未見過。藤代頓時停下了腳步，但身後又傳來千壽和雛子的腳步聲，只好直接趕到父親的房間。

來到病房前，藤代不禁放輕了腳步，或許是剛才進去的那個女人忘了把拉門關上，門敞開著，藤代默不作聲地跨過門檻，聞到一股刺鼻的消毒水味，隨即傳來父親嘶啞的呻吟聲。

「宇市，那件事就拜託你了，還有……」

父親的聲音突然中斷了，轉爲急促而痛苦的喘息聲。藤代躲在拉門後面，正要偷聽下一句

---

3 七夜：孩子生下來的第七天晚上，長輩舉辦謝神的慶祝活動。

話，不料大掌櫃宇市已察覺門外有人，便出聲說道：「令尊已經等很久了，趕快進來吧！」

藤代霎時大吃一驚，慌張跑近病榻，跪坐在枕邊說：「爸，您怎麼了？我們回來看您了。」

這時候，千壽和雛子也探著父親的病容大聲說道：「爸，您要振作起來呀！」

然而，父親依舊是表情痛苦，渙散的目光看不清楚這三個女兒。

「我的葬禮要辦得隆重……在寺內擺上三百對芥草和供花……還有，別忘了鋪上白布……讓光法寺的所有法師爲我誦經，要百人供奉……」

父親斷斷續續說著，喘得更厲害了。坐在藤代對面的醫生和護士一邊示意藤代她們不要多說話，一邊趕忙替病人施打生理食鹽水、戴上氧氣罩。看來已經注射了好幾次，醫生抓起病人細瘦的手臂，護士和看護則把輸氧器拉到枕邊。

千壽和雛子表情呆然，坐在她們倆身後的千壽丈夫良吉同樣是神情茫然，房裡陷入痛苦而凝重的氣氛。與其說藤代沒有細聽父親交辦的葬禮事宜，倒不如說一心想著剛才沒聽完整又極想聽的話。氧氣罩的罩口微微滑動，氧氣泡不斷噴出。

「爸，您還有什麼事要交代？」

危篤的老人不知是否聽到了女兒的呼喊，嘴巴罩著氧氣罩氣若游絲，動也沒動一下。

「爸，我們該怎麼辦才好？」藤代伏在父親身上問道。

突然，父親嘴上的氧氣罩脫落，他睜大眼睛說：「你們的事情……我已經交代宇市先生了。」

「交代了？那家裡的重大事情怎麼辦？」

「家裡的事……」由於父親的聲音微弱，藤代不由得貼近父親耳邊。

「我已經向宇市先生交代妥當了……宇市……」

說著，他眼神迷離地指著宇市的方向，但藤代也不抬眼看向宇市，只是追問：「您說了什麼？快告訴我們呀！」

然而，父親拒絕回答似的，在閉上眼之前喘咳了幾聲，就再也沒有睜開眼。千壽和雛子雙手掩面啜泣，藤代揣度不出父親的眞意。三個女兒特地在他臨終前趕了回來，他居然不將家中事務和遺產的處理說給她們聽，故意交託給大掌櫃宇市。

從守靈那天起，藤代心中逐漸對父親的用意感到疑惑，這是對仿效母親鄙視他的女兒們故作冷淡？還是意有所指的懲罰？

木魚聲戛然而止，執事僧侶向家屬席恭敬施禮。

「請家屬捻香，先從喪主開始……」

藤代安靜地起身，朝站在前列的大師施上一禮，然後走近祭壇，拖著彷彿只有地位崇高的喪主才能穿戴的白色縐綢長裙，緩緩走到靈前磕頭。

這位統管內外的矢島家女兒——今日葬禮的喪主，爲了讓弔唁者留下深刻印象，故意不遵照傳統的立身捻香方式，而是跪在捻香台前搓揉著白珊瑚佛珠，雙手合十良久，輕輕誦念之後，才恭敬地捻了香。這時候，藤代清楚地意識到站在那裡的僧侶、親戚、別門家族及殿內的列席者，都不約而同地用疑惑的目光看著她，但是她依然故我。藤代回到席位上，換千壽起身上前捻香。

與姊姊藤代相比，千壽身材矮小，臉蛋亦不如姊姊漂亮，但那襲白色喪服卻十分合身。千壽深知自己的動作要合乎分際，來到祭壇先低下頭捻了香，又低著頭回到自己的座位上，接著輪到妹妹雛子。

雛子和兩位姊姊一樣身穿白色喪服走向靈前，她圓圓的臉蛋彷彿跟那古式的喪服很不搭調，以至於她在捻香台前笨拙的動作特別顯眼。

矢島家三位女喪主捻完香後，輪到千壽的丈夫良吉；冠上矢島姓氏的良吉，身穿印有家徽的黑羽雙層褲裙[4]來到靈前上香。他似乎被誦經的大師和弔唁者的氣勢所壓倒，始終不敢抬眼，臉色煞白地來到捻香台前，謙恭畢敬地捻了香。

藤代對著看似耿直卻又有點陰沉的良吉投以輕蔑的目光，不過良吉就是憑著篤實的本性成爲沒有心計的千壽的招贅女婿。既然自己同意「嫁給」別人，也只好大模大樣地扮起了今天葬禮的喪主。

緊接著良吉之後捻香的是已故母親松子的妹妹——另立門戶的姨母芳子。她的皮膚白皙，臉蛋圓潤，平常都梳著西式髮型，只有今天梳成古式黑元髮結（守喪期間梳攏的髮型），無非在強調她也是矢島家女系成員。藤代想起至今仍對分家頗爲不滿的姨母，意識到眼前不僅有兩個伺機而動的妹妹，對這個姨母更是不能掉以輕心！繼姨母之後，矢島家的親戚、同族別支的代表陸續上前捻香，藤代向大師施上一禮，站了起來。千壽和雛子也隨之起身，因爲矢島家三姊妹要向陸續捻香的弔唁者表達謝意。

大殿旁的鐘響了，宣告下午兩點公祭的時間已到，殿內的誦經聲和木魚的敲擊聲也大了起來。擺著芥草的大門前人影熙來攘往，從大門到大殿的通道上，不斷地有身穿黑色喪服的弔唁者靜穆地走來，而穿著灰色喪服的矢島家人則宛如芥草般站在通道兩旁迎接弔唁的客人。鋪著白布的通道上，黑色人影和灰色衣服交織成冷澀的色彩，在早春淡淡的陽光下，如同一幅奇特美麗的畫。

弔唁者從正面拾階走上大殿前的捻香台，捻完香後步下左側的台階，再走下緩坡。所有參與矢島家治喪的親族站在這段通道上向弔唁者答謝，並示意他們從旁門出去。

矢島家的三姊妹站在旁門前的禮台上，迎接捻完香後走出來的弔唁者。在青竹和白木圍搭的禮台上，藤代站在正中央，千壽和雛子分站兩旁，她們將捻動的佛珠靠在膝上，向每位弔唁者欠身致禮。身穿黑色喪服的弔唁者或許被穿著雪白喪服的矢島家三姊妹異樣的美麗所驚懾，每個人幾乎忍不住停下腳步凝目細看，再恭敬地施上一禮才走出門。

藤代和兩個妹妹站著不斷地向出來的弔唁者答禮，心裡卻一直等待某個弔唁者；為了不讓妹妹們有所察覺，她也跟著向弔唁者低頭致意，但她那雙細長的眼睛仍敏銳地來回掃視。在穿著禮服和喪服的人群中，一眼便發現穿著印有家徽、出身風塵的女人，她不由得抬眼看去。

「你在找誰呀？」千壽湊近藤代的耳畔低聲問道。

4黑羽雙層褲裙：全部共五件，亦即喪家代表。

藤代轉臉看去，站在左側的千壽正傾著細白的臉龐盯著她看。

「嗯，沒什麼啦，只是……」

千壽見藤代含糊其詞，接著問：「姊姊，你也在找那個人……」

雖說千壽估算著弔唁群眾什麼時候會走完，但仍克制著自己的表情，只是兩隻眼睛恨不得看穿人心。

「我不是在找……」

千壽平常看起來沒什麼心機，正因爲這樣，這突然的提問讓藤代難以回答。

「好了，不必再瞞下去了。」雛子突然插了一句，她站在藤代右側，一邊向弔唁者點頭，一邊說：「與其這樣大海撈針，倒不如直接問宇市先生比較快呢。」

雛子抬起圓圓的下巴，指著站在距離藤代五六步遠，於斜後方的旁門欠身致意的大掌櫃宇市。

宇市跟其他店員、管家一樣，穿著印有矢島家徽的灰綠色喪服，不過他腰間繫的是與大掌櫃身分相符的仙台產褲裙，質地厚實。一如往常，誰也猜不出他那灰白濃眉底下的眼睛到底是睜著或閉著，他站在離藤代她們五六步遠的斜後方，隨時聽候三姊妹差遣。

漫長而不間斷的弔唁者隊伍，默默地向眼前不甚熟悉的矢島家三姊妹點頭致禮，有些老鋪的店東來到宇市面前時，會停下來向他安慰幾句。

每當此時，宇市便低下灰白髮的頭，用歷經兩代大掌櫃的身分向多年來對矢島家給予關照，以及今天特地來致意的店東表示謝意。看來大家都已意識到，不管矢島家是誰故去、由誰來接管，對大掌櫃宇市而言似乎都沒有影響。

藤代對世間有這樣的看法覺得反感，然而，宇市從前兩代起即在矢島家擔任大掌櫃、管理家中財務，卻是不爭的事實。矢島家三代都是由女人繼承家業，再從年輕的管家中選婿入門。長年來在此受雇的宇市比矢島家的新店東更懂得經商竅門，尤其精於不宜外露的財產管理，這是毋庸置疑的。

宇市在矢島家接連三代都擔任當家大掌櫃，比藤代她們的父親嘉藏更精於理財治家，尤其在財產管理上，身爲店東的嘉藏有時候還要跟宇市商量或請教。宇市在矢島家的地位，從家族對他的稱呼可以顯現出來。從入贅的嘉藏到繼承家業的松子都不敢直呼他的名字，而是略帶客氣地稱呼他「宇市先生」。

藤代眼見弔唁的人潮終告一段落，宇市也稍稍放鬆時，克制地向宇市喊了一聲：「宇市先生……」

不過，距離藤代五六步遠的宇市不知是否聽見了，他只是弓著背倚靠在向陽處的旁門，動也不動。

「宇市先生……」

藤代又提高聲音喊著，宇市這才彷彿聽見了，挺直身子轉頭看向藤代這邊，知會似的低下頭來，彷彿不想被人發現般朝藤代這邊走過來。

「您叫我嗎？請問有什麼事？」

宇市恭敬地回答，濃眉底下那雙眼睛卻謹愼地探尋藤代的表情。

「那個人今天有來捻香嗎？」

「什麼？您是說哪個人？」宇市露出疑惑的表情問道。

「那個人應該比我們更早一步來到父親床邊……」

面對藤代突如其來的問話，宇市把右手貼在耳邊，傾著身子問：「什麼？您說什麼？您父親臨終時，哪個人來到床邊……」

「我在問你呢！那時候你正在屋裡，難道不知道嗎？」

「什麼？我知道什麼？我在屋裡？什麼呀，我知道些什麼啊？」宇市仍舊把右手貼在耳邊，身體傾斜得更厲害，高聲反問道。

藤代趕緊用眼神制止他，壓抑著怒氣說道：「我要說多大聲，你才聽得見啊？」

「是啊，最近我耳背得厲害，您靠近我耳邊說好嗎？」

說著，宇市把耳朵湊近藤代，但是仍有弔唁者陸續前來，藤代終究不方便貼近宇市耳邊說話。

「得讓我這樣大聲嚷嚷你才聽懂的話，那我不說了啦。」

藤代不悅地別過臉去，宇市迅即瞥了她一眼，趕緊說了聲「恕我失禮了」，然後向站在旁邊的千壽和雛子施上一禮，便緩步離去。

距離告別式結束尚有四十分鐘，但弔唁的行列尚未間斷。藤代仍沒放棄，在身穿喪服的女弔唁者之中搜尋著父親死去那天她在庭院樹叢間看到的那個女人。對方是個三十二三歲的女人，頸部線條優美，長相漂亮——藤代只有這麼點印象。可是那些身穿黑色喪服的女性彷彿事先商妥似的裸露出美麗的頸部。如果僅憑這點模糊的印象，根本不可能找到，因爲每個人看起來都差不多。

藤代抬眼看向宇市，他依舊站在門旁恭敬地目送弔唁者，碰到熟悉老鋪店東時，便主動上前致意並親自送到門外，從他那敏捷的眼神來看，剛才他對藤代的問話無疑是裝糊塗。

或許宇市只能這樣做。身爲招贅女婿的店東嘉藏做什麼都找宇市商量，而繼承家業的松子——藤代她們的母親，卻總是牽制著他，不讓他對自己的丈夫言聽計從。然而，居中緩和雙方之間的緊張關係就成了宇市的職責。或許宇市長年在這種處境下已經習以爲常，平常總是面無表情、沉默不語，不論問他什麼，他盡量不立即回答；在灰眉底下的那雙細眼總是戒愼恐懼地揣摩著對方，沒有絕對保握絕不輕易回答。他還有一個怪癖，每遇到立場尷尬的時候，就會突然變得耳背或者佯裝聽不見，或者故意答非所問。他剛才的裝聾作啞無疑是這類把戲。

藤代氣得別過臉去不跟宇市說話，視線投向從旁門走出來的弔唁者，突然被一個人影給吸引住了。

在絡繹不絕的人潮中，有個身穿喪服、趿著草屐的女人，踩響著步子頻頻在鋪著白布的通道上駐足觀看，時而以眼睛數算著擺在通道兩側的芥草。從正面看去，藤代無法判斷她是不是那個有著漂亮細頸的女人，但從其來回仔細數算芥草的動作來看，對方顯然知道父親要求家人在葬禮上爲他擺放三百對芥草的遺囑。這難道是父親在臨終那天，對著比藤代三姊妹搶先趕到的女人所做的交代？或者是父親平常即已對那女人提過這件事？總括一句，父親連身後事的儀式都要交代外面的女人檢查，讓藤代感到悲哀。

那女人沒有察覺到藤代在注視她，沿著緩坡數著通道兩側的芥草，走到藤代她們所在的禮台旁，眨動著美麗動人的眼睛，數著芥草的株數；有時好像算錯了，便立刻停下腳步，又回頭再數一次。

那女人數完最後一對芥草之後，才放鬆地輕閉雙眼休息。她若無其事回頭向大殿以目致意，抬眼看向禮台這邊的時候，與藤代的目光相遇了。那女人霎時吃驚地別過臉去，趕忙低下頭，表情僵硬地走到藤代面前，停下腳步向藤代深深鞠躬。藤代直盯著那女人的脖頸，她那截露在黑色喪服領口外的細柔脖頸顯得特別白皙；她也對千壽和雛子深深施上一禮，不過姊妹倆並未察覺到這個女人的身分，也像對待一般弔唁者那般向她點頭回禮。

藤代立即朝宇市的方向看去，宇市正向那名女弔唁者前面的一位客人頻頻致謝，當他發現那女人時，灰白濃眉下的那雙細眼竟然大感驚訝。那女人神情僵硬地停了下來，向宇市說了些什麼，但宇市的表情沒有變化，而是嚴肅地予以致意。

歷經四個半小時的盛大葬禮終於結束，在從光法寺返回南本町矢島家的車上，藤代一直在揣想剛才那個女人。

那女人三十二三歲，皮膚白皙，容貌美麗，她的美貌既不像藤代的嬌豔，臉型也不像千壽的長臉般冷豔，也不是雛子那種圓潤可愛型；那張臉看似平凡，善解人意的眼裡卻洋溢著脈脈溫情。

藤代心想，不知父親是在母親去世前認識了這女人？還是在母親死後才認識的？總之，這女人與藤代那豪奢的母親完全不同類型。由此推斷，父親對這女人的用情之深，從這女人比她們先趕到臨終前的父親病榻前，又趁她們未發現就悄然離去的動作來看，藤代覺得這女人跟矢島家日後的家業必有重大關聯，不由得感到不安。

「姊姊，您在想什麼呀？」千壽在藤代的耳畔問道，還探了探藤代的表情，「您大概太累了。姊姊您跟我們不同，因為今天您是喪家代表……」

看來千壽好像也沒注意到那女人，跟雛子一樣關心地望著藤代。

「是啊，當喪家代表果真很累呀……」

藤代這樣應和著兩個妹妹，並沒告訴她們要找的那個女人已經來過了。

車子在拉下大門的矢島商店前停了下來，看家的女傭早已手持淨鹽站在門口等候。

三姊妹從胸口到腳跟撒了幾次淨鹽，去掉晦氣之後，才走到屋內，穿過迴廊，步入內庭。幾個小時前安放父親靈柩的六坪和四坪大客廳，這下子變得寬敞許多，正面的壁龕還擺著放經卷的桌子和供花，看起來有點做作。藤代她們沒有走進客廳，而是繞過樹叢扶疏的中庭走進服裝室，脫下素白的縐綢喪服，換上黑色喪服。待會兒她們要穿著這襲喪服去迎接矢島家的近親，還得為來客準備軟炸的齋膳。

換下喪服之後，她們正要朝玄關走去，大門外傳來停車的聲音和一陣喧鬧。她們疾步來到旁門相迎，一眼便撞見了已分家的姨母芳子。

「啊，這次的葬禮辦得眞隆重哪。嘉藏的運氣眞不錯，遇上了好天氣，在大阪這種好天氣可不多見呢。」姨母芳子大聲說著，也不等藤代她們帶路，便逕自朝裡面的客廳走去。

隨姨母芳子之後，矢島家的近親也陸續到齊，女傭端上了齋膳，在寬六坪和四坪相通的客廳裡，將印有家徽的黑色膳盒擺成一個「ㄇ」字形，藤代、千壽、雛子三人坐在末席，千壽的丈夫良吉坐在她左邊，大掌櫃宇市只能算是傭人，坐在良吉後面。

「今天，承蒙各位親戚在百忙中撥冗參加亡父第四代店主矢島嘉藏的葬禮，在此我代表亡父向各位致上最深謝意。略備齋菜，望請各位享用。」

藤代說完喪主的開場白，姨母芳子旋即接著說：「今天的葬禮辦得眞風光哪，藤代的開場白也說得周到，大家就來享用豐盛的齋菜吧。」

然後，用不同以往的語氣向列坐的近親寒暄。

沉悶的葬儀致詞結束後，席間熱鬧起來，坐在面向壁龕左側席位的矢島家親戚早已不顧禮節地喝起酒來了，坐在右側的嘉藏生家親戚顯得態度拘束，默默地吃著齋菜，因爲身爲招贅女婿的嘉藏若還健在並經營矢島家的生意，那麼他們和矢島家還能保有某種親緣；一旦他去世之後，兩家的關係自然有名無實，嘉藏的親戚似乎已經顧慮到了這一點。

藤代她們看出了嘉藏生家親戚有點悶悶不樂和受到冷落，但是姨母芳子卻不以爲意，坐在正面的席位上自顧自地高談闊論：「這次葬禮辦得可風光哪。能有這樣的葬禮，死去的人應該心滿意足了。這跟我那死去姊姊的葬禮沒什麼兩樣嘛。」

芳子說著，抬眼看著坐在對面的嘉藏胞兄山田佐平。在和歌山的御坊種田爲生的佐平，喝了點小酒就滿臉通紅，他誠惶誠恐、語氣卑屈地說：「是啊，葬禮辦得這麼隆重，我們連想都不敢想呢！相信我死去的弟弟必定會瞑目九泉，實在太感謝了……」

「是啊，就是啊。雖說同樣出身矢島家，但像我這樣外嫁的女兒，就算家裡有人死了，葬禮也不可能辦得那麼風光呀。」芳子不容分辯地說著，然後轉臉看著坐在身邊的丈夫，話中帶刺地說：「所以說呀，什麼事都得看本家的臉色哪。」

與體型微胖的姨母芳子相比，身材瘦小、性格懦弱的姨父米治郎此時臉上的表情非常尷尬，最後只好替芳子辯解似的說：「不能這樣說，本家平常也很關照我們。」

不過，芳子卻對丈夫的這句話不予理會，反而轉臉看向藤代三姊妹說：「你們今天穿的純白喪服可眞漂亮啊，尤其是身上的白縐綢和服，背後印有墨色的家徽，腰間繫著白色緞帶，眞有繼承矢島家業的女人身分和風采哪！連藤代和千壽看起來都跟雛子一樣年輕。」

說著，她瞇起眼睛望著藤代三姊妹，突然想到什麼事似的問起：「是啊，葬禮總算結束了，可往後的事才麻煩呢，你們打算怎麼處理？」

由於芳子問得突然，使得藤代不知從何回答。

「這事情是有點奇怪，但詳細的情形父親並沒有告訴我們，臨終前他只說已經交代宇市先生了……」

「什麼？只跟宇市先生說了……你父親沒向你們交代什麼嗎？」

芳子彷彿質疑藤代的說法似的，用驚訝的目光看向千壽和雛子。千壽和雛子點頭表示眞有此事，芳子更加瞪大眼睛問：「噢，這就奇怪了。縱使宇市先生值得委以重任，你父親也不能把你們三姊妹扔著不管呀，這眞是怪事哪。你們猜得出是什麼緣故嗎？」

「我們也猜不出其中的緣故，只是……」藤代欲言又止。

這時，坐在末座的宇市突然探出身子，雙手放在褲裙上，幾乎把整個上半身都探了過來，當著姨母芳子和藤代的面，低頭說：「恕我無禮，貿然打斷您們的談話。今天才剛辦完喪事，大家又正在享用齋菜，這方面的事情等日後請親戚代表來談比較圓滿。」

「你是說要召開家族會議嗎？」

「是的，還是請親戚代表來共同商議的好，拜託各位了。」

宇市的措詞恭敬，其總結似的口吻卻不容分說。藤代旋即看向他，語帶挖苦地說：「噢，宇市先生，你的耳朵又聽得見啦？中午時分，我那麼大聲說話，你怎麼就聽不見呢……」

「嗯，是啊，是啊。」

宇市動作誇張地側著頭沉思，然後眨著那雙灰白濃眉下的細眼，用那滿是皺紋的嘴角堆起難以捉摸的傻笑後，突然挪膝退回自己的位子上。

❖

過了二七[5]以後，葬禮總算告一段落，家中不必爲繁瑣的法事忙碌，終於恢復平常的生活了。

藤代坐在面向中庭的自己房間裡，仔細環視著宅邸的庭院。隔著外牆的店門口那邊傳來了喧鬧的買賣聲，而院內卻靜謐無聲。三月中旬的陽光灑在庭院的枝葉上，也映在中庭的棗形池塘裡；紅鯉魚在水中暢游，時而濺起的水花打濕了池邊的踏腳石。在大阪的鬧區居然有此靜謐的宅邸，簡直令人難以置信。不過，只要踏出這宅院一步，離開深宅大院抬頭仰望，眼前淨是高樓大廈，而有著平圓二式[6]瓦頂和厚實土牆圍著的矢島商店，正是高聳樓群下僅存的一棟古式建築。

多虧厚實防火牆的保護，矢島商店才免於戰火之災。矢島商店的門面有二十公尺寬，外面鑲著大阪式的木格門窗，店門口有一條縱深四十八公尺的通道直達庭院，家裡的人都是穿過這條通道來到旁門，再從旁門繞過迴廊進入內庭。長廊上沒有窗戶，昏暗的兩旁又是昔時做生意的舊屋，使用起來很不方便，曾經幾次說要改建卻一直沒有動工，依舊保持著原貌。

藤代的房間剛好在迴廊的轉角處，屋簷又長，採光不良，顯得有些陰冷，只有面向中庭的走廊裝有一面玻璃窗，視野還算不錯。隔著中庭斜對面的四坪和兩坪半相連的是千壽的房間，正對面的四坪大單人房則是雛子的房間。房間的配置是母親松子生前決定的。

三姊妹從孩提時期就在各自的房間裡度過，若要去對方的房間，不管是穿越狹窄的迴廊，或是沿著庭中的踏腳石而去，都有點像是去別人家玩耍時那般客套。下雨天，藤代打開房間的拉門，隔著庭中綠蔭就看得到千壽和雛子的房間；有時候女傭會在走廊上攤開色紙，掛起「掃晴娘」，她們就會把玩著人偶。事實上，她們很想找對方玩耍，只是在對方沒開口之前，誰都不願主動登門，雖說現在已經長大成人，但是當年那段記憶至今仍留在她們的內心深處。

5 二七：人死後的十四天。

6 平圓二式：用平瓦片與半圓形瓦片交互堆砌而成。

對於三姊妹的母親來說，爲了維繫女系家族特有的傳統和秩序，從三個女兒幼年時起，就分別把她們放在各自的房間扶養，乳母和女傭也各自分開，單獨照顧她們的生活。結果，這種方式卻把她們三姊妹養育成缺乏手足骨肉之情、孤獨自負又好勝的性格。

藤代起身來到走廊的窗戶旁，拉開一條細縫，朝千壽和雛子的房間探看。雛子似乎和往常一樣去上烹飪課，隔著玻璃窗看得見女傭在打掃房間；千壽的房間則緊閉著，靜悄悄的沒有任何聲響。

在三姊妹之中，千壽的性格最文靜，把良吉招贅進來之後，這對夫妻的房間也不曾傳出喧鬧的笑聲，總是無聲無息。但自從父親死後，藤代對這種安靜反倒感到憂心，因爲藤代每次看到良吉從店裡回到千壽的房間、關上拉門似乎在竊竊私語時，總懷疑他們可能在家族會議上抱怨她這個嫁出去又回來的長女與他們夫妻之間的微妙關係。

明後天就要召開家族會議了，藤代表面裝作平靜，內心卻焦躁萬分。七年前，藤代嫁給了八幡筋的古董商——三田村家的獨生子，後來因爲婆媳不和，夫妻生活僅維持了三年，藤代便主動返回娘家住。這段期間，千壽招了女婿入門。原本應當由長女藤代招婿的，她卻硬要嫁給在茶會上認識的三田村晉輔，把招贅的責任推給千壽便離家。爲此，千壽並沒有抱怨，問題是離婚後重返娘家的藤代作風十分強勢，把住在她那五坪和三坪相連房間的千壽夫妻趕了出去，重新占據自己的房間，絲毫不覺得自己矮人一截，一副自己統管矢島家的女兒架勢。

當時，千壽和藤代並坐在父親面前，默默地聽完姊姊的說詞。

父親嘉藏語氣含糊地說：「怎麼辦？我知道你剛結婚不想換房間，可是這房間原本就是你姊的……」

「這是家中的舊規，而且您都認爲這麼辦好，我也無話可說。」

千壽順從這個決定，卻是話中有話。父親嘉藏向來對藤代非常客氣，藤代說要出嫁，父親就點頭答應，嫁不到三年說要回來，他依舊點頭同意，爲此千壽常抱怨父親不公平。

其實，父親嘉藏對三個女兒都很客氣，從不直呼女兒的名字，尤其對於長相酷似其母的藤代更是多了幾分客套。藤代與千壽和雛子不同，她是在祖母阿金還健在時出生的，深知父親在祖母和母親面前卑躬屈膝的樣子。在這樣的女兒面前，父親或許感到有些自卑。

正因爲這樣，父親心中對藤代絕對有所保留。臨終前，當藤代問他後事如何處理時，他並不直接言明，只說一切事情已交託宇市了，或許這就是父親對藤代的憎恨。每每想到這裡，藤代內心便會湧上難以名狀的不安。

父親到底向宇市交代了什麼？三個月前，父親臥床不起，屢次陷入病危，卻沒向她們三姊妹清楚交代後事即撒手西歸，可見這其中必有隱情。

在三姊妹之中，處境最困難的是長女，也就是離婚又歸的藤代；最有利的是已經招婿入門的千壽，尤其丈夫良吉又在矢島家供職，這樣就更爲有利。儘管如此，千壽的丈夫良吉尚未繼承矢島家的姓氏，還沒成爲正式的矢島商店繼承人。在這種情況下，身爲長女的藤代離婚又回娘家住，而三女雛子也尚未出嫁，將來若招婿入門的話，將使矢島商店的繼承問題更棘手。

這幾年來，化纖工業發展迅速，使得傳統布商倍感壓力。自前代起，矢島家的生意規模就縮小許多，不過，已經累積四代的財產，加上大阪市區的不動產，無疑是資產龐大，尤其印有

「島」字號的布簾比什麼都醒目。而擁有如此雄厚的財產，父親卻不說明如何分配便猝然離去，藤代對他的這種懲罰愈想愈感到疑惑。

藤代的腦海中浮現父親葬禮那天在通道上用目光來回數著芥草的女人。從父親願意把葬禮事宜交代給那個女人，以及那女人又到現場確認葬禮是否如實進行這點來看，父親與那女人的關係肯定比他們父女的情感來得深厚。父親向宇市交託的事情中，或許那女人比起三個女兒更爲重要。倘若這樣，對藤代而言，那女人比千壽和雛子更可能成爲日後的勁敵！

深知內情的宇市自從葬禮那天起便噤口不語，也幾乎不到店裡，說是忙著處理葬禮後的事宜和到親戚家致謝。但是已經過了二七，他沒有在上班時段來到店裡，顯然要刻意避開藤代她們，而這又讓藤代感到不安。

藤代關上玻璃窗，突然想到了什麼似的站起來，打開拉門往走廊走去。她穿過長長的走廊來到住宅和商店之間的過道，然後從商店的門簾縫隙探看店內的情形。

面向大街約有十五坪大的房間地板上，整齊而密集地排放著從八股到四十股棉線織成的布匹，其中有帆布、久留米碎點白紋布、伊予白紋布、遠州棉布、播州棉布、印度厚棉布和細薄白棉布等。店員在堆積如山的布匹間來回穿梭，招呼著從外縣市或市區來的零售商，他們接下訂單之後，便開好傳票送往帳房。

爲了避免錯把零售商的價格計算成優惠的中盤價，店主坐在最裡面，店主的前面是管家，更前面就是擅長撥打算盤的年輕店員，剛好呈扇形開展地坐著。

藤代確認了店裡的忙碌景象之後，又把目光轉向帳房。靠最裡面坐在金庫前的是千壽的丈夫良吉，他正用嚴厲的目光監看管家和店員的結帳動作。良吉的表情與不久前坐在那裡的父親嘉藏神似，連坐姿也一模一樣。他比千壽大三歲，只有身高頗高，面貌平凡，但是坐在帳房突然展現出矢島商店少東的威嚴。藤代克制著惱怒的表情，估算著帳房那邊已經沒那麼忙碌，才穿過門簾繞到帳房後面。

「良吉，你還在忙啊？」

藤代出聲招呼，良吉吃驚地抬起頭來，然後極其訝異地對著突然闖入店內的藤代說：「您突然跑到後面叫我，有什麼急事嗎？」

「你坐在那個位子上像極了矢島家第五代店主矢島嘉藏的接班人嘛！」藤代說著，看到良吉面露驚慌神色後，接著又說：「對了，宇市先生今天沒來嗎？」

「是啊，我也不大清楚，他說葬禮後的事得再忙上兩天才有空到店裡來。」

「噢，還要兩三天啊……」

再過三天就是召開家族會議的日子。

「這次葬禮是辦得很隆重，可是過後還有那麼多事情要處理嗎？」

藤代窺探著良吉的表情，接著才緩頰地說：「算了，反正這些事也不需要咱們操心……」

說完，將目光投向帳簿。

「二姊呢？」

藤代問的是千壽。在矢島家裡，向來有把長女稱爲大小姐、次女爲二小姐、么女爲三小姐的習慣。雖說她們已經長大成人，藤代仍習慣用幼時的稱呼，叫千壽爲二小姐，叫雛子爲三小姐。尤其叫千壽的時候，不正式說二小姐，而以「二姊」稱呼。

「剛才她一直待在房裡，大概還在裡面吧……要不要我幫您看看？」

良吉說著，順勢站了起來。

「不，不用了，我順便過去看看……」藤代轉過身，掀開門簾走了出去，穿過會客室來到千壽的房間前，隔著拉門喊道：「二姊──」

千壽的房間裡只傳來時鐘規律的滴答聲，除此之外沒有半點聲響。

「二姊──」

藤代又喊了一聲，還是沒人回應，也聽不見有人走動。她悄悄打開拉門，朝房內探看，千壽的房間收拾得有條不紊，連每張坐墊都規規矩矩地收在角落。剛才好像有人來訪，擱在桌上喝剩的半杯茶還有餘溫。

藤代關上拉門，轉身走進廚房，古式的粗梁支撐著廚房的天棚，鋪著三合土[7]的地面十分寬敞，儲物櫃和排氣窗已熏得黑亮，傳統爐灶改為瓦斯爐，六名女傭正在這間和洋混合的廚房裡幹活。

「你們知道二姊去哪裡……」

藤代出聲問道，女傭無不驚訝地停下手中的工作。

「奇怪了，二小姐剛剛還在房裡，叫我端茶進去呢……」內宅女僕阿清表情詫異地說：「說不定還在房裡呢……」

藤代又折返回去。為了愼重起見，她又探看千壽的房間，果然沒看到千壽的身影。其實，藤代要找千壽並不是有什麼要緊的事，只是自己一個人待在房裡悶得發慌，尤其想到敷衍她的宇市和兩天後要召開的家族會議，不由得忐忑不安，而且她也想知道千壽的想法。然而，千壽這時候偏偏不在，讓她覺得特別沉悶，只好像男人無聊時把雙手揣在懷裡那樣，穿過迴廊朝以前是父母房間的內廳走去。

這個六坪和四坪相連的房間就像其他商家的客廳那樣，修造得簡單樸素，兩柱間並沒有架上裝飾的橫木。客廳的牆壁抹上水泥，立柱的材質是杉樹原木，地板則是高麗木材，鑲著金箔的櫥櫃裝有小門，鏤空的欄間製工精巧。這房間兩側是稱爲「夫人房」和「老闆房」的臥室，分別是父母的房間。自從六年前母親去世之後，母親那鑲著木格的古式「夫人房」就緊閉著，同樣連「老闆房」也始終空著，父親則搬到那日照良好的六坪和四坪相連的房間起居。如今這裡的主人已經去世了，雖說房間依舊打掃得乾乾淨淨，但總有些陰森逼人，藤代受不住這種陰冷似的快步離去，轉身走向服裝室。再過兩天就要召開家族會議，她要先選定出席那天的服裝。

服裝室緊鄰母親的房間，位於主房最旁邊有點像倉庫的陰暗房間，這個服裝室擺著矢島家三代女人存放衣服的衣櫃，由此可知女人對這些衣服的執著與眷戀。藤代當初嫁到三田村家帶去的行李，至今仍原封不動地放在這裡。

來到服裝室前，藤代突然停下了腳步。平常總是緊閉的服裝室被拉開一條細縫，裡面還透

7 三合土：一種建築材料，用石灰與細砂、石子混合而成，乾燥後堅硬如石。亦稱為混凝土。

出淡淡的微光。藤代躡手躡腳地走到門縫前，往裡面探看。
昏暗的房間裡擺滿了用印有家徽紋飾的防潮油布鋪蓋著的衣櫃，裡面沒有人影，但總覺得有人輕聲打開抽屜。藤代不由得心跳加快，腦中泛起一團疑惑。她一手抓住隔扇門的細縫，一手往上微抬不發聲響地把門推開，房間裡濕氣頗重，只有朝北的窗戶透進些微光線，擺放衣櫃的房間後面昏暗得讓人很難看清楚。她屏住呼吸走了進去，從衣櫃後面往內窺看的同時，差點驚叫起來。

千壽那張白皙的臉龐被窗外灑進來的微光映托得格外分明，她絲毫未察覺有人進來，依舊渾然忘我地打開藤代的衣櫃抽屜，把用包裝紙包妥的和服一件件拿出來，那是藤代結婚當天穿的緞子坎肩、新婚禮服、純白上衣、帶紋綾子[8]、黑縐綢長袖和服、白色花紋禮服……千壽著魔似的拿出藤代的衣服逐件攤在膝上審視，裡裡外外仔細打量，連長袍下襬的襯裡也頻頻撫弄，看完之後，又一件件摺好放回紙包，然後又攤開另外一件衣服。

「二姊！」

突然有人這麼一喊，千壽嚇得回頭看去，霎時心虛地對著藤代說：「哎呀，是姊姊您啊，嚇了我一大跳，您怎麼突然闖進來……我是來整理自己的衣服，順便看看姊姊的，您那些衣服太漂亮了。」

千壽臉色煞白地說著，作勢把藤代的衣服拿到眼前欣賞。

「你的衣櫃裡不都裝得滿滿的？你來檢查我的婚紗禮服，是不是又有什麼企圖？」藤代冷言尖酸地說。

「我沒什麼意思啦，只是想看看下次您要出嫁時，會穿什麼樣的漂亮衣裳而已。」

「什麼？我還要出嫁……你胡說什麼呀，我不會再嫁了，說不定我會招個夫婿在咱們家過一輩子呢。」

說著，藤代從千壽手中奪回自己的衣服，包進紙包裡，塞入衣櫃後，旋即轉過身來。

「你不要不經人家同意，就擅自打開人家的衣服偷看，也不必操心人家的婚事啦！」

藤代氣呼呼地扔下這句話後，便用力關上拉門走出服裝室。

在姊姊的腳步聲尚未消失前，千壽始終低垂著頭，蹲坐在衣櫃前。她確認姊姊已然走遠了，才抬起頭來，裝作沒事地靜靜走出服裝室。穿過陰暗的走廊，來到姊姊的房門前，千壽知道姊姊正在房內聽著外面的動靜，於是她沒停下腳步，就這樣逕自回到自己的房間。

陽光透過玻璃窗射進來，將面向走廊的四坪和兩坪半大相連的房間照得明亮又溫暖。千壽剛才離開房間時，那喝剩的半杯茶似乎還沒涼掉。她沒有坐在矮桌前，而是坐在這兩坪半大的房間裡、倚牆而靠的梳妝台前，她拿下罩布，對著鏡子看著自己的面容。明亮的鏡子裡，映出的是自己安詳而白淨的臉龐，在彎曲的眉毛下，那雙細長的單眼皮眼睛閃著濕潤的光澤。

千壽絲毫沒有因爲剛才在服裝室被姊姊數落而心情不佳，更沒有失去女性特有的溫柔婉約，仍保持著往常的平和，她總覺得姊姊那華麗的面容和鏡中的自己疊合在一起了。藤代的皮

8 綾子：比緞細薄、有花紋的絲織布料。

膚比千壽略黑，但是那豹子般的銳利黑瞳和美麗豐唇，給人深刻的印象，尤其是鼻梁高挺，肌膚又柔細，整個臉龐看起來非常美豔，但散發出一股毫不容人的傲氣。

好勝、豪奢的母親生前就非常寵溺性格和美貌與自己酷似的藤代，而比藤代小四歲的千壽，從幼年時就不得不忍受這個姊姊的任性。雖說千壽從沒穿過姊姊的舊衣服，也沒玩過姊姊不要的舊玩具，但只要姊姊看上什麼東西，母親總是先給姊姊，千壽只好默默忍受母親對姊姊的寵愛與偏袒。

當初，姊姊嫁給三田村晉輔時亦是如此。母親爲了出嫁的藤代，向和服店的掌櫃訂做了許多衣服，件數多得險些讓那個掌櫃弄錯；從結婚禮服到會客時所穿的和服，以及從散步時穿的衣服到平日的便服，其布料都是用京都千總的特殊染線，並委託結城和大島等地的著名廠家特別紡織的。有些沒來得及帶走的，後來又用貨運送去。此外，家具、漆器、衣櫥、長櫃等日用家具也都是京都訂製，全部採用上等梧桐木。如此極盡奢華的嫁妝，讓當時二十一歲的千壽不禁感嘆了起來。

那時，母親正在收拾衣物，千壽站在母親身旁嘟囔著：「好可惜喔，這些漂亮的衣服統統要帶去別人家了……」

「等你招婿入門舉行婚禮的時候，也會跟你姊姊一樣的。」

母親若無其事地說著，但是千壽卻嘔得低下頭緊咬雙唇。不僅幼年時的玩具或喜愛的物品如此，連姊姊不想招婿入門說要出嫁的任性行爲，母親也點頭同意。千壽對母親沒有徵詢她的意見即強要她代替姊姊招婿，感到萬分委屈。

正如母親決定的那樣，姊姊嫁到三田村家的隔年，千壽把畑中良吉招進爲婿。原本母親希望從矢島商店的年輕管家中挑選女婿，但是千壽百般不肯，後來選了畢業於大阪高等商科學校、家裡有承攬矢島商店業務、位於北河內的織布商四子良吉爲婿，那是千壽對驕橫的母親和姊姊的一種反抗。

招婿之事決定以後，母親立刻著手爲千壽準備結婚禮服。不過，母親似乎忘了說過「等你招婿入門舉行婚禮的時候，也會跟姊姊一樣的」這句話，她爲千壽所做的衣服，與藤代的豪華盛裝根本無法相比。

從純白的結婚禮服、會客服、長袖和服及便服等，乍看都跟姊姊的衣服相差無幾，但仔細瞧瞧衣料和繡工，總是少了些精緻貴重的質感。

「我總覺得跟姊姊的盛裝相比，我那些衣服好像有點寒酸……」

當千壽這樣抱怨時，母親解釋道：「這些衣服跟你文靜的氣質比較搭配，像你姊姊長得那麼美豔，穿漂亮點才能更引人注目嘛。」母親彷彿回想著爲藤代梳妝打扮時的情景，露出熱切的目光。「而且，萬一哪天她又回家住的話，做爲統管家中大計的長女，穿得比你這個妹妹還不體面，那不是很奇怪嗎？」

「什麼？姊姊她又要回來……」

千壽不禁這樣問道，但母親對這句無心之言頓時不知所措。

「不是啦，我只是說每個女人一輩子難免會遇上這種事情，打個比方而已。」

母親急忙解釋，可是千壽已看出母親打從心底等待藤代的歸來。

在千壽招婿的婚禮過後，母親並沒有立即將矢島商店的繼承權交給千壽和良吉，無疑是把希望寄託在出嫁的藤代身上。千壽想到自己代替姊姊招婿，又沒得到任何保證，愈來愈對母親的刻意偏袒感到氣憤。但是，她沒有把這股怨恨顯現在臉上，而是隱忍在心中、壓抑著自己的情緒。

母親松子並沒有察覺到千壽的心理，對於個性文靜保守的千壽感到放心，對於老實勤奮、幫忙岳父做生意的良吉亦感到滿意，於是穿得比往常更奢華的服裝去看戲，邀請女性友人來家裡大啖美食。不過，就在千壽招婿那年的秋天，她去南市吃鰻魚時，突然因爲腦溢血在外病倒。講究美食的母親向來血壓偏高，雖然醫生屢次警告，但總是捨不下最愛吃的鰻魚。

當母親被人用白布覆蓋著抬回來時，藤代從婆家趕回來，完全不顧美麗形象，當著眾人的面伏在母親胸前放聲痛哭，雛子也掩面啜泣。千壽望著亂了方寸的姊姊，居然有一種奇妙的安心感，因爲母親已經去世，出嫁的姊姊少了靠山，今後不可能重返家門，想到這裡，千壽原先對母親的滿腔憤懣逐漸釋懷了。

然而，做完母親三週年忌日不久，姊姊在毫無預警的情況下突然回來了。姊姊重返娘家的理由，表面上說是跟婆婆處得不好，但在千壽看來，姊姊出嫁時幾乎蕩盡家財，婚後三田村家再也無法滿足她的奢侈生活，於是她一走了之。

父親嘉藏剛開始還考慮到顏面和千壽夫妻的感受，曾經勸藤代回心轉意，但藤代就是不從，執意要留在家裡；父親的態度倏然轉變，最後帶著媒人去對方家裡把姊姊的嫁妝全部取回來。運回來的行李全部卸在服裝室門口，姊姊親自把和服、長襯衣、貼身衣物乃至腰帶一件件清點之後，才將這些笨重的衣櫃擺在已故母親的衣櫃旁。

不知不覺間，太陽開始西沉，透過玻璃窗射進來的光線逐漸暗了下來，千壽在鏡中的臉龐也變得模糊了。她蓋上鏡子的罩布，站起來正準備開燈時，拉門突然又被拉開。

「你去哪裡了？」

良吉邊拍著工作服的前襟邊走了進來，千壽頓時不知如何回答。

「剛才，姊姊突然來店裡找你，我覺得有點不放心，便回房裡看看。你又不像外出的樣子，到底去哪裡了？」

良吉入贅到矢島家已經六年了，除了夫妻晚間的床笫之事，平常對千壽仍不脫禮儀地客套。

「我只不過去了一下服裝室嘛。」

「咦？現在又不是晾晒衣服的時節，你去服裝室做什麼？」

良吉露出驚訝的表情，千壽一時窘於回答。

「我去清點姊姊衣櫃裡的衣服。」

「什麼？你去清點姊姊的衣服？那又不是你的衣服……」良吉吃驚地問道。

「沒錯，我把當初婚禮時所穿的衣服，和姊姊衣櫃裡的衣服一件件拿出來比較，不管是數量或質料、製工，姊姊的衣服都比我的高級。母親說，姊姊的治裝費只花了三百萬圓，根本在說謊，我約略估算了一下，至少也要五百萬圓。加上化妝品及帶去的五百萬陪嫁金，合計就超過一千萬圓。」

「什麼？花了一千萬……」良吉露出難以置信的眼神。

「不僅如此，父親去世以後，姊姊還貪得無厭地盤算什麼呢。姊姊這種人從小就是這樣，看到什麼東西都想占為己有，尤其對我和三小姐很少有好臉色，三小姐跟姊姊差了十歲，什麼事都不在乎，我比姊姊小四歲，卻事事得忍受她的任性，我好像是為著她而生下來似的。結婚的事情也是，她把招婿的責任硬塞給我就一走了之，結果呢，還是熬不到三年就打包回來，可她居然大搖大擺地當自己是矢島家的女總管。當然，如果是由我們繼承矢島商店則另當別論，她卻挑在父親去世之前回來，還極力爭奪繼家女兒的地位，她實在太過分了！難道是她天生命好？而我總是要為她吃虧受氣……」

千壽的眼睛泛著淚水，聲音也顫抖起來。

「或許是你想太多了，不要太激動，你們不都是親姊妹嗎？」

良吉像哄騙小孩那樣安慰著激動的千壽。

「我想太多？你在說什麼呀！姊姊說她不會再嫁，說不定要在家裡招婿入門呢。」

「什麼？姊姊要在家裡招婿入門……」

良吉不由得露出了激動的神色。

「是啊，姊姊在服裝室親口告訴我的，這樣一來，不知道三小姐會有什麼意見。」

「咦？三小姐也……」良吉只是這樣說著，短暫沉默之後，抬起眼來，帶著挖苦的目光看向千壽，「這麼說，矢島家或許就要招進三個女婿嘍，這倒是世間罕有的新鮮事哪。矢島家的三個女兒各自招婿入門，分別盤算自己的利害得失，三個女兒都是親骨肉，而三個外姓男人卻又成了連襟，到時候總免不了彼此勾心鬥角。招婿入門這檔事原本就很容易被人說閒話，再這樣各自進行豈不讓人看笑話？」

接著，他嘲諷似的冷笑：「對了，父親臨終前，眞的沒有把後事跟你們三姊妹交代清楚嗎？」

「嗯，他什麼也沒說……」

「除此之外，他平常沒對你們提起嗎……」

良吉生怕千壽記不起來，試圖給予強烈提示。千壽搖頭說道：「我也覺得奇怪，父親什麼也沒說，他把矢島家的家產都看成是母親的東西，六年前母親死去的時候，家裡的財產突然變成他的，可是他似乎不那麼認爲，或許他到臨終前還認爲自己在保管他人的財產吧？」

「話雖如此，可我終究是矢島家的女婿，他爲什麼不跟我說，而是跟宇市先生說，你不覺得奇怪嗎？」

面對良吉的質問，千壽無言以對，她對於父親沒跟自己女兒交代遺言，只吩咐大掌櫃宇市，感到很不諒解，但從良吉的立場來看，做岳父的居然也瞞著女婿，的確不尋常，頓時讓千壽感到莫名的擔憂。

「這幾天都沒看到宇市先生，他怎麼了？」千壽對面帶慍色、默不作聲的良吉問道。

「姊姊剛才來店裡時也問同樣的問題。打從葬禮過後，宇市先生幾乎就沒到過店裡。」

「他在忙什麼呀？」

「好像是在調查咱們家的不動產。四五天前，代書事務所曾打電話來店裡，那時宇市先生剛好不在，電話是我接的，好像是奈良的鷲什麼來著……對了，是一家叫『鷲家代書事務所』打來的。」

「奈良打來的？對方說了什麼？」

「說是有關那片山林的登記地價和可能砍伐的木材數量等等，我根本搞不清楚是怎麼回事，我只聽說矢島家在大阪市區有土地和房屋出租等不動產，咱們家還有山林嗎？」

良吉突然以試探的眼神看著千壽。

「有關山林土地，我也是第一次聽說，說不定姊姊也不知道呢。看來只有宇市先生一個人知道矢島家有多少財產。」

「這麼說，宇市先生豈不成了最關鍵的人？他平常總是一副裝聾作啞的樣子，咱們要如何跟他周旋？這方面……」

當良吉要說出自己的想法時，門外傳來了藤代的叫聲。

「二姊！」

千壽嚇得與良吉面面相覷，她趕緊收拾起桌上的茶杯，這才態度冷靜地打開拉門。

「我該不會打擾到你們吧？」

姊姊藤代好像不在意剛才在服裝室裡發生的事情似的，逕自走了進來。

「不，不會啦……有什麼事嗎？」

「嗯，有點小事……」

藤代拿著縐綢提包，疾步走了進來，便坐在良吉面前。

「正好，良吉也在。」說著，打開提包，取出一張奉書紙（白紙），把它攤在桌上。

「請你在上面寫上幾筆。」

「寫上幾筆？什麼意思？」千壽納悶地問道。

「就是剛才那件事啊。我希望你立一張保證書，保證今後絕不碰我衣櫃裡的衣服及收藏室的物品。簡單地說，你要保證今後絕不動我的東西！」

藤代面色不改地把白紙推到千壽面前。

千壽的臉色煞白。

「你在說什麼呀！我們是一家人，你又是我的親姊姊，難道我不能看看你的衣服嗎？你還故作嚇人地要我寫什麼保證書！」千壽的嘴唇微顫著。

「你的行爲才嚇人呢！你想看我的衣服也用不著偷偷摸摸跑到服裝室啊。你膽子眞大呀，我以前還以爲你是個文靜可愛的女孩，想不到你是這麼陰沉的人！所以，我要你寫張保證書也沒什麼不對。」藤代語帶嘲諷地說道。

「姊姊你才是陰沉的人呢！做事那麼任性，沒有半點同情心，腦袋裡只會算計別人……」

千壽正要扯下那張白紙，良吉趕緊出手制止。

「我代替千壽寫好了。」

說著，便拿起了桌上的白紙。

「我爲什麼非得寫那種東西不可？你爲什麼要聽姊姊的……你不要管啦！」

千壽雙眼冒出怒火，試圖奪走良吉手中的白紙。

「過幾天就要召開家族會議，不要爲了這點小事鬧得不愉快嘛，這件事交給我來處理好了。」良吉勸慰似的拉著千壽的手，對著冷然的藤代說道：「現在，我就照您說的那樣寫，請您稍等一下。」

接著，良吉從壁龕旁邊取過筆硯，提筆蘸了蘸墨汁。

保證書

藤代姊姊

本人在此堅決保證，今後絕對不再碰觸藤代姊姊放在服裝室及收藏室內的衣櫃、衣箱、文件箱和其他家具物品。

立據人　千壽

三月十三日

良吉揮毫而就，接著語態謙恭地說：「這樣寫可以嗎？」然後向藤代施上一禮。

「謝謝，這樣就可以了。後天召開家族會議時，記得不要把這件事張揚出去。」說著，藤代便帶著得意的笑容離去了。

雛子可愛的圓臉被熱騰騰的蒸氣烤得通紅，她不停擦拭額上的汗水。間隔有致的瓦斯台桌上放著冒出熱氣的鐵鍋，這間三十坪的烹飪教室裡擠滿了四十幾名學員，室內更是熱得像蒸籠。

「淑德烹飪補習班」坐落在本町二丁目的轉角處，剛好位於北船場中央，因此許多本町一帶的商家女兒都來這裡學習烹飪，教室裡的裝潢自然華麗繽紛，無論上午或下午幾乎額滿、座無虛席。

教室的正面擺著講師專用的調理桌和大黑板，黑板上掛著一面大鏡子，以方便坐在後面的學員能清楚看到講師示範烹調的動作。

雛子坐在最後面的位子，她正按照講師講授的步驟烹調。今天的菜單是冷盤、燉清湯、錫箔烤鮭魚和奶油燉雞四道菜。雛子在家裡很少有機會做西餐，這次親手做起西餐來總比別人費工夫。奶油燉雞這道菜的竅門在於奶油的適度調和，加上牛奶、麵粉和起司粉，然後將雞肉熬煮得不老不嫩、不稠不稀恰到好處。但雛子還沒掌握到火候和調味的工夫，頻頻掀開鍋蓋，用大勺子舀著鍋裡的湯汁試味。

站在雛子旁邊、正在做錫箔烤鮭魚的西岡光子慢吞吞地問：「雛子，還沒煮好啊？我的快好了。」

「等一下啦，我快做好了……」

雛子應答著，抬頭看著站在對面的兩名學員，她們正在做冷盤和燉湯，似乎快完成了。這次的烹飪課四人編成一組，每名學員負責一道菜，因此即使有三人已經完成，雛子若沒來得及做好，還是不能上桌試吃。雛子再次嘗了嘗奶油汁的味道，正要把火關小。

「今天這種煮法，跟你家講究的船場式家常菜可不同哪，看來你還是不適合洗手做羹湯。」

對於雛子的家境知之甚詳的光子帶著好奇的目光半嘲諷地說：「前陣子，你父親的葬禮辦得可眞隆重啊，不但把整個光法寺包了下來，還調來十五座分寺的住持誦經，擺了三百對芥草，這可是超級大新聞哪，你們總共花了多錢啊？」

「那種事，我哪會知道……」

雛子態度冷淡地應著，又掀開了鍋蓋。

「外界都在猜測，你父親的葬禮少說也得花個五百萬圓。你們不久前才蓋新房子，姑且不說辦婚禮，隨便一場葬禮就砸下五百萬圓，你們矢島家眞是財力雄厚哪。」

「我們只是照我父親的遺囑去做，哪有什麼辦法？從芥草的件數到敦請幾位法師來誦經都是他生前交代的……」

「什麼？他連誦經的法師人數也……」光子大聲嚷道。

雛子吃驚地環視周遭，其他桌的學員都在忙著烹煮和上菜，沒留意到光子的喧嚷，講師也在前排的桌子指導學員。

「眞討厭，你怎麼用那麼大的嗓門在講我們家的葬禮呀……」雛子瞪著光子說道。

「我只是隨口問問嘛，不過你父親的遺言也眞是奇怪。通常做大買賣的老闆的遺言，自古以來不外乎是怎麼分配財產……重要的是你們家的財產怎麼分啊？你們家有三個姊妹耶，這樣可複雜哩，而且，你上面還有離了婚又回來的大姊和招了門婿的二姊，你到底有什麼打算？」

光子和雛子都是本町棉布商的女兒，又是同一所高中畢業的同學，因此光子對雛子家的事毫不掩飾地表現出強烈的好奇心。

「那種事我哪知道？而且大後天就要召開家族會議……」雛子口氣微惱地說道。

「噢，在家族會議上決定，反而對你有利呢，如果你能繼承大筆遺產，你長得那麼漂亮，又是名門閨秀，到時候有錢人家都要擠破門來提親呢。」

光子面帶羨慕且誇張地大嘆一口氣。

「但話說回來，像你們家那種凡事講究體面和老舊規矩的家庭，簡直讓人悶得喘不過氣來。換成是我的話，早就離開那個家，一個人去住公寓了。」

光子邊說，邊看著對面的學員正從烤爐裡拿出用錫箔紙包裹的鮭魚。

「哎呀，你看她們那邊都做好了，讓人家等實在不好意思。」

光子和雛子趕忙將自己做好的菜肴盛到盤裡，再做了些裝飾才端上桌。對面那兩名身穿漂亮洋裝的女孩從蘆屋來這裡學習烹飪，出身商家的雛子不習慣故作出身高尚和拘謹的架勢，她們四個人面對面坐著，邊試吃邊簡單寒暄。

品嘗會結束後，實地指導和課程也告一段落，接下來就是收拾碗盤準備回家。雛子和光子將自己的碗盤拿到流理台快速清洗乾淨，準備回家。

「今天順便到哪裡逛逛啊？」

光子邊拉了拉身上淡紫色套裝的領子，邊露出淘氣的笑容。她們每個星期來這裡上兩堂烹飪課，下課後就相約四處逛街，這是她們私下的娛樂。

「今天不行啦，我得趕去今橋的姨母家……」

「幹麼一定要今天去？」光子不滿地說。

「這次你就忍耐一下吧，今天我不能不去呀。」

雛子歉疚似的婉拒光子，兩人一起步出烹飪教室，走到安土町的轉角處。

「咱們就在這裡分手吧，這次眞的很不好意思。」

雛子再次對著板著臭臉的光子賠不是，這才獨自朝今橋的方向走去。

沿著三休橋街，從批發商雲集的街道向北走去，放眼望去淨是布店、毛紡織品店和專營紡織品的貿易公司，每家店無不洋溢著繁忙的喧囂。其中，有些商店門面還保持舊時的風貌，店內擺設的是現代的展示櫃；也有店前蓋起樓廈，後面仍是古舊的老房；還有牆面鑲著雅致亮麗玻璃的樓房雜錯其間，但已經找不到像雛子家的布店那樣保留舊時大阪商家的木格套窗、地板上堆滿送貨箱和布匹的店鋪。

雛子一邊走著，一邊想著西岡光子剛才那些話：「像你們家那種凡事講究體面和老舊規矩的家庭，簡直讓人悶得喘不過氣來。換成是我的話，早就離開那個家，一個人去住公寓了。」或許光子平常講話總是直來直往、有欠考慮，但她這些話卻讓雛子有所頓悟。

從幼年時起，雛子就被關在家裡養大，她常以爲和兩位姊姊的生活即是世間的常態，但自從高中畢業去上烹飪課以後，才發覺自己的家庭有些異常。在大城市之中，只有矢島家是僅存的一座老舊宅第——這是她對自家的印象。

所以，光子的直言無疑說中了她的心事。雛子外出上學或上烹飪課，從外界的角度觀察自家的情形，總覺得矢島家的繁文縟節和各式規矩的確跟外界差距很大。她每次踏進家門，便覺得自己被深鎖在沉悶的氣氛中。不僅家中的氣氛令人窒息，她對兩位姊姊勾心鬥角的作風也不以為然，畢竟她最後總會無端地被捲入其中。因此，對雛子來說，每星期兩次的烹飪課是最快樂不過的事了，而學習烹飪，正好成了擺脫女孩不能單獨外出的最佳藉口。不過，拿學烹飪來說，倘若母親還在世的話，肯定要她學習家中的烹調規矩，連切條蘿蔔都得按照家規去做，不讓她去外面學。

來到今橋的轉角處，雛子朝北濱的方向拐去。今天早上出門前，分家的姨母突然打電話來，交代雛子烹飪課結束以後到她那裡一趟，雛子正要問有什麼事，姨母只說有要緊事，也沒等雛子回話就匆匆掛斷電話，好像有什麼急事似的。

位於今橋的矢島商店也跟雛子家一樣，掛著印有「島」字的店簾。祖父母還健在時，把芳子姨母分家出去，在船場一帶同樣開設了矢島商店的分店，取名為「矢島中商店」，意味著她們也是矢島家族的一員。

掀開門口的店簾，迎面便是堆積如山的原色棉布，姨父矢島米治郎從帳房裡看到了雛子。

「你來啦，我們等你好久了。」

戴著老花眼鏡的姨父露出和藹的笑容出來相迎。雛子穿過種滿樹木的庭院來到旁門時，女傭迎了上來，立刻把她帶到裡面的姨母房間。

姨母坐在五坪大房間內的食器櫃前，旁邊放著一個外鉢用京都傳統技法上漆的火盆。她看到雛子，旋即露出母親般的燦爛笑容。

「雛子，你終於來啦，吃過午飯了嗎？」

「嗯，我在烹飪教室吃過了。」

「是嗎？那喝杯茶吧……」姨母打開食器櫃，拿出小茶壺和茶碗，「怎麼樣啊？做完二七，本家方面總算可以暫時歇口氣吧。藤代和千壽過得還好吧？」

姨母一邊倒水泡茶，一邊詢問家中的狀況。

「藤代姊和二姊大概累壞了，葬禮辦完之後，哪裡也沒去，整天都待在家裡。」

「噢，她們倆都待在家裡啊？那宇市先生呢……？」

雛子覺得詫異，今早姨母急忙把她找來，但她來到這裡卻感覺不到緊急的氣氛。

「姨母，你大清早就打電話來，有什麼急事嗎……？」雛子主動問道。

「是啊，是啊，重要的事不說怎麼行呢！」姨母故作著急狀說道，接著，把放在食器櫃旁的文件箱打開，拿出一只白色大信封。

「這個是準備給你相親的男方照片。你父親的二七剛結束不久，我正不知道該怎麼辦好呢。其實，這件事很早以前就提過了，男方似乎很急的樣子，你先看看照片好了。」

姨母從信封裡拿出一張用厚紙板貼著的照片，遞到雛子面前。

「他是安堂寺町『金正鑄器批發商』的公子，他們家有六個男孩子，他排行老么，他們說給你做招門婿也無所謂。他大你四歲，今年二十六，大阪市立大學畢業的，目前在家裡幫父親做生意，他上面的五個兄嫂都是品德賢淑的良家閨秀，親戚中多半是生意興旺的批發商。你看，他長得一表人才吧？」

姨母說的沒錯，照片中的男子五官端正，眉清目秀，雖說才二十六歲，但看起來似乎非常通情達理。

「怎麼樣呀，跟你很相配吧？人家跟良吉可不同哪，是大阪市區鼎鼎有名的鑄器店公子，答應上門做婿，沒有比這更好的親事了。」

雛子覺得納悶，至今從未關心過她婚事的姨母，爲什麼突然這麼積極？雛子看完照片，說：「又沒規定我非招婿不可，說不定我會嫁出去呢。」

「什麼？你要出嫁……是誰這麼決定的？」姨母正色地問。

「沒有人決定，只是我這樣想。」

「是嗎？那就好。我還以爲是藤代或千壽沒徵求你的意思就擅自決定的呢……」

「噢，爲什麼姊姊們會這樣說呢？」

雛子露出驚訝的表情，姨母立刻壓低聲音湊上前去。

「你們的父母都已經過世了，剩下你們幾個姊妹，但同爲女人也不可大意哪。首先，你大姊藤代出嫁又回到娘家，卻以統管矢島家家業的女兒自居，葬禮那天也是如此，她老是欺壓招婿上門的千壽，在葬禮上大出風頭。她到底在想什麼，誰也摸不清楚。而千壽呢，總是文靜乖巧不說什麼，但她身邊那個良吉看起來一副老實相，其實腦袋精得很呢。他們夫妻倆早就替自己的出路想好了，這樣一來，最吃虧的就是你了。所以，你千萬別說要嫁出去，就待在家裡招婿入門。該拿的不拿那怎麼行！」姨母說得有些激動。

「你說得很有道理，可是我討厭做那種事。」

雛子眨著疑惑的眼神，望著姨母的臉龐。

「我就知道你會這樣說，所以今天才把你叫來。你不要擔心，姨母永遠站在你這一邊，有什麼煩惱就告訴我，姨母會全力幫你，因爲我也是吃了不少身爲妹妹的暗虧。」

姨母很同情雛子的處境，同時還大發牢騷，對於自己只跟姊姊相差一歲卻被矢島本家分家而感到不平。

「對了，後天要召開家族會議，有幾個人會來？有人會缺席嗎？」

「我不大清楚。」

「有關後天的家族會議，你知道姊姊們說了些什麼嗎？」

「她們都關在自己房裡，好像在想著什麼，我也無從得知。」

「那宇市先生怎麼想呢？」

「葬禮結束之後，他就沒到過店裡，我只知道這些。」

「良吉有沒有說什麼奇怪的事？」

雛子搖頭以對。由於雛子對自己周遭的利害得失不怎麼關注，她的回答沒能讓試圖套話的姨母滿意。

「雛子，你已經二十二歲了，還不懂得爲自己打算，將來怎麼辦呢？我沒有一兒半女，所以一直把你當自己女兒看待，什麼事情都替你操心。」姨母語帶溫柔地說著，略做沉思的表情，突然想到什麼事似的說：「總之，咱們可以一邊談剛才那門婚事，一邊考慮你怎麼分到應得的財產。」

「姨媽，你把話扯太遠啦，剛才那門婚事都還沒定呢。」雛子驚訝地回應。

「我知道啦，不過，我覺得婚事和分財產的事同時進行，對你比較有利啊。」

雛子聽不懂姨母的意思。

「後天就要開家族會議，那天我會提出這個問題，你千萬不要表示意見，像矢島家三小姐那樣乖乖坐著就行了。無論你的姊姊們說什麼，你都保持微笑不要回話。」

姨母叮嚀著今天的談話絕對不可說出去。語畢，雛子站起來準備離去，姨母親切地挽留：「怎麼？要回去了？留在這裡吃完晚飯再走嘛……」

「謝謝，我還要去其他地方，下次再來，我先告辭了。」

雛子這樣說著，便離去了。

走出姨母家，從今橋來到道修町。中午過後，專做批發的商店街正是最繁忙的時段，狹窄的道路上淨是來往的車輛和擁擠的人潮，車子的噪音和人群的喧囂聲混雜。雛子穿過嘈雜的人群，揣想今天姨母叫她去的用意。姨母表面上是談她與那個鑄器商兒子的婚事，但仔細推想，眞正的目的是假借談婚事的名義試圖從她口中得知藤代和千壽的想法。

家族會議後天即將召開，無論是各自盤算的兩位姊姊也好，或是亟欲探出蛛絲馬跡的姨母也罷，對雛子來說都是難以理解的。但是，雛子已經感受到矢島家即將掀起一場難以預料的紛爭。

第二章

距離下午兩點召開的家族會議尚有三十分鐘，但是矢島家的親戚幾乎都到齊了。面向庭院樹叢的客廳佛堂裡香煙裊裊，黑漆泛亮的神龕安設在壁龕裡，前面擺著一張經卷桌，矢島嘉藏剛過二七的神主牌位立在供桌上，客廳裡瀰漫著肅穆緊張的氣氛。

家族會議的出席者有：代表矢島商店第一代老闆矢島嘉兵衛生家的矢島爲之助夫婦，嘉兵衛的妻子卯女的娘家橋本也派來一名代表，矢島家的入門婿曾祖父、祖父及父親老家各來了一個人，還有招婿另立門戶的姨母和姨父，姨父和千壽丈夫老家也各派一個人，加上三姊妹和千壽的丈夫良吉及大掌櫃宇市，總共有十五人。

只有祖父的老家——淡路島的森川家代表稍微遲到，其餘的親屬都已經到齊。從矢島爲之助開始，依次分坐在神龕前的正面兩側，藤代穿著青瓷色的單紋和服，正與大老遠趕來的親戚寒暄。出席者當中屬於母方親屬者，只有四代前的大曾祖母和姨母芳子，其餘全是外來的入門婿親戚。藤代爲此感到不滿，但對於女系家族而言，這也是無可奈何。

藤代看向千壽和雛子，千壽身穿淺紫色天蠶綢單紋和服，繫著純白腰帶。藤代想不到眼前這個看似文靜、打扮樸實的妹妹，居然會跑到服裝室偷看別人的衣服，而現在就坐在她的斜對面；雛子同樣穿著粉紅色素面和服，坐在千壽旁邊。二十二歲的雛子大概是對即將召開的家族會議不感興趣，只是抬起那張圓臉看向庭院，漫不經心地望著池中的鯉魚。

姨母芳子坐在上位，正聊得興高采烈。她穿著銀灰底黑紋的和服外褂，才梳好的髮髻插著翡翠髮簪，從她的華麗打扮來看，彷彿要去參加盛會似的，打從進門時起，就滔滔不絕地說個不停，偶爾還偷瞄宇市的表情。宇市在家族會議的成員未到齊之前，就端正地跪坐在入口處，自始至終沒說半句話，難怪芳子對他格外注意，不過這些全被藤代看在眼裡。

宇市當然沒有察覺到芳子的視線，也沒注意到藤代和在場出席者的目光，只是把手放在穿著褲裙的膝上，低著頭好像在沉思；他微微睜開那灰白濃眉下的銳利細眼，面色凝重地抿緊滿是皺紋的嘴角。自從老闆矢島嘉藏的葬禮結束後，直到做完二七，宇市都沒到過店裡，也不明說去處。今天早晨，藤代她們碰到他時，他只說在忙其他事，藤代對於這種回答非常不滿，不過千壽還對宇市說了句「您辛苦了」，算是聊表慰勞之意。良吉把招待親戚的瑣事交給宇市，自己到店裡去了，因爲在家族會議開始之前，他還得到店裡關照生意。但是在藤代的想像裡，良吉藉口說結算前正忙而高坐在帳房裡的模樣無疑是對矢島家族炫耀，對於這個入贅女婿更是感到厭惡與不屑。

走廊外傳來慌忙的腳步聲，同時聽到良吉的招呼：「您遠道而來，辛苦了！大家都到齊了，請往裡面坐吧。」

來者是祖父老家森川的代表，約莫四十幾歲，屬於祖父的子姪輩，在淡路島務農，十分注重禮節。

「我來晚了，請各位親戚見諒！因爲船班誤點了，實在對不起啊！」

他頻頻欠身向在場的親戚致歉，來到曾祖父家人旁邊的位子坐下來。這時候，宇市又正襟危坐地說道：「各位親屬代表都已經到齊，在此我將遵照矢島家第四代老闆——已故矢島嘉藏的遺囑，在各位親屬代表面前公布有關商店的經營權、其中的經緯及商店動產與不動產等遺產分配。大概是我平常比較多管閒事，湊巧老闆臨終前將遺囑交給了我，所以有機會在此主持今天的家族會議。」

語畢，他雙手平伸，向大家恭敬地施上一禮。

「承蒙各位所知，這個家族從第一代老闆矢島嘉兵衛起，就連續三代招門入婿，當然，無論是第四代或第五代——藤代小姐、千壽小姐、雛子小姐都是女性，因此已故的老闆對於如何把財產分配給三個女兒格外掛心，在臨終前將這份遺囑交給我，讓我遵照辦理。」

說著，宇市從末座挪膝移步向前，從懷裡掏出一只白色信封放在矮桌上，那和紙信封上用毛筆寫著「遺囑」兩個大字。

「這是我父親親筆寫的遺囑嗎？」藤代看著遺囑，驚訝地問著。父親當時病情遽然加重，藤代她們趕回家時，父親已經虛弱得幾乎不能言語，哪有力氣寫下遺囑？

「事情是這樣的：你們從京都的南座趕回來之前，老闆已經把我喚到面前，交代遺囑放在老闆房裡小立櫃的第二個抽屜，所以我便進屋裡取了出來。老闆親筆寫的遺囑就放在他入贅時帶來的綢巾包裹下面。」

「既然有這樣的遺囑，你爲什麼拖到現在才告訴我們？」

藤代眼露凶光。

「這是老闆的遺言。他特別吩咐說，等葬禮相關事宜辦完，做完二七召開家族會議，再宣讀這封遺囑，在這之前不許我張揚出去。」

說著，宇市把信封翻到背面，表示信封後面的紅色封印完整無損，讓當眾的親戚過目。

「現在，我就將這封遺囑拆開，向各位轉告已故老闆的意思。」宇市用愼重其事的口氣說道。

頓時，在場人士陷入凝重的氣氛，所有的視線都集中在宇市準備開封的手上。年過七十的宇市用滿是皺紋的手略帶顫抖地拆開白色信封，從信封內取出一張摺成四摺的和紙，靜靜地攤開。

「遺囑……」宇市低沉地宣讀：「我因重病在身，每每考慮萬般事項，現將矢島家歷代持有之宅第房屋及商店、現金、諸項家財全部作價加以分配，具體分配如下……」

宇市讀到這裡，稍微喘了口氣，那雙銳利的細眼盯著遺囑，又讀了起來。

致財產繼承人：

一、遺產中，矢島商店所占的土地、建物、商品財物及營業權不予分割，由次女千壽繼承，其婿良吉即日起從姓矢島嘉藏，接管矢島商店。不過，每個月必須撥出營業淨利的一半，平分給長女藤代、次女千壽、三女雛子。商店後院的土地、建物等，由三名女兒共同持有，經三人合議後可適當處理。

二、位於大阪市西區北堀江六丁目的二十間出租房屋，以及位於都島區東野田町的三十間出租房屋和地皮，由長女藤代繼承。變賣或出租均由藤代自行決定。

三、股票六萬五千股及倉庫所收藏的古董，由三女雛子繼承。股票和古董出售或兌成現金，由雛子自行決定。

四、我對各親族長年來給予的隆情盛意，深表謝忱！謹向出席家族會議的各位，每人致贈壹拾萬圓。我於生前曾在公餘為生家存下一些零用錢，請以我的舊名山田道平名義存入住友銀行船場分行的帳戶，再將存款簿轉交與我的生家。

五、以上，凡屬共同繼承之遺產部分，由三人合議處理解決之。

六、遺囑之保管與執行，我指名由大掌櫃大野宇市負責，在執行過程中，必須與宇市磋商。

上述諸項，望請三姊妹相互忍讓，和睦相處，發揚先祖之餘光，繁榮家業，恪守嚴謹之家風。其他萬般諸事，亦當妥善安排為盼。

昭和三十四（西元一九五九）年一月末　　第四代矢島嘉藏

宇市讀完之後，抬起頭來向在場的親族說道：「以上，乃遺囑全文，請各位檢視……」他把遺書交給了上座的矢島爲之助，再從那裡依序傳遞輪閱。當按著大曾祖母的直系代表、曾祖父、祖父的順序，傳到父親本家代表的手中時，坐在正面的矢島爲之助抬頭看著在場親族說：「這份遺書是兩個月前寫好的，後來不到一個月嘉藏便去世了。這份遺書寫得十分周延。人們常說『富不過三代』，我也聽說第三代宅內的女眾奢侈揮霍，但自從嘉藏入贅以來，又使得家風重新振作起來。從遺產的分配來看，矢島家的財產絲毫未見減少，而他又未以店主自炫，敦訓女兒和睦相忍，謙恭地寫下了遺言，甚至還向我們這些毫無作爲的親戚表達謝意，我實在擔當不起呀。他處事是如此圓融，我相信已故的歷代店主在天之靈也會感到欣慰。」

語畢，矢島爲之助向嘉藏的胞兄山田佐平施禮致意，佐平抬起那張因爲務農而晒得黝黑的臉龐，直搖頭婉謝。

「不敢當，不敢當！我死去的弟弟繼承矢島家的事業之後，沒能使矢島家增加更多財產，只能說明他是持業無能，而您這樣稱讚他，反倒讓我覺得不好意思呀。」他操著淳樸的和歌山方言說道。

祖父本家的姪子把佐平的話接了過去。

「話不能這樣說。上門爲婿本來就有很多難處，衝過頭擔心賠本或破產，又不能死守舊業。在這一點，我認爲第四代的嘉藏處理得很好，他既守住了家業，又能像庫鼠搬糧般擴大財產，眞是不可多得的人才啊！」

他這樣誇獎嘉藏，然後轉臉看向藤代她們繼續說：「我想你們對這份面面俱到的遺囑，應該不會有什麼不滿吧？」

說著，他露出圓滿的微笑，可是藤代不予理會，反而把目光看向宇市，帶著僵硬的表情問道：「從法律上來講，死者的遺囑我們非得遵守不可嗎？」

宇市瞇著細眼說：「是的。在某種程度上，法律所規定的繼承分配會因遺囑內容而有所改變，可是在遺產繼承上，遺囑的效力要大得多。」

「這麼說，就算法律規定三姊妹應平均分配，但遺囑上寫得卻不盡公平，我們也得遵守這種不公平的分法嘍？」

「所謂公不公平，每個人的立場不同，看法自然不一樣，很難界定。古有名訓：『鳥之將死，其鳴也哀；人之將死，其言也善！』遺言大多是人在臨死前寫下的，必定是出於善意，所以人們把它看得比法律重要。」

「想不到這麼重要的遺囑居然委託給你！我父親寫遺囑的時候，你在旁邊嗎？」

藤代的話裡充滿怒意，態度丕變地瞪著宇市的臉龐。這時候，宇市突然抬手貼在耳朵，一副聽不清楚似的反問：「咦？你說什麼？」

「你聽不清楚嗎？我在問你，我父親寫遺囑的時候，你在旁邊嗎？」藤代幾乎是一字一字地說道。

「什麼？你問我有沒有在老闆身邊……這怎麼可能？剛才我已經說過，老闆臨終前把我叫去，我聽完他的交代以後，才知道他已經寫好遺囑了。」

宇市不悅地回答著，板著臉孔不再說話。一直盯著藤代和宇市的姨母芳子這時探出身子插嘴：「對了，宇市先生，我姊夫那份遺囑中的財產繼承清單，是誰幫他整理的？」

「什麼？什麼財產……？」宇市又聽不清楚似的抬手貼在耳邊問道。

「我在問你，有關共同繼承遺產的詳細清單，是誰幫他準備的？」

芳子高聲重複了一遍，這時宇市才聽懂似的點點頭。

「您是說財產清單嗎？當然是遺囑中的指定執行者——也就是我爲他準備的。」

「噢，是你呀……？」芳子目不轉睛地盯著宇市的臉龐，抬高聲音說：「這樣子啊，原來矢島家的大小事情都交由你這個大掌櫃包辦了呀，看來我這個分家出去的妹妹，還有我丈夫，什麼事也不必操心了是吧？」

她說著，臉上掠過一抹冷笑。

「在我死去的姊夫看來，或許他認爲我在分家時已經得到相當多的財產和店鋪，所以我跟本家這邊的財產沒有任何關聯了。話這麼說好像沒錯，可是我當初沒留在家裡招婿，是爲了顧及大我一歲的姊姊的情面，才答應分家出去，難道這樣就把我忘了？首先，我要聲明，我是她們三姊妹的親姨母，是有血緣關係的。儘管有人已經招婿了，姑且不提這些，我姊夫把遺囑全委託給大掌櫃，任誰聽來都會覺得奇怪吧？不知各位的看法如何？」

芳子語帶諷刺，然後轉臉看向嘉藏的胞兄山田佐平。佐平的目光不知擺哪裡好，最後帶著慌張的表情，怯生生地說：「我身爲繼門女婿的哥哥，實在不知道該向分家的親戚說些什麼，有些不周到的地方，其實是我弟弟……」

「話說得漂不漂亮倒無所謂，我只是希望本家這邊不要把我這個分家出去的姨母忘了。」姨母芳子此話一出，周遭立刻沉寂下來，佐平正打算解釋，坐在千壽旁的良吉居中緩頰說道：「我們可以理解分家親戚的憤怒，但今天是爲宣讀父親的遺囑召開家族會議，有關細節問題，改天和宇市先生磋商後，再到姨母家說明。」

這時，一旁的千壽也說話了。

「姨母的意思我們明白，我們姊妹一定會仔細考量，請姨母不要生氣。」千壽低下頭，道歉似的說道。

姨母芳子似乎被千壽這溫順的勸慰所感動，突然話聲變小地說：「我不是對這份遺囑有什麼意見，只是覺得把這麼重要的東西交託給宇市先生，好像他是你們的監護人似的，有關這點我的確不高興。」

說著，她恢復情緒似的堆起笑容。

「既然遺囑已經念完了，咱們就準備給親戚用膳吧。」

芳子說著，轉身朝向走廊，像召喚自家僕役似的拍手叫來女傭，宇市卻突然抬手做了個制止的手勢。

「請稍候，我還有件事得向各位親戚說明才行。」

「什麼？你話還沒說完啊？」

芳子露出詫異的表情。

「是的。其實，我這裡還有一份遺囑。」

「什麼？還有一份遺囑……」

宇市話畢，藤代和千壽比姨母更爲驚訝。

「是的，跟剛才那份一樣，是老闆在臨終前交給我的。」

宇市語氣嚴正地說著，然後從懷裡拿出另一份遺囑，放在自己的膝前，客廳裡頓時陷入了異樣的氣氛。他像剛才那樣，向在場者出示封底的封印後，慢慢拆開，信封內同樣裝著寫在和紙上的遺囑。宇市表情凝重地攤開，用謹慎的目光朝在座的親戚掃了一眼，才低沉地念了起來：「再留遺書一封。我自從入贅矢島家，接掌矢島商店第四代店主以來，恪守先祖之餘光，雖留下家業的繁榮與振興，但無不感到煩憂與領導無方。七年前，我……」

宇市念到這裡突然停頓，繼而露出難以卒睹的表情，但最後還是勉爲其難地讀下去。

「從七年前開始，有名女子始終默默地照顧我至今……」

霎時，在場的親戚無不驚訝萬分，不約而同地看向宇市。宇市沒抬起頭來，兩眼直盯著遺囑，輕咳了一聲之後，繼續讀了下去：「提出這個請求，我實感惶恐。請在我死後，將部分財產分給這名女子。我再三懇求，務望如願。上述女子的住處與姓名如下……」

宇市又輕輕咳了一聲。

「她的住址是大阪市住吉區住吉町一四五號，名叫濱田文乃，現年三十二歲，望請特別關照安排。」

遺囑讀完時，藤代、千壽和雛子旋即露出驚慌的神色，在場的親戚也是一臉錯愕，客廳裡頓時籠罩著凝重的氣氛與異樣的嘆息聲。

「人心眞是難測啊。」

情緒激動的芳子率先打破了沉默。

「打從我姊姊還活著的時候，就不曾聽他在外面拈花惹草，大家都公認他是個好女婿。姊姊去世之後，他也遵守鰥夫的本分，可說是好男人哪，想不到背地裡竟藏了個女人……這種人太可怕了！不僅如此，他對我這個分家出去的親戚不聞不問，甚至還要把遺產分給那女人，各位親戚，您們說說嘉藏到底是什麼樣的女婿啊？」

芳子話中帶刺，愈說愈氣憤，故意把矛頭指向剛才誇讚嘉藏治家有方的矢島爲之助。爲之助露出困惑的表情，無言以對，這時坐在爲之助旁邊的妻子趕緊打圓場說：「哎呀，你爲你姊姊的事發這麼大的火氣，我是可以理解；可話說回來，在船場的老鋪裡，這不是常有的事嗎？你就用平常心看待嘛，何況嘉藏也很客氣，並沒有說非得給那女人多少嘛……」

這時候，嘉藏的胞兄山田佐平突然臉色鐵青，雙手平伏向在場的親戚欠身道歉。

「實在對不起，我弟弟打從十四歲起就承蒙您們的照顧，從學徒到伙計，從店員到管家，又從管家到上門女婿，想不到他竟然在外面和女人私通……而且又是在夫人在世時就……我眞是羞愧萬分啊……」

佐平說得結結巴巴，然後對著正在看遺囑的爲之助斷然說道：「那種遺囑，聽了眞叫我丟臉啊，乾脆把它撕了算了！」

「眞要說有女人的話，其實前三代店主也有過，你這樣指責令兄，我們反而不好意思啊。大家只是覺得詫異，爲什麼性格篤實的嘉藏還藏了一個女人，如此而已。而且他在遺囑上措詞那麼謙卑，我們就不要太苛責他了。」爲之助這麼說道，試圖緩和在場的凝重氣氛。

藤代始終神情僵硬地聽在耳裡，突然抬起頭來，直截了當問：「我父親臨終那天，偷偷溜進咱們家的女人就是她嗎？」

「是嗎？」

宇市歪著脖子，一副早已忘了的糊塗模樣。

「你少在那裡裝瘋賣傻，我可看得很清楚呢。那天，她穿得像個家僕似的偷偷穿過庭院的樹叢，然後又匆匆離去。不僅如此，我父親葬禮那天，她也來上香，還像葬儀社的男殯儀員那樣，數著芥草的數量是吧？」

「是嗎？眞是那樣的話，大小姐您實在太厲害了，什麼事都瞭若指掌！」

宇市習慣使用舊稱來稱呼離了婚又回來的藤代爲大小姐，不過，他這種略帶嘲弄的話語讓藤代聽得格外刺耳。

「是啊，我才不像宇市先生那樣明明什麼都懂還裝傻呢，我有眼睛和耳朵。」

接著，驀然問道：「那個女人三十二歲是吧？」

「是的，她三十二歲。」

「他們七年前就有了關係，不就是我母親去世的前一年，也就是我出嫁的那年。」

宇市默默點頭。這時候，藤代忽然露出銳利的眼神。

「這麼說來，我父親有了一個跟他女兒同樣年紀的小妾，而且在他女兒出嫁那年，他便跟那個年紀跟他女兒一樣大的女人廝混在一起嘍？」

藤代氣得話聲顫抖，惡狠狠地瞪著宇市。說到這裡，她停頓了一下，大大地喘了口氣，大聲喊了句「啊，煩死了」，然後又瞪著宇市質問：「她到底是哪來的狐狸精？你應該很清楚吧！」

藤代氣得嘴唇發抖。宇市對她這種激烈反應也不知如何是好。

「我哪知道這種事啊！我只是在老闆臨終前受託打了通電話給她，我也是第一次在那種場合見到她，後來通知她葬禮的時間而已，其餘的細節我完全不知道。」

「眞的嗎？你對那女人的底細清楚得很，只是瞞著我們罷了？」

藤代逼問不休，這時姨母芳子插嘴：「這種事與其逼問宇市先生，不如把那個女人找來家裡，當面問她的來歷、和嘉藏之間是什麼關係，然後再決定，這才是解決之道吧。」芳子不由分說，擅自決定，接著便轉向親戚說：「到時候，也請各位親戚一起過來好嗎？」

由於她的提議太過唐突，在場的親戚沒有任何反應，氣氛頓時異常凝重。芳子見氣氛不對，便趕緊補上一句：「我知道各位舟車勞頓，來一趟很不容易，如果各位放心把這種事交由我辦的話，我非常樂意，反正是女人的事嘛，怎麼樣？」

聽到芳子這樣處理，矢島爲之助這才如釋重負地說：「你願意代勞是最好不過了。那個女人的事就交由你處理，日後如果她們三姊妹在遺產分配上出現什麼麻煩的話，我們隨時都可以過來，各位意下如何？」

不插手女人的事，大家彷彿得救似的頻頻點頭。宇市裝模作樣說道：「那麼，就請各位親戚照矢島爲之助先生的話去做，至於遺囑上提及濱田文乃女士的部分，日後我會把她請來，你們三姊妹當面與她協商後再做決定吧。有關遺囑繼承的問題，各位還有什麼異議嗎？」宇市又恢復到剛才宣讀遺囑時那樣，語氣低沉而嚴肅。

整個客廳籠罩著凝重的氣氛和劍拔弩張的緊張感。藤代卻不顧這些，大剌剌地探出身子，態度強勢地說道：「父親在遺囑裡雖然這麼分配，可是我有異議！」

「噢，請問你有什麼異議？」宇市表情嚴肅地問道。

「以我做爲統領矢島家的女兒來說，我覺得分得太少了，況且我父親所寫的遺囑裡有不少語意奇怪的地方，請讓我考慮一下再給你回答。」藤代故作柔軟的身段說道。

「那麼，二小姐您的看法呢？」

坐在藤代斜對面、始終低著頭的千壽，靜靜地抬起頭來。

「姊姊說要再考慮一下，而我也剛剛才知道遺囑的內容，等我跟良吉商量過再說。」

千壽依舊不多話。

「那麼，三小姐您呢？」

雛子坐在後座，打從召開家族會議起，沒說過半句話，面對宇市的詢問，這才轉過那張圓臉，開口說：「我什麼都不知道，股票啦、古董啦這些東西，對我來說都太難了……」她說得直截了當，接著又說：「我再找人商量好了。」

「咦？您要找誰商量？」宇市的細眼爲之一亮。

「要找誰商量，我還不知道，我只是這麼想而已……」

她又說得這麼乾脆，不知想到了什麼趣事，右臉頰上露出小小的笑窩。

「那麼，今天只能算是給三位宣讀遺囑，改天再聽聽您們的意見，有關財產的繼承分配，您們覺得哪天最適當？」

藤代沉吟了一下後，對著千壽說：「一個月後，怎麼樣？」

「什麼？一個月後……？」

千壽有些驚訝，但也不知如何回答。

「我覺得可以啊。」雛子贊成藤代的意見。

「那就是下個月的四月十五日，在這之前，就由被指名執行遺囑的我來保管這兩封遺書，到時候斟酌情況，說不定會再召開家族會議。」

說著，宇市將兩份遺書妥善摺好，放回原來的信封內，再次跪膝向各位親戚招呼：「那麼，今天的家族會議就到此爲止，接下來請各位用餐，尤其是遠道而來的親戚，請務必賞光。」

或許剛才的家族會議讓與會的親戚覺得神經緊繃，宇市此話一出，大家才感到如釋重負。

客廳裡擺著在堺卯訂製的套餐，五名穿著當季服裝的女傭忙著招待客人。

在宴會桌前，宇市好像變了個人似的，依序為在座的親族敬酒寒暄。從坐在上座的矢島為之助開始，他恭敬地向每位親戚敬酒，為他們遠道而來參加這次家族會議表示謝意。隨後，良吉也像宇市那樣向親戚敬酒，但其應對進退總是比不上宇市那般老練圓滑。

酒過數巡之後，滿臉漲紅的矢島為之助一邊舉杯向宇市回敬，一邊問道：「宇市先生，你今年多大歲數了？」

「啊，不知不覺我都已經七十二歲了呀。」

「噢，你那麼大年紀了？我以為你才六十多歲呢，看不出有七十多歲呀。」他對著頭髮和眉毛已灰白、身體依舊硬朗的宇市說道。

「託您的福啦，我身體還算硬朗，打從前兩代店主當家的年代，我就在這裡做事，轉眼間也過了五十八年。」

「你做過兩代店主的大掌櫃，這次是第三代，連做三代店主的大掌櫃倒是很罕見哪。由此可見矢島家對你倚重之深啊，你得長命百歲才行呢。」

矢島為之助出言慰勞宇市長年來為矢島家付出的辛勞，這時為之助的妻子也表示女人的關心說道：「是啊，尤其她們幾個姊妹社會閱歷尚淺，以後你還得更擔待呢。對了，你老伴還好吧？」

「我的老伴十五年前就去世了，我已經過慣獨居生活，倒也沒什麼不便。」

「那麼，你的孩子呢……？」

「啊，我沒有生下一子半女。」宇市倏地漠然回答。

「是嗎？我不知道你膝下無子，這樣問太失禮了。」

這個話題無以爲繼，坐在一旁的爲之助趕緊把話接過去，語帶歉意地說：「這樣的話，我們更應該爲宇市先生的老後生活著想才行呢。可是，嘉藏在遺囑中並沒有提到宇市先生可以分得多少。」

「您不要這麼說，我實在承受不起呀！我十四歲就在這裡做事，按世俗的看法，我早該退休，能讓我繼續工作我就感激不盡了，哪裡還敢奢望分到什麼呢……」宇市使勁地搖著頭說。

「不，我聽說第一代店主矢島嘉兵衛在遺囑中曾提到要分給大掌櫃的份，所以你用不著客氣嘛。」

矢島這樣說著，然後轉向藤代說：「從你們祖父在世的時候起，宇市先生就在這裡工作，幫了你父母不少忙，況且你們從小就一直受到他的照顧，這時候，應該爲宇市先生考慮點什麼才是嘛。」

「考慮？考慮什麼？」

藤代佯裝不解其意。爲之助沉吟了一下，說道：「遺產繼承若能圓滿解決，你們就從各自分得的財產拿一點出來嘛，算是對宇市先生多年來的勞苦表示謝意，怎麼樣？」

「噢，聽你的口氣簡直像是他的辯護律師嘛。話說回來，即使不那麼做，只要宇市先生心地純正，到了晚年我們也不會虧待他。再說，他早就存了不少老本不是嗎？」

藤代半挖苦似的說著，但是宇市的表情依舊。

「沒這回事啦，我留在這裡若還有用處，就心滿意足了，我從來沒想那麼多，只想每個月領點薪水做到老死為止。」

宇市這樣說著，讓人分不清他是卑屈或是出自本意。他點頭施禮後站了起來，又向其他親戚敬酒。

由於宇市來回殷勤招呼，席間洋溢和緩的氣氛，熱鬧的談話聲此起彼落，只有藤代覺得自己的期待落空和莫名焦躁，她彷彿跌落深淵似的感到渾身無力。因為無論是父親寫給她們姊妹的遺書也好，或是留給那女人的遺囑也罷，都與她所預期的截然相反！原本，千壽的丈夫良吉只是在父親生前幫他做生意而已，現在千壽夫婦卻正式接管了矢島商店，連良吉這個招門婿也將繼承矢島嘉藏之名成為店主，這是她始料未及的。對藤代說來，比起再多的遺產，繼承家名更能握有實權。不過，父親卻把這些東西分給了千壽，甚至在遺囑中也把外面的女人算上一份，這都讓藤代覺得遭到背叛。

向來看著母親的臉色行事、對藤代客氣有加的父親，竟然在母親生前就有了小妾，而那名小妾又跟藤代同年，雖說這只是巧合，但看得出這是父親始終抱持的陰暗企圖。父親從未發過半句牢騷，這三十幾年來默默忍受家中女人的傲慢與冷酷，但心裡肯定積壓許多怒火。無論是寫給她們姊妹、字跡工整的遺書，或略顯客氣為小妾留下的遺囑，都隱藏著某種意圖。而且，遺言又指定由宇市執行，不能不讓人聯想到這其中必有蹊蹺。

藤代一邊舉筷進餐，一邊若無其事地盯著宇市的表情。不知不覺中，宇市回到自己的座位，弓著他那上了年紀的背脊，默默地吃著，那雙銳利的細眼好像在思索什麼，有時還散發出異樣的光芒，每到這時候，他便端起酒杯喝上一大口。

❖

宇市從阿倍野橋搭乘上町線，在神木站下車，旋即察看自己的布包結口有沒有繫緊，才沿著車站的階梯走了下去。步出車站之後，他從第三個路口的白米加工所旁的轉角拐進去。八點過後的郊區街道，兩旁淨是黯淡的門燈，除了偶爾有人騎乘腳踏車擦身而過之外，幾乎看不到任何人影。

或許是宇市在家族會議上的酒勁尚未退去，也許是上次來時沒記清楚路線，每次走到轉角便迷失方向，他走走停停，極力回想半個月前走過的路線，終於找到那家藥局兼賣香菸的店鋪，然後從店門旁的小巷進去再向左轉，就到了濱田文乃的住所。

這是一棟周圍有樹籬的平房，或許房子本身已經很老舊，樹籬下面的鋪石和住家外牆古舊不堪，不少地方該修整卻沒有修繕。宇市摁了摁門旁的門鈴。說是一扇門，其實只不過是在樹籬中間裝了一扇可以開闔的便門，訪客摁門鈴時，還可以一邊窺見裡面的動靜。

玄關前的電燈亮了。玻璃格子拉門後面映出濱田文乃纖細的身影，她欠身打開拉門，藉由門燈的光線認出了宇市，立刻疾步走了出來，拉開便門上的門栓。

「我還以爲您今天不來了呢。」她小聲地說。

「怎麼會呢，只是我來晚了，不好意思！因爲參加家族會議的親戚很晚才回去，雖說時間這麼晚了，但我覺得今天還是得來一趟……」

宇市恭敬地欠身致歉，跟在文乃後面走進玄關。

一坪大的玄關放著鞋櫃和傘架，放鞋的石塊擦得像鏡面般明亮，三合土地面打掃得乾乾淨淨。宇市上門造訪，今天是第三次，這裡總是打掃得一塵不染，連放在鞋櫃上的盆栽都不曾移動分毫，由此可以看出文乃循規蹈矩的性格。

走進玄關之後，緊接著是四坪和兩坪半相通的客廳，另外還有三坪和兩坪半的飯廳，但宇市總是被帶到這間客廳。壁龕上的掛軸已取下，放了一張小桌子，桌上放著已故矢島嘉藏的舊照片，照片前擺了看似嘉藏平日常用的茶碗，分別盛著白飯和清水，線香繚繞，點燈供奉，唯獨少了正式的牌位，正道出文乃的身分與立場。

宇市第一次來這裡是矢島嘉藏的守靈日，那時候文乃也是面容憔悴地出來迎接。文乃當時已經忘了白天曾在嘉藏臨終的房間裡見過宇市，而是站在大門口愣愣地對他凝視良久，終於想起他們曾在白天見過面，這才帶著宇市來到裡面，對他說「請您爲他弔唁」並指著鋪在客廳中央疊成三層的棉被。

宇市朝那方向看去，在友禪巧織而成的棉被上鋪著一層白布，枕頭上放著嘉藏的照片，枕邊供著一碗清水和一束芥草，好像在祭拜亡者。那異樣的光景讓宇市看不下去，文乃便勸宇市說：「您給老爺獻上一束芥草吧。」宇市順手接過芥草，正要出手撫摸裝在相框裡的嘉藏照片時，文乃又說「請您先用水幫他潤口」，然後端了一碗水遞到宇市面前。宇市把芥草沾濕，取出來向照片上的嘉藏嘴部抹去，落在相框上的水滴淌了下來，隨即便流到了枕頭上，文乃看到這幅情景，迸了句「眞是太謝謝您了！今天只有您和我來弔唁老爺啊」，之後便嗚嗚咽咽地哭了起來。

宇市第二次來這裡是爲了通知嘉藏出殯的日期。文乃似乎等候已久，馬上把宇市請到屋裡，當她得知葬禮日期後，便客氣地問：「那天，我可以到光法寺爲老爺捻香嗎？」不過宇市沒有立即回答，她又說：「老爺在世的時候，時常跟我提起他要如何辦理後事，他說話的神情好像要出席表揚大會似的，他還說要請十五所分寺的住持爲他誦經，要擺上三百對芥草。我想去看看是什麼情況，喪服和佛珠我都準備好了。」看來，這是這位平時不能公開露臉的女人最後的懇求吧。

「對不起，沒有請您就座，只顧著想心事，請喝杯茶吧……」

文乃從廚房端來茶水，對著呆坐在客廳中央的宇市既是勸茶又送上坐墊，接著又在嘉藏照片前上香點燈，這才轉向宇市說：「這幾天您眞是辛苦了，實在感激不盡！今天您累了一天，又勞煩您跑來這裡……」

文乃再次表示謝意，並低頭施禮，她已經不像日前那樣六神無主，只是默然而恭謹地低著頭。說的也是，守靈和葬禮已經結束，二七也做完了，看來文乃——這個七年來盡情付出的地下情婦，已然擺脫紊亂的悲傷，並把這份獨自被丟下的淒寂哀思統統埋藏在內心深處。

宇市自知身上還帶著酒氣，但仍表情嚴肅地說：「前幾天，我已經在電話中向您簡單說明，今天的家族會議把本家的親戚和門婿那邊的人都請來了，我當著大家的面宣讀了老爺的遺囑。現在，我把這份遺囑帶來了。」

宇市把放在膝旁的布包打開，從擱在餐盒上的另一個布包裡取出一只長方形信封。他沉吟了一下，將兩封遺書之中有關藤代三姊妹繼承財產的那一封遞到文乃面前。

「請您過目。」

文乃露出驚訝的表情，緊張地盯著那只信封，過了一會兒，才慢慢打開。她那單眼皮的清澈大眼直盯著遺書，一字不漏地開始閱讀。剛開始她讀得很慢，後來就快了起來，但讀到藤代三姊妹具體繼承財產的項目時，時而像是重讀似的睜眼停頓，時而又回溯到前幾行的文字。讀過一半後，又突然加快了速度，眼裡露出慌亂的神色，似乎按捺不住內心的激動，但讀完遺書之後又恢復了平靜，低聲地說：「留下這麼詳細的遺書，她們三姊妹對於財產的分配應該沒有意見吧？」

宇市默不吭聲，等候文乃說下去。

不過，文乃只說了這麼一句，並沒有將遺書中未提及自己所感到的不安說出來，而是將讀完的遺書小心翼翼地摺妥，還給宇市。

宇市接過第一份遺囑後，終於出示了他原本不打算拿出來的另一份遺書，說道：「這裡還有一封有關您的遺囑。」

文乃面露不知是驚還是喜的表情，只見她伸出顫抖的手，打開有關自己權益的遺書，才讀了兩三行，她的眼裡就泛起淚意，但她仍極力壓抑著不讓淚水流下來。讀到第五六行時，她壓抑的眼淚終於像潰堤般沿著面頰淌落，不禁將嘉藏的遺書讀出聲音來。

「……我實感惶恐。請在我死後，亦將部分財產分給這名女子。我再三懇求……」文乃嗚咽地讀著，不知不覺中淚水已浸濕了她的頸部。

讀完之後，文乃仍盯著那份遺囑，完全忘了眼前還有一位訪客；那痴情的眼神，彷彿在字裡行間聽到對方的心聲似的。

「像我這種見不得世面的女人，他只要留個口信，我就非常高興了，而他竟然寫了設想周到的遺書給我，我眞的很……」說著，文乃的眼淚又淌了下來。

「不，口頭約定不具任何法律效力，也就是說遺族不予承認。但若寫成遺書的話，它便有了法律效力。」宇市那雙灰白眉毛下的眼睛緊盯著文乃說道。

文乃似乎還沒理解宇市的意思，只是無助又困惑地問：「遺書，有那麼大的法律效力嗎……」

「日後若發生什麼事情，可以將這遺書呈堂給法官參考，只要確認是死者所寫，他們就能依遺書的內容做出判決。我想，老爺大概就是這樣爲您設想，才寫下這份遺囑。」

聽宇市這樣解釋，文乃又淚流滿面了。

「既然老爺特意寫下了這份遺囑，您該爭取的就盡量爭取吧。」宇市理所當然地說。

文乃吃驚地抬起頭來，出言婉拒：「不，我不想……要求太多，只要我日後的生活過得下去，就心滿意足了。」

「您太客氣了，遺書上又沒有寫明要給您多少財產，只寫著部分財產，換句話說，您能多拿就盡量拿的意思。」宇市不由分辯地說。

「不，老爺說要給我部分財產，只是對眾親戚客氣的說法。我不想要那麼多，只要他們不要把我當成下流女人，給我多少都無所謂……」

「咦？您說什麼？」宇市驚訝地反問道。

「不，沒什麼……我的意思是說，我怎麼能盡量拿呢……」

文乃說得支吾其詞，搖了搖頭。

「好吧，您的事情就交給我處理好了。」宇市接下文乃的話，接著又說：「對了，近日內，希望您能到本家一趟。」

「什麼？到本家去……？」文乃臉色大變。

「是的，因爲遺書上提到您，想請您跟她們三個有繼承權的姊妹寒暄幾句。」

「寒暄幾句？我要怎麼……」文乃語聲顫抖地說。

「您不必緊張，不是什麼大不了的事，只是互相打個招呼。要分得老爺的遺產……大家總得見個面嘛。」

宇市說得一派輕鬆，但文乃根本沒把他的話聽進去，只是愣愣地盯著房裡的一隅，呼吸愈見急促。說不清楚她在想些什麼，眼裡露出異樣的神色，既像怯懼又似挑逗，仔細一看，她的面容和脖頸宛如病人般憔悴不堪。

「您哪裡不舒服嗎？」

宇市關心的問候讓文乃有些慌張。

「不，沒什麼。因爲老爺離開人世，我突然感覺孤伶伶地失去了依靠……」說到這裡，文乃語聲中斷，沉默了片刻又說：「我非得到矢島本家去嗎？」

看得出她仍有些猶豫不決。

「您不要想太多。其實，老爺臨終前您過去的時候，和您出席葬禮的時候，他們家的大小姐已經看過您，所以你們不算是初次見面。」

宇市試圖緩和文乃的情緒。

「是嗎？原來她早就認識我了……」

文乃說著，深深地嘆了口氣。

「葬禮那天，她們三姊妹穿著雪白喪服，漂亮得令人炫目。她們跟我這種出身平凡的女人不一樣，家世良好又有教養……」

她這句話彷彿說給自己聽似的，陡然堆起笑容，下定決心地說：「那麼，我就恭敬不如從命。我隨時都可以到本家拜訪，只要那邊方便，您通知我就是了。」

「您這樣說，我就安心多了，有關具體時間我會再通知您。」

說著，宇市將文乃看過的兩份遺書收進小布包裡，放在宴會餐盒上，外面又綁上一條布巾，準備起身離開。

「您要回去了？再多坐一會兒嘛，我正在熱酒呢。」

文乃知道宇市喜歡杯中物，因而預備了酒。

「不，今晚就免了，我就此告辭。已經九點多了，我身上還帶著兩份重要的遺書呢……」

宇市出言婉拒，拿起布包正要離去時，門鈴突然響了，摁得非常大聲，宇市不由得探詢似的看著文乃。

「是誰啊？這麼晚了……」

文乃驚訝地側著頭，靜靜地站起來。門外的摁鈴聲仍響個不停。

門打開了，傳來一個男人的聲音，他們的說話聲很低沉，不知道在說些什麼，宇市整個身子靠向玄關，貼著耳朵傾聽，但還是聽不清楚。偶爾只聽到文乃低聲說：「老爺他……」這樣的隻言半語，完全聽不見那名男子在講什麼。他露出疑惑的神色，躡著腳尖，沒穿鞋子便走下玄關，站在三合土上，正當他要打開玻璃格子拉門，文乃的腳步聲傳來，門打開了。

「咦？您站在這裡做什麼？」文乃吃驚地問道：「宇市先生您來得正是時候，老爺生前送去裝裱店的掛軸已經裱褙好了，您也幫忙鑑賞一下。」她抱著一個細長包裹。

「噢，裝裱店……是掛軸啊？」

宇市茫然若失地說著，跟在文乃身後回到客廳。

文乃在客廳坐了下來，小心翼翼打開那個布包，從桐盒裡取出掛軸。

「這是老爺從本家拿來的軸畫，不過裝裱破損得很嚴重，三個月前送去附近的裝裱店重新裱褙。因爲要用中國式裱法，很花時間，老爺催過他們好幾次，結果軸畫裱好了，老爺卻走了……」

文乃說著，停頓了一下，但立刻打起精神似的解開軸畫的細帶，攤展開來。那是一幅雪村[9]的瀑布山水畫。宇市記得曾經看過這幅畫作，是矢島家收藏的古董中極其重要的珍品。不過，在矢島家，也難得將它掛在牆上。

「這幅軸畫的好壞我實在看不出來，老爺那麼珍愛它，肯定很貴重吧。」

宇市沒有正面回答。

「剛好宇市先生您來這裡，軸畫也裱好了，就請您轉交給矢島本家好了。」

「什麼？把這軸畫轉交給本家……？」宇市驚愕地問：「這不是老爺送給您的東西嗎？」

文乃搖頭以對，說：「老爺的確將這幅軸畫拿到這裡來，可是他沒說得很清楚，好像是暫時寄放在這裡，換句話說，只是暫時借用我家的壁龕。」

「寄放在這裡……借用您的壁龕？」

宇市像是自言自語，直盯著文乃的臉龐，但當他得知這是文乃的眞心話時，趕緊說：「既然如此，這軸畫就暫時寄放在這裡，您用不著急著送回，眞要送回也要看時機，這件事就交給我處理好了。」

接著又說：「那麼，我先告辭了，什麼時候請您到本家去，改天我再通知您。」

---

9 雪村周繼（一五〇四—一五八九）：日本室町時代後期的畫僧與藝術家，出生於日本本州中部的茨城縣。他充分學習中國繪畫技巧，為十六世紀前後日本著名的水墨畫家之一。

語畢，宇市又朝那幅軸畫看了一眼，才起身離去。

宇市沿著來時路，登上神木車站的階梯，旋即焦急地等候電車的到來，計程車駛到車站旁招呼，他依然不為所動，只是盯著電車駛來的方向。

圓形的電車前燈從遠處射來，行駛郊區支線的電車慢慢地進站了，或許是因為已經晚間九點，車內的乘客不多，宇市朝車廂內瞥了一眼，坐在駕駛座斜後方的座位上，把手中的包裏捧抱在膝上。

電車開動後，宇市依然雙膝靠攏，緊抱著膝上的包裹，過了北畠站之後，大概是之前忙著召開家族會議，當眾宣讀遺囑，會後又要招呼親戚用餐，回家之前還專程跑到濱田文乃家中報告家族會議的決議，可說是累到無以復加，宇市最後抵不住疲勞，連坐姿也歪了，終於瞇起眼睛打起盹來。

到了阿倍野橋，宇市立刻換乘行經上本町六丁目的路面電車，他在第二站椎寺町站下了車，那附近大多是逃過戰火洗劫的舊房舍。從車站走出去，在不遠處拐進一條岔路，就是密集的民宅區，或許是因為附近有許多寺院的關係，那一帶有不少做石材加工或園藝造景的人家。

宇市來到位於民宅區、外圍是矮牆的住宅前，推開那扇小門，院子裡一片昏暗，地上種了樹叢，擺著各式盆栽。

「回來了啊，您今天回來得比較晚喔。」經營盆栽生意的房東太太站在主屋的走廊下問道。

宇市佯裝沒聽見地逕自走去，走廊下又傳來問候聲：「您今晚還要到店裡加班嗎？」

宇市露出厭煩的表情。

「是啊，今天晚上又得加班，最近年輕人都不肯在夜間幹活。」

宇市這樣應和著，穿過院子，「咯噠咯噠」地推開位於西側的房門。

「我簡單幫您打掃了一下房間。」

「是嗎？那太謝謝您了……」

一如往常，宇市總是背向著房東太太道謝，拉開玻璃門，只見房裡收拾得整齊乾淨。這兩間朝西的三坪和一坪半相連的房間是房東的父母生前住過的房間；三坪大的房間裡有壁龕，一坪半的房間則有廚房和廁所。十五年前，宇市失去了勤勞的妻子，谷町的住家又毀於戰火，從那以後他便一直住在這裡。大家都說堂堂老字號商店的大掌櫃住在這種地方未免太寒酸了！不過，宇市卻說「老光棍一個，住得輕鬆自在就行啦」，始終悠然自得。

宇市環視著剛剛打掃過的客廳和臥室，逐一檢查走廊旁的木板套窗是否關緊，然後像是在考慮什麼似的坐在客廳中間，過了一會兒，他又突然站起來，探身蹲在壁龕旁的壁櫥前，非常謹慎地拉開隔扇。

壁櫥的上層堆著裝有衣服或生活用品的箱子，下層則疊放棉被。宇市佝僂著身子，使出不似老人般的力氣，把裡面的棉被一條條地拉到榻榻米上，這才探身到壁櫥裡，取出一個泛舊的柳條包。柳條包的蓋子上貼著一張寫著「明治三十四年三月十八日　大野宇市」的紙條，那正是宇市十四歲時到矢島商店當學徒的日期。

宇市掀開柳條包的蓋子，取出一個粗糙的木盒。那個一尺四方的木盒已摸得髒黑，卻能讓宇市的雙眼頓時散發出異樣的光彩。他急不可待地盯著那只木盒，滿是皺紋的嘴角不禁堆起笑容。打開木盒的蓋子，盒內淨是束捆成疊、外皮髒汙的郵局存摺，以及用不同名義開戶的各家銀行存款簿。

宇市志得意滿地盯著那些存款簿良久，才打開在電車上緊抱著的包裹，取出那兩份重要的遺囑放進木盒裡，闔上了蓋子。接著，他又將木盒塞進柳條包，把它推到壁櫥裡面，然後再把剛才拉出來的被褥一條條地推了進去。

完成這些動作後，宇市坐在壁櫥前，一派安心地抽起菸來。他抽了兩三根香菸，突然站了起來，只提著那個在家族餐會上分得的餐盒，圍上掛在衣架上的圍巾，走了出去。

他盡量不驚動主屋那邊，悄聲地打開屋門，又從外面把門關緊，藉著門燈的微光，躡手躡腳地穿過院子，推開側門走到外面，已是夜色深沉，路上幾乎沒有行人，但他仍焦急地朝電車站的方向走去。

宇市從椎寺町上車，在第三站上本町六丁目站下車，往回走到石辻町那一帶，便是小林君枝的家。那是一棟兩層樓建築，顯得有些擁擠狹窄，裡面好像只住了一個女人，門口擺著盆栽充作裝飾。

宇市不等人帶路，便上前推開玻璃門。

「請等一下，我馬上幫您開門……」

裡面傳來女人的聲音，接著便打開了玻璃門。

「您怎麼這麼晚才來呀……人家剛才還在擔心您呢。」

一名看似動作機伶、一身束袖簡裝的女子，小聲地迎向宇市。

「這是今天宴會的餐盒。」

說著，宇市將手中的餐盒遞給她。

「噢，這樣啊，那我們就把它當作今晚的消夜吧。」

她雀躍地接了過去，繞到宇市身後，幫他解下圍巾。

「您現在就要洗澡嗎？熱水我剛燒好了。」

女子說著便走進屋裡，打開衣櫃抽屜，幫宇市準備內衣和浴衣。

宇市默默地脫下衣服，僅穿著一條內褲，朝位於狹窄院子旁的洗澡間走去。

雖說洗澡間非常窄小，但傍晚時分剛換上嶄新的浴槽，整個洗澡間充滿檜木的香味。宇市用冷水浸濕毛巾，摺成四摺放在頭上，由於他有高血壓毛病，醫生屢次提醒他注意，所以他每次泡熱水澡之前總是把浸濕的毛巾放在頭頂。這幾年來，可說是君枝很會控制水溫吧，每次燒水都維持在攝氏四十二三度左右。宇市向房東謊稱要去加班，每星期卻來這裡兩三次，泡個熱水澡，讓女人幫他搓背，這是他身心放鬆的美好時刻。

玻璃門拉開了，一絲不掛的君枝走了進來，她的膚色略黑，身材豐滿有彈性。十幾年前她跟宇市就有了肉體關係，宇市自從年過七十之後，對那方面的興趣已不熱中，但若完全不碰女人肉體，又覺得欲火蠢蠢欲動。

君枝往自己身上淋水，接著又用微溫的熱水朝浴槽裡的宇市肩上澆淋。

「這麼晚才回來啊？不是說今天召開家族會議嗎，情況如何？」

「嗯，因爲開完家族會議之後我還得趕去老爺位於神木的妾宅一趟……」

「噢，爲什麼那麼晚還去妾宅那邊？明天去也行啊，爲什麼非得今天去？」她的口氣充滿猜疑。

「是爲了傳達老爺的遺書才去的。」

宇市沒好氣地應和著，從浴槽裡走了出來，坐在沖澡的地方。君枝旋即拿起肥皂往宇市的背部擦抹，等冒起白色泡沫，又用手巾去搓。

「有關神木那個女人，遺書上是怎麼寫的？」

「希望能分給她部分財產。」

「什麼？分給她部分財產……只寫這樣而已？」她大聲反問，聲音幾乎響遍了整間澡堂。

「笨蛋！你把肥皂泡抹進我耳朵裡啦！」

君枝沾滿肥皂泡的手不小心按在宇市的耳朵上了。

「對不起，我眞糊塗……」她趕緊將宇市那滿是皺紋又下垂的耳朵上沾的肥皂泡抹掉。

「這麼說，就要看本家那些人怎麼想。她可以分到多少遺產啊？這種事也不好講哪。對了，住在神木那個女人怎麼說？」

「她說，她不要太多。」

「什麼？不要太多……？」君枝不由得停下手，一副猜測文乃的想法似的說：「她是眞心的嗎?還是故意那樣說,以博取眾人的同情?」

「嗯,這也有可能。」

宇市說著,轉過身來,面向君枝伸出手。君枝抓住宇市骨瘦如柴的手,開始抹上肥皂。

「那麼,留給本家三姊妹的遺囑又是怎麼安排?」

宇市閉上眼睛,任憑君枝擺弄自己的手。

「老爺在遺書中交代,將矢島家的遺產,亦即商店、土地、建築物、股票和古董等等,平均分成三份給她們三姊妹。」

「其他親戚有分到什麼嗎?」

「老爺送給各家親戚一些薄禮。」

宇市說到這裡,停頓了片刻,君枝往他身上澆淋溫水,有點緊張地探問:「那您的部分呢?」

不知宇市是否聽進去了,他沒有回答,只是閉著眼睛,全身籠罩在氤氳的水蒸氣中。君枝再次舀起溫水幫他淋身,這才大聲地問:「我是問您,遺書裡有沒有提到您?」

「……沒有。」

「什麼?您說什麼?」君枝反問道。

「遺書裡一個字也沒提到我!」

宇市說著便站了起來,不再繼續泡澡,讓君枝用毛巾擦乾他的身體,便走進屋內。

每次從浴室裡走出來，宇市習慣只穿著寬鬆內褲和毛料束腰，罩著寬袖棉袍，坐在矮桌前，盡情享受泡澡後的啤酒。

他津津有味地喝了第一杯。

「怎麼樣，向堺卯訂製的套餐還是最好吃吧？」

說著，他舉筷享用餐盒裡的菜肴，讓君枝倒了第二杯啤酒。

「對了，你今年幾歲了？」宇市用白天矢島爲之助問他的口吻問著君枝。

君枝正往浴衣領抹上淡淡的香粉，接著用手指拉平，以稍作整裝的姿勢說：「眞怪，您怎麼突然問起人家的年齡？我早已成了老女人，已經四十幾歲了。」

「噢，你四十出頭了？你看起來那麼年輕，難怪我都忘了你的年齡。」

宇市瞇著細眼，看著剛洗過澡的女人，並爲她倒上一杯啤酒。

「說來我也老大不小了，正想辭掉現在的工作呢。」在道頓堀的餐館當女侍的君枝揣摩宇市的表情說道。

「辭掉工作，你打算做什麼？」宇市帶著謹愼的口氣問道。

十年來，君枝一直想和宇市共組家庭，不過他總是不答應；每次都要向房東謊稱去加班，偶爾來這裡住上一夜，對此他反倒快活自由。君枝默默地揣度著他的想法。

「是啊，我辭掉餐館的工作後，先待在家裡……我想當個教授小曲的老師。」

君枝雖然在餐館當女侍，不過她會彈奏三弦琴，又有唱小曲的技藝，要收徒授課應該不成問題。

「是啊，這樣當然比較輕鬆自由，而且你又會這些技藝。」

宇市寬心似的說著，君枝立即瞻前顧後地說：「不過，我還是得審愼考慮才行呢。畢竟白天在餐館工作還有薪水可領，但若眞的開班教小曲，哪天沒有學生上門，眞不知道該怎麼辦……」

宇市佯裝沒聽見似的，喝著第三杯啤酒。

「目前，您每個月給我的津貼加上我當女侍賺的薪水已經夠用了，可是哪天我若像神木那個女人，丈夫先走一步，該怎麼辦呢？我眞的愈想愈怕……」

君枝只說到這裡，沒再往下說了。

「我不會像老爺那樣說死就死的！」宇市突然口氣嚴厲地說。

「話是這麼說，但壽命可不是由人決定的。」

「你少講這種不吉利的話！總歸一句，不管別人怎麼說，這次矢島家的遺產問題若沒圓滿解決，我不會輕易說死就死的！老爺將遺產平分爲三份之外，其他還有山林地和銀行存款等遺產目錄，這些東西只有我才了解，不把這些產權歸屬弄清楚，她們就沒辦法辦理遺產繼承。」

宇市滿臉漲紅，氣憤似的說道。

君枝凝視著宇市的表情，試探問道：「這次的事情，爲什麼特別讓您大動肝火呢？」

「不，沒什麼。我只是說這次這麼重要的遺產分配只有我最了解。」

宇市說著，大概是白天的疲累和剛才的酒氣作祟，忽然醉意上湧，腳步顚晃地站了起來。

「您要睡了嗎？」

「不，我去小便。」

君枝原本想扶他一把，卻被宇市一手推開。他邁開輕飄飄的步伐，攏了攏灰白頭髮，半拉著浴衣的下襬，小便去了。

君枝趁這時候趕緊擦掉弄髒的桌面，收拾吃剩的菜肴，拍了拍沾著菸灰的坐墊，正要翻過背面，發現旁邊有本筆記本。那是一本用廢紙合釘而成的手工筆記本，看來是宇市去小便時不小心從毛料的束腰帶間掉下來的。君枝朝廁所的方向瞥了一眼，知道宇市還在小解，便快速翻開筆記本。

四十町步　　有（二百萬）
五町步　　只有（三百萬）
一百二十町步　有（二百六十萬）
十町步……

君枝正要往下讀的時候，傳來了宇市的腳步聲，她連忙將筆記本放回原處。宇市瞇著銳利的眼睛，朝掉落在坐墊旁的筆記本瞥了一眼，然後慢慢地拾起來，往腰間一塞。

「你知道我的筆記本上寫了些什麼嗎？」他若無其事地問。

君枝原以爲自己偷看筆記本的行爲會被宇市斥責，因而露出沮喪的表情。

「上面全寫些奇怪的數字，我根本看不懂。」

她這樣回答，又爲宇市倒了一杯啤酒。

「剛才你說要辭去工作，如果你想辭隨時都可以。至於將來的生活，你不必擔心，我會替你想辦法。」宇市突然慷慨地說：「好吧，該睡了。」

「今晚要在這裡過夜嗎？」

「嗯，偶爾在這裡溫存也不錯。」

的確，宇市許久沒邀君枝共度良宵了。

❖

良吉看見藤代走進店裡，趕緊走出帳房迎了上去。

他對著盛裝打扮的藤代打招呼，可是藤代連看也沒看他一眼就從帳房前面走了過去，在門口接過女傭遞來的小提包後，便走向大門口。

「大姊，您要出去嗎？」

店裡的每個店員都很緊張，但良吉依舊不以爲意，照樣回到桌前，作勢翻開帳簿查核，並用餘光瞄視著打扮比平常華麗的藤代疾步離去的背影。當藤代的身影完全消失後，良吉闔上帳簿，像想到什麼似的站了起來，朝房內走去。

他打開面向院內的窗戶，千壽像等候他似的站起來，隔著玻璃窗窺探著藤代的房間。

「大姊總算出門了。她也眞奇怪，好像是我帶給她不幸似的，自從開完家族會議以後，早上跟她打招呼她連理都不理。碰巧在走廊遇見，她也板著臉扭向一邊。當我要轉頭過去，她又故意停下腳步，用惡狠狠的目光瞪我，令我不寒而慄！爲了避免跟她碰面，我盡量不出房門。可是一想起她那可怕的眼神，我就渾身打顫。只要她在家裡，我的心情就無法安寧。」

千壽說得非常激動，細白的臉龐變得鐵青。一如往常，良吉坐在日式矮桌前沉默了片刻，抬頭對著佇立的千壽說：「大姊急著出去，到底要去哪裡？」

千壽壓抑著激動的情緒，冷靜地說：「去哪裡……大姊向來反覆無常，大概又是心血來潮到外面散心吧。」

「她今天打扮得特別亮麗，好像去看戲似的，又急著出去，不會是一時興起到外面散心吧？」良吉露出困惑的神情。

「父親的四七忌日還沒過，她不至於明目張膽去看戲。再說，她向來不會獨自去玩，總要呼朋引伴。若一個人出去，頂多就是散散心或買東西。」

千壽撇下這句話後，托著下巴坐在良吉面前。良吉緊閉雙唇，像是在思索什麼似的，時而點頭，時而搖頭。

「是啊，大姊會去哪裡呢？或許她眞的沒什麼事，只是爲了讓我們坐立不安，才故意穿得花枝招展，急急忙忙外出。大姊的性情反覆無常，做起這種騷擾的事情來應該是習以爲常。總歸一句，她對於前陣子遺書內的遺產分配似乎非常不滿，無法接受……」

千壽露出嚴峻的神色，說道：「大姊對那份遺囑的分配到底有什麼不滿？這個星期以來，她不但不給我們好臉色，還這樣折騰我們，她憑什麼不高興啊？」

「在大姊看來，自己雖然是個離了婚又回歸的女人，但她認爲矢島商店應該由她這個統管家業的大女兒繼承，可是遺囑那樣分配，她無法接受……」

「咦？大姊想繼承商店？」

「沒錯。戰前日本的民法規定，家產均由長子繼承。打個比方，就連家中爐灶的灰燼都歸長子所有，誰都別想分到些許。所以大姊沒想到會是這種結果。不過，戰後日本的民法做了些修改：丈夫死後，其妻可繼承三分之一遺產，其餘的三分之二平分給子女。倘若妻子已經死亡，全部遺產則歸子女所有。大姊居然不懂這點法律常識，未免太奇怪了。」

「這麼說，父親就是以平分三份的打算寫下遺囑的嘍？」

「當然是的。他經過各方考量，將矢島商店連同建築物、土地所有權和經營權交給我，但是我必須把每個月商店淨利所得的百分之五十平分給你們三姊妹；而把北堀江的二十間出租房和東野田町的三十間出租房分給大姊，將六萬五千股股票和古董分給三小姐，基本上是金額相等、平均分配的。」

「父親已經將遺產平分三份，大姊爲什麼還不滿意？」

「比起出租的房屋和地皮，大姊更想得到的是經營四代的矢島嘉藏商店招牌吧。」

千壽沉默了一會兒，那細長的眼睛眨了一下，在心中估算著三姊妹繼承財產的利弊得失，說道：「如果大姊那麼想繼承矢島商店，豈不是說我們比她和三小姐分得還多嗎？像你這種經商的立場姑且不論，以我們女人的角度來看，就算繼承商店的經營權，但若經營不善，老字號的店鋪還是會倒閉。比較起來，大姊繼承出租房和土地反而占到便宜。三小姐繼承股票和古董也是，那些都是過去的資產股，古董也是戰前就有的，都是些值錢的東西，很可能還會上漲，根本沒有吃虧嘛。」

「你們女人就是這麼會精打細算。話說土地和股票都是値錢的東西，也可以估算出它們的價値，但商店的經營卻很難估算，要看我是否經營得當，而這正是在你們女系家族當上門婿最爲難的地方，也是門婿入贅的意義所在。」

良吉一反常態，居然把話講得這麼坦白，千壽聽完也只好默然點頭。在大阪的老鋪中，女系家族更是如此，即使家中已有長子，只要有得力的女婿願意入贅協助擴展家業，他們都大表歡迎。所以對良吉而言，他若不能繼承商店的經營，便失去入贅矢島家的意義。

「嗯，我了解你的意思了。但話說回來，你努力賺錢，最後卻要把淨利所得一半的三分之一白白分別送給她們兩個人，豈不等於爲她們賣命嗎？我討厭這樣！」千壽彷彿瞪著藤代和雛子似的說道。

「你不用擔心啦，有關淨利的百分之五十這個數字，只要我待在帳房，我會設法……」說到這裡，良吉不由得露出笑容，安慰千壽說：「我們也不是傻瓜，這點你不必太擔心啦。」

不過，千壽並沒有因此笑逐顏開。

「還有，遺囑上說內院的宅第由我們三姊妹共同繼承，但得經過三人合議才能解決，這到底是怎麼回事？父親既然把商店交給我們經營，何不乾脆也把宅第給我們算了，偏偏又把後院分成三份，擺明是給我們添麻煩嘛……」

千壽一邊揣測著三姊妹繼承遺產的多寡，一邊想像著她們住在同一個屋簷下卻又勾心鬥角的情景。

「遺囑上寫後院由我們三個人共同持有，無論如何也不能改變嗎？」千壽不甘心地問道。

良吉沉思了一下，彷彿得出什麼結論似的說：「我念高商時學過一些法律常識，有關遺產分配有三種方法：一是依據法律來決定，一是根據遺囑來決定，還有就是依據死者遺言指定的第三者來決定。經過確認，若遺囑確實爲死者所寫，它就比法律更受重視。所以，若沒有特殊理由，遺囑的內容是不容更動的。」

「這麼說，我們今後豈不是要跟她們倆永遠住在同一個屋簷下？」千壽不由得鐵青著臉說道。

「不，我說的只是有關財產分配。我們可以出相當的價錢跟她們交換，但還是要看她們能否接受。總之，我們必須先遵照岳父大人的遺囑把遺產徹底分開再說。況且，遺囑的執行者是宇市先生，我認爲還是不要輕舉妄動得好。」

良吉好像有所顧慮，語氣突然變得謹愼起來。

「父親爲什麼要把遺書交給宇市先生，同時又指定他爲遺囑執行人呢？他可以交給律師處理啊……」

從召開家族會議那天起，千壽對這點始終不能理解。

「也不盡然是這樣。一般來說，都是以了解財產的詳情或繼承人的彼此關係，以及深諳家庭狀況爲法定執行人居多。法律上承認死者生前指定的執行人，因此宇市先生出任執行人是不成問題。只有在發生爭議時，才會委任律師處理。從指定宇市先生爲遺囑的執行人這點來看，父親肯定做過各種考量，或者有其他含意吧。」

良吉說著，困頓似的深深嘆了一口氣，朝壁龕上的掛鐘瞥了一眼。

「你要出門嗎？」

「嗯，下午三點半，我們同業工會在堂島那邊有個聚會。」

「那你會很晚回來嘍？」

「今天因爲談得比較複雜，可能很晚才會回來，你先吃晚飯吧。」

說著，良吉站起來，打開衣櫥，穿上一件和服外掛，便走出了房間。

良吉離去後，千壽靠坐在矮桌前，獨自托腮發著呆。聽丈夫這樣說明以後，千壽終於弄懂了先前對遺囑內容不了解的部分，但或許是因爲不諳法律用語，聽起來十分吃力，以至於感到有些疲倦。她透過玻璃窗和庭院裡的樹叢朝藤代的房間望去，只見春日的陽光灑落在明亮的窗戶上，每次輕風吹來，映在玻璃上的美麗樹影便婆娑搖曳，更添幾分寂寥。

千壽突然很想知道姊姊的行蹤，於是伸手按了柱旁的按鈴，內室女傭阿清聞鈴趕來。

「大小姐回來了嗎？」

千壽明知道藤代尚未回來，卻故意這樣問。

「沒有，大小姐去練舞了。」

「噢，去練舞了……」

「是的。她今天叫我給她準備最漂亮的衣服，於是我拿出加賀染織的和服和筒帶，以及彩色暈染的外褂，又取出跳舞專用的五鉤扣短布襪，她興沖沖地說要去練舞，就出門去了。」

千壽若無其事地問著，其實極力壓抑著內心的激動。自從父親死前兩個月，藤代便沒去老師那裡學日本舞，但遺產繼承問題尚未有結論，她卻突然恢復學舞，不由得令人納悶。人家說臨嫁前的小姐才會去學跳舞，到底是什麼因素讓姊姊有此舉動，這讓千壽感到莫名的不安。

「對了，大小姐有沒有說幾點回來？」

「大小姐說自從老爺出殯以後今天是她第一次出門，所以要好好地玩一玩。」

好好地玩一玩——這句話頗耐人尋味，更讓千壽心情焦慮。不過，她仍努力做出平靜的表情，改而探問雛子的事。

「三小姐呢……」

「三小姐跟平常一樣，早上就去上烹飪課了，她說今天會早點回來。二小姐，您有事找她嗎？」

「不，沒什麼急事，待會兒再說吧。」

阿清退下之後，千壽旋即感到一種難以名狀的焦慮。無論是妹妹雛子、姊姊藤代或丈夫良吉，他們都已隨興地到外頭走動，唯獨她還待在陰暗的家裡，這使她陷入無端的妄想。她對自己嘟囔了一句「我太累了」，試圖讓自己的心情平靜下來；但身處在高樓大廈夾縫中唯一一棟舊式大戶人家，至今仍延續著女系家族複雜的人際關係以及女人間勾心鬥角的環境中，已經把她壓得幾乎喘不過氣來。

走廊傳來腳步聲，停在千壽的房門口。

「二姊，你找我有事嗎？」

是雛子的聲音。千壽爲掩飾鬱鬱寡歡的神情，趕緊到鏡台前探照了一下。

「回來啦！進來坐坐吧。」

千壽這樣答著，用力拉開拉門，穿著套裝的雛子走了進來。

「我聽阿清說，你有事找我？」

說著，便隨意地坐在剛才良吉坐過的坐墊上。

「沒什麼事啦，自從開完家族會議以後，我都沒見到你，心想你怎麼了……」

「說的也是，那之後我已經一個星期沒見到你了。我總是趕著去上烹飪課，而你卻老是窩在家裡，不覺得悶得發慌嗎？」

「才不會呢，我從小就不喜歡出門逛街，每次你和大姊拉著我出門，我都覺得很懶啊。」

「是啊，二姊眞是典型繼承家業的女兒……」說著，雛子興致勃勃地看著千壽的表情，又說：「我是不是看起來不像招婿上門看守家業的女兒？」

雛子這種說法，讓人分不清是玩笑或眞心。

「像你這麼時髦的女孩，哪適合招婿上門……」千壽先是投以微笑說著，但旋即吃驚地看著雛子，「你說這話是當眞？」

千壽這樣問道，雛子綻開櫻桃小口：「哈哈哈……這種事不到那時候是很難說清楚的。我若是招婿上門，肯定會叫丈夫幫忙店裡做生意，成爲二姊和良吉姊夫的得力助手。」

雛子那像笛聲般的清脆笑聲，令人難以捉摸這句話到底是出於純眞或意有所指。這時候，良吉說的「只要我待在帳房裡，有關淨利百分之五十這個數字，我總會設法……」那些話又迴盪在千壽腦海中，她再次覺得雛子此話的含意絕不可輕忽。

藤代打扮得光鮮亮麗來到街上，發現路旁老字號店鋪的店員都好奇地看著她，但是她仍故作高傲地走過去。

她穿著加賀染織的和服，外面套著草綠色暈染的外褂，其實她知道這顏色與她的年齡不大相符，但她可是將父親的葬禮辦得格外隆重、雖是離了婚但仍統管家業的大女兒，說什麼也要把最能炫耀身分的衣服穿在身上。

穿過南本町的批發商街，來到御堂街，她並沒有叫計程車，而是緩慢地朝位於順慶町的梅村流派練舞場走去。藤代右手提著裝有舞扇的小提包，由於她提前出門，所以可以走得悠閒些。其實，她並不是在想練舞的事，而是專注地計算著父親在遺書中留給她的出租房有多少價值。

北堀江六丁目的二十間出租房及東野町的三十間出租房和地皮，全部歸藤代所有。不過，那些房地產值多少錢她也算不出來，而且出租契約不同，計算方式也不一樣。想到跟那些住戶將有一番繁雜的交涉，偏偏又要她這個孤身女人來處理，彷彿接到燙手山芋似的，不由得感到力不從心。因此，她亟需找到可靠的男人商量。問題是，在這節骨眼，她不但不能找妹婿良吉磋商，對方將來還可能成爲爭奪遺產的勁敵。而大掌櫃宇市又令人捉摸不透，若貿然找他商量，反而會招來麻煩。藤代再次想起開家族會議那天出席的親戚——第一代店主矢島嘉藏本家代表矢島爲之助、嘉兵衛的妻子卯女及本家的橋本留治、門婿曾祖父、祖父和父親的本家、姨母姨丈及姨丈本家……他們都跟良吉和宇市有來往，絕不會替她謀利。綜觀分家出去的親戚，只能談談生意，無法跟他們談遺產的事。或許找專家商量不失爲最確實又簡單的方法，但她不懂得如何與專家商討，這又增添了新的不安。從四五天前起，藤代就不停地煩惱這個問題，她爲自己如此猶豫不決感到焦躁，最後還是決定找梅村芳三郎商量爲上上策。

「你好，你現在要去練舞嗎？」

前方傳來開朗的問候聲，藤代抬頭一看，原來是在同一練舞場上課的學生，對方是心齋橋某和服店的女兒，剛結束排練課程正準備回家。

「是啊，我正要去上課呢。還剩下幾個學員？」

「剛好剩下一個學員，你快點去吧。」

藤代疾步從順慶町的角落向東拐去。一棟很像高級餐館、周邊圍起黑色高牆的建築物，便是梅村流派的舞蹈排練場。

推開木格大門，穿過近十公尺灑過水的石板路，來到鋪著地板的玄關，眼前便是以檜木搭建、約莫十五坪大的練舞場，旁邊還有一間四坪大的會客室。

藤代脫下和服外褂，從小提包裡取出扇子，朝正面的舞台看去。

梅村流派的一名入室弟子正跪坐一旁負責獨奏引唱，年輕的舞蹈老師梅村芳三郎正在指導一名學生跳舞——那是一個年約二十二三歲穿著華麗和服的女孩，大概是悟性不好，光是「黑髮」這個段落跳了好幾次總是跳不好。芳三郎始終站在女孩身旁指導，但女孩老是抓不到訣窺，於是他便把她右手的舞扇換到左手，改以左右相反的方向教她擺手移步。

以男性的相貌來說，芳三郎長得實在太俊俏，加上舞蹈家特有的氣質，更給人一種纖細的冷漠感。不過，他的性格與其外表剛好相反，個性豪邁、能力又強，這座練舞場有今天的繁榮景況，完全要歸功於這個年輕舞蹈老師的才華。

在關西的梅村流派中，舞蹈家梅村芳靜的名聲非常響亮，但如今已是五十出頭的老婦，而年輕的舞蹈師芳三郎現年三十二歲，是她和掌門人生下的獨生子。雖說芳三郎尚未正式接掌門派，但外界都知道他是掌門人的兒子，聽說他很有才華，更有擴展練舞場和振興本流派的傑出經營手腕。

這座位於順慶町的練舞場，原本也是向某雨傘批發商租地搭建的房舍，面積不大，但是年輕的芳三郎憑著過人的本事，硬是把它買下來，僅五六年的時間，便成了船場一帶梅村流派最大的舞蹈排練場。不僅如此，他還利用地利之便，把當地有錢人家的子女統統吸納到門下學日本舞；後來以此爲中心加以拓展，目前在大阪市區就有三座練舞場。

那三座練舞場也和當初順慶町的一樣，都是他強行買下的，而且聽說當時並沒有花多少錢，至於這是眞是假不得而知。總之，芳三郎很有經營手腕，從不給人吝嗇的感覺。他雖然是教舞的，但仍有其瀟脫的一面，遇上沒授課時，他就穿著西裝出去玩。

「讓你久等了，芳喜代，開始嘍……」

芳三郎一如往常這樣直呼藤代的藝名。藤代站了起來，登上舞台，將扇子放在膝前。

「恭請老師指導了。」

藤代打著招呼，和芳三郎並肩站在正面的鏡子前。

「你好久沒來上課了，所以今天我們從〈四君子〉[10]開始複習吧。」

說著，芳三郎拿著扇子，等候音樂的前奏。

雞鳴不絕耳，旭日普光照……梅香輕拂弱女袖，遊賞京都春……

櫻花二三月，白雲化綠葉……有誰為我摘澤蘭？徒望暗香隨風飄……

芳三郎穿著大島織的藍色和服，腰間繫著博多產的條紋方帶，腳上套著五鉤扣白布襪，像在水上滑行般踩著舞步。

在鏡子前，身穿藍色和服的芳三郎像女人般婀娜起舞，持扇擺弄的姿態比藤代更豔麗，藤代跟著芳三郎挪步跳著，心裡卻對老師充滿豔色的身段覺得反感，結果一不留神踩錯了步伐。

「來，我們從『有誰爲我摘澤蘭……』這段開始，再練習一次。對，右腳移出，腰身壓低，左手盡量抬高，眼睛看著前方……」

芳三郎一改剛才的教法，轉而把疑惑不解的藤代拉到自己的舞步中加以指導。

〈四君子〉的一段結束後，藤代如釋重負地收起扇子，或許因爲太久沒有練習，無論是出手或回手的動作都顯得笨拙，讓自己很不滿意。

「今天，我實在跳得太糟了。」

藤代欠身向老師芳三郎致歉。

「不，任何人都一樣，若是中斷太久沒有練習，舞步難免會生疏。對了，你們家的事情安頓下來了嗎？」芳三郎爲藤代打氣似的說。

「嗯，託您的福，總算安頓下來。另外，有件事我想跟老師您商量……」

藤代再次恭敬地低下頭來。

「我可以幫什麼忙嗎？」芳三郎有點詫異地問著，並回頭察看外面是否有人等著練舞，「在這裡不方便說話，我們到裡面去吧。」說著，他把藤代帶到屋內。

年輕舞蹈師芳三郎的房間比資深舞蹈師的房間狹窄，而且布置得簡單樸素，儘管如此，這房間的壁龕上仍掛著一幅軸畫。家中弟子立即端上熱茶和糕點，然後退了下去。

「你有什麼事要和我商量？」芳三郎很想早點了解事情的狀況。

藤代卻吞吞吐吐地說：「突然提出這個問題實在有點冒昧，請問老師是否認識深諳土地建物買賣又值得信賴的人？」

「什麼？不動產買賣……？」

芳三郎頓時露出驚訝的表情，問道：「你突然要賣不動產，到底是怎麼回事？」

藤代先是欲言又止，最後終於鼓起勇氣說道：「這關係到我們家遺產繼承的分配問題……事情是這樣的——家父死後在遺囑中寫明，將他在大阪市內出租的房屋和地皮分給我，我不知道那些房地產有多少價值，也不清楚怎麼處理不動產，所以很想找熟悉此道的人士估價。」

10〈四君子〉：日本舞踊。二世清元梅吉作曲，鎗田德之助作詞，西元一八九七年八月二十日初演。

「你們親戚當中沒有合適的人嗎？」芳三郎謹愼地問道。
「是的，的確不好找，而且若跟他們商量，情況可能會更麻煩……」
藤代故意說得語意含糊。
「難不成你們親戚當中有些難題？」芳三郎追問道。
藤代點點頭。芳三郎沉默了一會兒，突然說道：「我來替你想辦法。」
「什麼？老師您要替我想辦法……？」
藤代沒料到芳三郎居然會出力相助。
「你跟其他學生不同，你六歲的時候就跟我母親學舞，嚴格來講算是重要的弟子。我二十歲開始接替母親教舞時便認識了你，這回讓我幫你吧。」說著，芳三郎凝視著藤代，接著又說：「對了，我想先了解一下，你爲什麼急著想知道那些房地產的價值？」
芳三郎如此單刀直入問起，目的是希望讓藤代直接道出事情原委。
「家父把所有財產平分成三份給我們三姊妹繼承，我二妹得到矢島商店的經營權和該店的房地，我三妹分到六萬五千股股票和古董，我則繼承了大阪市內的五十間出租建物和地產，我只是想知道繼承的份額是不是眞的公平？」
「查出來了你又打算怎麼辦？」
「如果分少了，我就叫妹妹們再分給我。」
「萬一是你多分了呢？」
藤代將秀麗的臉龐轉向一邊，沒有回答。芳三郎露出一絲微笑。

「是嗎？看來你只考慮自己繼承的份額是否太少。話說回來，你繼承的那些房地產也可能價值不菲，到時候在申報財產登記時，你就得想辦法壓低價格。而若只看登記價格，表面看來是你少分了，倒是可以讓你兩位妹妹再分給你。不過，我身爲一個男人，實在不好插手管這種事啊。」

說著，芳三郎打開鞣皮的香菸盒，抽出一根三城牌的濾嘴香菸，叼在薄唇上。

「你家二妹已經招婿上門了吧？」

藤代默默地點點頭。

「那你三妹會找大掌櫃或其他人商量嗎？」

藤代搖頭以對。

「不管怎麼說，你妹妹肯定會找人幫她出主意的，雖是如此，也不能把身邊的人扔下不管啊。」

他叼著香菸，點著了火，一邊慢慢地吐著白煙，一邊如同在腦海中編排新舞蹈似的，流露出動人的眼神。但沒一會兒，他卻把香菸捻熄，說道：「總歸一句，我們先去看看那些房地產再說吧。」

說著，他用銳利的眼神朝藤代瞥了一眼。

「對了，你什麼時候比較方便？」

芳三郎想盡早定出時間。

「嗯，讓我想想看……」

藤代想找個不被千壽和良吉察覺的時間，因為自從在家族會議公開父親遺囑的隔天以來，藤代已經深深感受到千壽和良吉宛如盯著小偷似的，整天監視著她的一舉一動。這種行為正意味著得利者的餘裕從容以及對損失者的過度防衛。但光是這樣，就讓藤代神經緊繃，腦中所想的淨是如何擺脫千壽和良吉的視線。看來，只有利用下次練舞的時機和芳三郎去勘查那些房地產最為妥當。

「老師，下次排練時，您有時間嗎？」

芳三郎在矮桌上查看著自己的日程表。

「那天下午有個聚會，不過我會騰出時間。」他在日程表上畫了個紅色記號，接著說：「真想不到，我除了教你舞蹈之外，居然跟你談起不動產的事來了呢。你找我商量這件事，肯定是經過再三考慮吧？倘若我像你們那樣是經商人家的兒子，應該會比較明白另一個老店家的長女是怎麼看待遺產問題的。就這點來說，我身為一個舞蹈家，腦中所想的只是如何辦場盛大豪華的舞會。」

藤代走出家門時，口頭上說要去練舞，某種程度是故意要讓千壽和良吉坐立不安。可話說回來，在遺產問題未徹底解決之前，她根本沒有閒情逸致學舞。不過，此刻既然已經來這裡請託，便不能再佯裝不知了，她熱切地問道：「啊，對了，請問老師下次要辦什麼樣的舞會呢？」

「今年的梅村流派舞會，打算把舉辦時間從歷年的五月延到七月，不過，我會把更多心力投注在新舞的編排，還打算投下重金，盡量把這次舞會辦得盛大些，我正考慮安排個角色讓你擔綱演出呢。」

「老師，我沒有能力擔綱演出啦……」

芳三郎見藤代出言婉拒，又說：「不，我母親也說這次一定要請矢島家的大小姐出來獻藝……」

由於舞蹈會的費用幾乎都由演出的弟子出資，如果愈多弟子參加，自然可以辦得更盛大風光。

「師娘她……今天去哪裡了？」

「老家那邊有個聚會，大清早就出門了。」

「那麼，就等下次和老師見面後再商定時間好了。而且，我現在剛好有事要去清水町的親戚家一趟……」

藤代巧妙地編了個藉口，正要站起來時，芳三郎也抬眼看著手表。

「我今天剛好要去日本橋那裡的練舞場，我陪你走到清水町吧。」

說著，他比藤代先行走出房間，家中的弟子早已站在門口，爲他準備好鞋。

從順慶町來到御堂大街，午後的陽光灑滿整個街道。芳三郎身穿大島織染的藍色和服，在明亮的陽光下顯得格外鮮豔奪目。藤代對於芳三郎比女人更華美的身姿，不禁湧升驚豔和厭惡的感覺。她的心緒翻湧，雖說她是迫不得已來找他商討，但其實她有些後悔，不該找芳三郎商量不動產的事情。

走過新橋後，街上的行人突然多了起來，藤代發現擦身而過的行人都朝她和芳三郎打量著。芳三郎已注意到眾人的目光，卻仍像在舞台上似的邁著舞步走著。

或許是因爲穿著藍色和服、拎著小提包的芳三郎與身穿草綠色暈染和服外掛的藤代，在服飾色澤上搭配得宜，無論從服裝或年齡來看，難免會被看成是一對情侶。

想到這裡，藤代覺得很不舒服。儘管她是離過婚的女人，但終究是擁有四代歷史的矢島商店的長女，眼下卻跟一名教舞的老師並肩而行，難免會惹來非議。藤代倏地停下了腳步。

「我從這裡坐計程車。」

「什麼？不是快到了嗎？」

芳三郎露出驚訝的表情，因爲再走幾步就到清水町了。

「不，我還要去其他地方。下次練舞時，那件事情就請老師您多關照了。」

藤代這樣說著，立即招手攔下一輛剛好駛來的計程車。車子開動後，她喃喃自語：「我只是拜託他幫我找人評估那些房地產值多少錢而已，沒有其他意思。他若有其他解讀，我可不管了……」說著，她那美麗而好強的眼睛望向窗外。

第三章

計程車一駛過櫻宮橋，藤代已經在車內拿出了錢包。早上，藤代打電話給梅村芳三郎說不去練舞場，直接約在東野田車站見面，可是她自己卻遲到了三十分鐘。

車子在車站前停了下來，司機扭過身子，打開車門。

「怎麼了，這麼晚才到啊？」

穿著西裝的芳三郎站在車門外，剪裁合身的深灰色西裝彷彿貼在他高大的身軀上似的，外面又套著一件象牙白大衣。向來喜歡穿豔麗服裝的芳三郎，今天卻一改穿和服時展現的女性美豔，給人一種三十歲男人成熟穩重的感覺。

「對不起，我來遲了……」

藤代有點不好意思地低下頭。

「沒關係，我原本就提早來的，順便在附近逛逛。」說著，他轉身過去，打了聲招呼：「阿常，大小姐來了。」

距離芳三郎身後五六步遠，站著一名身穿高級西裝、頭戴鴨舌帽、體型矮胖的男子，他走了過來，旋即遞出自己的名片。

浪花不動產商事　小森常次

跟看似氣派的公司名稱比較起來，公司地址卻設在郊外，而且也沒有電話號碼。

「他是我的得力助手，雖說是出道不久的仲介商，可當初要買下練舞場的土地和蓋房子的事宜，都是他替我處理的。這次雖然不是談生意，他還是願意來看看。」

芳三郎這樣介紹，小森常次立刻欠身，用十分了解內情的口吻說：「前一陣子，您們矢島家剛辦完了喪事，像府上那樣的大戶人家處理後事總是複雜些。不，應該說，著名老鋪的情況都一樣，有關這方面的事情，我非常了解，所以請您不用客氣盡量吩咐……」

藤代對他這種交淺言深的態度感到不悅。

「阿常，我們趕快去看看吧。」

芳三郎和常次逕自走開。

他們從東野田的十字路口往南，朝著京橋的方向走去，走到東野田五丁目附近時，小森常次停下腳步，把鴨舌帽的帽簷往上推了推。

「請問那些物件的門牌是幾號？」

藤代從手提包取出地址，沒有交給常次，而是遞給了芳三郎。

「從五丁目的六十三號到八十號，以及從一一〇號到一二一號。」

芳三郎代替藤代答話，常次馬上打開分區地圖，朝那些住宅的門牌瞥了一眼，然後仔細地兜了一圈，好像發現目標似的，走上電車道，從轉角處沿著電車道指著第六間房子說：「從這裡開始到那邊的十八間，就是六十三號到八十號，這一帶的房子都是戰火中倖存下來的。」

那是一棟六戶的戰前建築物，緊挨著電車道，位處於京橋北口和東野田的交界處，人車來往非常頻繁。賣紙箱、瓷器店、五金行、服飾雜貨等小商店一家挨著一家，狹窄的步道上散放著摩托車和腳踏車。

常次在這些店門前來回走了幾次，態度認眞地打量著那些房子，有時還悄悄靠近房子，趁人不注意時，「咚咚」地敲敲外牆。芳三郎也一樣，時而在店門口來回走動，時而像觀賞櫥窗似的窺視店內情形。藤代爲了避人耳目，走到電車道的對面，一邊用蕾絲披肩遮著臉等候他們。

耀眼的春陽照在藤代的臉龐上，大卡車轟隆隆地揚起砂塵從眼前駛過，藤代每次都要用披肩遮住口鼻轉過臉去，等砂塵消散後，才又轉過頭來望著他們。

芳三郎和常次站在路旁，不知在說什麼，他們談定了之後，便又分別從左右走去，朝臨近那十八間店的轉角處拐去，好像要察看住宅的後側。藤代望著那兩個男人在熙來攘往、塵砂飛揚的街上來回評估那些房地產，以及自己站在路旁對他們發號施令的模樣，不由得爲自己感到卑鄙難堪，因爲再過半個月就要召開第二次家族會議，討論遺產分配事宜，而她卻未能守住世家小姐的謹愼。

藤代發現芳三郎他們穿越電車道而來，以恍若等候已久的口吻問道：「辛苦您們了，情況怎樣？」

芳三郎用條紋絲綢手帕擦著額上的汗珠。

「嗯，那些房子是有點老舊，但因爲是戰前建造的，看起來很還牢固。」說著，他轉身看向常次，說道：「阿常，依你的勘查，那些房子一戶値多少錢？」

「這我得仔細算算才知道呀。」

常次從上衣口袋拿出一副攜帶型四珠算盤。

「首先，我想了解那些房子每戶有多少坪數？」

「占地四十坪，建築面積七十二坪……」藤代用公式化的口吻答道。

「占地一坪以七萬圓來算，四十坪就是二百八十萬圓。雖然建物本身有些老舊，但蓋得很牢固，每坪以一萬圓計算，一戶七十二坪就是七十二萬圓。占地和建物合起來，一戶折合三百五十二萬圓。但目前有住戶居住，估價這種附帶地皮的房子時一般都要扣除四折，因此剩下的六折便是兩百十一萬二千圓；總共十八戶，合計三千八百零一萬六千圓。」

說著，常次把撥算過的小算盤遞給芳三郎和藤代過目後，馬上將算盤放進口袋裡。

「我們去看下一個地方吧。」

常次說著，接過芳三郎遞給他的地址，又朝電車道的對面走去。

他從剛才那條商店街走過兩條路，往京橋方向的十字路口向南拐去，眼前突然出現一大片雜亂的民房；屋頂上掛著大阪燒店、洗衣店、蔬果店、烏龍麵店的招牌；由於戰爭時期政府強制疏散，放眼望去，那裡還有一大片像掉齒髮梳般的荒涼空地。

常次找到櫻宮小學，走到學校後面，環視了周遭的門牌號碼，那裡大多是歇業的大雜院，他馬上找到目標，站在兩棟分別有六間歇業住戶的建築物前。

這兩棟建築物的結構相同，都是兩層樓，面街的一面開著半間大小的門，門上鑲著玻璃，但由於年久失修，屋簷下的牆壁已斑駁不堪，牆窗的擋板也扭曲變形，看起來十分礙眼。

「這些房子破損得很嚴重。」

常次露出沮喪的神情，但立刻像剛才那樣偷偷地敲了敲外牆，摸了摸擋板的受損程度，接著極其熱心地確認屋況。

「這裡有多少坪？」

「占地三十坪，建坪五十二坪……」

藤代這樣答著，常次納悶地問道：「什麼？有那麼大嗎？」

他看著藤代，傾著頭表示疑惑。

「有疑問的話，你可以用尺量量看嘛。」芳三郎從旁插嘴道。

藤代吃驚地環視周遭。雖說這裡略顯偏僻，行人也不多，但是，大白天到住戶家裡丈量坪數，藤代終究覺得不好意思。

「有什麼關係呢，反正這些都是你的房產……」

芳三郎說著，常次馬上從口袋裡拿出卷尺，說道：「舞蹈師，你拿這一頭吧。」

常次把卷尺的一端遞給了芳三郎。芳三郎很有經驗似的，熟練地接過卷尺。

「阿常，我們到巷弄內去量，以免打擾到附近住戶。」芳三郎用眼神示意著常次身後的方向說道。

原來，常次站的地方剛好是這兩棟房子的交界，那裡有條狹路通往裡面的巷弄。常次為芳三郎的眼力之快大感驚訝，迅速走進了巷弄。

藤代也跟著芳三郎走進狹小的巷弄裡，濕漉漉的泥土路把她的蜥蜴皮草屐底部都浸濕了，餿水的惡臭味從下水道的孔洞冒了出來。她不由得摀住口鼻，嚇得正要退出來時，芳三郎剛好回頭看到，便半挖苦地說：「你果真是千金小姐之軀呀。」

接著，便拉起卷尺，蹲在下水道的孔蓋上做爲起點，開始實地測量。常次飛快地拉動卷尺，利用巷弄的長度量了房子的坪數。

從巷弄走了出來，常次又露出納悶的表情。

「奇怪了，每戶果眞占地不到三十坪，只有二十六坪多一點，這是怎麼回事？」

他不解地望著芳三郎。芳三郎略微沉吟了一下，轉頭看向藤代，確認道：「你說那房子占地有三十坪，是你從土地所有權狀上看到的坪數嗎？」

「不，我沒有看到土地所有權狀，這數字是大掌櫃宇市告訴我的。」

「噢，你沒有看過土地所有權狀……」芳三郎有點爲難地說：「一般來說，土地所有權狀上的數字和實際測量的數字難免會有誤差，也就是所謂的『繩差』。可是每戶竟然差了四坪之多，是有點奇怪。這棟房子的後面很可能有塊空地，或許是當時政府爲了強行疏散，每戶削掉了四坪也說不定。這樣一來，若不正式測量一下，吃虧可不小呢。阿常，你按現在的面積再算一下。」

常次從上衣口袋拿出小算盤。

「這裡因爲離電車道有段距離，以每坪三萬圓來算，一戶二十六坪，就是七十八萬圓。不過建物本身非常老舊，已沒什麼價值可言，所以姑且只計算地皮的價值。一戶七十八萬圓，跟剛才一樣，目前尚有住戶居住，所以打六折來算，每戶便是四十六萬八千圓。這裡共有十二戶，合計爲五百六十一萬六千圓。再加上前面的數字，總共是四千三百六十三萬兩千圓。」

「只值四千三百六十萬圓……」

藤代沒有說出那些尾數，而是表情嚴肅地向常次問道。

「恕我把話說得明白些，因爲這裡比較偏僻，終究賣不到好價錢。相反地，北堀江那邊的房子，因爲離市中心較近，倒是可以賣個好價錢。我們現在就去看看吧。」常次興致勃勃地說。

車子從北堀江二丁目的車站往西行，橫越浪速大街時，坐在前座的常次叫司機停車。他自己先下了車，攤開西區的分區地圖，搜尋著門牌號碼片刻後，站在二丁目西邊的十字路口，朝芳三郎他們招招手。

芳三郎和藤代的座車開到常次站的地方停了下來。

「這一帶的土地，都是二次世界大戰後重新劃分的，街衢巷道的改變非常大，不過，地段不錯。同樣是北堀江街，跟周防町街相接的這一帶，街道寬闊，可以賣個好價錢。那四棟建築物都是各五間的店面，應該值不少錢。」

常次說的沒錯，這裡雖是出租房屋，但這四棟五間連立的房子都是木造、灰漿抹牆的結構，兼作商店用途，而且連接心齋橋的大馬路就從它們前面經過。這裡總是車水馬龍，東野田附近的區域根本無法與之相比。

由於附近有木津川和長堀川流經的關係，周邊的木材行和貨運行特別多，經常可見滿載木材的卡車和三輪摩托車在樹蔭夾道的路上來回奔馳，樹葉都蒙上一層白色砂塵。

藤代和芳三郎站在六丁目的轉角處，他們勘查附近的環境以後，轉眼看向堀江街北側的五間一棟、兩棟連立的出租房。

從北堀江街六丁目東端算起，自行車行、磨刀鋪、舊鐵行、建材行、家具行等等，共有五間商店；那些房子跟周圍的普通住宅相比，石灰牆抹得很粗糙，隨處可見蚯蚓狀的裂痕，二樓的石棉瓦屋頂也已塌陷變形。

「地點確實不錯，建築物看起來像是戰後蓋的，這樣大概值多少錢？」芳三郎問常次。

「嗯，戰後的建築物外觀看來都不錯，但內部的結構並不怎麼樣，這樣就不好估算了。」常次說著，露出沉思的神情。

「那麼，我們就到裡面看看吧。」

「什麼？到裡面看？」

常次起先有點意外，但旋即點頭同意，走進最靠邊間的自行車行。店門口擺著幾輛嶄新的自行車，其實是間自行車修理店，後面散放著舊自行車的各種零件，兩三名年輕店員正忙著修車，但是他們仍注意到站在門口的藤代和芳三郎。

常次打了聲招呼，穿著滿是油汙工作服的店員走了出來，接著請出一個五十出頭看似老闆的男子；對方疑惑地聽著常次的說明，突然大聲嚷道：「不行！不行！你們這些像騙子似的土地掮客，少在這裡胡說八道，趕快滾開！」

自行車行老闆像趕蒼蠅似的揮手趕走常次，常次頓時面露不悅，正要辯解的時候，站在藤代旁邊的芳三郎走了過來。他宛如邁著輕盈舞步般，若無其事地站在常次面前，那張俊秀的臉孔露出溫和的微笑。

「對不起！他說得不夠清楚，請您多包涵。其實我們是從南本町的矢島商店來的，站在那裡的是最近繼承這一帶出租房屋產權的大小姐。」芳三郎用商人般的柔軟身段向那名男子說明。

「噢，這麼說，那個女人就是新房東嘍……？」

自行車行的老闆霎時臉色大變，他終於明白那位是已故矢島嘉藏的女兒，也就是繼承自己所住房屋產權的新房東！

「是嗎？那你們看完裡面之後，又要怎麼辦呢？我們雖然是承租戶，可是也享有應有的權利啊。」他口氣嚴厲地說道。

「事情沒你想的那麼嚴重啦，這位小姐因爲成了新房東，只是想具體了解自己的持屋狀況而已。」

對方見芳三郎說得如此客氣，繼而說道：「既然這樣，那就請你們到裡面看個仔細吧。」老闆大概認爲他們是來檢查房屋會不會漏水或準備修繕屋頂，因此態度突然變得很客氣，甚至對著站在門口的藤代笑臉相迎，熱切地邀請她進來。

一行人走進裡面，老闆領著他們來到和商店相連的三坪大房間，老闆娘馬上端來熱茶，帶著窺探的表情打量著藤代他們，然後才退到廚房去。藤代沒有碰老闆娘送上來的熱茶，只是雙手平放在膝上，靜靜地坐著，芳三郎和常次則像幫工似的忙進忙出。常次沒有像在東野田那樣露骨地估價，只是察看房柱、牆壁、門楣、門檻的嵌合情況；接著又走到狹小的院子裡，察看屋簷下的支柱，又仔細檢查地板下的地基。芳三郎爲了轉移自行車行老闆的注意力，像大掌櫃似的鉅細靡遺回應著老闆所說的情況，屋頂漏水的位置和導水管的破損程度等等。

藤代在煩亂和尷尬的氣氛中，驀然想起靜坐家中的千壽。千壽不必像她這樣厚著臉皮闖進民宅估量地價，只需坐在家裡就可以繼承矢島商店，商店又交由丈夫良吉打理，而她卻得跟土地仲介商軟硬兼施地闖進自行車行估算地價；想到自己如此狼狽，氣得不由得緊抿嘴唇。

「非常感謝啊，你們這次還特地來察看所有漏水的地方。」自行車行老闆喜孜孜地坐在藤代面前，一邊勸藤代喝茶，一邊說道：「大約一個星期前，府上的大掌櫃曾來過這裡。」

「咦？我們家大掌櫃來過……」藤代吃驚地反問道。

「是啊，大掌櫃每個月都會來收房租，上次來收房租的時候，順便將房屋的裡裡外外察看了一遍。」

「他連屋內也看了……」

「是的，跟今天一樣，仔仔細細察看了一番，這次您們又這麼貼心派人來察看，看來是準備徹底修繕嘍，哈哈……」他笑得十分卑劣滑頭。

藤代沒有回答，只是默默地站了起來，背後傳來芳三郎慌忙的招呼聲，但是藤代頭也不回地走了出去。

這時，藤代的腦海中又浮現她走出家門時，宇市和良吉並坐在帳房的情景。宇市發現藤代要外出時，旋即從帳房裡跑出來，懇切地問她要去哪裡；當藤代回答說要去練舞時，霎時，他露出奇妙的表情，又說，那可是要花體力的事呀，這才恭敬地欠身送藤代出門。藤代心想，自從父親葬禮後到召開家族會議，宇市幾乎不曾露面。家族會議結束以後，他偶爾會來店裡一下，像父親生前那樣坐在帳房的金庫前，好像在認眞看守金庫似的，掌管現金出納。但令人納悶的是，他爲什麼要去察看那些出租房的屋況呢？

而且五天前，當藤代問及有關出租房的地址、坪數和租賃關係時，他卻不露聲色，也沒提已經去北堀江察看過出租房的事，只是打開線裝的小帳簿，回答藤代的問題。宇市果眞是收房租時順便去察看一下嗎？還是……？驀然，那個強壓在藤代心底的女人名字又極其厭惡地浮現了出來。

濱田文乃——父親在第二封遺囑中請求分予部分財產的女人。眼下，只有宇市會爲這個女人爭取遺產。依藤代她們的立場來看，濱田文乃是個多餘的麻煩，她們根本不想把自己所得的遺產分給她分毫。宇市該不會已察覺她們的想法，爲了執行父親交代的遺囑，替那個女人爭取遺產，故意在藤代她們分得的遺產中動手腳，才去查看北堀江的出租房嗎？藤代並沒有忘記那女人的存在，她原本打算在她們三姊妹分配完遺產之後，把那女人叫來家中詳談，但是當藤代得知宇市搶在她之前已去看過出租房，這突然讓她對宇市和那女人的關係更加質疑了。

芳三郎直喊著藤代。藤代回頭一看，只見芳三郎一邊閃著疾駛而過的汽車，一邊快步地追了上來。

「你怎麼了？突然什麼也不說就掉頭走人？這叫我們好尷尬呢。」芳三郎責難似的說道。

藤代沒有回答，只顧著往前走，芳三郎見狀跑到藤代面前站住。

「你們家大掌櫃的作爲，好像惹得你很生氣？」他用直戳藤代心中祕密的銳利眼神說道。

這時，藤代也不甘示弱地睜著明眸回看，當她那秀麗的臉龐高傲地轉向一邊時，芳三郎不由得露出一絲冷笑。

「不必爲這種事生氣嘛！剛才在自行車行裡，我們像幫工似的忙進忙出，你安靜地坐在那裡，老闆隨口提起大掌櫃的事，你卻突然臉色大變。平常你很少動怒的，可一聽到大掌櫃的名字就氣成那樣，未免有些奇怪。」說著，他從上衣口袋掏出一根香菸叼在嘴上，「總之，有關這件事情，請你不必擔心，我會全力相助的。他跑得那麼勤快，應該不至於壞事，何況他這個人很懂得隨機應變。」

芳三郎回頭看著常次。

常次這時剛好站在與自行車行相反方向的南側兩棟租賃建築前面，似乎正在估算著全部二十間住房的價值，一邊比較屋況和土地，一邊在筆記簿上寫著。

芳三郎大聲叫著常次。常次抬起頭，看向芳三郎這邊，用力地揮手，笨拙地跑了過來。

「你看得那麼仔細，是不是遇到什麼好事？」芳三郎如此調侃。

「才沒遇上什麼好事呢，叫我去查清楚地價屋況，自己卻先走人，太沒意思了。」

常次沒好氣地說著，脫下鴨舌帽，擦著額上的汗珠。

「對了，這裡值多少錢啊？」

「依我估算，一坪值七萬五千圓，占地四十坪就是三百萬圓。住房每坪以兩萬圓來算，每戶七十三坪，就是一百四十六萬圓。總共四百四十六萬圓，跟剛才一樣打六折，每戶等於兩百六十七萬圓；共有二十戶，就是五千三百五十二萬圓。加上東野田那邊的出租房，總計有九千七百十五萬兩千圓。」

「九千七百十五萬圓……」藤代嘟囔似的說著：「這個估價，是目前的行情嗎？」

「是的，不過我盡量估得高一些，若是讓有意要買這房屋的仲介商估價，可能會估得很低。對了，你若想賣的話，就賣給我好了。」

「什麼？要賣……？」

藤代露出納悶的神情。

「怎麼？你不想賣嗎？」常次驚訝地問道。

「我不打算賣，只是請您們來估價而已。」

「你眞的不賣嗎？」常次追問道。

「眞的，您可以問問舞蹈老師。」

說著，藤代看了看芳三郎，芳三郎霎時不知所措。

「是啊，我只聽說要估價而已……是的，的確如此，我沒聽說要賣，僅是這樣而已。」

他說得有些勉爲其難，接著又說：「對了，阿常你估的價，若遇上行情看漲的話，可以值多少錢？」

「嗯，這地點確實不錯，又附有地皮，但若是讓土地仲介商估價的話，他們會在建物方面故意出難題，價格絕對不會太高。房屋估價是件很複雜的事，他們首先要確定目前新建物一坪需要多少錢，然後再確定現有建物的使用年限，從中找出價差，再來確定現有建物的價格。問題是，所謂現有建物的使用年限和計算價差，外行人根本弄不懂。換句話說，他們可以欺騙外行人，先估低價格再買進。比方說，北堀江那邊出租房的使用年限如果尚有四五年，那麼新建物的價格就會被壓低到每坪相當於六千圓左右。」

「這麼說，估算房地產的價格，很可能依現有建物的條件產生很大的價差嘍。」

「嗯，就是這麼回事，所以說要賣的話乾脆賣給我就是這個道理。」

常次又想重提此事時，藤代趕忙打斷說道：「請問這次估價費用要多少錢？」

她鄭重其事地說著，正要打開手提包時，芳三郎連忙出手制止，說道：「哎呀，何必急著現在付呢？待會兒我問問常次再跟你聯絡。對了，都快中午了，我們去喝杯咖啡歇息一下吧。」芳三郎指著馬路對面的一家咖啡館說道。

藤代覺得有點口乾舌燥和疲累，但是她不想跟出言誘逼賣房的常次聊天，常次讓她感到不快。她抬眼向芳三郎拒絕時，芳三郎旋即察覺其意，趕緊巧妙地緩頰說：「對了，你還有其他事要辦嘛，你先忙你的吧，等辦完事之後，再到心齋橋街東側三津寺街的『鈴屋』等我。我和常次先去喝杯咖啡，再去『鈴屋』找你。」

「那我先告辭一步了……」

藤代這句話並非對他們其中一人說的，而是出於禮貌的措詞，說完便轉身朝心齋橋的方向走去。

常次和芳三郎對坐在咖啡館的角落，常次大概是口渴，隨手便把桌上的杯水一飲而盡。

「我說舞蹈師啊，你可把我累慘了。我以爲她要把房子賣給我呢，東跑西跑估價了老半天，她根本不想賣嘛！簡直潑了我一盆冷水！她若沒意思要賣，你一開始告訴我不就得了嘛。」常次鼻翼翕動，略帶不滿地嘀咕道。

芳三郎也大口喝水，安慰似的說道：「原本我也以爲她打算脫手呢。她想知道目前的時價和最低價格，要我幫她找個土地或房屋仲介商估價，所以我猜她可能有意出售房子。當初我也是出於好意，想讓你從中賺上一筆，才叫你來的嘛。」

「我聽你提這件事的時候，以爲對方是個不懂世故的女人，的確很想從中賺一筆，爲此今天故意說成把價錢估得偏高，其實是壓到最低價格，這樣一來，我就可以跟你合作賺個差價呢。」

「你不要說得這麼露骨，讓別人聽見不好啦。」

芳三郎揮手制止他說下去，趕忙環視周遭，當他確定旁邊沒有其他客人時，才顯露本意地說：「我不想從中賺什麼價差，只是想賺點走路工而已。」

「哈哈哈……我豈會讓你白費力氣呢，說什麼也會付你走路工。話說回來，你長得眉清目秀，容貌一點也不輸給女人，到底從哪裡學會這種精打細算的工夫呀，難道這也是你的獨門本領嗎？」

常次這樣出言調侃，芳三郎霎時表情認眞起來，語氣謹愼地說道：「對了，你這樣估價沒問題嗎？雖說她只是一個人，但她家裡還有個難纏的大掌櫃呢。」

「這點請你放心，地價這種東西，怎麼估價沒個準，估價和賣價原本就有很大的差距，就算那女人說我估的價錢太低，到時候我絕對有辦法說服她的。」常次說得很有自信。

「你這樣說我就放心了，反正女人的心思誰也摸不準，過幾天又說要賣也不一定呢。到時候，你就說自己當時估價偏高，想辦法以最低廉的價格把它弄到手，然後再以高價賣出。所以今天的調查你就把它當成鑑定費，將來絕對會大賺一筆嘛。」芳三郎如此含糊以對，從上衣口袋裡拿出皮包，掏出五張千圓紙鈔說：「這是今天的走路工，至於鑑定費嘛，下次我再向她申請。」

他說著，把錢遞給常次。常次翻了白眼朝芳三郎瞥了一下，深表疑惑地說：「舞蹈師啊，你眞的會讓我大賺一筆嗎？搞不好你表面上跟我合作，其實早就跟那個漂亮的離婚女人搭上了？」

「你胡說些什麼呀。」芳三郎以笑掩飾道。

「不，你這個人向來手腕高超，我可大意不得呢。」

接著，常次半眞半假地說，既然如此，他另有要事先告辭一步，然後把鴨舌帽戴妥，走出了咖啡館。

芳三郎跟常次道別後，馬上朝三津寺街的鈴屋走去。

掛著淺藍色布簾、門口有小型人造山水和水琴等布置雅致的鈴屋，是少見的純日式茶室。芳三郎推開擦得亮淨的木格門時，藤代正喝著第二杯淡茶。

在三十分鐘以前，藤代才跟房屋仲介商四處估量房價，現在卻神態悠閒地坐在稻梗編成的椅子上，按傳統的飲法喝著淡茶。

藤代看到芳三郎進來，眼角露出笑意，趕忙起身，恭敬地施上一禮：「辛苦您了，這次多虧您的幫忙，總算了卻心中一件大事……」

「不，剛才實在太失禮了。那傢伙原本就很厚臉皮，眞讓人受不了。不過只要我在，絕不會讓他胡亂造次的，哎，今天的事你就不要跟他計較了。」

芳三郎說著，也向服務生點了一杯淡茶。

「總而言之，不管賣不賣，那些價値九千七百萬圓的房地產都歸你繼承，只是扣掉遺產稅，你所得可能比這個數字還少，你仔細算過了嗎？」芳三郎提醒地說。

「嗯，我大概算過了……」藤代略顯慌張地答道。

「不能只是大概估算，你得仔細計算才行呢，你繼承了超過八千萬圓的財產，萬一處理不當，還得繳納將近一半的遺產稅呢。所以討論分配遺產時，必須把這一點考慮進去，否則最吃虧的人是你。」

「什麼？我最吃虧……」藤代露出驚慌的神色。

「沒錯，你二妹分得商店經營權，怎麼看都是最划算的；而你三妹分得股票，只要辦妥變更名義，根本沒什麼吃虧。至於那些古董，因爲價値可大可小，若沒什麼意外，照樣可以保値。可是房地產得登記造冊，說什麼也無法隱瞞，所以你們三姊妹之中，數你最吃虧。」

芳三郎這番直指要旨的話語，像一把銳利的刀子刺進藤代的心臟。

身爲矢島家的大女兒，反而比兩個妹妹吃虧——父親只留給她難以計算、不好管理的不動產，又得負擔最重的遺產稅！藤代想到這些，不由得感到貌似公平的父親，其實在遺囑中隱藏著險惡的居心。

在離了婚又回歸的藤代看來，父親留給她一大筆房地產，給招婿入門的千壽商店經營權，給小女兒雛子留下可兌換現金的股票和古董，看似分配公平，其實只是給了藤代金額看似不小，實則價值無幾的遺產。

藤代的眼神變得銳利，突然欠身且幾乎是怒吼地說道：「老師，請您一定要幫助我，我絕對不能分得比她們還少！」

❖

雛子穿過中庭的樹叢，看著宇市的身影，嘀咕了一句：「瞧你這身打扮，簡直就像倉庫管理員嘛。」

她對穿著短棉襖、腰間右側掛著大串鑰匙、右手拿著泛黃大帳本的宇市，投以惡作劇的笑容，但宇市似乎沒聽見，連笑也不笑一下，依舊彎著微駝的背，走在前面。

雛子故意緩步走過庭石，順便窺看大姊藤代和千壽的房間。

藤代跟上星期一樣外出練舞，可能很晚才會回來，面向庭院的玻璃門緊閉著，連平時放在走廊的藤椅都收進了屋內。千壽的房間也是門窗緊閉，顯得非常安靜，不過千壽大概像往常一樣沒有外出，一個人待在房裡。對雛子來說，只要大姊藤代不在家，二姊千壽在不在家都無所謂。因爲就算雛子突然跑到倉庫檢查物品，不巧被千壽發現，她也會視若無睹地把自己關在房裡。

宇市來到後院的倉庫門前，解下掛在腰間的大串鑰匙，「叮叮噹噹」地從中取出一支，朝倉庫門的鑰匙孔插了進去。他那骨瘦如柴的大手緩緩地扭動鑰匙，然後用力推開大門。

大門發出軋軋響聲，一股濃重的黴味嗆進雛子的鼻孔。倉庫周圍是厚厚的土牆，除了北側的小窗透進些許亮光之外，倉庫裡顯得陰暗幽冷。

「我去開燈，請您稍等一下。」

宇市先走進去，摸索著打開電燈，亮晃的燈光隨即映照出蒙著塵埃的物品，牆壁盡頭立著一張用防潮布罩著的屏風；靠在兩側牆面的木架擺著類似收納掛軸的細長木盒；倉庫中央的木架上，則放著茶道用的茶杯、水壺和像茶罐的盒子。雛子一手拎著裙角，小心翼翼地踏進倉庫。

「這些就是我繼承的古董嗎？」雛子盯著那些寫著難解文字的古舊桐盒，略感困惑地問道。

「是的。收藏在這裡面的古董，以及剛才出示的六萬五千股股票，都是三小姐您繼承的份額。」

「這些古董共值多少錢啊？」雛子環視著所有物品，納悶地問道。

「嗯，您只要查看這帳本就會清楚的，請不必擔心。」

宇市將手上的帳本給雛子過目。那是一本又大又厚的線裝帳本，裝訂線已見脫落，封面也被手垢沾得髒汙，封面上寫著粗大的字體：

矢島家庫房帳本

「庫房帳本……都寫些什麼東西啊，我實在弄不清楚耶。」

雛子露出驚訝的表情，宇市突然雙眉緊蹙，說道：「三小姐，請您不要說這種沒有常識的話呀。所謂的庫房帳本，就是家中古董文物的帳目，這個重要的帳本很早以前就有了，從您歷代祖先開始，掛軸、屏風、茶具、酒器、紙張及硯台等等，都得分門別類記在帳本上。您只要查看這個，就可以弄清楚所有收藏品及它們的價值。」

「噢，這麼說，我只要查看這帳本，便可弄清楚自己繼承的古董品目和價値嘍？」

「是的，您要不要趕快核對看看？」

宇市看雛子點點頭，旋即來到中央的棚架前，態度愼重地打開帳本。

「我們先從茶具部分開始核點吧。因爲您們矢島家代代都是女系家族，所以茶具收藏品比較多。」

宇市這樣做了開場白，才開始讀了起來：

乾山黑梅茶壺

斗斗屋銘春雪

仁清作錐御書茶碗

黃釉茶罐

京都窯黃鶴樓
茂三茶碗

宇市朗聲讀著，完全不像是出自七十歲老人的聲音，他一邊舉目對照著棚架上的品目，一邊核讀著帳本，雛子亦追隨著他的目光，逐一看著盒箱上的題字。那些艱澀難懂的漢字讓雛子看得有些意興闌珊，卻不能就此略過不看，因爲三天前姨母芳子特別囑咐她得查清楚庫房裡有多少古董文物。

茶具部分讀完以後，宇市馬上讀起鐵鍋部分：

道仁作平圓鍋
與次郎阿彌陀堂鍋
古天明望月鍋
古蘆屋松竹地紋
佐兵衛作寶珠形鐵鍋
道也雲龍鍋

和剛才一樣，他對照古董核對著帳本，在核對過的文物上，用鉛筆畫了小記號。讀到三分之一時，雛子感到有些詫異，因爲宇市讀著的帳本上不時出現毛筆塗掉的痕跡。宇市每次讀到塗掉的地方，並未停下來，反而略過繼續往下讀。這時，雛子冷不防把手伸了過去。

「接下來，我來念。」

「咦？您說什麼……接著讀嗎？好的，我馬上往下念。」

宇市突然故作耳聾似的含糊以對，準備往下讀。

「不是，不是，我是說下面由我來念啦！」

雛子大聲喊著，粗魯地伸出手，打算從宇市手中搶過帳本，宇市才露出終於了解其意的表情說：「啊啊，您的意思是想看帳本嗎？」

「不，我不是想看帳本，而是我想接著往下讀！」

雛子這樣明白表態，宇市卻語帶委婉地拒絕：「是嗎？三小姐您想讀這帳本啊……那倒很好呀，不過，您可能讀不了吧？」

「我知道這些漢字不容易讀，但我絕對要試試看。」雛子反駁道。

「噢，既然您執意要念，那您就讀吧。」

宇市假惺惺地表示恭順，將讀到一半的帳本交到雛子手中，那帳本沉甸甸的又有一股黴味，使得雛子緊張地繼續讀了下去：

茶罐部分

記三作大棗

古織部覺覺齋書附

時代磋峨泥金畫

雛子結結巴巴地讀著，雖然時常讀錯，但她仍像宇市那樣核對完原物後，便在帳本的品目上做記號。

「少庵……」

雛子讀不出下面的字時，宇市便插嘴道：「少庵棗江岑判有。」

雛子點點頭，翻到下一頁。

茶勺部分

利休供筒

石州茶勺銘松島……

下面一行塗掉了。寫著「啐啄齋銘霜柱」的字樣上面被毛筆畫掉了。

「宇市先生，這裡為什麼被畫掉？」

雛子直盯著宇市的表情，宇市那灰白濃眉下的銳眼也回看著雛子的臉龐。

「啊啊，您說那個啊，已經送人了，所以把它畫掉了。」宇市毫不在意地說。

「送人了？送給誰啊……」

「大小姐出嫁時，以及您今橋的姨母從這裡分家出去時帶走了一些，有的好像是送給親戚當賀禮了。」

「這樣而已嗎？」

「我知道的就這些而已，有的或許在前兩代就已經不在了，至於送給誰我不清楚，但上面用毛筆畫掉做記號的，表示物品已經不在倉庫。」

「或許值錢的東西全被搬走了，留給我的只是些破爛呢。」

雛子突然變得世故起來，連措詞都跟藤代和千壽那樣操著舊式的大阪方言。

「這一點請您不必擔心，從帳本上來看，庫房中散佚的物品並不多，而且值錢的東西也沒被取走。恕我說句冒犯的話，當初大小姐出嫁和您姨母分家出去時，幾乎都沒有分到貴重的東西，親戚有什麼喜事時，更不可能贈送什麼太值錢的東西。所以，那些價值不菲的古董全留在庫房裡，三小姐，您放心啦。」宇市用從未有過的溫和語調解釋道。

「我眞的可以放心嗎？」雛子再次確認道。

「沒問題！再說這些事情都是我親眼目睹的，請您不必擔心。其實，今天我也想估算那些古董大概值多少錢，因爲老爺在世的時候也曾經估算過一次，我想以那次估價爲基礎，再做估價。」

「什麼？要做估價……」

頓時，雛子露出緊張的神情，但旋即問道：「總共値多少錢？」

「嗯，請您稍等一下，這裡有一張估算單……」

宇市說著，正要從懷裡取出摺成四摺的估算單時，突然發現有人站在庫房外。是內室女傭阿清，她站在庫房前面。

「三小姐，有客人來訪，是一家叫京雅堂的古董商……」

聽到阿清這樣通報，宇市的臉頰略顯抽動。

「是嗎？你叫他馬上到倉庫來……」

雛子這樣吩咐，見阿清走開後，宇市這才說：「三小姐，這是誰幫您出的主意啊？」

「什麼誰呀，是我自己想出來的。」

「噢，您沒跟別人商量，就直接叫古董商過來嗎？」宇市目露銳光問道。

「直接叫古董商來，有什麼不對嗎？我已經二十二歲，跟整天關在家裡的二姊可不同呢。我到外面學烹飪，認識幾個古董商和做股票的女兒，也沒什麼好奇怪吧？」

「您說得有道理，可是……與其要請初識的古董商來估價，倒不如請熟識的古董商來得妥當吧……」

「那個常在我們家出入的古董商，自從我父親那一代以來，也沒幫忙買下什麼，所以，請誰來估價不都是一樣嗎？」雛子依照姨母教的說詞說道。

事實上，出生在和歌山務農家庭的父親，幾乎從未逛過古董店，只是守著祖先留下的遺物。

庫房外面傳來女傭阿清帶著古董商過來的聲音。

「那邊是商店的倉庫，古董的庫房在這裡，請進……」

「貴商店的倉庫眞是氣派哪，庭院的結構景觀更是沒話說，噢，庫房旁邊那間是茶室吧？

待會兒請讓我參觀一下。」

處事圓滑的古董商說著，一發現雛子站在庫房前，立刻欠身致意：「前幾天，您專程撥駕光臨敝店，今天又讓我來參觀貴府的庫房，實在非常榮幸啊。這位是敝店的店員，今天隨行幫忙的。」

他指指跟在後面的店員，恭敬地施上一禮。

「請您盡快估價吧，剛才我正和我們家大掌櫃在核對品目呢。」

雛子這樣說著，將宇市介紹給京雅堂老闆。

「原來是大掌櫃啊，恕我有眼不識泰山！今天小姐吩咐小弟來貴府參觀古董文物，沒來得及向您問安，請您多多包涵啊！」

京雅堂老闆誠惶誠恐招呼道，宇市的灰眉不禁動了一下。

「貴店在什麼地方？」

「敝店在賑橋的南邊。」古董商客氣地答道。

「賑橋的京雅堂……我從來沒聽過哪，若是伏見町或高麗橋那邊的古董店，我倒是很熟喔。」

伏見町和高麗橋都是大阪著名古董商的聚集處。

「是的，敝店的歷史還稱不上老鋪，但託您的福，目前的生意做得十分興隆。」

「那倒要恭喜您，可是受託來老鋪評估遺產所得的古董，是不是應該穿得正式一點呢？」

宇市目不轉睛盯著穿著茶色短外褂的古董商的肩膀，古董商倏然惶恐地縮著肩膀，辯解道：「小弟實在沒見過世面，對不起！我馬上回去換衣服，請您再稍候三四十分鐘。」

京雅堂老闆正要返身離開，雛子連忙出手制止。

「沒關係啦。穿不穿正式服裝都無所謂，這跟估價毫不相干，我倒希望您趕快估價才是呢。對了，阿清，你到店裡叫四五名店員過來，叫他們把庫房裡的古董搬到客廳……」

雛子對著剛才帶著來客現在卻無所事事的阿清吩咐，然後轉向古董商說：「這是庫房的帳本，我已經請我們店員將古董搬到客廳，等您核對過帳本和原物以後，盡快給個估價。」

古董商看著宇市，露出些許猶豫的表情，最後才表示：「既然這樣，那就容我這身穿著到貴府的庫房參觀了，請多見諒。」

說著，他在門口的踏石前脫下鞋子，走進庫房，馬上打開雛子交給他的帳本，慢慢走近木架前，逐一又愼重地核對著帳本上的品目和原物。

宇市始終板著臉孔，一聲不吭地盯著古董商核對帳目的身影，這時，他突然走近雛子身旁，低聲問道：「您對我淸查庫房有什麼不滿嗎？」

宇市問得極爲客氣，但聽得出有責備的意味。雛子不知在想什麼，圓圓的臉蛋突然堆起一抹笑容。

「我對你淸查庫房沒什麼不滿，只是擔心如果裡面有假貨的話，我就虧大了……」

「什麼？假貨……？」宇市驚愕地問道。

「就是啊，我知道宇市先生你很能幹，可是鑑定古董的眞假就無能爲力了吧。」

說著，雛子轉身背對著宇市。宇市對她這似眞似假的話頓時不知所措，過了一會兒，才拿著大串鑰匙，臉色不悅地走出了庫房。

在六坪和四坪大客廳裡的壁龕和門楣上掛著各種掛軸，榻榻米上分門別類堆放著茶碗、鐵鍋、香盒、碗盤、花器和硯台等等，京雅堂老闆幾乎是趴伏著逐件審視，然後在膝上攤開筆記本寫上價格。他不時回頭和後面的店員小聲磋商，然後才愼重其事地寫上價格。

每當雛子看到自己繼承的財產標出價格，便湧起異樣的興奮情緒。她佇立在客廳中央，激動地抖著雙肩望著外面，從枝繁葉茂的樹叢望去，對面就是剛才她和宇市一同走進的庫房；高聳的屋瓦，白色的土牆亮晃得刺眼，始終與雛子無緣的庫房，現在卻爲她敞開了大門，那些收藏在陰暗潮濕庫房裡、沾滿塵埃的古董文物，在燈光的照耀之下，頓時像恢復生命般產生極大的價值，爲雛子帶來無比的希望。

雛子呼出一口熱氣，又朝客廳內看去。古董商幾乎毫不停歇地記錄著古董文物的價格，掛軸類和茶具類似乎已經清點完畢了。雛子抬看手表，時間已是下午四點多，在姊姊藤代回來之前，尙有兩三個小時，但是性情反覆的藤代誰也拿不準，或許傍晚時分就提前回來。雛子問古董商：「是不是還要很久啊？」

古董商停下手中的核對工作，轉身對雛子說：「掛軸和茶具部分已經清點完畢了，我先簡單報個價。」

說著，他拿起攤在膝上的帳本，移膝挪到雛子面前。

一本和尚墨跡　五十五萬
雪舟山水畫（橫幅）　一百二十萬
等伯流水畫（豎幅大張）　七十三萬
探幽絹質對聯　五十萬
定家卿御色紙書畫（豎幅）　三十五萬

雛子逐件確認所屬的古董文物，還不斷地點頭，在心中默算著古董商報的價格。

應舉太公望（對聯三幅）　四十五萬
無學和尚墨跡　五十五萬
蕪村六歌仙自畫像　四十八萬
宙寶無事畫（豎幅）　二百萬

雛子一邊暗數著逐漸增加的數字，突然想起同為烹飪班學員的西岡光子那番充滿感慨又羨慕的話來：「你人長得漂亮，又是名門閨秀，到時候有錢人家都要擠破門來提親呢。」沒錯，這句話當下就在她身邊逐步實現了，當她全然陶醉在這股翻騰的興奮和甘美的幸福感之際，外面卻傳來了急促的腳步聲。

雛子回頭一看，剛回來還未卸下盛裝的姊姊藤代粗暴地打開拉門，氣呼呼地站在門檻前，雛子頓時嚇得表情僵硬，但立刻露出慣有的孩子氣酒窩說道：「大姊，您今天回來得眞早嘛。」

雛子笑著向藤代招呼，藤代卻不理睬，反而正顏厲色地看著京雅堂老闆。古董商嚇得趕緊恭敬地向她點頭致意，可是藤代理也不理，便扭頭用極其冷淡的口氣，衝著雛子問：「這是在幹什麼？」

雛子起先有點膽怯，後來就若無其事地答道：「沒幹什麼啊，就您看到的那樣，我們正在清理庫房裡的物品呀。」

「清理庫房裡的物品，爲什麼專程把古董商請到家裡來啊？而且，還挑我外出的時間清理，是不是太奇怪了？二小姐做事偷偷摸摸，你卻來個五鬼搬運，你們倆該不會在背後聯手占我便宜吧？」

藤代說得火冒三丈，兩眼直瞅著雛子。

「噢，那姊姊您又怎樣呢？」雛子泰然自若地說道。

「我……我才不像你們那樣專做偷雞摸狗的勾當，我有權得到的，就要正大光明地拿回來！」

藤代不忌諱有外人在場，激動地大嚷著。驀然，她像跳舞般走進古董堆放處的中間，在擺放茶具的地方停下來，像在找什麼東西似的來回掃視。突然間，她指著一套內裝有十件組茶具的野餐用透漆茶盒，說道：「三小姐，是誰允許你把它拿出來的？」

「誰允許？這是我繼承的東西，用不著經過誰允許吧，難道……」

雛子要往下說時，卻見藤代怒氣未消地說：「你的意思是說，這東西也是你繼承的嗎？這可是母親生前最愛不釋手的茶具呢，我出嫁時她特地送給我。我們家是女系家族，跟其他家庭不同，向來最重視茶具。不久前，二小姐因爲偷偷碰我的衣服，當著我的面寫下悔過書，保證今後絕不碰我的東西，所以，我也把自己的東西放在庫房裡。」

按照藤代的說法，野餐用的茶盒確實單獨放在庫房另一角落，可是帳本上並沒有用毛筆畫掉，雛子對於這點始終無法理解。

「眞的嗎？有什麼證據可以證明這是姊姊的東西？」

「證據……？哎，你這個么妹未免心機太重了，居然敢說這種沒良心的話！我的嫁妝明細就是證據，難道要我拿給你看嗎？」藤代盛氣凌人地說道。

雛子頓時噤口，不知該說什麼，由於京雅堂老闆在場，雛子不想把場面弄僵，便若無其事地說：「不管怎麼說，我只是按半個月前家族會議的決定，來估算我繼承的東西而已。」

「我的東西，用不著你多管閒事！」

藤代氣呼呼地說，隨手按了按牆角的按鈴。

女傭阿清疾步趕來，藤代隨即將和服的長袖塞進袖口吩咐：「阿清，你把那個拿起來，搬到我房間。」

話語剛落，藤代已上前拿起那個野餐用的茶盒，但可能是平常很少拿持東西的緣故，走了兩三步便走不穩，險些跌倒。雛子見狀趕緊出手扶住，一邊勸說：「姊姊，您不要急著現在就把它搬走嘛！既然是這麼貴重的東西，至少在召開家族會議之前，不要隨便移動它，把它放在庫房裡又何妨呢?」

「不行,我若輕忽大意,搞不好你跟二小姐在背後聯手算計我呢,你們這些人都靠不住!」

藤代怒目看著雛子。

「眞奇怪,姊姊您今天怎麼了?是不是練舞時遇到不愉快的事?」雛子驚訝地窺探著藤代的表情。

「有什麼事?什麼事也沒有,只是去練舞而已,還會有什麼事?一如往常等了很久,才輪到我上場練習……今天只練了〈四君子〉中的兩段,但手姿就是做得不好,我休息太久,連移步走態都生疏了。」藤代饒舌地說了一大串,假惺惺地堆著笑容說:「再加上,你來庫房清理物品未免太唐突了,嚇了我一跳,不由得激動了些,沒什麼啦。」

藤代說著,再次催促阿清把茶盒搬走。

古董商和他的店員看到藤代和雛子爭吵,只好背對著客廳的方向坐著,佯裝在評鑑古董文物,見藤代走出客廳,立刻轉身向雛子探問道:「我們是不是改天再來叨擾比較適當……?」雛子低著那張渾圓的臉龐,沉吟了一下,說道:「沒關係啦,您們繼續估價吧,我很想知道它們值多少……」雛子似乎沒有受到和姊姊爭吵的影響,一味地催促著。

「好吧,那請您再稍等一下,今天之內我們會完成所有文物的估價。」

京雅堂老闆吩咐身後的店員打開帳本,一邊核對實物,一邊迅速記下價格。

雛子來到走廊,悄悄窺視藤代的房間。客廳和藤代的房間在同一側,又都面向庭院的樹叢，但因爲客廳外緣的走廊比較突出，若有心窺看，透過玻璃窗即可以看到藤代房內的動靜。雛子躲在柱子後面，探出那高眺的身軀往藤代房間窺看。

透過玻璃窗望去，可以看見藤代的肩膀及剛送達的那組茶具。藤代跪坐在茶具前，慢慢打開茶盒蓋子，用細白的手掌托住茶杯，然後把身體轉向光線較亮的走廊這邊，高高舉著小巧的茶杯仔細鑑賞。她睜大著冷酷的雙眼，彷彿被那只濃綠色的茶杯給吸引住似的，連呼吸時肩膀微動的起伏都看得出來，雛子頓時以爲去世的母親就坐在那裡。藤代鑑賞母親遺留下那組野餐用茶具的神情，顯現出一種異樣的美豔和執拗。就在雛子爲此發出輕嘆，準備轉身離開時，一個人影掠過她的眼簾。

她嚇得縮著身子朝那個方向望去，只見千壽在她自己房裡，像貓似的彎腰，朝藤代的房間窺視。雛子心想，說不定千壽早已目睹剛才那場風波，而側身躲在玻璃窗後，拉開一條窗縫，偷看著藤代房裡的動靜。由於藤代的房間被庭院的樹叢擋住，很難發現是否有人在窺視，但從雛子站立的位置，卻能看得一清二楚。在雛子看來，住在這家中的女人，無論是個性溫和、連隻蟲子也不敢殺，現在卻隱身窗旁偷看藤代房間的千壽，或是強行從她面前搬走茶具，眼下在自己房內賞玩的藤代，都有一股令人恐懼的陰沉。「可是，唯獨我不是那樣……」雛子這樣嘀咕著，離開柱子後，走回客廳。

見雛子回到客廳，古董商放下手中的算盤。

「總算估價完畢，我趕緊向您報告一下。」

說著，便攤開標明價格的筆記本。

「我們先說茶具部分，乾山黑梅茶壺六十萬、茂三茶碗九十五萬、黃釉茶罐一百萬、斗斗屋一百一十萬、京都窯黃鶴樓兩百三十萬……有關每件物品的具體價格，待會兒請您過目一下。茶具類中的茶杯、水壺、茶罐、茶勺、鐵鍋和香盒等，總共值五千一百萬；至於掛軸類中的掛軸、匾額、色紙等共值一千四百八十萬；此外，屏風、紙張、硯台、花器、碗盤、酒器等共值六百五十萬，總計約七千兩百三十萬。不過，這只是粗估價格，等您實際要賣出時，我再做確切的估價。」

古董商說著，將寫好的品目價格明細給雛子過目。她接過手後仔細端詳上面的品目和數字。對於二十二歲的雛子來說，那些密密麻麻的數字都是她平常很少見的，但尾數的確寫著：總計七千兩百三十萬圓。雛子又想起宇市之前幫她計算的股票價格。換句話說，股票和古董加起來共值九千六百三十萬圓，這就是她繼承的遺產總值。

京雅堂老闆回去後，雛子便迫不及待地出門了。女傭們看雛子顧不得吃晚飯急著外出，覺得有些詫異，雛子表面說是要參加烹飪班的聚會，其實是去今橋的姨母家。

雛子鑽進印有「矢島中」字樣的門簾，姨母跟往常一樣在便門迎接。她們在光滑的長廊下移步走著，姨母湊近雛子耳畔，低聲問道：「怎麼樣，事情辦得順利嗎？」

「多虧姨母介紹京雅堂，事情非常順利。」

「他呀，看起來忠實溫厚，辦事卻很有效率，一下子就幫你辦妥了吧。他也經常到我們家裡來呢……」

姨母說著，來到後面客廳，打開了對開的拉門。在五坪和三坪相連的客廳中，放著一張古杉木日式矮桌，姨母跟母親一樣很講究美食，她在矮桌上擺滿豐盛的菜肴，但是只有兩人份。

「姨父呢？」

「大概又去參加同業工會的聚會吧。」她說話的輕蔑口氣，宛如對待自家伙計或長工似的。她和雛子對視而坐，旋即問道：「對了，估價時有沒有遇到什麼麻煩？」

雛子邊夾菜邊回答：「清點到一半的時候，姊姊突然闖了進來，從一堆古董中搬走了她的東西。」

「搬走她的東西……」

「是的，說是母親生前在她出嫁時送給她的禮物，是一套十件式的野餐用茶盒。她居然當著京雅堂老闆的面，硬是叫阿清把茶盒搬回自己房間。」

「咦？野餐用的茶盒……」姨母停下筷子，說道：「那組茶具是矢島家最高級的收藏品，少說也值兩三百萬呢。藤代離過婚又回歸，根本沒有資格動它！當初我分家的時候，值錢的東西也沒分到，她憑什麼拿走那東西……」

雛子對姨母無緣由地發脾氣，感到納悶不解。

「噢，這就奇怪了，我聽說姨母分家時，也從庫房裡拿走不少古董呢……」

「是誰那樣胡說的？」

「是宇市先生。他邊攤開帳本邊跟我解釋，毛筆畫掉的部分，就是上幾代有人出嫁或分家時帶走的，眞有這種事嗎？」

姨母露出驚慌的神色，頓時不知如何應答。

「我不知道他說的分走古董是指什麼，反正我分家的時候，沒拿到什麼古董，頂多是掛在後面的掛軸之類。」

說著，姨母轉過身去，指著掛在壁龕上的一幅水墨山水畫。

「常信的水墨畫根本值不了幾個錢，那只是分家時給的賀禮，剛才藤代拿走的那組茶具才稱得上是古董呢！」姨母語帶挖苦地說著，接著用充滿好奇的試探口氣問道：「對了，你繼承的古董和股票共值多少啊？」

「股票價值兩千四百萬，古董約估七千兩百三十萬，共值九千六百三十萬圓。」

雛子這樣答道，姨母臉上沒有任何表情，她並沒說這比預想的金額是多還是少，只是沉默不語，過了一會兒，卻倏然問道：「那張雪村的瀑布畫估了多少錢？」

「雪村的瀑布山水畫……？」

對古董書畫完全外行的雛子，被姨母這麼一問，頓時一頭霧水。

「雛子，你今天沒帶估價書來嗎？要是帶來的話，查看一下不就清楚了？」

雛子從身旁的手提包拿出京雅堂老闆估價的明細，打開掛軸的部分查看，卻找不到雪村的瀑布山水畫。

「這上面沒有啊，是不是姨母您記錯了？」

說著，雛子將估價明細遞給姨母，姨母逐行認眞審視，看完後，帶著嚴肅的表情看著雛子說：「照理說，庫房裡應該有這幅雪村的瀑布山水畫。在矢島家的古董文物中，那幅掛軸和剛才那組茶具，同屬於前十名的重要寶物，現在卻不在庫房裡，你不覺得奇怪嗎？是誰把它拿走了？半個月後就要召開下一次家族會議，在這件事沒查明之前，你千萬不要貿然說要繼承那些古董喔！」姨母好像想到什麼，目不轉睛地說道。

❖

宇市穿過毛穴町附近屋簷低矮的平房，沿著排水溝旁的路往前走約三百公尺，便看到染整廠散發臭氣的廢水湧流而來。

宇市提著皮包，一邊擔心塵土弄髒今早剛換上的新木屐，一邊小心地走著。來到大排水溝的盡頭，乍見一片低窪的草地，整片向陽的草地上晾滿了棉布，放眼望去，恰似起伏的白色波浪。宇市佇足了片刻，凝目確認那些晾晒的棉布匹數之後，才朝著搭建在草地旁的染整廠走去。

推開用老舊木板當圍牆的和田甚染整廠的玻璃門，一股刺鼻的洗淨劑氣味撲鼻而至。抹著石灰的地板上架著幾口鐵鍋，工人正用洗淨劑煮棉布，並將煮過的棉布放在鐵鍋旁的磚塊及混凝土水槽上用清水洗煮，那些沖洗過的棉布濕漉漉地堆放在水槽旁邊。

「請問和田甚先生在嗎？」

宇市喊出老闆的名字，十五六名套著長筒靴和塑膠手套正在幹活的工人不約而同地回過頭來，其中有個工人轉身對著廠房後方大聲喊道：「老闆！有客人找您。」屋內旋即傳來應答聲，門開了，蓄著平頭的和田甚走了出來，看到宇市站在門口處，連忙說道：「哎呀，是矢島商店的大掌櫃大駕光臨啊，請到裡面坐。」

接著，將宇市帶到灰泥地旁的辦公室兼會客室裡。三坪大的房間，陳設十分簡陋，只有兩張辦公桌和三張椅子，從窗外望去，空地上散放著用過的硫酸空瓶。

和田甚跟宇市對視而坐，開頭便說：「長期以來，承蒙您多方照顧，十分感謝！光是貴寶號交付晾晒的棉布，敝廠就忙得不可開交了，眞是謝謝您啊！」和田甚一邊搓著手，一邊卑躬哈腰地說道：「今天有何貴幹？還勞駕大掌櫃親自前來呢，您打通電話，敝廠就會派人到貴寶號服務嘛……」

專門承包矢島商店棉布染整業務的和田甚一臉誠惶誠恐。宇市沒有答腔，始終不吭一聲，正打算從懷裡掏菸時，和田甚趕緊從牛仔褲口袋裡掏出和平牌香菸，遞了上去。

「謝謝……」

宇市吸了一口菸，深深地吐出煙霧，又悶聲不響地坐著不動。和田甚納悶地看著宇市，片刻後，突然頓悟似的說道：「對不起，是我疏忽了，若是爲了那件事，也用不著大掌櫃您親自前來嘛，小弟隨時都可以親自送到您手裡。另外，還有什麼指教嗎？」

和田甚壓低聲音說著，宇市的細眼爲之一亮。

「嗯，我就是爲那件事來的。這次比往常提早兩天，但今天我就想拿回去，方便嗎？」

和田甚起先不知如何回答，但馬上表示：「好啊，沒問題，才提早兩天而已，今天我剛好去客戶那裡收款，正想去銀行存呢。」

說著，從破舊的抽屜裡取出帳簿，翻查了一下。

「上個月，總共染整了三千五百匹布，所以要退還給大掌櫃七萬圓是吧？」

棉布批發商將每捆五十匹的機織棉布送到染整廠洗晒，晒乾後捲起來。但染整過後的棉布會比原來尺寸多出一些，一丈布大概能多出一塊手巾的尺寸。通常，有良心的染整廠都會把多出來的棉布交還給棉布批發商，但有些布店採購員和染整廠勾結，一匹布只留五丈二尺五寸，將餘下的一塊裁下來，染成日式手巾，賣到其他縣市。宇市跟和田甚也這樣約定，將染成的手巾賣給外縣市的雜貨店，每塊手巾宇市抽成二十圓，一個月染整三千五百匹棉布，宇市就淨拿七萬圓。

宇市接過和田甚數過好幾遍的千圓和五千圓紙鈔後，自己又數了一次。他把皺巴巴的紙鈔弄整齊，動作熟練地又數了三次，確認有千圓紙鈔四萬圓，五千圓紙鈔三萬圓，共計七萬圓之後，才把錢塞進皮包內，快速拉上拉鍊，說道：「那麼，我告辭了。」

宇市只丟了這一句話，和剛才來訪時一樣，板著臉孔站了起來。

「不急嘛，喝杯茶再走吧……」

和田甚朝裡面吩咐員工端送茶水。

「茶水不必張羅了，這錢我就帶走了。」

「這樣子啊，恕小弟招待不周，下個月還請您多多關照！」

承包矢島商店機織棉布洗晒業務的和田甚，拚命擠出卑屈的笑容，把宇市送到門口。

宇市從和田甚染整廠出來後，又沿著原來大排水溝旁的小路走去，他來到飛鳳車站，搭上阪和線的電車，在和泉府中站下車。

來到車站前，公車似乎剛開走，車站空無人影，只有兩三輛計程車在候客，宇市左手撩起衣服下襬，方便右手提著皮包，邁步離去了。

中午時分的陽光讓人熱得幾乎快流汗，一點也不像四月初旬的天氣。宇市不時停下腳步，用手帕擦著汗珠，在田間小徑快步走著。田間小徑塵土飛揚又崎嶇不平，但田裡卻是綠油油的麥田，放眼望去，到處淨是三角形屋頂的紡織工廠，路旁的民房裡不時傳來織布機「喀嚓喀嚓」的響聲。

來到桑田町，宇市從大道拐進一條小路，往前直走約莫五十公尺，在倉庫林立的死巷盡頭，就是所有棉布紡織廠常見搭有三角形屋頂的「山德棉布紡織廠」。這家工廠的廠名，是從老闆山野德太郎的名字中取其二字命名的。

宇市不經任何人帶路，便逕自推開大門。這家工廠約有一百坪大，天花板上架著牢固的橫梁，紡織機的動力皮帶交叉著，七八十台紡織機「喀嚓喀嚓」地響動著。他走進廠房裡，只見白色棉絮紛飛，戴著作業頭巾的女工站在紡織機前忙碌，露出的部分頭髮被棉絮蒙染得像層白霜。女工發現宇市進來，旋即用疑惑的目光打量他，他想跟女工打聲招呼，但紡織機的噪音實在太大，她們也聽不清楚。最後，宇市只好默然地直接穿過生產線，走到位於後方他所熟知的辦公室，推開玻璃門。

廠長山野德太郎看到宇市突然現身，驚訝得連忙站起來，說道：「哎呀，原來是矢島商店的大掌櫃，您突然推門進來，嚇了我一大跳呢……有什麼急事嗎……？」

一臉黝黑乾瘦的老闆態度惶恐。宇市仍和往常一樣面無表情地說道：「沒什麼特別的事，今天我剛好有事到毛穴的染整廠一趟，回程順便到你這裡看看。」

「您辛苦了！都中午時分了，我們坐工廠的三輪摩托車，去站前的小餐館喝幾杯怎麼樣？」山野德太郎馬上邀宇市共進午餐。

「不用了，你先拿織好的棉布讓我看看。」

「織好的棉布……？」老闆露出驚慌的神色，稍後才說道：「好，沒問題，您請這邊走。」

說著，廠長打開辦公室的玻璃門，帶著宇市朝與生產線反方向的倉庫走去。

昏暗的倉庫裡，堆積著每五十匹捲成一捆的機織棉布。宇市走上前去，從最上面抽出一捆約有五六匹的棉布，拿到門口處，就著明亮的陽光，用力扯了扯檢視布料。依照規定，機織棉布的每一寸用紗，必須由縱線六十九根、橫線六十五根交叉織成，但有些紡織廠卻從中動手腳，不用指定紗線，而是以劣質紗線混充。宇市幾乎整張臉湊上去，仔細檢視用紗量或紗線是否合乎標準。當然，少用兩三根紗線，用肉眼是看不出來的，可是從布頭的地方卻能看出紗質好壞和用量。宇市逐一檢視，終於查出斷線處，便面有難色地說：「山野先生，你這織布簡直像女人的麻花臉嘛，斷頭這麼多，能交貨嗎？」

山野面對此一挑剔，卻若無其事地回答：「不，只是這匹而已啦，再說上千匹棉布裡，混進一兩匹也是難免的嘛，我馬上把它換掉就是。」

「其他都沒問題嗎？」宇市確認似的問道。

「哈哈哈……您眞是明察秋毫啊！不過請大掌櫃放心啦，在如來佛面前，我哪敢偷工減料啊，我若有什麼不安分，還怕您不給我下訂單呢。」山野突然口氣粗魯地說著，然後靠近宇市身旁，低聲問道：「對了，您今天打算訂多少貨？」

「什麼？要吃午飯？好，那就讓你請客了。」宇市的耳朵又突然變聾，答非所問地回答道。

棉布廠老闆愕然地看著宇市，不禁歪著嘴巴勉強回應：「是啊，剛好我也餓了。」說著，他走出倉庫，騎上停在倉庫空地上的三輪摩托車。

「大掌櫃，您坐在後面的貨架比較安全，要抓緊邊框喔。」

山野讓宇市坐在後面的貨架，然後像故意要整宇市似的，以極快的速度在田間小徑奔馳。宇市把裝有現鈔的手提包緊緊夾在胯下，雙手抓住貨架的邊框，摩托車後面揚起滾滾的砂塵。

山野騎到站前熱鬧的街道時，突然減速下來，停在一間小而雅致兼做外送的餐館前。大概一路駛來劇烈顚簸的關係，以至於摩托車停妥之後，宇市仍沒能直起腰來，而且還滿臉砂塵。山野走到貨架旁，打開小門，宇市這才若無其事地伸直腰身下了車。

登上餐館的二樓，山野和剛才粗暴的行徑簡直判若兩人，態度謙恭地請宇市坐在壁龕前的上位，自己則坐在下位。

「來，我先敬您一杯。」山野向宇市勸酒，拿起酒杯欲飲時，突然擔心似的問道：「大掌櫃，今天來有什麼貴事嗎？」

「沒什麼啦，只是來廠商這邊轉轉而已。」

「這麼說，今後還是由大掌櫃您負責採購業務嘍？」山野試探性地問道。

「是啊，今後還是由我負責採購。」

宇市這樣答道，山野才如釋重負地說：「眞是太好了。恕我說句不得體的話，貴府那個招門婿畢竟太年輕了，也不懂得怎麼跟我們這一行打交道，要獨當一面做生意可差得遠哩，哈哈哈……來，我們再乾一杯……」

他諂媚地笑著，向宇市倒酒。

「對了，大掌櫃，我剛才已經提過，如果您覺得抽一分太少，我可以盡量調到一分五厘啦，但是請您多下一點訂單。」

「噢，一分五厘……可是我總不能只向你的工廠訂貨，還得兼顧其他紡織廠，在配額上會有困難哪。」宇市夾了口鯛魚生魚片送進嘴裡，巧妙地略帶暗示。

「配額……好，我知道了，那我把每匹布的回扣提高到二分，怎麼樣？」

「二分……噢，二分是嗎？」宇市的那雙細眼爲之一亮，說道：「我盡量關照你就是了。」

「啊，您能大力抬愛，眞是太感謝了。哈哈哈，來，我再敬您一杯……」

山野堆起狡黠的笑容，欲要勸酒時，只見宇市揮手拒絕：「不，我不喝了，待會兒還要回店裡呢，總不能大白天就喝得滿臉通紅，今天謝謝你的招待了。」

宇市說完重要的事，就匆匆站了起來。他謝絕了山野用三輪車送他到大阪車站的好意，從和泉府中車站搭上阪和線的電車。

電車開動後，宇市移坐到沒有日照的座位，爲了趕走滿臉的酒氣，他打開車窗，溫煦的和風迎拂而來，他不禁咧嘴笑了起來。看來凡事都在他的算計中順利進行，讓他兀自地笑了。接著，他把提包上的細繩牢牢地在右手腕上繞了兩圈，把提包放在膝上後，才安心地打起盹來。

電車抵達天王寺站時，宇市完全從酒意中醒來，他換乘地下鐵在本町下車。這時的宇市，又板起平常的僵硬表情，駝著背脊故作忙碌地走著。

他鑽進矢島商店的布簾，這時店內已擠滿從外縣市來採購布匹的小販，店員見他回來，旋即齊聲喊道：「大掌櫃，您回來了。」

宇市欠身點頭，從客人面前經過，走進帳房時，良吉好像等候已久，略帶責備地問道：「宇市先生，你到哪裡去了？怎麼大清早就不見人影，讓我找了好久。」

「有什麼急事要找我嗎？」宇市坐在金庫旁問道。

「這幾天，我把資產負債表和存貨簿核對了一下，但帳本上有些地方我實在看不懂，正想問問你。」他指著攤在桌上的帳冊說道。

宇市朝帳本瞥了一眼，說道：「噢，這樣子啊，前幾代的店主都是這種作法，上一任的老爺也是這樣記帳，的確有點難懂，以後我再慢慢教您。」

良吉的表情頓時變得僵硬，因爲宇市抬出前幾代店主搪塞，讓他不知如何接話下去。

「對了，早上你去哪裡了？」良吉改變話題問道。
「在銀行辦完事情後，我到幾個爲我們生產加工的紡織廠和染整廠看看。」
「這些事情以後由我處理好了。」
良吉這樣一說，宇市灰白濃眉下的那雙細眼盯著良吉許久。
「噢，依照前幾代傳下來的作法，商店老闆通常不會到承包廠商去，頂多派大掌櫃出面交涉，不過，你若有興趣了解的話，我會慢慢教給您的。」
宇市這樣敷衍以對，接著突然想到什麼似的，朝店內後方探看著。
「今天，家裡的情況如何？」
宇市在詢問藤代她們的情況。
「她們三個都沒出門，都在家裡。」
「可是，怎麼這麼安靜啊？」
他作勢豎起耳朵朝靜悄悄的內院聽去，然後用詭譎的語氣說：「明天就要召開第二次家族會議了。」

第四章

大清早，女傭便打開客廳的木板套窗，擦拭著窗玻璃，在走廊上忙進忙出，顯得忙碌又緊張。不過，隔著中庭樹叢的藤代、千壽和雛子的房間裡卻悄然無聲，整個矢島家的內宅籠罩著家族會議開始前的異樣靜肅。

宇市很早就到店裡，但沒有去帳房，穿過店內與內宅的便門，朝客廳方向走去。

剛擦拭過的走廊地板發出幽幽的黑光，走在上面甚至有些打滑。宇市走進正房的客廳，時隔一個月，三面玻璃門已打開，內宅女傭阿清帶著四名女傭正在擦拭六坪和四坪大相連的客廳。供奉矢島嘉藏的佛龕置於壁龕旁，佛龕的門扉已敞開，前面擺著佛具，經卷桌上置有香台，看來佛龕前的會場已準備妥當。

阿清看到宇市進來，旋即停下正在擦拭香台的動作，詢問席位的安排。

「大掌櫃，早安，您來得正巧，席位怎麼安排比較好？」

宇市朝客廳的配置打量了一下，說道：「你把日式矮桌擺在佛龕正前方，左邊給今橋的姨母和姨父就坐，對面是大小姐，二小姐和她夫婿及三小姐坐在她姨父旁邊，我坐在末座。」

「家族會議要準時舉行嗎？」

阿清見藤代她們毫無動靜，擔心地探問時間。因爲家族會議預定早上十點召開，但已經九點多了，藤代她們三個在吃過早餐後仍不見動靜。宇市打斷阿清的話說：「嗯，要準時舉行，這種事情絕不能拖延，你們也要把握時間，趕快準備妥當才行。」

他這樣叮囑著，慢慢地返身走去，來到正房迴廊的拐角處時，突然停下了腳步。

藤代、千壽和雛子的房間，中間隔著中庭，剛好形成一個「ㄈ」字形，早晨的陽光灑進她們房間，庭院裡的樹叢伸展著綠色枝葉，彷彿事先約好似的，三個房間的門窗緊閉，安靜得出奇。

宇市感到有些奇怪，他穿過走廊，躡足地走到藤代房間前，出聲問候：「早安，我是宇市，可以進去嗎？」

過了一會兒，房內才傳來藤代簡短的回應：「進來吧。」

宇市打開拉門，五坪大的房間中央擺著梳妝台，藤代端坐在梳妝台前，旁邊攤展著華麗的服裝。

「對不起，您在換衣服啊？」

宇市連忙要退下時，藤代說道：「沒關係，還有些時間，我只是攤開衣服看看而已。」說著，從滿堆衣服中選出一件淡綠色的高級和服，輕輕地披在肩上。

「怎麼樣？我打算穿這件參加今天的家族會議，你覺得如何？」

那嫩綠色的和服遮在藤代身上，後背的利休橘家徽是用銀色絲線繡製而成的。

「衣裳這檔事，我這老頭子不懂啦。今天的聚會雖然叫家族會議，但其實只是請您今橋的姨母及三位小姐而已，算是自家人的聚會，不穿印有家徽的和服也沒關係……」

聽宇市這樣回答，藤代仍然把衣服披在身上，又看著他說道：「雖說是自家人的聚會，但今天畢竟是遵照已故父親的遺囑來商討遺產分配的日子。說得嚴肅點，今天起或許是改變矢島家歷史的關鍵日子呢。別人怎麼看姑且不論，我身為矢島家的長女，穿著印有矢島家家徽的衣服也是我的嗜好與堅持。」

藤代情緒激昂地說著，然後無比陶醉地看著披在身上的華麗衣服。霎時，一種異樣的氣氛和華麗色彩充塞著整個房間，宇市緩緩地挪動身子。

「時間快到了，請您換好衣服之後，到客廳來。」

說著，他推開拉門，走出了藤代房間，又沿著轉角處的走廊，來到千壽的房間前，跟剛才一樣站在門外對著房內打招呼。

「請進……」千壽低聲答道。

推開拉門一看，不見良吉的身影，大概是錯身而過。房間裡鋪著草蓆，草蓆上擺著一只青瓷色花器，千壽好像正在插花。幾枝用金紙包裹、帶有小黃葉的木枝有趣地往外斜彎，根部再以充滿鄉土風味的紫色六月菊加以裝飾。乍看之下，它們花色樸素，但展現出一種堅忍的靜寂。千壽停下手來，問道：「宇市先生，有什麼事嗎？」

「不，沒什麼事，只是開會時間快到了，我來通報一聲而已……」

說著，轉身看向宇市，一如往常地露出微笑。

「是嗎？謝謝你的關心，我已經準備好了。」

相較之下，千壽穿的並沒有像藤代那樣華麗，一身樸素的絳紫色和服，繫著朱色腰帶，臉上已經化好了妝，正靜靜地插著花。

「您還眞是悠閒啊。」

「只有這樣才能消除煩悶，保持心情閒靜呢……」

千壽說著，審視整個插花造型，對金葉的下枝好像不甚滿意，拿起剪刀，「喀嚓」一聲剪了下來。

宇市走出千壽的房間，經過走廊，來到雛子的房前。面向中庭的玻璃窗雖然緊閉，但朝著走廊的拉門卻微開，可以看到房內的情形。鋪著紅色地毯的和室裡有張扶手椅，雛子正閒適地斜靠著，膝上攤著報紙，眼睛望著天花板發呆。

「三小姐，我可以進去嗎？」

宇市從門縫探頭說著，雛子頓時吃驚地回頭一看。

「哎呀，嚇我一跳，我以爲是誰呢……」雛子著實驚訝似的嘟著嘴說。

宇市瞇著細眼，走了進去。

「這麼安靜，您在做什麼？」

「我在數天花板上有多少節孔。」

「咦？數天花板上的節孔……？」宇市突然不知如何答話。

「嗯，早上起，我就數了三次。無論是大姊或二姊的房間，都安靜得像鬼屋似的叫人害怕，我總不能一個人大聲喧鬧吧。眞希望今天的聚會早點結束，趕快到外面透透氣呢。」雛子似眞又假地問：「離開會還有多少時間？」

「是啊，大概還有十五六分鐘，等您今橋的姨母一來就可以開始了，請您準備一下。」說著，宇市站了起來，看到雛子的膝上攤著報紙，對摺的地方剛好是數字密密麻麻的股票欄。宇市再次用那細眼看著雛子。

「三小姐，我看您不是在數天花板上的節孔，而是在看股票欄的數字吧。」

宇市開門見山點出，雛子那張圓臉露出淺淺的酒窩，毫不在意地回答：「或許是吧。最近，我突然很想大賺一筆……」

宇市從雛子的房間走出來，並沒有回到店裡，而是來到宅院中閒置的小客廳。他坐在陰暗的房間裡，點了根菸，一邊回想剛才到過三位小姐房間的情形，一邊從懷裡掏出一個月前家族會議暫寄在他身上的矢島嘉藏遺囑，攤在榻榻米上。

這幾頁捲起來的和紙上，即是嘉藏用工整的筆跡，經過精心考量爲長女藤代、次女千壽、三女雛子寫下的遺囑。嘉藏沒有給離過婚的長女藤代繼承祖傳家業，而給她一大筆堅實的不動產，並將矢島商店的經營權交給招婿入門的千壽，且爲三女雛子留下可以兌換成結婚現金和嫁妝的股票和古董。任何人看來，都會覺得這是一份考量周全的遺囑，問題是，她們三姊妹表面上看似平和，私底下卻各自算計，處心積慮地提防對方，宇市已經感受到這股暗流，擔心今天的家族會議可能引起諸多變數。

才聽到一陣忙亂的腳步聲，走廊便傳來了喧鬧聲，藤代的姨母芳子疾步而來，走在她丈夫米治郎前面，率先進入客廳。

「哎呀，這跟一個月前家族會議的擺設一模一樣嘛！可是其他親戚都沒到場，我今天可是責任重大呢。」

姨母並沒有爲自己遲到致歉，逕自來到佛龕前面，點燈上香，然後轉過身來，坐在上位，這時她發現藤代穿著華麗的和服。

「哇，你穿得這麼正式，連家徽也繡上了呀……今天雖說是召開家族會議，其實只是自家人的聚會，大家輕鬆一點……」

說著，姨母轉身看著坐在末座的宇市。宇市好像等待已久似的，把放在日式矮桌上的矢島嘉藏遺囑攤開，說道：「上次的家族會議上，我宣讀了遺囑中有關遺產的分配，今天請今橋的姨母代表家族，來商量矢島三姊妹的遺產分配。」他停頓了一下，接著說道：「首先，我們請大小姐就遺產的分配問題表示意見……」

宇市抬起那雙細眼看向坐在右上側的藤代。藤代穿著印有家徽的嫩綠色和服挺起上半身，開口說道：「在我提出意見之前，我希望二小姐先說明一下自己分到多少遺產。」

「咦？我分到的遺產……？」

坐在藤代旁邊低垂著臉的千壽，這時吃驚地抬頭看著藤代。

「沒錯，先說說你所繼承的矢島商店房地產和經營權值多少？」

「這個我估不出來，我先生他……」

說到這裡，坐在千壽旁邊的良吉，旋即替千壽解圍地探出身子，說道：「如果大姊不介意的話，這個部分就由我來說明……」

藤代並沒有說好或不好，良吉便探出身子，繼續說道：「我先說明矢島商店目前使用的土地和建物：矢島商店的門面寬二十公尺，縱深四十公尺，共計二百四十坪。依遺囑規定，以中門為界，外面的八十坪由我們繼承，其餘的由大家共同繼承。商店的八十坪，以每坪四十萬圓計算，總共三千二百萬圓。從存貨簿來看，目前庫存品共有三千三百二十萬圓；有三輛中古的

Datsun牌貨車，若每輛折算十五萬圓，共值四十五萬圓；此外，金庫、桌子、椅子、貨架等辦公用品都已陳舊，根本不值幾個錢。」

良吉一口氣說完，稍作停頓後，又說：

「接下來，我來說明商店的經營權，也就是說它到底值多少。一般來說，它跟商店的土地、建物採同樣的價格計算，亦即每坪四十萬，總共八十坪，共值三千兩百萬圓。」

「三千兩百萬圓……這隻金雞母才值這些？」藤代毫不留情地說。

「金雞母？」良吉反問道。

「沒錯，對生意人而言，有了經營權好比擁有一隻金雞母。大家都知道，即使只是一塊普通布料，但憑著那塊商標，只要推銷得當，就可以不斷地擴大事業。老鋪的招牌比什麼都重要，所以，商店的房地產和經營權的估價比率，應該是四比六才對。」

「什麼？四比六……？」

良吉霎時臉色大變。

「嗯，應該是四比六。對於一家老鋪的經營權來說，這不算是高估，難不成你這個招贅的女婿，故意把矢島商店的招牌看得這麼不值錢嗎？」藤代用身爲矢島家長女的高傲驕縱態度逼問道。

她一說完，客廳裡頓時鴉雀無聲，籠罩著沉悶而凝重的氛圍。這時，千壽氣得臉色蒼白，探出身子說道：「姊姊，你憑什麼說他輕蔑矢島商店的招牌呢……」

接著，千壽泣不成聲地哭了。藤代若無其事地看著千壽說：「二姊，你又開始唱哭調子啊？說句難聽的話，你不要動不動就故作清高，用眼淚來騙人了！」

藤代彷彿摑了千壽一巴掌似的說著，然後問良吉：「我想再問你一個問題：依照遺囑第一條規定，你必須將商店每個月淨利所得的一半，平分給我們三姊妹，那麼每個月的淨利所得究竟有多少，你說明一下。」

藤代步步進逼。良吉表情僵硬地回答：「目前，每個月營業額大約有四千萬圓，毛利占百分之十，扣掉人事成本和其他相關費用，淨利只得三成，也就是一百二十萬圓。從中取出百分之五十，也就是六十萬圓，平分給你們三人，每人大約可以得二十萬圓。」

「噢，淨利只有三成，每個月只得二十萬圓……未免太少了吧？這是表面上的利潤，是不是還有其他暗盤？」藤代質疑地問道。

良吉面露不悅的神色。

「您有疑問的話，可以查看帳本呀，我是按帳面上的數字計算的。」

藤代一時語塞，於是轉問宇市：「宇市先生，我父親去世之後，商店是如何經營的？」

「是的，還是跟老爺在世的時候一樣，由我整理進貨帳目，新店主負責整理傳票和核定薪資，還包辦其他雜務。」

「噢，那麼我父親生前都做些什麼？」

「老爺掌管進出貨和開立支票。」

「這麼說，自我父親去世之後，只剩宇市先生你一個人負責進貨嘍？換句話說，你這個大掌櫃應該比良吉更了解我們店裡的情況嘛。」藤代不同以往，改以客氣的語態對宇市說道。

宇市閃動著灰眉下的雙眼，不知如何回答。藤代趁勢追問：「宇市先生，依你的看法，我們店裡的生意如何？」

宇市朝良吉偷看了一眼，才開口說：「是啊，據我所知，就跟新店主剛才說的一樣，每個月營業額四千萬圓，毛利百分之十，淨利只占其中的三成。」

藤代愣住了。平常不理會良吉的宇市，這時卻附和良吉的說法，實在出乎她料想之外，她頓時覺得自己孤立無援，有些氣餒，但梅村芳三郎那番輕聲叮嚀又突然浮現腦際——你若不精打細算，你們三姊妹之中，就數你最吃虧……

藤代倏地抬起眼，露出溫和的表情，轉身對著坐在姨父米治郎身旁的雛子，說道：「接下來，我想聽聽三小姐的意見。」

「問我……？要我說什麼呢？」雛子的圓臉露出酒窩，毫不設防地答道。

「你繼承的那些股票和古董共值多少？」

「我的嗎？關西電力、東洋纖維、日立電機、松下電器、京阪神電鐵、旭化成等股票，共有六萬五千股，共值兩千四百萬圓。古董文物八十六件，價值七千兩百三十萬圓。」

「噢，你也滿會估價的嘛。」藤代挖苦地說，嘴角掠過一絲冷笑。

「什麼滿會估價的？」

「你說自己有六萬五千股股票，共值兩千四百萬圓；它跟我那些不動產不同，在變更名義的時候，可以利用許多人頭，分散持股的數額，等遺產稅申報期間一過，再略做整理，即可少繳遺產稅，甚至不必公開自己持有多少股票。這樣一來，豈不是有十萬股的價值嗎？況且，你手上還有古董呢，不知是誰向你介紹的，那個京雅堂的古董商，根本不會估價嘛……」

藤代語畢，身材微胖的姨母芳子，突然探出身子，說道：「我說藤代呀，剛才我一直聽你在質問別人分到多少遺產，抱怨這叨念那的，那你繼承的部分到底値多少啊？」

「啊，姨母您是在問這個呀……？」

藤代一副不以爲意的樣子。

「在回答之前，我得向宇市先生確認一下呢。」

說著，轉身看著宇市。

「你告訴我說，櫻宮小學後面的六間平房和那兩排出租房，每戶有三十坪，結果每間短少了四坪，這到底是怎麼回事？」

「咦？每間少了四坪……？不會有這種事吧……？」宇市滿臉納悶地說。

「你若覺得我在說謊，明天可以去測量一下呀，那兩棟平房的後面不是有一塊狹長的空地嗎？」

宇市見藤代沒好氣地說，連忙解釋道：「啊，我知道了！這可是天大的錯誤……這是戰爭期間政府爲了強制疏散居民，擴大空地的面積，那些房子才被削掉四坪。」

宇市彷彿由衷感到惶恐地低下頭來。

「你最好不要跟我打馬虎眼，對我這個離過婚的女人來說，這次繼承的遺產或許是我一輩子的依靠呢，每間少了四坪，十二間就少了四十八坪耶！我曾託人對東野田町的三十間出租房、北堀江六丁目的二十間出租房，以及土地建物做了估價，總共値八千五百萬圓。」

藤代所說的總額比芳三郎和房屋仲介商預估的金額還要少。

「雖說估價爲八千五百萬圓，但也得把遺產稅算在內才行。換句話說，我若繼承八千多萬的遺產，至少得繳交一半的稅金，扣掉這些稅金，我拿到手只剩五千萬左右，被扣的部分，我希望你們共同分擔。」

「這話是什麼意思？」姨母芳子詫異地問道。

「姨母，您聽不懂我的意思嗎？我的意思是說，被扣稅的部分，希望她們設法補貼給我。」

千壽和良吉都露出激動的神色，雛子也驚訝地望著藤代。

「你們準備怎麼做呀……？」

藤代趁勢催促著，良吉突然移膝向前，雙手平放在膝上，說道：「大姊，您剛才說被扣繳稅金的部分希望由我們共同補貼，可是大家都知道，不僅繼承不動產要繳交遺產稅，我們繼承的商店經營權，或是三小姐分得的股票和古董，也都要一分不減地繳交遺產稅呢，而您只談自己的，是不是有些不合情理……」

儘管良吉如此發難，藤代仍沉著應對：「這麼說也算是一種道理。是啊，繼承經營權、股票和古董等等都要繳交遺產稅。不過，繼承經營權要繳交多少稅金端看怎麼評估；股票嘛，只要巧妙地變更名義，便可以不必公布，至於古董嘛，價格怎麼定都可以，說它是破銅爛鐵或是贗品假貨也行，反正都能逃稅。而不動產就不同了，幾坪幾合幾寸都記載得清清楚楚，想逃也逃不得。所以，仔細算來，我們三姊妹之中，數我繼承的部分吃虧最大，如果我是當妹妹的那無話可說，但身爲家中長女，我絕不接受這種待遇！」

藤代極其強勢地說著，會場頓時陷入凝重而沉悶的氣氛。千壽氣得臉色蒼白轉向藤代，語聲冷顫地說道：「姊姊，您連繳交遺產稅的事都說得出來，老是說自己吃虧最大，那我也有話要說！」

「噢，你有話要說呀？你都捧走矢島商店這隻金雞母了，還有什麼可說的？」

藤代反駁，千壽的薄唇微微顫抖著。

「姊姊出嫁時帶走的現金和治裝費及茶具，就值不少錢呢，剛才說希望我們補貼您被扣繳的稅金，我也希望您把當初帶走的所有嫁妝拿出來估價！」

「咦？我不記得出嫁時有帶走什麼東西。」藤代不屑地答道。

千壽被這語氣壓得說不出話來，但隨即清楚表態：「您帶走的東西多得很，不是我這個妹妹能比的。」

「多得很？有多少啊？你算過的話，就說來聽聽吧。」

藤代露出嚴厲的目光。千壽起先有點猶豫不決，最後朝良吉看了一眼，這才下定決心地說：「您帶走的現金有五百萬圓，治裝費花掉五百萬圓，還有貴重的茶具。依照法律規定，在繼承遺產之前，凡分得開業資金和結婚嫁妝和帶走的現款，都必須從繼承的部分中扣除，所以我也希望姊姊您依此計算。」

千壽臉色蒼白地說著，雛子也語氣高亢說道：「沒錯，您結婚時花掉那麼多錢，不扣掉的話太不公平了。前一陣子，我去庫房清點古董的時候，那組野餐用的茶具也被您拿走了，這也必須算進去才行。」

「三小姐，你給我閉嘴！」藤代厲聲斥喝，又轉向千壽和良吉：「這就是你和你丈夫聯手替我算的私房錢嗎？不過，連人家的治裝費都精算得出來，你們是按照什麼標準算的？我倒想聽聽呢。」藤代說得慢條斯理，卻充滿惡意。這時，千壽臉上失去血色，痙攣般地抽搐著。

「你不好開口吧。既然開不了口，我替你說好了！」

藤代伸手探入腰間，取出一張摺疊的白紙。

「怎麼樣？你還記得這個嗎？」

說著，將它攤在桌上。

保證書

藤代姊姊

本人在此堅決保證，今後絕對不再碰觸藤代姊姊放在服裝室及收藏室內的衣櫃、衣箱、文件箱和其他家具物品。

立據人　千壽

三月十三日

雛子和姨母夫婦紛紛露出驚愕的神色，連宇市的眼神也掠過一絲慌亂。姨母芳子朝桌上那張白紙盯視片刻之後，問道：「這到底怎麼回事……？」

藤代露出一抹冷笑，然後深深地吸了口氣：「父親做完二七不久，有一天我發覺平時極少有人進出的服裝室好像傳來聲響，打開拉門一看，二姊居然躲在朝北的陰暗角落裡，打開我的衣櫃，取出我的衣物，從裡到外翻摸著，好像在檢查我有多少衣服……」

藤代的眼裡彷彿再現當時的情景似的，露出凶惡的目光，靜寂無聲的客廳裡頓時籠罩著不寒而慄的肅殺氛圍，姨母芳子突然拉緊自己的領口。

「聽起來還眞是匪夷所思呢，二小姐，眞有這件事嗎……？」姨母對著始終低頭、默不吭聲的千壽，難以置信地問道。

「當然眞有其事。當時，我還以爲是自己看走了眼，可是當我認出是二小姐時，也不禁嚇得渾身打顫呢。我擔心今後還會有類似事情發生，所以就請她寫了張保證書，以便做爲證據。」

藤代帶著勝利者的目光掃視著在場的所有親戚。

「二姊，你眞笨哪，爲什麼要立下這個呢……？」雛子冷不防說道。

「她哪裡笨？」藤代責問道。

「換成是我，絕不寫的！」

說著，雛子整個身子探向桌子，雙手抓起那張保證書。

「三小姐，你要幹什麼？」

藤代見狀立即大叫，便傳出白紙撕碎的聲音。雛子那雙白皙的纖手把那張保證書撕成兩半之後，接著又將它撕得更碎，然後轉身用力把紙片撒向庭院。霎時，白色的紙片如花瓣般漫天飛舞，最後散落在庭前微濕的青苔上。

「三小姐！你到底要幹什麼？」

藤代氣急敗壞地瞪著雛子。雛子猛地轉過身來，對藤代說：「沒什麼特別的意思，我只是覺得同爲姊妹，立什麼保證書或充當證據什麼的，還拿它當盾牌計較遺產的多寡，這未免太過分了。我這樣說並不是同情二姊，也不是跟她站在同一陣線，不僅如此，我對二姊的看法也有所改變了。」

雛子對著含淚向她求救的千壽，甩頭不理，明快而無情地說：「我對這種兒戲般的保證書或證據啦沒什麼興趣，還是根據各自的情況，來商量如何分配遺產比較實在。」

坐在末座滿頭白髮的宇市，也跟著點頭附和，移膝來到前面。

「是啊，私自跑到服裝室是二小姐的不對，但大小姐硬要二小姐立下保證書，似乎也過火了些。三小姐說的沒錯，你們三姊妹應該交換一下意見，商量如何分配遺產才是。剛才的事情當作沒發生過，希望你們就各自的處境共同協商吧。」

說著，他轉向千壽，說道：「大小姐已經提出自己的看法了，二小姐您有什麼意見嗎？」

千壽依舊低垂著蒼白的臉，但被宇市這麼一說，微微地抬起臉來，眨動一下眼睛，然後朝著擺臭臉的藤代瞥了一眼，語帶諷刺地說：「我們家良吉，平時就幫父親經商生意，由他繼承矢島商店的經營權，我沒有意見，只是必須把商店每個月淨利所得的一半平分給三個人，坦白說，負擔是沉重了些。但姊姊說，我們捧走了商店這隻金雞母，或許就不得不出那麼多錢吧。」

「那麼，三小姐您的意見如何呢？」

「我……對繼承股票和古董沒有意見，可是有件事情若沒查清楚，我就不同意。」

「咦？到底是什麼事……？」

所有疑惑的視線都集中在雛子臉上。雛子眨著明亮的眼睛，說道：「在我繼承的古董文物當中，有件東西竟然不翼而飛，那幅雪村的瀑布山水畫不見了！」

「雪村的瀑布山水畫……？」千壽驚訝地嘟囔著。

「你不會弄錯吧？」藤代眼神冰冷地對雛子探問道。

「是眞的，前幾天，京雅堂的老闆來庫房估價時，我才知道少了那張軸畫。」

「噢，眞奇怪哪！在咱們家的古董文物當中，那張軸畫跟斗斗屋、黃瀨戶、鼠志野、尾形光琳泥金畫茶盒等等，都屬於前十項重要收藏品，父親去世的前三四個月，有客人來訪時，他還得意地將它掛在客廳的壁龕上呢……這樣不翼而飛，實在太不可思議了。庫房的帳目怎麼處理？有用毛筆畫掉嗎？」

「沒有，並沒有用毛筆畫掉。」

「噢，那意思是說，庫房的帳目雖有登記，但實物卻不見了。」

藤代這樣質問，突然轉身對著宇市。

「宇市先生，這是怎麼回事？」

宇市和往常一樣，板著臉孔說道：「這個嘛，老實說我也不大清楚，以往給親戚家祝賀的時候，凡是送出去的禮品，都會在帳本上用毛筆畫掉，但唯獨這件東西沒畫掉，實物卻不見了，眞是怪哉！難不成是狐仙帶走了？」

說著，露出納悶的神情，姨母芳子突然按捺不住，大聲嚷嚷起來。

「什麼狐仙帶走了！庫房的鑰匙和帳本向來不都是由你保管嗎？況且，在三小姐請京雅堂老闆來估價之前，大家竟然都沒發現，這未免太奇怪了吧？」

「是啊，這都要怪我人老糊塗，自從辦完老爺的葬禮以後，我整天被雜事追著跑，直到前幾天才有機會陪三小姐進庫房裡看看，沒想到會發生這種事。但話說回來，在遺產分配尚未確定之前，我怕打開庫房會招致誤解，所以盡量不去那裡。」

「問題是，前幾天，你跟三小姐一起去庫房清點的時候，難道沒發現嗎？」

「那時因爲來了一個陌生的古董商，我只好中途先走一步了，這的確是我太疏忽了。」

庫房的鑰匙確實交由宇市保管，但遺產紛爭鬧得最凶的當前，宇市避免擅自到庫房走動，其顧慮是有道理的。

「這麼說，那幅雪村的瀑布山水畫在姊夫去世之前，已經不在庫房裡了。」

姨母芳子沉默片刻後，突然驚悟似的自拍大腿，說道：「那我應該盡快趕到親戚家，不動聲色地探問是不是有雪村那幅山水畫，若沒有的話，那就事態嚴重了。」

姨母芳子露出幸災樂禍的眼神，雛子偷偷地朝沉默不語的藤代和千壽看了一眼。

「總而言之，雪村那幅軸畫沒找到之前，我不接受我所繼承的遺產。」

雛子丟下這句話，客廳裡頓時一片啞然。

突然，坐在姨母身旁的姨父米治郎，傾身探出如鶴般的細脖子，說道：「追查雪村山水畫的下落固然重要，可是全耗在這裡也不能解決問題，再說遺產分配尚未有結論，我看先擱下軸畫的事，繼續商討遺產的大事比較重要。」

始終冷眼旁觀三姊妹爭吵的米治郎，如此發言，讓藤代她們驚訝地看著他。米治郎恭謹地把雙手放在膝上。

「宇市先生，此外還有什麼問題嗎？」

米治郎這番話是在提醒陷入紛爭的矢島家三姊妹不要本末倒置，或做無謂的爭執。坐在末座的宇市，誠惶誠恐地抬起頭來看著米治郎。

「接下來就是共有遺產如何分配的問題，這需要她們三人協商解決，雖說是屬於指定遺產繼承的部分，但遺囑上並沒有明確規定某人該分得多少，只表示繼承人應該透過協議方式，平均分配共同繼承的財產。」

「那麼，具體上應該怎麼分配呢？」米治郎說得語聲溫和，盡量避免刺激藤代她們。

「既然是三個人，就平分成三份。」

「平分成三份……怎麼分啊？」

藤代口氣嚴厲地說：「我父親在遺書上不是寫著三個人協商分配嗎？既然是這樣，分得較少的那個人其損失的部分，就應當從共同繼承的遺產中得到補償不是嗎？」

「問題是，遺囑上並未寫明將什麼給誰或給多少，若是明文寫出，就算有失公平，也得照遺囑來辦。此外，法律也有規定，有關共同繼承的部分，假定死者沒有明確提出，最終只能按繼承人的人數平分，我知道大小姐您不滿這種作法，但法律條文終究是要遵守的呀。」

宇市說得客氣，卻有著不容分說的意味。藤代滿臉慍色，但隨即恢復慣有的冷漠表情。

「剛才，您一直說平分三份、平分三份的，但是共同繼承的遺產中，有些東西是無法平分成三份的，那又要怎麼處理？比方說，這間客廳也是我們共同繼承的遺產，萬一我們三人都想要的話，又該怎麼分呢？總不能將這客廳也切成三份吧……」

藤代埋怨地說到這裡，姨母芳子突然探出身來，毫無顧忌地催促道：「在確定遺產的分配比率之前，咱們先請宇市先生說說共同繼承的遺產到底有多少，並在此向大家公開，然後再商量如何分配。那就先公布財產歸戶清冊吧。」

「好——的。」宇市用極其緩慢的語調答道。

「我受老爺之託做爲遺產分配的執行人，財產歸戶清冊自然是由我製作的。經過剛才的決議，我將在此公布共同繼承遺產的目錄。」

說著，宇市從膝旁的一只厚牛皮紙袋中，取出用格紙訂成一冊的目錄，隨意地攤開。

「財產歸戶清冊……」

這時，客廳裡的每個人都不約而同地看向宇市正在翻閱財產歸戶清冊的手。

一、不動產

◎土地・建物

位於大阪市南本町二丁目二百五十四號自宅，以矢島商店中門為界，裡面一百六十坪，

二樓建築面積是九十七坪
大阪府北河內郡八尾村所屬的農田五反[11]步
◎山林
三重縣熊野　四十公頃
奈良縣吉野　五公頃
三重縣大杉谷　一百二十公頃
京都府丹波　十公頃
二、動產
◎銀行存款
住友銀行定期存款　一千五百萬圓
　　活期存款　七百萬圓
三和銀行定期存款　六百三十萬圓
　　活期存款　六百萬圓
◎有價證券
◇股票
大日本紡織　二萬股

11 反：每反約為九百九十一點七平方公尺。

伊藤忠商事　一萬股
住友銀行　三萬股
日本水泥　一萬五千股
松下電器　二萬股
◇投資信託
野村共同基金　三百萬圓
山一共同基金　二百五十萬圓

「以上，是我調查的財產歸戶清冊。」

讀完後，宇市示意大家可依序查閱，並把財產歸戶清冊交給藤代。

藤代凝視著寫在直格紙上的目錄，並在腦中快速計算。在農地、山林、銀行存款和有價證券當中，最穩當而有價值的就是山林。山上的樹木就算不管它，每年照樣會生長，將砍下來的木材賣出去以後，又可以在原山地繼續造林育材。換句話說，只要擁有山坡地，用不著費多大氣力就可以得到穩定的收入。藤代想起春、秋兩季，前去巡視自己所屬龐大山林的快樂與暢懷之情，內心的欲望不由得高漲了起來。不過，藤代仍然不露聲色，看完目錄之後，默默地把它交給了千壽。

千壽接過那份目錄斜攤在膝蓋上，方便良吉也看得到。基本上，不動產和動產部分跟良吉估算的差距不大，可是銀行存款的數額明顯短少，她不知道這些現款是否用於矢島商店的資金周轉，但跟良吉所估算的數額差了將近一千萬圓。她轉頭看著良吉，良吉滿臉驚訝地看著銀行存款的項目。千壽睜大了眼，像是在詢問良吉有何意見，良吉卻用眼神制止她，於是她低下頭來，把目錄交給了雛子。

雛子接過目錄後，漫不經心地掠過一眼。對她來說，就算看得再仔細也弄不懂那些東西的價格，幸好姨母在場，只需依照她的眼色行事即可。她匆匆看過一遍，隨即將目錄遞到姨母面前。

姨母芳子從小提包裡取出金絲邊眼鏡，架在她那雙細長的眼睛前，她拿起財產歸戶清冊，一行一行地查核，一邊看一邊計算，時而又像在思索什麼似的，散發出銳利的眼神。

「宇市先生，只有這些嗎？」姨母冷不防地問道。

「咦，您說什麼……？」宇市像聽不清楚似的抬手貼著耳朵問道。

「我在問你，矢島家的財產爲什麼變得這麼少？」

姨母抬高聲音說著，宇市這才領會似的用力點頭答道：「什麼？太少……？是的，原本就這些。」

芳子驚愕地看著宇市，滿臉怒容說道：「原本就這些？這是什麼話呀！你身爲大掌櫃講這種話，未免太不負責任了？」

這時，藤代也露出嚴厲的目光。

「宇市先生，我們家在奈良那邊不是還有山林地嗎？」

「噢，是嗎？不過，根據我的調查，金庫裡的不動產登記簿上並沒有記載，大小姐您說的是奈良的什麼地方？」宇市疑惑地反問。

「我記得，從奈良的榛原站搭車約半小時左右，下車之後，往登山方向的那個地方。到現在我還記得非常清楚，我出嫁的前一年，跟母親去吉野賞櫻的回程中，母親告訴我：『你看，那片山林就是咱們家的，地勢朝南，排水又好，杉木長得特別茁壯……』」

藤代凝目窺探似的看著宇市，但宇市仍沒有任何表情，只是納悶地歪著頭，說道：「奇怪啊，我怎麼都沒印象……？大小姐是不是聽錯了？或是弄錯了？」

「絕不會弄錯的……」

千壽也插嘴：「約莫一個月前，宇市先生不在的時候，奈良那邊有人打電話來詢問山林的事……」

「咦？對方詢問些什麼……？」宇市又聽不清楚似的抬手貼耳問道。

千壽有些不知所措，但仍直盯著宇市。

「對方來電話詢問有關砍伐的木材數量和價格。」

頓時，宇市的眼睛爲之一亮。

「對不起，請問那通電話是二小姐您接的嗎？」

「不是，是我丈夫接的，他後來才告訴我……」

「啊，原來是新店主接的？」

說著，他轉身看著良吉說：「有這種事情，您應該早點告訴我嘛，我也好盡早跟對方聯絡，調查得更清楚些，然後就來得及寫在今天的財產歸戶清冊上……」

宇市表面上說得誠懇，其實是在責備良吉沒把這件事告訴他。

「那麼，那通電話到底是從哪裡打來的？」

「好像是奈良的鷲……鷲家的代書事務所打來的。」良吉有點猶豫地答道。

「鷲家……奈良的鷲家在……」宇市佯裝想不起來，沉思了片刻，然後猛然抬頭，用力拍打自己的大腿，說道：「對，對，您這麼一說，我倒想起來了。四鄉村底下有個叫鷲家的地方，矢島家在那裡也有一些山林地，那地方不是很有名，我一時疏忽就忘了。」

宇市過意不去地低下頭，拿起放在壁龕旁的筆硯，在不動產的項目上補寫了「奈良縣鷲家」幾個字。

「有關具體的面積，我會盡快調查再補寫上去。哎，自從老爺去世以後，我好像突然變得糊塗了。」他並不是針對誰說的，只是故作笑臉嘟囔道。

不過，藤代還是板著面孔，不放心地問道：「除此之外，還有沒有漏掉什麼重要事項啊？」

宇市像在等待回話似的，說道：「嗯，還有一件大事尚未解決。老爺除了留給您們三姊妹的遺囑之外，另外還有一份遺囑。」

「是我姊夫爲那個情婦留下的那一份吧。」

姨母芳子語氣尖酸地問道：「她到底是什麼女人？宇市先生，上次開完家族會議之後，爲了傳達那份遺囑，你還去過她家，你應該看得最清楚才對呀。」

姨母說話的口氣，逼得宇市非回答不可。

「是啊，她是個漂亮、懂得分寸、重感情的女人。」

「噢，聽你這麼說，她是個美貌、重情重義的女人嘍？」

姨母芳子冷笑地說著，藤代的嘴角也泛起嘲諷的笑容。

「她是個重情重義的女人，你只見過一次面就這麼了解呀，不過聽你的口氣，好像到過她家好多次了？」

「上次，我去她家的時候，湊巧看到她坐在沒有牌位的佛龕前，凝視著老爺的相片發愣，彷彿老爺還活在世上。她把老爺生前用過的碗筷，還有酒菜供奉在佛龕前，淚流滿面地祭拜。後來，我拿了那份遺囑給她看，並說老爺沒有明說要分給她多少，她卻說遺囑上提到她的名字已經心滿意足了，而且哭得非常傷心。」

「你說她長得漂亮，比得上我去世的母親嗎？」雛子好奇又不滿地插嘴道。

「怎能拿她跟夫人相比呢？再怎麼說，夫人都是名門閨秀，長得漂亮又有氣派，那個女人文文靜靜的，臉上帶著憂容，或許正是這樣才能吸引男人。」

「你說她很懂得分寸，你怎麼知道的？」千壽追問道。

宇市沉吟了一下，說道：「當時，我告訴她，老爺在遺囑中請求大家盡可能分給她一些財物，還說矢島家的小姐們都是心地善良的人，肯定會考慮到她的生計問題，請她放心，可是她馬上表示不希望給矢島家添麻煩……」

「說不定她是爲了博取同情，故意演出苦肉計呢。」

藤代突然毫不講情分地說道：「那要分給那女人多少啊？」她那輕蔑的口氣宛若給乞丐施

捨似的。

「遺囑上只說分給她一些財物，所以就看小姐們的心意了。」

「『給她一些』這種說法最曖昧了，表面上說給多少都無所謂，其實去世的父親是希望我們盡量多給一些，這足以顯示父親的陰險與狡猾……」

藤代說得這麼冷酷無情，千壽也眨著冰冷的目光，嘆息道：「這麼說，若給的太少，豈不有損咱們矢島家的面子，這該怎麼辦啊……？」

「我才不管什麼體面不體面的，總不能拿我們應得的送給那個情婦，這根本是胡來嘛！天底下哪有這種道理？這簡直是明治、大正時代的想法嘛，太扯了！」

雛子也露出不滿的神情，但語氣認眞地問道：「宇市先生，你眞的準備執行第二份遺囑嗎？」

宇市對雛子的問話態度感到驚訝。

「問題是，老爺既然留下了那樣的遺囑，那就跟留給您們幾位的遺囑具有同樣的法律效力，如果什麼也不分給她，到時候她可以告您們不履行遺囑內容，這樣反而不利。所以我認爲，還是依照遺囑內容行事比較妥當……」

宇市居中協調似的說著，姨母芳子像忽然想到了什麼，突然移膝向前說道：「要不要分給那女人，姑且不談，總之先把她找來家裡再說。我姊夫在遺囑中沒有寫明給她多少，那就表示他生前已經給過她，死後還要給她更多吧。」她露出了好奇的目光，接著又說：「而且，把那女人叫來，說不定還能找到雪村山水畫的下落呢。至於遺產怎麼分，你們見了面再說吧。」

姨母芳子巧妙地中止了這次家族會議。

宇市抿著滿是皺紋的嘴角，皺著灰眉，走在神木那行人寥落的路上。

他原以為今天有關遺產的分配會有結論，結果什麼都沒有，只好等一個星期以後再開第三次家族會議，而且還要把濱田文乃叫到矢島家，但這件事又把雪村的山水畫扯進來，這是最令他始料未及的。

公開財產歸戶清冊之後，他操控矢島家的山林面積險些就被看穿，好不容易才應付了過去，正感到如釋重負的同時，今橋的矢島芳子卻巧妙地中止了這場家族會議，提議順延到下次再開。

宇市邊走著邊咂著滿是皺紋的嘴角，從醒目的輾米廠的轉角拐過去，走過門燈微亮的小路，從兼賣香菸的西藥房旁的小巷進去，來到濱田文乃的家門前。平時總是關著的院門，這時卻敞開著，玄關的格子拉門也開著一道細縫。

宇市以為屋內已有來客，也沒摁門鈴，只從門縫裡往屋內窺探。已是傍晚六點多，屋內並沒有開燈，昏暗的家中顯得格外靜寂。宇市豎耳傾聽屋內的動靜，他那瘦削的身材突然塞進門縫，不露聲息地貼上去，裡面悄然無聲，只傳來熱水沸騰聲，似乎沒有人在。

「對不起，有人在家嗎？」宇市奮然出聲問道。

「哪一位啊……？」屋內傳來低沉的回答。

「我是矢島家的宇市。」爬匐的宇市趕緊起身答道。

他察覺屋內有人站了起來，間隔玄關與客廳的拉門拉開了。

「原來是大掌櫃您啊……什麼時候來的？怎麼都沒出聲呢……？」文乃拉了拉衣領，稍稍整理儀容後說道。

「我看到院門和格子門沒關，就逕自走了進來，沒打擾到你吧？」宇市窺探著屋內的情況說道。

「請進來吧……」

文乃沒有走到玄關迎客，只在起居室應了一聲，打開了電燈。在燈光下的起居室，只見長形火盆上的鐵壺燒得滾燙，火盆旁邊的坐墊摺成枕頭狀。

宇市那銳利的目光打量著屋內，火盆旁放著一只喝過茶的茶杯，此外，看不出有人來過。

「你是不是身體不舒服，剛才躺著休息？」

在明亮的燈光下，文乃的臉色顯得蒼白，宇市直視著她，使得她連忙地搖頭說道：「不，沒有不舒服，我只是有點感冒，剛才打掃了一下外面，突然覺得不適，所以連院門也沒關，就回到房間稍微躺一下……」

說著，從火盆後面的櫥櫃拿出茶壺和茶杯。她的臉色暗沉，顯得有點浮腫，沒有光澤的頭髮披散在脖頸，怎麼看都是病容憔悴的模樣。

「你眞的不要緊嗎？」

宇市擔心地探問，文乃把熱水倒入茶壺中。

「眞的不要緊，請您不用擔心。矢島家還好吧？」

文乃在探問矢島家幾個姊妹的情況，由於宇市尚未把今天家族會議的結果告知文乃，所以他不知怎麼回答。

「託你的福，她們三人都平安無事。其實，今天召開了第二次家族會議，提到如何分配遺產的問題，但沒有談出什麼具體結果。」

說著，宇市深深地嘆了一口氣。

「沒有結果？您是說……？」文乃不解其意地問道。

「簡單說，就是爭奪遺產啦。」

「咦？爭奪遺產……？」文乃十分吃驚。

「這眞是家門不幸，說來眞叫人慚愧啊，她們三姊妹故意壓低自己的遺產所得，互相牽制對方，無不挖空心思想多占點便宜。」

「不會吧，她們是家世良好的閨秀，姊妹之間怎會爭奪遺產呢……老爺葬禮那天，她們三姊妹穿著白色喪服的美麗身影，至今我還印象深刻呢，怎麼會……」

文乃露出難以置信的表情，宇市端起放在火盆旁的茶杯，咕嚕地喝了一口，探出前半身，說道：「是啊，不過名門閨秀的欲望反而比誰都強烈。她們打從小時候起，看到喜歡的東西就想占爲己有，根本不懂什麼是兄友弟恭或與人分享。自從開始分配遺產，她們就爭得很厲害，誰也不讓步。」

「但不管怎麼說，她們畢竟是血緣相連的親姊妹呀……」

文乃依舊難以理解。

「但好像愈是親姊妹，爭得就愈厲害。她們明明有幾億圓的遺產可分，卻爲了雞毛蒜皮的小錢，鬧得面紅耳赤，硬是不肯讓步，彷彿乾脆讓給別人還來得稱意呢。總之，她們三姊妹簡直像是死對頭似的，彼此憎恨嫉妒，還以勾心鬥角爲樂。想到她們家四代以來都是這樣的女系家族，眞叫人不寒而慄……」

宇市這句句深重的話語，使得文乃不禁害怕了起來，屛息地凝視著他。

「哎，光是那幅雪村山水畫的下落，就讓她們三人疑神疑鬼，互相猜疑了。」

「什麼？雪村……？是雪村的瀑布山水畫嗎？」文乃驚訝地問道。

「沒錯，因爲庫房裡找不到那幅軸畫，今天的家族會議爲了這件事鬧得很僵，後來就流會了。」

「那張軸畫放在這裡呀……」文乃詫異地說道。

「她們若知道這幅畫放在你這裡，鐵定會給去世的老爺添麻煩。」

「那幅軸畫那麼重要嗎？」

文乃出乎意外地說著，宇市並沒有回答，只是用銳利的眼神看著她。

「事實上，老爺有意瞞著家人把這幅畫放在你這裡。事到如今，你若說出軸畫的下落，她們肯定會認爲這是老爺故意將它送到妾宅來的，甚至懷疑連雪村的畫都送得出去，其他東西豈不是送得更多？」

「當初，我也覺得不該保留那幅軸畫，所以老爺去世的時候，我提議把畫送回去，可是您卻說先放在這裡……」

文乃雙唇微顫，責難似的看著宇市。宇市卻輕鬆自若地回答：「總而言之，事情到了這種地步，我會找適當時機把軸畫送回去。這樣一來，就不會給老爺和你添麻煩了，這件事交給我辦好了。」宇市自攬責任地說著，停頓了一下又說：「不過，這個月的二十二日，還是請你到矢島家一趟。」

「咦？到矢島家……？」

「是的，請你二十二日下午過去。」

「果眞……」

文乃似乎有些害怕，眼裡露出分不清是怯懦或幻想的異樣目光，茫然地看著別處，大大地嘆了口氣。

「我知道你身體不好，但請你別擔心……矢島家那邊只有她們三姊妹和今橋的姨母參加而已，而且我會站在你這邊的，請放心好了。」

「不過，那些繁文縟節，我怕……」文乃說得支吾其詞。

「不，現在跟戰前不同，不需要那麼麻煩，你只要對老爺生前關照過你表示誠摯謝意就好了。至於那張雪村山水畫，不論她們怎麼問，你就佯裝不知道。」宇市叮嚀道。

文乃霎時像陷入了沉思，隨即微微抬起頭來。

「那麼，一切就拜託您了……」說著，靜靜地低下頭。

「嗯，這樣我也比較好辦事。對了，本家那邊有可能來你這裡找那張軸畫，所以暫時交給我保管吧。」

「交給您保管……？」文乃先是一陣遲疑，最後才同意地點點頭，「也好，放在我這裡，總擔心不愼說出去，還是由您保管比較妥當。」

文乃說著，緩慢地站起來，走進客廳，打開壁櫥，從裡面取出一個細長的桐木軸盒，放在宇市面前。

「請您檢查一下。」

文乃這樣說著，宇市旋即移膝向前，打開盒蓋取出軸畫，鬆開畫上的線帶，將它攤展在客廳正中央。那是一幅濤濤瀑布傾洩深山幽谷的山水畫，用筆相當大膽，濃淡相宜，那瀑布的轟鳴和飛沫的濺水聲彷彿響動整個房間似的。

宇市盡情地欣賞著。

「的確是雪村的山水畫沒錯，我先收下了。」

說著，又將軸畫重新繫好，放回桐盒裡，然後用文乃遞過來的絲織布巾包裹。文乃似乎有些疲累，看到宇市將桐盒包妥後，才鬆了口氣。

「我去溫酒，請您稍等一下。」

說著，準備去裡面溫酒。

「不用了，等會兒我還有事要辦，而且又拿著這麼貴重的軸畫，我怕喝酒會誤事，還是改天再喝。」

說著，宇市把桐盒抱在懷裡，急忙站了起來。

來到神木車站，宇市沒有和往常一樣坐電車，而是攔了一輛從住吉天橋方向駛來的七十圓起跳計程車。

宇市不想讓別人看到他抱著軸盒，因而行動格外謹愼，他坐上計程車以後，邊將桐盒平放在膝上，邊盯著司機旁的計費表，計費表「喀嚓喀嚓」每跳動一下便增加二十圓，宇市緊張地瞅著。原本搭乘上町線電車二十圓、乘坐市區電車十三圓即可到達，爲了這幅畫，他只好改坐車資較貴的計程車。

過了阿倍野橋，一來到椎寺町車站附近，宇市突然叫司機停車。

「請等一下，我想去另一個地方。」宇市坐在車內正猶豫著要去哪裡。

「要去什麼地方你要早點說，否則我不好開車哩。」司機瞄著後視鏡，粗魯地催促道。

宇市這才回看著後視鏡，說道：「去石辻町。」

其實，從這裡到他租賃的住處不到三百公尺，但他不想回去，而是決定到君枝家。車子從上本町六丁目的前面右轉，在石辻町君枝家門前停了下來，宇市探出身子確認車資後，付了三百二十圓。

或許是聽到停車的聲音，君枝已從屋內探頭出來。

「您回來了……」

說著，她驚訝地看著平時節儉成性的宇市，這會兒卻坐著計程車過來，擔心地問道：「發生什麼急事……」

「不，因爲帶了點東西。」

儘管宇市這樣說，但君枝知道他的習性，別說眼前只帶著一個細長的包裹，就算攜帶更大件的行李，他都會坐市區電車過來。

「噢，這麼說是很重要的東西嘍？」

君枝說著，正要接過宇市手中的包裹。

「不用了，我自己拿。」

說著，宇市把它抱到裡面。

「看您那麼小心翼翼，是什麼貴重東西啊？」

「軸畫……」

「噢，軸畫？是高級軸畫嗎？」君枝的目光露出四十歲女人的占有欲。

「也不是那麼貴重啦。」

「可是，看您專程坐計程車護送過來，肯定價值不凡吧，把它掛在咱們家的壁龕欣賞一下嘛。」

「不行……」宇市不高興地說。

「爲什麼不行？看一下又有什麼關係呢？咱們家全是些不値錢的東西，讓我瞧瞧貴重的軸畫長什麼樣子又何妨？」

君枝一邊看著掛在壁龕上那幅宇市在今宮戎夜市用半價買來的「七福神」廉價軸畫，一邊說道：「拜託啦，打開來讓我看嘛……」

君枝正要強行拆開布巾時，宇市皺眉動怒了。

「這不是女人家看的東西，等適當時機一到，我自然會給你看的，你不要惹我生氣！」宇市威嚇地說著，打開房間的壁櫥，然後把布巾包裹的桐盒塞到上層的裡面。

「你不要擅自打開，我一看布巾的繫結，就知道有沒有被拆過……」他說完，「碰」的一聲關上壁櫥的拉門。

雖說君枝為此鬧了點彆扭，但跟宇市圍桌而坐之後，旋即拿出酒來。

「這一陣子您很少來，是不是工作很忙？」

君枝這樣探問，是擔心宇市有意疏遠她。

「嗯，最近都在忙著整理矢島家的遺產清單，今天的第二次家族會議也無疾而終，順延到下個星期，後來又到文乃家轉告她得到本家一趟，眞是忙翻了。」

「什麼？叫文乃到本家去？」

「是啊，她們三姊妹的遺產分配老是談不攏，這回又要叫文乃過去，只會讓事情更棘手而已。若是那些女人去請，大概也請不動，只好派我去請，搞得我心浮氣躁，問題是我不能中途撒手不管……」宇市不耐煩地說道。

「事情會弄到不可收拾的地步嗎？」

「坦白說，我也不知道。」

說著，宇市端起酒杯，一飲而盡。

「儘管如此，我又不能辭掉遺囑執行人的職責，事情走到這地步，我只好……」

宇市不自覺地喃喃自語，當他發覺君枝詫異地望著他時，突然又醒悟了過來。

「對了，你幫我燒個洗澡水吧，我再喝兩杯就去洗澡，水溫不要太燙喔。」

宇市見君枝站起來撩起下襬，走進了浴室，他隨即從腰帶裡拿出日式裝訂的筆記本和一只牛皮信封袋，先打開了筆記本。

◎四十公頃　△有（二〇〇萬）
◎五公頃　△部分（三〇〇萬）
◎一百二十公頃　△有（二六〇萬）
◎十公頃　△有（二三〇萬）
◎二十公頃　△無（九〇〇萬）

宇市目不轉睛地看著筆記本，當他看到第五項時，又從信封袋裡拿出財產清單。剛才召開家族會議時，在藤代和千壽的要求下，他帶著苦澀的表情在「奈良縣鷲家」那塊山林的項目下補寫了「二十公頃」的數字。這是他故意沒寫進財產清單的一片山林，他還在下面做了個「無」的記號，但總算鬆了一口氣。事實上，除此之外，還有些山林隱而不報，宇市當然不會主動寫上，他在心裡細算著總數。

浴室傳來開門聲，君枝從走廊緩緩走來，宇市連忙把筆記本和財產清單塞進毛織腰帶裡，又端起酒杯啜飲起來。

「讓您久等了，洗澡水燒好了……」

君枝被熱水烘得滿臉通紅，她繞到宇市身後，幫他脫下衣服。走進浴室之後，宇市剛才的厭煩情緒一掃而空，任憑君枝幫他抹肩擦背，又突然興起話頭來了。

「啊啊，太好了，這陣子我的肩膀痠得厲害，泡了熱水澡之後，感覺舒服多了，今天晚上就在這裡過夜。」

說著，宇市伸出濕漉漉的手撫摸著君枝豐滿的大腿。

❖

從河邊的房間望去，流經的橫堀川彷彿伸手可及，隔著拉門還聽得到潺潺流水聲，藤代和梅村芳三郎一邊享用懷石料理，一邊談著昨天家族會議的情況。

芳三郎伸出女人般白皙嬌柔的手，舉筷夾起盛在志野蛤形盤的鯛魚生魚片，優雅地把它送進嘴裡，那動作宛如捻起櫻花花瓣般嬌媚，藤代不由得停下筷子，被那優美的動作深深地吸引。

眼前這個身穿藍色大島綢和服、從袖口露出雙層內襯、坐姿優雅的美男子——芳三郎，和半個月前穿著筆挺的西裝，爲了幫藤代的房地產估價，帶著土地仲介商死皮賴臉地和租賃戶周旋的芳三郎身影奇妙地疊合了起來。

「怎麼了？」

芳三郎驚訝地看著突然不語的藤代。

「不，沒什麼，只是有點……」

藤代睜大水汪汪的眼睛，故作支吾其詞，又繼續談起家族會議的話題。芳三郎仔細聽著她的談話內容，一邊像老饕般盡享美味菜肴。藤代拿起酒壺爲芳三郎斟酒，他卻一反優雅的姿態，一杯接著一杯豪飲，等藤代說完以後，他才放下酒杯。

「這麼說，你二妹繼承的遺產就是矢島商店現有的土地、建坪八十坪、倉庫的所有存貨、貨車、金庫、貨架，以及各式辦公用具等等，還包括商店的經營權在內，共值九千七百六十五萬圓；而你三妹則繼承八十六件古董文物和股票六萬五千股，總計九千六百三十萬圓是吧？」

芳三郎喝得滿臉通紅，唯獨雙眼沒有醉意。

「嗯，不過我覺得她們故意壓低自己的所得，她們倆都太滑頭了，居然敢這樣睜眼說瞎話。」

藤代帶著怒氣數落道，芳三郎突然泛起一抹笑容。

「這一點，你好像也不輸給她們嘛，你不是也叫我介紹的那個土地仲介商，把你那些出租的房地產估得比實價還低嗎？」

「話是這麼說沒錯，但她們倆不像我必須繳那麼多遺產稅呀，我雖然繼承價值九千七百萬圓的不動產，可有一半都要拿去繳稅呢。」藤代忿忿不平地說道。

「有關這一點，你們有什麼共識嗎？」

「我依老師您教我的那樣，我提議自己被課徵的遺產稅比她們多，希望她們拿出部分所得來補貼，但她們反而主張從我出嫁時拿走的現款、治裝費、茶具及各種結婚費用來抵扣。」

「噢，分配遺產時居然要拿你的結婚費用來扣抵？你出嫁時眞的花那麼多錢嗎？」芳三郎露出異樣的神色。

「不，不像她們說的那樣，沒花多少錢啦。」藤代敷衍地說道。

「恕我失禮，請問總共花了多少錢？」芳三郎強行問道。

藤代露出猶豫的表情。

「現款五百萬圓，治裝費五百萬圓，另外還有一套家母送我的茶具。」

「好像是六七年前的事了吧。」

藤代默默地點頭。

「老字號店家的大小姐果眞氣派非凡哪，結婚時帶了那麼多現款和嫁妝，卻不知什麼原因，兩三年就回娘家了。」

藤代又默默地點頭。

芳三郎察覺她面露不悅，趕緊語聲熱絡地說道：「說起來，你二妹也是個狠角色，居然敢說從你出嫁時帶走的現款和治裝費中扣除……」

說著，芳三郎主動幫藤代斟酒。

「老師，我不能再喝了，我眞的酒量不好……」藤代用微醺的醉眼拒絕道。

「我自個兒喝太無聊，何況又有美酒佳肴，來嘛，陪我喝幾杯嘛。」芳三郎甜言蜜語地哄勸藤代喝酒。

「對了，你剛才提到共同繼承的遺產，有哪些東西啊？」

藤代從腰間拿出一張對摺的便條紙，攤開給芳三郎過目，那是藤代昨天在家族會議上抄錄下來有關矢島家的遺產清單。

芳三郎久久盯著那用鋼筆字寫的遺產明細清單後，抬起頭來。

「不愧是傳承四代的矢島商店啊，雖說棉布批發商都在訴苦快要經營不下去了，不過實情似乎不是這樣。姑且不說你們每人可分得將近一億圓的遺產，居然還留下這麼多為數可觀的共同遺產啊……」

說著，芳三郎把剩下的酒一飲而盡。

「哎，正因為沒有指名給誰，共同遺產的分配才不容易分哩。萬一要分割那些遺產，你要選哪一個？」芳三郎用眼神示意著桌上的遺產清單問道。

藤代的眼睛連眨也沒眨，沉默了片刻，伸出白皙的手指著寫著「山林」的項目，芳三郎的眼裡頓時泛起笑意。

「你果眞是大小姐啊，完全不把銀行存款和股票看在眼裡，而是看中那些山林。不過，有了山林，最重要的是砍伐權的問題。」

「咦？砍伐權？」藤代詫異地問道。

「民間有一種以買賣山林為業的人，他們非常精明刁鑽，往往一個不小心，上了那些騙子的大當呢。簡單來說，山林的學問很大，不能光說擁有多少公頃，因為有的只有地皮而不能砍伐，有的只能砍伐卻沒有地皮，當然也有兩者兼具的。但由於擁有權不同，山林的價格也就相差甚大，你們家的是屬於哪一種？」

芳三郎這麼一問，藤代不知如何回答。

「有關這方面，我還沒有問清楚。」

藤代支吾其詞，芳三郎突然表情嚴峻了起來。

「這可不行哪，公開遺產清單的人，本來就應該明白表示該山林是否有砍伐權嘛，剛才聽你這樣說，我總覺得你們家大掌櫃是個難纏的人物。」芳三郎流露出厭惡的語氣。

「老師，您也這樣認爲嗎？」藤代試探性地問道：「從我老曾祖母那一代起，宇市就是矢島家的大掌櫃，他不僅負責店裡的生意，連宅內的財產也由他管理。我父親生前雖然身爲店主，但對於前幾代的財產管理都得詢問他的意見，甚至還得跟他商量，可以說對他信任有加。因此，大家都非常信任宇市，就算覺得奇怪或有什麼疑問，也不敢懷疑宇市。不過，這次發生遺產紛爭，不禁讓我想起有些事情有蹊蹺。」

接著，藤代談到宇市在遺產清單上漏掉奈良縣鷲家的山林，以及庫房裡的古董文物中少了雪村的山水畫時，芳三郎的眼睛爲之一亮，兀自嘀咕道：「看來他是隻老狐狸呢！奈良縣鷲家那裡的山林，是他故意漏寫的，這次不巧被你和你二妹指出來，險些穿了幫，他才急忙推說是自己疏忽，忘了寫上去。此外，他應該還有所隱瞞吧，所以才故作老糊塗，當面承認自己的過錯來掩飾眞相，我看雪村那幅山水畫下落不明，也是同樣的手法。」

「可是，既然這樣，他應該在帳本上把雪村的軸畫用毛筆畫掉啊？」藤代不解似的問道。

「不，他若是畫掉的話，反而會自露馬腳，因爲大家遲早會發現雪村的軸畫不見了，如果又在帳本上畫掉，大家就會懷疑這是持有帳本和鑰匙的大掌櫃幹的好事。而不畫掉呢，反而可以佯裝不知矇混過去，若不愼被發現，到時候再裝瘋賣傻，你覺得呢？」

藤代對芳三郎那難以想像的複雜推理，不由得感到悸動。

「但怎麼說，他畢竟年事已高……不可能陰險到那種程度吧。」

藤代露出難以置信的表情，芳三郎卻爲藤代的天眞抱以冷笑。

「如果像追究雪村山水畫和山林的問題那樣，肯定你還會發現料想不到的事情呢。」

「料想不到的事情……？」藤代不安地問道。

「這個嘛，我也說不上來，這就像初上舞台跳舞時的那種感覺……」

說著，芳三郎突然沉默下來。

房裡的酒氣比剛才更濃，他們一停止談話，便又聽到流經窗外的潺潺流水聲，涼夜的靜寂籠罩著整個房間。藤代伸手按了牆角的按鈴，剛才退下的女侍聞聲趕來，打開了拉門。

「再拿壺酒來……」

藤代吩咐道，女侍旋即迅速地把桌上喝空的酒壺和餐盤收走，不到五分鐘，又送來一壺酒和一碗湯，掀開蓋子，是一碗以鱒魚加上葛葉、枝蕨、山椒，用淡味醬油熬煮的當季湯品。藤代端起酒壺，爲芳三郎斟酒。

「住在神木的那個女人，這個月二十二日就要來本家。」

藤代說的「女人」是指文乃。芳三郎先前已聽過藤代提過文乃的事，所以倒沒有感到驚訝，反而是興味盎然地問道：「那個情婦第一次到本家會提出什麼要求呢？」

「她說過，盡量不給本家添麻煩。」

「噢，這句話很耐人尋味喔。一般來說，見不得光的情婦，在情夫死去之後，都會想大撈一筆呀。」芳三郎納悶地傾著頭，探問似的說道：「拿家母來說吧，她是正宗梅村流派的舞蹈老師，不但擁有排練場和許多弟子，還有我這個成材的兒子，可是在家父去世之後，自己也得……說坦白點，她也得精打細算呢，何況是像文乃那樣沒有工作的女人，她說那些話是眞心的嗎？」

「聽您這麼說，我也覺得奇怪，但宇市說她的確是出自本意。」

「也許你父親生前已經把部分財產送給她了。」

「什麼？我父親生前送給她？」

「是啊，因爲自己死後要把遺產分給情婦比較困難，況且死後贈與他人又要被政府課徵贈與稅。比如，生前買房子給對方啦，或是用情婦的名義買保險啦，或者跟銀行約好，在自己死後，把存款交給某人等等，這種事情以前多得是。所以，那個女人才會說得那麼冠冕堂皇。」

芳三郎說的有道理，藤代自己雖已分得近一億圓的遺產，但總覺得拿得不夠多，更何況那個非親非故又沒有工作必須獨力謀生的女人呢？藤代想到這裡，益發覺得芳三郎這番話眞是灼見。

「假如家父在生前已經把部分財產送給那女人，但又在遺囑上提出要分給她一些，我們就得遵照指示嗎？」

「這事情有點棘手，如果可以證明令尊生前已送過她財產，那不分給她倒也行，反過來說，若沒有證據顯示，只是憑感覺判斷也拿她沒辦法。」

「那該怎麼辦……？」藤代神情黯淡疲憊地說。

「其實，我也提不出更具體有效的建議，只是照這樣發展下來，最初認爲自己吃虧的人其實可以占到便宜，而始終認爲自己占到便宜的人反而意外地吃虧，這宛如陷入一場深不見底的泥淖中互打混戰一樣。這件事雖然與我沒有直接關係，卻令人不寒而慄啊。」

說著，又一口氣把酒喝光，芳三郎突然變得臉色蒼白而冷漠。

藤代猛然想起昨天在家族會議上自己孤立無援與淒楚的處境，不禁眼眶濕潤起來，望著芳三郎，語聲悲淒地說道：「老師，您一定要幫我！我太無助了……」

「像你那麼堅強的人，還怕……」

「不，我眞的很無助。剛開始我還以爲若強調自己是矢島家的長女，兩個妹妹就會讓我，甚至天眞地認爲姨母和良吉、宇市等人都會贊同，結果事實完全相反，他們根本漠視我應得的權利！他們難道沒有看到家父葬禮那天，我穿著印有利休橘家徽的喪服，做爲喪家總代表，爲家父上香嗎？從小時候起，我就經常穿著印有矢島家家徽的衣服，兩個妹妹怎能跟我比呢？再怎麼說，我終究是長女，就是要分得比她們多，哪怕是灶裡的灰燼也得多分一把！可是，事實卻完全出乎我預料之外，我已經失去昔日女系家族身爲長女的驕傲與自信了……」

藤代彷彿看到眼前有人可當靠山似的，大大地嘆了口氣。

「更何況被宇市和家父的情婦這樣耍弄，我哪能忍住這口窩囊氣啊……？與其讓我這樣受辱，我寧願放火把這棟房子燒掉，燒得它片瓦不留……」

藤代氣得快要抓狂，終於流下淚來，本以爲她要靠倒在什麼地方，結果卻伏在榻榻米上。

「怎麼了……？」芳三郎極其溫柔地安慰道。

藤代被分不清是悲傷或憤怒絕望的情緒折磨著，只覺得極度疲累。

芳三郎見藤代直低頭，沒有回應他的問話，突然欠身在她耳畔呢喃：「你一定是被最近這些事折騰得太累了，來，我們放鬆一下……」

藤代猛然抬頭一看，芳三郎的身體已近在眼前，那件耀眼的藍色大島綢和服慢慢地從他身上滑落，纖細的脖頸散發出女人般的香味。

「我若能幫上忙，你儘管吩咐……」

說著，芳三郎緩緩脫掉身上的和服，用那微醉而妖嬈的身軀把藤代摟在懷裡。

❖

文乃穿上素面和服，套著一件黑紋短外褂，再次攬鏡自照一番。那青瓷色的和服已經很樸素，過度素淡的顏色使得文乃的臉色更形黯然。文乃拿起鏡台上的腮紅刷，再度把整個臉頰刷上淡紅的彩妝，然後在單眼皮上塗抹眼影，確認妝容之後，才放心地離開梳妝台。

直到今天早上，文乃的心情仍沉悶不已，眼看著拜訪矢島家的時間逐漸逼近，情緒難免膽怯慌亂，但總算有些平復下來了。她打開客廳的拉門，坐在壁龕上的經卷桌前，對著代替牌位的嘉藏照片點燈上香，潛心凝神，彷彿在跟嘉藏說些什麼。

至今回想起來，文乃不知道嘉藏去世這兩個月來，自己是怎麼度過的！一切就彷彿那張泛黃的舊照片黯淡無光。除了宇市之外，沒有人來家裡慰問，她整天枯坐在嘉藏照片前，任憑時間從身旁悄然流逝，那流逝的時光似短暫又漫長。不管怎麼說，今天到矢島家拜訪，其結果對於文乃今後的生活將有最關鍵的影響。想到這裡，文乃的心情不禁又激動起來，嘴唇也微微顫抖著。她極力克制這種情緒，默默地站起來。

來到玄關前，文乃猶豫著不知該穿什麼鞋子。依照以前的舊規，妾室訪問本家是不准穿草屐的，只能穿木屐。不過，她決定聽從宇市的建議，不拘泥過去的老規矩，穿上普通草屐。

文乃鎖上大門走到外面，盡量不引起旁人注意，刻意低頭走著；因爲附近鄰居總是不約而同地把好奇的目光投向這個失去依靠的情婦身上，這兩個月來，情況一直如此。自從附近鄰居得知文乃是船場老鋪「矢島商店」店主的情婦後，益發投來更多好奇的眼神。文乃穿著喪服參加嘉藏葬禮的那天，情況也是如此，她們抱著看熱鬧和嫉妒的心態圍著準備爲亡夫捻香的情婦。兼賣香菸的西藥房老闆娘一看到文乃，連身上的圍裙都沒脫就跑出來問道：「你現在要去參加丈夫的葬禮嗎？聽說法事是在寺町的光法寺舉行，畢竟是大戶人家的葬禮，家屬啦、親朋好友啦、往來客戶啦都到場，看來一定是要大排長龍。雖說這是喪事，但你能去參加……也是不錯。」

西藥房老闆娘話說得婉轉，但她無疑是看過報上的訃聞，因爲連葬禮的地點都記得那麼清楚；她用充滿嫉妒和看熱鬧的眼神，不停地打量著身穿喪服的文乃。

文乃想到今天又得從西藥房前面經過，不由得感到步履沉重，況且這是一條死巷，根本無從改道。本以爲中午時分，不會有人出來，正想快步走過西藥房時，裡面傳來叫喚聲，穿著圍裙的老闆娘跑出來問道：「哎呀，你中午出門，眞是難得呀。」

「嗯，我出去一下……」文乃含糊以對。

「哎，你還眞能忍哪！自從那天之後，你總是悶聲不響地躲在家裡，一定很難過吧？今天，又要參加什麼聚會嗎？」

老闆娘用疑惑的眼神盯著身穿素面和服的文乃不放，文乃默默地向她點頭致意，便欠身離去了。

走到電車道，文乃爲避人耳目，馬上坐上計程車。車行至南本町，文乃告訴司機去處後，車子朝大阪市區駛去時，她又想起嘉藏臨終那天的情景。

那一天，她也跟今天一樣穿著素雅的和服，爲了避開旁人的目光，亦是坐計程車去的。那天，宇市突然來電告訴她，嘉藏的病況危急，要她趁藤代三姊妹去京都看戲未歸之前，趕緊去見嘉藏一面，於是她只套了件短外褂便匆忙趕了過去。她依照宇市的指示，在宅院後門下車，宇市已經在那裡等著，也來不及打招呼，就帶著她快速穿過中庭，直奔嘉藏的房間。

躺在矮小屛風內的嘉藏，看到文乃前來，不顧宇市在場，旋即伸出枯瘦的手抓著文乃的膝蓋，說道：「我久病在床，很久沒去看你……你還好嗎？你一定要保重身體……以後的事不用擔心，一切我已經安排妥當……」

嘉藏說得上氣不接下氣，但兩人好像在用眼神交談。文乃抬起嘉藏擱在她膝上的枯手，握在手裡輕輕地撫摸，嘉藏頓時露出歡快與安詳的表情，任憑文乃擺弄他的枯手。突然，走廊傳來急促的腳步聲，女傭趕來通報藤代三姊妹已經回來。嘉藏旋即用力抽回自己的手，並推開文乃催促道：「你不能被她們看見，趕快回去！」

文乃連忙從走廊跳進庭前，像野貓般蹲躲在樹叢後面，只見三個穿著白色布襪的女人，從那擦得發亮的走廊疾步走來，直奔嘉藏的房間而去。

文乃靠著後座，悶熱的風從車窗吹進來，悶得她冒出了汗。她把垂在脖頸的頭髮往上攏了攏，又喃喃自語著嘉藏催促她離去的那句話。

「你不能被她們看見，趕快回去！」

從這句話中，文乃充分了解到嘉藏長年以來的隱忍與悲哀，他雖是藤代她們的父親，但身爲入贅爲婿的店主，始終對她們客氣有加，不敢假以詞色。嘉藏每個月給文乃大約五萬圓的生活費，他說這些錢並不是店裡的錢，而是他自己的私房錢。這五萬圓還包括衣、食、住等各項開銷，一般而論，給這些補貼並不算寬裕。七年前，文乃在白濱溫泉旅館當藝妓，那時嘉藏因爲棉布批發同業的聚會來到白濱溫泉，他在宴會上被文乃特殊的陰鬱氣質所吸引，又同情其可憐的身世，於是偷偷把她安排在自己身邊，而文乃也不計較嘉藏給她多少錢。七年來，文乃和嘉藏之間有個默契，他們行事非常謹愼，爲的是不讓矢島家發現。

嘉藏出席同業的宴會之後，偶爾會到文乃家裡休憩，但做完祕事以後便立即返家。七年來，他一直沒改變這個習慣，無論是妻子松子生前或去世後，他雖然與文乃交好，但從來不曾在文乃家裡過夜。松子去世不久，有一次文乃主動留他過夜說：「您不必擔心嘛，在這裡過夜啦……」

「雖然她已經去世了，但我的立場還是不變。」

嘉藏露出身爲招門婿的軟弱笑容說道，還是回去了，並沒有住下來。七年來，立場軟弱的嘉藏和歹命的文乃，就這樣避人耳目地偷偷在一起。

文乃抬眼看向窗外，不知不覺中，車子已經過了阿倍野橋來到松坂屋附近。想到再過十五六分鐘，就會來到矢島商店所在地的南町，文乃不由得緊張起來，突然想起宇市的那番話。（愈是親姊妹，爭得就愈厲害。她們三姊妹簡直像死對頭似的，彼此憎恨、嫉妒，還以勾心鬥角爲樂。想到她們家四代以來都是這樣的女系家族，眞叫人不寒而慄……）

他那句句沉重的話又在文乃的耳際回響起來，文乃驀然湧升一種不祥的預感：那三姊妹可能會當面狠狠羞辱她。

藤代將和服腰帶來回繫了兩圈，用力打好結，俐落地繫好腰帶後，對著鏡子瞧看自己的背姿，便倚坐在靠走廊的日式書桌前，托著臉頰，從微啓的玻璃窗縫無聊地看向庭院。雨前的空氣異常沉悶，樹叢的枝葉動也不動，悶得連剛穿上和服的肌膚都快冒出汗來。藤代身上有一種揮之不去的極度倦怠感，這讓她無端想起六天前的那個夜晚。

那天晚上，藤代喝得微醉冒汗，在極度慵倦中，緊緊靠在梅村芳三郎的胸前；每次想起當時的情景，她總有說不出的後悔與憤恨。芳三郎坐在臨河的房間裡，爲她詳細分析遺產分配的各種複雜因素、宇市可能從中動手腳，以及父親的小妾文乃暫不表態的玄機。當說到父親可能在生前已贈與文乃部分財產時，更讓她的心情跌到谷底。

藤代是在自己可能比兩個妹妹分得更少，以及讓宇市和父親的妾室從中得利的恐慌中，近乎發狂地求助於芳三郎，最後才失去理性地投懷送抱。

芳三郎把不安與恐慌的她抱在懷裡，溫柔地親吻她的嘴唇。她則配合芳三郎妖嬈的求歡動作，這也在她的算計之內，最後他們就像兩條麻繩糾纏在一起了。

藤代之所以猛然收回視線，是因爲發現斜對面的千壽房間裡有人；她凝目細看，玻璃門內的隔門已悄悄關上，原本去店裡的良吉好像回到了房間。自從第二次家族會議以後，千壽和良吉表面故作平靜，但對於今天文乃要來似乎也很在意。早晨，千壽在走廊碰見她時，還佯裝不懂地問說：「神木在什麼地方？」良吉除了吃中飯和下午三點喝午茶之外，頻頻回到房間跟千壽竊竊私語。她想到這個二妹分得的遺產居然比她多，而且還繼承矢島商店的經營權，連父親在遺囑上都提到要分一些財產給文乃，這讓她對千壽和良吉所得之多更是深痛惡絕。

藤代睁大眼睛，把視線移向雛子的房間，靠走廊的玻璃拉門全部打開，從樹叢的間隙可以看到穿著輕便的雛子坐在藤椅上悠然地鉤織著什麼。雖說雛子原本就是這樣悠然度日，但從上次的家族會議，雛子抱怨自己分得太少以及雪村山水畫下落不明一事，故意唱反調的姿態來看，眼前這種悠然情調顯然是裝出來的，其實，她也爲今天文乃來訪感到緊張。

藤代別過臉去，突然想到什麼似的站起來，經過走廊走出中門，掀開介於中門與店內的門簾一看，宇市獨自坐在帳房裡，伏在帳本上撥打算盤。

「宇市先生……」

宇市聽到背後傳來叫喚聲，吃驚地抬起頭來，得知來者是藤代，驀然露出謹愼的表情。

「請問有什麼事嗎？」他對悄悄來到店裡的藤代問道。

「良吉呢？」

藤代明知良吉已經回到千壽的房間，卻佯裝不知地問道。

「剛才他還在店裡呢，不知道去哪裡了，您有急事找他嗎……？」

「不，只是有點小事……」

說著，藤代隨意往算盤那裡看了一眼，算盤凌亂地擺著，珠子宛如被小孩玩耍過似的，宇市剛才只是作態，顯然在想其他事情。

「神木那個女人，下午兩點會來吧？」

藤代再次確認地問道。坐在帳房前正在寫送貨單的年輕店員，旋即豎起耳朵停止手上的工作，宇市見狀，朝他們狠狠瞪了一眼。

「你們在幹什麼？再不快點開送貨單就來不及了！」

宇市把店員們訓斥一番，然後轉向藤代說道：「她若到了，我會向您通報，請您在內宅等候。」

他這樣催促著藤代。其實，藤代已看出店員和女傭早就知道今天文乃來訪的事，儘管招呼著前來批購棉布的零售商，大家還是好奇地窺看外面的動靜。無論是平時靜寂的內宅或客商往來的店裡，表面上都保持平日的寧靜，但大家都爲文乃的到訪異常繃緊神經，並投以好奇的目光。

藤代臉上露出一抹冷笑。她心想，如果文乃一如芳三郎所說的那樣，在父親生前已經獲得部分財產或特定存款，千壽、雛子、良吉、姨母和宇市大概會感到無比驚愕與慌亂吧？倘若這些事情是由她親口問出來的，那麼她必能成功地挽回早先失去的長女威信。

藤代想到那女人與自己同齡，在自己結婚的那年成爲父親的小妾，套一句宇市的話，那個「姿色美麗、重情重義的女人」即將來到家裡，不由得興起一種施以折磨的快感。

外面傳來熱鬧的喧嚷聲，原來是姨母來到了店門口，藤代不想被姨母看見，趕緊折返，從中門疾步繞到便門，出來迎接姨母。

「姨母，您今天來得眞早呀。」藤代對著比文乃早到三十分鐘的姨母招呼道。

「我也覺得來得太早。可是今天是妾室登門的日子，而且我還得替死去的姊姊聽聽她說些什麼呢，就提早來了。聽不到人家的開場白，心裡總是不安嘛。」

姨母芳子故作隆重地嚷嚷著，但從語氣中聽得出她跟藤代一樣，都對父親的妾室抱持著熾烈的好奇心。

計程車來到堺市南本町的轉角處，文乃叫司機停車，她決定從這裡徒步走到約三百公尺前的矢島商店。下午的批貨大街熱鬧非凡，街上淨是運送貨物的店員和外縣市來採購的客商，車水馬龍絡繹不絕。不過，大家並沒有特別注意到梳著漂亮髮型、外罩黑紋短外褂的文乃。文乃爲了不引起注目，刻意低著頭，穿過摩肩接踵的人群，來到矢島商店附近時，突然感到一陣輕微的暈眩。

她倚靠在電線桿旁，大大地喘著氣。這一個星期以來，她想了很多，總算帶著平靜的心情離開家裡；但這時候突然感到暈眩，一方面可以解釋爲天氣悶熱，其實也爲自己的懦弱感到氣憤。她用力抿著嘴唇，竭力平復心情，抬眼望去，高屋深簷的矢島商店近在眼前。

矢島商店的深簷大到幾乎探向馬路邊，面街的店面依舊保留著大阪古式紅木格門窗，上面掛著印有「島」字號的門簾，幾名穿著印有店號厚布服的店員，正忙著搬運棉布。嘉藏健在時，她不曾從正面看過矢島商店的門面，現在是她第一次親眼目睹。

嘉藏臨終那天，文乃是從後門進去的，今天卻要從正門步入，經由庭院走進內宅的客廳。她爲了穩定忐忑不安的情緒，用力吸了一口氣，然後踏著平靜的步伐，走向矢島商店的門口。

聽到拉門外的腳步聲，女傭阿政旋即向內通報：「來了……」她並沒有說是誰來了，只說了句「來了」，但是她的語氣仍流露出緊張的氣氛。

藤代和姨母圍著日式矮桌對視而坐，兩人的身體這時不由得晃了一下，姨母芳子則像等候已久似的吩咐：「叫宇市先生帶她進來吧。」

說著，朝坐在藤代旁邊的千壽和良吉，以及坐在良吉對面的雛子，快速地掃了一眼。

「像今天這樣的場面，交給我處理好了。」

姨母見阿政正要關上拉門，立即喊道：「不必關上門，開著就好，這樣反而可以看清楚……」

阿政起先有點不知所措，後來弄懂了芳子的意思——不關上拉門即可看清楚文乃穿過走廊走向客廳的身影，便又把拉門打開，退了下去。

等到阿政疾步折回便門以後，她們便從客廳敞開的拉門看到宇市和文乃從走廊另一端走過來的身影。

身穿青瓷色和服、外罩黑紋短外褂、身材嬌小的文乃，跟在弓著背、板著面孔的宇市後面，像影子般緩緩地走來。她白皙的臉頰低垂，沒有注意到藤代她們正在打量著她，極力地鎮定著自己。當她拐過走廊的轉角時，一時被庭院的常綠樹叢遮住，沒有發出任何聲響的身姿宛如一幅沉靜優美的畫。

藤代雙眼眨也不眨地凝視著文乃，看著這個被父親愛撫過、將來可能會瓜分她們遺產的女人，頓時感到無比憎恨，並在內心燃起一股除之後快的敵意。她抬眼看了看千壽和雛子，千壽那富士山形的前額顯得蒼白，身體微微靠向良吉，睜大眼睛望著文乃。雛子也倚在日式矮桌旁，和姨母芳子一樣，表情僵硬地看著文乃。

文乃穿過中庭的樹叢，來到門前的轉角處時，驀然停下了腳步。她發現客廳的拉門敞開著，所有人的視線都不約而同地投在她身上，頓時覺得全身僵硬；她猶豫地靠在走廊旁，從袖口裡拿出白色手巾輕輕擦著額上的汗珠，略作鎮定地深深吸了口氣，才下定決心似的緩步走向客廳。

她跟在宇市後面走進了客廳，跟著宇市跪坐在靠門檻處的末座。

「這位就是住在神木的濱田文乃小姐。」

宇市語氣慎重地介紹著。文乃把放在膝前的坐墊推到一旁，雙手平放在榻榻米上，態度恭敬地問候道：「我是住在神木的文乃。這次本家遭逢不幸，身為老爺的妾室，請容我表示深切的哀慟。老爺生前對我十分關照，未能及時拜會本家，失禮之處，尚請各位見諒。」文乃緊張地向大家寒暄。

霎時，客廳內沒有人應答，而是用極度的冷漠迎接文乃。藤代三姊妹個個冷漠傲慢，最後出於禮貌地稍微欠身點個頭。

文乃沒說什麼話，只是低下蒼白的臉。這時候，坐在上座的姨母芳子終於說話了。

「幸苦您了！今天，我丈夫米治郎原本也打算出席，只是生意繁忙，撥不出時間來。在這裡，我僅代表內子和死去的姊姊，向您的關切與慰問表示謝意。她們幾個姊妹從小就是在深宅大院長大的，不懂得人情世故，也不知道如何招呼客人。看她們這樣忙無頭緒也怪可憐的，所以就交由我這個姨母全權處理。她們雖然都是分得出世事好壞的成人了，但還是不了解以前的規矩……」姨母像藤代般盛氣凌人地說道。

文乃吃驚地轉身看向坐在上座的姨母芳子，雙手平伸，欠身寒暄：「我年輕不懂事，以後還請您多多指教。」

不過，姨母並沒有答腔。

「您今年幾歲了？」

「三十二歲。」

「噢，這麼說，您跟咱們家藤代同年嘍？」姨母並不是針對藤代或文乃，只是口氣厭煩地問說：「身體還好吧？」

她說著，仔細打量著文乃的身體，文乃嚇得趕緊合攏膝前的下襬。

「託您的福，我身體健康。」

「是嗎？那就好。不過你的臉色好像不大好，我還以爲你哪裡不舒服呢。」

說著，又再次打量著文乃。

「您老家在哪裡？」

「在丹波，我父母和唯一的胞姊都不在人世了，只剩我孤身一人。」

「孤身一人……」芳子冒出一聲冷笑，問道：「您跟我姊夫在什麼地方認識的？」

「我在白濱當藝妓的時候，認識了老爺……」

「噢，在白濱溫泉……」

芳子故意把「溫泉」兩個字說得很大聲，刻意嘲諷文乃的出身。

「您跟我姊夫在一起幾年了？」

「七年了。」

「噢，這麼說，你們在我姊姊松子生前就已經暗渡陳倉嘍？」

文乃默默地低下頭。

「剛開始我還不相信呢，你們果然來眞的。哎，男人實在叫人想不透，我姊姊活著的時候，從沒聽過他在外面拈花惹草，一直老老實實地經營商店。我姊姊死後，他也安分地過著鰥夫的生活，想不到背地裡卻跟您……」芳子冷嘲熱諷地說道，「對了，您以後怎麼處理呢？」

「什麼怎麼處理……？」文乃納悶地問道。

「當然是關於您的事呀。我是問您，我姊夫考慮到萬一自己歸天，是不是答應分給您財產？」姨母直截了當地說道。

文乃沉默了片刻，才抬起頭來。

「我是見不得光的女人，跟小姐們不一樣，不敢奢望分什麼財產……何況我也沒……」

說到這裡，藤代隨即插嘴道：「我們所謂的分財產，並不是指父親死後分的，而是問你，我父親生前是不是已經替你安排了？」

「沒安排什麼……」文乃說得支吾其詞。

「不會吧！我父親出殯將近兩個月了，你毫無動靜，也沒向我們索求什麼，八成是已經拿到什麼了。」藤代斬釘截鐵地說道。

文乃帶著委屈的眼神，說道：「現在，我住在神木的那棟房子的確是老爺買給我的，我非常感激他。」

說著，低頭表示謝意。這時，藤代不信地問道：「只有那些嗎？」

「是的，只有那些。」文乃簡明地答道。

藤代停頓了一下，接著說道：「除此之外，你應該有收到生前贈與吧……？」

「生前贈與……？」文乃對這句話感到陌生，不解地問道。

「比方說，我父親在生前用你的名義在銀行設立特定存款，或是幫你買保險什麼的，這不是生前贈與是什麼？」

藤代說完這話後，千壽、雛子和芳子比文乃更爲驚訝。

「是啊，藤代說的很有道理，這一點我卻疏忽了。」姨母芳子頗有同感地說道：「文乃小姐，這方面的情況怎樣啊？我問這種事情沒什麼惡意，只是想了解一下，好決定分給她們多少、分給您多少，所以得掌握具體的數字。」

姨母爲試探文乃的心意，故意說得溫和客氣。文乃將手平放在膝上，欠身說道：「已故的老爺常說，他考慮到自己是入贅門婿的身分，所以給我的生活費不是店裡的公款，而是他自己省吃儉用存下來的。他除了買神木那棟房子給我之外，我從來沒動用過他的錢。」

「眞的嗎……？」端坐在藤代旁邊的千壽插嘴道。

「像我父親那麼謹小愼微、設想周到的人，在他臥病的三個月期間，都沒有爲你預做安排嗎……？」

千壽悠悠地嘟囔著，並直盯著文乃的臉龐。文乃露出困惑的表情，說道：「像我這種出身的女人，從來不敢跟高貴的小姐們相比。而且據我所知，其實老爺非常關心您們三姊妹的將來。」

「噢，眞的嗎？」雛子說著，鼓起那圓圓的臉頰。「可是他在遺囑上還特別提到要分些遺產給你呢。」雛子的直截了當，展現出未婚女子特有的嬌氣，她扭頭過去，不看文乃一眼。

頓時，在場一片寂靜。對文乃充滿猜疑的藤代、千壽、雛子、芳子，每個人無不情緒高亢，彷彿在追殺一頭走投無路的野獸，客廳內瀰漫著肅殺的血腥氛圍。

這時候，宇市驀然探身說話了。

「有關剛才提到文乃小姐是否收到老爺生前贈與的問題，在這之前，我曾做過調查，事實上，老爺除了買下神木那棟房子以外，並沒有小姐所說的特定存款，或是幫她買過保險，因爲文乃小姐始終沒有索求老爺的死亡證明書。」宇市這樣報告道。

「多虧你這麼費心哪。」姨母芳子挖苦似的說道。

「咦?您說什麼……?」宇市沒聽見似的抬高聲音問道。

「你沒聽見啊?我是說多虧你在事前把文乃小姐的事情調查得那麼清楚啦!」

芳子清楚地說著，只見宇市那灰白的眉毛乍然一動。

「我身爲老爺遺囑的執行人，理當掌握她們三姊妹繼承的遺產及文乃的財務狀況。」

「是嗎?這麼說來，文乃小姐除了那棟房子之外，眞的一無所有嘍?」芳子確認道。

「據我所知，確實是這樣。」

「這樣子啊，我還想請文乃小姐一個問題，請問您家裡的客廳多大?」

「四坪。」

「是附有壁龕的客廳嗎?」

「是的，客廳裡有個壁龕。」

「上面掛什麼軸畫呢?」

「軸畫……」

說到這裡，文乃猶豫了一下。

「我把軸畫拿下來，擺上老爺的照片，幫他上香點燈……」

文乃這樣回答，芳子隨即不悅地雙眉緊蹙。

「這件事我本來不想讓這幾個外甥女知道的，但我還是要問，聽說您家裡以前也掛了幅山水畫是嗎？」

芳子說著，直盯著文乃的眼睛。

「不是，我掛的是當季的寒梅圖。」

「雪村的瀑布山水畫不是掛在您家嗎？」芳子出其不意逼問道。

「雪村的瀑布山水畫……？」文乃故作詫異地說道：「對不起，我沒看過那幅山水畫耶。」

「噢，是嗎？我問過所有的親朋好友，他們都說沒看過那幅畫，我還以為姊夫把那幅畫送到您家呢。他雖然是入贅的門婿，卻是個精明的人，他有能耐瞞著我姊姊在外面養女人，就有辦法把東西偷偷送出去。」芳子話中帶刺地說道。

文乃氣得瞪大眼睛，說道：「老爺不是那種背著家人，偷偷把東西送出去的人。有時候就算有帶什麼……」

「噢，帶什麼呀？」

芳子厲聲逼問，宇市露出嚴峻的眼神。

「我是說，老爺就算有帶什麼東西，也絕不會擅自送給我。」文乃語聲高亢地說著，然後也不看宇市，而是欠身說道：「如果沒有其他事情，我先告辭一步了。」

這時候，芳子好像想到什麼似的，突然語氣溫和地說道：「文乃小姐，到佛龕前拜過之後再回去吧。」

「什麼？到佛龕前上香……？」

文乃知道舊規矩是妾室通常不得到夫家佛龕前參拜，但或許是出於委屈或膽怯，兩眼不禁濕潤了起來。

「既然這樣，我只好恭敬從命，到佛龕前參拜一下。」

說著，文乃從藤代和千壽的身後繞過去，來到佛龕前跪坐下來，兩眼凝視著第一次看到的嘉藏牌位，臉頰微顫，強忍悲傷地動也不動，最後才低下頭，靜靜地雙手合十。此時，一個尖銳的聲音喊道：「等一下！」

厲聲制止的人正是勸文乃至佛龕前參拜的芳子。

「您要在佛龕參拜，得脫下身上的短外褂！」

文乃面露慌張的神色。

「依照以前的規矩，妾室拜訪夫家是不准穿短外褂的，如果穿來也得在門外脫掉，這才合乎規矩。不過，現在就不講究那套繁文縟節了。但是話說回來，佛龕前供奉的不僅是嘉藏的牌位，還有矢島家歷代祖先的牌位，所以您得按照以前的規矩，把短外褂脫掉！」

文乃頓時臉色蒼白，有氣無力地低下頭。藤代、千壽和雛子也被姨母的話震懾似的，屏息望著文乃。文乃蹲坐在佛龕前，始終頑固地不肯脫下短外褂。

「怎麼了？您不想脫嗎？」

芳子陡然伸出手，用力抓住文乃的短外褂，硬是把它扯下來。

「啊，您怎麼……」

文乃發出一聲尖叫，極力彎身不讓芳子脫下自己的短外褂，只聽見一陣縫線處被撕裂的聲身體。

音，短外褂硬是被扯了下來。文乃被扯下短外褂後，雙手撐在榻榻米上，用和服的兩袖遮掩著

「給我坦白招來，已經幾個月了？」芳子尖刻而冰冷地逼問道。

文乃不禁渾身顫抖了起來。

「我在問您，肚裡的孩子幾個月了？」

文乃的身體激動得幾乎伏倒在榻榻米上。

「已經四個月了……」

文乃低聲而清楚地回答，終於在那件被扯下來的短外褂前無力地伏倒了。這時候，所有驚愕或憎惡的目光全部投注在她身上。短外褂硬被扯下以後，繫著和服腰帶的小腹顯得格外突出，由於她已經懷孕，所以極度恐慌地護著腹部。姨母芳子惡狠狠地打量著她，最後乾脆移膝來到文乃身旁。

「您騙得過她們姊妹，卻逃不過我的眼睛！打從您走進客廳，我就覺得您穿短外褂的樣子很奇怪，而且參拜的時候又不願意脫下來，果然不出我所料……」

說著，她又打量著幾乎趴在榻榻米上的文乃。

「那孩子是誰的？」

「什麼？誰的孩子……？」文乃抬起頭來詫異地問道。

「我是問您肚裡孩子的父親是誰？」

文乃露出憤怒和屈辱的眼神，彷彿對著佛龕上的嘉藏牌位在訴說著什麼。

「是已故老爺的孩子。」文乃低聲而堅定地說道。

「什麼？我姊夫的孩子……？這就奇怪了。」芳子帶著冷嘲熱諷的笑容，說道：「我姊夫在二月二十七日去世的，到今天也不過五十三天，況且他去世前的三個月都臥病在床，不可能在那之前跟您發生關係……所以，您說已經懷孕四個月，實在有點奇怪……」

姨母像助產士般露骨地用五根手指推算文乃懷孕的日子，文乃的臉色愈見蒼白，只是用憤怒的眼神看著芳子。

「您意思是說，我懷的不是老爺的孩子嗎？」

「我是不大清楚啦，但您說那孩子是我姊夫的，日子就不吻合了。」芳子不屑地說著，眼裡還帶著撕咬獵物的殘暴。

文乃驚懼地眨著眼睛，表情僵硬，明確說道：「老爺生病期間，每個星期會有一天去住吉的大阪醫院看病，每次回本家之前，都會順道來我家，所以……」說到這裡，文乃就吞吞吐吐，低下了頭。

「噢，長期罹患肝病的人，居然在看完病之後，每個星期去您家一次……？眞是厲害哪，肝臟有病，那方面卻生龍活虎呀。您說他的種就是您肚裡的孩子？這眞是不折不扣的『生前贈與』啊！」芳子露出猥瑣的笑容。

「不過，俗話說死人不會講話，您有什麼證據證明那孩子是我姊夫的？」

「證據……」文乃語聲顫抖，停頓了一下才說道：「等孩子生出來就知道了。」

「這麼說，您打算把孩子生下來嘍？」

芳子不懷好意地說著，帶著憎惡和侮蔑的眼神瞪著文乃。

「是的，我會滿心歡喜地生下老爺的孩子。」文乃低著頭說道。

「什麼！要把孩子生下來？」

藤代露出驚慌的表情，千壽和雛子也屏息看著文乃。過了一會兒，藤代壓抑內心的慌亂，瞪視著文乃說道：「我知道你硬要把孩子生下來，目的就是想藉這孩子來瓜分我們矢島家的財產，所以到現在仍卻故作清高，說不要我們家的一分一毫，說吧，您到底想分多少？」

「我想藉這孩子分財產？我才不是那種女人……您們只要依照老爺的遺囑那樣，替我安排就好。」文乃好不容易才擠出這句話。

「你可眞會算計啊，否則爲什麼不早點把懷孕的事說出來呢？你絕對另有企圖瞞著我們。」

「沒有，我沒有瞞著您們，因爲這種事到了一定時候，不說大家也會明白的……」

「到了一定時候……你的意思是說，等肚裡的孩子長大了就藏不住是嗎？幸好現在還來得及。」藤代說得模稜兩可。

「您能說明白一點嗎？」文乃不解藤代的意思，納悶地問道。

「你還不明白嗎？只要你不能證明肚裡的孩子是我已故父親的，即使生下來也不會有人承認，與其受那份折磨，不如墮掉對你也有好處。」

文乃聽完藤代這番話，不由得滿臉通紅，終於淌下委屈的淚水。

「生不生這個孩子，都是由我來決定！您們雖是對我有恩的老爺的女兒，但也不勞煩您們來決定孩子的去留，您們講話太過分了……」文乃語帶哽咽，望著藤代說道。

「太過分……？什麼地方太過分了？」藤代依舊不改冷酷無情的語氣。

文乃臉上雖有怯色，最後終於下定決心似的說：「或許您們會說，我這個貧農出身、在溫泉旅館當過藝妓的女人，不能跟您們出身名門的小姐相提並論，可是您們有沒有想過，我肚裡的孩子身上流的可是您父親的血啊！這孩子很可能是您的弟弟，也可能是您的妹妹，而您們卻逼我墮胎，這樣做難道不過分嗎？」

文乃說完後，藤代突然插嘴：「你給我閉嘴！你生的孩子是我弟弟或妹妹？難道你是我們矢島家的子女嗎？你不要胡說八道！我們矢島家代代都是由掌權的女兒招婿上門，傳宗接代，只有矢島女系的血緣才是我們的弟妹，你懷的孩子只是入贅女婿的血緣，你不要拿他來跟我們以姊弟相稱！」藤代口氣激烈地說道。

文乃被藤代訓斥得低下了頭，千壽和雛子也受到藤代激烈情緒的感染，整個客廳頓時籠罩在女系家族異樣沉悶的氛圍中。

驀然，有人站了起來，竟然是宇市，他走到走廊邊用力拉開玻璃門。庭院的樹叢間突然吹來一陣涼風，適時吹散了客廳內沉悶的氣氛，大家不約而同地看向庭院。剛才好像下過一場大雨，繁茂的枝葉上沾滿了水珠，庭石的青苔飽含水分似的，連庭院中央池畔的假山都被雨水淋得綠意盎然。欲雨前的急風把樹叢的落葉吹到池中，盪出陣陣漣漪，就在這時遠方傳來悶重的雷聲。

「是春雷啊……」

宇市站在走廊角落，陶醉似的望著庭院，然後一反剛才客廳裡劍拔弩張的氣氛，用極慢的語氣說著，看得出來他是想藉此緩和客廳裡凝重的氣氛。

「你的耳朵還眞靈啊，連那麼遠的雷聲都聽得到……」姨母芳子問道。

只見宇市轉過身來。

「您說的是啊……我的耳朵要看天氣狀況而定，有時候聽得清楚，有時候卻聽不清楚呢。」他若無其事地說著，又坐回原來的位子。

「看來文乃小姐拜會本家的儀式也差不多了……」

宇市這樣試探地說道，意思是文乃今天的拜會就到此結束。

「不，還有件重要的事情沒談。」芳子故意慢條斯理說道。

「宇市先生，你眞的沒發現嗎？」

「什麼？我沒發現什麼？」宇市納悶問道。

「那還用問？當然是她肚裡的孩子啊……」

說著，用眼神示意著趴伏在佛龕前的文乃。宇市朝文乃瞥了一眼，然後堆起滿是皺紋的嘴角，苦笑著說：「我年紀這麼大了，哪能注意那些細節呢？若是其他事我還有把握，可是那檔子事我已經十五年不碰了。」

「宇市先生，你是說眞的嗎？」千壽插嘴道。

「像宇市先生那麼精明的人，不管是執行父親的遺囑或是到神木叫這女人來家裡拜會，怎麼可能都沒發現？太令人難以相信了，你也這樣認爲吧。」

千壽催促著丈夫良吉表態。良吉身爲入贅的女婿，他的立場與岳父大人十分相似，在三個千金小姐面前，很不願意捲入這場女人的糾紛，始終謹小愼微刻意保持沉默。當千壽這樣催促，他顯得十分困惑。

「這種事跟其他事情不同，何況又關係到女人身體上的變化，宇市先生恐怕不會察覺到的，他總不能直盯著女人的肚子吧……但是話說回來，倘若文乃小姐肚裡的孩子是父親的，儘管父親已經病了三個月，至少也該把這事情告訴宇市先生才對，有關這點，我就想不透了。」

「新店主說的是啊，我也很納悶，只是老爺在臨終前，曾說過類似的話……」

「什麼？類似的話……？」

這時，所有人的目光像白刃般一齊劈向宇市身上。宇市堆起滿是皺紋的嘴角，吞了吞口水，環視了一下四周。

「老爺的確說過類似的話。」

宇市語畢，藤代隨即探身說道：「宇市先生，你說的是眞的嗎？我們趕到家裡的時候，父親已經沒氣力說話了，他哪能撇下我們的事情不提，反倒提起那女人的事呢？在分配遺產的緊要時刻，你也應該提點具體意見嘛，你該不會撇下我們，滿腦子替那個女人著想吧？」藤代說得尖酸刻薄，直盯著宇市。

「我哪敢有異心哪！我只是遵照老爺的遺囑辦事，他在臨終的時候，的確說過類似的話，我只是隨口一提。有關這件事，您們改天再仔細商量，怎麼樣？」宇市眨著那雙細眼，極力斡旋道。

「用不著商量了，孩子不是我父親的，有必要再找時間商量嗎？」藤代一口回絕。

「您有什麼想法呢？」宇市轉向文乃，想問出最後的結果。

「剛才我已經說得非常清楚，我決定把孩子生下來……」文乃抬起頭來，沒有激烈的言詞，但語氣十分堅定。

「你這個不要臉的女人，硬要把孩子生下來，是存心跟我們作對嗎？」藤代怒不可遏地說道。

「不，他是老爺的親骨肉……」文乃說完這句話，就噤口不說了。

「哈哈哈……你硬說肚裡的孩子是我父親的，到底是什麼居心啊？告訴你吧，你若不能提出明確的證據，生下來的孩子就跟矢島家毫無關係。另外，有關我父親在遺囑中曾提到要分一些財產給你，等我們查清楚他有沒有幫你買保險或私下弄個特定存款給你，再來做決定。也許那幅雪村的山水畫藏在你家呢。」藤代歇斯底里地說道，然後轉身對著姨母，儼然一家之主似的裁決道：「今天，就到此結束吧！」

姨母芳子轉身站了起來，從櫥架上拿了一個小綢巾包，一改剛才的刻薄態度說：「今天，您來拜會本家，辛苦了，這是一點小意思，收下吧。」

芳子打開小綢巾包，取出一個繫有紙繩包著謝禮的紅白小包。

「過去，妾室拜訪本家的時候，本家都會回贈一疋裝在桐盒裡的絲綢；不過，現在情況不同了，比起送絲綢的繁文縟節，送錢反而更方便吧。」

說著，把紙繩的結扣面向文乃，直接放在榻榻米上。她沒有用托盤送上，而是直接放在榻榻榻米上，意味著這是給下人的零用錢。文乃當然知道芳子的用意，表情爲之一驚，但最後仍欠身拿起榻榻米上的紅包。

「承蒙好意相待，我只好領受了。」

「喝杯茶，再走吧。」

依照規矩，小妾到本家拜訪，只招待粗茶一杯，儘管芳子出言相邀，臉上仍露出輕蔑之色。

「不，謝謝您的好意，我就此告辭了。」說著，文乃猶豫了一下：「請讓我到佛龕前辭行。」

語畢，便移膝到佛龕前面。在背後冰冷目光的注視下，文乃抬頭望著嘉藏的牌位，略微顫抖地合十膜拜。參拜完後，轉身對著姨母和藤代她們說了聲「謝謝」，便深深地施上一禮，正要站起來時，芳子把那件短外掛扔還給文乃：「喏，您的短外掛……穿回去吧。」

短外掛的背後和袖口已見裂縫，文乃默默地穿上。她故意把裂開的短外掛穿在身上，至少是一種消極的抗議。

「我送她到便門去。」

宇市跟剛才來時一樣，走在文乃前面，緩步走過迴廊。

雨勢已經小了些，但紛飛的雨絲還是把庭前和迴廊的邊角打濕了。走在走廊上的文乃擔心腹中的小孩，怕自己失足滑倒，小心翼翼地走著。遠處不時傳來雷鳴，雨後的風掀動著文乃那短外掛背後和袖口的裂縫。

文乃今天被矢島家的幾個女人羞辱到體無完膚，走著走著，突然感到眼前一陣發黑，她不由得停下腳步，伸手靠向廊柱。

「你怎麼了？」宇市轉身問道。

「沒什麼，只是有點……」文乃微微搖頭。

「你把短外褂脫下吧，她們已經看不到了。」

宇市說著，來到文乃背後，幫她脫下短外褂，然後捲成一團，塞到文乃手裡。

「你先不要回去，在光法寺的起居室歇一下，我有急事要跟你說……」

爲了不讓女傭看見，宇市撇下這句話後便匆匆離去了。

文乃離去後，客廳裡緊張而凝重的氣氛才緩和下來，文乃方才坐過的那枚坐墊，彷彿如實地見證到發生的一切。

在場的每個人不由得發出深深的嘆息，尤其文乃懷孕四個月的事實更是震驚四座。藤代、千壽、雛子她們之所以再度從各自的立場精心計算遺產的得失，是因爲文乃的懷孕很可能爲分配遺產增添新的變數，況且在各自所得的遺產和共同繼承的遺產尚未敲定之前，文乃懷孕的事實對她們無疑是巨大的威脅。

「她會眞的沒辦法證明那孩子是我姊夫的嗎？」姨母芳子首先打破沉默說道，因爲藤代、千壽、雛子和良吉都在爲這件事愁眉苦臉。

「那女人拿不出確切的證據，卻又揚言堅持要生下那孩子，她到底是安什麼心啊？」

芳子想不透似的大大嘆息著。藤代她們的眼瞳裡彷彿映現出縮著肩膀、低著頭，但心意堅定的文乃的身影，正是這個堅毅的身影，讓她們蒙上莫名的不安。儘管依照姨母芳子的算法，文乃受孕的時間和懷孕的天數不吻合，但如果像文乃所說的那樣，矢島嘉藏雖然生病，每個星期還是會去一次醫院，回家途中藉機到妾宅家求歡，還是有可能讓文乃懷孕的。

藤代彷彿和內心的疑惑搏鬥，望著小雨浸濕的庭院，驀然轉身看著姨母說：「如果她能證明孩子是我父親的，那麼矢島嘉藏的妾腹之子，要怎麼分遺產……？」

「這就是問題所在呀。剛才，我們硬說那孩子不是你父親的，把那女人趕了回去，可是我們也拿不出否認的證據，正因爲這樣，我才擔心你說的那個問題。」

她點點頭，看到送文乃到門口又折回客廳的宇市，旋即問道：「你知不知道，妾室的孩子能不能分到遺產？」

宇市沉吟了一下，說道：「據我所知，妾室的孩子若能得到生父的承認，就有資格繼承父親的遺產。」

「什麼？可以繼承財產……？」

「是的，只要獲得生父的承認，即便非嫡系之子，也能分得嫡子一半的遺產。換句話說，像小姐您們這些嫡系的女兒擁有一億圓的遺產，妾腹之子就能分得五千萬圓的遺產。」

「什麼？妾室的孩子要分得我們的一半……？」

藤代氣得臉扭成一團，千壽和雛子也緊抿著嘴唇。

坐在千壽旁邊的良吉，好像想到什麼似的動了動放在膝上的手。

「宇市先生說的是：小妾生下的孩子，在生父承認的情況下，是那樣規定的。但岳父大人已經去世，事情又另當別論，去世的人總不可能承認六個月後才出生的小孩吧。」

「這麼說，就算她說孩子有父親的血緣，但若沒人承認，到時候我們不分遺產給她也沒關係嘍？」千壽獲救似的說道。

「不，老爺去世前在遺囑上曾經提到要分部分財產給濱田文乃，所以就算老爺沒有在遺囑上特別提到要分給那孩子，只要文乃憑那張遺囑替肚裡的孩子提出分遺產的要求，到時候不分給她也不行。」

「可是，那孩子若沒能得到承認，就不算是矢島嘉藏的孩子，也沒必要分給她吧？」千壽一反往昔的文靜性格，語氣刻薄地說道。

「儘管沒有正式的生父證明，但總有類似的證據吧……？比方說，若有老爺給她的信件或親筆紙條，她就有資格繼承遺產，按法律而言還是得分給她部分財產。」宇市用遺囑執行人的口吻說道。

藤代又睜大了眼，眼神冰冷地看著宇市：「如果我們拒絕她的要求，那又會怎樣？」

宇市沒有馬上回答，過了一會兒說道：「這樣一來，文乃也許會採取法律途徑，請律師提出訴訟。」

「什麼？提出訴訟……？」藤代露出嚴峻的目光。

「是的。一般來說，所謂的遺囑執行者，就是最了解託囑者家中財產及相關繼承者關係或家中情況的人，法律上承認其執行人的效力，但若是處理不當發生糾紛，委託律師解決亦是人之常情。」

「那個女人會那樣做嗎？」藤代恨不得勒死對方似的說道。

「這個，我就不曉得了。不過，她能隱瞞懷孕的事實，直到被今橋的姨母識破爲止，她倒是沉得住氣，說不定她另有對策。」宇市這句話另有所指。

「是嗎……？」

藤代像估算對方實力似的看向遠處。對方是個與自己同齡卻被父親包養的女人，長相漂亮又有主見，甚至將來可能會削減自己的遺產所得，不過命運十分坎坷，眼下不可能有親人可以商談。但是對方若委託律師，情況就很難預料。再說，這女人目前已經走投無路，極有可能提起訴訟。

「什麼訴訟？眞討厭！」雛子大聲怒斥道：「就算沒有煩人的訴訟，咱們家爲了分遺產已經鬧得沸沸揚揚，如果現在又扯出妾室之子而鬧上法庭，豈不是更丟人現眼？這樣一來，我哪有面子上烹飪課啊！而且我跟姊姊們不同，我還沒結婚耶，還想留個好名聲給人探聽呢。」

雛子氣急敗壞地衝著藤代和千壽抱怨，千壽好像被她的語氣震懾住地眨了眨眼睛說：「家務事鬧上法庭，別說三小姐不喜歡，我也討厭得很。首先，這也會傷害到咱們老鋪的聲譽。」

藤代彷彿被千壽這句話點醒似的，比起雛子和千壽這兩個妹妹，其實藤代更怕矢島商店的招牌和聲譽受到任何傷害，她不能忍受矢島家的遺產被外人分到半毫，但是她更不容許矢島家的名聲受到貶損。

「你們早點把遺產分好吧！」姨母芳子冷不防說道：「看來，趁事情還沒鬧大之前先把遺產分好吧。孩子生下來還得六個月以後，你們早點分妥，到時候有什麼問題，也是木已成舟。」

姨母說得振振有詞。但對她們三姊妹而言，心裡始終爲遺產的分配有意見，千壽姑且不說，雛子就爲價值不菲的雪村山水畫下落不明一事，堅持不同意承接；藤代總認爲自己繼承的不動產得繳納龐大稅金，而心生不滿。

「怎麼樣？你們有什麼打算？」

千壽靜靜地轉向姨母，睜著細長的眼睛，然後邊顧慮著藤代和雛子的情緒說道：「我沒什麼特別的意見……」

「我也一樣，只要找出雪村山水畫的下落，其他的我不會多做堅持。」

雛子也如此回應，看著藤代。然而藤代沒有反應，她在思忖自己的利害得失。姨母芳子說的沒錯，要趁文乃尚未把孩子生下來之前，盡早把遺產分妥，亦不失爲防患於未然的良策。但對於吃虧最大的她而言，說什麼也無法像千壽和雛子那樣輕易答應。這時候，她猛然想起一個星期前，宇市在家族會議上公布的財產歸戶清冊，那些清楚羅列著農地、銀行存款、有價證券及山林公頃數的資料，現正鮮明地浮現在她眼前。藤代心想，只要能拿到那些山林，就能彌補自己的損失。

「等我去看完山林再決定。」

「什麼？你要去看山林……？」姨母芳子驚訝地問道。

「是的，我要去看看矢島家的山林。」藤代說道，接著轉身看著宇市說：「宇市先生，你帶我去看看財產歸戶清冊上的那些山林。」

「咦？您要財產歸戶清冊嗎？好，我現在就拿給您。」宇市手拱著耳朵，大聲說道。

「我不是要財產歸戶清冊，我是要你帶我去看我們家的山林。」藤代湊近宇市的耳畔大聲嚷道。

「上山？噢，上去做什麼？」

「與其要其他那些共同繼承的財產，我倒想分到那些山林。姨母說的對，我們要盡早把遺產分妥，所以我想先去看一下。」藤代毫不掩飾地說道。

「原來如此，不愧是大小姐的作風啊，眼下有北河內的土地、有價證券和銀行存款，而您卻不看在眼裡，就看準那些山林地，果眞是好眼力啊。」說著，試探性地看著藤代，然後決斷地說：「不過，深山老林可不是大小姐您這種嬌貴之軀去得了的呢，有什麼事請吩咐我，我會盡速辦理。」

「不，我從沒看過那些山林，這次打算到奈良的吉野或鷲家的山林看看。而且，聽說有些山林有砍伐權，有些只有地皮卻沒有砍伐權，這樣一來，它們的價值就相差懸殊，所以我想親眼證實一下，順便親自走一走。」

藤代把六天前梅村芳三郎告知的事情如實托出。

「看來大小姐還比我更了解山林的價値呢，好啊，到時候我可以向大小姐請教山林的事，我決定陪您同行。」宇市說得委婉卻語帶諷刺。

「那好，我也想一起去。」

雛子趕忙說著，千壽也接著說：「也讓我一起去吧。父親去世將近兩個月了，我們幾個姊妹都沒機會到外面散散心，這兩三天剛好是吉野櫻花盛開的時節，我們三人難得可以一起出遊嘛。」

這是她們爭奪遺產以來，首次如此和諧地談話。儘管如此，藤代的心裡仍有些罣礙。奇妙的是，昨天前她們還彼此憎恨、嫉妒，現在意外得知文乃懷孕後，卻突然親近了起來，似乎已達成聯手對付文乃的默契。但藤代當然知道，千壽和雛子想藉此牽制，不讓她獨占那些山林，不過，現在若拒絕她們的要求，難免被說成有失大人風範。

「那麼，就我們三人去吧。」藤代說道。

「愈快愈好，後天就去……」雛子急忙說道。

「咦？後天？您們可眞急躁哪。」宇市露出慌張的神色。

「怎麼，後天不行嗎？」雛子詫異地問道。

「不，沒什麼不行啦，只是太急了些……而且，您們要去看那山林，好像是遊山玩水，那麼先去欣賞吉野櫻花再去好了。」

宇市那滿是皺紋的嘴角露出冷笑。

文乃坐在光法寺的寺僧起居室外走廊，望著雨後的天空，始終猜不出宇市的眞意。宇市爲什麼叫她在光法寺等他呢？他是因爲體恤她有孕在身，才叫她在回去之前先在矢島家的菩提寺——光法寺的寺僧起居室暫時歇息呢？或是眞有什麼急事要談？文乃把剛才雜役僧送來的粗茶一口喝掉，便站了起來，穿上脫在石板上的草屐，朝正殿後方的墓地走去。

雨後的墓地一片濕濡，階石和墓土顯得格外潮濕黑亮，寺院內的樹林枝繁葉茂，鬱鬱蒼蒼，看不出是置身在都市中的幽靜寺內。文乃向寺內的僧侶問明矢島家的墓地所在，在毫無人跡的墓碑之間走著。

來到墓地的最深處，看到一塊豎立的「矢島家墓地」石碑。在林立的花崗石墓碑中，有四座墳墓並排著，最右邊的是一座新墳，墳前的碑石上刻著「智溫院本然嘉道居士」漆成紅色的戒名。據剛才那位僧侶說，這是矢島家的慣例，即生前先把墓碑建好，未到百日忌之前，墓碑上依舊保留著漆紅的戒名。

文乃站在嘉藏的墓碑前，回想著七年來，嘉藏想盡辦法瞞著家人，和她宛如夫婦般相依為命的生活點滴。她對於這個商家大老闆、又是藤代三姊妹的父親、卻因為身為入贅女婿得時時謹慎行事的嘉藏，從未說過半句怨言，同時很體諒他凡事必須隱忍的處境，默默地跟隨著嘉藏，甚至捨棄尋常女人的愛欲，無怨無悔地為嘉藏付出。

文乃心想，她和嘉藏相愛至深，難道因為自己出身貧困，就得忍受出身豪門的矢島家女兒如此傲慢和殘酷無情的對待嗎？驀然，文乃感到一股噴湧而出的憤怒及無助的悲涼。她蹲在嘉藏的墳前，如泣如訴地望著碑石，任憑枝條上的雨滴滴落在她肩上。

宇市壓抑著對文乃的極度憤怒，朝矢島家墓地的方向走來。從文乃隱瞞懷孕的事實，到矢島家三姊妹突然急著平分遺產，最後卻意外演變成三姊妹連袂察看山林的局面，這些事若稍有處理不當，宇市至此深思熟慮的布局都要露出馬腳。其他的事姑且不提，她們後天偏偏要去看山林，到時候可能徒增不可預期的變數，想到這些，宇市對文乃更加氣憤了。不過，他必須壓住這股怒火，在這時候釋出善意，把她拉攏過來，亦不失為因禍得福的良策。所以，他便交代文乃在回家之前，先在光法寺稍作休息，等他一會兒。雖然他只是隨口說說，但說得順乎自然，說不定文乃原本就想去那裡看看。他停下腳步，看向矢島家墓地的方向，看到文乃蹲屈在石碑前。

「文乃小姐！」

文乃聽到有人叫喚，起身回頭一看。

「我以為你在寺僧起居室呢，結果你不在那邊，心想你大概會來這裡，讓你久等了。」

宇市邊說著，邊站在矢島家的墓地前，先念了幾句經文，再向旁邊的四座墓碑膜拜，然後用極其疲倦的表情看著文乃。

「送走你以後，我回到客廳跟分家的姨母打了招呼，馬上趕來這裡看你，但因為你的關係，事情變得不好收拾了。」

「什麼？因為我的關係……？」

文乃的驚訝聲頓時響徹整個幽靜的墓地。宇市迅即環視周遭，確定四下無人後，說道：

「事情是這樣的，因為你懷有身孕，姑且不提你是否有證據證明那孩子是老爺的，她們已經決定在你沒生下小孩之前，先分掉所有遺產，而且還催我後天帶她們三姊妹去察看奈良的深山老林呢。」

「帶她們去察看山林，對宇市先生您有什麼不利之處嗎？」

聽文乃這麼一說，宇市連忙解釋道：「不，沒什麼啦……對了，你眞的沒辦法證明肚裡的孩子是老爺的嗎？如果有什麼類似的東西可供證明，你可不能隱瞞，要老實告訴我。」

說著，宇市仔細打量文乃臉上任何細微的表情，文乃則顯得有些猶豫不決。宇市旋即察覺到，用恩人的口氣說：「我沒有半點惡意，只希望你把實情告訴我。剛才在客廳裡，她們懷疑老爺生前爲你存下特定存款或買保險給你，我卻出言庇護說沒有。有關你肚裡的孩子，其實老爺在臨終前什麼也沒說，我卻說他說過類似的話，這完全是爲你著想。所以，趁現在我們在老爺的墓前，你就把實情告訴我吧。」

宇市始終要問個究竟，文乃好像在琢磨著什麼，朝那片墳墓凝視片刻以後，轉向宇市，表情僵硬地回答：「不，老爺什麼也沒給我……」

「這樣子啊……？在老爺的墳前你都這樣說了，看來，你是眞的沒有可供證明的東西。」宇市明顯露出失望的神色。

「您只是爲了這件事嗎？還有什麼急事……？」文乃揣度不出宇市是否眞爲此事叫她到光法寺等他。

「不，我只是想盡快問清楚這方面的情況。倘若你手上握有我不知情的遺囑或字據什麼的，那就是我最大的疏忽了。」

「您的疏忽……？」文乃詫異地問道。

「是的，基於這個因素，不但遺產的分配全然改觀，我的立場也會隨之改變。」

宇市說著，貪婪的目光逼視著文乃，隱約流露出諱莫如深的陰險眼神。

第五章

從中千本沿著山坡路來到上千本的花矢倉附近時，視界頓時豁然開朗，吉野的群山峰巒飽覽無遺。放眼望去，台高山脈層巒疊嶂，林色鬱鬱蒼蒼，盛開的櫻花掩映其間，儼然形成白色的花海，正下方中千本的櫻花將如意輪堂和藏王堂的塔頂襯托得美不勝收。

「好漂亮喔！叫人眼花撩亂……」

雛子愉快地叫著，藤代和千壽也被吉野山巒的美麗景色深深吸引。自從父親出殯以來，這是她們首度到遠處出遊，那些不斷上演的家庭內鬥的陰霾氣息，這時候全被拋之腦後了。

「既然來到這裡，我們到水分神社參拜一下吧。」宇市從她們身後出聲說道。

花矢倉到水分神社只有三百多公尺的路程。她們三人都點頭同意，便沿著沒有人跡的坡路向上爬去。來到水分神社附近時，剛才俯瞰吉野山巒時的喧囂和興奮已不復見，轉而充耳可聞的是道路兩旁傳來黃鶯和畫眉鳥的啼聲。

她們拾階而上，穿過朱色樓門，來到巨杉圍繞的神社內。雖然是大白天，卻顯得陰暗，正殿前有一棵垂枝櫻，綻放得絢爛無比，把周遭映襯得耀眼亮白。

雖說已到了四月中旬，站在正殿前仍感到寒氣逼人。她們三人佇立在寂靜中，對著正殿合掌拍手[12]，低垂著頭，宇市也跟著合掌拍手。

「您們祈求些什麼呢？」宇市抬起頭來，用半開玩笑半認眞的表情問道。

「宇市先生，你那麼用力拍手，又在祈求什麼呢？」雛子惡作劇地反問道。

「我祈求自己無災無病長命百歲，好為矢島商店效勞啊。」

「我呀，向神明祈求，早點讓我找到如意郎君。二姊，你祈求什麼呢？」

千壽睜開略感目眩的眼睛，說道：「我祈求早點生個孩子。」宇市見千壽臉上一陣紅暈，旋即拍手叫好：「對，對，水分神社供奉的就是賜子安產的神明。大小姐，您祈求什麼呢？」

「我……我什麼也沒求……」藤代冷淡地回答，轉身朝樓門方向走去。

從大阪到吉野的這一路上，在藤代心中，早就對於千壽和雛子的歡快情緒及宇市難得的和藹可親感到厭煩。她們坐在包租車裡，穿戴得花枝招展，好像要去遊山玩水，還帶著在堺卯訂做的五層套盒賞花套餐。但對藤代而言，此行最大目的是去查看自家山林，看完吉野和下千本的櫻花之後，藤代想立刻去鷲家，看看矢島家的所有山林。問題是，雛子和千壽硬要車子在中千本的天皇橋那邊等著，藤代只好從那裡走了一千多公尺，跟她們一起來到上千本賞櫻。

「大小姐，中午就在那間茶店歇息吧。」宇市追了上來，出聲問道。

藤代回頭一看，千壽和雛子已經坐在左側的茶店前向她招手。

「宇市先生，這又是你的主意吧？」藤代不悅地說道。

「這是天大的誤會呀，二小姐和三小姐都說反正帶了餐盒來，不如在這裡一邊賞櫻，一邊吃……我也想早點把好幾層餐盒吃完，手上圖個輕鬆哪……」

說著，他又提了提手上沉重的套盒。宇市這麼一說，藤代只好跟著折返茶店的方向。

她們三姊妹一起走進茶店，店內的客人不約而同地投視而來。雛子穿著輕便的套裝，藤代

12合掌拍手：日本人敬神膜拜時的手勢。

和千壽則穿著結城織染的和服，外面又套著草綠色短外褂，手上提著旅行用小提包，一副京都有錢人家的裝扮，旁邊又有年老的大掌櫃陪同，誰都看得出她們是老鋪的千金小姐。

「歡迎光臨，這邊有雅座，請進！」

茶店老闆娘看到藤代一行人，旋即把她們帶到俯瞰中千本櫻花的看台上，在紅毯上鋪上坐墊。

「各位要點什麼？」老闆娘招呼道。

「不用了，我們有帶餐盒來，你給小姐們糕餅和茶水。我嘛，給我來壺酒好了。另外，你們店頭的櫻花糕點打包二十個給我們，我們要當伴手禮。」

宇市全權分配完畢，馬上打開這次帶來的高級套盒，那外盒上還有泥金畫飾，他小心翼翼地掀開盒蓋，將飯菜擺在桌上。

「來，大家慢慢品嘗吧，我也陪小姐們吃。」宇市說著便拿起筷子。

雛子倚身靠著看台欄杆，眺望著遠山的朦朧春色，她看到面前的餐盒，不禁興奮地說：「太好了，坐在茶店裡鋪著紅毯的看台上，一邊打開有泥金畫的餐盒，一邊盡情飽覽吉野的櫻花，這才是眞正的賞櫻呢……」

聽雛子這麼一說，千壽也探看著自己的餐盒。

「哇，好豐盛的賞櫻特餐啊，有鹽烤鯛魚、嫩雞海苔卷、烤鵪鶉蛋，還有水煮斑節蝦和土當歸、竹筍飯團和芝麻拌油菜花，簡直像女兒節的料理嘛，小而精緻，好漂亮喔。」

千壽把每道料理夾到盤子上，彷彿在欣賞料理的多彩之美，拿起筷子細口慢嚥地品嘗起來。

「二小姐說的是啊，您們這樣和樂相處，讓我想起您們小時候過女兒節的情景。夫人在客廳的壁龕前擺了許多人偶，也像今天一樣，在上面鋪了紅毯子，把盛裝的您們叫到跟前，品嘗夫人專爲您們準備的年菜。哎，您們當時的可愛模樣和歡樂氣氛，至今還浮現在我眼前呢。」

宇市自斟自飲著端上來的酒，一邊說著三姊妹的童年往事。

「是啊，每到女兒節，我們總像過年一樣，穿著漂亮的新衣服，好高興喔。」千壽也憶起幼時過往。

「每年的女兒節前夕，夫人爲了幫您們製作、挑選衣裳，總是煞費苦心，最後還把小姐們的出生月份拿給和服店老闆參考。比如，大小姐五月出生，選了藤花圖案；二小姐一月出生，選了龜鶴圖案；三小姐三月出生，選了畫有人偶圖案的衣料。那是上等的衣料，做出來眞是漂亮啊……」

或許是有幾分酒醉，宇市變得有點饒舌。藤代壓抑著漸感不耐的情緒，一聲不吭地動著筷子，因爲待會兒還得坐一個多小時的車子去山間的村落，而千壽、雛子和宇市三人卻邊吃邊聊個沒完。也許他們各有想法，藉此拖延時間，不讓藤代去看山林。

自從藤代提出要去吉野的鷲家之後，宇市始終表情嚴肅，似乎在防範什麼似的。千壽和雛子意外得知文乃懷有身孕以後，流露出如親姊妹般的手足之情，因而贊同藤代盡快把遺產分配完畢的主意，並相偕出來賞櫻。不過，這也可能是她們爲了牽制藤代奪取山林才故意配合演出……想到這裡，剛才雛子那悠閒的賞櫻情調和宇市的喋喋不休，更讓藤代莫名地動起肝火。

「宇市先生，我們家的山林在哪一帶啊？」

藤代移身靠向看台的扶手，俯望著鷲家的方向。

「山林……？」宇市表情困惑地看著藤代，看來是對於才剛加入話局的藤代突然提起山林而感到驚訝。

「啊啊，鷲家的山林，從這裡往下看是個山谷，所以看不到，必須走到中千本，搭乘那裡的車子，一個小時左右即可到達。用不著那麼急啦，慢慢來嘛。」說著，又坐了下去。

「今天的主要目的，是來查看我們家的山林耶，你們卻在這裡賞櫻又喝酒的，豈不是耽誤到正事了？」藤代這樣責備地說著，然後對著千壽和雛子催促道：「你們若在這裡繼續扯個沒完，到時候想看的山林都看不成了。雖說現在吉野的天氣很好，可是雲霧來得那麼快，說不定待會兒就要起霧……」

宇市終於站起來，千壽和雛子也正準備起身。

車子沿著吉野川來到宮瀧附近時，坐落在三船山前的吉野山峰巒疊嶂，山川溪流湍急回旋，頗有情趣。身穿白衣的修行者沿著吉野川往陡峻的山區攀登而去，他們穿著草鞋，紮著綁腿，拄著粗杖，在山林中時隱時現。

藤代一行人來到「新子村」時，只見木材堆置場和杉樹皮成捆堆疊的光景。看來這附近以木材加工廠居多，載著木材的三輪摩托車和卡車在鄉間小路來回穿梭，他們終於有一種來到木材山村的實際感受。

從鷲家口往鷲家的方向，山峰更爲險峻，那巨杉參天的山頂上，雲來雲往，聽說過去都是住著姓鶩的人家，也就是那個叫山間的小村落。

藤代目不轉睛地望著群山，時而仰望著那聳立雲霄的巨杉。在這之前，那些山林只不過是過眼風景，將來卻可能成為一棵棵值錢的寶物！藤代想到這裡，不由得情緒亢奮，欲望更為膨脹了。不過，她極力不讓這種情緒顯露出來，對於愈來愈近的鶩家山林有種熱切的期盼。

「大小姐，這就是鶩家的山林，也就是矢島家的山林。」坐在前座的宇市，指著窗外的山林大聲說道。

從窗外望去便是濃綠的杉林，山谷中不斷地湧起團團白霧，緩緩地掠過杉樹林間。

「車子可以馬上開到山林旁嗎？」藤代問道。

「是的，繞過這個山腳下，倒是可以開到山林旁。」

「我們家的山林就快到了！」雛子興奮地說著，接著又精神抖擻地問道：「宇市先生，我們可以爬到什麼地方？」

「那就要看小姐們的體力了。」

說著，轉過身來，看著藤代她們的打扮。

「我是沒問題啦，幸好今天穿平底鞋來……不過，大姊和二姊你們怎麼樣？」

「糟糕！我該怎麼辦？」

千壽看到藤代和自己穿著同樣華麗的草屐，露出困惑的表情。這時，藤代沒去看千壽，而是朝著腳上穿利休木屐的宇市瞥了一眼。

「宇市先生，你穿木屐來是怎麼回事？」

「您在問我嗎？我有帶膠底布襪過來。」說著，他從前座拿出一雙登山用的膠底布襪。

「噢，你倒是爲自己準備得很周到嘛。」藤代挖苦似的說：「你是不是也該替我準備一雙膠底布襪或草鞋啊？」

「不過，護林員帶路，您跟得上嗎？」

「咦？護林員？護林員是什麼東西？」藤代聽不懂「護林員」這名詞，反問道。

「所謂的護林員，就是幫山林主人看管山林的人，由於山林主人沒辦法到密林裡巡視，他就得代替主人看護山林。比如，從植苗養樹到修剪枝幹、砍伐、防止有人盜伐，甚至要處理侵越山界的糾紛等等。」

「這麼說，我們家也有固定的護林員嘍？」藤代向宇市求證道。

「是的，他叫戶塚太郎吉，父子兩代都爲您們看守山林。他家前兩代祖先都是替矢島家看守山林的，他是個很稱職的護林員，對這裡的山林知之甚詳，鷲家附近的山林幾乎被他踏遍了。把山林交給他管理絕對不會出錯，我這就去找他，商量待會兒怎麼帶路。」

宇市熱心地說著，然後指著擋風玻璃前方一棟護林員居住的茅屋，指示司機說道：「你把車子開到梯田上面的那間茅屋。」

在石塊堆砌的梯田上面有一棟普通茅屋，門外晾晒著像是山區工作服的衣物。車子勉強開進狹窄的小路，在離護林員住家的一百多公尺前停了下來。

「車子進不去了，您們在這裡等著，我去叫他。」

說完，宇市一反平時的老態，敏捷地跳下車，佝著身子往狹窄的坡路走去，他那佝僂的身體在梯田間的小路上跳躍移動，每跳一次腳下便揚起一陣砂塵。

過了三十分鐘，宇市仍未走出護林員的家。

「他怎麼了？難道護林員不在……？」千壽擔心地說。

「不會吧？宇市先生才說昨天已經發過電報，說我們今天下午要來這裡。」

「那麼，說不定很快就會出來。」

說著，千壽和雛子用小孩子登山似的悠閒表情眺望著群山。宇市去叫護林員，過了三十分鐘還沒看到人，藤代覺得有點奇怪。照理說，宇市已專程發電報給護林員，說今天下午要去看山，對方不可能不在，宇市又叫藤代她們在車上等著，兩人豈不是更有機會仔細長談，這不禁令人起疑。

藤代不由得想起在第二次家族會議上，宇市首次公開共同繼承的遺產目錄時，由於事出突然，藤代和千壽追問起鷲家的山林時，宇市說：「對，對，您這麼一說，我倒想起來了，吉野山附近有個地方叫鷲家，矢島家在那裡有些山林地。由於那地方不是很有名，我一時疏忽就忘了。自從老爺去世以後，我突然變得很迷糊。」後來，他才勉為其難地在山林的項目補上「奈良縣鷲家」幾個字。

宇市是真的一時疏忽，還是如梅村芳三郎所說的，其實他打一開始就故意隱瞞，只是佯裝老態健忘？倘若藤代和千壽沒注意，他很可能私吞整座山林。所以，今天前來查看山林，就是要證實這個疑問，亦是藤代不去看其他山林，而來鷲家的主要原因。不過，藤代的對手可是動輒裝聾作啞、行事諱莫如深的宇市，加上今天帶路的護林員又是初次見面，不知道對方的底細，看來待會兒他們上山，將有一場包括護林員在內的較量。

「啊，出來了！」

藤代循雛子的聲音看去，只見宇市身旁站著一個體格精悍的護林員，他腳上穿著膠底布襪、頸部掛著毛巾、腰間插著鐮刀。

藤代她們跟在護林員後面，已然爬了三十分鐘的山路，走在杉林蒼鬱、滿地濕軟枯葉的山路，稍一不小心都有可能滑倒，隨處可見像枕木般倒地的杉木。

雛子穿著平底鞋，爬起山路還算省力。藤代和千壽則穿著護林員爲她們準備的草鞋，由於不大合腳，再加上不習慣，顯得格外吃力。此刻雖然是白天，卻看不見陽光，山間小路濕漉漉的，總覺得那潮氣已經透濕布襪，甚至濡濕了已然摺短的裙襬。

藤代表情扭曲地走著，不時還注視著前面距離五六步遠的護林員。護林員的腰間右側插著鐮刀，左側掛著裝有磨刀石的布袋，小腿紮著綁腿，腳下穿著膠底布襪，短小精悍，步步穩健地往前走去。護林員在自家門前和大家見面時，就板著臉孔，不吭一聲，走到山腰時，藤代主動跟他攀談，但他總是愛理不理，回答得簡短，一臉晒得黝黑，目光炯炯有神。

突然，背後傳來了腳步聲，有四五名樵夫背著裝有柴刀和鋸子的竹籠從山下走了上來，他們和護林員擦身而過時，還打了聲招呼：「今天天氣不錯，我們去了山林一趟。」

「這樣子啊，我們的山主從大阪過來，我帶她們上去看看。」護林員答道。

「是嗎？辛苦你了，那麼我們先走了。」那幾個樵夫說完，便先行離去。

藤代看著離去的樵夫，邊朝宇市看了一眼。他把衣服圍在屁股上，腳上穿著膠底布襪，看他走山的樣子絲毫不像老年人，他正準備追過步伐緩慢的千壽和雛子，從後面趕了上來。

「啊，累死了，我們休息一下吧。」

雛子高聲喊著，停下了腳步。藤代回頭看去，只見雛子蹲在山路中間，滿臉通紅、汗水淋漓。

「還要走多久啊？剛才就說快到了，怎麼走了老半天還沒到呀？護林員，你說快到了，到底還有多遠啦？」雛子不耐煩地嚷著。

「已經走了一半了。」護林員粗魯地答道。

「什麼？才走了一半……？」

千壽也放眼向上望著巨杉遮蔽的高山，不由得驚叫了起來。宇市走到雛子身旁，說道：

「我看您是累了，還有一半的路程呢，依小姐們的腳力肯定吃不消，倒不如在這裡讓太郎吉為您們簡單介紹，然後回去算了？」

宇市說著，朝護林員看了一眼。

「怎麼樣？在這裡可以簡單說明山林的情況嗎？」

「您們的山林就是從這裡看得到的前面那一片，所以在這裡也可以向您們介紹。」護林員頗有默契地點點頭。

霎時，藤代的眼神為之嚴峻了起來。

「宇市先生，你先帶二小姐下山，我跟護林員上去就好……」說著，轉身看向護林員，

「勞你大駕，請你爲我帶路。」

藤代說得客氣有禮，但其語氣卻不容拒絕。

護林員一聲不吭地往前走，藤代怕草鞋鬆掉，再次把它繫緊，趕緊追了上去。

「我們也要去，讓姊姊單獨去我們總有些不放心呢。」雛子高聲嚷著，跟在藤代後面追了上去。

蒼翠的杉林掩映著蜿蜒而上的山路，密林裡不時傳來畫眉鳥和黃鶯的清脆啼聲，藤代的心情不禁又翻騰了起來，從剛才宇市和護林員的談話中多少可以聽得出他們似乎不想讓三姊妹到山頂一探究竟，說不定這走不完的蜿蜒山路也是他們故意繞遠路的結果吧？

「只有這條山路可走嗎？」藤代在護林員背後問道。

「這條山路最好走，樵夫走的路徑比這更艱險呢。」

護林員這樣回答，頭也不回地繼續加大步伐往上走去。

突然間，眼前豁然開朗，從右側望去是陡峭的山巔，浮雲在連綿的群峰上徘徊，山嵐從杉林密布的溪谷湧升而上，那條像吉野川的細小支流閃爍著銀光流經幽深的山谷。

「那裡就是您們的山林。」護林員指著兩百多公尺前的杉林說道。

那是一座北側有著險峻山谷，南向地形緩斜的杉林。撥開山白竹走進杉林裡，旋即感受到一股侵逼而來的寒氣，茂盛的雜草深及膝蓋，護林員拿出腰間的鐮刀砍除雜草，往杉林深處走去。

「不會有蛇爬出來吧？」千壽膽怯地問道。

「不用怕，我手上有鐮刀，蛇若敢出來，我就砍牠一刀……」護林員左右揮動著鐮刀。

好像有人在附近砍伐杉林，傳來伐木和砍削枝幹的聲音，時而還聽得到巨木倒地的轟鳴聲，在靜謐的山林中迴盪。

愈往深處走，雜草愈來愈高，落葉堆得更厚，巨大的杉木更加枝葉茂盛。藤代想到眼前這片杉林說不定就是自己的，不由得興奮地抬頭仰望天空，從蓊鬱的杉林枝葉間窺見幾塊湛藍的天際。藤代吐了口熱氣，像確認杉樹生長情況似的，從杉樹頂端往下打量著；驀然，她的目光被一樣東西吸引住了。

眼前有一棵約六七尺高的杉樹，去皮削成方形的樹柱上面好像還烙上幾個字。藤代不理會勾腳的山白竹，走到那根樹柱前察看，從那日晒雨淋的發黑表面上，勉強讀出「昭和三十二年三月刻」幾個字，右上角的小字已經模糊得難以辨認。

「這棵樹的記號是做什麼用途？」藤代問護林員。

護林員驚訝地回頭，眼神銳利地看著藤代所指的那棵樹柱。

「那是界定山林範圍的標記，即表示那是矢島家擁有的山林，於昭和三十二年三月烙刻的，只不過烙印名字的部位已經看不清楚。」說著，他用多骨節的手摸了摸那棵杉樹幹。

「那個『刻』字代表什麼意義？」千壽從後面出聲問道。

「那是指護林員在哪一年哪個月巡山以後，所定下的界標。」

「咦？界標？」

「是的，用它來界定自己與他人的山林範圍。山林間的產權糾紛大都發生在交界線上，一般來說，中間應當留下四尺的空間以示分界；不過有些厚臉皮的狡猾傢伙，不但不預留四尺空間，還不時侵入人家的山林中種樹，甚至盜伐人家的山林，弄得界線難分，吵個沒完沒了。所以，必須在交界處的樹木上刻上林主的名字及確定界線的年月日。」

「這麼說，我們家的山林是從這個界線到什麼地方？」

「嗯，到什麼地方嗎……？」護林員有點遲疑。

「對了，前方不是有一棵枝幹向左伸展的杉樹嗎？有沒有看到，就到那裡。」

他邊說邊沿著界標樹向北側指去，但那裡杉林蓊鬱，什麼都看不到。

「總共有多少面積？」

「這個嘛，大概有十公頃。」護林員目測著說。

「十公頃？這就奇怪了，宇市先生說過，鷲家的山林有二十公頃。」藤代轉身問宇市：

「宇市先生，我沒說錯吧？」

「什麼？您說什麼？」宇市右手拱著耳朵反問道。

「你又聽不見了？我在問你，鷲家山林不是有二十公頃嗎？」

「噢，十公頃嗎？是的，沒錯。」宇市又拱著耳朵答道。

「才不是十公頃，是二十公頃！」藤代走近宇市身旁，大聲嚷道。

「二十公頃……噢，有那麼多嗎？」他故作不解地歪著頭說道。

「宇市先生，我大姊說的沒錯，在第二次家族會議的隔天，你也告訴過我，那片山林的面積大概有二十公頃。」

千壽也從旁作證，只見宇市皺起灰白的雙眉，好像在回想什麼似的細目凝視片刻，突然拍手叫道：「對，對，所謂的二十公頃，是除了這裡之外，還包括另一座山……」

「什麼？包括另一座山……？」藤代當下反問道。

「太郎吉，那十公頃的山林在什麼地方？」宇市對著護林員問道，語氣顯得十分奉承。

「噢，那十公頃的山林嗎？從這裡可以看得到，喏，就是對面山峰北側斜坡旁的那一片。」

他大概不易說明那裡的位置，正要比起手勢時，宇市突然大聲叫嚷起來：「哇，長得太茂盛了，眞是太茂盛了！那裡就是矢島家的杉林！」

宇市把手遮在額頭上，做出雀躍的樣子，指著左側山峰的斜面。循著那個方向望去，遠處的廣大杉林果眞高聳挺拔，但藤代沒露出滿意的笑容，反而直接問道：「我們有砍伐權嗎？」

「什麼？砍伐權……？」護林員一時不知如何回答，過了一會兒，說道：「那兩處的山林砍伐權，都歸您們矢島家所有。」

「這不會有錯吧？」藤代再次確認道。

「是的，我是護林員，不會有錯的。」

「那一石[13]值多少錢？」

「你是問一石木材值多少錢嗎？」護林員畏縮地看著藤代。

13石：一石約等於零點二八立方公尺。

「一般行情是一石一千五百圓，不過這只是粗略的價格，跟實際的買賣價格還有很大的差距。」

「那麼，每公頃的山林可產多少杉木？」

「這個嘛，要依土質的好壞、排水狀況、日照是否充足、坡度的陡斜程度而定，如果各種條件均不理想，產量相差很大。大體來說，每公頃大概能產四百石吧。」

「這麼說，每石值一千五百圓，如果每公頃能產四百石的話，那麼二十公頃就能採伐價值約一千兩百萬圓的木材嘍？」

藤代這樣計算著，護林員倏地眼神嚴峻起來。

「你對山林滿了解的嘛，從山林的砍伐權到每石杉木的價格，你都知之甚詳，簡直不輸給行家。大阪那邊有很多山林主，沒有一個像你這麼內行，而且又是個女人家。」說著，轉身對宇市說道：「既然來到這裡，我順便去裡面看看杉樹長得如何，你們稍微休息一下吧。」

護林員說完便抽出腰間的鐮刀，掃砍著前方的山白竹，往深處走去。等他的身影消失以後，雛子瞪著大眼說道：「姊姊，你知道那麼多，眞叫人驚訝。你怎麼會知道那麼多有關山林的知識呢？」

「沒什麼……」藤代支吾著，「我嫁到三田村家時，對方也有山林，我是從他們那裡聽來的。」

宇市聽到話題扯到三田村，隨即緊盯著藤代，試探似的問道：「三田村家的祖籍在和歌山縣的加太，聽說是漁業方面的股東，沒聽說有山林……」

藤代不由得心頭一驚。「不過，他家夫人祖上是丹波人，擁有山林也沒什麼奇怪吧？」說完，隨即又若無其事地問：「宇市先生，我們家的山林是什麼時候買的？」

「這個嘛，我記得是前兩代的店主買下的。」

「噢，前兩代的店主就買下了？」

藤代若無其事地點頭，回想梅村芳三郎的那番話——杉樹種下二三十年以後，若能長成樹節愈少的良木，價格可以賣得更好。宇市之所以極力想把鶩家的這片山林隱藏起來，是因爲這些杉林經過三十年已經成材，而且到了砍伐時期。藤代看出宇市的心理，但沒有表露出來。

「這片山林，什麼時候可以採伐？」

她順勢探問著，宇市突然表情變得嚴肅。

「這個要問護林員，我不清楚。」說著，對著千壽和雛子，表情認眞地說：「小姐，恕我失禮，您們要不要上廁所？」

「討厭，怎麼問起這種事來，你眞冒失耶！」雛子氣憤地說道。

「對不起，我說錯話了，那我去小便了。」

說著，宇市迅速跳入草叢中，旋即傳出沙沙的噴尿聲，那長長的噴尿聲彷彿是他對藤代的強烈憤怒。

傳來撥弄山白竹的響聲，大家以爲是宇市，結果是護林員，他的頭上沾著枯葉，額頭冒汗，一副要找宇市的模樣。

「大掌櫃去哪裡了？」

藤代用眼神示意草叢的方向，他隨即露出一口白牙。

「我們該下山了吧，快要起霧了。」說著，用力繫緊插著鐮刀的腰帶。

藤代看著杉林左側的那片矢島家的山林，問道：「這裡離我們家的山林很遠嗎？」

「嗯，很遠喔，還得走兩里的山路。」

藤代看著自己的手表。已經下午三點多了，只好遺憾地說：「還得走兩里的山路，看來今天是走不成了。」

「當然是沒辦法，你看，那邊的山峰已經開始起霧了。」

他指著遠處的一座山峰說著，白霧果眞已然上升，一下子便像薄暮般遮去群山的姿影。

「你們趁還沒起霧之前趕緊下山吧。」

他大聲喊著宇市，用鐮刀撥弄著雜草，朝原來的山路逕自走去了。

來到山下時，已是暮色昏暗，她們背後的群山也籠罩在薄暮之中。

坐上等候的車子，藤代隨即脫下草鞋，換上蜥蜴皮的草屐，一手把髒汙的草鞋扔到路旁，拍了拍和服的下襬。宇市也脫下膠底布襪，換下利休木屐，拿下圍在屁股上的衣襬，走到護林員身旁，寒暄道：「今天辛苦你了，多虧你帶路，讓我們看到了想看的山林。」

藤代也探出車窗，向護林員致謝：「勞煩你了，看守山林的事今後還請你多加費心。」

這時，藤代一點也不像腳穿草鞋、剛剛才看過山林的人，而是姿勢優雅地向護林員微微點頭。

「沒問題，山林的事你就放心交給我吧，我跟那些沒經驗的護林員不同，我會嚴格看管的。」護林員拿下額上的毛巾，向藤代打招呼。

「大掌櫃，你也要跟小姐一起回去嗎？」他對著宇市說道。

宇市正要拉開前座的車門，突然停下了手，說道：「啊，我這個人眞糊塗，太郎吉帶我們看了一整天的山林，我應該請他喝兩杯才是呀，再說他也樂好此道。」說完，他的右手做了個拿酒杯的手勢。

「哈哈……你倒挺了解我的樂趣嘛。」

護林員摸摸自己的頭，期待似的露出卑屈的笑容。

「既然這樣，我也不能失你的禮啊。」說著，宇市對著藤代她們說道：「小姐，您們先坐車回去，我跟太郎吉喝兩杯後，自己再坐電車回家。」

他沒等藤代回答，便對司機說：「司機先生，請你把小姐安全送到家。」語畢，便跟護林員並肩恭敬地向藤代她們施上一禮。

宇市和太郎吉坐公車來到鷲家口，他們走進僅有的一家賣家鄉菜的小餐館。

「啊，歡迎光臨！」

女侍與他們非常熟，很快地把他們帶到二樓包廂，端上酒菜後，又很知分寸地退了下去。

護林員戶塚太郎吉一反剛才的沉默寡言，變得熱絡起來。

「來，先乾一杯吧。」說著，端起酒杯，一飲而盡，然後試探地對宇市問道：「大掌櫃，剛才你眞的打算跟那幾個女人回去嗎？」

「怎麼可能呢，我不跟你喝兩杯，怎能說走就走呢。我若不做做樣子給她們看，豈不被看穿我們之間交情匪淺？那三個女人可是敏感得很呢。」

宇市說著，端起酒杯，向太郎吉勸酒。

「你說的沒錯。一個女人家居然敢上山查看山林，而且連山林的交界啦，有幾公頃啦，有沒有砍伐權啦，都問得一清二楚。當她提出少了十公頃的時候，坦白說，我簡直捏了把冷汗。」

太郎吉這樣描述當時的心情，啜了口酒，又說：「一個月前，你才交代我砍掉所有的杉木賣給了木材商，她這麼問，我實在不知如何回答。山上的山豬或野熊我從來不看在眼裡，但這次眞的被那女人嚇壞了。所以，我就隨口說山林就在對面山峰的北側斜坡，其實我也弄不清楚那是什麼地方。就在這時候，你突然從後面大喊著：『哇！長得太茂盛了！眞是太茂盛了！那裡就是矢島家的山林。』你竟然指著別人家的山林大聲嚷嚷，我眞的慌了手腳，萬一她們說要去那裡看看的話，又該怎麼辦？」

「爲了阻止她們眞的上山察看，走到吉野的上千本時，我故意邀她們坐下來吃中飯，聊些她們的童年往事，一會兒又是賞櫻什麼的，藉此來拖延時間。」

「原來是這樣啊，大掌櫃的演技眞是高超！一下子陪她們賞櫻，來到我家門前，又作勢叫我出來帶路，其實是虛晃一下，在屋裡和我商量對策。然後，又裝作什麼事情都沒發生，見到那幾個女人，更是好話吹捧，看不出有什麼破綻。照這樣看來，搞不好我也被你騙了。」

太郎吉露出質疑而銳利的眼神。

「我哪能唬弄你呀。俗話說，想利用山林撈錢，不如回家騙老婆，也別想矇騙守山人！再說，想矇騙守山人，到時候還可能被騙呢。」宇市反而直盯著太郎吉，問道：「話說回來，這次砍下來的杉木有多少？一公頃賣了多少錢？不會是你剛才告訴她們的價格吧？」

他用毫不馬虎的眼神，詢問委託護林員砍伐的杉木產量和銷售價格。

「那當然。我剛才告訴她們的是杉木的底價，實際上每公頃大約伐下五百石，每石賣了二千圓。」

「這麼說，一公頃就是一百萬，十公頃就有一千萬嘍？依照過去的行情，護林員可分得三分或五分的酬勞，不過，你做得特別賣力，所以給你七分，也就是給你七十萬圓的手續費，怎麼樣？」

宇市拍了拍太郎吉的背部，姿態親切地說著，但太郎吉趕忙吐了口菸，說道：「還缺三十五萬圓。」

「什麼？還缺什麼？」宇市用手拱著耳朵，大聲反問道。

這時，太郎吉那張染著酒氣的黝黑臉孔湊近宇市，說道：「那片山林，在地政課那裡登記的是十公頃，但實際上是十五公頃。」

「十五公頃？有那麼多嗎？」宇市歪著腦袋問道。

「大掌櫃，你少裝聾作啞了，我看山的資歷可不是一兩天！大家都知道，山林的面積往往比登記面積還大，像吉野或熊野這種深山老林，鄉公所地政課的人員哪可能土地一塊塊調查呢？一般都是按山主說的數字登記，所以實際面積比登記面積多出兩三倍的情形很常見。這次你託我砍伐的山林，登記資料爲十公頃，其實有十五公頃。換句話說，一公頃是一百萬，十五公頃就是一千五百萬，你說要給我七分，那一百零五萬就是我該得的份額。護林員整天跟山林打交道，從除草、修枝到砍伐什麼都得做，山主照實際面積付手續費，是天經地義的事吧？」太郎吉藉著酒膽絮叨起來。

宇市往盤裡夾著山菜，邊啜飲著，面無表情地聽著太郎吉發牢騷。

「一百零五萬，很不錯的價碼嘛。」他扔下這句話後，把半剩的酒一口喝光，說道：「你簡直成了山林掮客嘛？好吧，就按登記面積來算。那片山林登記面積爲十公頃，每公頃七分一共七十萬，另外的五公頃給你五分，一共二十五萬，兩項加起來是九十五萬，怎麼樣？這些賣掉杉木所得的錢，也不是全數落進我的口袋裡，我還得繳交其他雜費和山林所得稅呢。」

「也就是說，你砍了十萬圓嘍？」

太郎吉的眼神依舊顯得嚴肅。

「別說是一百萬或一百五十萬，幹我們這一行的，可不像大掌櫃每天都有現金可拿。一棵杉苗要讓它長成材，得先在平地培育三年，然後把它種到山上。此外，每年還要除草、修枝，少說也得繼續照料它十六年，過了二十年才能砍伐。依這樣計算起來，我們的所得實在少得可憐。」

「話雖如此，但每年砍下的樹枝和樹根，我不也是睜一隻眼閉一隻眼讓你處理嗎？那些樹枝既可當木材用，又可以搭葡萄架，也可以當柴薪賣掉。砍下樹後的粗大樹根，可以搭建廁所或製作木屐，剩下的原料還可以做牙籤或飯勺。說句坦白話，山上的樹木從頭到尾都可以賣錢。而且，你還領了樵夫的日薪，沒有人比你收入更豐厚的啦。」

宇市直攻重點挑明，太郎吉迅即露出卑屈的笑容。

「我眞服了大掌櫃你啊，連那麼細小的事項都逃不過你的法眼，眞是太厲害了！好吧，這次就依你的辦法來結算。不過，下次有什麼好賺頭，可不要忘了我。」說著，用多骨節的手幫宇市斟酒。

「對，對，這個若沒處理好，就沒有所謂的好賺頭了。」

說著，宇市端起太郎吉幫他斟的酒，一飲而盡，然後鬆開衣服上的釦子，從腰帶裡拿出一本小本子，一頁頁翻閱。

四十公頃　△有
五公頃　△部分
一百二十公頃　△有
十公頃　△有
二十公頃　△無

盤腿而坐的太郎吉半起身朝宇市的手上探看著：「你這帳本寫些什麼？」

「這個嗎？這是我重要的帳本呢。」

說著，宇市在第五項二十公頃「無」的下面，草草寫著什麼，然後又急忙闔上帳本。太郎吉雖然有點錯愕，但馬上看出其中的奧妙。

「噢，我明白了。即樹木的記號，『有』就是有山林地和砍伐權，『無』就是只有山林地而沒有砍伐權，『部分』就是沒有山林土地權，只有砍伐權是吧？」

宇市對此並沒有回應，隨即壓低聲音探詢似的問著太郎吉：「對了，鷲家的二十公頃林地已經砍了一半，剩下的一半就是今天我們去看的那片，砍伐權沒問題吧？」

太郎吉抬起晒得黝黑的臉龐，說道：「嗯，沒問題。這跟將砍伐權賣給別人不同，只是用砍伐權做爲擔保，向當地的信用金庫借錢而已，在登記資料上並沒有變更持主的名義。再說重要的印鑑都由大掌櫃親自保管，還需要擔心嗎？首先，外行人並不知道山林地皮和砍伐權可以分別立項，總認爲地皮是自己的，上面長的樹木理所當然歸自己所有。不過，能了解到這種程度，只有你們家那個女人。」說著，他皺著鼻子，嘲諷般地笑著。

「這就是我擔心的事呀。其實，提出要到鷲家看山林的，就是那個大小姐和二小姐。有一次我不在家，鷲家鄉公所地政課的人員打電話來，她們便覺得這裡有蹊蹺。」

宇市突然把此次來鷲家查看山林的緣由和盤托出。

「啊，那是信用金庫向地政課的人員詢問，持主是否要雙重擔保，那個課員爲人不錯，便先打電話通知你。後來，我知道以後，嚇了一跳，吩咐他以後有事直接跟我聯絡。你放心啦，已經沒問題了。」太郎吉拍了拍盤腿而坐的膝蓋，確信地說道。

「不過，剛才不是有個奇怪的界標嗎？那是做什麼用的？」宇市不安地問道。

「大掌櫃，你滿細心的嘛。那個是爲我們預作退路的保身符。換句話說，萬一哪天我們拿砍伐權做擔保的事情曝光時，可以拿它當擋箭牌。你放心啦，重要的地方都被我刮糊了，她們也弄不清楚。」

「哼，眞不愧是太郎吉啊。這樣我就安心了，一切有勞你安排了。店主活著的時候都沒看出來，現在若被她們幾個黃毛丫頭看穿，豈不是太沒面子了？」

宇市驀然措詞粗魯，其神態完全不像老年人。

「我也這樣認爲，事情進展到這種地步，哪能讓那些傲慢的黃毛丫頭看穿呢？這片山林有我鎭守，沒問題啦，倒是其他山林的情況如何？」

「其他山林的護林員不像你這麼通情達理，每個都頑固得很，看來我得加把勁才行。」

「沒關係啦，以後我再幫你牽線引介，不過，你要給點好處喔。」太郎吉巴結而狡猾地說道。

「你若能居中疏通，給你好處倒不成問題。還有，最好把她們帶到像熊野和大杉谷那種女人家爬不上去的山林。」

太郎吉見宇市露出安心的表情，自己則像是想到什麼似的，有點納悶地問道：「大掌櫃，你們家老爺眞的沒在遺囑上提到要分給你財產嗎？」他看到宇市默默點頭，繼續說道：「連續擔任了兩任的大掌櫃，卻沒分到半毛錢，實在有點奇怪。像你們那種老店鋪的店主，應該分給大掌櫃一些退職金嘛。他之所以不給，是不是因爲上代店主知道你侵占公款？」

「你不要胡說八道，我哪有侵占公款！我從他家祖上開始，便替那些入贅女婿管理財產，我可沒有動什麼手腳，只是爲他們幾代操勞，弄點勞務費而已。」

儘管宇市這樣辯解，卻不禁爲矢島嘉藏是否知道他長期侵占公款而憂心忡忡，下意識地昂首沉吟著。他從未想過這件事情，但經太郎吉這麼一說，嘉藏之所以沒有把遺產分給他這個歷經兩代的大掌櫃，很可能不是因爲入贅女婿的氣度狹小或成天沉迷於情婦的懷抱，而是對他瞧不起店主、私下算計、圖利自肥的一種報復。總之，他原本已對店主沒分給他半毛錢感到不滿，又在酒力的催化下，那股怨懟已像火團般愈燒愈旺。

太郎吉面對猛然板著臉孔、沉默不語的宇市，霎時不知所措。

「你怎麼了？我們再好好乾幾杯吧。」

說著，太郎吉正準備朝樓下叫酒時，宇市搖搖晃晃地站了起來說：「不行，我若不早點回去，她們三姊妹又要起疑心了。」

宇市從太和上市抵達阿倍野車站時，已經晚上十點多了。他從車站內朝阿倍野橋的十字路口方向走去，一邊回想著在鷲家小餐館太郎吉所說的那番話。

「說不定你們家店主之所以不分給你遺產，是因爲他知道你長期以來中飽私囊！」宇市益發覺得太郎吉說的很有道理，倘若事情如此，嘉藏不可能什麼也沒說就默默死去，他很可能藉其他機會告知第三者。想到這裡，宇市突然血壓升高，不由得心跳加快，胸口發悶，只好站在十字路口稍作休息。

他看見前方就是上町線的小車站，開往住吉公園的電車就停在那裡。這時，他突然想去看看神木的濱田文乃。現在回到本町的矢島商店也要十一點多了，藤代她們累了半天大概已經睡了，倒不如坐上眼前的電車，花約十五分鐘即可抵達神木，到文乃家裡，向她打聽嘉藏生前對他的看法。

號誌燈一變，宇市疾步衝過十字路口，跳上準備開動的電車。

「老伯，你這樣跳上車太危險了！」

站務員在他背後大聲斥責，但宇市坐上電車後面露微笑，爲自己從奈良的鷲家趕往文乃家的迅速感到得意不已。

從神木車站下車後，宇市朝著指標的輾米加工廠轉角拐去，穿過門燈微亮的小路，從兼賣香菸的西藥房旁邊的小巷走進去，來到文乃家的門前，不由得停下了腳步。

文乃家門口停著一輛中型轎車，宇市以爲自己記錯門號，又往前走了一段，確實是文乃家沒錯。車子的車門敞著，他以爲是計程車，結果不是，是掛著白色車牌的自用轎車，車內沒有人。

宇市躡手躡腳地來到玄關的格子門前，輕輕推開門，沒發出半點聲響，他從門縫中往內探看，在玄關燈的照射下，只見放鞋的石板上有一雙擦得晶亮的男用黑皮鞋。驀然，他充滿疑惑的眼神，彷彿從那雙皮鞋裡傳出今橋的姨母芳子大聲嚷嚷的聲音。

「有人在家嗎？」宇市冷不防地大聲喊道，用力拉開拉門。

「嗯，來了……」

傳來一個陌生的聲音，拉門拉開了，是一名穿著圍裙的中年婦女，她望著沒等回應即擅自推門而入的魯莽男子，沒好氣地問道：「你是誰啊？」

「我是本家來的！」宇市又朝著裡面故意大聲答著。

「啊，是本家來的，正好，請進來吧。」那中年婦女突然催促道：「醫生剛好來了。」

「咦？醫生……？」他驚訝地問道。

「是啊，文乃突然身體不舒服。總之，你快進來吧。」

宇市趕緊脫下沾滿灰塵的木屐，穿過起居間，推開客廳的推門，一股消毒藥水的氣味撲鼻而來，只見文乃橫躺在壁龕前。在燈光下，文乃顯得十分虛弱，她閉著眼睛，嬌小的臉龐發青浮腫，嘴唇泛紫乾裂。

「有沒有危險啊？」宇市從醫生的背後問道。

那名中年醫生好像剛剛注射完畢，正在收拾針筒，他驚訝地看著宇市。

「他是本家來的……」

中年婦女這樣介紹宇市，但宇市隨即像親戚般主動招呼：「不，我是她的親戚。這麼晚還勞煩您過來看診，眞是感謝之至。她的病狀怎樣？」

「噢，你是她的親戚，來得正好。剛才聽說她沒有親人，我還爲此傷腦筋呢。她因爲是懷孕初期，加上害喜嚴重，引起腎臟浮腫。」

「什麼？腎臟浮腫……？」

「是的，就是妊娠中毒症。若不特別注意，孕婦分娩時很可能引發妊娠中毒症，造成母子死亡。如果情況不佳，有時也不得不墮胎。總之，現在讓她安心靜養，盡量少吃水分太多的食物，避免攝取過多鹽分，盡早治療。另外，還得找個看護來照顧她。」

「不是專業護士也沒關係嗎？」

「嗯，只要能兼做家事、照顧病人，不是專業護士也可以。看樣子，她過去都是一個人生活，總有不便之處，安心靜養最重要。待會兒請到我那裡拿藥。」

說著，醫生站起來在洗臉台洗了手，那個圍裙婦女隨即抱起醫生的提包，跟在醫生後面站了起來。

「我去醫生那裡拿藥，這裡就麻煩你照料一下。」

屋裡只剩下文乃和宇市時，宇市移膝來到她身邊，關心地問候：「你現在覺得怎麼樣？」

文乃微微睜開雙眼，虛弱地說：「宇市先生，今天又爲了什麼事，讓你深夜趕來……？」

「沒什麼特別的事，這次來純屬偶然。今天一大清早就陪小姐們去吉野，回程途中順道過來看看你，沒想到你病倒了。明天，我會盡快找人來照料你，安心靜養吧。」宇市勸慰道。

這時，文乃好像想到了什麼，那雙單鳳眼爲之一凜。

「吉野……到吉野賞花，現在正是時候，在上千本專供賞櫻的茶室附近，那些穿戴漂亮的小姐們，坐在紅毯上，掀開有泥金畫裝飾的餐盒，盡情賞櫻，那情景簡直就像一幅美麗的畫。」文乃囈語般地說著，突然低聲，接著閉口不語。

「不，今天不是去賞櫻，而是去看遺產中的山林。」

宇市連忙搖搖手，表示他們此行不是去遊山玩水。

「小姐們的遺產中還有山林？她們三個千金小姐相偕去看山林，肯定很有山主派頭吧。」

文乃的臉色顯得黯淡，那深情的眸子失去了平日的內斂，轉而露出異樣而激動的眼神，彷彿在眼前描繪著那些情景。宇市突然岔開話題，詢問那名去拿藥的家庭主婦的來歷。

「對了，剛才在這裡忙進忙出的女人是誰？」

「她是巷口兼賣香菸的西藥房老闆娘，我時常在那裡買藥，今天是她特別幫我請醫生過來的……」大概是太疲勞了，文乃默默地閉上了眼睛。

宇市坐在文乃枕邊，環視著悄然無聲的屋內。依照醫生的說法，文乃很早就有這種病症，兩三個小時前，她還把屋裡屋外打掃得一塵不染。壁龕前擺著嘉藏的照片，文乃的臉朝著那張照片，猶如在嘉藏的保佑下靜靜地閉上眼睛。她的面容憔悴，白皙的前額和秀氣的鼻梁正像她內斂的性格。剛才談到藤代她們的時候，她似乎非常激動，有別於平日的婉約文靜，這讓宇市不由得猜想文乃是不是正在祕密進行不爲人知的計畫。

玄關處傳來開門聲，接著有人悄聲走進來，原來是剛才那個西藥房老闆娘，她把裝有醫院處方的藥包放在文乃枕邊，順勢坐了下來。

「這樣子總算可以鬆口氣了。傍晚，她來店裡買止吐藥，我先生剛好不在，我跟她說，稍後會把藥送過去。我先生回來之後，馬上包好藥要我送過去，只見她臉色鐵青倒在大門口，我嚇壞了，趕緊叫醫生過來看診。看她孤苦伶仃，身邊沒半個親人，我也不知道該怎麼辦，連我先生差一點都要來幫忙呢。」

她用救命恩人似的口吻說著，然後用那雙金魚眼般的凸眼看著宇市：「今晚你有什麼打算？」

「什麼？你在問我嗎？我……」

宇市霎時不知如何回答。在這個看似嘮叨、長相難看的凸眼婦面前，他猶豫著是否留下來照顧文乃？或是婉言委託這個凸眼婦幫忙照料一晚？

「總之，這件事來得太突然，我只是偶然碰上，也不知道該怎麼處理……」

宇市像等待凸眼婦的指示似的，採取謙卑的態度。凸眼婦則打量著宇市的年齡和長相：

「你不是年輕人，歲數那麼大，又是本家的大掌櫃，留下來照料她也沒什麼不妥。再說，我家還有小孩要顧，沒辦法留下來照料她。」

說著，轉身對著文乃說：「接下來，就交由大掌櫃處理，我先回去了。對了，你還沒吃晚飯，想吃什麼？」

文乃睜開眼睛，虛弱地搖搖頭。

「晚飯，待會兒再看看……今天晚上，眞的非常感謝你……」說著，躺在棉被裡向凸眼婦點頭致謝。

「你有病在身，用不著那麼客氣，我會拜託大掌櫃幫你弄點晚飯什麼的。」

說著，凸眼婦告訴宇市，稀飯放在瓦斯爐上，記得煮些蔬菜少加鹽分等等。說完，便急忙離去了。

西藥房老闆娘離開後，文乃慵懶地閉上眼睛。宇市穿過起居室來到廚房，脫下外衣，身上只穿著汗衫，站在水槽前。剛才醫生用來洗手的琺瑯製臉盆以及用來煮水的鐵壺隨意扔在一旁，流理台上散落著凸眼婦來不及收拾的蔬菜。宇市取下掛在廚房角落的日式手巾，繫在頭上，開始整理著水槽內外。他除了去君枝那裡之外，始終過著光棍生活，做起家事來駕輕就熟。

收拾妥當之後，宇市把放在瓦斯爐上的稀飯加熱，又用水煮了馬鈴薯、豌豆和香菇，沒加鹽巴也沒加醬油，只用昆布和味素稍微提味熬煮，這讓他猶如置身在君枝家裡的錯覺。以前，他也是因爲這種偶然的機會，替君枝煮菜的……想到這裡，彷彿廚房裡的油煙味都飄到眼前了。

宇市用圓盤托著一碗稀飯和一鍋蔬菜湯，輕輕推開客廳的推門時，文乃醒來了。

「剛好，你趁熱吃吧。」

或許是缺乏食欲，文乃只是倦懶地點點頭，宇市把餐飯放在文乃枕邊。

「你有孕在身，即使沒有食欲，也得吃點才行。」

說著，繞到文乃身後，準備扶她起來。

「不用，我自己起得來。」

她推開宇市的手，用手肘撐坐了起來，拿起筷子。她一起床，剛才不易被看到的微凸小腹旋即在單薄的睡衣下顯現，懷孕女人的羞慚與尷尬頓時映入宇市的眼簾。宇市那雙細眼露出一絲微笑，來到文乃身旁。

「怎麼樣？我煮的飯菜味道還不差吧？我跟你一樣，都是過著單身生活，做起這些事也算內行，你不必客氣，有事儘管吩咐。」

說著，他像男僕般殷勤地爲文乃倒了杯熱茶。

「謝謝您！眞的是事事都勞煩宇市先生……」文乃停下手中的筷子，向宇市點頭致意。

「哪裡的話，去世的老爺原本就囑咐我得妥善照顧你。老爺有許多親友，但他還是要我對你多多關照，連小姐們平分遺產的事情，也都委託我來處理。他對我如此信任，我實在非常感激。」宇市試探地問道。

「是啊，老爺平時常說，只要把事情交給宇市先生，他就能高枕無憂。」

「噢，高枕無憂……他眞的這樣說嗎？最近，我變得有些糊塗，老爺生前那年的年度結算，我因爲進貨調度失控，出現了嚴重的虧損，連外縣市零售商的帳款都沒能收回，搞得一塌糊塗，老爺他眞的沒說什麼嗎？」

宇市故意暴露自己的無能，其實他早已把那些貨款收回，還將一半的貨款放入自己的口袋。

「什麼？這件事我從未聽老爺提起。他總是說宇市先生從不耍心機，做事非常勤奮，是個值得信賴的人。有什麼事情讓你擔心嗎……？」文乃反問道。

「不，沒什麼。不過，老爺既然那麼信賴我，他爲什麼沒把你懷孕的事情告訴我呢？這是老爺的意思嗎？」

宇市移膝靠近文乃身旁說著，文乃只是禮貌性地喝了口稀飯，便將碗擱回托盤。

「我覺得這種事情遲早都會被看出來，何必告訴別人呢？」

「你身體欠佳，又硬要把孩子生下來，孩子將來怎麼辦？」

「我還是決定把孩子生下來。」

「可是，剛才醫生說你生產時很危險，那該怎麼辦？」

「儘管這樣，我還是要生。」文乃堅決表達自己的意志，完全不像病人。

「老爺對孩子和你的將來是不是另有安排？」

宇市終於說出心裡話，文乃不禁顫動了一下。

「不，老爺沒有特別安排什麼……」

說著，本以爲她要搖頭以對，只見她肩膀不禁抽動起來，還趕忙別過臉去，雙手搗住嘴巴。宇市立刻拿起枕邊的臉盆，抵在文乃面前。文乃嗚嗚地嘔吐起來，連吐了好幾次，把剛才吃的飯菜全吐在臉盆裡，額上冒出汗珠，喘得非常厲害。宇市到廚房拿來鹽水和毛巾，把毛巾圍在文乃胸前，給她喝鹽水漱了漱口，又用毛巾幫她擦去汗水，她這才閉上眼睛躺了下去。

文乃的睡衣領口微微敞開，露出胸口沁著細汗的白皙肌膚，額前披散著秀麗的髮絲。宇市不由得被這令人怦然心動的美色吸引，正要站起來時，突然在心裡盤算起趁機玷汙這女人的利害得失。當然，這必須審慎評估，絕不能魯莽造次……宇市想到這裡，終於把臉別過去，不再留戀眼前妖豔的睡姿，拿起臉盆向廚房走去。

宇市把嘔吐物倒進水溝，回到起居室時，已經凌晨一點多了，他從起居室的壁櫥拿出毯子和被墊就躺睡了下來。照理說，他白天走看山林已經非常疲累，本應很容易入睡，但已經凌晨兩點多了，還是毫無睡意。他以爲這是醉意全消的關係，其實是因爲文乃剛才的反應讓他有些擔憂。

醫生說，文乃得了妊娠中毒症，生產時稍有閃失，母子都可能有生命危險，不過文乃仍堅持把孩子生下來。剛才他詢問文乃是否老爺生前給她另做安排時，她不禁凜然一顫。照這樣看來，說不定矢島嘉藏早已背著他及那三個女兒，給了文乃什麼承諾。文乃爲什麼隱瞞呢？這就是他莫大的隱憂。

宇市猛然站了起來，首先打量著這間兩坪半的起居室。食器櫃和五斗櫃倚牆而立，他朝燈光黯淡的內室探看，文乃因爲剛才嘔吐經過一番折騰，已經疲倦得酣睡入夢，不見她翻床的聲音。他躡手躡腳，打開了五斗櫃的抽屜，抽屜內只有米店、水電費和瓦斯費用的收據。接著，他又打開五斗櫃旁的食器櫃抽屜，裡面只放著三萬圓左右的臨時生活費。他有些茫然若失，然後悄悄地推開客廳的拉門。

文乃似乎沒有任何反應，只是發出規律的鼾聲。宇市躡手躡腳來到文乃腳下的壁櫥，悄悄地推開拉門，裡面有個桐木立櫃，他伸手拉住把手，輕聲地往後拉開，抽屜內放著縐綢的紅色香包，以及疊得整整齊齊、現在已經不用的手抄枕紙[14]。他不由得露出猥瑣的笑容，拿了一疊塞進腰帶裡，正要拉開下個抽屜時，文乃突然大聲喊道：「宇市先生！您在做什麼？」

宇市嚇得回頭一看，只見文乃在黯淡的燈光下，睜大雙眼看著他。

「噢，我在找毛巾，剛才那條毛巾被你弄髒了……」

「毛巾放在起居室的五斗櫃裡。」

14手抄枕紙：指性交後用來擦拭的衛生紙。

「這樣子啊，我弄錯了。我眞是愈老愈糊塗了。」

宇市愕然地把抽屜推了回去。

「宇市先生，明天您就請個看護過來。」文乃彷彿看穿宇市的心思，話中帶刺地說道。

宇市來到香菸攤前的公用電話亭，突然想起神木車站附近也有公用電話。他擔心在這裡打電話很可能被兼賣香菸的西藥房老闆娘、就是昨晚那個照料文乃的凸眼婦偷聽到。一想到這裡，宇市匆匆走過香菸攤前，沿著清晨行人寥落的路上往神木車站的方向走去。

宇市回想著，昨天深夜在文乃家裡東翻西找，不料被她撞見，實在是失策又尷尬。不過，文乃只說了句「明天您就請個看護過來」以後，並沒有責備他，他分不出這是因爲文乃沒看出他翻箱倒櫃的用意呢？還是因爲私密的衛生紙被他搜出而感到尷尬？

宇市來到車站附近的公用電話亭旁，戒愼恐懼地環視了一下四周，才走進電話亭裡，他投入一枚十圓硬幣，撥打著號碼。

「喂喂，永吉先生嗎？大清早叨擾您，不好意思，我有急事，請您叫小林君枝聽電話。」

他託君枝家的隔壁鄰居代爲轉接電話。過了一兩分鐘，傳來急忙的招呼聲，有人拿起了話筒。

「你到底去哪裡了？昨天說是去查看山林，我都燒好熱水等你，燒了一個晚上，浪費不少瓦斯費呢。」

君枝低聲數落著，又夾雜著孩子的喧鬧聲，傳進了宇市的耳朵裡。

「瓦斯費……？你扯這幹什麼呀，是急病啦。」

「什麼？你得了急病？你哪裡不舒服？」君枝緊張地問道。

「笨蛋！不是我啦，是神木的文乃得了急病。」宇市怒斥道。

「噢，文乃得了急病……？這麼說，你現在在神木嘍？」

「沒錯，我已經照料她一個晚上了。」

「昨天晚上，你住在她家……？」君枝抬高了聲音，略帶吃味地說道：「所以，你一大清早打電話給我，有什麼事啊？」

「你馬上過來神木一趟。」

「我爲什麼非得去你們家老爺的情婦家裡？」

「你來了就會明白，你一定要來照顧她。」

「我不是她的看護！」

宇市從話筒中可以想像君枝已經氣得快要抓狂。

「你聽我說，我不是叫你當看護，而是要你假裝看護的名義，暗中替我監視她。」

「什麼？替你監視她……？這是怎麼回事？」

「總之，你來了就會明白，電話中不方便長談，見面以後再仔細告訴你。你現在就穿著像個看護的樣子，坐計程車到神木車站，我在那裡等你。」

在宇市的催促下，君枝對代替宇市「監視」這句話似乎非常在意，連忙說道：「好，我馬上準備。」說完急忙地掛斷電話。

宇市走出公用電話亭，朝香菸攤的看板走去。剛才他離開文乃家時，西藥房旁邊就有電話亭，他卻特地跑到車站的電話亭打電話，爲了不讓別人起疑，他故意在附近兜繞，裝出想要買包香菸的樣子。他在香菸攤買了一包「逍遙牌」香菸，沿著行人稀少的小路朝住吉神社的方向走去。大多數的店家還沒開門，普通平房前已經灑水打掃過，趕著上班的上班族與宇市擦身而過。宇市拖著因爲昨天爬山而肌肉痠痛的沉重腳步，一邊爲自己叫君枝來照料文乃又可充當耳目的得意之舉，不由得湧上了笑意。藤代她們姊妹知道文乃懷孕後，隨即聯手擬出對付文乃的策略，急著把遺產分配完畢，而宇市也撿到文乃患病的好機會，將君枝安插在文乃身旁，藉此來應付文乃懷孕或生產時可能發生的各種狀況。在宇市看來，這宛如天上掉下來的禮物……想到這裡，他按捺住湧升的笑意，來到住吉神社的牌坊前，雙手用力地拍了拍，朝正殿膜拜。

當他折回神木車站時，君枝大概是火速趕來的，只見她提著一個布包站在車站的安全區中央，身上穿著半舊的橫紋短褂，繫著短腰帶，腳下穿著木屐。以當過女侍的君枝來說，她原本就有些土氣，不過這身打扮倒像是四十出頭的勤奮女人。

君枝見到宇市，立刻板起臭臉，開口罵道：「你到哪裡風流了？」

「我到住吉神社拜了一下，讓你久等了，不好意思，我們到那邊的早餐店去吧。」

他們走進前方不遠處的早餐店。大概是一大清早，早餐店內沒有半個人影，收音機響起很大的聲音。宇市和君枝對視而坐，他討好似的問道：「不好意思，大清早把你叫來，吃過早餐了嗎？」

「嗯，我吃了幾口昨晚爲你留的飯就過來了。」接著，君枝略帶諷刺地說：「到底是什麼天大的事，大清早就叫我來照料病人啊……？」

君枝說得有點不是滋味，但宇市看得出她的目光充滿好奇。

「文乃肚裡的嬰兒有危險了。」

「什麼？肚裡的嬰兒……？」君枝驚訝地睜著那雙三白眼說道。

「嗯，她得了妊娠中毒症，若有個閃失，母子都有生命危險。」

君枝沉吟了一下，然後試探性地看著宇市說道：「文乃若有什麼意外，是不是對你很不利？」

「倒也不是這樣。我總覺得老爺對文乃生孩子的事情，好像早已做好安排，而文乃卻不肯告訴我，我擔心的正是這個。」

「噢，你們家老爺不是在遺囑上已經寫明要分一些財產給文乃嗎？難道他另外又給了文乃什麼？」

君枝明顯地露出憎惡的表情。

「我總是這樣覺得。文乃拜訪本家的那天，大小姐當著她的面說，不管她肚裡的嬰兒是誰的，她生下之後都跟矢島家沒有關係，倒不如把孩子墮掉也是爲她著想。可是文乃硬是不從，無論如何都要把孩子生下來。而且醫生還警告她，她害喜很嚴重，又患了妊娠中毒症，稍有個閃失，母子可能有性命之憂，她還是堅持要生。所以我才懷疑老爺可能早已對她做好安排。」

「你沒向文乃試探過嗎？」

「我用盡所有辦法試探，就是找不出任何蛛絲馬跡。」

後來，宇市語帶含糊地對君枝說，昨晚他在文乃家中翻箱倒櫃被撞見的窘狀，接著湊近君枝面前，懇求地說道：「這就是我希望你假裝看護，一邊照料文乃，一邊暗中調查是否有類似文件的原因。」

「你身爲大掌櫃，一毛半角也沒分到，人家當妾的卻還藏著私房錢呢。」驀然，君枝露出凶惡的眼神，怒聲喊道：「要去，你自己去！」

說著，提起布包，氣呼呼地站了起來。由於用力過猛，撞倒了桌上的牛奶，剛好潑在宇市的膝蓋上。宇市趕緊從腰帶取出白紙，猛擦膝蓋。

「你用的是什麼東西？那紙……？」

君枝指著宇市的膝蓋，還翻著白眼瞪他，仔細一看，那是昨晚從文乃的桐木立櫃裡偷出來的高級衛生紙。

「你，該不會昨晚跟文乃……」君枝臉色大變，幾乎要狂叫起來。

「你不要胡思亂想！她是個有身孕的病人！」

宇市湊近君枝面前，跟她說明這衛生紙是他找不到毛巾擦拭文乃的嘔吐物，無意間在立櫃裡拿到的。

「我心想她大概用不著了，我覺得塞在裡面可惜，於是順手拿了一疊。你看，這是上等的紙張呢。」

宇市像是挑動君枝情欲似的，讓她看被牛奶浸濕的衛生紙。

「討厭，你這個人，大清早就想這個……」君枝露出牙床淫笑著說：「你說過以當過藝妓的文乃來說，是稍嫌老實文靜了些，可是她能抓住你們家老爺的心，就是這樣才拿到好處的。看來，我的任務還滿重大的嘛。」

「這要看你的監視工夫發揮到什麼程度了，說不定我還可以從遺產中撈點油水呢。這樣一來，我就買棟房子……」

「什麼？買棟房子……？」君枝驚訝地反問道。

「是啊，買棟新房子，我們就可以更方便來往。」宇市像是勾起君枝欲望地說道。

「我先走一步，你在這裡消磨個三十分鐘，再若無其事地來找我。就說你是我介紹來的，曾經在旅館當過女侍，要盡量裝得很像才行。」

說著，宇市把文乃住家的位置告知君枝，先行離開了早餐店。

宇市計算著時間，疾步回到來時路，走近文乃住家附近時，停下了腳步。

不知什麼時候，門口已經打掃乾淨，還灑上了水，木板套窗也卸了下來。宇市推開玄關的格子門，廚房裡傳來了沖水聲，還飄出了味噌湯的香味，他以爲文乃抱病起身做家事，急忙打開拉門。

原來是昨晚來文乃家幫忙的那個凸眼婦，她束緊衣袖繫著圍裙，從廚房裡探出頭來。

「你跑去哪裡啊？」

「啊，原來是老闆娘，早安，一大早就給您添麻煩了。」

他急忙打招呼，凸眼婦卻板著臉孔，埋怨道：「你們男人果眞靠不住。我不放心過來看看，結果正如我所料，你扔下病人不管，不但溜出去買菸，還跑去散步呢。眞受不了你們這些男人！」

大概是宇市沒有到凸眼婦店裡買菸而讓她心生不悅，說起話來格外尖酸。

「稀飯、味噌湯和小菜我都煮好了。」

凸眼婦把飯菜一道道地擺上托盤，端著這些早餐來到客廳。

宇市面對凸眼婦的嘮叨感到厭煩，但他懶得理會，只是默默跟著對方走進文乃躺臥的客廳。文乃已經梳洗完畢，把頭髮束在腦後，端坐在棉被上。

「對不起，我來晚了！我離開時，心想要幫你找個看護，於是在公用電話簿上查到看護協會的電話，我詢問了好幾個地方，時間就耽擱下來了。」宇市說明遲到的緣由。

「找到了嗎？」文乃沒有動筷子，擔心地問道。

「不，他們好像派不出人手，叫我再等四五天。」

「那是當然的，哪可能當天就雇得到看護呀。」凸眼婦插嘴道。

「可是，四五天沒看護照料，我可就……」文乃困惑地說道。

「是啊，我也這樣覺得，所以不僅委託看護協會找人，我還拜託朋友和幾家認識的商家。後來有個下游廠商跟我介紹，有個在旅館當過女服務生的四十幾歲婦女，半年前因爲身體不適回家休養，現在康復後想找些工作，廠商問我要不要找來試試。我心想，這個節骨眼並不是挑人的時候，於是安排對方立刻過來。聽說對方就住在市區，無論是來你家照料或住下來都很方便。」

宇市一口氣說了這麼多，文乃沉吟了一下，凸眼婦馬上說道：「說的也是，現在沒時間考慮那麼多，今天若有人願意過來，我們就要謝天謝地了。對了，對方什麼時候來啊？」

「我們運氣不錯，很快就聯絡上了。她知道文乃身邊沒有親人，又得了急病，處境一定很艱難，所以答應馬上要趕過來，或許待會兒就到。」

「噢，那麼快啊……？」文乃露出些許擔憂的神色。

「眞是太好了，老店家的大掌櫃果然是人脈廣通呀。」凸眼婦感佩地說著，一反剛才的態度褒獎起宇市來。「總之，獨自生活的病人每天必須有人照料，再說文乃生產後也需要人手，如果對方可靠的話，可以繼續請她幫忙。」

「不，這得問她本人才知道。目前，我只是先請她代勞一陣子……」

宇市裝模作樣地說得吞吞吐吐，凸眼婦也頗有同感跟著點頭。

「恕我問個失禮的問題，矢島家那邊到底怎麼看待文乃啊？」凸眼婦多管閒事地問道。

面對這番直言，宇市一時不知如何回答，最後好像看出凸眼婦看熱鬧的心態，回答：「矢島家那邊的人目前正忙著分配遺產，我們家老爺在遺囑上提到要把部分財產分給文乃，所以最後還是會分給她一份。不過，分散在各地的土地或山林和遺產目錄有點出入，加上矢島家三個小姐尚未談攏財產分配，該給文乃多少便不容易進行。等到矢島家的內部安頓以後，我相信她們自然會分給文乃。」

「是嗎？這樣就好。像文乃這麼老實的人，從來不敢厚著臉皮跟別人爭，全看人家的眼色，而且她又失去你們家老爺的支持，眞是值得同情呀。」

凸眼婦故意多管閒事地說著，其實是要博取將來分得豐厚財產的文乃歡心，所以昨晚主動殷勤照料文乃，也是出於這樣的盤算。她抬眼看著文乃，只見文乃對於她跟宇市的對話毫不在意，一邊看著庭前的白色花叢，一邊默默地動著筷子。文乃臉色蒼白憔悴，全身慵懶浮腫，有些木然。

「有人在家嗎？」

玄關處傳來了女人的喊叫聲。

「看護來了嗎？好快喔。」

凸眼婦眼睛爲之一亮，宇市則故作睡眠不足地打了呵欠，不慌不忙地說：「大概是吧。」

君枝跟在凸眼婦後面走進客廳，不看宇市一眼，便對文乃彎跪、雙手觸地自我介紹：「我是矢島商店介紹來的小林君枝，我從未照料過病人，恐怕還不習慣，但我一定會盡心負責，請多多包涵。」

打完招呼後，君枝來到正在吃飯的文乃身旁。

「夫人，今天覺得怎麼樣？比昨天舒服嗎？來，我再替您盛碗稀飯吧。」

君枝看了一下文乃的碗，拿起托盤，準備去盛稀飯時，文乃口氣僵硬地說：「您也知道，以我的立場來說，不應該稱我夫人，您叫我『病人』好了。」

君枝稍微停頓了一下。

「人家說，如果對臥病在床的人喊什麼『病人』，反而會使病情加重呢。您獨自生活，又快要生孩子了，當然要稱呼您『夫人』，還是讓我叫您『夫人』好了，這樣也比較順口，請您諒解。」

她百般討好地說著，然後對著凸眼婦說：「我不大會照顧病人，請您多多指教。聽說您昨天就過來幫忙，以當今的世局來說，這實在不容易啊。」

君枝誇大其詞地說著，輪到凸眼婦問道：「你今年幾歲了？」

「我嗎？今年四十出頭了。」君枝故意不說自己的眞實年齡。

「聽說你在旅館當過女服務生，是哪家旅館啊？」凸眼婦追根究柢地問道。

「之前，我在京都嵐山的餐廳旅館工作，由於身體欠佳，雖然每天拚命招呼客人，但總是做不好……」君枝故意回答得土裡土氣。

「既然是矢島家的大掌櫃介紹的，應該不成問題吧。」凸眼婦起先有點納悶，說完，看了宇市一眼。

「噢，您就是矢島商店的大掌櫃啊？是我失禮了！剛才承蒙您透過我朋友替我介紹工作，眞的非常感謝。我做得不周到的地方，今後還望您多多指教……」

在凸眼婦的示意下，君枝才慌忙地向宇市打招呼。宇市皺起那雙灰眉說道：「噢，原來你就是小林君枝啊……？」接著，毫不客氣地打量著君枝，說道：「你當過餐廳旅館的女服務生，看起來滿老實的，不過你現在要照顧的是懷孕的病人，可得格外費心，你要讓她生出健康的孩子來。」

宇市故意說這番好話來討好文乃。

「嗯，謝謝您的指教，我明白了。我會盡力照顧夫人，讓她早日康復，生個活潑健康的寶寶，否則我來這裡看護就沒意義了。」君枝對答得體，接著轉身看著凸眼婦說：「那麼，事不宜遲，請您趕快教我吧。」

語畢便打開了布包，取出白色圍裙立刻圍上。

「你滿勤勞的嘛，像你這麼勤奮的好幫手，我當然很樂意教你。」

凸眼婦露出難看的笑容，一副有跟班似的，得意洋洋地站了起來。

房裡只剩下宇市和文乃，宇市對著始終默默吃飯的文乃問道：「你覺得那個看護如何……」

不知文乃是否聽見了宇市的這番話，她臉色蒼白直視著庭前，也不回答，表情呆滯，只有手機械似的動著。那幾乎令人窒息的沉默讓宇市不知道該說什麼，他動了動滿是皺紋的老臉，說道：「我知道你不大滿意，只是情況太緊急，看護協會又派不出人手。這個女人雖然已過中年，但還滿通情達理的，做事很勤奮，又是熟人介紹，來歷還算清楚，你就委屈一下吧。而且，我最近忙著本家小姐分遺產的事情，查看山林之後，還有許多事情需要協議，對你有失關照之處，請多包涵了。」

文乃並沒有正面評論君枝的好壞。

「現在正是本家忙碌的時候，又勞您爲我這麼費心，我實在過意不去。」

文乃口頭致謝後，用清澄的眼眸看著宇市。

「不，你這麼說，倒叫我不好意思呢。」宇市慌忙別過臉去，「還有其他事嗎？我該到店裡去了，先告辭一步。你若有什麼急事，立刻叫看護打電話到店裡。」

宇市說完，便匆忙地站起來，也不跟廚房裡的君枝和凸眼婦打聲招呼，就步出了玄關。

從神木車站坐上開往阿倍野的電車後，宇市這才打了一個大大的呵欠，環視車內。過了十點，車廂內人影寥落，使得老舊的座位看起來更冷清。宇市把睡眠不足的臉迎著吹進來的風，想到自己終於把君枝安插在文乃身旁，如釋重負地嘆了口氣。他看得出文乃對君枝多少存有戒心，但君枝向來眼尖心快，若能接近文乃，應該不至於被看穿。他總有一種預感，懷孕的文乃突然傳出急病，很可能就此引發什麼事情。

宇市抵達阿倍野橋，立刻走向地下鐵入口，坐上開往梅田的電車。車廂內和剛才他搭乘的上町線電車一樣，沒什麼乘客；快到本町時，往布料批發大街採購的客商突然變多了。宇市在本町下車，一如往常，邁著急忙的腳步，從不東張西望，逕自穿越人車來往的縫隙，來到矢島商店前，迅速朝店內後方的帳房瞥了一眼。

矢島商店和往日一樣，店主坐在帳房的最後方，前面坐著掌櫃，掌櫃前面坐著善打算盤的年輕店員，座位的排列恰巧形成一個扇形。店員個個手按傳票，隻手忙著撥打算盤。本來，坐在重要位子的人不是宇市就是入贅女婿良吉；今天，良吉就端坐在那裡，掌管著帳房裡的大小事情。

一大清早，店內擠滿了外縣市過來的零售商，不斷地傳來顧客和店員討價還價的喧囂聲，生意一派興隆。宇市避開顧客和店員的視線，悄悄走進帳房。良吉抬起頭來說道：「宇市先生，你來得可眞晚呀。我以爲你昨晚就會回來了，家裡的人都在等你呢。」良吉帶著責備的目光看著他。

「昨天晚上，剛好有些事情耽擱了。」宇市只是這樣敷衍良吉，接著問道：「小姐們現在在什麼地方？」

「寺方來了幾位師父，她們都在客廳裡。」

「寺方的師父……？」宇市露出驚訝的表情。

「是啊，今天是我祖母大人的忌日，我剛才已經拜過了。」

「哎呀，我眞是老糊塗啊……」

今天是藤代她們祖母的忌日，所以上午菩提寺的住持就來家裡誦經，分家出去的矢島芳子也過來祭拜。宇市爲自己只顧著把君枝安插在文乃身旁充當耳目，卻疏忽了矢島家祖母的忌日，不禁咋了咋舌，急忙沿著走廊走向客廳。誦經似乎已經結束了，傳來芳子和住持的談話聲。

「我是宇市，恕我來晚了……」宇市站在門外，即先行通報。

「進來吧。」

宇市認出是芳子的聲音，推開門一看，住持已結束誦經，把脫下的袈裟擱在佛龕前，正和芳子對坐喝著茶。宇市立即向住持欠身致歉：「您這麼早就趕來誦經，而我卻來得這麼晚，眞是失禮了。」

「大掌櫃，您總是那麼勤奮有禮，矢島家有您這麼一位盡忠職守的大掌櫃，眞叫人放心哪。」氣色紅潤的住持綻開笑容，對宇市平日的辛勞表示體恤。

「哪裡，承蒙住持您這麼誇獎，我實在不知該如何回答是好。不過，只要我身體還動得了，絕對盡全力為矢島家付出的。」宇市恭敬地端正跪姿說道。

「您有這樣的心意，相信小姐們已往生的雙親在天之靈都會感到欣慰。」住持說著，望了望穿著黑色和服的藤代她們，三姊妹只是應酬似的點點頭。

「今後，還有許多事情有待解決。不過貴店人才眾多，又有姨母從旁協助，應該不成問題，我在此衷心祝福貴店永遠生意興隆。」

住持說完，把喝淨的茶杯放回茶托，在執事僧的陪同下走了出去。宇市跟在執事僧後面，送住持來到玄關後，馬上折了回來。

回到客廳，住持剛才在場的那種融洽氣氛已不復見了。

「昨天，你後來到底去了哪裡？」藤代厲聲問道。

「在那之後，出了件大事。」

「什麼？大事……？山林出了什麼事嗎……？」

藤代說得急切，千壽和雛子也睜大眼睛。

「不是山林，是文乃那裡啦。」

宇市這樣說著，藤代她們才鬆了口氣。

「神木那裡怎麼了？」

「我跟小姐們分手以後，和護林員喝了幾杯，坐著近鐵的電車回來。到阿倍野車站時，已經晚上十點多了，我想您們跑了一整天，大概很疲累，便不敢打擾。從阿倍野到神木的文乃家只需要十五分鐘，乾脆過去看看。沒想到我到文乃家時，她不巧得了急病，醫生在客廳爲她診斷。」

宇市嚴肅地說著昨晚發生的突發事件。

「噢，她只不過生了點小病，有什麼好大驚小怪的呀。」芳子冷淡地插嘴道。

「她得的不是普遍的病痛，是妊娠中毒症……」

「什麼？妊娠中毒症？醫生怎麼說？」芳子尖聲問道。

「醫生說，分娩時引發妊娠中毒症，很可能危及胎兒和母親的性命，有時候還得進行墮胎手術。現在最需要靜養，盡量吃些少鹽的食物，這樣就能早一點治癒。」

「那麼，她願意墮胎嗎？」

「她說，無論如何就是要把孩子生下來。」

「噢，無論如何都要把孩子生下來……？她爲什麼那麼想生？」

驀然，芳子停頓下來，露出狐疑的表情，好像在尋思對策。

「我們去神木看看吧！」藤代冷不防提議道。

「什麼？我們去神木……？」千壽驚訝地問道。

「沒錯，總之，我們先去神木，親眼看看她的病況如何，這是最妥當的作法。與其在這裡討論她要不要把孩子生下來，不如直接去看看，是不是正如醫生說的，生產時引發妊娠中毒症，很可能危及母子的性命？這才是關鍵所在。」

藤代說得若無其事，但聽得出話中的冷酷無情。也就是說，如果文乃生產時可能有性命危險，就算她們不要求文乃墮胎，情況也會往她們所臆想的方向發展。

「我也要去。姊姊說得對，去看看神木那裡的情況到底怎樣，也是滿有趣的。」雛子突然興奮地對宇市說道。

「什麼？三小姐您也要去？這怎麼行呢！本家的夫人姑且不論，我倒沒聽過本家小姐拜訪妾宅的事呢。何況你又是未出嫁的小姐，怎麼可以去妾宅？」

宇市想不到矢島家那三個心高氣傲的小姐居然提議要去妾宅。這樣一來，他在本家與妾宅的精心布局可能受到影響，所以說什麼都要強烈反對。

藤代的眼角露出一抹冷笑。

「宇市先生，你幹麼死命地阻止我們過去呢？莫非我們過去會壞了你的好事不成？」

「沒這回事！我只是擔心老字號店鋪的大小姐跑去妾宅家會惹來閒言閒語，而且昨天看過的山林，還有些事情需要商量呢。文乃那邊也不見得今天或明天出事，等有什麼結果再去比較好，我只是這個意思……」

宇市極力強調著，正要往下說時，藤代旋即打斷他的話說：「山林的事情固然重要，但神木那裡的事更重要。首先，山林那邊拖個半個月或一個月，也不會有什麼變化，而神木那裡若不早點處理，萬一發生了難以收拾的事故，那就來不及了。所以，我們明天就去。」

「什麼？明天……？」宇市怔愣地反問道。

「是啊，這種事要愈快愈好。」

接著，藤代若無其事地對姨母芳子說：「姨母，您也要去嗎？」

「那是當然。你們去了，人家說什麼害喜啦，妊娠中毒症啦，你們也聽不懂。雖然我生下的那孩子一個月就夭折了，但我畢竟有生孩子的經驗，不親自走一趟，你們不會明白的。今天，我來參加母親忌日的祭拜，聽到這個消息也算是機緣，這些事就交給我好了。」芳子展現姨母的架勢說道。

「可是，一次去那麼多人，對病人刺激太大，萬一導致病情惡化的話……」

宇市關切地提醒她們，藤代帶著冰冷的眼神說道：「你說到底會刺激她什麼呢？」

「小姐們再加上姨母全部都去的話，文乃看到這陣仗恐怕會嚇出病來。」

「照你這種說法，好像我們是去羞辱她似的，我們是去探望病人。」芳子用嚴厲的口吻說著，接著又說：「對了，怎麼能把病人扔著不管呢，得趕快幫她找個看護。」

說完，她就要去按呼叫鈴，宇市連忙揮手說道：「不用了，今天早上，我已經安排一名看護過去了。」

「噢，你已經找了看護……？」藤代露出嚴厲的目光。

「是的，今早我打電話去看護協會詢問，他們說現在人手不足，得再等個四五天。我怕等不及，於是四處打電話給認識的朋友，終於有個中年婦女有點意願，我便拜託了她。不過，文乃的住家附近有個凸眼婦人，很喜歡說三道四，弄得看護不好做事。」宇市一口氣把事情的始末說完。

「是嗎？宇市先生你的動作眞快……」藤代好像又聯想到什麼，口氣厭惡地說道。

❖

矢島家的便門整齊地擺著四雙鞋子。

「路上請小心！」

女傭們列隊整齊地低下頭，爲小姐們送行；她們並不知道小姐們要去哪裡，但無不帶著好奇的目光，打量著穿戴華麗的藤代一行人。

姨母芳子穿著結城織和服，外面套著黑紗短褂，儼然一副老店家的夫人，派頭十足；藤代穿著淺紫色和服，繫著胭脂色蔓藤花紋的腰帶，顯得高貴豔麗；千壽穿著黑色紅菱圖案的和服，繫著紫紅色腰帶，典雅、端莊，像個少夫人；三小姐雛子穿著淺粉紅色和服，繫著白錦腰帶，洋溢著青春小姐的活力與可愛。她們依各自的年齡與身分打扮得恰如其分。

姨母芳子走在前面，接著是藤代、千壽和雛子，最後是提著水果籃的宇市。他們一行人穿過庭院，走向大門口，只有千壽向帳房裡的丈夫良吉使了個眼色以後，才上了車。

雛子和宇市坐在司機旁邊，姨母芳子和藤代、千壽則依肩坐在後座上。車子開動以後，宇市感到車內的氣氛頗異常，想像著這一行人到文乃家的情形。

由於宇市事前已經打電話告知文乃今天藤代一行人前往的消息，也交代君枝如何應對進退，並囑咐君枝轉告多管閒事的凸眼婦今天不要露臉，可說做好了萬全準備，但看到藤代她們穿戴華麗，彷彿要去遊山玩水的神情，突然又有點擔心起來。

「宇市先生，到神木還要多久？」藤代不耐煩地問道。

「這個嘛，從本町到阿倍野橋大約三十分鐘，從阿倍野橋到神木大概要十五分鐘吧。」

「噢，要這麼久啊。」

見藤代急不可耐地說著，雛子也笑不可遏地說：「姊姊，咱們好像要去看一場精采的戲劇……」

姨母芳子也跟著隨聲附和：「是啊，自從你父親去世以後，你們倒是第一次穿著漂亮和服一起出來，好像要去京都看戲似的。」

「今天的戲碼可精采得很呢。」

說著，芳子對著藤代她們，意有所指地笑了笑。

「不過，對方也不是省油的燈，不到最後是看不出高下的。」藤代若無其事地說著，內心卻異常亢奮。

車子穿過人車雜沓的阿倍野橋，來到北畠時，那裡的車流量驟然減少，車子緩緩地駛進安靜的住宅街。隨著愈接近神木附近，宇市的心情愈是沉重，他既擔心文乃情緒失控，又擔憂假裝看護的君枝露出破綻。君枝向來機靈精明，可以應付各種狀況，倒不用過度擔心。姑且不論藤代她們能不能看出其中端倪，他一想到姨母芳子銳利的眼神，不由得打了個寒顫。

「啊，神木車站到了，往哪邊拐去呢？」坐在後座的芳子問道。

宇市慌忙告訴司機怎麼走。由於凸眼婦早已把這消息告知左鄰右舍，那些主婦早就在西藥房附近守候。車子從她們面前經過，駛進西藥房前的那條小巷，車速慢了下來，向左拐去就是文乃的住家。

車窗兩旁紛紛投來看熱鬧的目光。這些前來妾宅的本家女人讓主婦們感到好奇，華麗亮眼的和服使她們羨慕不已，不禁圍攏了過來。

「老字號店家的夫人和小姐，出個門就要穿得那麼氣派啊？」

「她們穿的全是昂貴的和服。不過穿戴那些行頭，光看就讓人覺得辛苦。」

主婦們毫不客氣地對藤代評頭論足。千壽低下頭，雛子也羞得臉紅，唯獨姨母芳子和藤代佯裝毫不在意，高傲地仰著頭，一派目中無人的悠然神態。

車子一停下，宇市搶在司機前面下了車，摁了門鈴。君枝彷彿等候已久，馬上從灑過水的玄關跑了出來。

「您好，病人和我都在等候您們的大駕呢。」

不知什麼時候開始，君枝也不稱文乃「夫人」，而是叫「病人」了。君枝挽著頭髮，繫著寬鬆的圍裙，一副道地看護打扮似的招呼著，但藤代她們沒理會她，只是站在門口打量著這棟房子。

這棟有著樹籬圍繞的宅第占地約七十坪，有著木格門像茶室建築的平房約莫占了二十坪。大概是年久失修的關係，樹牆旁的鋪石及房屋的圍牆已經老舊斑駁，以老字號店家的妾宅來說，是稍微寒酸了些，但這也反映出嘉藏身爲入贅女婿的謹小慎微。

她們走進玄關以後，君枝馬上蹲在藤代等人腳邊，迅即把她們的鞋子整齊擺放在石板上，而把宇市的鞋子放在石板下面。

「來，請到裡面坐。」君枝說著，便走在前面帶路，來到客廳的拉門時，對裡面喊了一聲：「本家的人都到了。」說完，推開拉門。

文乃脫下白底十字橫紋浴衣，換上了睡衣，梳洗整齊地坐在被子上。

「今天，承蒙您們前來探望，實在不敢當……」

文乃低下蒼白的臉，迎接走進客廳的藤代她們，當她微微抬起頭時，卻被眼前的光景嚇得愣住了。

以姨母芳子爲首，藤代三姊妹穿著華麗的和服，好像在戲台前表演似的，一字排開站在拉門處，絲毫沒有探望病人的溫柔關懷之情，反而故意炫耀身上的行頭，表現出無情的冷漠。

文乃不由得緊張起來，心臟劇烈跳動，腋下不斷地滲出冷汗，感覺胸口很難受。

「請夫人到這邊坐……」

君枝拿出坐墊請姨母芳子坐在上位，藤代姊妹三人圍坐在文乃身邊，宇市坐在雛子後面。矮胖的芳子坐下後，開口說道：「這兒滿乾淨舒適的嘛，總共有幾間房間？」

說著，仔細打量著客廳的格局和壁龕的材質。

「門廳那邊有一坪半和兩坪半的兩間，又有四坪和三坪的兩間，此外還有廚房和浴室。」

「庭前的花木修剪得不錯嘛。」

約莫四十坪的庭院裡，每株花木都修剪過，連偌小的庭石也是經過精心挑選。

「承蒙您們的提攜，我平常就喜歡蒔花種草。」

「是嗎？這房子看起來不大，不過男人每個月只來幾次，以一個女人居住的話，算是很寬敞的了。」

說著，芳子回頭看著壁龕，牆上的掛軸已經取下來，黑檀的矮桌上供奉著已故矢島嘉藏的照片，桌前還供著白色鮮花。

「噢，原來這裡也在供奉嘉藏？男人跟女人就是不同，死了以後，還有兩個地方受人供奉呢。」

姨母臉上掠過一抹冷笑，藤代她們則沒有任何表情，只是冷眼旁觀地看著擺在妾宅的那張父親穿著和服、神情愉快的照片。

「我們聽宇市先生說您病了，情況有沒有好些？」芳子這才說出探病的話。

「我突然暈倒時，眞不知道該如何是好，幸虧大掌櫃細心照料，很快就幫我找來看護。病情沒有惡化，現在的情況穩定多了。」文乃憔悴的面容勉強露出微笑，隱藏病情說道。

「不過，妊娠中毒症和其他病症可不一樣，生產時很可能危及孕婦的性命呢。您打算怎麼辦？」芳子極其溫和地問道。

「我還是堅持原來的想法，把孩子生下來。」

「噢，這可是要人命的呀！您堅持要生，就算孩子平安無事，但您若有個三長兩短要怎麼辦？」

文乃頓時不知如何回答，隔了一會兒，抬起頭來說道：「就算有危險，我還是要把孩子生下來。老爺說，他生前沒能看到孩子出生，最感遺憾，所以至少要把孩子……」

「噢，我父親沒提起我們這些孩子，而說沒看到你肚裡的孩子出世最感遺憾嗎？」藤代厲聲說著，氣得豐滿的胸部劇烈地起伏著。

「不，不是這個意思。我不是要跟小姐們相提並論，我只是說肚裡的孩子……」

「住嘴！姑且不說我父親剛做完頭七和二七，他去世才兩個月，你就在自家壁龕供起我父親的照片，還擺上鮮花，而且開口閉口就說老爺和孩子什麼的，真是不要臉！你這樣大言不慚地扯個沒完，聽在我們本家人的耳裡，簡直要起雞皮疙瘩！」說著，藤代轉身對著看護說道：「把壁龕上的照片拿來給我！」

「什麼？那不是老爺的照片嗎？」

君枝慌張地看著文乃，面容憔悴的文乃臉色更蒼白了。

「您拿老爺的照片做什麼？」

「我要拿回去，把它供在第四代矢島商店店主最適當的位置上。」

藤代冷不防地站起來，走到壁龕前，就要伸手拿走父親的照片。

「小姐，您不可以這樣！」文乃尖聲大叫，轉過笨重的身體，出手阻止藤代。「我這裡不能設佛龕，也沒有牌位供奉，至少也讓我供奉老爺的照片。」

文乃哀切地懇求著，可是藤代依舊面無表情，直直瞪著文乃。

「你要在心裡怎麼供奉，那是你的自由。剛才你說無論如何都要把孩子生下來，將來生下孩子以後，若指著這張照片說這是他的父親，對矢島家來說，可是個困擾。換句話說，這張照片可能會引來許多紛爭，所以我想帶回去。」

藤代說著，取下壁龕上的照片，翻過背面拆開相框，準備把照片拿出來。文乃整個身子探向前去，哀痛地說：「我把孩子生下來，真會帶給本家困擾嗎？」

「那要看懷孕的人怎麼想了。」姨母芳子插嘴道。

「您這話是什麼意思？社會上如我一般以這種身分生下孩子的人比比皆是，爲什麼您們這麼無情，唯獨不讓我生呢？」

文乃語聲悲怒地質問著，芳子依然不爲所動。

「我把話說清楚好了，我們本家懷疑，您冒著生命危險執意要把孩子生下來，必定有什麼不可告人的目的。」

芳子道出本家的想法，文乃霎時像木頭人般眼睛定定地盯著遠處。

「您突然悶不吭聲，果眞是心裡有鬼吧。」

芳子追問著，文乃微微搖著頭。

「噢，您的意思是說，沒這回事嘍？」

芳子再次逼問著，文乃只是默默地搖頭。

「那麼，你到底是什麼意思啦？」

藤代氣急敗壞地說著，轉身靠近文乃時，玄關的按鈴突然響了。

「這時候，是誰啊……？」

坐在角落的君枝，彷彿從凝重氣氛中得救似的，急忙跑去玄關探看，馬上又回到客廳。

「一個自稱是坂上醫師的人要來診察……」

「坂上醫師？」文乃詫異地反問道。

「那醫生是我請來的。」千壽臉色蒼白地說道。

「什麼？二小姐你……」

頓時，藤代她們都吃驚地看著千壽。

「我特別請我的婦科醫師坂上來這裡診察一下。」

文乃聽到這番話，倏地臉色蒼白，嘴唇不由自主地顫抖著。

「我已經請醫生來診察過了，感謝您們的好意，請他回去吧。」

文乃出言拒絕，千壽卻用那細長的眼睛看著她。

「我知道你請過醫生了，可是這種病稍一閃失就有生命危險，而且醫生的診斷各有不同，所以我特別請了婦產科名醫坂上醫師來看診，這樣或許比較能平安生下孩子。」

千壽說得委婉動聽，但她結婚六年沒生下一兒半女，眼神中無不充滿著憎恨與嫉妒。這時候，藤代才意識到原來也有人跟她一樣期待文乃早日死去。

「可是，我不認識那位醫生，又要在您們面前看診，我不要他替我檢查！」

文乃堅決地拒絕，姨母芳子突然靠近她身旁。

「文乃，您又不是未出嫁的姑娘，別鬧彆扭了。本家的小姐這麼好意爲您著想，特別請來醫生，您就讓他檢查一下嘛。」說著，轉身對著君枝說：「看護，你還愣在那裡做什麼？趕快去請醫生進來呀。還有，雛子和宇市先生你們到隔壁房間去。」

芳子說完，猛然繞到文乃背後，反手將她抱住。千壽和藤代見狀也出手幫忙，硬是把文乃按躺在榻榻米上。

「您們要做什麼？怎能強迫我檢查呢？」

文乃驚慌地趕緊摀住胸口，拚命掙扎。只見一位有護士隨行的醫生走進客廳，文乃已失去反抗的力氣，臉色蒼白躺在枕頭上。

千壽趕到門口處迎接醫生。

「啊，醫師，您來得正好。昨天我只是拜託了您一下，不知道您願不願意出診呢。眞是謝謝您啊。」

「今天剛好早點把門診的病人看完……對了，病人的情況如何？」

文乃表情僵硬地看著那名戴著眼鏡、眼神冷峻的中年醫生。

「來，讓我幫你檢查一下。」

醫生爲了放鬆病人的緊張情緒，語聲輕柔地說著，隨手打開護士遞上來的提包。芳子把君枝扶在文乃身上的手推開，猶如親人般幫文乃寬衣解帶。

文乃的肌膚從浴衣的開襟處露了出來，醫生拿起聽診器觸碰她的胸部，開始從內臟檢查起，慢慢地從胸部移到隆起的肚皮上。文乃似乎已經忘卻羞愧，裸露在外的胸部劇烈地起伏著。接著，貼身衣服也被脫下了，肚皮隆起的醜態隨之畢露。芳子毫不客氣地打量著文乃的身軀，藤代和千壽也像觀摩活體解剖似的看著醫生爲文乃診察。她們想到那就是父親愛撫過的身軀，而這個身軀內的骨肉，將來很可能影響她們的遺產所得時，不由得感到憎惡。

「接下來，我要開始內診。」

說著，醫生用消毒水擦拭雙手，接過護士遞來的內診器具，文乃緊張地蜷縮起來。

「您要做什麼！」

文乃大聲叫著，驚恐萬分地用雙手遮住下體。

「我只是用子宮鏡檢查一下妊娠中毒症是不是會造成胎盤早期脫落。」

醫生說著，拿著子宮鏡正要伸進文乃的下體。

「住手！我不要這種檢查！」

文乃臉色蒼白，雙手用力掩住下體，支起上半身，嘴唇不停地顫抖著。「您用器具強行檢查，萬一流產了怎麼辦？不，您們是存心要讓孩子流掉！」

「你叫醫生趕快住手！」

君枝見狀也伸手護著文乃，拿起被子蓋住文乃的下體。

「這裡沒有看護說話的分，你給我出去！」

千壽白皙的手用力將君枝推開，直盯著文乃的臉龐。

「你最好識相點，不要胡來！我們是堂堂矢島家的女人，怎麼會假冒診察名義故意讓你流產呢？我們只是要你乖乖讓醫生檢查以後，再決定是否該採取墮胎措施。你安分一點讓醫生檢查！」說完，千壽又按住文乃的肩膀。

「你說謊！我才不相信！你們全是些口是心非、滿肚子陰謀的壞人……」

文乃極力推開千壽的手，這時，醫生抓住文乃的手，說道：「您過分激動的話，對胎兒會有不良影響，您就讓我檢查吧。」

醫生交代護士把文乃的內褲脫下，讓她弓著膝蓋，敞開胯下。文乃拚命要合攏雙腿，但醫生右手拿著子宮鏡，左手撥開外陰部，早已把像撐開器般的子宮鏡伸進陰道裡了。文乃屈膝弓股地像隻蝦子，身體往後仰，臉上充滿恐懼與羞恥。

「您不要亂動，這樣子很危險喔。」

醫生囑咐護士按住文乃的身體，他則動作熟練地從子宮鏡窺看陰道的顏色和有無潰爛出血現象。

姨母芳子像助產士般冷眼觀看，藤代和千壽則內心充滿著殘忍的欲望和激情，因爲她們初次看到非婦科人員見不到的女性私密器官。

「怎麼樣？按這裡會痛嗎？」醫生拔出子宮鏡，左手手指插入文乃的陰道，右手按著下腹部問道。

文乃滿臉冷汗、表情僵硬，雙眼緊閉著，搖搖頭。

「這裡的感覺如何？按這裡有壓迫感嗎？」

醫生分別按了按文乃的子宮和下腹部，接著檢查子宮的大小、柔軟程度以及有否異常。文乃額上冒出汗珠，默默地搖搖頭。這時候，藤代她們臉色漲紅，眼裡帶著幸災樂禍的快慰光芒。

醫生又檢查肚臍以下兩指的地方後，隨即叫護士拿被子蓋住患者的下體，然後在君枝準備的臉盆裡滴入消毒藥水，洗淨自己的雙手。千壽趕緊遞上毛巾，迫不及待地問道：「醫生，您檢查的結果怎麼樣？妊娠中毒症的患者，生小孩還是有危險吧？」

「嗯，根據我的診察，確實是明顯的妊娠中毒症，情況危急時的確必須做墮胎手術，但又沒嚴重到非得這樣做不可。坦白說，生孩子的風險占了五成。」

藤代她們無不露出失望的表情。

「雖說只占五成，但大多會採取人工流產的方式吧？」

千壽雖然聲音不大，但聽得出她十分希望醫生能隨聲附和。

醫生勉為其難地說：「這要看胎兒的母親怎麼想了。剛才我只是診斷病人的健康狀態，應您們的要求，我強行做了檢查，但診斷結果必須公正客觀。是否要墮胎得尊重當事人的決定，做醫生的不能強求。」

聽完醫生的說明，千壽對著文乃問道：「你打算怎麼辦？」

「我決定把孩子生下來。」文乃掙扎著抬起頭來，明確地答道。

「你還有機會嘛！」藤代從旁插嘴道。

「還有機會……？」文乃納悶地反問道。

「你沒親沒故的，身旁無人照料，為什麼要冒五成的危險生孩子呢？再說，這個看護又不是看護協會派來的，只是宇市先生找來的外行人，萬一出了狀況，怎麼辦啊？你跟我們一樣年輕，身體又好，將來找個丈夫嫁人，還有機會生孩子嘛，這樣對孩子豈不是更好？」藤代冷淡地說道。

「有子萬事足的幸福感是無法替代的，也不是找人嫁了就可以生孩子。」

文乃別過臉去閉上眼睛。醫生似乎感受到情況的複雜。

「我們不知道您們之間發生了什麼事情，等您們商妥之後再通知我。現在，就算當事人有意願要墮胎，也沒法做刮除手術，必須住院一個星期，用栓劑取出來。如果想生的話，就要安心靜養，早日把妊娠中毒症治好。」

醫生說完，替文乃注射葡萄糖和茶鹼，並交代君枝要注意病人的飲食，然後像是趕時間似的匆匆離去了。

醫生走出客廳後，宇市馬上推門探頭進來。

「大概可以進去了吧。」說著，轉身對雛子招了招手。其實，宇市待在隔壁早已察覺到客廳裡的異樣氣氛，不過，他仍故作不知情地問：「情況怎樣了？」

藤代她們沒有回答，文乃只是仰著臉，也沒看宇市一眼，悄然無聲的客廳裡，籠罩著女人的憎恨與怨氣。宇市一時不知說什麼好，覺得自己在場很是尷尬。送醫生出去又折回的君枝立刻察覺客廳裡的氣氛有異，便開口招呼：「大家喝杯茶怎麼樣？剛才只顧著談生孩子和醫生的意見，也沒請您們喝茶，眞是不好意思，我這裡還準備了鶴屋八幡的饅頭。」然後，對著文乃說：「你一定很累了，招待客人的事，就由我來好了，你安心休息吧。」

君枝開始整理凌亂的被子，姨母芳子迅即移膝探前，毫不客氣地說：「你這個看護管得可眞不少呢。剛才居然還出手阻擋我們，不覺得自己太多管閒事嗎？你跟宇市先生到底是什麼關係？」

君枝眨著那雙三白眼，十分沉著地回答道：「我是在貴店下游染整廠工作的某個員工的親戚。」

「噢，之前你在哪裡工作？」

「我在京都嵐山的旅館當過女服務生。」

「是嗎?難怪你無論到大門口迎接我們，或把鞋子擺放在石板上的動作，都是那麼細心周到呀。」

芳子故意仔細打量著頭髮挽在腦後、穿著寬鬆圍裙的君枝。

「這麼說，宇市先生時常去你們旅館嘍?」

君枝頓時無言以對，但仍保持平常的神情，好不容易才應了一句：「您怎麼突然開起玩笑……?」

宇市見機也插嘴說道：「夫人您就是喜歡開玩笑，我的年紀已經不適合去那種地方了。假如我還有力氣，也會常到這裡來……」說著，毫不客氣地看著平躺的文乃。

「什麼?常到這裡來……?」

芳子驚愕地望著宇市滿是皺紋的臉龐，但想到剛才她們施壓仍沒使文乃屈服，便趁此語帶刻薄地說：「哈哈哈，你說的對呀，她也算是老爺的二手貨吧?這樣也不錯，反正她本來就沒親沒故的，旁邊正需要男人照料。」

「我們該回去了吧。」

藤代也跟著姨母站了起來。

「好吧，你要生孩子是你的自由，不過，這孩子跟矢島家毫無瓜葛，他是你濱田文乃的私生子!」

藤代氣呼呼地撇下這句話，揮袖離去，偌大的客廳裡瀰漫著她那華麗和服留下的微微香氣。

始終面無表情看著藤代一行人離去的文乃，確認她們的腳步聲已然遠去後，終於忍不住哭了起來；想到自己遭受到那麼大的羞辱和殘酷的對待，不由得悲從中來。她像一隻被按在地上的蟾蜍，在藤代她們面前暴露下體，甚至連女人最感羞愧的部位都被看透了，這是何等的羞辱！爲了胎兒的安全著想，只好無奈地隱忍下來，但她還是爲自己的淒慘遭遇感到哀傷。難道身爲妾室，就得受到這般卑賤與殘酷的對待嗎？她不由得抬頭看著壁龕，早上還擺著已故矢島嘉藏慈祥面容的照片，現在卻被藤代奪走了，只留下空蕩蕩的相框。

文乃淚水淌個不停，悲傷地嗚咽著。客廳裡沒有佛龕也沒有牌位，連僅存的一張照片也被搶走了，將來要用什麼來向遺腹子解釋他的身世呢？想到這裡，她感到前所未有的茫然。

文乃木然地望著天花板片刻，才慢慢地支起上半身，移膝來到壁櫥內的立櫃前，輕輕打開拉門，拉出最下面的抽屜，一股衛生棉球的氣味撲鼻而來，嗆得幾乎作嘔；她連忙用衣袖遮住鼻子，探身向前一看，矢島嘉藏生前穿過的浴衣、棉袍、貼身內衣等衣物全映入眼簾。

文乃伸手探進那些衣物，感到無比親切，低頭撫弄著放在最下面的棉袍袖口，然後從袖口裡拿出一只白色信封。那是一個厚厚的和紙信封，信封後面貼著封印，翻到前面，上面寫著「濱田文乃女士」幾個大字，那是矢島嘉藏的筆跡。

這時候，文乃突然覺得有人推門進來，趕緊把信封塞回衣堆裡。

「哎呀，怎麼了？您身子有病，可不能那樣坐著呢……」

由於文乃的動作很不自然，君枝迅即探看她手裡拿著什麼東西。

「您在找什麼呀？」君枝眨動她那雙三白眼問道。

「沒有啦，我流了很多汗，想找件替換的衣服……」

說著，文乃從抽屜裡拿出一件女性浴衣。

「說的也是，受到那麼殘酷的折騰，任誰也承受不了，您眞能忍耐啊。」

君枝幫文乃脫下汗濕的浴衣，又俐落地幫她擦去背上的汗水，爲她換穿上漿過的浴衣。

「您的頭髮亂得很，我再幫您梳理一下。」

說著，從梳妝台拿來鏡子和黃楊木梳子，繞到文乃身後，梳理她那頭直溜溜的長髮。文乃任由君枝梳理著頭髮，卻不禁對這個細心過了頭的看護來歷感到懷疑。

「這樣就會感到輕鬆些。」君枝幫文乃梳理頭髮，語聲溫柔地說：「您遭受那麼多不公平的對待，爲什麼非要把孩子生下來不可呢？換成是我，早就墮胎了。」

她若無其事地問著，卻觸及到今天的核心問題。文乃並沒有馬上回答。

「正因爲遭受到那麼多不公平的對待，才要把孩子生下來。」

文乃扔下這句話後，雙手捧著鏡子，窺看著看護琢磨她那番謎樣般話語的臉龐。

第六章

越過佐倉嶺之後，山路兩旁的群峰變得險峻，路況蜿蜒曲折，再走段路就可到達鷲家。

藤代和梅村芳三郎並坐在後座，她一邊眺望車窗外的雜樹林，一邊回想第一次來鷲家時的情景。那一次，她跟兩個妹妹和宇市，先在吉野的上千本盡情地賞櫻，然後在宇市的帶領下查看了山林。今天，只有她和梅村芳三郎兩人來看山林。

兩個星期前，藤代見過芳三郎，告訴他文乃懷孕及在宇市的引導下看過山林的情況，芳三郎突然說想跟她再去鷲家查看一次。藤代不由得又想起那個腰間插著鐮刀、目光銳利、體格精悍卻有勇無謀的護林員。「總之，我們倆再去查看一次。情婦懷孕的事自然不可輕忽，但聽你說大掌櫃帶你們去看山林，我總覺得其中有許多蹊蹺。現在最要緊的是先把山林的問題查清楚，你們才能商量如何分配遺產。」就是因爲芳三郎的一席話，他們才決定強行上山查看。

「你還在擔心嗎？」芳三郎湊近藤代的耳畔輕聲說著，藤代微微點頭。

「有我這個軍師跟著，你用不著擔心啦。」

芳三郎充滿自信地說著，雙腿慢慢地交疊，仰身靠在椅背上。從他穿著灰色法蘭絨褲、藍白格紋休閒外套，鼻上架著一副防紫外線的墨鏡，膝上攤展著地圖的神態來看，與其說他是年輕的舞蹈老師，不如說是精明幹練的青年實業家來得恰當。

路面倏然變窄，從右前方的車窗望去，可以看到那條坡路，藤代望著坐落在梯田上的那間茅屋。

「梯田上的茅屋就是護林員的家。」

藤代指給芳三郎看，他馬上探出半個身子，對司機說道：「司機，你把車子開到坡路上面去。」

司機急忙踩滿油門，驅車開往坡路。車子爬上坡路，在距離護林員住家約一百多公尺處停了下來，芳三郎自行開門下車。

「你也跟我一起來。」芳三郎說著，逕自往陡峭的坡路走去。

在車內換上了輕便膠鞋的藤代跟在芳三郎後面疾步走著，腳後不時揚起陣陣砂塵。她擔心今天跟芳三郎突然來訪，護林員戶塚太郎吉會採取什麼態度？

兩人走到護林員家門前，芳三郎停下腳步，回頭對藤代說：「你別忘記喔，就按照剛才在車內討論過的，不要叫我舞蹈老師，要讓對方感覺我將來可能是你結婚的對象。」他小聲叮囑道，敲了敲護林員的家門。

「對不起，請問戶塚先生在嗎？」

「來了，您是哪位啊？」

屋內傳來了女人的聲音，好像是護林員的妻子。

「我們是大阪矢島商店來的。」芳三郎回答道。

一名穿著工作褲裙的中年婦女探頭出來，打開看似牢固的門板，一束陽光射進昏暗的土房內，仔細一看，正面牆上的橫木整齊地掛著六七把閃著銳光的鐮刀。

「你是矢島商店的什麼人？」

屋內傳來男人粗獷的問話聲，這時男人發現跟在芳三郎後面的藤代。

「噢，您不是上次來的大小姐嗎？今天又有什麼急事……？」護林員旋即露出警戒的表情。

「上次給您添了許多麻煩，今天，我想再看看我家山林，勞您的大駕，請您爲我們帶路。」藤代一反上一次的跋扈態度，措詞客氣地招呼道。

「他是誰？」他狐疑地指著芳三郎問道。

「他是專程陪我來的，以後我們要……」藤代故意說得曖昧不清。

「噢，是嗎，他是專程陪您來的……那您們今天來看山林，有什麼打算呢？」

太郎吉毫不客氣地盯著芳三郎。

戴著無框墨鏡的芳三郎故作吊兒郎當的表情說：「沒什麼重要的事啦，兩三天前，我們倆無意間談到登山的樂趣，興起想來吉野觀賞山景的衝動，就決定過來了。」

「這麼說，你們是專程來吉野尋歡作樂嘍？」

太郎吉露出淫猥的笑容。藤代聽完很不高興，但芳三郎同樣露出淫穢的笑臉說：「嗯，也可以這麼說啦。我知道這樣也許會給您添麻煩，不過還是請您再爲我們帶路。」芳三郎說著，從上衣口袋裡拿出一只白色信封。

「這點小意思，不成敬意，就當作我們的伴手禮，請您務必收下。」

芳三郎把裝著現金的信封遞到太郎吉面前。

「這是今天給我的帶路費嗎？」太郎吉直盯著那個信封，接著問道：「大掌櫃知道你們今天要來嗎？」

「不，今天純粹是臨時決定，沒通知矢島商店的大掌櫃。難不成來這裡看山也得一五一十向他報備嗎?」芳三郎藉此反問。

「不,倒也不用跟他報備啦……」太郎吉答得支吾其詞,最後才勉強說道:「好吧,你們要看我就帶路。」

說完,抓起眼前的信封走進屋內,一下子就換好登山裝扮走了出來,從橫木上取下一把鐮刀。

「你們等我一下,我去磨磨刀。」

說著,他蹲在土房中央,先潑水澆濕磨石,開始磨起鐮刀。隨著霍霍的磨刀聲,乳白色水沫迅即四濺,半月形鐮刀一下子磨得銳利光亮,這時他才喘了口氣停手作罷,拿起磨好的鐮刀藉著陽光端看是否磨得銳利,慢慢地站起來,冷不防朝堆放在牆角的柴棍劈了下去。頓時,柴棍發出乾裂聲,紛紛散落在地上。藤代嚇了一跳,芳三郎卻不爲所動,表情平靜地看著刀刃,說道:「我不知道這鐮刀是做什麼的,不過看起來滿銳利的嘛。」

「進入深山,身邊總要帶把鐮刀,要砍什麼都很方便呢。」

他故作誇張地笑著,把鐮刀插進腰間,說了句「我們走吧」,便逕自開門走了出去。

一進入山裡,太郎吉跟上次一樣板著臉孔不發一語,只顧大步地爬山。大概是兩三天前細雨連綿的關係,林木環繞的山路被濕漉漉的落葉遮埋著,稍一不小心就會滑倒。藤代一邊注意自己的步伐,一邊跟在太郎吉後面,還不時回頭望著芳三郎,芳三郎落後藤代約莫有五六步的距離,他好像在查看什麼,頻頻抬頭望著山路兩旁的杉林。

爬了一個小時的山路，來到一座橫跨溪澗的獨木時，藤代似乎覺得有些奇怪。上次，她跟宇市來時，那座獨木橋是在前進方向的右側，今天卻變成了左側？而且連溪谷下的寬度和湍急程度都跟上次不同。這麼一想，她仔細看了看眼前陡升而起的山路，雖然兩側也是杉林矗立，但坡度比上次陡峻得多。她心裡突然掠過一絲不安。

「護林員！」藤代在太郎吉背後喊道。

太郎吉停下腳步，默默地回頭。

「這條路是我們上次爬的那一條嗎……？」藤代若無其事地問著，並注視著太郎吉臉上的表情。

「噢，上次爬的那條路，兩三天前被雨水沖壞了，樵夫還沒修好，而且我看你今天穿著輕便，隨行的人也頗有腳力，就選了這條稍微陡峭的山路，再爬個二三十分鐘就到了。」太郎吉說著，又邁步向前走去。

沿著溪流的山路險峻崎嶇，變成陡峭的崖道，藤代和芳三郎緊盯著太郎吉的腳步，小心翼翼地走著。耳邊響著溪澗的湍流聲，山風吹動著雜樹林，發出恐怖的呼嘯聲。驀然，眼前出現亮光，原來是來到平坦的山頂，左側是一片茂密的杉林，沿著斜坡伸展而去，低垂的雲朵像是貼著蓊鬱的山林頂端飛過，投下了片片陰影。

「那裡就是你們家的山林。」太郎吉指著左側斜坡上的那片山林說道。

「噢，就是那裡啊，眞是植林育木的好地方。」站在藤代後面的芳三郎說著，他跟太郎吉並排站在山頂，彷彿在估算那些杉木的價值說：「看來那裡的日照和排水狀況都不錯，坡度也不大陸，同樣是林場的杉木，但那片杉木的價格可要高出許多呢。」

「光有條件良好的山地，不見得就能培育出上等的杉材，這要看護林員願不願意下工夫了。」太郎吉說完，一臉不悅地走開了。

他來到杉林前，拔出腰間的鐮刀揮砍著山白竹的枝葉，銳利無比的鐮刀向前揮砍，山白竹像紙片般削得掉落滿地，一下子就劈出一條小路來了。剛一踏進山林，陰寒的冷空氣立即沁透全身，他們已置身在蓊鬱杉林籠罩的陰暗之中，藤代緊跟在太郎吉後面，一邊尋找上次來的那條小路。上次，太郎吉也是用鐮刀劈出一條小路，從那以後只經過了一個月，照理說那條小路應該還在，但放眼所及均是及膝的山白竹。

「上次來的那條小路在什麼地方？怎麼看不見？」藤代停下來，環視周遭問道：「上次是從對面那條路爬上來的，今天怎麼從相反方向上來呢？」

「這麼說，我們豈不是站在反方向？」

藤代說著，看到了上次發現界標的所在地。往前探進約莫十公尺處的低窪地，太郎吉停下了腳步。

「這一帶，大概就是矢島家的山林中心了，共有十公頃之多，我們不可能全部走上一遍。」說著，將砍完雜草的鐮刀收進腰間。

芳三郎站在低窪地，仔細環視周遭。

「這裡的界標在什麼地方？」芳三郎冷不防問道。

太郎吉眼神爲之一亮，粗聲粗氣地說：「這裡設不設界標會有什麼問題嗎？」

「不，沒什麼。我只是認爲，這次專程上山，很想看看界標長什麼樣子。我聽矢島家的大小姐說，那是一根有點特別又有趣的界標呢。」芳三郎佯裝不知情地問道。

「那個啊，我來帶路，我還記得。」

藤代說著，朝來時的反方向撥開山白竹走了進去。她挽起已經摺短的鹽澤染織和服下襬，時而被雜草芒刺刺痛，時而被山白竹的枝葉絆住，她知道太郎吉正用銳利的目光看著她，但是她仍邁步走著，來到一處杉林稀少的地方，指著一棵離地面約莫六七公尺高、樹皮削成方形，上面烙有字跡的界標說道：「老師，就是這裡！」

芳三郎意識到太郎吉在看他。

「噢，原來這就是界標啊……？字跡怎麼這麼模糊。」說著，趨前靠近界標，故意驚愕地說：「什麼什麼所有林，昭和三十二年三月刻，重要的部分都看不清楚了。」

「那個部分的確看不清楚，但上面寫著『矢島所有林』，大概是誰惡作劇把它刮掉，要不就是被雨水淋得模糊了。」

「說的也是，要是因爲日晒雨淋而字跡模糊那還情有可原，我曾聽某個了解山林的朋友說，有些人故意把界標弄得模糊不清，藉機從中動手腳……」芳三郎含沙射影地說道。

「你這話是什麼意思？」太郎吉的眼神露出凶光。

芳三郎毫不客氣地打量著太郎吉。

「我是說，有些人利用森林法的漏洞暗中做手腳。比方說，只留下山地所有權，偷偷賣掉砍伐權，讓臨界的山林主趁機越界植樹造林，如果原地主不聞不問，過了十年，被侵入的那片山地就變成對方所有。有些不肖分子就是利用這種方式勾結鄰界的山林主，故意將界標弄得模糊不清，讓他們進來偷偷種樹，再平分所得的利益……」芳三郎故意旁敲側擊地說道。

「噢，你對山林的狀況滿熟悉的嘛。上次大小姐談起山林的事情那般如數家珍，原來是有你這個軍師啊。」太郎吉更加警覺地看著芳三郎，「不過，你剛剛說的那些，根本沒有必要擔心。你若不信，可以直接去山林登記所查詢啊，那片山林有沒有砍伐權或地號都寫得很清楚。」太郎吉故作誇張地說道。

「那……這片山林什麼時候可以砍伐？」藤代插嘴道。

「噢，你要砍伐這片林木嗎……？」太郎吉微微變了臉色。

「砍伐權屬於我們家的，我們什麼時候想砍都可以吧？難不成有什麼不便嗎？」

「不，倒沒什麼不便啦，只是這麼一大片成木林不能說砍就砍呀，再說依砍伐的時節來看，現在最不適當。」

「咦？你說什麼？春季樹木的水分比較多，不是最適合砍伐嗎？」藤代繼續追問道。

「今年一直到三月底還有積雪，杉木的生長情況並不好，水質也是個問題，到明年秋天，只要再等一年半，就會長得更好，切斷面會呈現紅色，杉皮也能扒得很乾淨，每石的價格就會高出許多。」

「這麼說，一石能賣多少錢？」芳三郎問道。

「這個嗎？如果是今年砍伐，每石頂多只能賣一千五百圓，倘若是明年選對時節砍伐，每石可以賣到兩千圓左右。木材這種東西，依該砍的時期砍和不到時候砍的，外觀和材質差距很大。我不會騙你們啦，山林的事情，多聽護林員的意見準沒錯。要不然砍的時候，伐木工人每棵少砍一尺，一公頃就要短少四百石木材呢。」太郎吉略帶冷笑地說道。

「原來如此，即使現在馬上砍伐，沒有護林員和伐木工人積極配合，還是不行呀。」芳三郎說著，沉吟了一下，對著藤代說道：「這個問題，我們以後再說吧。」

藤代沒有回答芳三郎，反而說道：「護林員，你帶我們到另一處山林去吧。」

「什麼？另一處山林……」

「是啊，就是上次宇市先生與高采烈指著說『那片山林長得好茂盛呀』的地方，另一處山林也有十公頃。」

藤代說著，太郎吉的眼神突然嚴肅起來。

「啊，你是說對面山峰下的那片山林嗎？從這裡到那片山林少說也有兩里路，依女人家的腳力大概走不到那裡吧，而且眼看又要變天了，下次再去怎麼樣？」

「下次再去？我今天就是爲了看那片山林專程上來的，你別管我走不走得動，你只管帶路就是！」藤代不由分說地說道。

「你非得去看那片山林不可嗎？」太郎吉突然粗暴地說道。

藤代用力點點頭，太郎吉起先猶豫了一下，最後才勉爲其難地說：「你那麼想看，我就帶路。」語畢，一聲不吭地邁步向前走去了。

走了一個半小時的山路，依然還沒有走到那片山林，從山谷中浮升上來的霧靄愈來愈濃了，眼看白煙般的霧氣正要從連綿山巒的深谷中升起，旋即又被風吹成急流，霎時塡滿了整座山谷，呑沒了山峰，眼前是一片乳白色的縹緲世界。

護林員時而停下腳步，時而俯瞰山谷，判斷霧氣的流動。藤代回想著，剛才提出要去看另一片山林時，護林員那面帶猶豫並百般阻撓的神情，還說一個女人家沒辦法走完兩里的山路。一個月前，她和宇市來這裡時，護林員也以「兩里的山路難行」這藉口阻擋他們上山，今天又是用同樣的理由勸阻，是因爲山路險峻嗎？或是山林中有什麼祕密不想讓山林主知道？藤代不由得對護林員戶塚太郎吉產生疑惑與不信。芳三郎似乎也有此感受，開始爬山時還輕鬆地說著什麼，後來沿著山脊走向另一片山林時，就沉默了下來，默默地跟在藤代後面走著。

「護林員！」芳三郎大聲喊道。

「啊，有什麼事？」

走在前面的護林員停了下來，回頭看著芳三郎。芳三郎用白手帕邊擦著墨鏡上的霧氣，邊慢慢地走向護林員。

「是這條山路沒錯嗎？」

說著，從上衣口袋裡拿出地圖，並攤展開來。

「那是什麼東西？」護林員厲色問道。

「這是五萬分之一比例尺的地形圖。依這張地圖來看，剛才那片山林在鷲家谷東北方向一里半的地方，如果另一座山林離那裡兩里的話，應當在這附近。就算女人的腳程再慢，以一里一個半小時的速度來算，早就走過頭了。」

芳三郎用紅鉛筆在山林處做了記號，並在兩座山林之間畫了一條紅線，計算著距離和時間，護林員直盯著那張地圖。

「五萬分之一比例尺的地形圖，的確能清楚標示出國道和府縣道及路寬三公尺以上的町村道路，但是沒辦法標出護林員和伐木工所走的羊腸小徑。你拿這種地圖來測定你家的山林位置終究是白費工夫啦。總歸一句，進到山裡，就要相信護林員的嚮導，我就算閉著眼睛也不會帶錯路。」

護林員說完，便轉身邁步走去了。白霧不斷地湧動著，風聲更加呼嘯，西側山峰上徘徊的雲朵像雨雲般籠罩著整座山頭。

「是不是快下雨了？」藤代問著護林員。

「是啊，也許要下雨。不過，應該沒什麼關係。」護林員盯著雲層的流動答道。

「你們家的山林快到了，就是那片杉林上面。」

他指著左側，白霧後方隱約可見山林的薄影，但是看不大清楚。

「眞的快到了嗎？」

「是啊，穿過那片杉林，就抵達你家山林的山腳了。」

說著，他用眼神示意著沿著懸崖旁的山路左邊、往下而去的小徑旁的那片杉木林。有四十幾年樹齡的巨杉伸展著蒼鬱的枝幹，每棵樹下都是叢生的灌木和雜草，使得這片密林變得更陰暗與寂靜。

「不穿過這片山林，眞的到不了我家山林嗎？」

「倒也不是，不穿過這片山林，就得從杉林的山腳下繞過去，到那邊恐怕已經天黑了。」

護林員這麼說的時候，已經下午快三點了。

「好吧，就從這裡穿過去……」芳三郎從背後說道。

走進杉木林之後，被今年的冬雪壓斷的枝幹以及剝下來的杉樹皮、老朽的樹幹，躺臥在山路上，護林員用鐮刀砍除的雜草像是一層柔軟的綠茵散落四處。

愈往裡面走，杉林愈茂密，叢生的雜草深及膝蓋，藤代不由得把和服的下襬往上捲起。穿過林中窪地，走進杉枝垂下的杉林裡，周遭突然暗了下來，腳下的雜草發出沙沙聲響，還以爲是雲霧驀然湧動，原來是夾著風的雨勢劈灑而來。轉眼間，小徑變得更泥濘，及膝的葳蕤雜草黏住下半身，一股使人打顫的寒氣從腳下竄了上來。

「老師，我們回去吧，我實在走不動了，而且又那麼冷……」

藤代回頭看著芳三郎，冷得渾身打顫。

芳三郎見狀，立刻脫下自己的上衣，披在藤代肩上，叫住了只顧往前走的護林員。

「護林員，這女人走不動了，我們往回走！」芳三郎幾乎用命令的口氣說。

「已經走到這裡，與其往回走，倒不如趕快穿過這片山林呢，再撐一下，我去找張杉樹皮給你們充當雨具。」

說著，他在杉木林四處尋找，發現五六公尺遠的窪地裡有一棵砍過的樹根，他向前跑去，用鐮刀飛快地除去樹根處的雜草，蹲下來挖了挖，撿起一張約莫寬一尺、長三尺的髒樹皮。

「找到了，雖然有點髒破，多少還能擋雨。」

他大聲嚷著，把杉樹皮拿過來，披在藤代頭上。

「走吧，按原定計畫往前走吧。」他強硬地催促著，頂著傾盆大雨邁步走去。

夾著大粒雨滴的風雨好像是從深谷中吹湧上來似的，由下往上橫掃而來，遠處傳來了雷鳴。搖動著樹林的風雨聲和山谷間的雷鳴交織在一起，形成一陣陣轟然聲，雷鳴愈來愈急，響個不停。

驀然，天色暗了下來，還以爲雷鳴是在山脊下方，卻見刺眼的閃光凌空劈下，那聲音幾乎要震破耳膜。心想，那落雷已經遠去，抬起頭時，又見閃電乍現。雷鳴和風雨交加，把整座杉林掃得搖晃不已，每一次閃電彷彿在森林中狂奔。

「老師，我好怕！」

藤代在地上爬行，驚恐萬分地呼喊著，芳三郎猛然站起來，抱起了藤代，朝著護林員相反的方向跑去。

「危險！往那邊很危險！」

護林員搭住芳三郎的肩膀，頓時傳來震耳欲聾的雷鳴，護林員手上的鐮刀隨即映出閃光。

「啊啊！」

他們嚇得哀號，想要避開落雷的同時，突然像被落雷打中似的彈到了草叢裡。霎時，他們感到頭皮發麻，眼前一片黑暗，但在雨水的滴打之下，馬上睜開眼睛，只見護林員一臉安心地坐在他們身旁。芳三郎先站了起來。

「你們未免太沒常識了，什麼地方不走，偏偏往打雷的方向跑，要不是我扔掉那把鐮刀趕來阻擋，你們也許早就被雷打死了。」

護林員說著，站了起來，指著杉林右側的草叢。藤代和芳三郎朝那個方向看去，草叢那邊有棵巨杉被落雷劈成了兩半，燒得焦黑的裂縫處還在雨中冒著白煙，由此可見落雷的威力之大。護林員就是把鐮刀扔在離那棵巨杉五公尺處的地方。

原來，護林員拋出那把鐮刀，並不是要加害藤代和芳三郎，而是爲引開落雷的緊急之舉，倘若他沒及時扔開那把鐮刀，或許藤代和芳三郎他們眞的會被落雷擊中。

「多虧了你，我們撿回一條命，謝謝你……」

芳三郎說著，回頭看著藤代，藤代全身濕透躺在草叢裡，蜷縮著身子，露出痛苦的表情。

「你怎麼了？」芳三郎驚愕地慰問道。

「啊，我的腳好痛喔……」藤代呻吟似的說著，指著自己滿是泥濘的腳。

「哪裡痛……？」

芳三郎正要替藤代脫下布襪。

「啊啊，好痛喔！我的腳踝好痛……」藤代掙扎著推開芳三郎的手。

「大概是剛才扭到了。」說完，然後對著護林員說道：「怎麼辦？看這樣子，她是走不動了。不過，我們總不能在雨中等著，這附近有沒有避雨的工寮？」

護林員沉思似的環視周遭。

「這片杉林裡的窪地，有一間伐木工留下的工寮。我們先到那裡看看，我來背大小姐，你幫我拿著鐮刀。」

說著，轉身背對著藤代。

「不，讓他背我就好，請你帶路。」

芳三郎蹲屈在藤代面前。藤代移膝趴在他背上，芳三郎反手抓著藤代的大腿，撐忍著她的體重，她像青蛙似的攤開雙腿，扭動著腰身，芳三郎卻搖搖晃晃地站不起來。

「哈哈哈……你那種腰身根本背不動女人嘛！」

護林員把背迎向藤代。

「這個節骨眼，已經不是計較誰的背比較溫暖的時候了，雨下這麼大，我們趕快走吧。」

說著，他那強壯的背肌輕鬆地背起了腳踝受傷的藤代，頂著淅瀝的雨水，大步向前走去。

這間伐木工休憩用的工寮是用圓木搭建而成的，屋頂上鋪著杉樹皮，屋身四周釘著杉板，像是一間小型倉庫。儘管受到日晒雨淋，不過接水的長竹管和水桶並未損壞，還留在工寮後面。

護林員背著藤代來到工寮前面，抬腳把門踹開，走了進去。火爐旁堆放著杉板，他讓藤代放在杉板上，工寮裡瀰漫著濕木的氣味和煙臭味，護林員打量屋內，看到角落堆著木柴和稻草，馬上把它們搬到火爐邊。

「總之，先生火燒柴取暖，再把濕衣服烤乾要緊。」

他先點著了稻草，然後拿它引燃木柴。大概是濕柴的關係，煙氣熏嗆得令人幾乎睜不開眼睛，好不容易燃燒起來，微紅的火光旋即映出屋內的擺設。這間工寮似乎閒置已久，偌大的橫木上掛著蜘蛛網，牆上掛著一件破簑衣，地面上散放著積塵已厚的鐵壺和兩只茶杯。

芳三郎看到鐵壺，馬上拾起來翻看壺底。

「太好了，剛好可以用來汲水，再用濕布敷裏你的腳踝。」

芳三郎對著把腳伸向火爐旁的藤代說道，然後從外面的水桶汲來雨水，鬆開藤代的腰帶襯墊，沾滿冷水。這動作讓原本要遞出圍在脖頸上毛巾的護林員看得愣住了。芳三郎坐到藤代的腳旁，小心翼翼地解開她的布襪鉤夾，然後把沾濕的襯墊牢牢地裹在她白皙的腳踝上。藤代稍微動了一下，痛得雙眉緊蹙。

「你忍耐一下，裹上濕布就會舒服些的。」

芳三郎輕聲哄著，然後用女人般白裡透紅的纖瘦手掌摀住藤代的腳踝溫柔地輕壓著。護林員邊添柴加火，邊看著芳三郎的纖手。

「你的手像女人般白淨，到底是做什麼行業？」

芳三郎趕忙把手抽回去。

「我嗎？總之就是點數支票，靠手指吃飯的人啦。」他沒說出什麼營商，故意含糊帶過。

「你眞好命啊，不像我這個看山人，得替山林主照料杉林，從杉苗的培育到移栽，樹長大以後，還得修枝、除草，還要間伐，好不容易熬了二三十年，到了可以砍伐的時候，才能拿到微薄的佣金，不像你只要守著女人，就有錢賺哩。」

護林員故作誇張地嘆了口氣，露出淫猥的笑容。

「等到身體暖了，衣服也乾了，要是能喝兩杯該有多好呀。」

護林員做出傾杯仰飲的手勢，芳三郎這時像是想到什麼似的摸了摸腰間。

「想喝酒的話，這裡有一瓶。剛才被大雷雨嚇得暈頭轉向，我都忘了有這瓶酒呢。」

芳三郎從褲子後面的口袋裡拿出一小瓶威士忌，打開瓶蓋，往瓶蓋倒了一杯。

「不，我要用這個喝。」

護林員拿起掉落在地上的茶杯，連忙用鐵壺裡的雨水洗了洗，便遞到芳三郎面前。

「不愧是護林員，都是大口喝酒呢。」

芳三郎說著，將威士忌滿滿地往茶杯裡倒去。

「剛才，你提到護林員可拿到佣金，你拿了多少？」芳三郎問道。

護林員表情爲之一動，隨即把杯中的威士忌一飲而盡。

「這個嘛，照顧得好的話，可以拿到百分之五。」

他補充說，宇市特別給了他百分之七的佣金。

「噢，看來大掌櫃給得不多嘛，你要是直接對她的話，可以拿得更多。」說著便看向藤代。

「她可以給我多少？」

在酒氣和火光的照映下，護林員的臉色顯得暗紅。

「這個嗎，她雖是個女流之輩，可是做人滿慷慨的，她會加倍給你。」

「噢，加倍給我……」

護林員的眼睛爲之一亮。

「爲什麼？你要付加倍的佣金給我，絕對有什麼原因吧？」

他警戒地看著藤代。藤代眼睛眨也沒眨，回看著護林員。

「我只是想辦法把這片山林變成有利於我的財產。」

「什麼？你要把這片山林變成自己的財產……」

「是啊，現在山林的名義爲矢島嘉藏所有，但總有一天會由我繼承。」

護林員露出複雜的表情，好像在想什麼，沉默了下來，用多骨節的手撥弄著木柴。屋外似乎還在下雨，雨水滴滴答答地打在杉樹皮的屋頂上，剛才狂風的呼嘯聲已然停歇，總算恢復了平靜。

護林員突然停下手裡的動作。

「俗話說，遺產繼承得要三年。尤其是遺產龐大的家族更難擺平，意思就是說，即使老爺子出殯以後，還得等上三年。」

這時，藤代按著終於被火烤乾的胸口衣領。

「世間的慣例是這樣沒錯，可是我家還有個待嫁的妹妹，所以我準備在今年或明年二月二十日，家父做一週年忌以前，把遺產分配做個解決。」

藤代清楚地陳述自己的想法，芳三郎隨即附和地點點頭。

「今天去不成那片山林，覺得有點可惜。不過，另一片山林眞的有十公頃吧。」芳三郎追問道。

「嗯，登記所的名冊上清楚記載著十公頃，應該不會錯的。」

「另外，應該不會有只剩下地皮，杉木早就被盜伐，甚至將砍伐權轉賣的情況吧？」芳三郎不放心地探問著，護林員眨了眨眼睛。

「那怎麼可能，若有這種事情發生，我怎麼還在鷲家看守山林呢？」

他說得信誓旦旦，試圖打消他們的疑慮，然後再度把茶杯裡的威士忌仰頭喝光。

不知不覺間，暴風雨似乎已經停歇了，護林員打開了工寮大門，風雨洗滌過的樹木在夕陽中顯得格外鮮綠，杉樹枝幹上的雨滴晶瑩剔透，不久前那震耳欲聾的雷聲已消失得無影無蹤。

「來，我們快點下山吧。」

護林員把火爐裡的柴火弄熄，隨手將剩下的威士忌喝掉，把自己的鐮刀和藤代的衣服交給芳三郎，背起藤代便走出了工寮。

護林員太郎吉背著藤代沿著泥濘的山路來到山腳下時，似乎顯得疲憊萬分。他累得滿頭大汗，喘個不停，但最後還是安全地將藤代扶進等候在那裡的計程車內。

「下次，什麼時候再來啊？」他看透藤代和芳三郎的心思似的說道。他們一時不知如何回答，他接著又說：「別瞞我了，你們來了兩次都沒看到山林，想來看第三次也是人之常情。到時候，還需要我為你們帶路嗎？」太郎吉說著，看著芳三郎。

芳三郎表情平靜地說：「還是要看情況啦。下次再來的話，我們會選個好天氣，到時候再請你為我們帶路。對了，這是今天的一點小意思。」

說著，芳三郎拿出了不知幾時備妥的禮金。

「你細心得倒像是山林主嘛，說不定將來你就是這片山林的主人呢。」

他早已看出這兩人關係匪淺，故意這樣說道。藤代不好意思地低下了頭，芳三郎則半眞似假地說：「我也希望有這個機運哪。」說完，便關上了車門。

從鷲家開抵吉野，車子得沿著溪邊走一個多小時的山路。藤代邊瀏覽著被染成銀色，像雲母般散發光芒的美麗晚霞，邊回想著芳三郎回答護林員的那番話：「我也希望有這個機運哪。」所謂的有這個機運，顯然是指結婚的意思，藤代像要證實這句話的眞實性，朝芳三郎瞥了一眼。

芳三郎看來似乎十分疲倦，叼著香菸，也不點著，自始至終戴著無框墨鏡如釋重負地凝視著車窗外水勢湍急的溪流。驀然，他把香菸扔到車窗外，轉頭看著藤代。

「你的腳傷有沒有好些？」

他蹲在座位下，撫摸著藤代的腳踝。藤代不時從後視鏡窺看司機的反應，正要把腳縮回來時，芳三郎溫柔的細手隨即抓住她的腳踝，不讓她逃開。

「與其把腳放在下邊，不如擱在座位上來得舒服些，抵達吉野還得四五十分鐘呢。」

說著，芳三郎抓著藤代的右腳踝抬了起來，直接擱放在自己的膝蓋上。藤代的腳踝隨即感受到一股女人般的體溫，這讓她突然回想起四年前離婚的三田村晉輔的身體。晉輔和芳三郎不同，學生時代練過柔道，體格十分健壯，唯獨體溫像女人般微溫，體質虛冷的藤代經常靠他的體溫來焐著自己的腰腿才能入睡。她嫁到三田村家以後，跟婆婆處得不好，對於晉輔沒能護著她很不諒解，兩人結婚不到三年就分手了。她時常想起晉輔的體溫，那幾年使她幾乎忘了腿冷腰寒。這個記憶突然又在她的體內甦醒過來，讓她意猶未盡地想起每夜在丈夫的擁抱下酣然睡去，三年來極盡豪奢享受的神仙生活。

「怎麼樣？你是跟家人編好藉口才來的吧？」

芳三郎和藤代今夜準備在吉野過夜，他擔心藤代沒編好藉口，於是開口探問。藤代默默地點點頭。早晨出門時，她已跟家人說今天梅村流派的學員要去京都觀賞藝妓舞蹈，回程時順便去琵琶湖住上一晚。

「這樣你就沒什麼好擔憂的嘛。待會兒到了吉野的旅館，你先泡個熱水澡，暖暖身子。雨淋濕的衣服，我會請旅館的女侍在明天之前把它洗淨燙平。至於你的腳傷，就說是走京都清水寺的樓梯時，不慎滑倒扭傷的。」

說著，芳三郎一隻手托住藤代的腳踝，另一隻手輕撫著患部。

經過宮瀧，來到上市附近時，西邊天空下稜線依稀可見的群山淡影不知不覺間已被黃昏的暮靄吞沒了。從薄暮中微微可見街燈，很快就要進入吉野小鎮。

來到吉野車站前，紙罩形的街燈已然點亮，土產店林立，煞是熱鬧，但經過下千本，來到中千本時，行人突然變得稀少，從濃密的樹隙中隱約可見禪房和旅館的屋頂。芳三郎把旅館名稱告訴司機，車子抵達旅館，他立刻抱著藤代下了車。

洗過澡後，窗外吹來山中的寒氣，仍讓人感到有些寒意。坐在俯瞰如意輪堂、位於谷峰的旅館窗前，那新綠的芳香彷彿伸手可及，暮靄中點點發白的東西，大概是水晶花，每當山風從山谷中吹上來時，那白色的花瓣便隨之四散紛飛。

芳三郎收回眺望窗外的視線，拿起桌上的啤酒，潤了潤洗澡後乾渴的喉嚨。

「總算安頓下來了，來，你也多喝點……」

說著，他幫藤代倒了一杯。

「今天可眞是驚險萬分呀。你是第二次上山，我可是第一次經歷呢，在那種人煙稀少、濃霧籠罩的杉林裡，突然碰到傾盆大雨，遇上落雷，你又扭傷了腳踝，老實說，我當時簡直嚇呆了。尤其是落雷打下的同時，我看到護林員手上的鐮刀一閃，我已經……」芳三郎說到這裡，就再也說不下去了。

芳三郎和藤代同時思忖著，落雷打下的刹那間，護林員手中的鐮刀爲之一閃，果眞是爲了引開落雷而扔出的？還是藉機要加害他們？或者是他們湊巧避開了落雷？把不久之前發生的恐怖經歷說出口，兩人不由得感到毛骨悚然。芳三郎爲了驅除那些不快的陰影，把啤酒換成了日本酒，大口地喝了起來。

「看來那個護林員可不是省油的燈哪。表面上完全投我們所好，給他的錢還是照拿，但是他心裡在想什麼，我實在摸不清。下次再來的時候，我們得準備妥當才行，必須搶在你們大掌櫃之前，把那個護林員拉攏過來，表面上他是站在我們這邊，搞不好我們還會上他的當呢。」

「那……那該怎麼辦呢？」

藤代的眼神掠過一絲不安。

「總之，現在先把山林的界標確認清楚，等看過那片山林後，盡可能早點由你繼承，好把那片杉林砍下來。」

「但護林員說，今年不要砍，最好留待明年再砍……」

「他有他的說詞，我們動點腦筋還是可以砍，總不能凡事都聽他的嘛。」芳三郎語聲溫柔地問道：「對了，那片山林的問題解決之後，你繼承的大阪市區出租屋加上山林的話，總共值多少？」

「這個嗎？到底值多少，我還沒仔細算過耶。」藤代回答得有點猶豫。

「要不要現在幫你算算看？」

芳三郎把酒杯放在桌上，彷彿在腦中計算數字似的，眨了一下眼睛。

「大阪市區北堀江六丁目的地皮和建物，每戶價值四百四十六萬，扣除承租戶有四成的權利，以六成來計算的話，每戶還有二百六十七萬六千圓，共計二十戶，價值五千三百五十二萬。以同樣的方式計算，東野田五丁目六十三號至八十號有十八間，共值三千八百零一萬六千圓；一百一十號到一百二十一號有十二間，價值五百六十一萬六千圓，共計九千七百十五萬二千圓。此外，假定鷲家那片山林由你繼承的話，加上今天去看的山林和另一片山林總共是二十公頃，以每公頃產八十萬圓的杉木來算，二十公頃就有一千六百萬圓。大阪市區的房地產和那些山林加總起來，你大概可以繼承總值一億一千三百萬圓的遺產。」

他飛快地計算，宛如在盤算自己的遺產。

「一個女人家繼承這麼多遺產，將來做什麼用途呀？」芳三郎的眼神帶著試探，彷彿要看穿對方的心思。

「哎呀，老師您算得太如意了，這些東西能不能到手還是個問號呢。簡單說，繼承問題沒有談妥，我是不會安心的。再說，那個懷有身孕、得了妊娠中毒症的文乃，和我家那兩個妹妹，她們可比誰都懂得盤算呢。至於這錢怎麼用，得等我拿到手以後再說。」

藤代故意輕描淡寫，接著說道：「不過，在這之前，老師您也不能掉以輕心，要盡力幫我。」

她以媚眼看向芳三郎，芳三郎雖然滿臉酒氣，唯獨那雙眼睛沒醉。

「你該不會找我商量遺產問題，等到所有遺產到手以後，再找個老字號的年輕老闆嫁了？一旦我沒有利用價值，就把我踢到一邊……」芳三郎試探地說著，揣摩著藤代的表情。

「哎呀，老師您在胡說什麼呀……您太會說笑了，搞不好是您在利用我呢？」

藤代微微轉動著身體回答，芳三郎的眼睛為之一亮，霎時兩人的視線迸出了火花。

「呵呵呵……」突然，芳三郎的喉嚨裡發出笛音般的奇怪笑聲。

「你也不簡單哪，說什麼我在利用你……？別說這種傻話了，像你這麼漂亮的名門閨秀，我豈只是利用而已？我還想知道等遺產問題解決以後，你要跟我維持什麼樣的關係呢。」

芳三郎的語氣中，有種對方必須給予明確回覆的意思，這逼得藤代一時不知如何回答。對她來說，雖然跟芳三郎發生過肉體關係，但這到底代表什麼，她也說不上來。果真如芳三郎所說的，她是在利用他的智慧，等龐大的遺產到手以後，她就會找個與自己門當戶對的老字號少東決定終身？或者繼續跟他維持這種關係……突然被他這麼一問，她實在拿不定主意。不過，眼下她的確想跟他耳鬢廝磨，共度良宵。

「你在想什麼？怎麼突然不說話了……？」芳三郎窺探似的看著藤代。

「我是在想跟老師您的事……」藤代凝視著窗外的黑暗答道。

「我不是要你馬上回答，只是在提醒你，別只是利用我，而不把我放在心裡。」芳三郎說得格外客氣，突然站了起來，靠在窗邊的扶手，「來，我們來轉換一下心情，你來彈唱一曲〈保名〉[15]吧。在吉野的山中旅館，在你的彈唱下跳〈保名〉最有意思了。」

說著，芳三郎凝視著窗外，被暗夜中紛飛的白色花瓣深深地吸引著。

「我實在沒能力為老師的舞藝伴奏，何況又是要彈唱清元小調的〈保名〉，我不敢……」藤代猶豫不決地說著。

「沒關係啦，我們只是隨興跳跳嘛……」

芳三郎說著，拍手喚來旅館的女侍，叫她拿來三弦琴和扇子，旋即背對著壁龕，只穿著浴衣，手持扇子，等待著前奏。

髮姿已散亂，誰人為我盤？蝴蝶舞菜田，令我神思往。身著素裙袍，踏遍春邊草，流連復徘徊。

芳三郎穿著旅館的浴衣，作勢在左肩披著安倍保名死去情人榊前的遺物窄袖和服，右手拿著扇子，像追著榊前的幻影，慢慢地朝著舞台通道走出似的開始起舞。他跳到追著幻影不覺間來到春天的郊邊，看見蝴蝶飛舞的情景，分不出現實與虛幻時，不由得為之狂亂，一雙細長的眼睛現出妖豔的眼神，柔軟的身段彷彿被狂魔附身似的舞動著。

白晝不能眠，期待夜相逢，把酒輕聲語，只恨天快明，言歸不欲歸……未能同床夢，長旅一場空。

藤代被芳三郎的舞蹈吸引似的撥彈著三弦琴，一邊唱著歌，一邊觀賞芳三郎猶如在舞台上表演〈保名〉的精采舞姿。恍惚間，櫻花彷彿從舞台上方紛紛飄下，拖曳著淺綠色裙袍的保名正漫步在油菜花盛開的田裡。

芳三郎從衣架上取下藤代的衣服披在肩上，儼然前帶飄垂的花魁模樣。他像保名追著情人的幻影，來到吉原[16]時，伸出細白柔軟的手姿，細膩地詮釋著吉原的男歡女愛和飲酒作樂的情景。他用充滿挑情而嬌豔的舞姿，追慕著死去的情人，讓藤代也不由得感受到那種切身的撫慰與快感。

這時，保名爲愛瘋狂的痴態，和芳三郎跳舞時的美豔身段交融爲一體，充滿了整個房間，讓藤代看得如痴如醉。

15〈保名〉：清澤萬吉作曲，篠田金治作詞，一八一八年三月江戶都座初演，本題〈深山櫻及兼樹振〉（深山之花十白）。

16吉原：舊時東京台東區的妓院區。

俊秀的男人、有才華的男人，以及可以焐暖藤代身體的男人……其實，藤代心裡明白，就像想要占有那份遺產一樣，她的確想把芳三郎占爲己有，如同占有高價難得的寶物那樣。

驀然，芳三郎停下舞動的手，走到藤代身旁。

「我不像保名那樣爲愛痴狂，但我可不會輕易受騙喔。」

芳三郎在藤代耳畔輕語，藤代膝上的三弦琴「砰」的掉落下來，他從後面抱住藤代的胸部，順勢把藤代拖到鋪好棉被的隔壁房間。

「啊，我的腳……」藤代爲自己的腳傷喊痛。

「忍耐一下，不要亂動嘛……」

他這樣哄著藤代，更用力地把藤代抱在懷裡了。

藤代忍受著腳踝的劇烈疼痛，突然想起她們派醫生到神木爲文乃診察的情景……文乃忍受著痛苦與恐懼，在眾人面前暴露私處，羞愧得蜷縮著身體……想到這裡，藤代扭傷的疼痛和那股蠢蠢欲動的情欲交織在一起，她不但不覺得羞恥，反而像是享受虐待般地沉浸在做愛的歡愉中。

❖

宇市坐在摺疊桌前，簡單地吃完味噌湯配鹹海帶的早餐後，直望著隔著庭院的主房。房東似乎已經外出，起居間沒有人影，房東太太好像到菜市場買東西，否則總會傳來嘈雜的收音機聲，只要她在家，總是開著收音機。

做盆栽樹苗生意的房東有一座五十坪大的庭院，裡面種著松樹、櫻樹、楓樹、杜鵑等植栽，整座庭院幾乎種滿了，樹隙間還放著石燈籠和庭石，狹窄得幾乎讓人無法通行。六月初的暖陽照在石燈籠上，顯得格外耀眼溫暖。

宇市像飽覽庭院景色般凝視良久，突然想到什麼似的趕緊關上面向走廊的玻璃門，回到房間角落，坐在陳舊的日式矮桌前。他拿起昨天深夜從店裡回來扔在桌上的皮製手提包，然後戒慎恐懼地環視四周，才把它打開。

手提包裡放著寫有客戶地址和電話的手冊、攜帶型小算盤、矢島商店的印鑑和小錢包等等。宇市伸手往提包底部翻找，旋即抓出揉成皺巴巴的長條紙片，拿到桌上，逐一把紙片的皺摺展平，再仔細地拼合起來。

漂白天布（天）　正正正正正正下　一、六五〇
漂白布文（文）　正正正正正𤴓　一、四五〇
久留米色染布　正正正正正正正正丅　二、一〇〇
久留米一色　正正正　七五〇
備後三十　正正正正正正正正正𤴓　二、二〇〇
天竺燕棉染布　正正下　六五〇

那些白色長紙片上寫著商品名稱和像選舉得票數的「正」字，最下面寫著數字。宇市頻頻點數著正字有幾個。染整的布料以五十匹爲單位，久留米色染布和備後染布是窄幅，以二十五匹爲單位、天竺棉染布寬幅也是以二十五匹爲單位。他計算完後，從毛織腰帶裡拿出從不離身的線裝帳本，也就是那本用暗號標記著山林的公頃數、有無砍伐權和杉木價格的筆記本。他翻到最後一頁，上面寫著：

漂天　一、六五〇　（二、六五〇）
漂文　一、四五〇　（三、四五〇）
久色　二、一〇〇　（四、一〇〇）
久一　七五〇　（一、七五〇）
備三十　二、二〇〇　（三、二〇〇）
天燕　六五〇　（一、六五〇）

所謂的「漂天」，是指每寸用橫線七十根、縱線七十四根編織的高級布料；所謂的「漂文」，是用縱線六十九根，橫線六十五根編織的漂白布；所謂的「久色」，是久留米染織的色布；「久一」是久留米織的白點花紋布；「備三十」是備後織的單幅高級布；「天燕」是印有燕子商標的天竺棉布。商品名稱下面的數字和紙條上的數字相同，但括弧裡的數字卻是加進去的，這是宇市昨天利用店裡盤點的機會，將一偷改成二或三，把二改成三或四，對照進貨內帳竄改的數字。

矢島商店通常在十二月三十日做庫存總盤點，不過每個月的月底仍會進行季別盤點，查核庫存商品的廠牌和進貨量。入贅女婿良吉負責營業倉庫的清點，宇市負責宅庫（宅邸中的倉庫）貨品和貨架物的清點。所謂的營業倉庫，是指向倉儲公司租賃存放商品的倉庫，每到當季盤點時，倉儲公司會提供庫存明細表，供承租客戶查核對照。不過，宅庫的庫存和貨架物，則由店員逐一清點，他們將廠牌和數量寫在紙條上，用「正」字表示，加上計算，再與進貨內帳核對。許多店員在清點時，常會發生重複清點或弄錯數字的情況。

宇市便是利用這個可趁之機，暗中動手腳，在織布廠尚未進貨之前，早已把上千匹布料偷偷賣掉，只在內帳上塡寫訂貨數量，等到月底盤點時，把這些商品名稱和數量記在腦子裡，將店員所報告的數字再巧妙地竄改成上千匹的單位，又能與內帳的數字核對得上。萬一露出破綻，便以店員清點時發生錯誤，要不就是以遭竊或汙損丟棄爲由，加以搪塞卸責，而每個月的月底在這數字動手腳，成了宇市不勞而獲的財源。

其實，無論是偷賣山林的杉木，向染整廠和紡織廠收取回扣，或每個月的月底利用店內盤點趁機竄改數字，都是在前任店主中風、長期臥病在床時，即悄悄進行。直到現在，這些行跡仍未被發現，讓他得以中飽私囊。他爲自己的五鬼搬運之能感到格外得意，闔上筆記本，站了起來，朝著主房那邊大大地咳了一聲。

「大野先生，你的限時信！」

突然傳來粗魯的叫聲。宇市打開玻璃門，只見房東太太一手提著菜籃，一手拿著限時信。

「什麼？限時信？眞難得呀，哪裡寄來的？」

膝下無子，早年喪偶，無親無故的宇市，平常很少收到郵件。

「什麼嘛，只寫著奈良縣鷲家。」

「咦？鷲家……？」

宇市站起來，連忙把信搶了過來。太郎吉設想得非常周密，並沒有在信封上寫上姓名，但宇市猜得出這絕對是護林員戶塚太郎吉寄來的。

他把拉門關上，趕緊把信拆開，粗糙的信紙上淨是難以判讀的鉛筆字，像蚯蚓般歪七扭八。

事情不妙了！

這兩三年來我幾乎沒寫過信，現在只好硬著頭皮寫了。字寫得很差，希望你耐心讀下去，因為我老婆頂多也只會寫這幾個字。

我說的事情不妙了，就是在四天前中午，你們家大小姐帶著一個讓人反感的男人到這裡來，劈頭就要我帶他們上山。我說：「你們跟大掌櫃打過招呼了嗎？」他們反倒問我：「難不成要來這裡看山也得一五一十向他報備嗎？」我怕他們起疑，便說我不是那個意思，只好帶他們上山。

下邊那片山林，上次在界標上動了點手腳，我已經把砍伐權拿去做擔保。山脊上的另一片杉林，不久前已經砍光了。我向來膽子很大，但這次他們突然上山，著實把我嚇出一身冷汗。

我故意帶他們繞遠路，走艱難的山路拖延時間，不過也不能老在山裡亂轉。老實說，我當時真的不知道該怎麼辦，急得差點尿出來。後來，山谷起了霧，西邊山峰飄過來烏雲，我心想待會兒可能會下雨，因為吉野山區常有急雨。總之，在急雨未來之前，我故意帶著他們在地形惡劣的杉林裡亂轉，消耗他們的體力。可是左等右等就是不下雨，最後只好拿鐮刀開路，帶著他們往危險的崖道走去。這時候剛好下起傾盆大雨，雷電交加，你們家大小姐差點被雷打中，還扭傷了腳，我只好把她背到工寮休息。多虧那場神風雷雨相助，才沒被他們看到那片已經砍得光禿的杉林。不過，他們說下次還要再來，如果真的再來，那怎麼辦才好？以我的智慧恐怕應付不了，還請大掌櫃趕快出主意。這對男女看起來真是狠角色，為了拉攏我，竟然開口要給我百分之十的佣金！說起來，我跟你並非只有幾天的交情，當然不會被他們收買，以後還請你多多提拔。

本來想早些寫信給你，因為心神不寧，寫不成字，僅以潦草的字跡，緊急向你通報。

太郎吉

宇市讀完信之後，對於藤代趁機搶先的行動愈發感到驚愕與不安。六天前，藤代穿著華麗的衣裳，說是要跟久違的學舞同伴去京都看藝妓表演，並在外面過夜。矢島家向來禁止未出嫁的女兒在外過夜，只允許離過婚的藤代每年春、秋兩次出外旅行，紓解煩悶心情，所以宇市對於藤代說要去京都並不覺得詫異，甚至對於她隔天跛著腳乘車回來，說是在京都清水寺的台階踩滑扭傷，也沒有起疑，完全信以爲眞。此外，在宇市看來，藤代雖然因爲查看山林受挫，以及阻擋文乃懷孕未果而憤怒不已，但還是照常學舞、去京都看藝妓表演，果眞是個不知民間疾苦的千金小姐，這才略感安心。然而，宇市萬萬沒想到，藤代居然不露聲色地二度前往鷲家查看山林，這讓他不由得感到一陣頭皮發麻。

和藤代同行的男子到底是誰？太郎吉只在信中提到對方是個令人討厭的傢伙，但能讓心高氣傲的藤代放在眼裡，又陪她在鷲家過夜，絕對不是簡單的角色。這麼說來，藤代對自己繼承的出租房值多少錢，以及上次去看山林時，居然對地皮和杉木價格知之甚詳，絕非一般女子能懂的專業見解，看來是這名男子在背後出謀策畫。而且初次與太郎吉見面，就說要給他百分之十的佣金，極力拉攏之能事，可見得那名男子很有商業手腕。

宇市心想，倘若那名男子和藤代再度去鷲家，憑太郎吉一個人絕對應付不了，他必須在藤代腳傷痊癒以前趕緊想出對策阻止他們。此外，這段時間，還得給太郎吉更多好處才行。雖說他在信中表示「我跟你不是幾天的交情，當然不會被他們收買，以後還請你多多提拔」……若完全相信他的說詞，到時候可能被反將一軍。

宇市一反昨天深夜爲自己在盤點時暗做手腳而自鳴得意的心緒，臉上的表情頓時苦悶起來。他把太郎吉的來信捲成一團，準備塞進壁櫥裡的抽屜，這時好像有人走過來。

「有人在家嗎？」

對方沒等宇市回應，一坪半大的玄關門旋即被推開了。宇市趕緊關上抽屜。

「我是君枝，您起來了？」

說著，君枝便冒冒失失地走了上來。她提著一個大布包，和一個月前去文乃家當看護時一樣的打扮，不知出了什麼事，她只是板著臉孔翻著白眼。

「發生什麼事了？一大清早就跑來，先坐下吧。」宇市爲緩和神情激動的君枝遞出坐墊勸說道。

「我不要去當什麼看護了，從今天起就不幹了。」君枝說著，把那布包狠狠地摔到榻榻米上。

「到底發生什麼事嘛，你不說我哪知道呀。」

「我跟凸眼婦吵架了。」

「什麼？凸眼婦？你跟西藥房老闆娘……？」宇市慌忙地反問道。

「嗯，就是那個多管閒事的凸眼婦。我去當看護的頭幾天，她倒沒說什麼，可是最近常常來，好像她是文乃的親戚似的對我說三道四。明明醫生那邊已經開了藥，她卻說她有什麼營養劑啦，對胎兒有幫助啦，就像是賣藥的江湖郎中，說她推薦的藥多有效，專推銷那些昂貴的藥品。今天一大早她又來了，嫌我煮的飯菜難吃，還挑剔說那些飯菜對文乃的腎臟有害，反而推銷起所謂有益腎臟的昂貴藥品來。我衝著她說：『你不要假惺惺說是來探病，實際上是來推銷藥品。你若眞的有心探病，那就免費送給文乃吧。』她竟然罵我，不需要我這種三等貨色的看護，她隨時可以找人來幫忙。我頂她一句說：『我不是你的傭人，我是文乃的看護。』氣得直看著文乃！可是文乃沒做任何表示，所以我沒跟她打聲招呼就出來了，眞是氣死我了……」

君枝正要喋喋不休地說下去，宇市那雙細眼露出嚴厲的眼神。

「好了，你給我閉嘴！我不是讓你去跟凸眼婦吵架的，而是讓你去監視文乃，充當我的眼線。怎麼樣，有什麼進展嗎？」

君枝被宇市威嚴的語氣所壓倒，暫時沉默下來，只是翻著白眼看著宇市。

「其實，在矢島家那些女人離去的隔天，文乃整個人變得很有朝氣，一心一意只想平安生下孩子。只要醫生推薦的東西，或凸眼婦推銷有助於胎兒的藥品，她都毫不手軟地買來保健身體。她的身體逐漸好轉，連腎臟腫脹的毛病也大有改善。」

「噢，這麼說，那生孩子是沒什麼可擔心的嘍？」

「我是不懂那些艱深的病名啦，可是以我這個外行人來看，她食欲不錯，什麼都能吃了，而且愈來愈健康，生孩子應該不成問題吧，只是我覺得她的腦袋好像有點怪怪的……」

「咦？腦袋有點怪怪的……？」宇市不由得大聲反問道。

「嗯，她有時候好像在想什麼事情，又突然莫名其妙地傻笑。」

「時常傻笑……？什麼時候開始的？」

「這個嘛，自從矢島家大小姐奪走她供奉在壁龕上的照片以後，她每天就盯著壁龕發呆。五天前，她突然說要去住吉神社拜拜，我嚇了一跳，阻止她說沒有醫生允許是不能去的。不過，她卻說她只相信住吉神社，堅持要去拜拜。無奈之餘，我只好幫她叫了車。問題是，她並沒有去住吉神社，而是去旁邊的小神社買了一個梳著髮髻、穿著紅色褲裙的土偶。她把那個小木偶放在神社的供台上，拜禱良久以後，從袖子裡拿出小方綢巾，宛如寶貝般地把它包了起來，帶回家中，放在原來放老爺照片處的壁龕供奉；每天早上照常給它供飯，有時還盯著那個木偶兀自發笑，不由得讓人覺得可怕……但話說回來，她雖是人家的妾室，不久前遭到本家女人們強按著身體，在眾人面前暴露私處給婦產科醫生診察，難怪她刺激太大，精神有點問題。難道做小妾的就得受到這種殘酷的對待嗎？」

君枝站在同爲小妾的立場，語帶憤恨地說著，宇市沒有回答。

「她到底跟那木偶求些什麼？」

「我也是第一次聽說的，那好像是用來求子借種的木偶。」

「什麼？借種……？」

「是的，那神社原本供奉著保佑五穀豐收的神明，意思就是信徒可以向神明預借農作物的種子，後來慢慢演變成賜子安產的神明。」

宇市邊聽著君枝的話，邊想像文乃對著那個梳著髮髻、穿著紅色褲裙的賜子木偶，像精神錯亂者兀自傻笑的身影時，不由得感到背脊發冷。正如君枝所說，文乃在眾人面前受盡羞辱，刺激太大導致精神上出了問題。

「對了，我交代的事情辦得怎麼樣？有沒有找到像文件之類的東西？」

君枝先是思索了一下，接著說道：「上次，矢島家的女人回去以後，我折返客廳時，剛好看到文乃打開壁櫥裡的立櫃抽屜，把一個白色信封塞進男性衣物裡。從那以後，我特別留心那裡，便趁著尋找她的衣服時，很快地翻找了一番，不過她好像把它藏到其他地方了，我怎麼找也找不到。而且，我總覺得她開始對我起疑。」

「什麼？她開始對你起疑？」

「不，沒什麼啦，我只是這樣覺得。」

宇市這才安心下來，語聲溫柔地說：「這樣做是委屈你，不過你就別計較那麼多，回神木去吧？有你在那裡充當我的眼線，我也比較好辦事。將來，絕對會讓你過好日子……」

宇市這樣懇求著君枝，除此之外還得提防搶在他之前去了鷲家的藤代和那名男子。他一想到文乃那宛如精神錯亂者般恐怖的傻笑，又得應付她可能另有隱情，想到自己腹背受敵，不由得感到不祥的兆頭已擋在眼前。

❖

千壽很早就察覺良吉坐在身旁的鋪被上默默地在想些什麼。早晨的陽光從木格窗縫間射了進來，抬頭看著枕邊的時鐘，螢光指針指著六點半。

昨夜，關上店門，做完每個月的盤點之後，良吉回到千壽的房間已經是凌晨一點了。後來雖然良吉已經醒了，但爲了不吵醒千壽，他摸黑找了菸灰缸，小心翼翼地點了根香菸；又怕煙氣吹到千壽臉上，便稍微拉開隔壁房間的拉門，把煙氣往門縫吐去。

這是良吉和千壽結婚以來的習慣。良吉不僅在白天，即使在四下無人的深夜床笫間，也對招婿入門的千壽客氣有加。千壽並不覺得奇怪。在良吉入贅爲婿的新婚之夜，當時還健在的母親松子把喝完交杯酒的千壽叫到隔壁房間耳提面命：「咱們家跟其他人家不同，咱們是女系家族，一般規矩是以男性爲主，頭朝壁龕睡在右側，但你是招婿入門的女兒，應該睡在右側。夫婦之間的房事也是一樣，以你爲主，讓男方來滿足你的需求。你祖母和我都是這樣生活的。」

千壽當時有說不出的難堪，似乎已嗅出這個以女性爲主的女系家族荒謬之處，感到不可思議。上床以後，讓良吉提供服務。房事完畢後，良吉俐落地處理一切，千壽的肉體感到無比的歡愉與滿足。剛開始，千壽總覺得男女的立場好像顚倒而感到內疚，後來便慢慢地習慣了；只要她有做愛的情欲時，便一語不發，做痛苦狀地推開枕頭權充暗示，良吉即使白天工作疲累，照樣得滿足千壽的需求。有時候，千壽總覺得自己在夜裡比一般女人來得矜持靦腆，但性欲是否太強烈了？因而暗自感到羞恥。有時，她也猜疑他們生不出孩子，是不是因爲房事太過頻繁？良吉入贅爲婿這六年來，從未拒絕過千壽的求歡。不僅如此，即使良吉隔天很早醒來，也總是怕吵到千壽，處處留心。尤其千壽討厭香菸的臭味，良吉抽菸時，總是習慣地用雙手搧開氤氳的煙氣。

千壽緩緩地翻了個身，靠向良吉身邊，仰著頭探問：「你起得眞早，有什麼事情煩心嗎？」

「不，沒什麼，沒什麼大不了的事，只是……」良吉含糊以對。

「討厭，有什麼事瞞著我吧？昨天店裡剛做完盤點，莫非出了什麼事？」

良吉不知如何回答，沉默了一下，最後終於說道：「我覺得盤點的結果有點問題。」

「咦？盤點有問題……？」千壽驚訝地看著良吉。

「嗯，庫存商品和進貨帳簿的數目的確吻合，可是依我的目測，庫存商品的數量似乎比帳面數字來得少。」

「可是打烊以後，店員做完全部的盤點，兩者的數字又完全吻合，還有什麼問題嗎？」千壽納悶地反問。

「是啊，昨天我核對過兩者的數字確實吻合，所以當場沒多說什麼，可是我總覺得宅庫的庫存量和帳面上的數字有點出入。」良吉以想要找出其中癥結似的沉重口吻說：「其實是昨天盤點結束後，我突然想起有三百匹布料必須發貨到外縣市，便告訴持有鑰匙的宇市先生。他跟平常一樣，總是不交辦給年輕店員，那把老骨頭還要親自發貨。我隨後到宅庫一看，那些五十匹捆成一堆的布料與帳本上的數字相比，顯然少了很多。當然，我只是目測而已，並沒有逐匹清點，而且當時有五名店員進入宅庫，在紙條上寫著『正』字計算數量，所得數字又與帳面上符合，就沒有多加質疑，只是覺得有點奇怪。說來奇怪，自從父親死後，雖說營業倉庫和店內的盤點由我負責，可是宅庫的盤點工作從不讓我過問，總是由宇市先生親自掌管。細想起來，有關營業倉庫方面，倉儲公司都會提供寄存的商品數量清單，只要與帳面上符合，是不成問題的，而店裡的庫存盤點，因爲廠牌和種類各異，就算從中動點手腳，也很難看得出來。再說宅庫的出貨大權掌握在宇市先生手裡，他要搞什麼把戲，誰也弄不清楚。不過，目前沒什麼具體證據，帳面上又查不出什麼問題……但終究是……」

良吉來回兜圈子說著，深深地嘆了口氣。千壽猛地站起來，表情嚴肅地望著良吉。

「你根本不必對宇市先生客氣嘛。試想等到繼承遺產之後，你就是矢島商店的第五代店主呀，覺得奇怪，可以當面找他問清楚呀。」

「不行，目前還沒有具體證據，若直接找他問話，可能引發嚴重的後果。這次無論是遺產繼承的問題，或是有關矢島家的財產目錄、文乃懷孕的事情，以及其他我們不知情的狀況，都掌握在宇市先生手裡，在還沒有順利取得遺產之前，我們不可輕舉妄動。無論發生什麼事，只能觀察靜候。」

良吉有所顧忌地說著，千壽不由得露出輕蔑的神色。

「難道做爲入贅女婿就需要那麼委屈求全嗎？沒錯，遺產的繼承問題是很重要，可是在商言商，若發覺事情不對，年輕店主當面質問大掌櫃，也是天經地義吧。」

千壽話中帶刺。良吉捻熄香菸，神情嚴肅地說：「總之，現在不是抖出他底細的時機。不過，等到你順利繼承遺產，做爲你的配偶，我實際握有矢島商店第五代店主的營業大權之後，一旦他讓我抓到把柄，我會毫不留情地把這個不把我看在眼裡的老頭修理一頓。所以在這之前，勞煩你配合一下。」

良吉帶著無比隱忍和且待日後報復的口氣說著，看了看枕邊的時鐘。

「啊，已經七點多了，我該起床了。」

說著，他微微打開靠近走廊的木板套窗，早晨的陽光射進了房間，庭前的樹葉被夜露打得濕透。良吉朝藤代尚未打開木板套窗的房間看了看。

「大姊的腳傷後來怎樣了？」

「她從京都回來，腳上裹著濕布下車時，我著實嚇了一跳。阿清扶著她走到門口，她直拍著阿清的肩膀哇哇大叫，害我擔心得要命，可是昨天晚上又好像好了許多。她就是這樣任性，難怪在清水寺遭了報應。」千壽無聲地竊笑著。

「但是話說回來，像大姊那麼精明的人，去京都觀光，居然在清水寺的階梯滑倒扭傷，未免太不可思議了。」良吉納悶地說著。「對了，最近很少看到三小姐，她的心情怎麼樣？」

「她呀，還是跟以前一樣，一下子學烹飪、一下子學插花，這次又說要去學什麼手工藝。自從父親去世以後，她滿腦子只想出去玩，今天中午就跟今橋的姨母去三越百貨公司看新款和服展示會。」

「這麼說，只有你這個結了婚的人整天躲在家裡嘍。」

良吉嘲諷似的笑著，千壽突然露出嚴厲的眼神。

「等遺產分配底定以後，我也想去外面逛逛。不過在這之前，我得在家裡仔細觀察她們的動靜，我絕對不能有任何損失。」千壽陰沉而冷冷地說著。

❖

雖然說時節剛進入六月，但三越百貨公司新款和服的展場上全是夏季服裝。衣架上掛著輕薄的會客和服，以及搭配羅、紗、夏大島、鹽澤、越後上布、絽綴腰帶等等清涼衣物，顧客在店員的帶領下，爭先欣賞著新款的華麗和服。

雛子也在姨母芳子的慫恿下，穿著蠟纈染法[17]的單衣，配上草花圖樣的腰帶，打扮得像個千金小姐，在人群中爭看著新款和服。這樣的場合與其說是來選購衣服，還不如說像在歌舞伎座看戲的幕間休息時間，穿著時髦的觀眾蜂擁而出，香水味和人群的熱氣蒸騰瀰漫，熱得雛子額頭冒出了汗珠。

「雛子，怎麼樣？全是些上等和服吧。雖說夏季的駒絽會客和服最好的一件要價十五萬八千圓，腰帶一條七八萬圓，其實也不值得大驚小怪，只要你順利繼承遺產，再貴的衣服你都買得起。」姨母芳子湊近雛子耳畔低聲說道。

聽到姨母這番露骨的話，雛子臉上微微發燙；但看到眼前那麼多顧客對著華麗的和服發出讚嘆聲，她一想到只要繼承遺產，就能像購買便宜洋裙般要買多少就買多少，不由得一臉歡快地露出兩朵酒窩。

「不過，我常覺得買那麼多和服好嗎？我倒想買件高級的晚禮服呢。」

「什麼？禮服？你對那種東西有興趣啊？」姨母吃驚地看著雛子，接著說道：「出嫁之前，難免會對那種東西有興趣；一旦嫁了人，當然要買質料最好、染織最高級的和服嘍。我做姑娘的時代，每當有包裝精美的新和服寄來，總要打電話問三越和服部的店員我何時訂製了這套和服呢。對方就詳細解釋，這是某月某日夫人您和小姐帶著兩名女傭過來時所訂購的。總要到這時候，我才猛然想起來，原來每次逛新款和服展示會，我總會不自覺地多買了幾套。」

姨母懷念起小姐時代的奢華生活，接著突然想到什麼似的說：「雛子，你若有喜歡的衣服，儘管告訴姨母，姨母買給你。你母親很早就去世了，而你大姊只會替自己盤算，做起事來任性妄為，你二姊滿腦子想的是怕少分到遺產，我若沒多疼你一些，你也太可憐了。」

---

17 蠟纈染法：用蠟和樹脂在布上畫上花樣，浸入染料再除蠟，染成白色花樣。

說著，朝和服展示場走去。

「哎呀，矢島夫人，好久不見了……」

背後傳來了尖聲招呼，芳子回頭一看，一名穿著鹽澤素面高級和服，繫著銀色絽緞腰帶，年約三十七八歲的商家夫人，對著她欠身打招呼。

「哎呀，是金正家的少夫人啊，眞巧居然在這裡遇見您……上次，我眞要好好謝謝您。」芳子偶然遇到舊識卻故作誇張地說：「這位是我的外甥女，她是矢島家最小的女兒雛子。」

說著，便把雛子推上前做介紹。雛子一聽對方是三個月前來提親的金正鑄器批發商的少夫人，不禁神情僵硬，默默地低下頭來。姨母爲了緩和尷尬氣氛，連忙陪著笑臉說：「您今天是特地來選購衣服的嗎？我是帶我這外甥女來買些新裝……」

芳子用儼然母親身分的口吻說著，對方卻凝視著雛子。

「像雛子這麼可愛的小姐，想必對衣服很挑剔，也擁有許多衣服吧？」

對方從雛子穿著與年齡不甚相符的高級和服推測她出嫁時可能準備的衣裳。

「才不是呢，她還是偏愛洋裝之類的服飾，要求並不高，所以今天想買件大島染織的和服……」

說著，朝掛在衣架上的和服看了一眼。

「是啊，才二十出頭的小姐就能買大島染織的和服，不愧是矢島家的人……」

金正家少夫人說著，也過來打量那件和服。此時，一股濃烈的香水味撲鼻而來，一名年約三十六七歲的少婦，脖頸白皙、身穿淺綠底碎菊縫製圖案的夏季和服，從雛子和芳子之間擠過去，走到掛著薩摩上布的衣架前，詢問一旁的店員：「薩摩產的布料只有這些嗎？」

「是的，目前產量很少，而且最近購買薩摩上布的顧客或是具有這種染織技術的師傅愈來愈少了……」店員一邊搓著手，一邊答道。

「是嗎？那麻煩你把左邊算起第三個，印有細龜甲紋的那匹布給我看看。」

店員立刻走近陳列架，把那匹印有龜甲花紋的薩摩上布從衣架上拿了下來。同時，也把標價十九萬八千圓的牌子攤開，好像故意攤給雛子她們看似的。那女人朝標價看了一眼，陶醉般地撫摸著那匹高級布料，兀自嘟囔著：「這布料眞高級，質地柔軟，色澤又美，果眞是薩摩產的……那好，我就買這塊布料，剛好配合這季節穿，你們要盡快趕工替我送來。」說著，當場闊氣地付了現金，再裝模作樣地穿過擁擠的人群離去。

「出手眞大方呀，她是誰家的闊太太？」金正家少夫人有點不悅地問道。

「嗯，看她的打扮那麼俗氣，又不懂得品味，連走路的姿態也裝模作樣的，八成是人家的小妾吧。」姨母芳子隨即聯想到住在神木的文乃，於是這麼說道。

「果眞是人家的小妾呀，我也這樣覺得，想不到這種人大白天居然敢在貴婦人和商家大小姐聚集的地方出現呢。」金正家少夫人皺著眉頭呼應著。

姨母芳子不屑地說著，雛子又想起在文乃家中發生的那件事。距離那日，已經過了一個半月，大姊藤代照樣去京都看藝妓的舞蹈表演，還在清水寺的石階扭傷腳踝，而二姊千壽佯裝什麼也沒發生似的，讓雛子感受到莫名的衝擊。

那時候，她和宇市退到父親和小妾的隔壁臥房，還是清楚聽到了文乃在房間裡的動靜。她知道姨母和藤代正在欺負文乃，每次婦產科醫生發出使用器具的金屬聲，隨即傳出文乃異樣的呻吟聲。她帶著恐懼和好奇心偷看著宇市，而宇市彷彿嗅覺敏銳的動物般已嗅出什麼東西似的貼近牆邊，鼻頭冒汗，蹲伏了下來。她若有任何動靜，宇市立刻投來嚴厲的目光。從那以後，她偶爾會想起當天充滿殘酷氛圍的情景，尤其是看到姨母和藤代事後故作平靜的神情，她終於看出女人勾心鬥角又難以捉摸的內心世界。

「怎麼了？今天的款式若不滿意，我們下次再來看。走吧，我們跟金正家少夫人去喝杯茶？」

看到姨母如此機敏的安排，雛子這才察覺原來今天和金正家少夫人在展場碰面絕非偶然，而是為了下次相親預作準備。

步出三越百貨公司，走進本町二丁目的日式茶室「露屋」，裡面的擺設明明只是民俗風的木雕矮桌和稻稈紮成的椅子，金正家少夫人卻像坐在正統茶室般地挺起胸膛，從懷裡拿出懷紙來裝盛糕點，按照茶道規矩般喝著茶。姨母也學她裝模作樣地喝著薄茶，雛子故意不理睬那些規矩，而是像喝咖啡般輕鬆地飲著面前的薄茶。姨母見狀連忙從桌下扯了扯雛子的衣袖，雛子則佯裝不知，也不從手提包裡拿出懷紙，而是直接拿起盤子裡的露芝饅頭。

金正家少夫人抬起那張眼角微微上吊的白皙臉孔轉向雛子：「果眞是良家的三小姐呀，無論做什麼事都這麼文雅和天眞……」並沒有給予壞臉色，反而是帶著恭維的語氣說：「三小姐，聽說你很會做日本料理，尤其在拼盤和器皿的搭配上都很精湛，不輸給道地的廚師……」

看來金正家少夫人已經做過調查，知道雛子每個星期去淑德烹飪班上兩次課。

「不，我跟姊姊們不一樣，我討厭學這學那的。只是若不找個藉口，根本沒機會外出呢。」雛子沒好氣地答道。

「最近的年輕人總是隨意出門，那種沒有藉口就不准出門的好人家早就不存在了，真不愧是矢島家，還保持著嚴謹的家風……」

金正家少夫人故意說反話，白皙的臉龐綻開笑容，一雙眼角倒吊的狐眼跟著笑開了。不知她是把二十二歲的雛子當成小孩看待？還是因爲她是金正家六兄弟的長嫂，爲小叔的親事必須這樣陪笑臉？儘管雛子始終板著臉孔，她還是耐心地和雛子攀談。這時候，姨母就趁機緩頰，要不就是陪著笑聲居中打圓場。雛子則讓姨母唱獨角戲，在離開以前，始終沒有好臉色。

和金正家少夫人分手後，來到堺街時，雛子依舊不吭一聲、面帶慍色，只顧著往前走。她知道姨母芳子在後面氣喘吁吁地追了上來，反而加快腳步。看得出來她是爲了姨母邀她去三越百貨公司看夏季新款和服展示會，故意製造與金正家少夫人不期而遇的機會，再拖著她去茶室耗了一個小時，最後演變成事前相親而感到十分生氣。

「雛子，等我一下嘛，走那麼快，我的血壓都升高了……」姨母在後面喊著。

在午後熙來攘往的堺街步道上，姨母芳子滿頭大汗、氣喘吁吁地急步追趕。她追到雛子身旁，喘著大氣說：「雛子，你到底怎麼了？跟人家見面也不好好打招呼，來到外面，又把我扔在一旁，只顧著往前走……我在後面追著你跑，簡直難堪死了！」她邊拭著額上的汗珠，邊責罵著。

雛子撇了一下腮唇說道：「我才難堪呢。對方也不跟我打聲招呼，就像買東西似的對我品頭論足……其實，眞要安排這種事的話，早告訴我一聲嘛。居然沒有任何預告，也不聽聽我的意見，就貿然地讓人家來看我，姨母實在太過分了！」

雛子邊走著，邊忿忿不平地說著。

面對雛子的強烈反彈，姨母頓時不知如何回答。

「雛子，你用不著這麼生氣嘛！我只是希望你早點考慮婚事，金正家那邊剛好催得急，我又怕倉促相親沒結果會弄得彼此尷尬，不如由對方的兄嫂先來看看，於是才安排了這個機會。再說今天又不是跟對方正式相親，你何必那麼在意呢。」

「不，我很在意。以我現在的年齡還不想結婚！」

「咦？不想結婚……？你已到了適婚年齡還想做什麼？難不成……」姨母芳子欲言又止，接著說道：「雛子，這種事情不方便在路上講，再走個幾百公尺就到我家了，我們到裡面談吧。」

說著，姨母芳子突然噤口不語，從堺街往北走了一百多公尺，再從今橋的轉角處往西拐去。今橋街不像雛子家那邊遭受過戰火洗劫，還保留著許多船場風格的建築物，過了舊鴻池邸[18]，就是姨母家了。

姨母昂首穿越印有「島」字商號的門簾，並沒有理會店員的招呼，朝著帳房裡的丈夫米治郎瞥了一眼，就走進了便門。雛子跟在姨母後面，穿越中門和一個小房間，來到面向庭院的起居室。

姨母和雛子對視而坐，中間隔著百年杉木打造的日式矮桌，喝過女傭端來的粗茶後，姨母趕忙認眞地問：「雛子，你剛才在路上說還不想結婚，到底是指什麼事？」

「姨母，你眞討厭耶，怎麼突然這麼認眞啊……？」雛子感到有點可笑，於是說道：「當然是遺產繼承的事嘛……」

「噢，原來是爲這件事啊……」

雛子以爲姨母可能會因此失望，不料她卻露出了安心的表情。

「那你以爲我在想什麼呢？」

「我是擔心你有了意中人。」

「哎呀，你想太多了。我現在哪有心情和閒工夫去想那些事呀。這次的遺產分配，我雖是家中排行最小，但我絕不容許兩個姊姊拿得比我多，哪怕是多分一百萬或兩百萬。不，就算是多分十萬或二十萬，我也不願意吃這種悶虧。第一次召開家族會議時，我和姊姊們爲了分配遺產，雖然有點爭執，但還不是很在意。後來請古董商評估過我所分得的古董文物價値，以及在宇市先生的帶領下去看過了山林之後，我慢慢有了主見，今後無論姊姊們有什麼動作，我絕不退讓也不願吃虧，這就是我眼前要處理的事。」雛子定睛凝神，語帶堅定地說道。

「不愧是雛子啊，雖然是老么，但該是你的就不要少拿……不過拿多少固然重要，到手以後要怎麼處理更重要呢。」

18舊鴻池邸：江戶時代大阪的富商。

「咦？到手以後……？」雛子驚訝地反問道。

「是啊，繼承再多的遺產，事後怎麼處理才重要呢。你一旦嫁了人，財產就歸對方所有，所以從這點來看，招婿入門最划算。問題是，家裡又有離過婚的藤代和千壽夫婦，你打算怎麼做？」

「打算怎麼做？我還沒想那麼多……」

雛子說得支吾其詞，姨母立刻移動肥胖的雙膝向前說道：「既然如此，乾脆做我的養女怎麼樣？」

「咦？做姨母的養女？」

雛子驚訝地張著嘴，懷疑自己聽錯似的，直望著姨母的臉龐。姨母爲緩和雛子驚愕的反應，投以溫柔的目光說道：「我突然提出這個要求，難怪你大吃一驚。你也知道，姨母生的女兒一個月後便夭折了；若她現在還活著，大概跟你一樣大了。從那以後，我一直過著沒有子女的生活，倒也不在意，但過了五十歲，總覺得愈來愈寂寞。自從你父親去世以後，我開始照料你的生活，便想讓你做我的養女，以後就可以招婿入門。這樣一來，就不用爲我們的關係擔心或費神，我相信你母親在天之靈一定很高興……」

姨母驀然語帶哽咽，那雙跟姊姊松子一樣的鳳眼噙著淚水。從芳子此舉看來，可知自從嘉藏去世以後，矢島家有關遺產分配的利害得失，都是她在雛子背後出謀策畫的。確切地說，姨母在建議雛子評估所得的古董文物時，並沒有委託矢島家時常往來的古董商，反而叫外面的古董商京雅堂故意把價錢估低，讓雛子所繼承的遺產看起來比兩個姊姊還少，這一切都是出自她的指使。倘若沒有姨母在背後出謀獻策，面對凡事自以爲是、作風強勢的大姊，以及看似文靜、私底下卻叫醫生對文乃做出如此殘酷「診察」動作的二姊，或許雛子根本毫無招架之力。然而，雛子想在繼承遺產以後，去體驗一下未知而奇妙的世界。她抬起圓潤的臉龐，略帶猶豫地說：「事情來得太突然，我不知道該怎麼做。」

「是啊，我剛開始也沒有這種想法，在爲你想方設法後，慢慢滋生了把你當成女兒的感情，想把你留在身邊……」姨母說著，不像平常那樣冷靜，反而是情溢於表地噙著淚水笑了笑。雛子見狀，一時不知所措。

「姨母的心意我非常了解，你這麼關心我……給我點時間想想吧。」說著，雛子低下頭來。

「說的也是，我會給你時間仔細想想，直到你同意爲止。」接著，姨母用理解的口氣說道：「不管你當不當我的養女，先跟金正家的公子相親也不是件壞事。當然，繼承遺產是件大事，可是對方直催著要相親，我們也不能置之不理。再說你若看不中意，拒絕也沒關係啊。金正家在船場鑄器批發商當中，可說是名門之家。他們家公子的照片和家世背景，之前已經給你看過了。」

雛子的腦海裡又浮現那個比自己大四歲、五官清秀看似穩重的金正六郎。看來，姨母今天所提的，無論是當養女或相親，她若沒給個明確回覆就回去的話，顯然不好交代。她心想，好吧，若看得不滿意，推掉不就得了。

「好吧，我就照姨母的安排跟對方見個面。」

姨母見雛子答應得如此直率，立刻說道：「你眞的答應了？太好了，那我趕快把這件事告訴藤代和千壽，準備安排你們相親。不過，你不能把我要收你當養女的事告訴她們喔。誰知道她們心裡在想什麼。之前，我也跟你說過，她們若知道你要相親，會把注意力轉移到那邊，以後談遺產分配也容易些。總之，我們今天商量的事情絕不能讓她們知道，聽懂了沒？絕不可以說出去！」

姨母擔心藤代和千壽胡亂猜忌，極力要雛子嚴守這個祕密。

芳子見雛子走過庭院往店門口走去之後，才從便門穿越中門，站在隔著店內與內室的門簾後面叫喚帳房裡的米治郎。

「老公，你進來一下。」

芳子這麼一叫，原本像石頭般動也不動的米治郎吃驚地轉過身來說：「你躲在後面這麼突然一叫，害我嚇一跳，有事可以叫女傭來嘛……好啦，我馬上過去，你等我一下。」

就跟已故的矢島嘉藏一樣，米治郎是在矢島商店做掌櫃時被芳子招贅入門，然後才分家出去的；他跟芳子結婚三十年，對其應對進退的態度仍不改像對待他人般行禮如儀。他闔上帳簿，深深地嘆了口氣，環視著冷清的店內，才走出了帳房。

走進芳子的房間後，米治郎朝剛才雛子坐過的坐墊看了一眼。

「噢，三小姐回去了？怎麼那麼早就回去啊？」

接著，他沒再說些什麼，默默地點了根香菸。芳子邊從碗櫃裡拿出茶壺，邊打量著米治郎的表情，然後用不由分說的語氣問道：「你都不擔心嗎？」

「什麼事？」米治郎反問道。

「你還不知道？就是讓雛子來我們家當養女的事啊……」

「啊，你是說那件事？依我看來，大概很難吧。」

米治郎說話時盡量表現得若無其事，不刺激芳子，但是芳子的臉色陡然一變。

「有什麼難？像你這樣膽小怕事，做起事來保守得要命，難怪店裡的生意愈做愈差。我們好不容易分到本家的『島』字號，生意卻不見起色，再不振作的話，恐怕要關門大吉了。情況這麼糟，我不擔心才怪呢！所以無論如何，我都要把雛子拉來當我們家的養女，非得把她分得的遺產變成我們家的才行！」

「話是這麼說沒錯，但最終還是要看雛子的意思，這只是我們一廂情願的打算。另外，生意做得不好，主要是我沒有嘉藏的本事。雖說我們都在本家工作，從掌櫃當上店主，但嘉藏把本家的生意做得有聲有色，我卻沒他一半的才能。即使將分家交給我經營，我卻經營不善，只怪自己沒本事，這只能說是報應吧。」米治郎誠惶誠恐地說道。

「你這麼說，我們的商店要怎麼辦？韓戰爆發之初，景氣還算不錯的時候，我們在九州的福屋百貨店有將近一千萬的營業額；可是韓戰結束以後，景氣愈來愈差，導致福屋百貨倒閉，應收帳款也收不回來，店裡的周轉才會變得這麼困窘。現在，只有把雛子收作養女，然後把她繼承的遺產全部納爲己有，沒有其他辦法可施，或者你有什麼對策？」芳子怒不可遏地說道。

米治郎只是低著頭，為自己的無能感到抱歉，他賠罪道：「老實說，現在要怎麼做，我也說不上來。總之，今後我會振作起來，請你再忍耐一下。」

「算了，你那些話我早就聽膩了。嘉藏去世之前，金正家就有意要來提親，我非把這樁婚事談妥不可。所以這次無論如何都要把雛子收來做養女，從她身上拿到我沒分得的財產，用這些錢來重振我們店家。」

「那是沒辦法的事嘛。二次大戰前的法律規定遺產都是由長子繼承，哪怕是家裡的一根木頭或一抔灶灰都歸他所有，誰也別想分得，這是勉強不得的呀。」

米治郎試圖安撫情緒激動的芳子，但芳子變得更暴怒了。

「有這麼可惡的法律嗎？矢島家就生了我們兩個姊妹，我只不過晚她一年出生，卻只能在矢島家吃冷飯！現在眼睜睜看著我那三個外甥女在瓜分矢島家的財產，這口氣我哪吞得下呀，天底下有這麼不公平的待遇嗎？總歸一句，那些遺產當中有我的份在內，我當初應該和姊姊平分的，可是卻沒有分給我，所以這次我絕對要從雛子身上把我損失的部分統統要回來！」

芳子露出憤怒偏執的眼神，雙手抓著雛子坐過的坐墊，彷彿要把它撕裂似的。

❖

藤代裹著綳帶的右腳伸到矮桌底下，托著下巴，眯著眼睛兀自笑著。

她和梅村芳三郎去鷲家查看山林已經過了半個月，千壽夫婦及雛子他們姑且不說，連宇市都相信她是在京都清水寺的石階扭傷腳踝的。而她爲了取信他們，還專程請接骨師來家裡看診，煞有介事地裹上濕布，忍著不外出，將自己關在家裡。

她想起芳三郎時，便覺得全身充滿著莫名的騷動。在吉野的那個夜晚，她初次體驗到在前夫三田村晉輔那裡所無法釋放的狂熱情欲，光是想起當時的交歡情景，就感到欲火焚身。其實，她並沒有特別要跟芳三郎維持什麼樣的關係，儘管事後她爲自己愈陷愈深而感到羞恥，但每每想起芳三郎那充滿彈性又像蛇般纏繞的軀體，她便無法控制自己的情欲。

走廊上傳來腳步聲，停在藤代的房間門口。

「我是宇市，可以進去嗎？」宇市在門外出聲說道。

「有什麼事……？進來吧。」

藤代說著，仍沒把伸出去的腳收回，直接讓宇市進來。藤代扭傷腳踝坐車回來的那天，宇市來探望過她，後來雙方忙著各自的事，再也沒碰面。宇市拉開拉門走進房間，馬上屈身來到藤代裹著厚繃帶的腳跟前，窺探地問道：「這麼久都沒來探望大小姐，實在很失禮。您的腳傷有沒有好點？」

「託你的福，沒那麼痛了。不過要完全康復，還需要很長的時間。聽說扭傷嚴重者，需要花兩個月時間調養，目前最重要的是讓患部休養。」藤代故意皺著眉頭說道。

「這麼嚴重啊，這就怪了。」宇市歪著頭說道。

「有什麼好怪的……？」藤代口氣不悅地說著。

「像我這種老頭子走清水寺的石階都不曾滑倒，大小姐您這麼年輕卻扭傷成這樣，好像上山扭傷腳踝似的……」宇市露出嚴厲的目光說道：「上次，我帶您們去鷲家查看那片山林已經有些日子了，接下來要準備召開第四次家族會議，決定遺產的繼承，您覺得怎樣？」

宇市冷不妨提出遺產繼承的問題。

「宇市先生今天就是爲這件事來的嗎？」

儘管這樣說著，藤代不由得想起當初提出查看山林時，宇市起先不大情願，卻又在看完山林以後突然說要商量遺產繼承的事，其中必有蹊蹺。藤代心想，雖說她曾經答應給護林員戶塚太郎吉豐厚的封口費，但是對方很可能已經把她帶男人上山的事告訴了宇市，而宇市爲了阻止他們再度上山，才催促她盡快分配遺產。

「你突然提分配遺產的事……難道發生了什麼變化？」

藤代定睛逼問，宇市的表情毫無變化。

「事情是這樣的，四五天前，神木的看護打電話來說，文乃的情況有點反常。」

「反常？什麼情況呢？」

「她說，文乃老是抱著一個挽著髮髻、腰繫紅褲裙、約莫一寸大的求子土偶，有時候把它供在以前放老爺照片的地方，每天給它供飯，祈求平安生下孩子，而且常常一個人傻笑，讓人覺得毛骨悚然。於是我想趁情況沒那麼嚴重以前，還是先把遺產問題處理一下吧。前些日子您們急著去看山林，應該也是這個原因吧。」

「那倒也是，不過……」藤代無言以對。

宇市說的沒錯，在懷有遺腹子的文乃還沒發生麻煩以前，亦即在她還沒生下孩子以前，應該早點把遺產分好。藤代當初也是基於這個盤算才催促宇市帶她們去看那片山林的，而且她後來又跟芳三郎私下去了一趟鷲家山林，只是途中遇上豪雨折返。但若沒跟芳三郎再次確認另一座山頭的那片十公頃山林，她說什麼也不肯談遺產分配。

「難道大小姐還有什麼好主意嗎？」宇市試探地望著藤代。

「不，我沒什麼好主意。不過……」藤代故意含糊以對，突然想到什麼似的說道：「等我的腳傷好了再說吧。」

「咦？你的腳傷……？」

宇市霎時愣住了。

「嗯，等我的腳傷好了再召開家族會議吧。」藤代口氣慎重地說道。

這時候，宇市臉上露出淺笑。

「我以爲是什麼大不了的原因呢，原來是您腳傷未癒的事啊。其實，您根本不必擔心這個。雖說是家族會議，除了第一次的會議以外，其他親戚都不會參加，全權交給今橋的姨母處理。換句話說都是自家人的聚會，腳傷沒好也沒關係……」宇市用極溫柔的語調勸說著。

「不，腳傷沒治好會影響我的心情，我不希望在這種狀況下談什麼遺產分配。再說，我因爲腳傷穿和服又不能跪坐，只能伸著腿，想必姿勢很難看。總歸一句，腳踝扭傷最需要休養，等我腳傷治好再開家族會議吧。在我腳傷未痊癒以前，他們沒有理由不等我。」藤代口氣強烈地說道。

「那麼還需要幾天呢？」宇市非常慎重地問道。

藤代驀然不知如何回答。

「這個嘛……扭傷嚴重的話，需要兩個月，不嚴重的話，至少也得一個月吧。」

「還要等一個月……」宇市確認似的說道：「那麼，第四次家族會議就在一個月以後召開吧。」說著朝藤代裹著濕布的腳看了一眼。「這段時間，您就專心休養，盡量不要外出，多多保重才是，千萬別再扭傷了。」

宇市殷切叮囑，向藤代恭敬地施上一禮，便站了起來。他步出藤代的房間以後，走廊那邊傳來了姨母芳子的喧鬧聲。

「噢，三小姐出去上課了……好，我知道了，你叫二小姐和良吉到藤代的房間來。」

姨母這樣交代女傭阿清，便來到藤代的房門前。

「是我啦，可以進去嗎？」

她出聲說著，沒等藤代回答，便迫不及待地拉開拉門。

「好久不見，腳傷怎麼樣了？我聽阿清說，剛開始滿嚴重的，現在好多了吧？」她說個不停，一屁股就坐在伸出腿的藤代對面。

「是啊，已經沒那麼痛了，但總是好得不徹底，還是沒辦法輕鬆站立或坐下……」

藤代這樣答著，卻暗地裡擔心姨母突然來訪該不會是跟宇市剛才談的事有關吧？

「姨母一大清早趕來，是有什麼急事嗎？」藤代若無其地問道。

「還是等二小姐他們來了再說吧。」說著，姨母仔細打量著藤代的房間。

「你的房間總是布置得這麼華麗，像個大家閨秀的房間。」

藤代把七年前嫁到三田村家帶去的日用品全部放在房間裡，從日式書桌、附有小抽屜的梳妝台到衣架，都是出自京都的巧工製品。

「眞是太可惜了，你不想帶著這麼貴重的家具再嫁一次啊……？」

「什麼?再嫁一次……?」藤代臉色爲之丕變。

「跟你開玩笑的啦，你眞要嫁人的話，也得等三小姐出嫁再說吧。」姨母故意挖苦藤代離過婚又回娘家住。

「千壽和良吉他們可眞慢呀！」

說著，姨母準備朝走廊方向走去。

「姨母，您來了呀？這陣子都沒看到您來。」

千壽和良吉一起走進房間，坐在藤代旁邊。

「我們都各忙各的啦。我今天突然來，是有件事想跟你們商量。」

姨母說完，分別看著藤代和千壽夫婦他們。

「其實，我是爲雛子的婚事來的。」

「噢，雛子的婚事……」

藤代和千壽面面相覷。

「是的。對方是守堂寺町金正鑄器批發商家排行最小的六公子，今年二十六歲，比雛子大四歲，大阪大學商學部畢業。我這裡有對方的履歷表，人家可是做大生意的富家少爺呢。」

說著，從縐綢方巾裡取出對方的照片和履歷表。

「喏，你們看，長得一表人才，十足良家少爺的相貌吧。」

姨母好像是衝著矢島商店下游紡織廠的四兒子良吉說這句話的，坐在千壽身旁的良吉只是面無表情地打量著桌上那張金正六郎貌似公子哥兒的照片。

「怎麼樣？這門婚事不錯吧？大家都是船場內的商家，而且兩人又同是老么，應該比較好談吧。」

姨母極力推薦，藤代看著履歷表，卻沒什麼表情。

「這門婚事是什麼時候提的？另外，我們應該先拜訪他才是。」藤代試探性地看著姨母的眼神說道。

「噢，這你不用擔心，這是你父親去世前一個月來提的，並不是在舉辦隆重的葬禮或是有十五個分寺住持來超渡誦經之後，更不是外界盛傳爲分遺產以後才來提親的。」姨母看出藤代的疑慮解釋道：「自從辦完你父親的葬禮以後，這件事就一直耽擱下來。前幾天，我帶雛子去三越百貨公司看新款和服的展示會，剛好巧遇對方的大嫂，才又提起這件事。」

「可是，我父親剛去世不久，出殯不到一年家裡就談婚事，外面的人會怎樣講呢……」藤代表示家中的難處。

「對方當然知道外面的人會有什麼看法，現在只是先相親，雙方若有意願，等明年二月以後守孝期滿再辦結婚典禮。千壽，你覺得怎樣？」姨母對著始終不發一語的千壽問道。

千壽和良吉一起坐在藤代旁邊，始終低垂著那富士山形的白淨前額，被姨母這麼一說，趕忙抬起頭來說：「這是一門不錯的婚事，但三小姐有沒有什麼意見？即便對方很有意願，或姨母你殷切地推薦，最後還是要詢問三小姐本人的想法才行。……」

果眞是千壽回答的方式，她把問題推給雛子，而不正面表示自己的意見。

「這點倒不用擔心。其實，上次我跟金正家的少夫人見面以後，已經把這件事告訴了雛子。」

「噢，您跟雛子說了？那她怎麼說……？」千壽微露驚慌的神色。

「她仍舊跟以前一樣，老是說沒有考慮過結婚，剛開始只是嘻嘻哈哈，不想正經面對。後來，我說這次是人家專程來提親，相個親又何妨？她卻答應得十分爽快，說你們這些姊姊同意就好。其實，今天雛子也說，若要談提親的事，最好選她不在家的時候來，所以我就挑雛子去上課時專程跑一趟。你們若沒什麼意見，我就著手安排相親事宜。千壽，你不反對吧？」

姨母先把矛頭指向千壽。

「不，我不反對……」

千壽說得支支吾吾，沉默了片刻以後，突然抬起蒼白的臉龐。

「雛子的婚事固然重要，但父親去世以後遺產如何分配還未談妥，而且我們最近才剛看過山林，又要在近日召開家族會議，時間上實在太趕了，我認爲應該先把遺產分配清楚再說……」

千壽說得保守委婉，其實在三個姊妹當中，以她繼承矢島商店的經營權最爲有利，與其關注雛子的婚事，倒希望早點把遺產分配好。這時，良吉從旁插嘴道：「我覺得事情有輕重緩急，還是按部就班來做，比較不會惹出什麼麻煩。」

「有什麼好麻煩的？難道雛子的婚事沒著落就不重要嗎？我說句不客氣的話，雛子要嫁人或招婿上門，會直接影響你們的遺產所得。所以依我看來，雛子的婚事和遺產分配最好同時進行，你們覺得怎樣？」

姨母這樣說完，千壽和良吉感到吃驚，唯獨藤代泰然自若。

「對方的意思，是要娶雛子或上門入贅？」

「幸好，對方是家中的老么，所以娶親或入贅都不成問題。」

「都不成問題……」

藤代仔細吟味著這句話，突然露出嚴厲的目光。

「雛子出嫁或招婿上門，我們的遺產所得會有什麼不同？」

藤代這樣探問著，姨母眼角微皺，堆著冷笑說道：「如果雛子嫁人，你們可以袖手旁觀嗎？當初你們出嫁或招婿上門，可是花了不少錢，還拿走許多嫁妝。這次輪到雛子出嫁，你們若不出分毫，而要從她繼承的遺產支付結婚費用，未免太不公平了吧？所以你們當然也要分擔一些費用。不過，雛子若招婿上門，這些費用就免了。問題是，千壽夫婦他們就難辦了。你們父親在遺囑上提到，要把矢島商店的經營權交給千壽及其配偶，但沒有明確說雛子招贅的女婿不能參與商店的經營。遺囑上寫明要將商店每個月淨利所得的百分之五十平分給你們三姊妹，或許這其中也包含雛子的招贅夫婿幫忙店務的部分。藤代與商店的經營雖沒有什麼關係，可是除了良吉之外，又加上一個入贅的男人，你雖是矢島家的大女兒，但離過婚又住娘家，總不好意思大搖大擺地指揮人家吧。所以雛子到底是嫁人呢，還是招婿上門比較好，你們仔細盤算一下吧。最好能想個兩全其美的辦法，同時進行如何？」

藤代邊聽姨母嘮叨，突然想到，若張羅起雛子的婚事，家裡勢必混亂不已，而千壽夫婦正希望如此。不過這樣可以拖延召開家族會議的時間。爲了跟梅村芳三郎再度前往鷲家查看山林，亦即爭取有助於遺產分配的時間，贊成雛子和金正六郎的相親不失爲一種良策。她不知道今後會有什麼發展，但是把問題丟給姨母處理也是逃脫目前窘境的方法。藤代驀然歡聲說道：「很好啊，雛子若同意的話，相親的事就交由姨母來處理。」說完，以強勢的口吻轉身對千壽說道：「千壽，這件事就交給姨母處理吧。」

第七章

穿越蓬萊峽，有馬便在不遠處。行車的左側是風化的鋸齒狀岩山，蒼綠的松林沿著山谷，宛如南宗的山水畫般點綴著枯淡的色彩。

雛子穿著胭脂色暈染的和服，腰間繫著白底浮雲花紋的腰帶，坐在姨母和千壽中間，她爲藤代今天沒來參加她與金正六郎相親的大事耿耿於懷。藤代推說扭傷尚未治好，其實大可以請人攙扶上車，何況坐車到有馬才一個半小時，到時候跟金正家說明狀況，側身而坐也無妨。但藤代還是拒絕了，她說重要的家族會議都因她的腳傷延期，若爲雛子這次的相親之行出門未免說不過去。儘管如此，雛子和金正六郎相親，藤代似乎比千壽夫婦更熱心，雛子今天穿的和服，從底下的長襯衣到腰帶，都是品味豪奢的藤代精心爲妹妹挑選的。

雛子心想，大姊藤代因腳傷執意要拖延家族會議的召開時間，以及宇市很在乎召開家族會議的情形來看，其態度同樣啓人疑竇。宇市得知雛子要和金正六郎相親時，旋即語帶反對，表示：「老爺去世不到一年，遺產也還沒分配完畢，就談起相親的事情來，總是有點不妥吧？還是先把遺產談妥再說，難不成大小姐您也要去參加他們的相親？」藤代卻反駁說：「我的腳傷未治好以前，除了家族會議以外，我哪裡也不去。至於參不參加三小姐的相親，用不著你多嘴！今後，除了遺產分配的事情，不准你說三道四！」由此可見，藤代和宇市對於召開家族會議似乎存在著什麼歧見。

雛子總覺得自己初次相親，三姊妹之中獨缺大姊沒來，此行只有姨母和二姊千壽以及坐在前座的二姊夫良吉，未免有些落寞。

「雛子，你在想什麼？有馬就快到了。」

姨母興奮地在她耳畔說著，雛子抬起頭來，車子從蓬萊峽經過七曲，進入有馬的地界。他們不希望這次相親引人注目，金正家少夫人和姨母仔細商量，最後選在有馬的古泉閣一邊享用飛驒料理一邊相親。

一進入有馬，溫泉小鎮的熱鬧景象隨即映入眼簾。車子沒有從街區駛過，而是從杖捨橋往右轉，駛進遠離人群、林木圍繞的台地。放眼望去，台地的另一端有人字形茅草屋頂的建築，背後就是連峰依嶺的六甲山脈，展現在前方的是三田盆地和丹波高原，那茅草屋宛若坐落在遺世獨立的飛驒山谷一般。

車子朝那個方向駛去，姨母微微探出上半身，說道：「你們看，那棟有人字形屋頂的大茅草屋，聽說是從飛驒的白川村用六十輛卡車運來拆解過的木材和茅草，再由四十幾名白川村村民合力復原的。那間餐館的第八代店主叫飛驒角正，做得一手道地的飛驒料理。」

姨母這樣說明著，千壽隨即睜大了鳳眼看著。

「雛子和我都是第一次吃飛驒料理，眞是難得的機會呀。這裡離大阪很遠，選在這裡相親比較不會被人發現。」千壽大表贊同，坐在前座的良吉也恰如其分地搭腔：「姨母，眞不愧是眼光獨到，安排在這麼高雅的地方相親呀。」

「你們這麼說，我就安心了。其實，我還擔心你們嫌我嘮叨，爲這件事恨我呢。」說著，直視著千壽的側臉。

「我們哪會這樣呢？我和良吉都不懂交際應酬，這次剛好有機會出來見見世面，多虧姨母幫雛子找到這麼好的婆家。」

千壽這樣吹捧姨母的能耐，但姨母沒理會千壽夫婦，只是急著以母親的口氣對雛子說：「雛子，你平常都沒什麼笑容，不過今天在相親宴席上，你務必要守規矩。」

車子抵達有泉閣的門前，一名身穿藏青色底白碎花和服，臉上略施白粉的年輕女侍出來迎接。

「歡迎光臨！客人已經在裡面等候了。」說著，女侍走在前面，為他們一行人帶路。

從玄關的土房走進寬敞的包廂，地板上鋪著帶有鄉土氣息的草蓆，金正家的人正圍坐在掛有鐵壺的地爐旁，快意地飲著鄉間茶水。雛子被那股鄉土氣息所吸引，朝室內仔細打量著，姨母立刻來到地爐旁。

「我們來晚了，眞是對不起啊。我們本來以爲時間很充裕的，但是女孩子穿衣服、化妝眞花時間，不好意思啊！這位是本家的二小姐千壽和她的夫婿良吉，在千壽旁邊的就是之前提過的么妹雛子。請您們多多關照……」

姨母介紹之後，千壽夫婦和雛子恭敬地施上一禮。看似不像年屆七十的金正彌曾助，身體相當健朗，臉色紅潤，蓄著一頭銀髮。

「不，您太客氣了。旁邊這位是內人琴江，她旁邊的是我家長子一郎和長媳喜代子，最旁邊的是我六兒子六郎。」

說著，坐在最旁邊的六郎表情僵硬地向姨母一行人點頭致意。長媳那眼角上吊、狐狸般的長臉露出笑容說道：「來，大家請到這邊坐。這種季節不必生火，不過坐在爐邊比較舒服。」

她主動請姨母她們就座，然後對著表情僵硬的雛子說：「三小姐，上次突然叨擾您，實在不好意思。您今天看起來特別可愛……來，到這邊坐吧。」

說著，她很有技巧地讓金正彌曾助夫婦和矢島芳子、千壽夫婦和金正家長子夫婦、雛子和六郎隔著地爐對視而坐。

女侍端上以塗漆器皿盛裝的飛驒料理，分別替每位客人在膝上鋪著一條印有人字形屋頂建築物圖樣、寫有「知足者常富」字樣的餐巾。金正彌曾助的目光停留在那句話上。

「『知足者常富』……這句話眞有意思呀！這句話正道出這個偏僻的山鄉與海洋相隔遙遠，一年之中有半年幾乎被白雪掩蓋，光是摘採山菜做出道地的飛驒料理就有多麼困難啊！」說著，便拿起了托盤上的方筷。

這道料理的前菜有——山菇、黃瓜、小芋頭及豆腐等等，每一道菜都以山菜爲食材，充分顯現烹調的智慧與工夫。雛子在烹飪班上課，對於完全不用魚或肉，光用山菜就能做出如此富有變化、口味獨特的菜肴，不由得感到興致盎然，拿起和紙上的菜單名稱仔細端詳。

湯品　炸慈菇　蓴菜　山椒芽
前菜　生菜
小盤　黑豆
小餐　手工蕎麥
八寸　木天蓼　醃松茸　胡桃　小豆菜　山藥
小碟　涼拌土當歸

冷盤　三葉　豆腐　小茄子
碗　胡桃豆腐　味噌香柚
替皿　山藥
小菜　炸山菜
湯洗　麥麩　竹紙昆布　芽蔥　嫩生薑

雛子看著這些山菜菜單，慢慢品嘗每一道料理。

「這裡的菜色怎麼樣？聽說三小姐學過烹飪，尤其很會做日本料理……」

坐在金正彌曾助身旁的金正夫人年屆六十，一邊陪笑一邊跟雛子攀談著。雛子壓低那圓潤的下巴，微張著小嘴說：「吃過這裡的料理，才覺得我們在烹飪課學的菜肴根本比不上呀！這裡的飛驒料理用的都是素樸山菜，色香味俱全呢！」

雛子這樣回答，正要拿起輪島漆製的湯碗蓋，突然輕叫了一聲。因爲她掀開外表粗陋的碗蓋，看到碗內竟是精美的泥金畫；一筆一筆用金粉勾畫出華麗而細緻的蕨類細葉，大爲驚嘆。

「您怎麼了？」金正家老夫人驚訝地看著雛子問道。

「不，我嚇了一跳，翻開這外表看似粗陋的湯碗蓋，沒想到碗內竟有如此精細的畫工。我曾聽學過茶道的家母說，以何種食材入菜及食器的選用，最能展現懷石料理的精神。正因爲素菜料理不使用魚肉，所以比懷石料理更難烹調。」

說著，雛子雙手捧著湯碗，好像在享受碗身傳來的溫熱和觸感似的。這時候，皮膚略黑、體格精悍，與么弟完全不像的金正一郎帶著酒氣說道：「不愧是老鋪的三小姐呀，這麼博學多聞，一點都不像是二十二歲的年輕小姐。我家六郎大您四歲，卻遠遠比不上您呀。」

他笑得非常開懷。始終默默吃菜的金正六郎卻板著臉孔，不服氣地說：「女人家對料理本來就比較了解嘛！與其對這裡的料理評長論短，我倒是對於住在這白川村合掌屋的村民比較有興趣呢。」

雛子對金正六郎像孩子般的嘔氣模樣，險些笑了出來，但最後還是遵從姨母的交代愼重地低下頭。

「這裡都住些什麼人？有什麼特別之處嗎？」

千壽故意表現出身爲姊姊的風範，主動熱絡談話的氣氛。

金正一郎霎時漲紅了臉，說道：「這合掌屋裡的居民是以男系爲主的大家族，我對這種制度很感興趣。」

「咦？這是以男系爲主的家族……」千壽驚愕地眨了眨眼。

「沒錯，在這白川村的飛驒山裡，可供耕種的田地特別少，每家只能分到極少的土地。除了長子以外，其他家庭成員都不能結婚，也不許分家，只有長子才能結婚，由他擔任一家之主，其餘成員只能在大家長底下共同生活，這就是他們爲什麼費力要把合掌屋蓋到三四層的原因。我若出生在白川村，絕對是這男系家族底下的犧牲品。簡單地說，做爲家長的長子可以舒適地住在一樓，而我這個老六大概只能被丟到三四樓充滿煤灰的置物間吧。」

金正六郎興致盎然地笑著，姨母芳子卻沒跟著陪笑。

「這麼說除了長子以外，其他子女一輩子都不能結婚？」

「倒也不是不能結婚。他們容許家裡的男丁結婚，不過生下來的孩子必須留在女方家扶養，孩子的母親也得歸自家兄弟所支配——也就是做爲他們家的勞動力，因爲這是以男系爲主的大家長制。現在，一連四代以女系爲主的矢島家，和家中六名男丁的金正家，在這種以男系家族爲主的合掌屋裡相親，豈不是很有趣的組合？」金正六郎略帶幽默地說道。

「是嗎？原來這就是白川村合掌屋的由來啊……」

姨母芳子突然面露不悅，噤口不語了。金正家的少夫人見氣氛變得尷尬凝重，立即移身到千壽面前。

「對了，您家大小姐扭傷腳踝，後來情況怎麼樣了？聽說傷得很嚴重……？」她出自關心地詢問藤代的腳傷。

「託您們的福，情況好多了。但是一動就喊痛，所以今天沒能來，她特別要我們向您們致歉。」

千壽這樣回答，金正家少夫人堆著笑臉說道：「您太客氣了。剛好您家大小姐和我胞妹在同一師門處學舞，聽我胞妹說，您家大小姐長得漂亮又懂得打扮，舞技更是精湛，連老師梅村芳三郎都對她賞識有加，聽說下次的舞蹈會要由她擔綱演出呢。」

「是啊，我大姊是在學舞……」

金正家少夫人見雛子有點答上不上腔，旋即巧妙地撮合著說：「三小姐，您要不要跟我們家六郎到二樓或三樓去看看呀……？」

走上合掌屋的二樓，在飛驒的白川村用來養蠶或當置物間的房間都鋪上地板，上面展示著俱利羅嶺戰役中戰敗的平家武士逃入白川村後務農的機具、食器、家具、衣服鞋子、織布機和貨幣等等。在那些木製和稻草編製的家具中，有塗黑牙齒的器皿和嵌入徽章的仕女鏡及化妝用品，在在顯示平家武士的山村生活情趣。

沿著木梯來到三樓，天花板的梁柱和紮綁屋頂茅草的蔓條全部裸露出來且沾滿煤灰，茅草屋頂和屋簷中間嚴重傾斜，必須彎腰才能通行。這裡也反映出平家武士落居白川村的歷史，上面擺著古舊的日用器具，而比起那些日用器具，雛子對於一只可裝一升酒的酒壺更感興趣。雖然看來那只酒壺並非出自名家之手，不過在這一年中有半年被白雪封埋的山裡，肯定受到村中愛酒人士的珍藏，它的外形彷彿散發著讓人喝完即感到暢懷舒快的溫暖色澤。

金正六郎似乎對古舊的日常用品比較感興趣，頻頻打量著盔甲上的徽章及盔繩的顏色，偶爾還會感動地搖頭。他今年二十六歲，和他母親長得很像，膚色白皙、五官清秀，看似平凡沒什麼大作爲，但他剛才談到白川村男系家族時，其舉止談吐充滿著機智與靈活。雛子突然惡作劇地笑了笑，走到六郎身旁。

「那些日常用具讓你看得那麼入神，難不成你在研究男系家族嗎？」

「不，沒有啦……」

說著，金正六郎轉身看向雛子，有點不好意思地從口袋裡拿出香菸點了火。

「剛才你提到男系家族的事很有意思，不過對於繼承我們第五代家業的二姊，和分家出去的姨母聽來，卻是很大的衝擊，好像在諷刺她們似的。」雛子狡黠地笑道。

「您不要誤會，我完全沒有諷刺或批評她們的意思！我只是覺得白川村的男系家族制度跟我們家有點相似，隨口說說而已。」

「噢，您們家是您父親和大哥在掌權嗎？」雛子驚訝地問道。

「那是當然的。我們家情況不像府上那樣，但三代以來都是做鑄器批發生意，而且有六個兒子，我父親和大哥，也就是家長及其繼承者擁有絕對的權力。比方說：我父親和大哥他們，從午餐就有整條魚可吃，而其他人只能吃些簡單的素菜；長子住的房間附有壁龕，僅次於父親，像我這個老六只能分到三坪大的房間和一張吊床；每個月的零用錢也是少得可憐，我們幾個兄弟總是戰戰兢兢地來到在金庫前坐鎮的父親和大哥面前，卑微地等候他們施捨。」

「如果您結婚的話，又怎麼樣呢？」

「這一點跟白川村的情況不同。我們家在大阪還有些房地產，所以多少會讓我做點小生意，當然規模比不上本家。不過，我倒覺得與其自己娶媳婦，不如讓人招贅來得乾脆呢。」

「噢，您一開始就想被招贅入門嗎？」

「不管是娶媳婦或入贅都無謂。坦白說，我這個老六，與其在家裡受盡冷落，沒錢又沒自由，地位卑微得可憐，倒不如入贅當個安樂王，也不愁吃穿。」金正六郎忿忿不平地說道。

雛子發覺金正六郎乍看之下像是溫良的商家少爺，然而實際上卻是個沒責任感、好吃懶做的傢伙，看來姨母想把這男人招來做自家女婿，在晚年安閒度日的如意算盤打錯了。

離開有馬以後，來到蓬萊峽的七曲，只見皺褶甚深的花崗岩山壁連綿著，車子在狹窄的山路蜿蜒穿行，四處可見淡綠斜映的樹影，山頂上已有晚霞徘徊，但明亮的夕陽仍然照進山路。雛子她們的座車和金正家的車子保持一定的間距，朝大阪方向駛去。

「今天的相親你覺得怎樣……？」

姨母在雛子耳畔輕聲問道，雛子卻佯裝沒聽見。她想像金正六郎坐在後車前座的情景。剛才離開古泉閣時，她看到高大闊肩的金正六郎佝僂著身軀走在兄嫂旁邊，百無聊賴的模樣，讓她不由得感到可憐又可笑。

矢島家這邊的排座是，姨母、千壽和雛子坐在後座，入贅的良吉坐在司機旁邊，金正家這邊的排座則是父親、母親和長子坐在後座，長媳婦和六郎坐在司機旁邊，問題是六郎自始至終聳肩縮腳地坐著，深怕碰觸到兄嫂。

「雛子，你怎麼了？姨母在問你今天相親的結果，怎麼不回話呢……？」千壽用力拉著雛子的衣袖問道。

「怎麼樣？沒什麼啊……」

雛子轉頭看著姨母卻想含笑帶過，這時姨母表情嚴肅地盯著她。

「不准你這麼嘻皮笑臉！今天我們兩家特地來有馬的合掌屋，還品嘗道地的飛驒料理，這可算是很正式的相親，你不能這樣含混帶過。」

面對姨母的指責，千壽反而比雛子更感到焦急，試圖緩和車內的氣氛。

「就是嘛，今天可是正式的相親場合呢，你不可以這樣鬧著玩，趕快回答姨母的問話。」

「這又不是決定和服的款式，何況只見過一次面，我怎能說清楚呢？」

「可是，你們倆已經在二樓交談了四五十分鐘呀！我當初跟你姊夫相親時，根本沒談上幾句話。」

千壽責怪雛子的驕縱，雛子卻仰起漂亮的臉蛋反駁道：「二姊，我們相親的方式根本不一樣嘛！你選來的夫婿是要在我們店裡做事，父母早就挑定，相親只是形式而已，哪有獨處談話的必要？」

雛子毫不客氣地說著，千壽的臉色為之丕變，坐在前座的良吉也變得神情僵硬。

「好了，別說這些沒建設性的話了。你二姊有她的相親方式，你只要認眞對待你自己的相親就好。」這次，換姨母居中調停地說道：「總之，你和金正家少爺到二樓時，坐在樓下的金正家所有人都在稱讚你，說你一點都不像是二十來歲的小姐，居然那麼聰明伶俐，長得可愛又有教養，他們幾乎沒什麼意見。重要的是，你覺得他們家少爺怎樣？」姨母嘰嘰喳喳地說個沒完，藉機又把話拉回主題。

「他像個少爺，是個好人。」雛子宛若事不關己，不痛不癢地答道。

「什麼是個好人？怎麼說得這麼不清不楚呀，你到底是中不中意啊？」

雛子見姨母正要責備她，趕緊反問道：「姨母，那您覺得怎樣呢？」

「你問我嗎？我……」

姨母的表情突然愼重起來。

「你怎麼問起我的意見呢？又不是我在選女婿，我只是撮合你們相親而已，沒有立場說些什麼。你若眞要問第三者的意見，倒可以聽聽千壽和良吉的想法。」

儘管姨母計畫將雛子收爲養女，但是她故意不表現出來，把問題丟給千壽夫婦。

「千壽，你覺得那個熱心又健談的金正家六少爺怎麼樣？」姨母糾纏似的追問道。

千壽抬起那雙細眼看向窗外片刻後，說道：「對方的父親是第三代店主，生意做得很大，是個刻苦耐勞的老實人；老夫人的個性溫和；他大哥將來要繼承家業，看來也是很有才幹；只是那少夫人有點強勢，大概是兄弟眾多的長兄嫂常有的習性吧，若不特別能幹，恐怕整個家就撐不下去了。總歸一句，他的反應很機靈，有著商家少爺的悠閒氣質，有什麼說什麼，五官清秀，沒什麼可挑的啦，可是……」千壽說到最後，語意突然慢了下來。

經過七曲，車子在暮色逐漸籠罩的天狗岩附近行駛著。

「你有什麼擔憂就直說吧。」姨母像窗外降臨的暮色般逼問著千壽。

「也沒什麼。不過對方是什麼樣的家庭，我們也不清楚，只知道他是六兄弟之中排行第六，萬一雛子嫁過去的話，沒有想像中那麼理想，我有點擔心……」

千壽說得支支吾吾，坐在前座的良吉轉身說道：「這一點就是我跟千壽最擔心的地方，我們希望早點弄清楚……」

良吉正要說下去時，雛子突然睜大了眼睛。

「那把他招進我們家做女婿怎麼樣？」

「咦？招他做女婿……？」

千壽和良吉頓時神色驚慌，連姨母也措手不及，一臉錯愕，因爲這等於斷了她收雛子爲養女的希望。

「哎呀，二姊、姨母您們到底怎麼了？怎麼驚訝成那個樣子呢……？」雛子認真地望著姨母和千壽夫婦的反應。

「總之，我們今天第一次見面，三十分鐘前才離開，我哪能說得清楚呀？沒再見個一兩次，我根本不知道他是什麼樣的人。」

雛子口氣不悅地說著，姨母連忙堆起笑容說：「這麼說，你有意思再見他一次嘍？那我趕快安排你們見面。」

姨母深解其意地準備接著說下去時，雛子說道：「好啊，但下次安排我們單獨見面就行……」

「只讓你們倆見面……？」

姨母和千壽面面相覷。

「這種正經八百的相親，我簡直受夠了！說什麼男系家族啦、女系家族啦，好像在調查狗的血統似的。再說只有我們倆的場合，說不定六郎會坦白說出自己的想法呢。」

雛子這樣說著，便想起他們從合掌屋的二樓登上三樓聊天時，金正六郎那商家少爺的闊綽習氣和缺乏擔當，在論及個人的利害得失卻又深知進退之道的正經表情。他是個很會替自己打算的人，而爽朗直率的現代作風，在雛子看來，與自己有某些共通之處。

「啊，下雨了！」

千壽嘟囔了一聲，抬頭看向窗外。左側山峰上開始飄下串串雨絲，轉眼間就變成了瓢潑大雨，沿著陡峭的褐色岩壁和青翠欲滴的樹叢灑落了下來。

金正彌曾助關上了車窗，半起身子似的探向車子前方。

「噢，他們的座位順序眞有趣，三個女人大搖大擺地坐在後座，經管矢島商店大權的入贅女婿反而只能坐在司機旁邊呢。」

他這樣感嘆地說著，家中長子一郎隨即附和道：「之前我已聽過一些傳聞，今天一見，果眞是不折不扣的女系家族呀。當她們得知合掌屋住著以男系爲主的大家庭時，那表情驚訝得有些異常。」

「跟那種家族結親家，我們家六郎會不會受委屈啊？」母親琴江擔憂地說道。

「也不盡然啦。你看那個叫良吉的入贅女婿，自始至終都不吭聲地隱忍著，其實，這是反敗爲勝的戰略，頗有在女系家族中布下暗樁的意味。再說無論是二姊夫婦，或是六郎將來和三小姐結婚，不一定都生女孩吧？若生下男孩，將來就有可能變成男系家族，所以連續四代的女系家族沒什麼好怕的啦。」

金正彌曾助挪動著肥肚腩，笑了笑，問著前座的六郎：「對了，六郎你自己有什麼看法呢……」

六郎跟他父親一樣，始終盯著前面那輛疾駛的汽車。

「是啊，這個小姐很有意思，讓人摸不透她到底是天眞可愛還是個性驕縱呢？」

「那你們爲什麼在二樓聊了那麼久?」母親琴江問道。

「沒聊什麼重要的事。我跟她說,我們家有點像男系家族,起初她感到不可置信,後來覺得很有趣,竟然刨根究柢詢問我們家的情形。」

「噢,你怎麼回答呢?」長子一郎露出憂心的神情。

「我當然據實以告。我說同樣是身爲兒子,只因爲生下來的順序不同,長子和以下的兒子,所受到的待遇簡直是天壤之別,尤其我這個老六在家只能吃些殘羹剩飯。」

「哎呀,我們哪有讓你吃殘羹剩飯……」

兄嫂喜代子怕公婆誤會,趕忙辯解時,六郎馬上說道:「我說的不是事實嗎?這樁婚事,一開始就沒有徵詢我的意見,都是父親和大哥做的決定,然後大嫂才自作主張跑去跟那個高傲的矢島家分家夫人談的吧?簡單來說,你們讓二哥以下的兄弟分家,給他們做點小生意,但到了我這個老么,父親和大哥已經沒什麼財產可給,所以表面上說是要讓我娶媳婦或入贅,其實是希望我入贅到有錢人家,才進行這次相親吧?」

「笨蛋,你在鬧什麼脾氣呀,這種話傳得出去嗎?」

金正彌曾助深怕這番家醜傳進司機耳裡,大聲斥喝著六郎。

「哎,不要光提這些無聊的事,談談你對那個小姐的看法啦。」

父親出言安撫,六郎沉思片刻以後,半自嘲地說道:「那個小姐很不錯啊,長得可愛又漂亮,有點任性驕縱。她若繼承家裡的遺產,可眞是不折不扣的有錢人呢,條件好得不能再好。所以,若跟我這個老六在一起,這項交易怎麼看都是對方吃虧,讓我占盡便宜呢。」

「問題是，對方根本不缺錢，她會帶著一大堆財產嫁人嗎？還是打算招贅入門呢？」

父親金正彌曾助這樣說，媳婦喜代子馬上插嘴：「父親說的一點沒錯。我聽分家的夫人說，她們矢島家三姊妹可以平分一筆龐大的遺產，根本不缺錢，倒不如找個可靠的丈夫替她看守財產來得重要。如果六郎不介意的話，可以像她二姊夫那樣，入贅上門也不錯呀。」

「我才不要當那種沒出息的入贅門婿呢，眞要入贅的話，就要按現代的方式來做。」

「那你願不願意做分家夫人的養子？」

「什麼？做分家夫人的養子……？」六郎驚訝地望著兄嫂。

「是啊。其實，昨天我第一次聽分家夫人說，如果你不肯做本家的招門婿，或許讓她收做養子，關係反而比較自然呢。」

「意思是說，她要把矢島家的三小姐收爲養女，讓我做她的招門婿？」

「嗯，正是如此。不過，分家夫人說，這件事尙未通知本家那邊，所以在婚事還沒談定以前，請代爲保密。」

「那麼，雛子小姐本人知道這件事嗎？」六郎很在乎雛子的立場。

「知道。三小姐正是顧及她姨母的想法，才出席這次的相親。總之，他們家現在有個離婚的大姊和招了門婿的二姊，個個精明能幹，家裡的情況非常複雜。尤其現在正值爭分家產之際，二姊和每天打扮得花枝招展去學日本舞的大姊關係更是惡劣，姊妹倆彼此猜忌，氣氛鬧得很僵。我對他們家二小姐是不大了解，但是聽我親妹妹說，他們家大小姐跟梅村流派的年輕老師關係有點曖昧，聽說那個人個性古怪，分家夫人不放心把三小姐留在家裡，決定等遺產分配完畢後，把三小姐收為養女。」

金正家的長媳把昨天從矢島雛子的姨母那裡聽來的事鉅細靡遺地做了說明。

「這麼說，分家夫人倒是個心思周到的人。」

六郎好像探詢著什麼，仰著清秀的臉龐說：「不過，我也不是省油的燈，看來今後我免不了要跟那分家夫人一決高下呢。」

他帶著像打電玩似的的歡快聲音說著，透過雨水打濕的前車窗直視著前面的那輛車。在愈來愈大的雨勢中，兩輛車的前燈射出的熾白光束掃過地上的水窪，沿著彎曲的山路向前奔馳，車輪還不時因為激烈跳動而濺出陣陣水花。每當這時候，坐在後座的矢島雛子她們三人便往上彈起似的，但很快又恢復原來姿勢，在交談著什麼，時而湊臉交談，時而探向前座跟良吉說話。

金正六郎驀然堆起一絲微笑，然後轉身對著後座的父親和大哥說：「她們坐在前面那輛車裡，大概也像我們正在談論著什麼吧，眞是有趣的組合呀！我們這兩輛車同時開往大阪，卻在車內用完全不同的立場打量著對方，盤算著自己的利害得失，好比在雨陣中打泥水仗呢。」

語畢，六郎猛然聳起肩膀，吹起口哨來了。

❖

宇市為了趕去和泉府中的紡織廠，很早就離開店裡，從堺街搭上開往惠美須町的公車。

事實上，宇市並不是去紡織廠洽公，而是爲第四次家族會議緊急採取這個萬全之策。首先，他必須搶在藤代再度查看山林之前，召開第四次家族會議，同時查出陪同藤代上山的那名男子底細，以及把那個可能被金錢收買的護林員戶塚太郎吉確實拉攏過來。

他已經寫了限時信通知太郎吉，兩人就約在通天閣附近的一家小餐館見面，主要目的在於，萬一那名男子在召開家族會議之前，代替扭傷腳踝的藤代去查看山林，也得預先套好招。但令人困擾的是，他始終無從得知那名男子的來歷。

剛開始，他以爲那名男子就是四年前與藤代離異的前夫三田村晉輔，後來他往三田村家打探，得知三田村晉輔已經續了弦，似乎沒有與藤代聯絡。另外，他也想過是不是矢島家的親友，但是裡面沒有藤代信得過或足以商討要事的人選。再說，對於不諳世事的藤代而言，她不可能貿然找律師或相關方面的專家幫忙。

想到這裡，宇市坐在客滿的公車上，不由得撇著滿是皺紋的嘴角，爲自己的失算氣憤難消，因爲他沒料到藤代背後居然有個軍師在撐腰。當時，他寄出限時信查問太郎吉有關那名男子的來歷，太郎吉只是言不及義地描述對方戴著墨鏡、長得英俊瀟灑很像個演員，又有點像膽識過人的山林老手等等。宇市就是擔心太郎吉應付不來，才把他叫來大阪會談。

宇市在惠美須町下車，旋即疾步走向通天閣。道路兩旁淨是餐館、小鋼珠店、脫衣舞劇場、電影院和酒店，以及掛著大紅燈籠的餐廳。小鋼珠店和脫衣舞劇場不時傳來喧囂的音樂，餐館則飄出陣陣刺鼻的油煙味和湯汁味，路上行人熙來攘往。宇市穿越黃昏擁擠的人群，比起心齋橋和千日前，他認爲這充滿活力與歡樂的新世界街比較符合太郎吉的品味，想必太郎吉樂於一邊觀賞大阪著名的通天閣，一邊飲酒作樂吧，所以才選在通天閣附近的餐館。

宇市登上餐館的二樓，比約定時間早到了二十分鐘，太郎吉卻已經來了，他穿著短小過緊的西裝，還繫上領帶，恭敬地盤坐著。

「怎麼了？你這身穿著簡直像登陸的水鬼哩。」

宇市出言調侃，膚色黝黑的太郎吉搖搖頭說：「我也不喜歡這種穿著，但我老婆說要去大阪可不能隨便穿，否則會被人看笑話，所以我就穿上它了，剛才憋得我渾身是汗呢。對了，你找我有什麼事啊？」太郎吉按捺不住地問道。

「你別這麼沉不住氣嘛！趕快把那件不合身的西裝脫下，領帶也解下來，我們邊喝酒邊聊吧。」

說著，宇市吩咐女侍把酒菜送來。

女侍把酒送上來，太郎吉邊啜飲著酒，邊抬頭眺望著燈光燦爛的通天閣。大概是來到大阪的關係，他顯得格外興奮，比平常還要多話。

「那時候，我可眞的快嚇破膽了。你們家那個女人也不通知一聲，就帶個男人上山來了。當時，若不是神風相助，突然打雷下大雨，我們之前砍光的那片山林，早就被他們發現了。不過，他們下次若是再來，我可就沒法應付。大掌櫃，你可要想想辦法別讓他們上山，否則我眞的擋不住了。」

「是啊，我今天正是爲了解決這個問題才找你來的嘛。」宇市這樣說著，然後試圖勾起太郎吉的記憶地問道：「我們若不知道那男人的來歷，說什麼都是多餘。你說說看他到底是怎樣的人？」

「我實在說不上來。若是當地人我還看得出來，但都市人我就摸不清了。」

「從他的穿著或說話方式，多少應該看得出來吧，他到底是什麼打扮？」

「什麼打扮……他的外形很時髦，穿著高級西裝，戴著無框墨鏡，我看過許多大阪的山林主，卻是第一次看到這種外形像演員，又穿著高級西裝的男人。」

「噢，這麼說，他可能是某家布料批發商或西裝店的兒子？」宇市試圖嗅出對方的蛛絲馬跡，接著問道：「對了，他跟我們家大小姐講話時，臉上是什麼表情？」

「嗯，這怎麼說呢……」

太郎吉邊啜飲著酒，邊傾頭思索著。

「對了，他們操著高尚的大阪口音，你們家大小姐好像稱呼他是年輕的什麼……」

「年輕的什麼？噢，看來他果眞是某布料批發商或西裝店的少東家。在大阪的船場一帶，都稱那些人爲少東家……但到底是哪裡的少東家大白天撇下自家生意不管，陪著女人上奈良鷲家的深山老林，還像數錢似的勘查山上有多少杉木呢？他們家要麼是大店鋪，要麼就是面臨財務危機，八成是個打算人財兩得的傢伙！」

宇市氣憤地說著，太郎吉臉上露出卑微的笑容。

「你說的對，他還眞有膽識呢，好像看山老手般還帶著地圖過來呢。」

「咦？他帶著地圖……」

「嗯，他拿著一張五萬分之一的陸地測量圖，問我另一座山林在什麼方位，便立刻在那個位置做記號，還說那裡就位於鷲家山谷往東北邊兩里處，只需步行兩個小時即可到達。我聽了非常生氣，很不服氣地說，五萬分之一的地圖，頂多只能標出國道、府縣道或路寬三尺以上的町村道而已，根本標示不出護林員或伐木工常走的羊腸小徑。」

太郎吉志得意滿地說著，但宇市想像著對方居然自備五萬分之一的陸地測量圖上山，不但沒有被太郎吉嚇倒，在險些遭落雷打中之後，還執意要去另一座山林，其諱莫如深的來歷，不由得在心中掠過一絲不安。

「聽你這麼說，他像個演員打扮得很時髦，又很有膽識是吧？」

「是啊，他們差點被落雷打中，我帶他們到山上的工寮躲雨，他居然沒受到驚嚇，還從容地從口袋裡拿出小瓶威士忌，跟我用茶杯對飲呢。」

「看來我們若不妥善對付，到時候說不定陰溝裡翻船呢。」

說到這裡，宇市沉思似的放下酒杯，陷入短暫的沉默。

「太郎吉啊，無論發生什麼事，我們絕不能讓他知道那片山林已經砍光。我希望你聯合幾個護林員共同演齣戲，把砍光的山林變出杉林來。事到如今，我們只好背水一戰了。」宇市直接表明自己的想法。

「大掌櫃，你眞會開玩笑呢！樹種下去也得十四五年才能長成幼樹，怎麼可能幾個晚上就變出大片杉林來呀，我可沒那種移山塡海的本領……」太郎吉直搖頭。

「你就想想辦法嘛……眼下正是你太郎吉展現三十年來看家本領的時候。我知道這麼做有些困難，但總可以想到辦法的。我們今晚就邊喝邊想對策吧。」

宇市不由分說，替太郎吉斟酒。

黝黑的太郎吉喝得滿臉通紅，頻頻伸出多骨節的手，塞吃著送來的每一道菜肴，突然嘆了一口氣，整個人探向宇市，露出嚴厲的眼神。

「大掌櫃！你要我過這座危橋，萬一我不小心掉下去，你怎麼賠我呀？我若沒事先問清楚，恐怕不敢走呢。」太郎吉露出狡猾的笑容。

「我知道你有這個顧慮，所以先收下這些如何？」

說著，宇市把一個用報紙包妥的紙包推到太郎吉面前。

「裡面有現金三十萬。這個拿去打點那邊的護林員和伐木工，不夠的話，還有這個可以用。」

宇市從牛皮紙袋裡取出一疊銀行存摺。

「這裡共有十八本存摺，爲了避免被課稅，每本存摺的存款維持在三十萬圓左右，全部都是人頭帳戶，總金額約有五百萬圓。這是我從十四歲幹到七十二歲所存下來的積蓄，萬一這次山林的事情敗露，這些錢就當你的養老金。」

事實上，這些都是宇市每個月利用店內貨品盤點的漏洞從中動手腳，以及從染整廠和紡織廠那裡所得回扣存下的錢，他卻以此爲最後的王牌，令太郎吉眼睛爲之一亮。

「好吧，你都爲我設想得如此周到，我自當奮力一搏了。我們現在的情形，就像從這裡望出去的通天閣一樣，我就幫你演齣超級大戲吧。下次你若發覺你家大小姐可能帶男人上山時，務必立刻到鷲家通知我，我會說服隔壁的護林員，把被砍光山林旁的界標樹皮刮掉，重新烙上

『矢島所有林』的字樣，再用木炭塗得模糊不清，找兩三個知心和守口如瓶的伐木工在山林裡整枝，逼眞地表演一下。」

「可是，這樣做不會被隔壁的山林主知道嗎？」宇市擔心地探問著。

「這倒不必擔心，通常杉樹要培育個二三十年才能成材出售，若沒發生什麼意外，山林主都會交給護林員管理，很少上山。偶爾會上山來的，就像大掌櫃你有事要談，要不就像你們家大小姐隨便帶著厚臉皮男人過來。如果那傢伙眞的到鄉公所查閱，我會事先透過安排，讓他只能看到書面資料，絕對看不到山林的方位圖。放心啦，事情交給我處理。」

太郎吉說了一大串，一伸手拿起眼前的那包錢，逐一確認每十萬圓紮成一疊，共有三疊之後，解開襯衫的鈕釦，掀起內衣下襬，打開束腰帶的小口袋。他上山時，總是繫著這種天竺純棉的束腰帶。

「我把這三疊現金塞進腰帶裡，就算在大阪也不怕被偷或掉出來。」

說著，太郎吉抓住那三疊鈔票，迅速地塞進腰帶時，宇市倏然露出嚴厲的目光。

「太郎吉，沒問題吧？」

宇市這句話很短，卻充滿著威嚇的意味。太郎吉霎時停止了塞錢的動作。

「哈哈哈……你用不著擔心啦，我既然收了你的錢，就會發揮我三十年的經驗，否則太對不起你了。」他鄭重保證地說道。

宇市臉上沒有任何表情，接著突然抓住太郎吉的手說道：「你不要只顧著說大話，人家若開出優厚的條件，你可能又要兩邊押寶。你既然跟著我，希望你從頭跟到底，對你比較有利。

我們家大小姐向來吝嗇，你若跟著她，絕對占不到便宜，等人家搞定山林的繼承權，你連張擤鼻涕的衛生紙都分不到呢。」

「這一點我比誰都清楚啦。今天來這裡與你碰面，目的就是爲了要讓你安心，我絕對會把事情辦好。只有讓你的荷包多多，我才有機會發跡呢。」

他把那三疊鈔票塞進腰帶裡，然後將內衣下襬塞進去，扣上襯衫的鈕釦。

「那今天的事情就這麼談定了。」

太郎吉從二樓望去，五光十色的霓紅燈閃爍著，脫衣舞劇場的擴音器不斷地流瀉出招攬客人的猥褻廣告，還有酒店小姐站在屋簷下伺機拉客的身影。

「接下來，你打算去哪裡？」宇市看出太郎吉的心思地問道。

「哈哈哈……跟大掌櫃談完了大事，我身上又帶著這麼多錢，今天晚上打算在大阪找個漂亮的小姐玩玩再回去。」接著，他把半剩的酒倒了出來，猥瑣地笑著說：「不過話說回來，我寧願抱著鈔票入睡，也不要摟著女人睡覺哩。今天晚上，我還是把錢帶回去比較妥當。爲了避免繞遠路，大掌櫃陪我上通天閣，然後叫輛計程車送我到阿倍野車站。當然，若能直接送我到大和上市那就更好了。」

說著，他深怕塞在腰帶裡的鈔票掉出來似的，趕緊扣好綳在身上那件西裝的三顆鈕釦。

「噢，原來太郎吉把錢看得比女人還重要，跟我一樣嘛。好吧，我陪你上通天閣之後，叫計程車送你到阿倍野車站。」

宇市趁太郎吉尚未改變心意之前，拍拍手喚來女侍，結完帳便馬上離開了。

太郎吉和宇市並肩走在熙來攘往的街道上，來到貼有姿態淫蕩的脫衣舞孃照片及酒店女郎群芳照的地方時，他便用貪婪而色咪咪的目光搜尋著。他們走到通天閣前面，只見巨幅廣告看板掛在通天閣的半身處，巨大的通天閣就聳立在夜晚的天空中。

「哇，好高的建築啊，到底有多高啊？」

「聽說離地面的高度是一百零三公尺，比大阪城還高。搭電梯上去，可以俯瞰整個大阪市區。」

聽到宇市這麼說明，太郎吉旋即快步走進電梯，登上通天閣的頂樓。太郎吉站在鑲有透明玻璃的瞭望台前，幾乎是整張臉貼在玻璃窗似的鳥瞰著大阪市區的夜景，整個大阪市區被五光十色的燈海包圍著，其間可以看到縱橫交錯的流動光束。

「大掌櫃，那像蛇般流動的白光是什麼？」

「那是行進中的車燈，看起來就像是一條長長的光鏈。」

「噢，這麼說，市區內有那麼多車子啊？」太郎吉好奇地問道：「你們店家在哪一帶？」

「你看，前方有塊四角形區域，周邊不是有一條護城河嗎？我們的店就在那個區塊正中央，那裡就是南本町。」宇市指著遠處說道。

果眞，在霓虹燈閃爍的大阪市區內，只有那個方形地帶靜靜地被燈光包圍著，而藤代她們家經營的矢島商店就在那個地帶。宇市跟太郎吉商妥萬全之策後，爲了不錯失良機，決定明天就催促藤代召開第四次家族會議，盡早談妥遺產分配。

❖

隔天，宇市比平常早出門，從地下鐵本町站疾步走向矢島商店。

八點過後，紡織布料批發大街上的清掃工作已經結束，陸續可見準備出貨的店員及搭第一班車從外縣市趕來的零售商，四處洋溢著市街一日初始的繁忙氣氛。宇市微微佝僂著身子，急急忙忙地向前走著。他從二十八歲當上掌櫃，連續四十四年間，總是不知疲倦地走著這條路到矢島商店上班。他心想，或許這條路不用走太久了。

昨晚，他和太郎吉共同研商對策，絕不能讓鶯家那片山林已被砍光的事蹟敗露。他決定逼藤代在這四五天內舉行家族會議，因爲藤代以扭傷腳踝當藉口，要把家族會議延後一個月。所以，今天無論如何，他都要得到答覆。一想到這裡，心情就格外激動。

「大掌櫃，您早！」

店員齊聲向宇市問候。

宇市驚訝地抬頭看去，矢島商店專用的摩托三輪車停在十字路口，一名滿臉青春痘的店員正站在載台上，上面裝著用草蓆包好的布匹。

「大清早，要出貨去哪裡啊？」宇市用大掌櫃的權威口吻問道。

「剛才，廣島的『丸榮衣料百貨』打電話過來，訂了棉布三百匹、浴衣五百反[19]、白底藍

19「一反」約可做一套成人和服。

花棉布一百反，叫我們趕快送去。阿吉正要開去大阪車站旁的『日本運通公司』寄貨呢。」

那名店員說完，載著成堆布匹的摩托三輪車響起喇叭聲，揚起陣陣塵埃，疾駛而去。

摩托三輪車離去後，宇市不由得想起過去當店員的時候根本沒有這種方便的交通工具，不管是大清早或三更半夜，他們都得用草蓆包好布匹，再堆上大型板車，一個人在前面拉，另一個人在後面推，辛苦地出貨。想到這裡，他又疾步邁向矢島商店。

掀開門簾，只見店內一些早到的零售商和手持大算盤的店員正在討價還價。他從貨架後面繞過去，正要走進帳房，良吉便從小房間裡走了出來。

「宇市先生，你來得眞早啊！昨天傍晚還專程跑到和泉府中的紡織廠洽公，想必一定很累吧？」良吉出言慰勞道。

「不，沒什麼。今天剛好有事要跟大家商量，所以來得比較早。」

說著，他掀開內宅與店內相隔的門簾，往裡面看了一眼。

「咦？你要跟大家商量什麼？」

良吉吃驚地探問著，宇市沒有回應。

「小姐們都起床了嗎？」

「二小姐已經起床了，三小姐也醒了，我來店裡時，大小姐好像還在睡覺。」

「那我去內宅看看好了。」

宇市走出帳房，來到店裡的土間，穿過庭院，正要從便門走進前庭，突然看見穿著款式新穎草綠色套裝的雛子站在門口。

「三小姐，您早！這麼早就要出門啊？」宇市站在前庭的踏石上招呼道。

「你幹什麼呀，突然喊了一聲，嚇了我一跳呢！今天是上手工藝課的第一天，我得早點去才行。」

雛子向宇市說了他從未聽過的手工藝課名稱。

「噢，您又學了新的手工藝呀？是不是前陣子的相親進展得很順利啊？」

宇市直接問起雛子與金正家的婚事。

「我也說不上來，眞想知道情況，你去問我姨母吧。」雛子說著，臉上泛起一抹紅暈。

「那三小姐您覺得怎樣？根據我的觀察，自從您去相親以後，突然買了許多洋裝，而且時常外出，八成是金正家少爺長得英俊瀟灑，是您喜歡的類型吧？」他故意吹捧地說著。

「討厭！你怎麼知道六郎長得英俊瀟灑又時髦？」雛子雖是羞怯，卻喜不自勝地反問道。

「我在船場這一帶的商家可是有名的順風耳呢。說不定今天您只是藉口要去學什麼手藝，其實是要去約會吧？」

宇市逗笑著，雛子鼓著臉頰，佯裝有點生氣地說：「才不是呢！我眞的要去上手工藝課嘛，你不要胡說八道……」

「是啊，您是要去上課，可是下課以後才去約會嘛。」宇市毫不隱諱地說道：「當然，喜不喜歡都要由三小姐您來決定，我對這樁婚事沒有資格插嘴。不過我想在最近召開第四次家族會議，三小姐方便嗎？」

由於宇市口氣突然變得愼重起來，使得雛子一時不知如何回答。

「我姨母那邊怎樣呢？你去問我姨母，由她決定就好。」

雛子怕來不及，連忙穿上鞋子，拉了拉裙襬，從玄關處的地板站了起來。

宇市見雛子離去後，馬上穿過中門，繞過走廊的轉角，來到千壽的房門前。

「二小姐，您早！我是宇市，可以進去嗎？」宇市站在門外問候道。

「請進！」

房間內傳來低沉的聲音，宇市拉開拉門，看見千壽正坐在裡面的房間無所事事地眺望著庭院。她看到宇市前來，像平常那樣表情平靜地問道：「有什麼急事嗎？」

「我是爲了召開家族會議的事情來的。您們三姊妹到鷲家查看過山林，已經兩個多月了，這段期間又去神木探視過文乃，三小姐也相了親，事情總算告一段落了。所以我想在這四五天內舉行第四次家族會議，最後敲定遺產的分配，不知二小姐意下如何？」

面對宇市直接提出這個請求，千壽神色緊張地說：「我沒什麼意見啦，但也得聽聽良吉的想法，你去店裡叫他過來。」

宇市並沒有起身，只翻了個白眼看著千壽。

「二小姐，這次的遺產繼承者是您，現任的店主終究只是繼承者的配偶，我認爲沒有必要徵詢他的意見，應該由您全權做主。」

宇市話說得客氣，其實是在宣示千壽和良吉立場的不同，千壽白皙的臉龐頓時泛起怒意。

「坦白說，我也希望盡早召開第四次家族會議，把我們三人的遺產做個清楚劃分，否則再這樣拖下去，我們良吉好像老是爲別人拚命似的。好，既然宇市先生這樣說，不需要現任店主出什麼主意，那隨時都可以召開家族會議呀，你盡快安排就是。」千壽情緒激動地說著，接著又說：「我大姊怎麼說？」

「最近，每次提到召開家族會議，大小姐便推說腳傷未癒，在腳傷未治好以前，說什麼都不參加。」

「哼，什麼腳傷……？只不過是家人聚個會，就推說腳傷未癒，硬要拖延嗎……？」

說著，千壽往庭院植栽後面的藤代房間探看著，沉吟了片刻，屏氣凝視了一會兒，明亮的眼眸突然燃起了怒火。

「宇市先生！我大姊藉口扭傷要延遲家族會議，背後必定有什麼圖謀，這次大概又要把我們搞得雞飛狗跳了。我實在想不透，大姊的心思怎麼這般惡毒啊……？宇市先生，你身爲我父親遺囑的執行者，克制我大姊的任性妄爲就是你最大的職責……」

千壽一反常態，用嚴厲的態勢逼向宇市，使得宇市不由得往後退縮。

「是的，二小姐您說的沒錯。我是沒有立場苛責大小姐啦，不過我這就去找大小姐，今天無論如何，我都要讓她答應才行。」

說著，宇市從怒氣未消的千壽面前移膝退下，走到門外。

宇市沿著走廊，躡手躡腳來到藤代的房門前，環視著周遭。女傭大概正在廚房裡準備早餐，不見她們在內宅進出的身影。他確定四下無人，並沒有立刻出聲問候，而是像壁虎般貼近整片拉門。

房內悄然無聲，聽不見任何動靜，但他仍不放棄，緊貼著拉門側耳傾聽。鴿鐘準十點整報時，他聽見衣服的摩擦聲，藤代好像已經起床了。

「大小姐，早安！」

宇市出聲問候，房內仍舊是屏息般沉默，過了一會兒，裡面才問道：「誰啊……」

「我是宇市，可以進去嗎？」

宇市恭敬地說道，可是房內並沒有立即答覆，而是像沉思般沉默。

「有急事嗎……」

「是的，我有急事找您商量，您若已經醒來，我先在門外等著。」

他執拗地說著，這時房內才傳出拉開內門的聲音。

「知道了，我這就叫阿清過來，等我梳妝打扮完畢之後，你再進來吧。」

藤代很不情願地說著，這才去按了按鈴。

女傭阿清疾步跑來，看到宇市正坐在走廊上，趕緊收拾藤代的房間，又按了按鈴，叫另一名女傭過來幫忙。不久，另一名女傭宛若宮女般端著高級托盤，上面盛著裝滿冷水的臉盆和牙刷。藤代站在面向庭院的走廊邊洗臉，刷牙漱口的聲音在寂靜的空氣中震響著。

藤代洗好臉，好像開始化妝，梳妝台的抽屜推進又拉出。宇市知道藤代故意用化妝來拖延時間，但他仍耐心地等候。對於等了五十八年，終於逮到千載難逢契機的宇市來說，這種兒戲般的搗亂根本不放在眼裡。

藤代似乎已經整裝完畢，語帶傲氣地說：「讓你久等了，進來吧！」

「好，恕我失禮了……」

宇市進入房間，旋即看到面向庭院的玻璃門已開，樹叢的枝葉伸探到雨棚上，把房內透映得葉影婆娑，藤代背對著庭院端坐，清澈的雙眸美麗動人。宇市憶及剛才千壽說的「我大姊的心思怎麼這般惡毒啊」，不由得感到莫名的恐怖。

「你一大清早就在走廊上等，到底有什麼急事？」

藤代抬起裹著繃帶的右腳側坐，沒好氣地說著，但宇市冷不防開口直說：「我希望大小姐早點同意召開家族會議。」

「這……」

藤代支支吾吾，宇市便不由分說地說道：「之前，您說腳傷需要一個月才能治好，現在一個月的時間已到。據我看來，您的腳傷已無大礙，所以我希望這四五天召開家族會議。」

「二小姐和三小姐的意見呢？」

「三小姐希望我先找今橋的姨母談談，二小姐則想盡早召開。」

「噢，二小姐主張盡早召開……」藤代的眼裡冒出怒火，轉身直盯著宇市：「我倒希望慢點再召開家族會議呢。」

「您要拖到什麼時候……？」

「十天後再召開吧。」

藤代考慮到梅村芳三郎將於一個星期以後主持獨舞表演，所以這樣說道。

「要延後十天……？恐怕拖得太長了，難不成您要趁這段時間找人商量嗎？」

宇市的眼角堆起狡黠的笑意。藤代驀然露出驚慌的神色，但隨即反問宇市：「你不要胡亂猜測好不好！我已經離婚四年，不可能去找三田村商量吧，莫非你認爲我會找誰商量嗎？」

宇市自忖著，自己和護林員過從甚密的事情很可能已被藤代看出端倪，所以不敢過於逼問對方是誰，怕引來藤代反撲。

「沒有啦，我只是看您老是推三阻四地拖延開會，心想是不是要找人商量而已。您既然不找人磋商，腳傷又已經痊癒，就沒有理由延遲開會嘛。我希望在這四五天就召開第四次家族會議如何？」

宇市尖銳地逼問著，藤代臉色有點煞白。

「你爲什麼急著開會呢？難道就不能稍緩個幾天嗎？」

「大小姐，我向您報告爲什麼急著開會的理由。」宇市突然改變攻勢說道。

「咦？你有什麼確實的理由？」

「恕我再重複一次，老爺指定我爲遺囑執行者，自然有管理遺產和執行遺囑的權利和義務，這也是法律上所規定的。簡單地說，我有權利召集家族開會，商討遺產分配。」宇市露出嚴厲的眼神，強硬地說道。

藤代頓時不知如何回答。

「很好啊，既然法律賦予你這個權限，你就行使這個權利召開家族會議啊！不過，你不要只強調自己的權利而忘掉你應盡的義務！」

「做爲老爺的遺囑執行者，我當然有不可推卸的義務，如果您對我有什麼不滿，請在會議上提出來。這正是召開家族會議的意義所在。」宇市接著態度冷靜地說：「大小姐，這四五天，哪一天您最方便？」

「既然你那麼急著開，隨你喜歡哪一天都行！」藤代氣憤地說道。

「那好，我跟您姨母商討好日子以後，盡快召開會議。一大清早便來叨擾，恕我失禮了！」說著，宇市移膝後退，便起身離去了。

❖

金正六郎駕著車，雛子坐在他身旁，飽覽眼下次第展開的風景。狹長的神戶市街坐落在山勢起伏的六甲山下，市街的對面則是泛著粼粼波光的湛藍大海，放眼望去，隱約可見像外國船隻的巨輪和小舟在海口處曳行的剪影。

「哇，好美喔！想不到從大阪開車一個多小時，便能登上六甲山，欣賞這麼漂亮的景色。尤其還可以俯瞰湛藍的大海和神戶的港口市街，好像到了國外呢。」

雛子語聲歡快，金正六郎邊減速，邊看著一身草綠色套裝、頸上繫著玫瑰色領巾的雛子。

「你跟家人說要去上課，大清早卻跟我來這裡兜風，要是被發現不就慘了？」

「沒關係。自從上次相親以後，我姨母和你大嫂來往得特別頻繁，至少她們同意我們先交往，我覺得這樣很好啊。再說，我也是初次和男人出來兜風，直到現在我才知道兜風這麼好玩呢！」雛子委屈地緊咬著嘴唇說道。

「噢，像雛子這麼有錢的富家小姐，居然不知道什麼是兜風，眞是令人驚訝啊。連我這種吃冷飯的人，都有辦法分期付款買輛國產車呢……」六郎不可置信地說道。

「這是眞的。我們家一向非常保守，家母在世時自不必說，家父健在時，除了讓我上學之外，什麼地方都不讓我去。至於我交朋友，他們總像調查狗的血統似的，非把人家祖宗八代的背景查個一清二楚，否則絕不准我們往來。目前，那個死氣沉沉的家，就住著我那離過婚的大姊和二姊夫婦，我們分住在不同房間，各自用膳，四代以來都遵守這樣的生活方式。所以就算再有錢，除了看戲、茶道和學插花之外，最近在流行什麼娛樂活動，我們什麼也不懂！」

「那雛子小姐你現在的娛樂是什麼？」

六郎邊開車，邊靈巧地握著方向盤，從容地與來往的車輛會車。

「我的娛樂嗎？嗯，我想想看……」雛子沉吟了一下，說道：「就像今天這樣，我藉口去上課，其實是溜出來跟朋友看電影啦，或是去看棒球賽，這便是我的娛樂。可是我若繼續待在那個家裡，頂多也只能這樣，所以我想盡早離開那個家，住在六甲山附近的文化住宅[20]，過著自由自在的生活。」

說著，雛子帶著羨慕的目光望著散落在山腳下幾棟紅瓦白牆的文化住宅。

「不過，你即使不留在現在那個家，不是也要到今橋的姨母家當養女嗎？」

六郎這樣反問道，雛子那單眼皮的雙眼卻爲之一亮。

「至於是到姨母家當養女招婿呢，或在自家招婿入門，還是出嫁，要怎麼選擇由我自己決定，沒有人硬性規定。只是遺產分配尙未談妥之前，我決定聽從姨母的意見。」

「噢，這又是什麼意思？雛子，我邊開車邊講話實在危險，我們找個歇腳的地方，邊喝茶邊聊吧。」

六郎說著，突然減速，從雲杉環繞六甲的公路往東方疾駛而去。

七月初的鄉村小舍已聚滿歇腳乘涼的客人，金正六郎挑了一個安靜的角落，點了兩杯茶和糕餅。

「剛才你說在遺產尚未談定以前，決定聽從姨母的安排，這是什麼意思？有關我們相親以後的事情，你姨母和我大嫂是怎麼商量的？方便的話，可否告訴我呢？」六郎沒有強求，而是明快地問道。

「沒什麼不方便，因為這也不是什麼大事……」雛子抬起那白皙的下巴，說道：「自從家父做完二七以後，我們幾個姊妹為了分家產，鬧得很不愉快。即使已經過了四個月，大家仍為了如何分配遺產搞得疑神疑鬼，氣氛劍拔弩張。我二姊有姊夫在背後出主意，我大姊雖然離過婚，但她比誰都來得精明；只有我什麼也不懂，又沒有人可以商量，只有姨母顧前顧後怕我吃虧。其實，過幾天我們家就要召開第四次家族會議呢。」

「噢，只不過是三個姊妹平分遺產，就要開四次家族會議，好像比審查國會預算還麻煩呢。我是學商的，不大懂法律條文，但根據現代的《民法》規定，家中父親死亡或其配偶死去時，其遺產應該平分給子女。你們家有三姊妹，平分成三等份不就得了？」

「情況沒你說的那麼簡單。在遺產繼承當中，有些部分屬於指定繼承，亦即死者生前指定

---

20 文化住宅：日本大正後期至昭和時代流行的日西合璧的住宅樣式，多半在大門旁興建西式客廳。

把遺產分給誰，另一方面就是透過我們幾個姊妹用合議的方式共同繼承，也就是你說的均分三等份。大體上來說，因爲我二姊夫在經商，所以我二姊分到矢島商店的經營權和該店的房地產；我大姊則得到北堀江和東野田五十間出租房的房地產；我呢，則分到六萬五千股股票及數十件文物古董，各自均有指定的繼承物。另外，我們現在所住的宅院房地產及其他不動產和動產，均由我們三人共同繼承。」雛子一口氣說明了分產的來龍去脈。

「那現在最感到不滿的是誰？」

六郎的大眼睛轉了一下。

「當然是我大姊藤代嘍。她始終認爲，我二姊繼承商店經營權，好比擁有取之不盡的搖錢樹，而我分得的股票和古董、書畫，她也有意見。她說股票只要換個名義即可偷天換日，古董、書畫也可以浮報價錢等等，可是像她繼承的房地產卻分毫不差地寫在地籍資料上，做不了手腳，若以這樣分配遺產，說什麼她都不接受！」

「問題是，遺囑中這樣明文寫著，就具有法律效力，這有什麼辦法呢？她想怎麼分配？」

「除了特定持分遺產，她希望透過共同持分遺產來彌補自己的損失。」

「那你對自己繼承的部分有什麼意見呢？」六郎窺探雛子的表情問道。

「我……剛開始不怎麼關心，後來看到大姊和二姊爲了爭家產鬧得不愉快，才開始覺悟。姨母找來古董商替我估那批古董文物的價格，我突然在意起分家產的事情。後來，我發現那批古董當中竟少了雪村的瀑布山水畫，若沒找回這幅軸畫，說什麼我絕不同意。」

「噢，這麼說，若能找回這幅山水畫，你就同意遺產的分配方式嘍？」六郎確認似的問道。

雛子朝不遠處的迷你高爾夫球場草坪看著，突然忿忿不平地說道：「在這之前我覺得這樣就可以，但現在可不這樣想了，我想擁有更多東西。」

「你想要什麼東西？」

「我想要山……」

「咦？山？你要山做什麼？」六郎驚訝地反問。

「就是山林啊。你不知道山林的價值嗎？我也是最近才弄懂，還滿有趣的。」

雛子並沒有把她們爲了查看山林卻意外得知父親的妾室懷孕，以及她們團結對外、查看山林只是爲了爭分遺產等等的事情告訴六郎，只說宇市帶著她們三姊妹到吉野賞櫻、去鷲家看山而已。

「我們跟在護林員後面，經過那些有三四十年樹齡高聳入雲的杉林，親眼看到自家的杉林竟然如此壯觀，眞是太刺激了！我大姊時而問杉林的界標是什麼啦，時而問我們家是否有砍伐權啦，好像那片山林就是她的！其實，我也想擁有自己的山林，那多麼雄偉啊！我不想當什麼地主或一家之主，倒想做個山林主，多神氣啊……」

雛子說得興奮異常，六郎突然噴了口煙，說道：「這麼說，這幾天召開的家族會議，山林的繼承問題勢必會引起爭論嘍？」

「那我該怎麼辦？」雛子略帶不安地說道。

「我們還沒論及婚嫁，你總不能找我這個局外人商量吧？」

有關矢島家的爭產風波，六郎只是聽聽，隨口應和。

「你的意思是說，如果你是我未婚夫就肯替我出主意，若不是的話，就不理我嗎？」雛子表情有點僵硬地反問六郎。

「那是當然嘍。我都還沒跟你談定婚事，就貿然過問你分到的財產，豈不是太奇怪了？」說著，他寬闊的肩膀往後伸展，深深地吸了一口清新的空氣。

「走，我們再去兜兜風吧。」說完，他站了起來，走去開車。

從山頂的鄉村小舍經過「極樂茶屋」，朝「鳥居茶屋」的方向駛去時，左側可看到丹波高原底下的盆地、深幽的河谷及微微起伏的稜線。

「雛子，你看！丹波盆地前面就是有馬，也就是不久前我們相親的地方……」

說著，六郎將車子停在視野遼闊的台地上。雛子想起霧靄籠罩的丹波盆地山腳下，正是自己和六郎在飛驒的合掌屋相親的所在地，不由得湧升淡淡的感傷。金正六郎雙手握著方向盤，一邊嚼著口香糖，往有馬方向眺望著，猶如欣賞一張風景明信片般。驀然，雛子無緣由地升起一股怒火。

「六郎！你到底是怎麼想的？」雛子直盯著六郎。

「什麼怎麼想……？」六郎納悶地反問。

「你還不了解我的意思嗎？我們的婚事呀……」雛子乾脆表明自己的心意。

「這件事我沒什麼意見。我這個在家吃冷飯的老六，若能跟你們有錢人結親，那就謝天謝地了。你們若要我當招贅的女婿也沒關係，說得坦白點，這件事的決定權在你手中。」

「你說的是正經話，還是開玩笑……？」雛子語聲顫抖地問道。

「這種事哪能開玩笑？開這種玩笑未免太沒格調了。再說，有些人只會說好聽的話，到時候還是被識破，豈不是更沒格調？記得我們上次在有馬的合掌屋相親時，我曾經表達過有關婚姻的看法。在我看來，男人的一生有兩次就業機會：一次是畢業以後到大公司上班，比方說到我父親的店裡工作；另一次就是跟有錢人家的千金結婚。既然拚命賺錢養家也是過一輩子，討個有錢的老婆，每天吃香喝辣也是過一輩子，我才不在乎什麼面子或世俗的看法呢，寧願選擇輕鬆快樂過日子。我甚至想過，其實找個長相難看、頭腦簡單的有錢女人也沒關係。像你這樣既有錢又漂亮的千金小姐，打著燈籠也找不著。雖說你們家向來是女系家族，讓人有點望而生畏。可是這麼好的條件，我若不識相一點，那就未免太不知抬舉了。」

「噢，如果我是窮人家的女兒，你會怎麼做呢？」雛子以充滿敵意的目光問道。

「我不回答這種不符現實的假設。事實上，你現在就是即將繼承上億遺產的人選之一，只要我喜歡你和你的家產就夠了。」

六郎說著，突然伸出強有力的手摟住雛子的肩膀。在狹窄的車內，雛子頓時扭肩別過頭，避開六郎湊過來的臉。

「我絕不跟還沒論及婚嫁的人做這種事，你硬是要這樣的話，我就在這裡下車！」

說著，雛子將手搭在車門的把手上，金正六郎見狀只好搖搖頭。

「哈哈哈，想不到你居然這麼保守啊！看來今天是分不出勝負了。」

六郎說完，緊踩油門，扭響了收音機。

❖

金正家的少夫人只是禮貌性地吃著糕餅，接著便向芳子問道：「請您不必客氣，我只是來打聽他們後來的交往情形而已……」

她先發制人，表示不是過來催趕婚事的。

「最近剛好是換季採購服飾的時節，想必夫人一定很忙吧……？」

「不，不忙，我都是委託別人去辦，有時一整天閒得發慌呢。只是最近又要召開家族會議，倒叫我有些操心。」

「什麼？要召開家族會議……？」

少夫人白皙的臉龐上，那雙像狐眼般的吊睛露出了疑惑的眼神。

「是啊，依照往常的慣例，遺產早該分配完畢了，但是事情拖到現在，真叫我操心哪。其實，這種事情不該由我來說，本家那裡跟我們這裡不同，他們家除了動產之外，在大阪市區還有土地和出租房及山林等不動產，要把這不動產像動產般分割成三等份，實在很難啊。」

芳子略微嘆息又流露出些許自豪，金正家的少夫人卻不想碰觸這個話題，只是這麼問：「對了，三小姐當您家養女的事，談得如何？」

雛子和六郎相親的前一天，芳子曾告訴金正家的少夫人，如果他們家小叔不願意入贅，可以和雛子一起跟著她生活。

「那件事目前還不確定，我若硬逼雛子，那她未免也太可憐了，只好等她有意思再說了。

對了，雛子沒跟你家小叔提過這方面的事嗎？」

芳子反而主動向金正家的少夫人詢問雛子的情況。

「沒有耶。最近他們倆常到外地出遊，今天剛好是我們店裡休息，他們好像一起去六甲山玩。哎，我小叔總是那樣，他到底是不在乎呢，還是認眞對待這件婚事，我實在弄不清楚。至於他有沒有談那件事，我完全沒……」她的回答曖昧不明。

「這樣啊，他們一起去六甲山……」

芳子吃驚地停頓了一下，接著以恩人自居的口吻說道：「看來進展得不錯嘛，你回去好好告訴你小叔，他若想當矢島家的女婿，一切就得聽從我們的安排。」

由於事情來得突然，金正家的少夫人起先有點驚愕，接著用卑屈而愼重的口吻說：「夫人，您的意思我非常了解，能跟您們結爲親家，我小叔自不必說，我公婆向您道謝都來不及了，哪敢怠慢啊！那麼，什麼時候有明確的答覆呢？」

芳子思索似的眨了一下眼睛，接著說道：「總之，近日忙著召開家族會議，等遺產分配完畢之後，我會召集重要的親戚，向他們宣布這樁婚事，並盡快決定婚期。」

「那就請夫人您多關照了。今天，貿然登門叨擾，恕我失禮了。」

金正家少夫人表面上說不是來催趕婚事的，但是眼看情況已定，便急著起身告辭，這時，女傭剛好進來通報。

「夫人，本家的大掌櫃來了，要帶他進來嗎？」

面對宇市的突然來訪，芳子起先有點措手不及，最後還是表現出富家夫人的架勢，故作高傲地說：「你先送少夫人出門，再帶他進來吧。」

宇市來到芳子的房間，旋即故作姿態地打招呼，並試探道：「突然打擾，實在不好意思。剛才我在門口看到金正家的少夫人，是不是三小姐的婚事進展得非常順利啊？」

芳子沒有回答宇市的提問。

「宇市先生突然來訪，有什麼急事嗎？」

見芳子這樣詢問，宇市立即恭敬地說：「其實，我是爲家族會議的事來的，我希望能在這四五天之內，召開第四次會議……」

「咦？有這麼緊急嗎……？」

幾分鐘前芳子才跟金正家的少夫人提及近日會召開家族會議，眼下卻故作驚訝狀。

「一個月前，我已經向大小姐提過家族會議，可是她因爲腳傷未癒沒有答應。今天早上我又特地詢問她的意見，她才勉強同意等十天以後再開。我作爲老爺遺囑的執行者，眼看遺產的分配這樣拖延下來，只覺得責任備加沉重。幸好，大小姐終於同意了……」宇市將今天早晨造訪藤代的談話結果如實道來。

芳子探出身子傾聽著他的敘述，聽完以後，沉吟了一下說道：「噢，只不過是扭傷腳踝，家族會議就得拖延十天。上次三小姐相親她也不參加，我愈想愈覺得奇怪，她是不是在背地裡搞什麼鬼啊？」

宇市移膝探前，極力吹捧芳子地說道：「是啊，我也摸不清大小姐到底在想什麼呀。總之，她終於同意在這四五天之內開會。我希望借助夫人的力量，在家族會議上協助我，早些把遺產的分配敲定，所以今天特地來徵詢您的意見，看您哪一天比較方便。」

「你都這麼開口拜託，下一次家族會議，我會設法確定遺產的分配。好吧，反正事情就交給我處理。」芳子一副了然於胸地說道。

「四五天之內……嗯，那就定在七月十日好了。」

宇市原先還在擔心可能沒這麼順利，想不到芳子這麼快就定下了開會日期。

❖

藤代離開堂島中町的接骨院之後，立即驅車奔往停靠在大河邊的採蚵船——船上餐廳。

剛才，藤代看到宇市去了今橋的姨母家，便不像平常那樣煞有介事地請醫生出診，反而親自上接骨院。診察結束以後，立刻打電話給梅村芳三郎，兩人約在河邊採蚵船上的「末廣」餐廳見面。

車子從堂島中町來到樋之上町，駛過天神橋，藤代在南詰下車，腳上雖然還裹著繃帶，其實扭傷已經治好，「咚咚咚」地走下橋詰的石階，朝著繫在岸邊的那艘舊船走去。

藤代走過船板，步入船上餐廳，還沒看到芳三郎的身影。不過他已經事先打電話訂了一間兩坪半的包廂，臨河的玻璃窗全部敞開，黃昏的徐徐涼風吹了進來。

薄暮時分的河面上，傳來浪潮的水聲。浮在水中的蒼鬱小島——中之島，其前端從彎曲的天神橋底下伸探到船上餐廳的窗前。駛向大阪灣的小機動船發出低沉的引擎聲穿梭而過，每次掀起的浪花便打在這艘舊船邊。想不到在喧鬧的大阪市區居然有如此遠離塵囂的靜謐場所。

了進來。

藤代察覺到有人拉開拉門，回頭一看，打扮得光鮮亮麗、穿著夏季大島綢和服的芳三郎走

「老師！」

看到許多天未見的芳三郎，藤代的眼眶不由得濕潤了起來，但餐廳女侍就站在跟前，只好克制著激動的情緒。

「好久不見了，來，老師請上座。」

藤代請芳三郎坐在上座，然後向女侍點了河魚料理。包廂內只剩下他們倆時，芳三郎比藤代還急，按捺不住地用微怒的口氣問道：「你到底怎麼了？怎麼一個多月都沒跟我聯絡……？」

「對不起，我的腳傷一直沒好……」

藤代正要辯解，芳三郎朝藤代裹著繃帶的右腳看了一眼，責備似的說：「我知道你的腳受傷，可是扭傷腳踝，也用不著在家裡躺一個多月吧？你可以打個電話給我呀。」

「是這樣的，我們家的電話和商店的電話是同一組號碼，所有打進來的外線電話都得到店裡接聽。宅內要打電話，也得經過店裡轉接才打得出去，而宇市又整天在帳房裡監視，我實在不敢隨便打電話。我雖是個女人家，可是自從那天晚上和老師在吉野共處以後，我是多麼想念老師您啊……」藤代羞怯地說不出話來。

「你眞的這樣想？」

芳三郎眼睛眨也沒眨，直望著藤代的臉龐，他看到藤代的眼裡充滿激動的波光時，臉上的表情才緩和下來。

「對了，你突然找我出來，到底是什麼急事？」芳三郎擔心地問道。

女侍正端上菜肴，藤代怕女侍聽到，等女侍離去以後，才神情嚴肅地說：「這四五天內就要召開第四次家族會議了。」

「噢，這麼緊急啊……？」芳三郎面露驚愕的神色。

「是這樣的，今早宇市突然來找我，說希望在這四五天內召開家族會議，簡直是十萬火急啊。」

「你怎麼就這樣答應他呢！上次去查看山林，因爲遇上豪雨中途折返，我們不是說好再去一次嘛，你爲什麼不把開會時間往後拖一陣子呢！」芳三郎語帶斥責地說道。

「問題是，一個月前宇市就急著要開會，那時候我以腳傷未癒爲由，還推說醫生診斷我扭傷嚴重必須安靜休養，希望家族會議延後一個月再開，宇市勉強同意了。直到昨天爲止，剛好是一個月，他便以這個理由，要求在這四五天之內開會。」

藤代訴說著宇市爲了召開家族會議如何執拗不休，不禁嘆了口氣。

「你爲什麼這麼輕易掉進他的陷阱？難道想不出更好的說詞嗎？」芳三郎表情苦澀。

「沒辦法。他那樣逼我，我若沒有充分的理由，實在無法拒絕他呀。不過，這一個月來，姨母幫我三妹物色結婚對象，我二妹跟妹夫其實也不怎麼熱中，爲了把他們的注意力轉移到三妹的婚事上，我盡量拖延開會的時間，所以也贊成那樁婚事，他們已經相過親了。」

「噢，對方是什麼來歷？」芳三郎興趣盎然地問道。
「他是船場內鑄器批發商的六兒子，比雛子大四歲，今年二十六歲。」
「他打算迎娶雛子？還是上門入贅？」
「對方說都可以。」藤代慢條斯理地答道。
「那是當然的囉，雛子嫁過去的話，她繼承的財產當然也得帶去；若招婿上門，她的所有財產照樣得落入那個六兒子的口袋裡。」芳三郎語帶挑撥地說道。
「不過，聽我三妹說，他不是個精打細算的人。當然，像他這樣的年輕人，對我三妹所繼承的遺產還是十分關心，或許老早就知道了，但好像又不大想介入的樣子。」藤代盡量不拂逆芳三郎的語意，委婉地說道。
「很好啊，人家雛子的對象可以光明正大地與她交往，不像我只能偷偷摸摸跟你眉來眼去。」說著，芳三郎俊秀的臉龐露出挖苦的笑容。「你把大家的注意力引向雛子的婚事，後來有什麼進展嗎？」
「雛子、我姨母和二妹夫婦的確如我所料，都專注在那件婚事上。只有宇市沒有上當，他三不五時向女傭打聽，表面上關心雛子的婚事進展，實際上卻爲召開家族會議展開布局。不僅如此，還探聽我這個月打電話給誰？有沒有外出？簡直像獄卒一樣監視我的行動。」
「這麼說，他是不是已經發現我們去過鷲家查看山林？」芳三郎露出嚴厲的眼神。
「我也不大清楚。如果護林員向宇市通風報信，宇市勢必知道我帶男人上山，依他的個性，今天早上來找我時，絕對會問個水落石出，但他連提也沒提，只是急著要召開家族會議。」

芳三郎沉思了一下，倏然想到什麼似的問道：「大掌櫃最近有沒有去過鷲家？」

「沒有，我仔細觀察過，他最近都待在店裡。」

「比方說，傍晚他會提早下班什麼的？」

經芳三郎這麼一提醒，藤代想起昨天宇市說要去和泉府中的紡織廠洽公，比平常還早就出門了。

「他不像是去鷲家，只是說要去和泉府中的紡織廠看看，傍晚就出門了。」

「該不會藉口說去和泉府中，其實是去跟護林員共謀計策？」

芳三郎這樣推測，藤代則搖頭以對。

「那點時間去不了鷲家的深山，而且隔天早上他還比我早起，到店裡上班。」

芳三郎好像在思索什麼般沉默不語，接著抽絲剝繭地推理：「跟護林員見面，不一定就要去鷲家，宇市也可以叫護林員來大阪吧？他們大概在預做防備，應付我們下次再去查看山林，同時又忙著召開家族會議，意圖擋在我們二度上山之前，把遺產分配的事情敲定。

「照這樣看來，宇市和護林員似乎早已共謀做好各種防範，而且他故意不提到我也是有玄機的。事實上，他早已從護林員那裡知道有我這個人，卻佯裝不知情，打算在關鍵時刻才要說出來。」

說到這裡，芳三郎有點迷惘地望著河面。藤代的心中也不由得掠過一絲陰霾。

「我們給了護林員那麼多錢，他居然吃裡扒外！」

「就是嘛，光是替我們帶路，就撈了那麼多錢。如果他眞的向宇市通風報信，未免太可惡了！照這樣看來，下次去查看山林，他們肯定會從中搗亂，不讓我們看到。所以我們應該去查閱山林登記簿。」

「查閱山林登記簿……？」藤代驚訝地抬起臉。

「嗯，我們到鄉公所查閱山林登記簿，確認矢島家所有林的實際面積。搞不好那片山林早就被砍個精光，他們故意帶我們去看別座山林，就像宇市大聲嚷著那片山林長得好茂盛！其實把我們騙得團團轉呢。」說著，芳三郎夾起鯉魚肉送進嘴裡，嘆了口氣：「除了鷲家那片山林之外，還有哪裡的山林？」

藤代從膝旁的手提包裡取出一張便條紙，攤了開來。

三重縣熊野　四十公頃
奈良縣吉野　五公頃
奈良縣大杉谷　一百二十公頃
京都府丹波　十公頃
奈良鷲家　二十公頃

芳三郎朝放在桌上的便條紙凝視良久。

「如果還有這麼多，那矢島家擁有的山林面積應該更大，何況其他山林我們還沒去看過。

如果三重縣大杉谷那片一百二十公頃的杉林是在深山峽谷中，聽說大白天也是陰森得不見天日，都是一些原始老林，水蛭從樹枝上『啪答啪答』掉下來，用手根本抓不起來，只能用火烘烤。而且山間小路上，多得是吊橋、繩梯和懸崖峭壁，非常艱險。如果大掌櫃在杉林面積上動手腳，偷偷賣掉，我們這種不諳山林狀況又不善走山路的人，也拿他沒辦法。像他這種看似糊塗其實滑頭的老傢伙，若要在深山老林裡幹壞事，肯定做得神不知鬼不覺。話說回來，這些山林到底有多少價值，我們還是得約略估算一下。」

說著，芳三郎從搭配和服製作的小提袋裡取出筆記本，翻到後面的空頁。

「鷲家那邊的杉木，每公頃大概可賣個八十萬圓，二十公頃就有一千六百萬圓；而熊野的出材量比鷲家差，每公頃以六十五萬圓來算，四十公頃就是兩千六百萬圓。吉野那邊出產的吉野杉向來很有名，而且出材量又多，每公頃以一百零五萬圓來算，五公頃就是五百二十五萬圓；而地處偏僻山區的大杉谷就沒那麼理想，產量自然不多，每公頃以十五萬圓計算，一百二十公頃有一千八百萬圓；丹波那邊每公頃以五十萬圓來算，十公頃就是五百萬圓……合計是七千零二十五萬圓。不過，有些山林有砍伐權，有些卻沒有；沒有砍伐權的山林，價值只有可砍伐山林的十分之一。所以你繼承那些山林的時候，若不仔細盤算，可要吃大虧呢。」

藤代看著芳三郎的模樣，彷彿正在盤算他自己的遺產所得，仔細計算每公頃杉林的價格，這令她突然感到一陣莫名的恐懼。想不到一對三十出頭的男女，愛欲縱情居然跟金錢的利害得失糾葛在一起，藤代不由得別過臉去。

「總之，再過四五天就要召開家族會議，而梅村流派的獨舞表演只剩下一個星期，看來短時間內我們沒辦法去鷲家查看山林了，我今天也是好不容易才從練舞場溜出來的呢。」芳三郎帶著困惑的表情噤口不語，接著說道：「就算召開家族會議，效益也不大。」

「咦？效益不大……？」

「是啊，在我們沒去查看山林以前就召開家族會議，你是沒辦法阻止她們做出決定的。唯有我們再去看過那片山林，才能估量其他山林的情況。如果在會議上分配繼承的山林對你不利，你也得佯裝喜歡，藉此逗引你那兩個妹妹爭奪。換句話說，在我抽空去鷲家以前，你要盡量拖延時間，不要做出決定。」

芳三郎的再三叮嚀，強而有力地灌進藤代耳裡。

「可是，實在沒辦法拖延的話，我該怎麼辦？」藤代憂心地反問。

「怎麼會？你雖然離過婚，但畢竟是矢島家的大小姐，而執行遺囑的大掌櫃宇市，到底還是你們家的下人，他沒有多話的餘地吧？」芳三郎激動地說道。

「聽老師您這樣形容，我益發覺得宇市這個人實在太恐怖了。我是否對付得了他，實在有點擔心……」藤代面露不安的神情。

「萬一沒辦法拖延，你就硬說對另一片山林有意見，故意把家族會議搞亂，知道嗎？」芳三郎叮囑道，突然語聲溫柔地說：「你是富貴人家的大小姐，應該要堅強一點，怎麼爲這點小事愁眉苦臉呢？」

他那細長的雙眼露出冷豔的笑意，直望著藤代。剛才那股熱心計算藤代遺產所得的異樣幹勁已然消失，又恢復了原有的女人般的媚態。藤代被芳三郎的媚態吸引，欲爲他斟酒時，芳三郎驚訝地環視著舒適而雅致的包廂，說道：「你怎麼知道有如此氣氛靜謐的船上餐廳啊？」

「家母生前很喜歡這家船上餐廳，尤其冬季的三個月，她時常來這裡品嘗生蠔。我突然想到這地方，雖然現在不是盛產牡蠣的季節，但有淡水魚和鰻魚料理，所以就選在這裡用餐。而且這一個月來，我佯裝腳傷未癒，整天關在家裡，憋得實在發悶，眞想見見老師您，好好放鬆心情呢。在大阪市區，要享受這種氣氛和情調，只有河邊的船上餐廳了。不過，這樣的地方愈來愈難經營，今後更難體會到這種河畔風情了。」

藤代說著，抬眼看著對岸倒映在黯淡河面上的燈火及劃過水面的舟影。

「原來如此，這樣我就放心了。你這個大家閨秀爲什麼會知道這種隱密場所，我正感到納悶呢……」

芳三郎眼中露出嫉妒的火花，順勢伸出白嫩的手，摟著藤代的肩膀。

「藤代，你不會是在玩弄男人吧？」

說著，芳三郎舞動身子般地貼近藤代，像在吉野的旅館跳的〈保名〉那樣，他一邊跳著，一邊將藤代摟入懷裡。

「老師，在這種地方不要這樣……」

藤代雖然拚命掙扭身子，卻像不斷拍打著船邊的水波聲那般，緩緩地耽溺在芳三郎妖冶纏綿的愛撫之中。

❖

宇市步出今橋的「矢島中商店」之後，立刻前往堺街的平野町車站，搭乘開往阿倍野的電車，前往神木的文乃家。

過了下班的尖峰時段，有軌電車像全員淨空似的，車廂內空蕩蕩的。宇市在門口旁的座位坐了下來，迎著窗外吹進來夾帶砂塵的風，回想忙碌的一天。一大早去跟雛子、千壽和藤代商量召開第四次家族會議的事宜，接著又到今橋徵詢分家姨母的意見，然後又得到神木通知文乃，順便探看文乃的情況。

宇市在阿倍野橋換乘往住吉公園的上町線電車，在神木站下了車。晚間八點過後的郊區路上，住家的門燈散發著黯淡的亮光，路上的行人寥落可數。自從陪藤代三姊妹和今橋的姨母到文乃家探病以來，宇市就沒再來過，他跟君枝已經一個月沒見面。在文乃家裡當看護的君枝，因為跟西藥房的老闆娘吵架，直嚷著不幹，突然跑到他賃居的地方告狀。在那以後，君枝三不五時打電話到店裡，直吵著要辭去看護的差事，甚至還寫信催逼，他總是勸君枝多忍耐些時日，好不容易才拖到今天。

宇市按了門鈴，廚房入口處旋即傳來開門聲，隨著趿木屐的聲響，穿著圍裙的君枝走了出來。

「啊，是您呀，您可……」君枝不禁露出興奮的笑容，但隨即板起臉孔慍然地說道：「喲，什麼風把您吹來呀！我打電話又寫信給您，您愛理不理，讓人等得焦躁，想不到竟突然跑來。有什麼急事嗎？您真有那種閒工夫的話，可以先打電話給我，我好找個藉口回家等您呀！」君枝愈說愈氣。

「笨女人！現在不是嘔氣的時候。四天以後本家就要召開家族會議決定遺產的分配，正是關鍵時刻，你這樣囉哩囉嗦，讓文乃知道的話，對我們只能壞事而已！」

宇市出言怒斥君枝。或許是「壞事」這句話奏效，君枝只好不情願地眨了一下眼睛，轉身對著玄關，又恢復女傭般的舉止。

「哎呀，是大掌櫃您啊，歡迎……」

君枝故意大聲地朝屋內喊道，並推開木格門。

「夫人！矢島家的大掌櫃來了。」

君枝出聲招呼，將宇市帶進屋內。

宇市在君枝的帶領下，來到裡面的房間，他看到壁龕處確實供奉著君枝所說的那個梳著髮髻、穿著紅褲裙的求子土偶。文乃穿著漿過的浴衣，端坐在睡鋪上，臉上並沒有君枝所說的那種怪異神態。

「最近，都沒來向你問候，我只從女傭那裡零星得知你的情況。聽說你身體有點不舒服，後來好些了嗎？」

宇市說著，邊注視著文乃。看來尿毒症已有改善，臉龐清瘦許多，只見肚子愈來愈大。

「託您的福，後來我靠神明和醫生的幫助，尿毒症治好了，腹中胎兒的發育也很正常。本家的大大小小過得還好嗎？」文乃帶著挖苦似的平靜語氣說道。

「其實，我正是爲了本家的事，這麼晚才過來叨擾的。」宇市說著，朝君枝瞥了一眼接著說：「幫傭的，你可以離開一下嗎？」

宇市故意說得粗魯，等君枝走遠以後，才移膝向前說道：「事情是這樣的，四天以後，本家就要召開家族會議，決定遺產繼承的分配。」

文乃眨了一下眼睛。

「你大概有自己的考量，我想聽聽你眞正的想法，才趕來這裡的。」

「我眞正的想法？」文乃面無表情地反問道。

「自從老爺去世以後，你每個月的生活費沒了，你也沒向本家要求經濟上的援助，更不急著向本家請求遺囑上寫明要分給你的部分財產，反而是執意要把肚裡的孩子生下來。」宇市開門見山地問道。

「老爺生前省吃儉用存了一筆錢，給了我充當生活開銷。老爺來我家的時候，偶爾因吃喝等雜用花掉部分家計費，但現在只有我一個人生活，加上支付幫傭的費用，其實花費不多。再說，老爺在遺囑上提及該分給我的部分，我自然會得到。除此之外，我不需要別人的同情，也不會像乞丐般索求什麼。」文乃駁斥道。

「你有這種寬厚的心胸，實在太難得了。」宇市頓時有點畏縮地說道，接著又說：「話雖如此，但是對於生下來的孩子而言，卻不見得是件好事。你上次去本家時，堅持表示自己懷的是老爺的骨肉，但就是因爲你做人太寬厚，使得原本可以拿到一筆豐厚的養育費，最後連一毛錢也領不到。這樣一來，孩子將來豈不是要受苦？」

宇市故意強調「孩子」將來的處境，文乃的表情略有變化，但旋即表示：「不，我絕對不會讓孩子受苦！」

「噢，這是怎麼回事？你的意思是說，老爺在生前已對你肚裡的孩子預做了安排嗎？」宇市直接問道。

「不，我不是這個意思……」文乃緊緊閉上了嘴巴。

「老爺有沒有做這樣的安排，姑且不提，不過這對孩子的影響非常大。如果你手上有類似的文件，請你出示讓我過目。」

「您爲什麼要問這個？」

文乃明亮的雙眸責備似的望著宇市。宇市頓時說不出話來，接著說道：「我剛才已經說過，這次的家族會議要決定繼承者的財產歸屬，若喪失這次機會，將來你有任何意見，就算請律師提出訴訟也無濟於事。而且律師費是一筆很大的開銷，總是得不償失。總之，爲了孩子和你的將來，老爺若有特別留給你什麼遺囑之類的東西，你就拿出來吧。我知道你現在有孕在身，辦事諸多不便，但我可以替你代勞，儘管說無妨。」

宇市這樣誘導著，其實是在預做防範。倘若已故的矢島嘉藏瞞著三個女兒和他，爲文乃另做安排的話，萬一影響到整個遺產分配的布局，也等同於影響到他的利益，所以他必須在這關鍵時刻掌握實際的狀況。

「你覺得怎樣？我是替已故的老爺爲你著想呀，務必要相信我，把實際的情況告訴我，否則將來有什麼閃失，對你將是大爲不利……」

宇市的嘴角突然露出一抹冷笑，文乃嚇得趕緊把視線望向昏暗的庭院，過了一會兒，才又回看著宇市。

「您和我，只是本家的大掌櫃和我這個老爺妾室的關係而已，爲什麼要這麼關心我呢？我非常感謝您對我的關懷，不過，我這裡的確沒有您所擔憂的事情，有的話只有我對老爺的思念。」

文乃清楚地回絕，靜靜地瞪視著宇市臉上與年齡不符的嚴厲表情。她那清澈的眼神，使宇市頓時亂了方寸，表情緩和了下來。

「我承認自己太過熱心，俗話說熱心過度總有企圖，但我總是杞人憂天啊。」

說到這裡，宇市終於覺得自己的擔憂是多餘的。那天晚上，他爲了照料文乃而留在這裡，無論是發現文乃把信封收進立櫃的抽屜裡，或是君枝看到文乃從男人衣服中取出一個類似信封的東西，其實都沒他想像的那麼重要，也許只是長期臥病在床的矢島嘉藏因爲不能到文乃家所寫給她的信件而已。

「深夜來叨擾，實在不好意思！這是我身爲遺囑執行者的責任，希望你不要介意，也請多多諒解！」宇市突然身段柔軟地說道。

「哪裡，您這樣設想周到，使我非常感動，哪會爲這件事介意呢。」

文乃微笑地回答著，然後朝廚房喊著君枝。

「君枝！請你端酒出來招待大掌櫃。」

文乃知道宇市嗜好杯中物，特別爲他準備了酒。

「不，請你不必費心。最近爲了準備召開家族會議，弄得我非常疲累，我若喝醉回不了家，就不好辦事了。謝謝你的好意。」

宇市這樣推辭著，文乃對著站在門檻不知如何是好的君枝，說道：「你當過旅館的女侍，不能這樣怠忽客人，快去溫壺酒請大掌櫃享用！今天早上，我不是買了許多敬神的酒嗎？」文乃急著吩咐君枝備酒，極力挽留準備離去的宇市。

君枝用托盤托著酒壺過來了。

「你幫忙斟一下酒吧。」

說著，文乃直望著君枝的手。

「大掌櫃，我也好久沒爲您斟酒了。」

文乃挪動笨重的身子靠向宇市，從托盤上拿起酒壺，用熟練而優美的手勢爲宇市斟酒。宇市看著文乃美豔的斟酒手勢，不由得爲文乃今天反常的舉動感到莫名的恐懼。他朝君枝瞥了一眼，君枝也屏氣凝神地望著文乃。

「好了，你不要再斟了。雖說你身體有點起色，但我不能讓醫生交代得多休養的病人爲我斟酒啊。我再喝一碗就告辭了。」

說完，宇市從君枝手中接過茶碗，把酒壺裡的酒倒入茶碗，一口氣喝個精光。

「謝謝你的招待，今晚到此爲止，我告辭了。」

宇市放下茶碗，站了起來。

「那我就不留了，下次再請您大駕光臨，今晚辛苦您了。」文乃客氣地致謝道。「君枝，你替我送大掌櫃到車站去。」

「噢，你們家女傭要送我去車站……？」宇市眼睛為之一亮。

「眞是太好了。其實，今天傍晚我是兩餐一起吃，現在又灌了一碗酒，的確有點醉意，若能送我到車站，是再好不過了。」宇市說著，故意步履微顚地要走出客廳。

「大掌櫃！」文乃驀然喊住宇市。

「噢，有什麼事嗎……？」

宇市回頭看去，只見文乃從睡鋪上站了起來，挺著大肚子靠近他。

「那幅雪村的瀑布水山畫怎麼樣了？」

「咦？什麼？要向本家拜託什麼嗎？」宇市裝作沒聽見似的手靠在耳邊問道。

「我是問您，雪村的瀑布山水畫已經還給本家了嗎？」文乃的語氣相當嚴厲。宇市站在門檻，霎時沉默了下來。

「寄放在我那裡的瀑布山水畫很可能是件贋品。」

「什麼？贋品？」文乃臉上頓時失去了血色。

「是啊，上次你把山水畫交給我以後，因為它是遺產的一部分，為了愼重起見，我送到古董店鑑定，想不到對方卻說這是假貨，嚇了我一大跳。我不相信，所以又把它送到其他古董店鑑定，目前還沒送回本家。」

「可是，當初老爺委託裝裱店裝裱時，他並沒說什麼呀……」

文乃難以置信地跌坐下來。宇市也坐在文乃面前。

「裝裱店只負責裝裱而已，他們沒有能力鑑定書畫古董的眞假，鑑定眞僞才是古董商的本行。如果那幅畫是贗品，正因爲老爺是上門女婿，原以爲這是眞品拿來送你，想讓你將來換成一筆錢，問題是他根本不知道這是贗品，現在若將它送回去，豈不是太對不起老爺了。所以現在實在不宜把它送還本家。」說著，宇市困惑地嘆了口氣。

文乃面色鐵青地看著宇市，戰戰兢兢地問道：「大掌櫃，您該不會騙我吧？」

「咦？我在騙你……？我哪會騙你呢！你若不信的話，可以直接找古董商鑑定啊……」

宇市爲掃除文乃的疑慮這樣說著，文乃的雙眶頓時紅了。

「老爺這輩子眞可憐啊，生前當上門女婿，每天過著謹小愼微的生活，想不到去世以後，又被別人說成眞僞不分，把贗品的書畫當成眞品……」文乃淚眼婆娑，語帶哽咽說道：「既然那是幅假貨，您打算怎麼處理呢？」

「嗯，這就難辦了。」

宇市苦思似的傾著腦袋。

「總之，在沒有鑑定出眞僞以前，那幅掛軸先由我保管，倘若是眞品，當然要送還本家，但若是假畫，你就要從頭到尾裝作不知情。」

「什麼時候才可以知道鑑定結果？」文乃露出欲求眞相的表情。

「恐怕沒那麼快，鑑定書畫的眞僞，又沒有時間上的限制，這要看對方有沒有用心。當然，鑑定工作非常愼重，以現在的情況來看，大概得拖上半個月或一二個月吧。」

宇市這樣說明，文乃突然移膝跪在宇市跟前。

「您能不能催對方趕在召開家族會議以前鑑定出結果呢？如果是眞品的話，我就利用這個好機會將它送還本家。她們上次那樣折磨我，我也沒有要她們半毛錢，這次把這幅山水畫送還，我便什麼也沒虧欠她們了。」

宇市像是被文乃激昂的氣勢壓倒似的，只是眯著眼睛。

「好的，我會盡快在召開家族會議之前，鑑定出那幅掛軸的眞僞，今天晚上我回去時，會特地到古董商那裡，請他們趕快進行，如果來不及的話，我也會找機會讓你把它送回本家。總之，掛軸的眞僞就交給我處理。」

說著，宇市對著站在玄關等候的君枝說道：「幫傭的，你能送我到車站嗎？」

宇市突然做出醉意微顚的動作，緩步地走了出去。

來到門外以後，宇市始終板著臉孔，一聲不吭地走在君枝前面。君枝迴避著附近鄰居的耳目，刻意走在宇市後面，保持兩三步的距離，等到行人稀少的地方時，馬上湊向宇市身旁。

「剛才，文乃所說的雪村軸畫，就是你上次拿回家裡，說什麼都不讓我看，還小心翼翼地藏在壁櫥裡的那幅軸畫吧？」君枝翻著那雙倒吊眼問道。

宇市沒有回答，只是默默地走在前面，君枝趿著木屐追上了他。

「你一定在說謊，那幅軸畫若是假貨，你不可能像寶貝似的藏在壁櫥吧？」

宇市依舊默不聲地走著，君枝又追了上去。

「你少跟我裝聾作啞！」

君枝氣沖沖地說著，擋在宇市面前。

「說什麼已經拿到古董商那裡鑑定，還看準文乃不可能去找古董商對質，便胡扯一通，其實你早在盤算，如果文乃難產死了，你就要把那幅軸畫占爲己有吧？」

「咦？文乃難產死了……我就要占爲己有……」

宇市露出嚴厲的目光，走近君枝身旁。

「就算腎病好轉、已經消腫，也有可能因爲難產死亡嗎？」宇市語帶玄機地反問道。

「女人在生產過程中，有些情況是很難預料的。有些重症病人，大家都認爲生不出孩子，最後還是順利地生了下來，而病情很輕的人，大家都覺得沒問題，反倒在生孩子時死去，這種事情很難預料。」

「文乃的預產期是什麼時候？」

「大概是九月初或十月初吧。」

「噢，這麼說，今天就是七月六日了……」

宇市在漆黑的路上屈指數算著日期。

「不過，有可能因爲早產而提前一個月，也有可能因爲難產延後半個月。」君枝從旁插嘴道。

「你好像生過孩子似的，對生產的過程這麼了解。你不是說沒生過孩子嗎？」宇市直盯著君枝。

「生孩子這種事，每個女人多少都知道嘛。你在嫉妒嗎？眞是這樣的話，我就太高興了！」

當君枝正要討好似的拍打宇市肩膀的同時，黑暗中突然有人出聲，一對金魚眼般的眼睛，發出異樣的光。

「喲，你不是濱田家的女傭嗎……？」

「噢，原來是藥房老闆娘……你突然出聲，嚇了我一跳呢……您這回是要出門還是回家？我剛好要送本家的大掌櫃去車站坐車，他突然喝醉了，我正要拍撫他的背呢。噢，對了，在這方面您是專家，我該怎麼做才好呢？」

君枝趕緊這樣搭話，宇市也站在君枝背後說道：「喲，眞巧在這裡遇見您啊。我今天一高興就喝多了，給這女傭添麻煩了……」

他故意說得有氣無力，還從懷裡拿出手帕擦擦嘴巴，彷彿要嘔吐似的，這時候凸眼婦直盯著宇市和君枝。

「你還是趕快拍撫他的背吧。」

「什麼？拍撫他的背……」君枝吃驚地反問道。

「用你的玉手拍撫大掌櫃的背，肯定比吃我們家的解酒藥還有效哩。」

凸眼婦說完便別過臉去，也不打聲招呼，便從宇市和君枝面前走了過去。

君枝見凸眼婦離去後，開始嘀咕起來。

「說什麼用我的手拍撫你的背比他們家的解酒藥還有效，簡直渾話嘛！那個凸眼婦講話就是這副德性！」君枝氣憤地說道。

「抄這條近路去神木車站，總會被附近的人碰見，我們乾脆去住吉公園車站好了。」

說著，君枝逕自走在前面，宇市跟在她後面朝住吉公園的方向走去。

「喂，剛才的動作沒問題吧，凸眼婦沒有聽到我們的談話吧？」

「沒問題啦。她不是跟在我們後面，而是從拐彎處拐進來的，應該沒有聽到我們的談話。」

「可是，從她的口氣來看，好像已經察覺我們的關係。倘若眞是那樣的話，或許不久就會傳進文乃耳裡……」說到這裡，宇市停頓了下來，接著才說：「搞不好文乃早就察覺到我跟你之間的關係了。」

「什麼?文乃已經察覺到了……?」

在黑暗中，宇市的語聲顯得有些顫抖。

「嗯，說不定從我去當看護的那天開始，文乃就已經對我們之間的關係產生懷疑，只是佯裝不知情，而我也將計就計配合演出，來個勾心鬥角的較勁。比方說，剛才文乃叫我幫你斟酒啦，送你到車站坐車啦，其實她都心知肚明，心裡早有盤算，我只是配合劇情演下去而已。」

君枝說得赤裸裸，只見宇市的表情變得嚴肅。

「她察覺到什麼程度?」

「她大概還不知道我是你的女人，但初次引見時，你說我是你們下游廠商的熟識，我們在我做旅館女侍時就認識了，她應該不相信這種說法吧，會認爲我是你派來的臥底。」

「是嗎？她察覺到這種程度啊……」

宇市總算鬆了一口氣，君枝驀然細聲說道：「怎麼樣？反正已經被她發現了，倒不如趁你假裝酒醉，順便找到地方暢快地聊聊。」

「暢快地聊聊？」

宇市一臉納悶，君枝突然面露嬌態，露出牙齦，帶著淫欲的笑容說道：「我們已經一個月沒溫存了嘛，你年紀大了，對這種事不大熱中，可是人家才四十出頭呀。」

「說什麼蠢話呀！文乃只叫你送我去車站，我們總不可能就這樣回家吧？」宇市連忙搖頭拒絕。

「不回家，我們去那裡怎麼樣啊？」

君枝指著暗路上不遠處一棟普通民房。定睛細看，在燈光昏暗的屋簷底下，掛著一塊寫著「休息」的招牌。

「哼，你還眞懂得享受片刻春宵呢。想不到在這方面，你可眞……」宇市緩緩地笑開了。

賓館的女侍看到一個年屆七十的老人帶著一個繫著圍裙的四十出頭女人前來，頓時不知如何招呼。

「我們要『休息』，給我們一個房間。」

宇市這樣吩咐道，女侍才連忙爲他們遞上拖鞋。

這間賓館大概開業不久，房間裡的擺設很俗氣。女侍帶著宇市和君枝來到二房相連的房間，爲他們取出浴衣，並送上茶水。

「澡堂在走廊盡頭，隨時都可以入浴，隔壁房間已經鋪好床被，請兩位慢慢休息……」說著，女侍識趣地關上拉門。

女侍離去以後，君枝馬上更換浴衣，宇市則緩慢地脫下身上的衣服。君枝始終看著動作遲緩的宇市，於是說道：「最近，你大概在密謀什麼吧？上次，我去找你時，你也和今天一樣，臉色不大好看，事情想得太複雜，有時候反而容易露出破綻呢。現在只剩下我們倆，你就好好放鬆一下吧。」

宇市默默地點點頭。

「你該不會想大幹一票吧？」君枝確認似的問道。

宇市拿著脫下來的衣服。

「是啊，不知不覺中，我就變得想大幹一票了。」他坦言道。

君枝霎時驚訝地說不出話來。

「不知不覺中，就變得想大幹一票了？你是指什麼事？」

「我做的事情，用不著你這個女流之輩操心！我只擔心事情牽涉太大，不好收拾。長期以來，我和紡織廠和染整廠的老闆相互勾結，從中拿取回扣，偷賣多餘的布頭，每個月做店內盤點時，在帳目上動手腳等等，或許我應該收手，但是愈做愈順手，最後竟然把腦筋動到山林上了，和那個護林員共謀，這件事讓我有點擔憂呢。」

宇市說得若無其事，君枝卻大吃一驚。

「你已經拿了回扣，偷賣多餘的布頭，又在帳目上動手腳，爲什麼還要像看山老千那樣偷賣山林呢？這樣做太危險了，你多少拿點錢就夠了嘛……」

「那一丁點錢我才不稀罕，我要的是全部！我從十四歲做到七十二歲，在他們家連續當了三代的掌櫃，現在月薪只不過六萬三千圓。他們家可是船場著名的老鋪，聲名響叮噹，卻欺負我這個從學徒做起的掌櫃，一輩子把我當牛馬使役。五十八年來我默默地隱忍下來，爲的就是等待這個好機會。前幾代店主死去時，從未像現在這樣委託我重責大任，而且過去的繼承法規定，所有財產均由長子或長女繼承，若沒什麼紛爭，我沒辦法從中做手腳。而這次呢，他們家三個女兒爲了爭奪家產，鬧得很不愉快，中途又冒出一個店主的情婦，據說還懷了店主的孩子。沒有比這種紛爭更有意思的了，對我來說，這簡直是千載難逢的好機會！她們鬧得愈凶，我趁虛而入的機會就愈多。這也是我長久以來一直等待的，我要不動聲色地把她們家幾代的財產搬個精光！」

七十二歲的宇市，被這五十八年來的怨懟激得滿臉通紅，兩眼迸發出異樣的怒火。想當年，他無法用手解開綁貨的繩子，拿了剪刀剪斷，卻遭到店主破口大罵：「手指甲可以不停地長，這繩子可是要花錢買的！」在臘月的寒風中，用滲血的手指拆卸貨繩，做學徒的苦楚及隱忍苦熬的歲月，至今仍不時浮現在宇市的腦海中。

「這樣你應該了解我的想法了吧？你們女人家以後少插嘴。」

宇市不由分說，君枝抵擋不住他狂烈的執念，緊張地問道：「不過，事情進展得順不順利，什麼時候才有明確的結果？」

「在第四次家族會議上，就要決定遺產的全部歸屬。這次的會議之所以拖延到現在，都是因爲大小姐惹出來的。聽護林員說，她上次帶了一個來歷不明的傢伙上山查看山林。對我來說，這個女人最難應付了！總之，我得在這次的會議上趕快敲定遺產分配，不能再拖下去，否則夜長夢多。正如你所說的，到時候可能會露出破綻呢。」

宇市這樣說完，君枝用興奮的眼神直望著他：「事情若進展順利，你不要光想到自己喔，若沒妥善安排我的下半輩子，今晚聽到的祕密及雪村的那幅山水畫，我可不會默不吭聲喔。」

君枝故意露出浴衣的胸襟，語帶嬌媚地說著，其實是句句戳中宇市的把柄。宇市趕緊露出淫笑說道：「你可眞了解我哪！果眞是刁鑽又大膽的女人，你都這樣說了，我就更有幹勁了。」

說著，宇市用滿是皺紋的手摟住君枝豐滿的身軀，另一隻手順勢打開已鋪好床被的隔壁房間的拉門。

第八章

六坪和四坪大相連的客廳正面，供在壁龕處的佛龕敞開著兩扇摺門，經卷桌上的香爐裡香炷裊裊，已故矢島嘉藏的遺囑慎重地放在佛龕前，沉悶的氣氛籠罩著這場家族會議。

縱長形的日式矮桌正對著佛龕，從左側依序坐著姨母芳子、姨父米治郎、雛子，右側的順序則是藤代、千壽及其夫婿良吉，宇市則坐在可看見兩方家屬的末座。

至於說到召開第四次家族會議，或許太過緊張的關係，遺產繼承者自不必說，連姨母芳子、千壽的夫婿良吉都顯得異常嚴肅，始終正身端跪，只有藤代像出席盛會似的穿著華麗的衣裳，故意伸出裹著繃帶的右腳側坐著。由於四天前，她和芳三郎在河畔的船上餐廳碰過面，早已針對今天的家族會議商討過，所以這時候才顯得如此胸有成竹。不過，今天是否能按芳三郎設想的順利進展，都得靠她如何巧妙地對付兩個妹妹及操縱這次會議的宇市。想到這裡，藤代壓抑著亢奮的心情，佯裝一臉平靜，等待宇市開口。

宇市見女傭送上茶水並退下之後，用慎重的口氣宣布：「自三月以來，有關遺產的分配已經商量過好幾次了，今天，我希望透過這次家族會議能敲定最後的遺產歸屬。這次，親戚代表有今橋的分家夫人，以及三位繼承人和入贅女婿良吉，各位均已到齊，現在我宣布第四次家族會議正式開始！」

語畢，宇市以遺囑執行者的身分，將他保管的已故矢島嘉藏的遺囑攤放在日式矮桌上。

「首先，我再宣讀一次有關遺囑中提及的既定遺產繼承部分。大小姐繼承大阪市西區北堀江六丁目的二十間出租房、位於都島區東野田町的三十間出租房等房地產；二小姐繼承矢島商店的房地產及經營權，不過每個月必須提撥商店淨利的百分之五十，平分給姊妹三人；三小姐則繼承六萬五千股股票，以及庫房裡收藏的古董文物。老爺的遺囑上明白寫道，有關共同遺產繼承的部分，需經過全體繼承人協商之後再分配。可是，大小姐對此遺產分配有所異議，認爲在既定遺產的繼承上，自己比兩個妹妹分得還少，希望透過全體協商的共識，從共同繼承的遺產中，提撥一部分來彌補她的損失，有關這一點，大家的意見尚未一致，這便是第一次家族會議以來的實際情況。」

宇市複述了家族會議的經過，彎下身子，說道：「恕我說話冒犯，由於矢島家遺產繼承問題拖延太久，導致親姊妹之間爲了爭奪家產而彼此失和，成了世人談論的笑柄。前幾天，我到和泉府中拜訪下游的紡織廠，回程途中，前往神木探視，文乃的病情已經好轉，腹中胎兒發育正常，大概會順利生產。當然，我們現在倒不必擔心孩子生下後的種種事情，但是我認爲，在文乃還沒把孩子生下來以前，最好先將遺產問題徹底解決，以免夜長夢多，滋生紛擾，各位覺得如何？」

宇市這樣一說，姨母芳子驚訝地探出身子：「眞有這種事啊？那女人病得那麼虛弱，竟然復原得那麼快，還能順利生下孩子……既然這樣，那我們得趕快敲定遺產的分配。那女人平時只會說些道貌岸然的話，一逮到機會，說不定會露出險惡的本性來呢。」

芳子說完便沉著臉，宇市隨聲附和：「夫人說的對，前幾天我去探視她，提到最近要召開第四次家族會議，她面無表情，只應了聲『是嗎』，其他事情連問都沒問，正因爲這樣才叫我擔心呢。正如分家夫人說的那樣，爲了避免滋生其他的事端，今天最好敲定遺產的分配。接下來，我就要請大小姐針對共同財產如何分配的問題，發表她的看法。」

藤代見宇市急著將分配遺產的緣由全推給文乃，突然探出身子，反駁宇市的說法：「宇市先生，你急什麼呀？你是不是把事情的順序搞錯了？既定遺產繼承的問題都還沒解決，怎能協議什麼共同繼承部分呢？」

「大小姐，無論您怎麼堅持，分配給繼承人的既定部分，簡單來說，只要繼承者所繼承的部分沒有受到侵犯，就得依照遺囑上指定的內容執行。換句話說，它就具有法律效力。大小姐您雖然堅持自己分得比兩個妹妹還少，可是您所得的那一份並沒有受到侵犯，所以您再怎麼堅持也無法變更。」宇市露出嚴厲的眼神，用語說得客氣，其實是不讓藤代有辯駁的機會。

「這點道理用不著你教我也懂！我不是說要變更既定遺產繼承的那部分。在第二次家族會議上，大家已針對自己所分得的遺產做了估價。我繼承的五十間出租房，總價為八千五百萬圓；二小姐繼承的商店房地產，庫存商品和其他營商家具，加上商號經營權三千兩百萬圓，總價為九千七百六十五萬圓；而三小姐繼承六萬五千股股票和八十六件古董文物，總價為九千六百三十萬圓。不過，我認為二小姐繼承的商店經營權部分，只估了一千六百萬圓，未免估得太低了，而且拿出每個月淨利的百分之五十，平分成三份，這種說法也不對。他們說每個月的營業額為四千萬圓，毛利占百分之十，淨利只占百分之三，他們都少估了兩成。除此之外，無論是二小姐和三小姐，她們在繳納遺產稅方面，都繳得比我還少。商店的營業稅課徵，稅務局本來就沒有標準，股票的情形也是，只要找幾個人頭隨便更換名義，即可分散持有的數額。至於古董的估價更是沒基準，你說它是假貨或不值錢都行，可是我繼承的房地產每筆都清楚寫在地籍資料上，一坪也少不了。換句話說，我繼承八千五百萬左右的房地產，光是繳納遺產稅，就要扣掉一半以上，也就是四千五百萬圓。所以我希望我和二小姐她們之間的差額，能從共同繼承的遺產中補給我。」

藤代像背誦似的一口氣說下來，坐在旁邊的千壽立刻轉身對她說：「姊姊既然那樣講，那麼我也有話要說。所謂老字號商店的經營權，其實終歸要有實際營收才有其價值，生意若做得不好，經營權再大也不値一毛錢。儘管如此，我們還是憑良心，按照商店的占地面積價格，換算成營業權的價格。而且……」

千壽突然欲語還休，回頭向良吉求援，良吉接著千壽的話尾，說道：「而且，有關拿出淨利的百分之五十平分成三等份，我做過多方調查，這種有附帶條件的繼承叫做『繼承贈與』，如果贈與者覺得負擔過重或過多時，可以宣布放棄，這是法律允許的。我們提出淨利只占百分之三絕對是合情合理，大姊倘若對此有異議，我們最後只好無奈地宣布放棄。」

良吉顧慮到自己是入贅女婿的身分，但語氣中充滿著強硬意味。

「噢，這麼說，你是要宣布放棄矢島商店的經營權嘍？」藤代以難掩期待的表情問道。

「不，我們還是會繼承商店的經營權，只是打算仿效酒店經營者的作法，聘請專人替我們經營。」

「你們這種自以爲是的作法，是不是眞的合乎法律，等我調查清楚以後再回答你。」

藤代語帶嘲弄地說著，千壽代替良吉說道：「那好，請大姊您慢慢調查再回答我們。不過，有件事請大姊不要忘了，您出嫁時帶走現金五百萬，還有衣服、珠寶和各項家具等等合計約五百萬，兩筆費用加起來，總共花掉一千萬圓，所以在繼承遺產以前，您必須將這些費用從繼承部分中扣除，這也是法律上所規定的。」

千壽這樣說著，雛子突然插嘴：「大姊花掉的結婚費用自不必說，二姊在招婿入門時也花了不少錢，希望這些您們都要算進去，否則最吃虧的人就是我。」

「三小姐，你居然……」藤代和千壽發出驚訝的聲音說道。

「是誰教你這樣說的……」

千壽責備似的說著，藤代也嚴厲地看著雛子說：「到底是誰替你出這個主意的？是跟你相親的那個金正家少爺嗎？還是……」

藤代朝姨母芳子瞥了一眼，姨母依然老神在在，一副主導的表情說道：「哎呀，你們若爲這種事情鬧得不愉快，或揪住暫時無法解決的既定遺產繼承問題，吵翻了天，永遠也得不出結論。倒不如先想想共同繼承部分，然後再解決彼此的歧見，怎麼樣？」

這時候，宇市也從旁插嘴道：「分家夫人說的對，我們可以就既定繼承財產和共同繼承財產同時磋商，說不定在磋商過程中就能找出解決方案呢。總之，請您們先就共同繼承財產的部分開始協議。」

說著，宇市從信封裡拿出遺囑和財產歸戶清冊，攤放在日式矮桌上。

一、不動產

◎土地・建物

位於大阪市東區南本町二丁目二百五十四號自宅，以矢島商店中門為界，裡面一百六十

坪，二樓建物面積九十七坪

大阪府北河內郡八尾村所屬的農田五反步

◎山林

三重縣熊野　四十公頃

奈良縣吉野　五公頃

三重縣大杉谷　一百二十公頃

京都府丹波　十公頃

奈良縣鷲家　二十公頃

二、動產

◎銀行存款

住友銀行定期存款　一千五百萬圓

活期存款　七百萬圓

三和銀行定期存款　六百五十萬圓

活期存款　六百萬圓

◎有價證券

◇股票

大日本紡織　二萬股
伊藤忠商事　一萬股
住友銀行　三萬股
日本水泥　一萬五千股
日立製作　二萬股

◇投資信託
野村共同基金　三百萬圓
山一共同基金　二百五十萬圓

宇市等大家看過「財產歸戶清冊」以後，說道：「以上，就是日前我爲各位報告的財產歸戶清冊。首先，我們請大小姐發表意見……」

「不，每次都是由我開始，這次順序要反過來，由三小姐先發表看法……」

藤代一反常態地讓出發言順序，雛子頓時不知如何回答，那份財產歸戶清冊她連看都沒看，便說：「我想要山林！」

「咦?你想要山林……」藤代驚訝得幾乎說不出話來，「你爲什麼想要山林?」

「看到自己擁有像叢林般茂密的山林，又可以在森林裡實地巡視，這是多麼舒心暢意的事啊!而且，這跟房主和地主不同，山林主這名字聽起來多豪邁呀，所以我決定當個氣派十足的山林主。」雛子無限憧憬地說道。

「二小姐，您有什麼看法呢？」宇市苦笑地問道。

千壽猶豫了一下，抬起那張鵝蛋臉。

「我也想得到山林。」

「什麼？二小姐您也……」

這時候，宇市比藤代更驚訝，而藤代則極力壓抑著慌張的神色。

「噢，想不到連你也想繼承山林，人家說做山林買賣，可得千萬小心呀，稍一不注意就要賠錢呢。我倒不明白，像你這種行事謹愼的人，怎麼也敢經營山林呢？」

藤代半挖苦似的加以牽制，千壽並沒有回應，只是靜靜地望著藤代，語帶針刺地予以反擊：「大姊這麼說，不也是想繼承山林嗎？」

「是啊，倘若問我在財產歸戶清冊當中最想繼承什麼，我當然會回答山林，因爲那片山林的界標處烙印著『矢島所有林』的字樣。我生爲矢島家的長女，卻沒能繼承矢島商店的經營權，至少也讓我把立有矢島家名號的山林留作紀念。」

藤代面無表情，語氣中透露出眞實的想望。千壽睜著那雙細眼看著她，執拗地問：「眞是這麼單純嗎？像大姊這樣窮奢極欲的人，怎可能只爲了矢島家的字號，肯定還有其他盤算吧？上次，宇市先生帶我們去查看山林時，您纏著那護林員直問那片山林有無砍伐權啦、有多少產量啦、杉木的行情如何等等，可見得您對山林非常了解……」

「噢，你說這個呀，我跟你們不同，母親在世時，每次帶我去吉野賞櫻，便跟我說明我們家山林的種種情形，懂得這些山林知識也是理所當然。」

藤代這樣虛與委蛇，姨母芳子接下話題：「你們三個都要山林，爲什麼要盯著山林不放呢？其他的我約略估算了一下，還有三千五百萬圓的銀行存款、可以馬上脫手的九萬股股票，以及大約五百萬圓的共同基金，而且，在北河內那邊還有農地。現在，我請宇市先生先估算那些山林值多少錢，你們再看看是否眞要繼承山林，冷靜思考之後再決定怎樣？」說完，轉身對著宇市，說道：「宇市先生，你能大概估算那些山林的市價嗎？」

宇市像等候已久似的，立即從桌子底下拿出算盤，將財產歸戶清冊放在旁邊。

「三重縣熊野那邊，每公頃以六十萬圓來算，四十公頃就是兩千四百萬圓；奈良縣吉野那邊，向來以盛產高級的吉野杉聞名，每公頃以一百萬圓計算，五公頃就是五百萬圓；三重縣大杉谷那裡，由於位處偏僻的深山，裝材運輸很不方便，每公頃按十萬圓來算，一百二十公頃就是一千兩百萬圓；京都府丹波那裡，運輸比較方便，每公頃以四十萬圓計算，十公頃就是四百萬圓；另外，奈良縣鷲家那裡，無論是運輸或材質條件都不錯，每公頃按七十萬圓計算，二十公頃就是一千四百萬圓。這樣粗估起來，總值約有五千九百萬圓。」

宇市邊撥著算盤邊報告山林的市價，姨母芳子終於恍然大悟地說道：「噢，在荒山野嶺隨便生長的林木，總價都有五千九百萬圓啊……？不愧是本家啊，用不著流半滴汗水，只需等上幾年就值那麼多錢，難怪大家都搶著要呢。」

坐在姨母旁邊的姨父米治郎儘管是掌櫃出身的分家店主，仍然立場公正地說道：「你們先不要吵，不如先將銀行存款、股票、共同基金等等可以馬上兌現的財產拿出來換成現金，再分成三等份。至於山林部分，由於山林的估價難免有出入，面積也不同，倒不如用這山林供做機動性調整，解決你們對既定繼承遺產有意見的部分怎麼樣？」

「是啊，分家店主眞是高見。身爲遺囑的執行者，我也認爲這方法很合適。您們幾位繼承人意見如何？」

見宇市這麼一說，千壽和雛子思索了一下，答道：「可以啊，那麼……」

不過，藤代卻盯著宇市，嚴厲地拒絕道：「我不同意！我沒親眼看過財產歸戶清冊的所有山林，說什麼都不同意分配。」

「大小姐，您這說法有點奇怪，這是什麼意思？」宇市冷靜自持地反問。

「我的意思是說，你製作的財產歸戶清冊大有問題。」

藤代的這句話宛如投下一顆震撼彈，使得整個客廳引起一片驚愕與騷動，大家紛紛把視線看向宇市。宇市那雙銳利的細眼毫無所動，直視著藤代，一字一句地說：「您是說我製作的財產歸戶清冊大有問題？」

「對，我正是這個意思。在我沒親眼看過所有山林以前，我絕不相信這些資料。」

藤代也細聲慢氣地回應著。這時，宇市的嘴角泛起一絲冷笑，冷言反擊藤代：「問題是，法律上明文規定，遺囑執行者有製作財產歸戶清冊的權利，死者遺族按此清冊，在分配家產完畢以後，只要向家事法庭報告，家產繼承就算正式結束。」

聽完宇市的反駁，藤代頓時睜大眼睛，立即搬出芳三郎教她的說詞答道：「那是指財產歸戶清冊毫無問題的情況。當繼承人對遺囑執行者製作的財產歸戶清冊產生疑點或有異議時，繼承人可主動請求共同參與製作財產清冊，或在此基礎下重新製作，也可以請公證人見證，逐一檢視所有的遺產之後，製作財產歸戶清冊，這不也是法律的明文規定嗎？」

「您對這些法律條文很了解嘛，是誰在背後教您的啊？」

「你先別管是誰，現在不是問這個的時候，重要的是，你製作財產歸戶清冊的方法有問題。」

「噢，是嗎？您是說若沒有公證人作證，我製作的財產歸戶清冊就有問題是嗎？那好，我倒想就此請教您呢。」宇市突然改變態度說道。

藤代戒慎恐懼地沉默了片刻，看著宇市膝上的算盤，說道：「宇市先生，我對你剛才估算的方式不能接受。」藤代直接道出心裡的話。

宇市自始至終直盯著藤代。

「這麼說，您懷疑我剛才對山林所做的估價嘍？」

「沒錯，我認爲你剛才估得太低，每公頃至少少於市價五萬至十萬圓。照這種情形看來，搞不好有些山林現在只剩下地皮，早已被砍個精光，要不就是砍伐權早已賣給別人。往壞處一想，你甚至還少報山林的實際面積呢。總之，這其中必定有什麼問題，故意讓我們這些門外漢摸不清楚狀況。」

「大小姐，您這樣隨便含血噴人，妥當嗎？」

「那你要我怎麼說？」

「您現在這種說法，簡直是對我這個五十八年來認眞工作的大掌櫃最大的侮辱。雖說您是矢島家的大女兒，我照樣可以告您毀損名譽，您知道事情的嚴重性嗎？」宇市扔出最後的王牌，語帶挑釁地說道。

「宇市先生，你話說得那麼強勢就沒問題嗎？」

「當然沒問題……」宇市語氣強硬地答道。

「好啊，如果你敢告我毀損名譽，那就去告呀。不過，如果讓我從財產歸戶清冊裡發現你圖謀不軌，我就要告你背信侵占，你最好有這個心理準備……」

「咦？要告我背信侵占……？」

宇市目露凶光，藤代也不甘示弱地回敬他嚴厲的眼神。此時姨母芳子探出身子，趕忙緩和雙方的情緒：「哎呀，你們兩個眞不會看時機，現在就坐在先祖的佛龕前耶，不要淨扯些背信侵占啦、毀損名譽這類充滿火藥味的話嘛，你們難道不能心平氣和地說話嗎？」

「姨母，請等一下。」千壽細聲打斷姨母。

「大姊，您敢對剛才宇市先生所做的指控負起責任嗎？」千壽愼重地問道。

「爲什麼這麼問？」

千壽眼睛眨也不眨，直盯著藤代說：「就是因爲大姊以腳傷未癒爲由，家族會議才拖到今天召開。但我仔細想一想，您大概原本就打算讓這次的家族會議開不成，才故意亂說話吧？還是一如您剛才所說的，那些山林確實有我們不知道的疑點，我倒是想求證一下呢。」

「不愧是千壽啊，凡事都考慮得那麼細密。我可不像你那樣小心眼，剛才的指控當然不是無的放矢，若有什麼閃失，我可要挨告呢……」藤代臉上露出半挖苦的微笑，冷不防這樣說：

「倘若你們兩個今天無論如何都要把家產分清楚，那些山林就由你們兩個平分好了，只要我還沒親眼看過那些山林，我就不要。」

「咦？大姊不要那些山林……」

千壽和雛子不約而同地露出驚愕的神色，頓時說不出話來。

「既然都這麼說，那也只好依姊姊的，等確切的財產歸戶清冊製作好之後，再來決定山林分配。」

「說得也是，事緩則圓，我也贊成二姊的看法。」

見雛子這樣回答，姨父米治郎趁機打圓場，向臉色難看的宇市說道：「宇市先生，所有繼承人都對於你的作法有所不滿，那就請你重新製作一份財產歸戶清冊吧。如果她們三人都參與，確實是有點過分，所以由提出異議的藤代做代表，不過，藤代得收回『請公證人見證』的這句話，等財產歸戶清冊完成以後，再來決定山林的分配。接下來，就是把銀行存款、股票、共同基金、北河內的農地、矢島家的宅院等等，以及文乃的事情先解決，大家覺得怎樣？」

藤代馬上點頭同意，宇市思考了片刻以後，帶著憤懣的語氣，說道：「要我重新製作財產歸戶清冊，無疑是對我極度不信任。不過未經繼承人的同意，我也不能強制進行遺產分配。既然做爲親戚代表的分家店主提出這樣的方案，那就請大小姐親自監督我製作財產清冊吧。」說完，一口氣喝掉已冷的茶水。

「那麼有關山林以外，共同財產的分配就按照分家店主的提議，先把銀行存款、股票和共同基金等可以兌現的財產，先分成三等份，各位意下如何？」

宇市這麼一說，雛子馬上探前補充道：「活期存款可以立即提領出來，而定期存款就不行了，何況活期和定期的利息又不同。所以最好先把那些存款分開，各自分成三等份。另外，我還要補充一點，在變賣股票和共同基金時，請依當天的匯率來分配。」

千壽稍微抬起眼睛說道：「可是，股票有績優股和非績優股之分，成長率也不同，這一點要怎麼計算？」

千壽提出如此精打細算的說法，宇市起先有點不知所措，後來說道：「那就把股票平均分成三等份，然後將那些小股數賣掉再分配，這個方式大家應該可以接受吧？」

「可以啊……」

藤代簡短地回應道，千壽和雛子也表示贊同。

「此外，還有北河內郡那塊五反大的農地，那是戰時疏散期間為了種米餬口所買下的土地，不如趁這個機會賣掉，分成三等份，怎麼樣？」

「沒問題啊……」千壽和雛子回答道。

「不過，誰去賣呢？」藤代切中問題說道。

宇市看著藤代，語帶陰柔地說道：「法律上明文規定，有關遺產繼承所產生的讓渡和買賣，都必須由遺囑執行者執行。換句話說，就是由我負責，不知各位是否有異議？」

「不，我倒是沒有異議。不過，在登記簿上登記的農地，有時候被做為住宅用地賣出，如果那塊農地真是這種情況，那麼就不能以一反計算，而是以每坪計價，所以我希望以這種方式結算，再分成三等份。」

「是嗎？您算得眞精細啊。那塊農地能不能做爲住宅用地，若沒透過買賣還是無法得知。當然，如果是宅地價格，我會把它寫在財產清冊上，請不用擔心……」宇市說得客氣，卻有點搪塞地說：「接下來，有關將矢島商店的內宅——占地一百六十坪、兩層樓建築面積九十坪分成三等份，各位意下如何……？」

沒等宇市說完，千壽便迫不及待地說：「事實上，這個問題我想了很久，店裡和內宅以庭院爲界，的確可以劃分清楚，但是後院的住宅要像遺囑上那樣分成三等份就有困難了。例如，大姊的房間跟我和小妹的房間不一樣大，此外，正房的客廳、倉庫、服裝間、廚房及客房都是單間，總不能分成三等份吧？或許這麼說有點自作主張，我希望內院的所有權全部由我繼承，我再把其中三分之二的金額付給大姊和小妹，怎麼樣……？」

千壽改由另一種形式出招。

「你只是拿這個理由做擋箭牌，其實是想早點把我和雛子趕出去吧？」

藤代沉著臉說道，良吉連忙搶在千壽之前解釋：「不，絕不是這個意思。我們的意思是，不動產無法均分，只好用適當的價錢轉賣給第三者，再把所得的錢分成三等份，要不就是像千壽剛才說的那樣，由其中一個繼承人繼承，再付錢給其他繼承人。如果只有這兩種方法，我們傾向後者。當然，這一切都是您們三人的共有遺產，我們從來就沒想過要獨占，只是站在矢島商店經營者的立場來說，我們希望您們能高抬貴手轉讓。」

雛子聽到良吉這樣說，隨即鼓起腮幫子，怒氣沖沖地說道：「你們怎麼可以隨便提出這種要求？我要不要離開這個家，還得看這樁婚事能不能決定才知道啊！」

「是啊，雛子將來的去留，得看這次婚事的結果。現在提出這種問題，豈不是為難雛子嗎？這種事畢竟跟山林不同，我看有關內宅如何分配的問題，還是留待下次家族會議再慢慢商量吧？」

姨母巧妙地居中協調，轉身問宇市：「宇市先生，接下來，談談神木那邊的情況該怎麼解決。」

由於姨母很快就轉到這個話題，使得宇市驀然愣了一下，答道：「是的，我們還得談談文乃的事情該如何處理。老爺在遺囑中並沒有明言要分多少遺產給文乃，只是懇求大家盡力而為，但是這樣反而更難辦啊。」

宇市說到這裡，姨母比藤代她們更激動，探前說道：「有關這件事，我倒要替死去的姊姊為這幾個外甥女說幾句話。」

接著把衣襟往後拉了拉，挺高胸部。

「首先，我們要弄清楚姊夫替那個女人在神木買的那棟房子，到底是登記在誰的名下？」

「根據我日前的調查，房子登記在濱田文乃的名下。」

「什麼時候開始的？」

「去年三月份開始。」

「這麼說，從我姊夫去世的那一天往回算，還不到一年嘛。」

驀然，姨母的眼神為之一亮。

「既然這樣，那分給文乃的遺產，我們得要重新考慮了。」

「您說這話是什麼意思……」宇市不解地反問。

「我父親去世以前，早就在外面有了女人，他背地裡還買了一棟房子送給那女人。問題是，法律上規定，立遺囑者在死後一年內，凡是送給非繼承人的財產，都必須計算在遺產之內，不然得先把財產歸還本家，而本家再視情況分給小妾。照法律上來說，那女人必須將房子還給本家。不過，看在情份上，那棟房子就算送她吧，怎麼樣？」

姨母像精通法律知識，志得意滿地說著。雛子卻睜大眼睛，露骨地說道：「姨母眞是心胸寬大啊！如果這樣就能擺平，我倒沒什麼意見，不過那種骯髒女人休想從我們這裡分到遺產。」

「那棟房子值多少錢？」藤代問道。

宇市沉默了一會兒，故意低報房價：「占地七十坪，建築面積三十坪，房子本身相當老舊，只能算地皮的價錢，每坪按四萬五千圓計算，七十坪總共三百五十萬圓。」

「三百萬圓……對我們來說算是零頭，對那個女人應該夠了吧。」藤代輕蔑地說道。

「可是，對於侍候老爺七年的人來說，應該多給她一些……」宇市這樣建議道。

「大姊說得對，根本沒必要再分給她。」

千壽也同意藤代的意見。

「那麼，接下來只剩下雪村的那幅山水畫了。」

姨母提出雪村那幅山水畫，宇市馬上表示：「對，對，還剩下雪村那幅畫的去向。其實，我後來到過各處的古董店和裱褙店探聽，都沒有任何消息。我心想會不會放在文乃那裡，多方旁敲側擊，結果也沒發現，說不定老爺生前缺錢早就把它賣掉了？」

宇市這句話頗有文乃已經收到那筆錢的意味，姨母芳子充滿狐疑地問道：「我向其他親戚打聽過，他們都沒看過那幅畫。說來眞奇怪，那幅畫既不在古董店和裱褙店，也不在文乃家，到底會跑去哪裡？難不成它自己長腳到處亂跑……？」

「那種去向不明的山水畫，我不要了……」雛子冷不防說道。

「咦？你不要了……？」姨母驚愕地看著雛子。

「不過，我想跟大姊一樣，那幅山水畫的損失，就用山林補給我。宇市先生，請你不要忘了。」雛子對著宇市說道。

姨父米治郎像等到機會似的做結論：「那麼，今天的家族會議就到此爲止，有關山林和住家內院平均分配的問題，留待下次家族會議再行商議，每個人都要提出最終答覆，怎麼樣？」

宇市突然想到什麼似的說道：「下次召開家族會議，我希望不是像今天這樣只有幾個家人參加，而是比照第一次正式家族會議的模式，從第一代店主的老家到已故老爺的家人，以及所有親戚都能到場。」

「嗯，日期定在什麼時候呢？接下來七月中旬到八月底，正是炎熱的天氣，而且看大家今天這個樣子，爲了遺產繼承問題忙得十分疲累，又考慮到大熱天，不好意思讓親戚遠從淡路島及和歌山跑到大阪，那麼就定在九月份怎麼樣？」

米治郎將家族會議的日期延到九月份，姨母立即算出文乃的產期，說道：「可以啊，不過，我們必須在文乃生產以前開完家族會議，所以定在九月中旬過後怎麼樣？」

「好啊，還有那麼長的時間，我可以趁這個機會仔細查看山林。就這樣決定吧，宇市先生，你覺得怎樣呀？」藤代挖苦似的說道。

宇市口氣平靜地回答：

「您們決定就是，對我來說都無所謂。」

宇市口氣平靜地回答，然後將攤放在日式矮桌上的遺囑和財產歸戶清冊重新摺好，放入信封。

「那麼，最後一次家族會議定於九月二十日，請各位親戚務必出席。」

宇市說完，向大家恭敬地施上一禮後，便退出了客廳。

❖

宇市走進阿倍野橋的公用電話亭，一邊擦著額上的汗珠，一邊翻閱那本沒有封面的電話簿，有些內頁已撕去，有些早就脫落。他好不容易找到「徵信社」的項目，便興趣盎然地查閱了起來。

那一頁刊載著一大排「日本人事徵信社」、「大阪共同徵信社」、「大阪祕密徵信社」、「阪神祕密調查所」等徵信社和祕密調查所的廣告，宇市的目光停在「大都人事徵信社」上面。那家徵信社登的廣告很大又有照片，還畫上詳細的地圖，不需要問路即可找到，照片中的建築物雄偉氣派，讓他非常中意。

宇市打算以調查藤代的婚事為由，委託這家徵信社查出藤代背後那個神祕男子的來歷。他爲了讓昨天的家族會議成爲最後一次，已經和護林員絞盡腦汁共謀對策，沒想到藤代突然從中作梗，硬是不相信他製作的財產歸戶清冊，還把出席者弄得一頭霧水，巧妙地將遺產分配拖到下一次的會議，這足以證明在藤代背後獻策的男子絕不單純。正因如此，他必須盡早查出那個男子的底細；因爲光是對方在幕後頻頻出招，便足以讓他和太郎吉聯手操控鷲家山林的陰謀不得不改弦易轍。

「老頭子，在幹什麼呀！不打電話就趕快出來！」一名年輕男子站在電話亭外面大聲怒罵。

這時候，宇市趕緊從懷裡取出筆記本，抄下「大都人事徵信社」的地址和電話號碼，朝投幣口塞進了一枚十圓硬幣，他不是打電話給徵信社，而是直接打到矢島商店的帳房。

「喂，新店主嗎？您早，我是宇市，昨天辛苦您了……我現在正在阿倍野橋的公用電話亭，等會兒要去染整工廠那裡巡視，下午兩點多才能趕到店裡，帳房那邊就勞煩您了。」

宇市故意說得很快，不等良吉回話便掛斷電話，然後對著那名大聲催促的年輕男子親切地說：「對不起，讓您久等了！」

然後走出電話亭，並沒有搭乘往鳳的阪和線，而是坐上經由堺街開往大阪車站的公車。

宇市坐在公車上，再度看了看剛剛抄下「大都人事徵信社」的地址，他買了一張到松坂屋的車票，突然覺得有些不安。不過，他自忖大概沒有人會想到身爲矢島商店大掌櫃的他，竟會委託徵信社暗中調查矢島商店長女的身家背景，同時又想到不久即可揪出那個男子的底細，不禁得意地冷笑。可是，爲什麼自己沒有更早察覺到，以便在昨天家族會議之前摸清那個男子的底細呢？他為自己的疏忽感到氣憤難當。

宇市在松坂屋前的車站下車，天氣突然變得很熱，他朝難波的方向走去。電車道旁淨是住商混合樓房林立，每棟建築的玻璃窗上掛寫著公司行號名稱。宇市走到河原町的角落，看到電話簿上登記的那棟四層樓建築，在三樓掛著「大都人事徵信社」偌大的招牌，他疾步走進樓廈入口，裡面比外觀老舊，樓梯間的採光很差，也沒有電梯，宇市趿著腳下的木屐，沿著又窄又陡的樓梯上去，迎面就是「大都人事徵信社」的櫃台。

「不好意思，我有事想託您們辦理。」

宇市怕旁人聽到似的壓低聲音說道。這時，表情陰沉的櫃台小姐則有條不紊地向他說明：「是的，請問您要委託什麼案件？本公司受理信用、企業、婚姻、僱用等各種調查的業務……」

「我想委託貴公司調查有關婚姻方面的事。」

「好的，我馬上為您聯絡這項業務的承辦人員，請您先到會客室稍等一下。」

說著，櫃台小姐推開旁邊的門，帶著宇市來到會客室。坐北朝南的會客室光線充足，不過座椅上的靠肘磨痕累累，牆上掛著一幅廉價的富士山畫。

「對不起，讓您久等了！」

一名年約四十幾歲、體型微胖的中年男子推開門走了進來，面帶笑容地朝宇市遞上名片。

「聽說您要委託調查婚姻方面的案件，這是本公司有關這方面的調查項目，請您過目。」

說著，他將一張印刷表格遞到宇市面前。

婚姻狀況調查表

一、當事人的相關事項

◎經歷、現狀（學業成績、職業經歷、考績、未來性等等）

◎收入、資產（包括生活能力）

◎體質、健康狀態、容貌（有無既往病歷）

◎性格、品性（男女關係、有無異常性格等）

◎興趣、愛好

◎交友關係

◎未婚或再婚

◎觀念、信仰

◎周圍對本人的評價

二、家庭狀況

◎家庭環境及其生活情況

◎父母及其兄弟姊妹（教養、性格、現狀等）

◎家長或戶長（經歷、現狀、性格、社會關係、資產、負債等情形）

三、家世、血統及其親屬關係（追查其曾祖父母是否有精神病或痲瘋病等重大疾病病史）

「您覺得如何？您要委託婚姻方面的案件，通常都要做這些方面的調查。除此之外，若有特殊要求，我們會進一步做重點調查。」

承辦人員措詞客氣有禮，臉上始終掛著微笑，只有眼神沒有任何笑意。宇市對著桌上的「婚姻狀況調查表」仔細端詳了一會兒，故作猶豫狀說：「其實，我委託的情況有點特殊，希望您們能祕密調查。」

「沒問題，您儘管說明，我們絕對替客戶保密，這一點請您放心。」

說著，從一個印有「機密」字樣的大紙袋裡，拿出一疊厚厚的資料。

「這是本公司受託承辦的調查報告，上面都是機密編號，不僅對外如此，對我們內部人員照樣不予公開。當然，在調查過程中，保證被調查的對象絕對不會察覺。總之，本公司的調查員均超過三十五歲，深知人情世故，所以他們的調查結果絕對值得信任。」

中年男子探出身子，向宇市大力保證的同時，瞇起眼睛帶著笑意。宇市又猶豫了一會兒，表情有些沉重，最後終於下定決心，說出此行的目的。

「不瞞您說，其實我是南本町矢島棉布批發商的員工。最近這一陣子，許多人常來向我們家大小姐矢島藤代提親，可是不知道是什麼原因，她總是立刻拒絕對方，我們猜想或許她早已心有所屬，所以想請您們暗中調查一下。」

「好的，被調查人名叫矢島藤代，住在南本町二丁目二百五十四號，現年三十二歲……」

調查員迅速抄下這些基本資料。

「是的，她現年三十二歲，結過一次婚，離婚之後目前住在娘家。她之前的夫家，就是在八幡街賣工具的三田村商店。她在昭和二十七年三月出嫁，昭和三十年二月返回娘家，沒有子女，前夫後來續弦了。什麼？您說她離婚之後的狀況嗎？嗯，剛回娘家時並沒有什麼異常，可是最近常有人上門提親，問她是否有意再婚，她的反應卻有點反常。老字號店家向來家規嚴格，大小姐除了學習技藝之外，不准隨便外出。可是過了五月中旬……我記得是五月二十日左右吧，她說要跟同學去京都欣賞舞蹈表演，實際上是去吉野遊山玩水，而且好像跟男人一起去，我們完全不知道對方的來歷，非常擔心她因此受騙，所以才委託貴公司祕密調查她的交友關係。」

宇市煞有介事地說著，調查員傾著頭思考片刻後，問道：「據您所知，這兩三個月以來，您們家大小姐都去了哪些地方？」

「去練舞，還有奈良的吉野以及骨科醫院。」

「咦？骨科醫院……？」調查員驚訝地反問道。

「是的，她說從京都回來的途中，在清水寺扭傷腳踝，其實是去吉野遊玩時，在什麼地方不小心扭了傷腳。」

實際上，宇市早已從護林員太郎吉那裡得知藤代是在鷲家的山林裡扭傷了腳踝，但他之所以沒說出眞相，是擔心矢島家的爭產風波因而曝光，那個神祕男子也可能發現他在暗中操控一切。

「可是，她說是去京都，您怎麼知道她去了吉野？」

宇市起初有點不知所措，最後搬出客戶的證詞，巧妙地編了一個理由。

「是啊，她沒說實話。因爲春季新綠之際，我們有位客戶到吉野遊玩，他從中千本搭車回去時，我們家大小姐正好要上山，她坐的車子跟我們客戶在路上會車。當時，大小姐的車裡坐著一名男子，我們客戶認得出大小姐，卻沒看清楚那男子的長相。」

「她除了學舞之外，還學什麼？」

「以前學過茶道、插花，也學過三弦琴。她的個性很好強，現在就只是學舞蹈。」

「學什麼流派的舞蹈？」

「她學的是大阪的梅村流派。這個流派的歷史相當悠久，其鼻祖是順慶町的梅村芳靜，我們家大小姐從小就在她的門下學舞。」

調查員仔細記下宇市的說詞，然後又問了關於藤代的父母、姊妹和親屬關係，闔上筆記本，試探性地對宇市提出收費標準。

「我大致了解您的情況。至於您剛才提出的婚姻及品性調查，總之，矢島藤代小姐最近去過的奈良吉野，或是學舞的練舞場，以及骨科醫院等地方，我們必須徹底調查，所以除了收取調查費八千圓之外，我們還要酌收出差費與跟監費用，這樣您同意嗎？」

「沒問題，這次的調查若能讓我們家大小姐找到好歸宿，這點費用根本不算什麼。」說著，宇市從懷裡拿出錢包，作勢要掏錢。「多少錢都不成問題，請您們務必調查清楚。」

這時候，始終帶著笑臉的調查員突然收起笑容，客氣地說道：「等到委託案調查結束之後，您再付款就可以了。至於出差費和跟監的實際費用，時多時少……不過，調查預計需要兩個星期。

「兩個星期……？太慢了吧。」

宇市之所以這樣說，是擔心之前以腳傷未癒爲由，故意將家族會議拖延一個月的藤代，在這次家族會議結束之後，雖然不可能立即外出，但這兩個星期之間，她若說腳傷已癒，絕對有充裕時間上鷲家查看山林。

「可以把調查時間縮短到十天以內嗎？對方的媒婆急著等我們回覆呢……」

「好吧，請您另外支付急件費，我們盡量在十天以內調查完畢。對了，調查結果若出來，我是以個人名義郵寄給您呢？或是您親自到我們公司取件？」

宇市看了看調查員遞在桌上的名片，先付了訂金，便站起來說道：「到時候，請您用內田的名義打電話到矢島商店找大野宇市，我會親自過來取件。」

宇市走出「大都人事徵信社」的樓廈以後，還不到十二點，原本打算到鳳的染整工廠看一下再回店裡，不過還有兩個小時，時間尙早。他原以爲上徵信社委託調查要花很多時間，想不到對方頗有效率，很快就把事情談定了。

宇市悠閒地朝難波方向走去，他尋思著如何消磨這兩個鐘頭。回去住處睡覺好嗎？可是又怕碰到囉嗦的房東太太；大白天也不能到酒館喝兩杯。一想到這裡，他覺得還是去君枝家好了，因爲他身上有備用鑰匙，可以去那裡稍事休息。於是便搭上從難波開往上六的公車。

宇市來到石辻町的君枝家附近，爲了避免跟附近的鄰居打招呼，突然弓起身子，刻意板著臉。

他以備用鑰匙打開大門，走進屋內，旋即拉開木板套窗。或許是君枝拜託隔壁的和服裁縫師打掃，房子那麼久沒人住，屋內卻收拾得乾乾淨淨，沒有一絲灰塵。宇市脫下外衣，只穿著汗衫跟短襯褲走進廚房，打開水龍頭連喝了兩杯涼水，深深地吐了一口氣，朝屋內仔細打量。雖說打掃得井然有序，可是沒人住的房子總顯得有些空蕩和寂寥。

宇市穿著內衣褲，在靠走廊的地方躺睡了下來。或許是召開家族會議以來的勞累全湧了上來，他一躺下，隨即像被灌鉛般陷入深沉的疲倦，輕輕閉上凹陷的雙眼，驀然擔心起雪村的那幅山水畫。在昨天的會議上，有關那幅山水畫的去向並沒有被大家追究，兩三下就輕鬆帶過。然而下次如果再有人提出，可就無法這樣混過了。

宇市嚇得趕緊起身，打開壁櫥拉門，低探著上半身，從壁櫥裡抱出一個卷軸盒，取出那幅瀑布山水畫攤展開來。頓時，空蕩蕩的屋內彷彿傳來了高山瀑布沖擊深山幽谷的轟然巨響。他不由得被那精湛的畫工吸引，屏氣凝神地欣賞著。此時，大門那邊好像有人走過來。

他正要將那幅山水畫放進盒裡，大門打開，一陣腳步聲傳了過來。把軸盒塞進壁櫥的同時，就聽到外面有人說話。

「哎呀，果眞是你……」

原來是君枝。她看到僅著短襯褲和襯衫的宇市急忙把雪村的山水畫塞進壁櫥，眼睛像貓眼般亮了起來。

「噢，你該不會趁我不在，把那幅山水畫偷偷換到其他地方藏吧？」

「你在胡說什麼呀！我還以爲是隔壁的裁縫師過來呢，簡直把我嚇死了。對了，你怎麼這時候回來？」宇市驚恐地問道。

「我到處找不到你，又擔心昨天開會的結果，只好藉故說回來拿夏天穿的連身裙，請了一天假。馬上打電話到你住處，房東說你已經去上班。我又打電話到店裡，他們說你還沒到。我打算傍晚再打一次，所以先回家。我看大門沒鎖，又發現屋內有人，心想該不會是小偷吧，膽戰心驚地進來看看，想不到居然是你！大白天不去上班，卻趁我不在時，在壁櫥裡東翻西找，到底發生什麼事了？昨天的家族會議開得怎樣？」

「情況很糟。」

「情況很糟？怎麼說？」君枝急切地問道。

「並沒有如我預期，將所有遺產分配完畢。」宇市嘆息道。

「召開家族會議的四天前，你不是專程去文乃那裡，探查她的身體狀況嗎？」

「不是她的因素，我被那個離婚的女人擺了一道。」

「離婚的女人？你是指矢島家的大小姐嗎？」

「是啊。她突然來一記回馬槍，當場質疑我製作的財產歸戶清冊有問題，態度咄咄逼人。我顧忌遺囑執行者的職務被她們解任，到時候一切努力化爲泡影，只好聽從她們的意見，順勢將家族會議延到下一次。」

「這種事情本來就有可能發生，你爲什麼不提早防範呢？」君枝責難道。

「我怎會料到？不是那個離婚女人厲害，是她背後有個男人在替她出主意。」

「咦？她背後有個男人……」

「嗯，對方是個狠角色，我若稍有不慎，說不定還打不過他呢……」宇市露出挑戰的銳利眼神。

「那你打算怎麼做？」君枝擔憂地問道。

「剛才，我已經委託徵信社去調查他的底細了。」

「你調查那個男人的底細，不怕到時候反而惹來麻煩嗎？」

「我當然不會弄得那麼粗糙嘛。我早就有準備，跟徵信社的人說只是調查她交往對象的身家背景而已。再過十天，若打聽到那個男子的底細，我就要使出新手段，在九月份召開家族會議以前，把他們各個擊破！」

「各個擊破？用新的手段……」

「沒錯，在此之前已經開過好幾次會，可是到頭來都是各說各話，沒有結論。等徵信社一有消息，我就要逐一分化她們三姊妹，再把這個把柄帶進家族會議，將她們徹底擊垮。在這個緊要關頭，我絕對不能屈服，否則這五十八年來的苦心盤算豈不是白費了？我才不會那麼愚蠢呢！」

宇市說得激動，額上冒著汗水，完全忘了君枝就在眼前。

❖

每當帳房裡有電話響起，宇市便迅速接起，以爲是徵信社的內田打來的，不過每一通都是洽商電話。由於他特別付了急件費，徵信社答應十天之內給他有關藤代交友狀況的報告。今天剛好是第十天，即使調查有所遲延，照理說也該打電話通知他，不過現在已經下午三點了，還是沒有任何消息。

十天前，宇市委託徵信社調查那個男人的來歷，也把第四次家族會議的情況告訴護林員太郎吉，這麼做是讓太郎吉提早防備，即使藤代跟那個男人再去查看山林，也不至於手足無措。時間一分一秒過去，他更擔心藤代背後那名男子的來歷，恨不得馬上把對方揪出來。

宇市一邊窺視正在整理帳目的良吉，一邊猶豫著，是否要繼續等徵信社來電？還是用公共電話直接聯絡對方？他跟良吉一樣，雖然盯著帳簿，其實都在豎耳傾聽眼前的電話機。

電話終於響了。良吉正要接起電話，宇市早已搶先一步抓起話筒，便說：「您好，這裡是矢島商店，每次承蒙您的關照……」

「喂，敝姓內田，請大野先生聽電話。」

這通電話果眞是他苦候已久的「大都人事徵信社」內田調查員打來的。宇市馬上用像接聽客戶來電的口氣，說道：「啊，我就是，非常感謝您的惠顧。」

這時候，內田突然壓低聲音說：「上次您委託的案子，調查報告已經出來了……」

「噢，是嗎？不，不，您太客氣了。我直接過去您那裡就好，以後請多多關照……」

宇市措詞客氣地應對著，放下話筒，然後轉身跟良吉說：「是近鐵百貨公司的採購部打來的，他們公司就在阿倍野殯儀館附近，需要訂購大量喪家回禮用的棉布，我得盡快去一趟，這可是一筆很大的訂單呢。」

他編了一套巧妙的說詞，離開了帳房，剛走到院子，碰巧看到藤代在便門穿鞋子。宇市冷不防打了聲招呼：「大小姐，您要出門去啊？」

然後欠著身子，走到藤代身旁，藤代驚訝地停下腳步。

「嗯，是啊，我去練舞……」

「咦？聽說您的腳傷還沒好，怎麼現在就可以練舞，是不是早就治好了？」宇市挖苦地說道。

「才不是呢，我還不能跳舞，只是缺課太久，想去練舞場跟大家打聲招呼。」

藤代穿著紗織的夏衣，故意跛著腳，步態吃力地從宇市面前走過。

宇市知道藤代要去順慶町的練舞場剛好與他要去的那家徵信社同方向，於是藉口上廁所，過了好一段時間，才離開店裡。

「大都人事徵信社」的櫃台小姐一看到宇市，馬上帶他到上次那間會客室，扭開老舊的電風扇。他坐在靠肘磨痕累累的安樂椅上，大大地鬆了一口氣，擦著額上的汗水。不一會兒，內田調查員像上一次一樣滿臉笑容，推門走了進來。

「對不起，剛才在電話中叨擾您了。現在，我趕快向您報告這次的調查結果。」說著，內田調查員將一份印有「祕」字、編號一一二九的調查報告放在宇市面前。

調查報告

有關台端委託調查矢島藤代與異性交友之狀況，敝社均按台端之指示徹底調查，敝社調查員歷經大阪市區及奈良縣多方查訪結果，已查出該名男子之背景來歷，現將詳細情形報告如下。

石田一雄的相關事項

「石田一雄」四個字猛然躍進了宇市的眼簾。

「這個石田一雄是誰啊……？」宇市不由得探出身子問道。

「他就是矢島藤代背後的那個男人，本名叫梅村芳三郎。」

「梅村芳三郎？」宇市露出納悶的表情。

「據您所說，矢島藤代小姐的舞蹈老師叫梅村芳靜，但根據敝社調查，現在多半是由她的獨生子芳三郎代替她教舞。」

宇市倒吸了一口氣，這時才恍然大悟，因爲他總以爲長年來藤代的舞蹈老師就是梅村芳靜，但事情並非如此，想不到梅村芳靜還有個兒子，而她的兒子也在教授舞蹈！

「他們從什麼時候開始交往的……？」宇市擦著額上冒出的汗水，結結巴巴地問道。

「詳細情形都寫在這份調查報告裡，您看過就會了解其中的來龍去脈，請您先讀一下內容。對了，這張照片就是登在梅村流會報上的梅村芳三郎。」

說著，內田將調查報告和照片交給了宇市。

照片中穿著上等黑紋和服及褲裙的梅村芳三郎，並不像護林員太郎吉所說的那樣穿著時髦的西服，反而像是歌舞伎裡男扮女妝的旦角般豔麗迷人，根本不像在鷲家山林中與太郎吉激烈交手的溫柔男子，他到底是誰呢？宇市瞇起眼睛仔細地看著那份調查報告。

石田一雄的相關事項

籍貫：兵庫縣城崎郡香住町

昭和二年十月十四日生　三十二歲

現住址：大阪市南區順慶町三丁目二十六號

家庭關係：戶長石田喜代的兒子。由於戶籍法的修改，「私生子」的字樣已刪除，但梅村芳三郎顯然是石田喜代（即梅村芳靜）與梅村流派創始人梅村喜郎的私生子，不過至今仍未得到其父的承認。

經歷：昭和十八年三月畢業於舊制浪速中學，自四歲起學習梅村流派日本舞，十三歲取藝名為梅村芳三郎，現為梅村流派繼承人，受到各方矚目。

財源收入：表面上是由梅村芳靜掛名教授舞蹈，實際上幾乎是由芳三郎代其年邁老母授課，並掌握其練舞場的經濟大權。主要收入靠弟子的學費，另又以代訓或指導團體的方式招收兩百五十名弟子，每人每個月的學費以兩千圓計算，每個月收入五十萬圓。此外，加上到外縣市上課、彩排、創作舞蹈公演等收入，月入不下於七十萬圓。芳三郎除了教授日本舞，還插手不動產的買賣，充當仲介，據說收入相當可觀。

有關固定資產，其中不動產部分：有位於大阪市南區順慶町三丁目二十六號（包括練舞場在內）占地九十坪，建坪六十五坪，共值一千八百萬圓。位於大阪市浪速區日本橋二丁目四十八號的練舞場占地五十坪，建坪三十三坪，價值八百六十萬圓。另外，他擁有位於大阪市北區梅枝町二丁目梅田大樓內練舞場十五坪的所有權，價值一百五十萬圓。動產部分：銀行存款、有價證券等三百萬圓。不過，芳三郎生性奢華，愛好打扮，加上時常舉辦盛大的日舞發表會，已拿現址日本橋二丁目練舞場的土地向銀行抵押，估計負債約有一千五百萬圓。

健康狀態：皮膚白皙，不具女性體態，沒有既往病歷，身體極為健康。

性格品行：由其母一手扶養，又在眾多女弟子的環境下成長，乍看之下具有女性化舉止，其實只是表象。由於他自幼為私生子身分感到自卑，加上長期以來痛恨其父殆忽責任，使他具有冷酷和殘忍的個性。比方說，平常教弟子練舞時，他對成績較差的弟子總是不厭其煩地予以熱心指導，可是一到舞蹈發表會，他便根據對方的財力，趁機詐財。表面上道德清高，實則是巧取豪奪。這種性格，在他插手不動產買賣方面展露無遺。他替好友充當仲介買賣不動產時，表面上積極熱心，實則是毫不手軟地從中賺取差額。由此可見他是個不能讓人掉以輕心的人物。

品行方面：從其職業和年齡來看，平常到茶屋遊玩或飲酒作樂不足為怪，但是他同時與多位女性交往，關係極為複雜。僅十天內的調查即已探知，他除了跟梅村芳歌、芳登代兩名入室女弟子過從甚密之外，又疑似與宗右衛門町的「桝乃屋」的藝妓提香有染。此外，擅長誘騙良家婦女，足見他的無情與狡黠。

有關他與矢島藤代的交往狀況：石田一雄即梅村芳三郎，開始與矢島藤代交往，始於十二年前代替其母教授舞蹈；在此之前，兩人只是一般的師徒關係。從今年三月中旬開始，兩人關係轉為親近。敝社透過其內室弟子得到的情報整理如下：

從今年三月中旬起，矢島藤代聲稱與梅村芳三郎商量遺產繼承問題，兩人交談的機會變多。矢島藤代來練舞時，總是故意在最後才出現，練舞結束之後，他們倆便一起外出，或個別外出約在什麼地方碰面。根據其內室弟子指出，梅村芳三郎對矢島藤代表現出極度親密，顯然是想人財兩得。此外，有關台端曾提及梅村芳三郎於五月二十日的動向，根據其內室弟子說，當天，梅村芳三郎聲稱為了收集新舞的編寫題材而去了伊勢，結果在外面過夜。

另外，根據在奈良吉野町的調查，五月二十日，梅村芳三郎和矢島藤代相偕投宿在中千本的「青嵐莊」，他們冒充夫妻，分別以村山五郎和美代之假名登記住宿。從外形特徵和那女人有腳傷來看，應該是他們兩人無誤。至於他們在投宿中如何互動，該旅館的掌櫃僅以「房客隱私恕難奉告」為由拒絕答覆。後來敝社調查員住進該旅館查訪，女侍明白指出，他們確有男女交合之實，看來兩人關係已發展至深。

以上，是敝「大都人事徵信社」綜合各方面搜證所做的調查報告。

宇市看完這份調查報告之後，再次瞇起眼睛端詳梅村芳三郎的照片，這個形同男演員溫柔多情的臉相，突然變得令人畏懼。此人不僅跟著藤代上鷲家查看山林，根據調查報告指出，他還插手不動產買賣，由此看來，藤代繼承的那些房地產都是他代爲估價的。宇市突然感到口乾舌燥，臉部僵硬。

「您對這份調查報告滿意嗎？他就是您猜想的那個人嗎？」內田窺探似的問道。

「不，我完全沒預料到。您們究竟是怎麼調查出來的？」

「如果您想更清楚了解調查經過，我們可以另做一份報告給您。不過，原則上在調查過程中，凡是對於提出有力證據、重要關係人的姓名或具體地點等等，我們均不便透露。這次的情形是，矢島藤代小姐幾乎不外出，最近頂多到練舞場或奈良的吉野，要不就是骨科醫院。依我們的立場來說，只要鎖定這三個地點，在調查上非常容易。從您的角度來看，您有一個刻板印象，始終認爲您們家大小姐的舞蹈老師是梅村芳靜，因而忽略那裡還有一個男人，只能算是疏忽吧。」

「哎，若知道您們能這麼快查出對方的底細，我早就該來拜託您們了。」宇市懊悔地咋舌說道。

「我們也可以替您做遺產方面的調查……」

內田不掩商人本色，時刻沒忘記生意經。

「遺產方面的調查……？不，我目前沒那個必要。」宇市不悅地拒絕，接著說道：「這次的調查費總共多少錢？」

「好的，我向您報告一下。這次調查因爲要在短期間內確實完成，不同於一般的收費標準，所以旅館費、計程車車資、探聽消息的謝禮和小費等特別多，總共要四萬二千圓，如果您要明細表的話，我再請調查員寫張日薪和計程車車資的收據給您……」

「不，不需要收據，萬一弄丟了還會惹來麻煩呢。」

宇市說完，掏出四張萬圓和一張五千圓的鈔票交給了內田，並說不需找零，便連忙要離開。因爲他不希望跟那個說話慢吞吞的內田耗下去，到時候對方很可能再提及調查遺產繼承的事情。

「那麼，請您將這份調查報告帶回去。」

內田堆著笑臉正要遞交調查報告時，宇市推開會客室的門，撇下這句話：「不用了，看過一次就夠了。」

接著，他逕自走到走廊，頭也不回地沿著陰暗的樓梯走了下去。

宇市來到大樓外面，招了輛計程車，直接前往順慶町的梅村流派練舞場。他有點懊悔，今天在便門碰見藤代時，對方明明說要去練舞場跟大家打招呼，他竟然不以爲意。沒想到有梅村芳三郎這號人物，只想到是跟她同一個方向，躲到廁所裡等了好久，慢了一步才離開店裡。他爲自己的疏忽感到氣憤。不過，他的運氣還算不錯，因爲他得知梅村芳三郎正是藤代的幕後軍師那天，藤代剛好去了練舞場。當下，他就像追捕獵物的狩獵者一般，眼裡流露出激動的目光。

宇市小心翼翼地在御堂街的安堂寺町下車，從那裡步行到順慶町三丁目，梅村流派的練舞場就像高級餐館般，被一道黑色高牆圍住。他走到附近仔細打量四周環境，發現練舞場的斜對面有一家書店，於是急忙走到書店，站在門口佯裝翻閱書籍，一邊注意從練舞場走出來的人。

可能是下課了，幾名年輕小姐熱得搧著衣襟，陸續地走到門口，唯獨不見藤代的身影。

宇市站在書店門口已經半個多鐘頭，店員不由得對他投以狐疑的目光。不過，他仍不以爲意，極有耐性地等到第六名看似資深的女學員走出來時，旋即走近對方，舉止客氣地問道：

「對不起，請問矢島商店的大小姐還沒下課嗎？」

「我沒看到她耶。」

「咦？您沒看到她……？是不是已經回家了？」

「我不大清楚耶，你找她有事嗎？」女學員用驚訝的表情看著宇市問道。

「沒什麼，我是矢島商店的店員，特別來接她回家……」宇市連忙編了個藉口。

「現在裡面只剩下兩個小女孩在練舞，今天的課程就算結束了。」

女學員說完，疾步從宇市面前走過。

宇市始終認爲藤代正在眼前這道黑色圍牆內練舞，當他間接得知她居然不在裡面，一股難以言喻的沮喪和懊悔頓時湧了上來。他離開書店，氣得直踢地上，於是走到御堂街的車站等公車，突然轉念一想，說不定藤代根本沒去練舞場！因爲傍晚過後她就不能外出，可能先在外面消磨時間，再跟梅村芳三郎約好在某家餐館碰面。

想到這裡，宇市立刻停下腳步。幸好梅村芳三郎沒看過他，於是他佯裝等車，耐心地等候梅村芳三郎從練舞場走出來。

傍晚六點許，御堂街上車水馬龍，轉眼間，人行道上已經擠滿了下班的人潮，任誰都沒多瞧宇市一眼。儘管如此，宇市照樣謹慎地故作候車狀，眼睛只盯著約莫五十公尺處梅村流派練舞場的角落。

這時候，宇市發現兩名七八歲的小女孩抱著扇子袋走出來的同時，黑色圍牆的門口處隨即出現一名膚色白皙的男子。

那名男子身穿銀灰色和服，繫著藍色腰帶，活像個男演員，他就是梅村芳三郎。他本人比在徵信社看到的照片更白皙，宇市不由得被對方的美豔吸引，但是他還是學徵信社的作法，打算跟蹤芳三郎。

芳三郎走到御堂街的角落，往心齋橋的方向邁步前去，他那五尺四寸的身材練得苗條結實，步伐矯健地穿越人群，宇市險些追不上，幸好他穿的和服特別顯眼，剛好成了宇市追認的目標。約莫走了一百多公尺，芳三郎站在路旁，招來一輛計程車，宇市也在相距四公尺處招了一輛計程車，並要求司機尾隨芳三郎的座車。起初司機有點不知所措，後來宇市強調會付小費，司機便立即驅車跟上。

計程車並沒有從新橋往南走，反而拐向四橋方向，來到橫堀川附近時，沿著河邊朝北而去，然後在一家小而雅致的餐館前停下來。宇市的車子故意超前，在前面停下，他從後車窗確定芳三郎走進那家餐館後，才下了車。他猜得沒錯，藤代為了避人耳目，果眞與芳三郎約在這裡見面。

對宇市來說，木材批發商林立的橫堀街，兩旁堆放著木材和杉板，的確是不可多得的好地點，既可避人耳目，又能監視梅村芳三郎和藤代的動向。他發現餐館旁的木材批發行剛好有一處置木場，便收起衣服下襬坐了下來。

餐館的窗戶似乎裝有冷氣，所有包廂和玻璃窗都關得緊實，為了讓客人欣賞河面上的景致，臨河的包廂鑲著透明玻璃。宇市確認自己的位置可以看清楚包廂裡的燈光和人影之後，才從懷裡掏出香菸，抱著等候獵物掉進陷阱般的興奮心情，堆起滿是皺紋的嘴角，慢慢地點著了香菸。

芳三郎身穿銀灰色結城染織的和服，繫著藍色腰帶，疾步走進包廂，以輕盈的動作坐在藤代面前。由於新舞發表會剛結束，芳三郎臉上露出些許疲態，不過身上彷彿還散發著舞蹈會妖冶、絕美的餘韻。藤代凝視著他的衣領，等餐館女侍退下之後，責備似的嬌嗔：「老師，您怎麼這麼晚才來……？」

芳三郎細長的眼睛回望著藤代，解釋道：「新舞發表會結束後，我忙著計算場地費和服裝採購，另外又要付伴奏和工作人員酬勞呢，簡直忙翻了，好不容易才脫身的呢。而且最近我那些內室弟子都在議論你跟我的關係，我總不能撇下舞蹈課不管就跑出來吧。」

「您的弟子當中有人知道我跟您的關係，會不會造成您的不便啊？」藤代故意鬧彆扭地說道。

「你在說什麼呀，我怎麼會跟女弟子有……」芳三郎有些悻悻然，最後仍耐著性子，擔憂地問道：「上次，在電話中聽你說家族會議的情況，後來怎麼樣了？」

「我姨父顧慮到八月份的天氣太熱，怕親戚路途勞頓，所以決定把家族會議延到九月二十日，所有親戚代表都會到齊，並在席上進行最後的遺產分配。在上次的家族會議，我質疑宇市製作的財產歸戶清冊有問題，後來達成一項協議，由我和宇市共同查看每筆山林。不過宇市揚言，倘若他的資料並無不法，他要告我毀謗。所以我希望能在跟他上山之前，先跟老師您演練一下……」

藤代一反上次開會時的強勢態度，反而是有點無助地請求芳三郎幫忙。不過芳三郎略帶抱怨地說：「你讓上次的會議沒開成，的確做得不錯，不過你正面槓上宇市就是失策了。」

「可是召開家族會議的四天前，我跟您碰面的時候，您教我說若覺得財產歸戶清冊有疑點的話，繼承人有資格要求重新製作，我是按照您的指示說的呀。」

「我只是打個比喻讓你參考，想不到你竟然不加思索就說了出來，看來你還是個不懂世事的千金小姐。你除了這麼衝動，難道就沒其他更好的拖延戰術嗎？」

芳三郎吃著端上來的料理，邊喝著藤代斟的酒，這樣數落著她。藤代聽了隨即板起臉孔說：「那時候，我哪想得出辦法呀。不僅宇市，連我那個妹妹都急著分配遺產。我爲了阻撓家族會議，除了挑剔宇市製作的財產歸戶清冊有問題之外，實在沒有其他權宜之策。」

「這樣一來，事情變得很難收拾了。如果能從那份山林清冊中找出大掌櫃的不法之處，他就得吃上背信侵占的罪名。相反地，若找不出他的破綻，他就要告你毀謗。這種情形用登山來比喻的話，你現在就像身上綁著登山索，正在攀登懸崖峭壁，只要腳步稍一不慎，就會跌落山谷摔個半死。」芳三郎慢條斯理地說道：「那份山林清冊你帶來了嗎？」

藤代從膝上的手提包裡拿出那份資料，攤在芳三郎面前。

三重縣熊野　四十公頃　二千四百萬圓
奈良縣吉野　五公頃　五百萬圓
三重縣大杉谷　一百二十公頃　一千二百萬圓
京都府丹波　十公頃　四百萬圓
奈良縣鷲家　二十公頃　一千四百萬圓

芳三郎看著山林公頃數下面的金額。

「這是你們家大掌櫃估的價錢嗎？」

「是的，跟老師您估的相比，每公頃差了五萬到十萬圓。」

芳三郎盯著這份山林清冊良久。

「以一個不了解山林的外行人來說，光是整個八月份到九月中旬，想要看完每一筆山林再估價簡直是不可能。不過，我們現在若收手不做，反而會讓你家大掌櫃看笑話，讓他有食髓知味的機會……」說著，芳三郎的神情有些黯淡，接著又說：「對了，我們可以塞點錢給那個護林員戶塚太郎吉嘛，然後由他去收買其他護林員。這些人彼此應該互有聯絡，我們可以透過他的管道幫忙調查吉野、大杉谷、熊野和丹波等地的山林狀況。雖說那傢伙跟你們家大掌櫃早有勾搭，但只要我們花錢利誘，他也可能倒向我們這一邊。我們要不要趁大掌櫃還沒買通他之前，再去鷲家跟他談一談？」

「可是，這樣做妥當嗎？從宇市的態度來看，上次我跟您一起去查看山林的事情，看樣子太郎吉早就跟他通風報信了……」

「這就像賭注嘛，不賭怎麼知道輸贏？事情到了這種地步，與其耍些小手段，倒不如下個大賭注，跟太郎吉聯手對付大掌櫃。若眞的不可行，到時候我會叫上次幫你估北堀江出租房的房屋仲介商小森常次過來幫忙，要不就是收買山林仲介商，由他們出面調查。依現在的情況來看，利用太郎吉是最便捷的策略，這樣才能阻撓大掌櫃的行動。而且，再這樣耗下去，要是哪天被大掌櫃知道是我在幫你出主意，說不定他又會使出什麼陰謀。我們得趁早把那些山林查看完畢，以免夜長夢多。」說著，芳三郎一口氣喝掉杯中酒。

「問題是，不久前我才以腳踝扭傷爲由，拖延家族會議的召開時間，總不能明天就突然跑去奈良的鷲家，這會讓人家起疑。而且想到那個護林員和宇市是同路人，我便覺得不安……」藤代躊躇不前地說道。

「沒什麼好擔心啦！你隨便編個理由外出，何況從大阪到鷲家只需三個鐘頭的車程，到了那裡之後，我會負責應付太郎吉，你只要跟著我就行了。不過，要請你準備五十萬左右的現金，事情若談得順利，回程時還可以到吉野過夜，稍微休息一下。我們得趕快行動才行，順便再來一趟快樂的雙人行……」

芳三郎在談論如何跟護林員交涉的同時，還藉機勾引藤代，讓她頓時感到欲火焚身。

「嗯，一切聽從老師的安排就是……」藤代點頭似的把身體靠向芳三郎。

「都這麼大的人了，還像個小孩子似的胡思亂想，有我在你儘管放心啦。」

芳三郎哄小孩似的說著，一隻手伸向藤代，另一隻手悄悄地關上玻璃窗內側的拉門。

宇市看到河面上映著兩條人影交疊在一起，連包廂的拉門也關上了，他突然從木材堆中站了起來，放下摺坐的下襬，整理鬆塌的衣領，像隻貓似的躡手躡腳從置木場後面走了出來，然後朝周遭環視了一下，快步走進那家餐館的大門。

「對不起，我是矢島商店的掌櫃，我有急事要找我們家大小姐，她在二樓包廂……」

宇市故意說得十萬火急，出來接待的女侍打量過他整齊的穿著和客氣的舉止後，心想他又知道大小姐在二樓用餐，於是放心地準備上樓通報。

「好的，我馬上去通報她，請您稍等一下。」

「不，不好意思讓大小姐下來，應該由我上樓才對。」說著，便跟著女侍上樓。

宇市走在光可鑑人的走廊上，面露殘忍的笑容，彷彿即將要拾起掉落陷阱的獵物一般。女侍登上樓梯，帶著他來到走廊盡頭臨河的包廂門口，說道：「對不起……」

女侍出聲說道，房內隨即傳出慌忙整理衣服的窸窣聲。宇市大概知道房內的情況，女侍也等裡面安靜下來後，才拉開拉門通報：「府上好像有急事找您……」
「咦？我家有急事……？這太奇怪了，我出門時，又沒說要來這裡……」藤代驚訝地說道。「這樣的電話我不接，你跟對方說我沒來，掛斷好了。」
「不，不是電話，是派人來了……」
女侍慌張地正要解釋，宇市驀然從拉門後面探頭出來，說道：「大小姐，是我。」
「宇市，你……爲什麼來這裡？」藤代驚愕得幾乎說不出話來。
「怎麼，我不應該帶這位客人上來嗎？」女侍不知所措地看著藤代和宇市。
「沒什麼不妥啦。來，大掌櫃，進來坐吧。」
芳三郎趕緊出言打圓場，女侍則帶著進退失據的表情關上拉門。
包廂內剩下他們三人時，宇市旋即移膝對著芳三郎欠身招呼道：「我是矢島商店的大掌櫃大野宇市，今天恕我失禮了，我從順慶町的練舞場一直跟著您來到這裡。」
比起芳三郎的反應，藤代的臉色更爲震驚。
「你這是在幹什麼！居然跟蹤我的老師來這裡，你到底在打什麼壞主意？」
「什麼？啊，您是問我爲什麼認識您老師嗎？」
宇市用右手拱著耳朵，故作沒聽見的樣子，轉身對著芳三郎說：「老師您對我可能不太了解，可是我對您的背景可是知之甚詳呢。照理說，我做爲矢島商店已故第四代店主矢島嘉藏的遺囑執行人，早該認識您這個替大小姐出主意的幕後軍師才對，都怪我一時疏忽，沒多加注意，直到最近透過各種管道，好不容易才了解您的來歷。根據消息指出，您除了舞技精湛之外，並著手經營梅村流派的練舞場及舞會，甚至還插手不動產買賣，手腕非常高明。除此之外，聽說您還有各式各樣的本事呢。」

宇市這句話頗有暗指他貪戀財色的意味。芳三郎頓時臉色一變，但隨即若無其事地說：「承蒙您這樣褒獎，我豈能毫無表示呢？來，喝一杯吧。」芳三郎端著酒杯遞給宇市。

「老師，不要理他！」

藤代出手制止芳三郎，轉身對宇市說：「宇市先生，雖說你從我祖父那一代就開始擔任大掌櫃，又是我父親的遺囑執行者，但我絕不容許你這樣無禮，立刻退下！」

藤代氣憤不已，準備把宇市攆走，正起身要拉開包廂的拉門，芳三郎見狀，依然故作平靜，向宇市敬酒。

「你不要這麼激動嘛，人家專程從順慶町的練舞場跟到這裡來，肯定有什麼重要事情要談嘛。來，我們先乾一杯，再聽聽您的高見吧。」

「眞不愧是聰明的舞蹈老師啊，一下子就了解我的來意。本來我是打算等您們出來，最後還是決定過來打擾您。」

說著，宇市把芳三郎遞給他的酒一飲而盡，然後朝桌上看了一眼，移膝趨前，對芳三郎和藤代試探性地說道：「我們就開門見山說個清楚吧，這裡剛好有一份山林清冊，您們兩位又在場，爲了彼此的利益，我們應該好好商量。」

芳三郎沒有回答，正等待宇市出招，他像個女人般執拗地看著宇市，宇市被他看得很不自在，但最後還是直指問題核心說道：「總歸一句，我要強調的是，以後我們就不要互相提什麼毀謗啦、背信侵占這類的話，不如談個對彼此無損又有好處的交易怎樣？」

「交易？請你不要胡言亂語，你在這種地方談交易，肯定沒安什麼好心！」藤代臉色悻然地說道。

「就是啊，百年老店離了婚的大小姐，跟家人說去京都看舞蹈表演，實際上是跟舞蹈老師到吉野的旅館過夜尋歡作樂，這件事若被外人知道，您是不是還有臉出門呢？」宇市露出嚴厲的目光。

「我……什麼時候去過吉野……做那種事……？」

藤代拚命搖頭否認，急得說不出話來。這時宇市又探前說道：「老實說，我聽大小姐您那天在家族會議上所說的話，就已經猜出您肯定有個幕後軍師在撐腰。做為遺囑執行人，得知有人在左右您的想法，我當然不能默不吭聲。可是我若問對方是誰，一定會被您反駁。情非得已之下，只好委託徵信社調查您們這三四個月來的所有行蹤。簡單地說，您們之間發生的各種事，我都一清二楚。」

宇市話說得客氣，卻有讓對方不敢聲張的威嚇意味。藤代臉色蒼白滲著冷汗，芳三郎含著酒液露出冷笑。

「居然找上徵信社，我實在佩服您的本領啊！看來您大概是謊稱爲了大小姐的婚事，隨口說要調查矢島藤代的交往對象，實際上暗中調查我的身家背景吧。」芳三郎先發制人地說完，放下酒杯，回應宇市剛才的提議：「剛才您說爲了彼此的利益，是什麼意思？」

宇市交替地打量著芳三郎和藤代的表情，接著說：「簡單來講，有關您們倆的曖昧關係，我絕不會張揚出去，不過，山林的分配權必須由我處理。」

「這算是什麼交易？」芳三郎謹慎地看著宇市。

「您們推測得沒錯，上次您跟大小姐在護林員的帶領下，冒著雷雨上鷲家山頂卻看不成的那片山林確實有點問題。」

「有什麼問題？」

「那裡的杉木全砍光了。」

「什麼？全被砍光了……？」

藤代和芳三郎頓時驚愕得說不出話來。

「沒錯，地皮一分也沒少，但地面上的杉木全砍光了。」宇市像與己無關地說著，突然壓低了聲音。

「事情是這樣的，前年昭和三十二年，景氣跌到谷底時，我收購的棉線價格暴跌，造成大約一千兩百萬圓的虧空。那時候，經營棉布的商店紛紛倒閉，而且我家老爺當時的經營狀況並不理想，我真的不敢據實以告，於是想盡辦法籌錢，最後還是不夠。當時，我突然想到砍掉的杉林以後還會再長，而且又不是拿來中飽私囊，只是用來填補虧空，便找了太郎吉商量。剛好鷲家山頂那片山林正值砍伐期，我就將它處理掉，填補店裡的資金缺口。」

宇市煞有介事地陳述賣掉杉林的理由，芳三郎面無表情地聽著。

「就算知道您賣掉杉林的事實，又與這有何關係呢？再說您拿那片被砍光的杉林怎麼跟我們交易呢？」

芳三郎冷淡以對，宇市直盯著他，最後道出自己的意圖：「我明白告訴您們吧，希望您們馬上停止調查山林，對於那片被砍光的杉林若能視而不見，那麼我委託徵信社對您們所做的調查，自然當作沒發生過。」

芳三郎思索似的沉默下來，接著毫不客氣地反駁道：「光是這樣就要跟我們談交易，也未免太占便宜了吧？您只是不公開藤代小姐和我的關係，就要我們對那片已遭盜賣的杉林視而不見，那我們豈不是虧大了？只不過是男女上床，也不該付出那麼大的代價嘛。好吧，既然要談交易，我希望條件要有利於藤代小姐。」

宇市隨即說道：「我就知道您會開出這樣的條件，剛才我坐在餐館旁的置木場，看到河面上倒映著您們恩愛的倩影，就已經想出了好方法。」

說著，宇市手伸進懷裡，從終年裹著的毛質腰帶裡拿出一本封面破損的筆記本，攤在他們面前，頁面上用鉛筆畫著山林地形和標有面積的地圖，處處都有个的記號。

「地圖上畫的這些奇怪記號是什麼意思？」芳三郎驚訝地反問道。

「這是我跟隨歷代店主巡視山林時，憑記憶畫的山林示意圖，包括鷲家、吉野、大杉谷、熊野和丹波等地，這個个記號表示那裡有成材的杉木。其實，一般統稱的山林，除了樹齡十五年或二十年的幼林，還有樹齡超過四十年、直徑兩尺以上的成林。此外，每塊地形也有排水狀況、坡度、日照程度的區別。同樣是鷲家或吉野，每公頃的杉木產量和品質卻大不相同。當然，這當中還有些山林界標啦、共同使用權啦等各種複雜的問題。如果您們願意把山林的分配權交由我處理，到時候我會依這山林示意圖，把畫有个記號的山林分配給大小姐，這樣一來，即使是相同面積，產量和品質也有很大的差異，跟兩位妹妹相比，大小姐可說是占盡好處。」

「問題是您要怎麼分配？」

藤代把桌上那份山林清冊推到宇市面前，宇市把山林清冊和自己所畫的山林示意圖對照了一下，接著拿起夾在筆記本後面的鉛筆，寫了起來。

矢島藤代　大杉谷四十公頃四百萬、鷲家峰頂十公頃七百萬、熊野十五公頃九百萬，總計二千萬圓。

矢島千壽　大杉谷四十公頃四百萬、吉野五公頃和丹波十公頃九百萬、熊野十公頃六百萬，總計一千九百萬圓。

矢島雛子　大杉谷四十公頃四百萬、鷲家坡上十公頃七百萬、熊野十五公頃九百萬，總計二千萬圓。

宇市像是撥算盤般極其愼重地寫明每個人的配額，然後展示在他們面前，藤代拿過分配表一看，隨即臉色大變。

「這就是你所說的，對我最有利的分配嗎？你把鷲家那片砍光的山林分給我，而且我的配額居然跟雛子一樣，甚至在既定遺產中只不過比占盡便宜的千壽多出一百萬，這算什麼有利？我不同意！」藤代幾乎是拍著分配表厲聲說道。

「您不要大動肝火嘛，等我就整個分配表說明清楚以後，您們再判斷到底對大小姐有利還是吃虧。」

說著，宇市把整個身子探向分配表。

「首先，我做這樣的分配，表面上看起來對您們三姊妹是公平的。在這些山林財產中，您們三姊妹最不想要三重縣大杉谷，那裡地點偏僻、林木產量少、運輸又不方便，那片杉林剛好是一百二十公頃，每個人可以分得四十公頃。而您們最想要奈良縣吉野和鷲家的山林，那裡的林木材質優良、運輸又方便。我之所以將鷲家峰頂那片已被砍光的杉林分給大小姐，是爲了讓您們將來能夠安心交往。上次我帶您們三姊妹去鷲家看過山林，可是您在這次的家族會議上質疑我所製作的山林清冊，相對的二小姐和三小姐也會懷疑起鷲家那片山林，爲了打消她們的疑慮，我只好將那片已被砍光的山林分配給您，讓三小姐得到山坡上的山林。」

「山坡上的山林爲什麼不分給千壽？她那麼愛占便宜，與其得到丹波的十公頃，還不如分到吉野的五公頃更划算？」

藤代用嚴厲的口氣責問著，宇市驀然露出一絲冷笑。

「關於這一點我早就設想到了。如果您主動爭取鷲家的山林，三小姐自然會接收那片山林，而二小姐就沒那麼好說話，您也知道，她向來擅於心計，又知道之前鷲家山林登記所曾經來過電話，她絕不會像三小姐那樣輕易同意。所以，我把吉野的五公頃分給她，再加上丹波那十公頃有點問題的山林。」

「有點問題的山林，是什麼意思？」芳三郎插嘴問道。

「矢島家在丹波的所有林幾乎是草地多的山林地，搞不好還不適用《農地法》呢，只有『割草放牧地』的用途。所謂的『割草放牧地』，也就是把野草割下來堆肥，然後放養家畜。其實，這種『割草放牧地』和草地多的山林地很難區分。繼承以後若眞要變賣，很容易發生糾紛。二小姐分到的丹波山林，根據當地農委會的看法，要麼依循《農地法》做爲放牧草地，要麼劃歸爲普通山林。依我的調查，像那種草地多的山林，若眞要變賣，恐怕不到市價的一半，所以再怎麼看，都是對大小姐您最有利啊。」

宇市說得頭頭是道，藤代卻毫不領情地說：「爲什麼對我最有利呢？千壽分到丹波那片有問題的山林，跟我有什麼關係？你不能說千壽吃虧，就是我占便宜啊！」

「這樣的交易，看來還是大掌櫃您比較占便宜。」芳三郎不甘示弱地說道。

「哎呀，您們實在太性急了。我所說的交易還在後面呢。」

說著，宇市將山林示意圖推到藤代和芳三郎面前。

「您們看，同樣是大杉谷、熊野的山林，畫有⏃記號的地方，是樹齡超過四十年的山林，這種成材林和幼林比起來，每公頃的價差大概要多出三分之一，大小姐分到的山林都畫有⏃記號，每公頃就比別人多出五百萬圓，這樣就可以把鷲家那片已賣掉的杉林補回來。」

說著，宇市用鉛筆指著畫有⏃記號的部分讓藤代看，芳三郎從懷裡取出筆記本，將宇市示意的部分迅速畫了下來，一雙銳利的眼睛直盯著示意圖。

「怎麼樣，這樣的分配您們滿意嗎？」宇市催促道。

這時候，芳三郎慢慢地抬起頭，說道：「您應該多給此零頭嘛。」

「咦？零頭？什麼意思……」宇市納悶地反問。

「就是山林多出來的『零頭』嘛。一般來說，山林的實際面積會比登記所登記的資料還多，像大杉谷和熊野那種深山幽谷，實際面積應該比登記的多出兩三倍吧？山林主自不必說，稅務局的稽查員絕不可能冒著生命危險過吊橋、攀爬繩梯或沿著險峻山路逐一查核每筆山林面積，而這個盲點剛好被不肖的護林員和您這種老滑頭相中，並從中撈到好處。我們可以不追究鷲家那片砍光的山林，可是您總要多給點利頭嘛。」

宇市聽完芳三郎的說詞，眼裡露出異樣的光芒。

「眞不愧是不動產業務高手啊，對山林狀況如此了解，簡直像是專業的山林師嘛。」宇市語帶諷刺地說道，接著沉默了片刻，這才妥協地做了最後的決定。

「好吧，我就把大杉谷多的十七公頃和熊野多的八公頃分給大小姐。本來這些多出來的部分也要分成三份，不過二小姐和三小姐並不知情，我就統統分給大小姐好了。」

「兩邊加起來才二十五公頃嗎？」芳三郎不平地說道。

「老師，您說的山林實際面積比登記的要多出兩三倍，這只是一種比喻，其實依常識而論，頂多再多百分之十或二十。所以除了這二十五公頃以外，再也沒有多出來的面積了，我已經做出這麼大的讓步，如果再不接受，我不敢保證您的好事不會曝光。」

宇市這句話只有芳三郎聽得懂，這意味著宇市早已摸清他的底細。他表面上裝作若無其事，但最後還是拿起山林示意圖和山林分配表對照片刻，像是要檢視宇市所說的是否屬實，然後轉身勸藤代：「看來這筆交易對我們比較有利，就這麼決定吧。」

藤代猶豫地望著宇市，直指問題核心說道：「光是我一個人答應，千壽和雛子她們若不同意也沒用啊。宇市先生，你有辦法讓她們倆點頭同意嗎？」

「再怎麼困難，我都會想辦法說服她們，這也是我的職責所在。不過，我要請大小姐配合演一場戲才行。等到天氣不那麼熱，找個時間，跟她們說我們要去查看山林，不，您只要跟我一起出門就行，之後我們各走各的，您就跟舞蹈老師去遊玩好了。總歸一句，按照上次家族會議的決議，我們佯裝去查看山林，然後您只要表態同意我的分配方案，接下來就交給我處理。」

說完，宇市準備將桌上的山林示意圖收起來。

「大掌櫃，您寫張切結書給我們吧。」

「什麼？切結書……？」宇市反問道。

「是的。我已經替藤代小姐畫下山林示意圖，希望您以遺囑執行者的身分寫張字據，保證以此方案執行。」

說著，芳三郎隨即叫女侍拿紙和硯台過來，宇市有點不情願地拿起了毛筆。

字　據

本人答應在分配共同遺產時，將（如山林示意圖）三重縣大杉谷的四十公頃及三重縣熊野的十五公頃山林地分給矢島藤代小姐。另將登記冊多出來的大杉谷十七公頃及熊野八公頃也分給矢島藤代小姐。

昭和三十四年七月二十一日

大野宇市

致　矢島藤代小姐

「怎麼樣？這樣您總該放心了吧？」宇市寫完字據後，極其客氣地問道。

「嗯，這樣就可以了。接下來就看大掌櫃如何說服藤代小姐的兩個妹妹了。」芳三郎替藤代回答道。

這時候，宇市露出嚴厲的眼神。

「那麼，我跟大小姐的交易到此結束，我該告辭了……不好意思，恕我叨擾了。」說完便移膝後退，並起身離去。

等宇市離開之後，藤代不安地看著眼前那張字據。

「這樣的字據具有法律效力嗎？」藤代擔憂地問道。

「這張字據是他親筆寫的保證，又有署名，便等同於具有法律效力的契約書。那個大掌櫃雖然很強硬，但是他怕我們查出他在山林搞鬼，所以才寫下那樣的字據。反正其他山林若有什麼問題，也跟我們無關，只要你不吃虧，願意助我一臂之力，這樣就好了。」

「什麼？助您一臂之力？」藤代驚訝地抬起頭來看著芳三郎。

「坦白說，我們梅村流派會館，表面上看起來氣派豪華，實際上經營得很辛苦，可說到了捉襟見肘的地步。上次舉行新舞公演，我包下大阪規模最大的『新大阪會館』大廳做爲表演場地，光是粗估階段就出現三百萬左右的赤字。我打算跟你商量，希望你能幫我解決這個問題。這對於繼承一億三千萬遺產的你來說，三百萬圓簡直是零頭。等遺產繼承順利結束，一切都安定下來，我們再來商量今後的事。」

「商量今後的事……？」藤代轉身問道。

「不，我不會提出結婚那種粗俗而幼稚的要求。但話說回來，我們至今都是暗地裡跟那隻老狐狸纏鬥，現在終於正面交鋒了，我也確實在遺產分配上爲你爭取到有利的條件，你也該回報一下吧。」

說著，芳三郎移身靠近低頭不語的藤代。

「怎麼了？怎麼突然不說話……？」

他伸出女人般白皙的雙手，捧起藤代低垂的臉蛋。

「我這番話應該不至於讓你吃驚或不高興吧。記得我們之前在吉野的旅館過夜時，我就已經說過，你若是只想利用我，把我一腳踢開的話，對我也太不公平了。」

「我怎會這麼無情呢……？」藤代否認似的猛然搖頭。

「但事實擺在眼前，每次談到遺產繼承，你都會找我幫忙，等哪一天遺產到手，就跟門戶相當的年輕少東結婚，還不是把我利用完了又一腳踢開嗎？」芳三郎看出藤代的心思說道。

「您在說些什麼呀，我倒覺得是老師在利用我呢……」

藤代正要說出這句話時，芳三郎突然露出嚴厲的眼神。

「或許是吧。就像你不想跟我結婚一樣，我也不願意到你們那個奇怪的女系家族裡當什麼上門女婿，而且我這雙手只拿過扇子，也不想整天跟算盤打交道呢。雖說我這個梅村流派的年輕舞蹈師收了老店鋪的千金大小姐爲徒，但絕不能白白被人利用。你不用說我們不適合結婚，我自然也不去想，只是希望你分完家產之後，能考慮到從我這裡榨取的智慧、勞力和時間。換句話說，拿出相對的酬勞，捐給我們梅村流派，如果你沒這個意思，那今後有關遺產分配的事情就到今天爲止，不要再找我商量。」

說著，芳三郎突然裝腔作態地推開藤代。藤代驀然被一種分不出是情欲或繼承遺產的貪念所驅使著，又害怕因此失落，莫名的不安湧上心頭。

「老師，您不要這樣說啦……只要我能力所及，絕對會全力幫忙。」說著，移身靠向芳三郎。

「你這話是出自眞心的嗎？如果是眞的，我們就像過去一樣……」

芳三郎溫柔地對著藤代灌迷湯，並伸出白皙的手環抱著她的肩膀，慢慢地將她擁進懷裡。

第九章

奧津溫泉位於津山的山谷，或許是地處偏僻的關係，前來泡湯的客人並不多。公共浴池設在樓下，從水龍頭滴流而下的水滴聲在靜謐的二樓房間清晰可聞。旅館前溪水潺潺，每當陣陣涼風吹來，窗際的竹簾便輕輕搖晃。宇市剛泡過溫泉，將毛巾蓋在頭上，一邊欣賞窗下的溪景，一邊喝著君枝爲他斟上的啤酒。

「這裡這麼涼爽，眞令人難以相信啊，大阪這兩天還熱得像個火爐呢……」

說著，宇市深深地吸了幾口涼氣。君枝敞著浴衣前襟，過了一會兒，卻擔心地說道：「是啊，這裡的確涼快，不過我們在這裡連待三天沒關係嗎？」

「你擔心什麼？不放心文乃嗎？」宇市好奇地看著溪邊一個用腳踩洗衣服的女人，口氣悠閒地說道。

「不，文乃已經沒什麼親人，我倒不擔心她那邊的情況。跟你在一起十年，從來沒這麼放鬆過，倒覺得有點不安呢。你們店裡眞的沒什麼問題嗎？」君枝憂心地問道。

「你這女人怎麼這麼囉嗦啊，老愛胡思亂想！」說著，宇市一口氣把啤酒喝掉。「我跟大小姐已經談妥條件，所以前天跟她去看過丹波那邊的山林。其實不上山也沒關係，但爲了取信二小姐夫婦、三小姐和分家的姨母，必須執行家族會議的決議，我只好假裝帶大小姐上山查核，要不然怎能留在大阪呢？」

「那你最近常去外地，是不是利用這個藉口，到其他溫泉旅館找女人尋歡作樂？」君枝嫉妒而狐疑地問道。

「你別亂吃醋好不好！最近我哪有閒工夫去溫泉旅館？我和護林員整天都在那邊的山頭忙

個沒完呢。」

「哪邊的山頭啊？」君枝依舊帶著狐疑的表情，幫宇市斟了啤酒。

宇市啜了口啤酒，說道：「我去鷲家找太郎吉商量。那天，我坐在橫堀川旁的置木場陰涼處，看著大小姐和那個舞蹈老師卿卿我我，便從腰帶裡取出筆記本，快速畫下山林示意圖，拿來跟大小姐談判。我把當天談判的細節告訴太郎吉，萬一哪天他們不相信我畫的示意圖，真的跑到大杉谷和熊野查看山林怎麼辦。所以我們才會去那邊預做防備，以免露出馬腳啊。」

「噢，這麼說，你那天和他們談判的那張山林示意圖是胡謅的嘍？」君枝驚愕地望著宇市。

「不，也不全然胡扯啦。那時候，我見機不可失，立即拿出筆記本，憑記憶快速畫下示意圖，難免會有點出入，所以我得借助太郎吉的人脈，由他去跟大杉谷和熊野的護林員達成共識，預做準備。」

「結果怎麼樣？」

「沒問題。其實，山上的杉樹長了多少年，若不是山林老手是分辨不出來的。護林員只要隨便找塊地方，跟他們糊弄幾句即可交代了事。當然，二十年以下的幼樹和超過四十年的成林不容易矇混，但五年或十年的杉樹，外行人根本看不出來。我憑記憶畫下的都是有↑記號的山林，他們會按照這個指示配合演出。」

「不過，你還寫下字據，萬一他們發現情況有出入，豈不是不好收拾？」

「噢，你是說那張字據啊……？沒錯，那張字據的確是他們的保命符，其實我是故意寫給他們的。如果山林的分配談不攏，他們拿出字據來要脅，豈不證實他們根本沒按照決議去查核山林，卻私下跟我交易？其他繼承人只要看到那張字據的日期，就知道是怎麼回事。那個小白臉自以為聰明要我立下字據，剛好中了我的計謀。人家說薑還是老的辣，他要算計我還早得很哩。」宇市喝得嘴角全是泡沫，冷笑地說。

「這樣一來，你說的各個擊破策略，已經在最難纏的大小姐身上奏效，剩下的兩個小丫頭就不難對付了吧？」君枝附和。

「接下來就看我的本領了。二小姐身邊有個高商畢業的入贅女婿出主意，而三小姐則有個暗中操盤的分家夫人，恐怕沒那麼好應付，連我都不知道該如何出招，不過無論如何還是要跟她們周旋。」宇市又喝光了一杯啤酒，接著詢問文乃的後續情況。「算了，不提這個了。上次，我去文乃家，看到她大口喘氣，面容十分憔悴，後來情況怎麼樣了？」

「啊，那是天神祭的時候吧？那天突然變熱，她有點中暑，到了八月中旬以後，情況就比較好轉了。雖說她還是有點不舒服，不過精神還不錯。那天，我跟她說，第四次家族會議又沒結論，說不定矢島家只分給她目前所住的房子，她只應了一聲『是嗎』，臉上沒有任何表情。原本我以為她只是逞強，後來經過觀察，發現她總是態度自若，表現得十分冷靜，我實在摸不清楚她眞正的性格呢。」君枝不無佩服地說道。

「預產期有沒有改變？」宇市追問道。

「醫生說，夏天時她瘦了很多，不過胎兒發育正常。」

「這麼說，文乃若如期生產，決定矢島家最終遺產繼承的家族會議又要在九月二十日召開，我只要擺平那兩個傻小姐，長年期盼的機會就要到來了。」

宇市自言自語似的說著，並帶著嚴厲的眼神望著河谷旁的群山。

「怎麼了？你怎麼突然板著臉孔不說話……？」

經君枝這麼一說，宇市才醒悟過來似的答道：「沒什麼。我只是在想，大小姐現在大概正在福井的蘆原溫泉跟心上人辦好事呢……」

君枝聽到宇市這麼說，那雙三白眼又露出了銳光。

「噢，他們在那邊辦好事啊……？那我們好不容易從大阪趕來岡山的奧津溫泉逍遙，不如再一起泡個溫泉，辦完好事之後再回去吧。」

君枝出言色誘著，滿是酒氣紅漲著臉的宇市卻搖頭說：「不行，我喝太多了，不去泡澡了，你自己去吧。不過，待會兒還要趕下午三點的巴士，不要耽擱了。」

說著，君枝只好無趣地拿起架上的毛巾，趿著拖鞋「啪噠啪噠」地走到樓下的浴池。宇市見君枝遠去後，立刻從櫥架上拿下手提包，取出那份寫在便條紙上的山林分配表。

在分給藤代的山林底下都畫著紅線，還標有「（完）」字的記號，而在分給千壽和雛子的部分，則是密密麻麻地寫上交易內容和方式。接著，他又把上述部分抄在另一張便條紙上。他想到，下午三點從奧津出發，晚上七點四十五分抵達大阪車站，馬上跟君枝分手，然後趕到北陸線的月台，「巧遇」晚到十五分鐘、從福井抵達的藤代和芳三郎，進行最後交涉，不由得湧上得意的笑容。

過了米原，一個多小時以後就能抵達大阪車站了。藤代從蘆原溫泉搭了三個多小時的車子和火車，疲累得躺靠在座位上。她抬眼看向暮色深沉的窗外，不時朝芳三郎瞥上一眼，芳三郎疲倦地閉上那雙睫毛濃密的眼睛，倚著她酣睡著。他的領帶已解下，女人般的脖頸從敞開的襯衫領口露出，風從窗外吹進來，聞得到他身上的香味。

在這股香味中，藤代想起了昨晚熄燈後兩人在房裡纏綿悱惻的情景。她洗好澡，馬上被芳三郎溫柔地擁入懷裡、脫去身上的衣物。他恣意放縱地挑逗著她，她愈是含羞掙扎，芳三郎濕滑的身體愈是把她摟得更緊，將她拉進了情欲的深淵。當她想到這次交歡的代價竟然是分得遺產中的部分金錢時，不由得感到屈辱與悔恨，只好自我嘲諷地對著窗外投以一絲乾笑。

「怎麼了？怎麼突然笑了起來……？」芳三郎不知幾時已經醒來，出聲問道。

藤代立即收住笑容，有點擔心地說道：「不，沒什麼……今天上山的戲碼已經演完了，接下來就看宇市如何擺平我那兩個妹妹。他眞有辦法說服她們嗎？」

「你別擔心嘛！我們手上握有大掌櫃寫的字據，他會努力擺平的。」說著，芳三郎從淺褐色鯊魚皮西裝的口袋裡掏出香菸。

「不過，我還是想不透，你們家大掌櫃撈那麼多錢到底想幹什麼？聽你說，他沒老婆又沒子女，是個老光棍。一般來說，男人想要錢，大體上是爲了開創事業，要不就是爲了女人，他不可能活到這把歲數還想做什麼新事業吧……？照這樣看來，肯定是爲了女人，說不定這三天他都帶著女人在外頭風流呢。」

「他年紀那麼大，可能嗎……？」說著，藤代朝周遭打量了一下。

在頭等車廂裡，旅客寥寥無幾，藤代和芳三郎的前後座都空著，通道另一側坐著一名中年紳士，報紙雖然攤著，眼睛卻閉上了。

「這種事跟是不是年過七十沒有關係，並不是以年齡來決定的。你看梅村流派的創始人就知道，他過了七十歲以後，除了我母親之外，在外面還養了兩個年輕女人，可說是財色兩把抓呢……」

藤代沒等芳三郎說完，立即迫不及待地反問：「那老師您又爲什麼需要那麼多錢呢？」

芳三郎的表情頓時顯得有些猶豫，過了一會兒，若無其事地說道：「噢，你是說我嗎？我想逐漸擴大梅村流派的勢力，打響梅村芳三郎的名氣，所以需要一大筆錢。在日本舞蹈界，就算你有卓越的才能，沒有資金舉辦盛大的發表會，還是成不了氣候。」接著，他挪身湊向藤代：「藤代小姐，那你爲什麼需要我的幫助呢？難道不也是爲了爭取更多錢嗎？」

藤代霎時不知如何回答，茫然地將視線望向夜色漆黑的窗外。

「我……我也不清楚。從小，我就是在女人掌權的環境中長大，我看著她們如何支配男人，不知不覺中，便視爲理所當然了。或許是這個因素，才讓我想擁有更多財產。」

「這麼說，你對我的經濟援助也是一種支配力嘍？」

「嗯，我說不上來耶……」

他們的對話突然中斷了，但可以感受得到藤代和芳三郎之間橫亙著一道談不上男女情愛又彷彿有金錢糾葛的複雜藩籬。

不知幾時，列車已經過了京都，正穿越桂川，駛向大阪近郊，大阪市街耀眼奪目的廣告招牌燈逐漸映入眼簾。芳三郎從行李架上拿下自己和藤代的旅行袋。

「待會兒，你從前門下車，我從後面的車廂下車，我不想跟大掌櫃碰面。要是他再說些不三不四的話，我們好不容易去度假的好心情豈不給他破壞了……」

說著，芳三郎趕緊整理自己的行李，等列車進站停靠下來，便迅速從後門下車。

藤代提著自己的米色旅行袋，從前門下車，眼尖的宇市旋即發現她的身影，趕緊跑了過來。

「您回來了啊，路上辛苦了。」

宇市一邊接過藤代手上的旅行袋，一邊打量著周遭的動靜。

「老師沒跟您一起回來嗎？」

「他說舞蹈會那邊還有事情，在京都就下車了。」

「他該不會是不想跟我碰面，才藉故在京都下車的吧？自從上次見過一面，我好久沒問候他了，這次專程來月台恭迎大駕，卻沒見到人，眞是遺憾哪……」宇市不無挖苦地說道。

「是啊，我也沒能看到宇市先生的女人長什麼樣子，覺得很遺憾哪……」

面對藤代突如其來的攻擊，宇市頓時慌了手腳。

「大小姐，您在說什麼呀？我聽不懂您的意思。」

「老師說你跟一個女人同居。」

藤代說著，突然在人潮擁擠的月台上停下腳步，直盯著宇市。

「您眞愛開玩笑，我年紀這麼大，怎麼可能……」宇市大笑起來，敷衍以對，「大小姐，我們現在就回去吧。不過，待會兒回到店裡，該怎麼應對才好呢？這次跟上次不同，今天是查核山林的最後一天，我們得向二小姐她們報告查核情況，說不定她們也想問些什麼呢，我們得統一口徑才行。」

宇市談到這些事情，藤代一臉厭煩地皺著眉頭。

「你跟她們說我累了，直接回房間休息了。接下來由你跟她們說明，只要照我們先前談定的結論說就行了。」

說著，藤代朝東口的方向走去。

車子停在商店門口，雖說大門已經關上，但店員立刻從便門跑出來迎接。

「您們回來了啊，眞快呀。」

宇市雙手抱著藤代和自己的手提袋，裝出兩人剛下山的模樣。

「是啊，我們回來了……大家辛苦了。」

宇市故作親切地招呼著，只見藤代故意擺出因疲憊而不悅的臉孔正要走進便門，千壽和良吉已經站在那裡相迎。

「大姊，您回來了啊，路上辛苦了。」

藤代驀然不知如何回應，只是故作疲倦地對他們點頭示意，二話不說，便穿過走廊走進自己房間。

「宇市先生，發生什麼事了？」

千壽這樣問道，宇市煞有介事地歪著頭說：「這幾天，我們都在山上查核山林，今天又是最後期限，所以趕得特別勞累。再加上她爲了山林分配煩心不已，有些地方又跟我的意見有出入……」

「什麼？她爲山林分配的事煩心？又跟你意見不同……」

千壽和良吉不由得面面相覷。

「不，我這樣說有點不恰當。應該這樣說吧，我跟大小姐一邊查核山林，一邊商量山林分配的具體方案，她好像有點不高興，因爲……」

宇市說到這裡，故意欲語還休。

「現在已經很晚了，明天我再詳細向您們報告好了。」

說著，宇市正要退下，站在千壽後面的良吉趕忙出聲說道：「沒關係啦，今天晚上就談談大姊不高興的原因吧。」

「是啊，雛子中午出去以後，到現在還沒回來。雛子那邊由我來轉告好了，還是請你說說大致情況。」千壽也按捺不住地說道。

宇市稍作沉吟之後，說道：「好吧，雖說時間已經很晚，我就大概說一下吧……」說完便跟著千壽和良吉來到客廳。

面向院子的窗簾已拉開，陣陣涼風從庭院裡濕濡的花木叢中吹了進來，放眼望去，樹叢間的石燈籠閃著微光。在盛夏的大阪市區，矢島家卻有著難得的幽靜。

千壽和良吉走進客廳，馬上和宇市隔著日式矮桌坐了下來，女傭送上涼麥茶。

「我大姊為什麼不高興？」千壽率先問道。

宇市故作遲疑地沉默了一下，然後緩慢地打開手提包，拿出他在奧津溫泉謄寫的山林分配表。

「大小姐之所以不高興，是因為這個。」

「那是什麼？」千壽驚訝地問道。

「這是山林分配的初步方案。」

說著，宇市將這份方案推到千壽和良吉面前。

矢島藤代　大杉谷四十公頃四百萬、鷲家山頂十公頃七百萬、熊野十五公頃九百萬，共計兩千萬圓。

矢島千壽　大杉谷四十公頃四百萬、吉野五公頃和丹波十公頃九百萬、熊野十公頃六百萬，共計一千九百萬圓。

矢島雛子　大杉谷四十公頃四百萬、鷲家坡面十公頃七百萬、熊野十五公頃九百萬，共計兩千萬圓。

千壽和良吉對看了一眼，然後仔細地看著這份分配表。千壽抬起頭來，並沒問及分配表為什麼惹藤代不高興，反而迫不及待地問道：「這分配表是誰做的？」

「我做的。」

「宇市先生……那我大姊之前說山林方面有諸多疑點，甚至質疑你從中作假，這次都沒有任何發現嗎？」千壽納悶地問道。

「是的，大小姐質疑我做的山林清冊，認爲我把每公頃的山林價格估得太低，因而聯想到有些山林可能只剩下地皮啦、杉木已經砍光啦，或是砍伐權早已偷偷轉手他人啦，甚至往更壞的方向猜想，懷疑我虛報山林面積等等。這次，大小姐親自上山勘查，詢問過護林員之後，終於證實我之所以估得較低，是根據山林的地勢和樹齡差異所做的平均值，所以我估的價格還算準確。至於砍伐權和山林面積等問題，她直接向護林員逐項查證，終於同意我的說法，和我共同擬定這份您們都能接受的初步方案。」宇市冷靜地說明，然後又理所當然地說：「如果不這麼做的話，您們哪天說要確定山林的分配，不但沒有交集，更不可能有結論，所以我就先提了這個初步方案。」

千壽攏了攏剛剛洗過的頭髮，再次低頭看著山林分配表。

「爲什麼不把鷲家那片山林分給我呢？」

千壽對於藤代和雛子分別得到十公頃的鷲家山林，唯獨自己沒有而感到疑惑。

「不過，我將條件更好的吉野山林五公頃分給了二小姐您呀。我知道您們都不想分到地處偏僻、產量不佳和運輸條件惡劣的大杉谷山林，所以我將那裡的一百二十公頃平分成三等份，而您們都希望分到奈良縣吉野和鷲家的山林，我也做了適度調整。大小姐原先懷疑鷲家那片山林有問題，後來知道是一場誤會，我只好將那片山林分給她。儘管如此，我仍沒忘記二小姐夫婦的權益，所以把盛產著名吉野杉、樹齡超過四十年的成材林分給了您們。」宇市煞有介事地說道。

「眞的嗎？你把吉野的五公頃和丹波的十公頃塞給我，該不會是有什麼問題吧……？」

聽到千壽這樣質疑，宇市愣了一下，接著解釋道：「當然沒問題。如果丹波那十公頃山林有問題，大小姐怎麼會不高興呢？大小姐認爲我提出的方案對她不利，才氣成那個樣子。」

「咦？這個方案對大姊不利……？她眞的這樣說嗎？比起大姊和雛子，我還少分一百萬呢，別說不高興了，我看她恐怕高興都來不及呢。」千壽氣憤地說道。

「問題是，大小姐不這麼認爲。在她看來，分到的山林額度與三小姐一樣，而且比繼承既定遺產的二小姐只多出一百萬圓，這方案簡直不合理！」

「那她想怎麼分配？」

「她希望從預定給您的那五公頃吉野山林再撥一半給她。」

「哼，她已經分到鷲家的十公頃山林，居然還想……我雖然分到吉野的五公頃，但相對的代價是接手丹波的十公頃山林。這樣一來，我的山林便無法集中管理，東一塊、西一塊，還得多付護林員薪水，我的損失可大了。而且一開始就讓我少分一百萬，說什麼我都不答應！」千壽用罕見的激烈語氣說道。

「可是，任何人看來，都認爲您繼承既定遺產最有利，因爲您有商店經營權，而且在山林分配上只少拿了一百萬圓，根本不算什麼。要不然，遺產繼承問題再這樣拖下去，終究不是辦法。所以您把這一百萬圓，當作是用來說服大小姐和三小姐的費用，算是便宜的了。」宇市催促千壽盡快解決這個問題。

「宇市先生，你說損失一百萬不算什麼，但不要說少拿一百萬，比她們少拿十萬，不，即使一萬，哪怕是一千，我都不答應。爲什麼偏叫我一個人吃悶虧！」

平時溫和賢淑的千壽，談到遺產分配時，簡直變了個人似的，變得精打細算又執拗不休。這使得宇市首度見識到千壽也跟藤代具有同樣的性格，起先有點畏縮，但仍不忘攻其要害。

「剛才，您一直說吃很大的虧，可是只要您繼承商店的經營權，從每個月的淨利中拿出一百萬，還是輕而易舉吧？」

「你到底是什麼意思？」良吉沒等千壽答話便插嘴道。

宇市轉身看著良吉，直指他的弱點說道：「老爺的遺囑上清楚寫著，您們繼承商店經營權的同時，必須將商店每個月淨利的百分之五十拿出來平分給三個姊妹。您們在家族會議上說，矢島商店的淨利是三分，實際上是五分。雖說我早就知道其中的奧妙，可是並沒有點破。今天，大小姐在山上問我商店每個月有多少淨利，我也只是隨意應付，並沒有對她明講那二分淨利跑去哪裡了呢。」

良吉心虛地別過臉去。

「我扣下二分淨利，是考慮到商品的短少。」

「商品短少？這是什麼意思？」

宇市故作誇張地表示不解。良吉沉默片刻後，彷彿下定決心似的轉身對著宇市說：「所謂的短少，就是利潤微薄的商品莫名其妙不見了。」

良吉這句話在暗示宇市每個月在盤點時做了手腳。

「噢，比方說，哪些東西呢？」宇市平靜地探身向前問道。

良吉嚥了嚥口水，臉色鐵青，但仍鼓起勇氣一口氣說道：「比方說，月底盤點庫存時，宅庫裡的商品和帳面上的數字完全吻合，但是實際商品卻不知流向哪裡，眼看著慢慢短少。換句話說，商品就這樣不翼而飛。我爲了補足這部分的短少，只好在家族會議上把五分淨利說成三分。」

這時候，宇市的眼神像山貓眼般銳利。

「我不知道您現在是拿哪家商店做比喻，目前矢島家的庫存盤點都是由我負責，您這暗箭傷人的話，我可不能置之不理，莫非您認爲我手腳不乾淨？若是這樣的話，您倒不必拐彎抹角，請直接拿出證據！」宇市深知良吉手上沒有具體證據，因而故意先聲奪人。

「不，我並不是暗指宇市先生你，只是以商品短少打個比喻而已……」

「是嗎？那就好，我還以爲您要拿出什麼有力的證據，用來當作遺產繼承的交換條件呢。」宇市更語帶威嚇地說道。

「不，我從來不敢有這個念頭……只是說明爲什麼將五分淨利說成三分，而且我是出於做生意的愼重才舉這個例子，並沒有其他惡意……」

良吉根本比不上梅村芳三郎的刁鑽狡詐，宇市的陰險更使得他講不出話來。

「是嗎？您眞是細心啊，不愧是矢島商店繼承人的配偶，做生意本來就應該愼重，我百分之百贊成您的意見。」說著，宇市把那杯半剩的麥茶一飲而盡。「我正是愼重地聽取二小姐對山林分配方案的看法。」然後又巧妙地將話題拉回了正題。

千壽和良吉面色沉重地看著那份山林分配表，沉默了片刻，千壽終於開口：「在談我的看法之前，請你告訴我，大姊到底有什麼想法。」

「這個……叫我怎麼說呢？大小姐的心情大概很複雜吧？」宇市故作難以啓齒的模樣，接著才回答：「前些時候，她直說我做的山林清冊有問題，在家族會議上鬧得不可開交，最後證明只是空穴來風，背上汙名的我並沒有計較，可是她始終不甘示弱，只是裝著心情不好。總之，如果二小姐同意這個分配方案，我會負責說服大小姐……」

其實，宇市早已跟藤代取得默契，千壽似乎被這番話打動，略帶躊躇地問道：「你眞的願意說服我大姊嗎……？」

宇市眼見千壽中計，臉上的表情立即緩和下來，接著說道：「您這樣說，我就好辦事了。目前我製作的只是初步方案，接下來會徵詢每個繼承人的意見，然後再召開第五次家族會議，否則這樣僵持下去，遺產繼承問題永遠也沒結論，弄不好還得像俗話說的『遺產分三年』呢。總之，到了這個地步，就交給我處理好了。」

宇市像察覺時間已經很晚似的抬頭看著壁龕上的掛鐘。

「哎呀，今天晚上我原本只打算做個簡單報告，想不到談著談著竟然耽誤您們這麼多時間，眞是失禮了。」

事實上，宇市本來就是如此盤算，佯裝耽誤甚久似的退出了客廳。

金正六郎和雛子步下汽艇，從中之島的綠地沿著河畔朝淀屋橋的方向走去。中午時分被豔陽烤熱的步道，在夜風的吹拂下變得涼爽了許多，紅藍交織的船尾燈映照著堂島川，夜風掀動著清涼的水波。

雛子攏了攏剛才在汽艇上被水花濺濕的前髮，說道：「好好玩喔！六郎，你的運動神經眞發達，既會開車又會開汽艇，像你這樣無所不能的人，一旦變成富翁，生活肯定多采多姿。從這一點來看，姊姊們就可憐多了，根本不知道這種樂趣……」

雛子沉浸在將來與金正六郎結婚後，用那筆遺產每天過著快樂生活的情景。

「你眞的覺得那麼好玩嗎？」六郎苦笑地問道。

「上次跟你提過，我大姊跟大掌櫃上山查核山林，今天是最後一天，晚上要坐火車回來，明天起得聽她說明調查結果，說不定又要扯出什麼麻煩事呢。今天晚上玩得這麼盡興，眞要感謝你呢。」

身穿馬球衫的六郎晃著闊肩走著，他絲毫沒有挖苦的意味，而是直率地同情雛子的處境說：「每次跟你約會，談的都是遺產繼承啦、查核山林啦等等，全是些跟你年紀不符的老成話題，我覺得你眞可憐。」

「不過，這些煩人的事情快結束了。九月二十日我們家將召開第五次會議，這是最後一次，到時候就要做出我們的遺產分配。」

「可是，上次你就說是最後一次，結果呢，還是拖到現在，說不定這次又要拖下去呢。」

六郎認爲這次的家族會議可能會延宕下去，雛子聽了很生氣，旋即板起臉孔。

「才不會呢，這次眞的是最後一次。因爲所有參加第一次家族會議的親戚都要出席，這次我大姊沒有理由再讓它流會。」

雛子嚴肅地說著，臉龐黝黑的六郎露出潔白的牙齒，說道：「眞希望情況如此啊，這樣你才能從複雜的家族會議中解放。」

「解放……」雛子不由得重複這句話。

六郎這句話並不是期盼雛子分到多一點財產，而是希望她從遺產繼承的紛爭中解放，這令她感覺意味深長又有些意外。

「六郎，你眞是個好人。」雛子撒嬌似的說道。

「是嗎……？」六郎有點難爲情，在淀屋橋的角落停下腳步，出言邀約道：「怎麼樣，要不要在這附近喝杯茶再回去？」

六郎抬眼看表，已經晚上九點多了。

「不，太晚了，從這裡走回家也得十七八分鐘，而且十點過後才回家，姊姊她們又要囉嗦……」

說著，雛子從御堂街朝本町的方向走去。她和六郎並肩走在熄燈後的高樓叢林裡，離家愈近，愈覺得內心像被黑布遮住般沉重；因爲只要踏進那個家，旋即被那種脫離現代社會的怪異氣氛籠罩，再度與自己的親姊妹、姨母及二姊夫他們捲入爭錢奪利的漩渦中。雛子在與金正六郎相遇之前，始終處於那樣的環境，但自從認識六郎以後，這種感覺讓她覺得格外沉重。

「怎麼了，怎麼突然不說話……？」六郎湊近雛子的臉問道。

剛才，六郎在汽艇中吻過她，她聞到六郎的體味時，不由得感到一陣陶醉般衝擊。

「不，沒什麼。只是一想到要回家，我就覺得心情沉重。不過，要走出那個家庭，我總是有心理準備。」

雛子像是說給自己聽，又像是說給六郎聽似的，語畢，像個趕不上門禁時間的女學生般疾步走去。

他們從本町四丁目往東拐去，走到南本町二丁目的角落，在大樓夾縫中的矢島商店早已關上大門，只見屋簷下亮著微暗的門燈。

「那我不送你進去了，晚安……」來到雛子家門前不遠處，六郎悶聲悶氣地說道。

「謝謝，晚安……」

說著，當他們握了握手要道別之際，矢島商店的便門驀然打開，一道刺眼的燈光從裡面射了出來。雛子見狀，迅即拉住六郎的手，飛快地躲在一旁的電線桿後面。

「大掌櫃，辛苦您了。晚安……」傳來女傭阿清的聲音。

「謝謝，你也辛苦了。」宇市這樣回應著。

宇市像往常一樣，一身和服，趿著利休木屐，提著手提包，慌忙地從雛子和六郎面前走了過去。

「他就是我們家的大掌櫃，也是這次遺產分配的執行者。」雛子望著宇市的背影以眼神示意，悄聲說道。六郎看到宇市在大熱天居然穿著和服，手上還拎著像收款員專用的舊提包疾步而去的身影時，眼神不由得充滿了好奇。

「大掌櫃……遺產分配的執行者……哈哈哈……」六郎突然笑了起來。

「討厭，有什麼好奇怪的，您怎麼笑成那樣……？」雛子驚訝地問道。

「你不覺得很好笑嗎？大掌櫃……遺產分配執行者……這是什麼時代了，想到像你這種年輕人還在使用這種老掉牙的說法，我當然覺得奇怪……總之，眞的很奇怪。」說著，六郎又笑了起來。

❖

姨母芳子關掉電風扇，拿著團扇直往自己的領口搧風，認眞地聽著雛子的敘述。雛子說完，姨母立刻說道：「這麼說，你打算跟金正家的少爺結婚嘍？」

「是啊，他有大戶人家少爺的風度，懂得經營管理，又不會亂花錢，身體健康又喜歡運動，是我理想的對象。今天還是他打電話來邀我的呢。」雛子總結似的說出自己的感受。

「眞是太好了，我也覺得他人品不錯。那我得趕快幫你安排了。」說到這裡，姨母頓了一下又說：「對了，雛子，你到我家當養女的事，考慮得怎麼樣？」

芳子直截了當地提出要收雛子爲養女的意願。

「嗯，這件事啊，等這次遺產分配完畢後，我會按照姨母的想法好好考慮。至於我和六郎的婚事，還是得等遺產問題解決之後才能……」

雛子故意含糊以對，姨母芳子突然停下手中的扇子。

「雛子，說句老實話，爲了你繼承遺產的事，我可費了不少苦心哪，你不要分到遺產之後就說些無情的話呢。今天早上，宇市先生打電話給我，說你分到的山林如何如何，爲了你的事情，我恨不得立刻跑一趟呢，你可別一副事不關己的態度喔。」姨母試探地說道。

「討厭，姨母怎麼突然那麼凶啊……」雛子故作輕鬆地說道。

「宇市先生怎麼還不來呀，到底怎麼了……？我去看看。」

姨母正要起身。

「我是宇市，我來晚了……」宇市彷彿正在等待出場時機似的，站在門簾外說道。

這時，雛子像是得救似的鬆了一口氣，只見姨母芳子語氣微慍地說：「進來吧。」

胸前掛著一片圍布[21]的宇市掀開門簾，走進客廳以後，端跪在姨母芳子面前。

「今天早上突然打電話叨擾您，實在不好意思。事情是這樣的——因爲三小姐還年輕，又沒結婚，就算我跟她說明山林的事情，她也很難理解；夫人您就像三小姐的母親一樣，所以我特地來向您報告。」

宇市說得客氣，尤其「您就像三小姐的母親一樣」這句話，讓芳子聽得非常高興，不由得露出笑容。

「你說的對呀，我本來就像雛子的母親一樣照顧她，幸虧你打電話來。對了，山林查核得

21 圍布：表示在商家工作的身分。

怎麼樣了？」

「託夫人的福，我昨天跟大小姐總算查核過所有山林，她也同意我做的山林清冊。」

「噢，這麼說，她所指控的事情都沒發生嘍？」

芳子露出失望的表情。雛子那雙細眼爲之一亮，趕緊追問道：「宇市先生，大杉谷的情況怎樣？聽說那裡都是叢林，杉林裡全是水蛭，而且絕壁上掛著繩梯，很難攀爬又很危險，我大姊也跟上去了嗎？」

「這次大小姐雖然與我同行，不過沒有到深山老林裡勘查，只到了半山腰，聽護林員做各種說明，查證山林的界標，還拿著山林地圖查核地號，最後總算同意我做的山林清冊。所以我趕快又做了一份三姊妹都能接受的分配方案。」

說著，宇市將昨晚拿給千壽過目的山林分配表遞到姨母和雛子面前。

姨母芳子眼睛連眨都沒眨一下，直盯著上面的數字，雛子也看得十分入迷。

「宇市先生，這是誰出的主意啊？」姨母芳子不無挖苦地問道。

「這不是誰的指使，而是我認爲這麼分配她們三人都能接受，所以才擬出這份方案。」

「噢，是宇市先生你啊……那我倒要請教你是根據什麼制定這方案的？」

姨母不以爲然地追問著，雛子訝異地看著姨母說道：「可是我跟大姊分得一樣多，而且比二姊多出一百萬圓，對我來說還不錯啊！您爲什麼要……？」

芳子沒等雛子說完，便搖頭說道：「雛子，你果眞涉世未深啊，這樣你就滿足了嗎？你繼承的股票和古董文物，跟藤代的不動產、千壽的商店經營權相比，簡直不值得一提。再說那幅雪村的山水畫又下落不明，你將來結婚得花上一筆錢，都得仔細算過才行，沒精算過這些利害得失，就不要隨口答應啦！」

雛子見姨母說得語氣激昂，不由得感到驚訝，趕緊附和姨母的意見，修正剛才的說法。

「宇市先生，你讓我再考慮一下吧。」

「這樣啊，可是大小姐和二小姐昨晚已經同意這個方案了……」

宇市說得客氣委婉。

芳子的表情爲之一變，不無懷疑地問道：「噢，姑且不提千壽的想法，像藤代那樣凡事都想占便宜的人，居然同意了？」

「是啊，經過一番查證之後，我製作的山林清冊的確沒問題，大小姐大概是自知理虧吧，雖然不大情願，不過最後還是同意了這個方案。大小姐既然點頭同意，二小姐自然也不好多說什麼，所以只要三小姐首肯的話，遺產問題就更容易解決了。」

準備與金正六郎結婚的雛子，原本就盼望遺產問題盡快解決，因而露出心急的神情，姨母芳子連忙反駁道：「是啊，大家都希望這些棘手的問題盡快解決，不過這方案終究要分得合理才行。我不知道藤代和千壽的想法，她們大概是覺得合理才接受的吧，但是對雛子來說，這個方案有點不划算。」

沉悶的氣氛籠罩著整個客廳，午後的悶熱更讓人坐立難安。

宇市突然拿起扇子用力搧著，像咳痰似的大大咳了一下。

「那麼，三小姐認爲怎樣才划算呢？」宇市沒理會雛子，而是轉身問姨母芳子。

芳子像是盤算什麼似的，愼重地對宇市說：「有關既定財產繼承部分，都要依遺囑的指示辦理，就算有意見也得接受。不過，得先將那幅相當於時價三百萬圓的雪村山水畫補給雛子才行！」芳子宛如自己是繼承人似的大聲說道。

宇市沒有馬上回答，思索片刻之後，好像想什麼似的說：「對了，北河內的八尾有五反農地，預計平分給她們三姊妹。在分配時，我打算將一般農地分給大小姐和二小姐。不過那裡有一反半的農地可變更爲建築用地，以坪數來說，大約有四百五十坪左右，只要向農地委員會和地政課辦理變更手續，就可以用建地的名目賣出。一般農地，每坪只能賣三千圓，但變更爲建地之後，每坪價值一萬圓，每坪差價七千圓，四百五十坪就相差三百五十萬圓。我就不把這個祕密告訴她們倆，您覺得怎樣？」

聽完宇市的敘述，雛子眼睛爲之一亮，姨母芳子卻不爲所動。

「接下來，還得解決結婚費用的問題呢。在這之前，藤代和千壽因爲結婚都花了不少錢，她們必須從繼承的遺產中扣除這筆費用，要不就是拿出一千萬給雛子當結婚費用。」

「咦？一千萬……？」宇市不由得大聲反問道。

「是啊，藤代七年前出嫁時，帶走五百萬現金，加上昂貴的衣裳、茶具及其他嫁妝，加起來也有五百萬，現在折算成一千萬，已經算便宜了呢。」

就在芳子高聲回答的同時，走廊傳來腳步聲，女傭阿政站在門外說：「三小姐，金正家的少爺來電找您。」

雛子聽到金正家少爺來電，顧不得眼下正在商談自己的遺產繼承大事，連忙說：「姨母，您們慢慢談，我去接個電話……」

「雛子，你……」

姨母芳子正要制止，雛子又說：「姨母，接下來就拜託您了！」旋即轉身走出了客廳。

宇市頓時愣了一下，但等到只剩他和芳子兩人時，他突然移膝向前，壓低聲音說道：「夫人，您剛才提出的那一千萬圓，將來做什麼用途？」

「做什麼用途？當然是用來支付雛子和金正家少爺結婚的費用。」

「您說得有道理。但話說回來，三小姐結婚的同時，如果又過繼到夫人家當養女，三小姐繼承的遺產和結婚費用，可都順順當當地流進夫人家的金庫裡呢。恕我說句冒犯的話，這對生意慘澹、需錢孔急的夫人家來說，可說是天降甘霖啊！」

「你在胡說什麼？眞是亂講話，竟然說我們家生意慘澹……還說我收雛子當養女是爲了覬覦她的遺產？」

姨母說得氣極敗壞，接著又突然驚悟，臉色蒼白地說：「宇市先生，你剛才是不是站在門簾外偷聽我和雛子的談話？」

「是的，剛才站在門簾外我全聽到了。所以趁三小姐和金正家少爺講電話的空檔，我們還是趕快談妥交易吧。」然後，又再度移膝向前繼續說：「遺產繼承法有明文規定，在遺產分配前花掉結婚費用的人，必須將這筆費用算在共同繼承的財產中，再來決定遺產繼承的比例。姑且不論大小姐和二小姐的情況是否行得通，您不要逼她們拿出一千萬了，應該趕快同意這份山林分配方案才是。我好不容易已經取得大小姐和二小姐的同意，事情進展到現在，若在這裡受阻，一切都要從頭再來。這樣一來，恕我說句不客氣的話，夫人您們正需要資金周轉，若失去這個大好機會，恐怕要後悔莫及。總歸一句，在分配北河內那塊農地時，我會把雪村山水畫的差額及三小姐的結婚費用，用剛才提的方式補償，請您盡快決定吧。」

宇市滔滔不絕地說道，等著芳子答覆，不過芳子仍然裝聾作啞地沒有回應。宇市擔心雛子若講完電話就會回來，說道：「夫人，您認為我的提議怎麼樣？總之，我保證不會把夫人家需錢孔急才收三小姐做養女的事情說出去，我們就這樣談定吧。」

芳子顯得很焦慮，正為這個決定矛盾不已。宇市乾脆直截了當地說：「事情總要有個結論，現在正是關鍵時刻啊，不宜再拖了……」

這時候，走廊傳來腳步聲，門簾掀開了。

「怎麼了？您們怎麼都不說話……？」

雛子對客廳裡的沉悶氣氛感到驚訝。

「我們現在正談到最關鍵的部分呢……」說著，姨母芳子轉身對著宇市投以嚴厲的眼神。

「雛子，我仔細看了這份山林分配表，好像對你滿有利的，所以又跟宇市先生做了多方協商。既然藤代和千壽已經同意，那就不好再更改了。不過，宇市先生答應只把北河內那塊可變更為建地的農地分給你，至於你的結婚費用，就從藤代和千壽她們繼承的財產中扣除，這樣你們在遺產分配上就算扯平了。你就答應這個方案吧。你兩個姊姊都答應了，給她們點面子吧……」

芳子並沒有說是接受宇市的提議，而是說為了給藤代和千壽面子。

「我才不管是不是給姊姊們面子呢，只要姨母和宇市先生認爲這個方案可行，我沒有意見。剛才我跟六郎說，眞希望遺產繼承的事情趕緊解決，也好進行我們的婚事。」

說著，雛子並不忌諱姨母和宇市就在面前，彷彿在享受和六郎談話之後的餘韻似的，一邊吹著口哨，隨意地躺坐在走廊的藤椅上。

❖

宇市躡手躡腳地穿過微暗的庭院，悄聲打開自己的房門。白天的豔陽將房間晒得像蒸籠似的，宇市將背對著正房的玻璃拉門稍微拉開，其他窗戶全部關緊，打開電風扇，脫下衣服，身上只剩一條短襯褲。

他坐在點著四十燭光微暗燈泡的壁櫥前，深怕外面有人看到他的動作似的，再次打量周遭，這才從冬被堆中把棉被一條條地拉出來，從最底下抽出一個老舊的柳條包。柳條包上貼著寫有「明治三十四年三月十八日　大野宇市」的字樣，那是宇市當初到矢島商店當學徒的日期。

宇市用手帕擦著泉湧般的汗水，關掉房間裡的電燈，只點了睡前的枕頭燈，從柳條包裡拿出一只髒汙的木盒。他露出貪婪的目光，得意揚揚地打開木盒，取出一疊郵局存摺和銀行存摺，逐冊點數裡面的金額。

那幾本郵局存摺充分反映出七十二歲大掌櫃的清貧，他從每個月的月薪六萬三千圓中，扣掉生活費一萬三千圓和零用錢一萬圓，將剩下的四萬圓按月不缺地存了下來。他有許多銀行存款，都是用別人的名義存的，因爲金額超過三十萬就要扣稅，所以每本存摺的金額都控制在二十九萬五千圓。他總共有十八本存摺，總金額五百三十一萬圓。

這些錢還包括了宇市每個月月底盤點時弄來的錢，以及從染整廠和紡織廠拿到的回扣。他從來不用來吃喝，也不花在女人身上，除了每個月固定給君枝三萬五千圓以外，其餘的統統存下來。他目不轉睛地數著那些金額，任由額上豆大的汗珠滴落，接著，從毛質腰帶裡取出一本老舊的筆記本，翻到寫有山林資料的那一頁。

ク四十公頃　有个　（二百萬圓）

ヨ五公頃　只有个　（三百萬圓）

オ一百二十公頃　有个　（二百六十萬圓）

タ十公頃　有个　（二百三十萬圓）

ワ二十公頃　沒有个　（九百萬圓）

宇市的眼裡露出異樣的光芒，毫不遺漏地盯著每一筆數字與金額，那滿布皺紋的嘴角驀然泛起一絲冷笑，那笑聲彷佛從假牙縫中漏出來似的。

公頃數上注記的片假名，分別是熊野、吉野、大杉谷、丹波、鷲家等地的簡稱，「有个」是指有地皮和砍伐權，「沒有个」代表只有地皮而沒有砍伐權，「只有个」是指沒有地皮只有砍伐權。最下面括弧內的金額，則是宇市當上大掌櫃以來，盜伐杉林或藉疏伐名義偷砍杉木而中飽私囊的黑心錢。

宇市爲了掩飾盜賣杉林的行爲，利用矢島三姊妹爭奪家產之際，趁這一個月的空檔，夥同護林員太郎吉走遍大杉谷、熊野、吉野和丹波等地的山林，合力擬出所謂的山林分配表，然後逐一說服矢島三姊妹，以其有利的條件誘使她們同意。

原本，只要將山林的分配交由護林員太郎吉處理，應該能夠矇混過關，但是在召開第四次家族會議時，藤代突然對山林清冊的正確性有所質疑，險些讓宇市的陰謀洩底。在這關鍵時刻，宇市察覺梅村芳三郎的存在，進而決定採取各個擊破的戰略，讓三姊妹產生自己占了便宜的錯覺。這一招果然奏效，宇市可說是運氣奇佳，雖說藤代、千壽及雛子都有幕後軍師撐腰，不過，他就是看準她們貪得無厭和爭權奪利的心理趁虛而入，在緊要關頭反敗爲勝。接下來要處理的是，雛子剛才答應接受的鷲家那十公頃山林。因爲當初他投機買進紡織業股的股票，拿山上的砍伐權充當抵押，現在只要把五百萬圓的借款還清，即可解除銀行抵押，到時候再把有砍伐權的山林交給雛子，他還可以淨賺一千三百九十萬圓。

宇市擦掉滴落在存摺上的汗水。在他看來，從山林財產私吞的一千三百九十萬圓，加上銀行存款五百三十一萬圓，共計一千九百二十一萬圓，算是他從十四歲開始辛苦工作了五十八年又身兼三代大掌櫃的退職金。

宇市每每想到這五十八年來在矢島家吃盡苦頭的艱辛歲月，便覺得拿這點「退職金」根本算不了什麼。而且上一代店主去世以後，並沒分給他任何財產，他覺得自己形同被棄養的老馬，只好自行籌措退職金。更令他氣結的是，矢島家的三個女兒不需要工作即能輕鬆繼承家產，每個人至少分到一億數千萬圓，而他只不過私吞她們遺產中十分之一的金額，絲毫都不覺得問心有愧。

❖

走出衹王寺的草門，西邊的天空泛起晚霞，從嵯峨野吹過來的晚風把道路兩旁的竹叢吹得颯颯作響。

藤代跟在姨母和千壽、雛子後面，一邊走下彎彎曲曲的小徑，一邊回想著剛才供奉在衹王寺佛龕上的那五尊形貌奇特的神像。

衹王寺是一間尼寺，寺內供奉著四尊神像，那是《平家物語》當中向平清盛爭寵的衹王和御佛前，以及衹王的妹妹衹女和母親刀自。這四尊分侍在平清盛兩側的女神像娓娓道出一個男人牽連著四個女人的悲慘命運與深刻愛情。比丘尼見藤代一行人前來，特地點上了蠟燭。在紅豔的燭光中，身穿尼衣的四尊神像彷彿漾現血色，雙眼像水晶般充滿靈動，呈現女人的嬌豔姿態以及爲愛爭寵的執著。這番情景，讓藤代想起爲了爭奪家產鬧得不可開交的姊妹們，還有父親的妾室文乃，不由得別過臉去。

「藤代，在想什麼？」

藤代抬頭一看，只見姨母芳子站在小徑上，在微暗的暮靄中回看著她問道。

「不，沒什麼，只是有點累……大清早就走訪苔寺、天龍寺和落柿舍等地，走得腿發疼……」藤代輕描淡寫地答道。

「是嗎？那就好。我突然想去賞月，正猶豫著要不要邀你來呢。」

說著，身穿和服的姨母微微掀開染有小灰菊圖案的淺灰色和服下襬，向前走去。

藤代望著姨母那奇異而華麗的背影，一邊思忖。姨母之所以突然邀她們來京都的嵯峨賞月，其實只是藉口，目的是想證實宇市在最後的家族會議要怎麼跟她們協商遺產分配。藤代望著竹叢夾道的小徑前方，千壽和雛子分別穿著藍色和玫瑰色的和服，邁著輕快的腳步，晚風吹動著那像是涼爽的賞月服裝、染有白色蘆芒和桔梗圖案的衣袖。

她們走到路旁，車子已在那裡等候。一行人搭車穿越老舊民宅林立的蜿蜒小徑，雛子隨即打開車窗，歡快地說道：「接下來就是今天的主要節目，嵯峨御所的賞月會到底是什麼樣子，人家好期待喔。」

抬頭望去，左側隱約可見的小倉山和嵯峨山已被灰雲籠罩，天際只剩下一抹殘亮，山腳處已被暮色吞沒了。不知何處傳來寺院的鐘聲，在薄暮中久久地回響。

車子經過清涼寺前面，來到嵯峨御所附近，那裡已經聚集了許多賞月遊客。藤代她們的車子停在覺勝寺前面的停車場，一行人下車後，朝御所內的大澤池走去。

她們沿著御所的圍牆朝左邊的小徑走去，眼前便是漾著泓泓秋水的大澤池，池畔築有堤岸，堤岸上種著山櫻和松樹，從那裡望去可以看到東山群峰朦朧的山影。穿過小門，走進嵯峨御所的境內，前來賞月的遊客早已在池畔占妥位置，等待月亮從山後緩緩升起，準備彈奏觀月曲的樂師正持琴端坐在面向大澤池的大湖樓上。

藤代她們在姨母的帶領下走進先前預約的篷船，篷船駛向池中，等候月亮升起。

「月亮六點左右才會升起。雖說還有二十幾分鐘，各位不如邊品茶邊等候，待會兒月亮會從那邊升起。」

船夫停下搖櫓，指著東山的群峰說道，只見東山的峰頂白雲浮動，看不到月影。

「您們要不要喝茶？」

和船夫一起上船的一名年輕女子在紅毯上沏好茶，端送到藤代她們面前。看似黑織部燒製的大茶碗裡盛著綠沫的茶水，女子胸前掛著紅色小方綢巾，美麗的身影倒映在水中，令人賞心悅目。距離藤代她們七八公尺遠的池中也停著一艘篷船，另一名年輕女子倚著船側的欄杆沏著茶，但船中的賞月遊客則是仰起頭望著天空。

「月亮快出來了。」

站在船尾的船夫說道。大家紛紛抬起頭來，只見天際浮動的白雲慢慢散去，留下一片黑暗。突然間，月亮從山的彼端躍然升起，高掛在夜空中。皎潔的月光將整個天際照得如白晝般通亮，也把大澤池正面仿造「天地人」三才的三座假山托映出來，月光下的池水閃爍著粼粼波光。隨著明月的升起，古琴和洞簫開始合奏觀月曲，樂聲彷彿畫過倒映月光的水面。這時候，遊客紛紛被那幽雅之美和畫卷般的月宴所吸引，陶醉在王朝時代優雅的賞月情趣中。

過了一會兒，月亮升到空中，藤代她們搭乘的篷船繞了大澤池一圈，船上的遊客開始交杯暢飲起來，喧囂不已。

「姨母，這月亮眞是太美了！」雛子興奮地說道。

「是啊，我第一次看到這麼優雅迷人的月亮。」千壽也激動地附和道。

「我年輕時，和你們死去的母親，在你祖父母和曾祖母的帶領下，秋天來嵯峨野賞月、到高雄賞楓，春天就去吉野賞櫻，一年四季都有不同的賞趣，這才是老字號矢島家的生活呀！你們在下次的家族會議分到家產以後，無論做什麼都要維持矢島家女兒的規矩和排場啊。」

說著，姨母端起新沏的茶一口氣喝乾，巧妙地把話頭引向遺產分配的話題。

「我不知道宇市跟你們說了什麼，不過你們繼承的可是一筆龐大的遺產，千萬不要傷了彼此的和氣，讓別人看笑話。」

「姨母，您眞掃興耶，人家正快樂地賞月，您就不要說些什麼遺產繼承啦，令人厭煩的話題啦。」雛子連忙制止道。

「這哪是什麼令人厭煩的話題？過去，遺產繼承人還要設宴慶祝呢。你母親繼承遺產時，不但請來所有親戚，連有生意往來的客戶都受邀到今橋的『灘方』大肆慶賀一番呢。那天，你母親穿著總匹田的和服，繫著錦織腰帶，比她結婚時穿得還要華麗耀眼。同樣是矢島家的女兒，我多希望自己也是家中的長女……」姨母說到這裡，哽咽不語了。

藤代的母親已經去世七年，但藤代聽得出姨母的話意——只因自己差一歲沒能成爲家中長女的悲恨心情。姨母的這句話讓藤代聯想到自己雖然是家中長女，但由於《新民法》的修訂及父親遺囑的阻撓而未能獨得家產的處境，不由得悲從中來，只好仰著頭假裝賞月，壓抑著悲憤的情緒。

「託姨母的福，我們三姊妹也像母親在世時那樣，一起出遊賞月，留下美好的記憶。」

藤代這樣說著，但突然掠過一絲不祥的預兆：像今晚這樣三姊妹相偕坐篷船賞月，聆聽琴簫合奏的歡樂時光，可能是最後一次了。

「我們是不是該上岸了？」在船尾搖著櫓槳的船夫問道。

抬頭看向池畔，準備登篷船賞月的遊客已經在那裡等著。

「勞煩您了，請您開船吧。」姨母回答道。

船夫旋即劃開明鏡般的池水，慢慢地朝岸邊划去。

篷船抵達岸邊，等候已久的遊客馬上登船。藤代一行人走過濃蔭的樹叢，走到覺勝院前，坐上車子，朝南禪寺的方向疾駛而去。

車子從車流量較少的道路往東疾駛而去，行經繁華的市中心，穿越丸太町街，來到天王町附近，突然變得安寧靜謐。家家戶戶的屋簷充滿了京都風味，抬眼望去，黑漆漆的東山山麓在屋後延展開來。

車子駛進南禪寺之後，那裡的樹木突然變得茂密了起來，皎潔的月光灑落在院內小寺的土牆上，把挺拔的大樹和樓門的木柱拉出長長的斜影。穿過中門，來到參道，渡過小橋，再往前走去，右側有一間鄉村風格的餐館，那就是南禪寺的瓢亭，餐館的屋簷下掛著簡陋的葫蘆和草鞋，門口還放著斗笠。

車子停妥，玄關的拉門旋即拉開。

「請進，我們早就恭候您們的光臨。」

一名熟識的女侍出來相迎，將藤代她們領到裡面。院內樹叢間的蠟燭石燈微亮，小溪般的流水繞庭而過，引水管發出的滴水聲讓人感覺格外沁涼。

她們走進最裡面的包廂「葛屋」，大概是剛才已經收拾過，兩坪半和一坪半相連的茶室，拉門全數打開，涼爽的夜風徐徐吹來。

「在嵯峨野賞月固然很有情調，但在這裡賞月也別具風味喔。」

女侍說著，將東側的拉門大開，東山峰頂彷彿近在咫尺，頂上的松樹梢浴著皎潔的月光，門前的白花胡枝子和長苔的庭石在月光下泛著翠綠的幽光。

「不錯啊，那我們就在這裡一邊賞月，一邊品嘗佳肴吧。」說著，姨母拿過菜單，開始點菜。

女侍用京都漆染的托盤端來料理，姨母和藤代坐在上位，千壽和雛子則對視而坐。四道料理上桌後，學過烹飪的雛子馬上舉筷品嘗了一下。

「嗯，眞有意思啊！」說完，打開一旁的菜單。

東山之月（前菜）賞月半熟蛋、胡枝饅頭、蝦丸串、甜煮加茂川石伏魚、山藥

（小附）芋莖

淀之月　（涼拌）鯉魚細片、溪藻、山葵、煎酒醋

清流之月（碗肴）鯇魚蒸、月形麵筋、穗紫蘇、蘿蔔泥
名　月（燒烤）鹽烤鯛魚、栗子、銀杏寶樂蒸、什錦鍋
（進肴）光參、斑節蝦、蓮藕、百合根、毛豆、山椒芽

這些懷石料理都以月亮命名，充分展現賞月季節和別具寓意的情趣。「東山之月」有雞蛋和胡枝饅頭，象徵著東山之趣；「淀之月」有撈自淀川的鯉魚所做成的生魚細片；「清流之月」的鯇魚蒸則取材自山澗清流捕撈的鯇魚；而「名月」則選定月形燒烤容器鹽烤鯛魚，無論選材、器皿或裝盤，無不突顯明月的清澄。

藤代她們一邊欣賞上桌的佳肴，一邊饒富興味地品嘗。自從父親去世之後，宇市帶她們到吉野賞櫻、在上千本的花矢倉茶屋品嘗賞櫻特餐以來，這是三姊妹初次相偕出來用餐，難得的和樂氣氛頓時充滿了整個茶室。

藤代夾著淀之月的鯉魚細片，帶著感性的口吻對姨母說：「感謝姨母帶我們出來品嘗賞月佳肴，好久沒這麼愉快了。」

「哎呀，我可是你們唯一的姨母呢，平分家產的問題不但拖了三個月，甚至拖了半年都還沒解決，想到再過五天就能定下來，我心裡輕鬆多了，所以就提前來這裡慶祝一下。」說著，姨母又想到什麼似的放下筷子，不放心地說道：「你們這次就別再互相抱怨，好好地解決這些紛爭吧。」

藤代等人頓時面面相覷，立即別過臉去，默默品嘗料理。

「藤代，你有什麼看法？」姨母問藤代。

「我……我不想重複姨母剛才的話。身爲矢島家的長女卻不能繼承所有家產，的確很不甘心。可是面對現在的法律和父親的遺言，我又無能爲力，再爭鬧下去也沒什麼意義。況且我聽過宇市先生的苦勸之後，即使心有不滿，也只好勉強答應了。」

藤代並沒有說出梅村芳三郎代她出面和宇市談判之後，宇市立下同意書，將大杉谷和熊野兩地多出來的山林面積以及樹齡超過四十年的成材林分配給她的事情。

「噢，這麼說，你沒有提出特別的附帶條件，就答應了宇市先生的方案嘍？」姨母難以置信地追問道。

「我原本想對那份山林分配表提出其他附帶條件……可是從祖父那一代就將山林交由宇市先生管理，這次我又跟他上山查核，知道實際狀況，他爲了公平合理，煞費苦心製作了那份山林分配表，我雖然不滿意，但終究不好再挑剔什麼了。」藤代以退爲進地說道。

「這樣子啊，你若坦率答應的話，那千壽大概也會同意吧？」

聽到姨母這麼說，千壽隨即點頭說道：「我本來就沒什麼意見，而且大姊已經親自上山查核過，她都沒提出其他附帶條件，又同意了這個方案，像我們這種山林門外漢，除了相信大姊和宇市先生之外，也沒有其他辦法了。」

千壽和丈夫良吉雖然同意宇市所提出的山林分配表，但是他們並沒有把矢島商店實際的五分淨利在跟宇市交易後虛報爲三分的事實說出來，反而以附和大姊的語氣說道。

「是嗎？連身旁有個精明的良吉在出主意的千壽都這麼爽快答應了啊？」

說著，姨母爲自己斟滿酒，啜了一口。

「接下來，就看雛子的想法了。你那兩個姊姊都同意了，你該不會在家族會議上翻臉不認帳吧？」

其實，姨母已看出雛子的心意，只是故意在藤代和千壽面前確認似的叮囑。這時候，雛子卻瞪著大眼睛，惡作劇地說道：「那是當然的嘍，我恨不得早點把這煩人的遺產分配搞定呢！」

那天，宇市到姨母家討論山林分配事宜，談到關鍵時刻，雛子卻將這等大事交由姨母處理，自己則跑去接金正六郎的電話，可見得雛子的確對遺產分配的事情已經厭倦了。

「宇市告訴我，他已經跟你們分別談過，而你們也達成了協議。這麼一來，在下次的家族會議上，只需要正式確認，遺產分配就算底定，看來這話是眞的嘍？」姨母再次確認。

「姨母，您爲什麼這麼不放心？」

姨母見藤代驚訝地問著，連忙揮手解釋道：「也不是不放心啦，因爲你們這次沒有起爭執，而且答應得如此爽快，我只是想確認宇市的話是不是有誤。既然你們都同意，我就可以安心了。接下來，誰也不要再提遺產繼承的事情，盡情地賞月用餐。藤代，你也多喝點吧，你不是很能喝嗎？」

姨母突然高興得饒舌起來，頻頻向藤代勸酒。

「對不起，請接電話！」女侍推開拉門，探頭進來通報：「是大阪府上的大掌櫃打來的，要不要把電話轉進來？」

「什麼？是宇市打來的……？我去接。」

千壽走到隔壁房間接起話筒。

「喂，是宇市先生啊，白天看店辛苦你了。什麼事啊？神木那邊突然……」

千壽的聲音顫抖了起來。

「什麼事？你說大聲一點啦！咦？文乃生了……？」

話筒從她手中滑落，站在她身後的姨母趕緊伸手接住。

「宇市先生，是我啦。什麼？文乃今天早產，生下一個男嬰……孩子還活著……是個早產兒，還很健康？」

驀然，整個房間瀰漫著驚愕與慌亂的氣氛，姨母芳子幾乎粗暴地扔下話筒。

「早產……想不到文乃居然生下一個男嬰……而且又選在我們提前慶祝的晚上……這女人到底要跟我們作對到什麼時候啊……？」

姨母額上冒出虛汗，喘著粗氣說著，這時藤代厲聲打斷了姨母。

「姨母，您何必這麼氣急敗壞？神木那個女人什麼時候生下孩子、是不是個男嬰，只要她沒辦法證明孩子是我父親的，這就好比某人家裡生了一隻小貓或小狗一樣，跟我們沒有任何瓜葛！」

說著，藤代那雙細長的眼睛在賞月的房間裡，散發出冷冽而殘酷的光芒。

❖

一個經驗老道的助產士幫文乃擦拭汗水淋漓的下半身，然後把產後的穢物收拾妥當，又擦乾了文乃的大腿兩側，文乃這才大大地鬆了一口氣，轉頭看著睡在身旁的嬰兒。

那個嬰兒洗完澡之後，身上抹著痱子粉，臉色紅潤，大概也因爲哭累了，已經閉上眼睛，睡得非常香甜。這個剛出生的嬰兒，鼻梁挺直，頭髮格外黑亮。

「嗯，產後的東西都收拾乾淨了，您總算平安生下了孩子。」助產士如釋重負地說道。

「多虧您的幫忙，這次的生產才能如此順利平安。」

躺在被窩裡的文乃向助產士致謝，剛倒完汙水的君枝也跟著表達謝意。

「是啊，三更半夜勞您跑來，眞是不好意思！她突然臨盆，羊水又破了，我不知道該怎麼辦，多虧您的幫忙……」

助產士表情和藹地說道：「哎，生產哪有分半夜或白天啊，有人生我就得趕來，這是助產士應盡的責任。這次雖是早產，母子總算平安無事，而且寶寶重達兩千四百多公克呢，眞是恭喜……」

助產士將嬰兒的出生年月日和體重、性別等資料寫在母子手冊上，然後對著坐在枕邊的西藥房老闆娘說道：「接下來，產婦就交給您照顧，我先告辭了。今天晚上請務必好好照料。」說完便拿起提包，走了出去。

待助產士離去後，西藥房老闆娘說：「你一定累壞了吧？剛生完孩子就睡覺，很容易引起慢性出血，這可是很危險的哪。不過，你現在可以先睡一會兒，我去客廳，有事叫我……」

一旁的君枝也收拾著散落在地板上的東西，走出了房間。

剩下文乃一個人時，她終於從極度的緊張中釋放，全身感到無比放鬆。她爲自己平安生下孩子，而且生下一個四肢健全的男嬰，不由得感動得快要哭出來。當天晚上九點多，她突然感覺快生了，羊水破了以後，過了一個多小時開始陣痛。在那難忍的陣痛中，當她想到生下的孩子可能遭致本家女人們的厭惡時，她就忘了那陣痛的苦楚。在她得知寶寶健康，又是嘉藏衷心盼望的男孩時，頓時渾身輕快了起來，並有一種從未有過的欣慰。

文乃望著從走廊灑進來的月光，再次享受那種快慰；轉頭看著嬰兒時，玄關那邊傳來了聲音。或許君枝正在廚房，只聽到在客廳的西藥房老闆娘用男人般的粗啞聲音回應。

她聽到了宇市的說話聲，西藥房老闆娘帶著對方走了進來，她趕緊整理衣領，將棉被拉至胸口，這時拉門打開了。

「本家的大掌櫃前來祝賀，我帶他進來了。」

說著，西藥房老闆娘見宇市手上沒帶賀禮，臉上有點慍色，但宇市佯裝不知，直接跨過門檻，移膝來到嬰兒旁邊。

「哇，果眞是個健康男孩……」

宇市驚訝地凝視著身穿淡藍色嬰兒服的男嬰臉龐，這才向文乃祝賀：「恭喜您平安生下貴子啊。」

「託您的福，這次才能平安生下男孩，所以我馬上請女傭打電話通知您。不知您跟本家聯絡得怎麼樣？」

聽文乃這麼說，宇市頓時不知如何回答，遲疑了一下，勉強說道：「是啊，我馬上就通知本家了。其實，本家的小姐們最近好不容易才談妥遺產分配，爲了提早慶祝事情能圓滿解決，她們今天跟分家夫人去京都賞月，我便立刻打電話通知，總之，她們正在賞月……」

「噢，那她們怎麼說呢？」文乃的聲音充滿了催逼意味。

「她們正在賞月，目前只是知道這件事而已。」

宇市居然沒轉述本家是否關心這嬰兒的生死，文乃直盯著宇市，進而問道：「那麼，她們都沒說半句恭喜？或說這男孩將來可能成爲家裡棟梁之類的話嗎？」

宇市原本想代替本家說句恭賀的話，但終究沒說出來，他擔心這時候講些瑣言碎語可能導致本家女人和文乃之間的利益糾紛，於是閉上嘴巴，故作無聊地望著庭院。

皎潔的月光灑落在四十坪左右的庭院裡，樹叢的枝葉不但被月光照得鬱鬱蒼蒼，連庭院的角落都照得如白晝般通亮。文乃的臉上映著月光，表情僵硬，沉默不語，西藥房老闆娘以那雙金魚眼盯著宇市。宇市收回視線，像是要打破沉悶的氣氛，這時候文乃突然開口說話了。

「她們去京都賞月……是提前慶祝遺產分配……」

文乃凝望著滿月的天空，像是自言自語似的，然後轉頭看向宇市。

「大掌櫃，我希望在召開家族會議的前一天拜訪本家。」

「什麼？拜訪本家……？你有什麼急事嗎？」宇市不由得急切地問道。

「不，沒什麼急事……只是生完孩子，我想去跟她們打聲招呼而已，請您安排就是了。」

文乃只說是去打招呼，宇市沒有理由拒絕。

「那好，如果只是打招呼，倒沒什麼關係。」

宇市特別在「只是」兩字加重語氣。

「那我告辭了，有關祝賀你喜獲麟兒一事，等我跟本家商量以後再通知你。」

宇市這樣敷衍文乃和凸眼婦，再次看著那臉色紅潤、頭髮黑亮的嬰兒之後便站了起來，文乃大聲叫喚君枝。

「幫傭的，你送大掌櫃到車站。」

她好像想到什麼似的，對著從廚房探頭的君枝吩咐道，宇市連忙揮手婉拒。

「不好意思啦，我今天又沒喝醉，不用送了。」

「您不用客氣啦。我大概是剛生完吧，突然很想吃住吉神社前那家壽司店的稻荷壽司，我想請她送您到車站以後，順便替我買回來。」

文乃這樣囑咐君枝，宇市這才露出安心的表情，說道：「既然是順路買東西，那就勞煩您送我到車站，正好藥房的太太也在這裡陪你。」

語畢，宇市對著凸眼婦極其客氣地說：「那我先告辭了，改天再登門向您問安。」

凸眼婦臉上沒有任何表情，只露出銳利的眼神。

聽到大門關上，宇市和君枝離開後，西藥房老闆娘像等候已久似的來到文乃枕邊。

「你幹麼叫那個女妖精去送那隻老狐狸？你不要那麼好心，他們倆可不是普通的關係耶，上次那老狐狸來的時候……」

沒等凸眼婦說完，文乃便口氣愼重地說：「這個我早就發現了。她剛來的時候，做事非常勤快，可是老愛東問西問，神情總不大對勁，我便起了戒心。所以今天晚上我故意支開她，其實是有事想拜託您。」

「你剛生完小孩，有什麼急事要拜託我？」凸眼婦驚訝地看著文乃。

「突然厚著臉皮拜託您，眞是不好意思。我想請您明天替我到住吉區公所替孩子申報戶口，然後到我的出生地丹波一趟。」

「我以爲是什麼重大的事呢，原來是替孩子報戶口啊！只要帶母子手冊和你的印章去住吉區公所辦理，根本不用到你老家丹波……而且申報戶口的手續很簡單，這點小事叫那女傭去算了。」

「可是，這件事一定要請您親自辦理才行……」文乃說得有點支支吾吾。

「坦白跟您說，其實在這孩子出生之前，矢島家的老爺已經承認孩子是他的骨肉，所以我想請您到我老家丹波一趟。」文乃邊看著身旁熟睡的嬰兒，邊對凸眼婦說道。

「什麼？孩子還沒生下之前他已經承認……這種事可能嗎？」凸眼婦驚愕地問道。

「事情是這樣的——其實老爺生前已經知道我懷有身孕，他擔心自己的身體愈來愈差，凡事都得做準備以防萬一，所以先到我的原籍地丹波辦理手續，承認這孩子是他的骨肉，因此想請您跑一趟。」文乃補充道。

「不過，這種事我可是頭一次聽說呢，可以這樣做嗎？他已經死了半年多，在孩子出生之前，就先承認孩子是他的，這簡直是天方夜譚嘛。恕我有話直說，你做人太老實了，說不定是老爺怕他死後引起不必要的麻煩，故意那樣說的，隨便糊弄你。而且，當時他又不知道這孩子是男是女，怎麼申報手續？」凸眼婦難以置信地說道。

文乃雖是仰躺著，但仍勉強把身子移向凸眼婦。

「太太！我是個無親無故的可憐人，除了拜託您之外，沒有人能幫我了。老爺生前說過，如果是男孩，就取名爲嘉夫，若生了女孩，便叫做初乃。勞您大駕，明天請您到住吉區公所送上兩份戶口申請，其中一份請他們盡速送到我的原籍地。兩天後，您再到丹波，看是否已經辦妥，並取回新的戶口謄本。總之，您若願意幫忙，日後我絕對慷慨回報。」

凸眼婦聽到日後有大禮可拿，隨即陪著笑臉，用彷彿赴湯蹈火在所不辭的口氣說：「哎呀，我不是這個意思嘛，只是覺得你說得太突然，一時之間無法相信。不過，聽完你的解釋總算明白了，我明天就幫你跑一趟丹波，只是辦手續會很麻煩嗎？」

「不，很簡單，只要帶我的印章到丹波村公所的戶政課辦理就好，因爲老爺生前已經在那裡辦好了手續。而且那資料從丹波寄回大阪太耗時，所以我才硬是請您直接到丹波取回戶口謄本。」

「這麼說，你要我去丹波，跟剛才大掌櫃說的什麼家族會議有關嘍？」凸眼婦的雙眼露出銳光。

「這種事很難說，還沒……」文乃只是支吾其詞，沒再說下去。

「好吧，我就跑一趟丹波。說的也是，我若不去，肯定也是那隻狐狸精去，到時候她又跟大掌櫃私通，暗地裡搞出什麼名堂來。哈哈哈……他們不知道已經露出馬腳，說不定還躲在車站附近的暗處，幹起丟人現眼的勾當來呢。」

說完，凸眼婦瞪著那雙金魚眼冷笑著。

「謝謝，感謝您大力幫忙……」

文乃安心地說著，抬起那張蒼白的臉，望著月光下的庭院。

宇市爲了避人耳目，始終跟在君枝後面，保持兩三步的距離，來到往住吉方向的暗處時，他板起臉孔說：「看來，我們之間的關係好像被她們看穿了。」

「那有什麼關係啊！反正孩子已經生了，我對她的監視任務也算完成了吧？」

君枝毫不在乎地說著，宇市則露出銳利的眼神。

「在這段期間，你有沒有看出什麼反常的地方？」

「反常的地方？你是指什麼？」

「文乃已經沒有親人，這陣子有沒有人來探望她，或是寫信過來？」宇市表情嚴肅地問道。

「不，完全沒有，只聽說前陣子她老家那裡有人發生不幸而已。上次，我跟你去泡溫泉，回來之後曾經問過那個凸眼婦，結果證實並沒有人來找她或寫信。」君枝自信滿滿地說道。

「那麼，文乃剛才爲什麼突然提出拜訪本家的要求呢？」宇市在黑暗中，歪著頭感到不解。

「大概是出自女人天生的傲氣吧，尤其像她這種見不得光的女人，向來被本家瞧不起，如今好不容易生了個男嬰，總想一吐胸中的怨氣吧？」

「可是，她又不能證明孩子是老爺的骨肉，這樣做有意義嗎？」宇市仍感到納悶。

「這就是女人的心理嘛。不管這樣做有沒有意義，只要她心中認定這孩子是老爺的，哪怕一輩子僅此一次，她都想到本家宣示一番。今天換作是我，我也會那樣做。」

「不過，她選在召開家族會議的前一天去，有什麼意義嗎？」

「應該沒什麼特殊意義吧。因為若選在家族會議當天，未免太過招搖，一來不能證明孩子是老爺的，二來所有親戚又都在場，至少在前一天拜訪本家，這就是女人的想法。你不覺得女人的心理很有趣嗎？」

說完，君枝用她那三白眼嬌媚地笑著。

「噢，這麼說，什麼事情都可以解釋成是女人的心理……」

宇市思忖著文乃生下男嬰和他自己有什麼利害關係，只要文乃沒辦法提出具有法律效力的證據，證明那孩子是已故矢島嘉藏的骨肉，那麼她跟矢島家的遺產就沒有關聯。這樣一來，他苦思了六個月的巧計所採取各個擊破的方法，亦即已跟矢島三姊妹談妥遺產的分配方案，只要她們在二十日召開的家族會議上正式同意，一切就算大功告成。頂多再從她們三人的遺產中撥出十萬塊給文乃當作慰問金，事情就算擺平了。想到這裡，宇市驀然感到快活了起來。

「令人期待的家族會議一旦結束，我會當場向矢島家的親戚說：『長年以來承蒙各位的關照，我在此宣布退休。』到時候眾親戚會同情我的處境，為了感謝我多年來的辛勤付出，甚至給我一個大紅包。我剛好可以藉這個機會，將多年來私吞的錢一併帶走。」

「全部帶走，有多少錢啊？」

心思縝密的君枝這樣問道，宇市沒有當場回應。

「君枝，我會讓你過好日子的。」

說著，宇市輕輕拍著君枝的肩膀，那表情不像是平常的大掌櫃，而是像個溫柔丈夫面帶笑容。

❖

文乃在產後憔悴的面容上略施淡妝，穿上一件灰藍色單紋和服，繫著一條未經染色的菊花圖樣腰帶，顯得非常正式，她正等著西藥房老闆娘從丹波回來。

西藥房老闆娘依文乃所託，在她生產的隔天把那兩份戶口申請書送到住吉區公所，區公所受理完畢後，隨即將其中一份轉送到文乃的原籍地丹波。昨天，老闆娘前往丹波，確認矢島嘉藏生前辦理的血緣承認手續是否無誤，以及取回新的戶口謄本，預計坐今天早上的火車回來。如果情況順利的話，十一點五分即可抵達大阪車站，中午以前應該可以趕到文乃家。可是中午時分已過，依然不見她的身影。

矢島家指定文乃在下午兩點半以前過去，現在只剩下一個多小時，雖說還來得及，但文乃對西藥房老闆娘那天早上去丹波之前講的那番話感到不安。「你不要怪我嘮叨啦，說不定這次我是白跑一趟呢。連住吉區公所的戶政人員也說，他做了二十幾年，頭一次聽到這種新鮮事，也沒辦過這種案例。不過他最後還是勉爲其難地把資料轉送到原籍地，所以我只好到丹波看個究竟。說不定你根本被老爺騙了，難道你都不在乎嗎？」想起凸眼婦那不以爲然的神情，加上時間逐漸逼近，使得文乃的心情更加沉重。

文乃猶記得嘉藏去世的半個月前曾到醫院看病，後來過來找她，臉色土灰、滲著虛汗，氣喘吁吁地說：「我不放心你肚裡的孩子，所以已經到你的原籍地辦理血緣承認手續，你只要在這裡蓋章，其他的由我來塡寫。」後來，她眞的在上面蓋了章。嘉藏又鼓勵道：「只要提出這個申請，就算將來我有什麼三長兩短，這孩子生下來之後，你把這份資料送交住吉區公所，他們若把孩子的戶口申請轉送到你的原籍地，法律上便會承認。你就安心生下孩子吧，最好生個男孩……」他說完，便將資料塞進懷裡，還說：「我今天太累了，身體不大舒服，先回去了。」然後，他連碰也沒碰文乃就回去了。文乃現在回想起來，的確沒有親眼看到嘉藏在上面簽字，只是照嘉藏的指示在空白欄上蓋了章，事後他可能什麼都沒塡，或者寫了也沒寄出。不過，當她想到自己跟嘉藏的情分已經超越夫妻的關係，便又堅信嘉藏不會欺騙她。儘管如此，在西藥房老闆娘還沒回來以前，她的心總是無法安定下來。

「太太，該給孩子餵奶了，您也快出門了吧？我替孩子換洗過了，趕快餵他吃奶吧。」君枝從旁說道。

她坐在門檻上，似乎已觀察文乃許久。然而，她並不知道西藥房老闆娘去了丹波，也不知道文乃在等老闆娘，只是對於坐在那裡神態焦慮的文乃感到不解。文乃爲了騙過君枝，只好說道：「好吧，我餵他喝點奶再出門。」

文乃說著，在和服領口鋪著手巾，然後露出雪白的胸部，君枝將裹著睡衣的嘉夫抱到文乃胸前。

嘉夫一觸到乳頭，馬上張開那小女孩似的小嘴，用力吸著乳汁。他強力吸吮的力量絲毫不像是剛出生沒幾天的嬰兒。受到嬰兒強烈的吸吮和柔唇的觸感，文乃頓時湧升濃烈的母愛與親情。

文乃正是為了這孩子的將來，才委託西藥房老闆娘去了一趟丹波，待會兒她將帶著血緣認定結果，前往本家拜會那些高傲無情的女人。一想到這裡，她感到有些怯懦，但仍自我鼓勵著，頻頻凝視著用力吸著母乳的嘉夫。

「太太，餵完以後，我再幫嬰兒換換尿布吧？」君枝從廚房探頭出來說道。

文乃知道眼前這個女傭頻頻打量她餵奶的情形，也明白她不久會出門，但仍不露聲色地說：「尿布剛換過，不用再換了，麻煩你把澡盆裡的尿布洗晾起來吧。」

「好，好，您出門時，我會把尿布洗好的。太太，時間差不多了吧？」

君枝怕文乃趕不上而急切催促著，彷彿是宇市囑咐她這樣做似的。文乃抬表一看，下午一點多了。從家裡坐車到本家需要四十分鐘，君枝說的沒錯，是應該出門了，但她決定再等一等西藥房老闆娘。

「是啊，我該動身了。」

文乃為了不讓君枝起疑，這樣說著，放下吸奶的嘉夫，用紗布擦了擦他溢奶的脖頸，小心翼翼地爲他抹上痱子粉，不時繃緊神經，傾聽著玄關的動靜，但是沒有任何腳步聲。

時間已經指向一點十五分了！再拖延下去，文乃特意選在最後一次家族會議的前一天，以及準備向本家宣示她生下一個男嬰的日子，都將因此而化爲烏有。一想到這裡，她突然莫名地不安了起來。

「太太，孩子交給我好了，您趕快去吧。再不出門，眞的要趕不及了。」

說著，君枝正想拿起放在文乃膝旁的手提包和紫色縐綢布包向外走去，門口傳來了停車聲。

「這時候，會是誰啊……？」

沒等君枝站起來，文乃早已疾步跑向玄關，絲毫不像產後的孕婦。西藥房老闆娘幾乎是連滾帶爬似的下了車。

「都是那班車誤點，害我拖到現在才趕回來。你就坐這輛車去吧，資料全在這裡，我沒有開封，你直接帶去，在本家面前開封比較好。」

西藥房老闆娘怕君枝聽見似的低聲在文乃耳畔吩咐道，旋即將文乃塞進車內，她那雙凸鼓的金魚眼發出了銳光。

「千萬不要慌，你若自亂陣腳，一切就虧大了，記得要保持冷靜。這樣才不枉費我特地跑去丹波的目的啊。」

她用男人般的粗啞聲音和威嚴的表情，對著完全不知情的君枝說：「來吧，我們好好爲太太送行。因爲以後啊，想送行也沒機會了。」說完，和君枝並肩目送文乃離去。

車子開動以後，文乃低頭看著凸眼婦剛才交給她的那個牛皮信封，信封上寫著「濱田文乃女士　京都府船井郡川邊村公所戶政課」，這份遲來的資料讓她想起了這半年來隱忍屈辱的日子……

她去本家拜會的那一天，當眾被扯破短外褂，暴露懷孕的事實，還被對方嘲諷她懷的是野種，極盡卑鄙之能事；不僅如此，她們得知她患了妊娠中毒症之後，竟假借探病之名，如同看戲般地盛裝前來，還強行逼她暴露私處接受醫生的內診，讓她受盡屈辱……每次想到本家那些女人冷酷無情的目光，她總有說不出的悲憤。難道她們出身名門世家，就可以這樣傲慢地羞辱像她這樣出身卑微的女人嗎？不僅藤代她們冷酷無情，連大掌櫃宇市也沒安好心眼，時常藉探病之名三番兩次來她家，實際上是爲了探查矢島嘉藏生前是否有交付類似的文件或遺囑；甚至派出他的同居女人來臥底，終日監視著一個死了丈夫的妾室的生活。而今天身爲妾室的她，就要面對藤代她們三姊妹和分家夫人以及大掌櫃宇市，勇敢地說出自己的主張。

文乃座車行經的路線與上次拜會本家時一樣，不過她這次的心情開朗許多，自信滿滿地前往本家，情緒不由得高漲了起來。

初秋時節，矢島家後院的胡枝子和紅瞿麥已綻出白色小花。炎熱的夏天過後，天氣顯得涼快許多，連庭石上的青苔都已染上秋色，但矢島家的客廳內絲毫沒有初秋的清爽，反倒籠罩著異常沉悶的氛圍。

圍著日式矮桌，由上而下依序坐著姨母和藤代，下方坐著千壽、良吉和雛子。姨母一邊啜飲著半涼的茶水，一邊抱怨道：「到底怎麼了？眞是失禮。她生了孩子，說要來跟大家打招呼，結果遲到十分鐘還沒來……宇市先生，你是約下午兩點吧？」姨母板起臉問著坐在門檻的宇市，彷彿這是宇市的責任似的。

「是的，我跟她約下午兩點，要不要我打電話確認一下？」

「開什麼玩笑！這樣子好像是我們巴不得催她來似的。再等五分鐘看看，再不來的話，今天就取消！」姨母斷然說道。

「話說回來，她選在召開家族會議的前一天過來，到底是什麼意思？」姨母略感不安地說著。

「大家等著看吧，她那張故作老實的假面具就要摘下來了。反正這個小妾的戲碼最多就是像新派悲劇那樣抱著可憐的嬰兒，在眾人面前一把鼻涕一把眼淚，博取同情，沒什麼好擔心的啦。」一旁的藤代斬釘截鐵似的說道。

「是啊，大姊說得對，她只是想利用這次生的男孩當釣餌，趁機來撈一筆錢而已。」膝下無子的千壽說到「男孩」這字眼，語氣上顯得格外激動與嫉妒。

「不過，只是爲了這個原因，有必要硬拖著產後不久的身子，選在召開家族會議的前一天，過來跟我們打招呼嗎……？」良吉有點擔憂地說著，繼而問得更謹慎：「宇市先生，神木那女人打電話過來，說孩子生了，你馬上趕過去看，當時沒發現什麼反常嗎？」

「是的，我接到電話以後立刻坐計程車趕過去，當場查看是否有可疑人物或陌生人替她出主意什麼的，結果什麼都沒有。文乃也向我表明，她只是來本家打招呼而已，沒有什麼特別意思。她說，這次平安地生了一名男嬰，更應該向本家報告一聲……總歸一句，只不過是女人在炫耀情緒罷了。」宇市引用君枝的話說道。

「炫耀情緒？炫耀什麼？」芳子疑惑地看著宇市。

「簡單講，對她這個見不得光的女人來說，不管能不能證明孩子是老爺的親骨肉，只要她認定那是老爺的孩子，就想帶著孩子到本家炫耀一下，這也是她唯一可以討回面子的機會。」宇市說道。

這時候，雛子邊凝視著庭院裡的胡枝子花，突然想起上次去嵯峨野賞月的情景。

「她的炫耀感眞是煞風景哪……上次大家好不容易去賞月，結果卻被神木那個女人弄得玩興盡失。今天原本六郎邀我去看電影的試映會，這下子又看不成了。」

雛子愈說愈氣，正要走到庭院，這時卻傳來了女傭阿清急促的腳步聲。

「文乃女士已經來了。」

「帶她進來吧……」姨母芳子命令道。

傳來女傭領著文乃走進來的聲音，還聽得見衣服細微的摩擦聲。客廳的拉門輕輕拉開，只見穿著灰藍色單紋和服的文乃跪在門檻處，向客廳內的人恭謹行禮。雖說文乃的憔悴面容在那灰藍色和服的映襯下更爲顯眼，卻也透顯出女人的嬌豔。她沒有抱著孩子，藤代她們看到文乃隻身前來，幾乎都愣住了。文乃彎跪著行禮，並以產後身體欠佳爲由，向她們表示歉意：「這次是我硬要來向本家致意，又遲到了十五分鐘，實在非常抱歉。我因爲剛生完孩子，身體尚未完全康復，出門時有點頭暈，所以來遲了……」

文乃走進客廳以後，再次伏身對大家致意：「今天，各位在百忙中專程爲我安排時間，實在過意不去。這個月十五日，我平安地生下一個男嬰，所以特別前來向本家報告……」

「噢，那倒要恭喜你呢。這麼說，你家女傭正抱著孩子站在門外等嘍？」姨母芳子問道。

「不，孩子還沒滿月，今天只有我來向本家問候。等他滿月以後，我再抱孩子過來……」

「不要再說了！你平安生下小孩跟我們矢島家有什麼關係？我們才不管你生的是男嬰還是女嬰，或是死胎呢！你故意來我們家露臉，到底是什麼意思？」

面對藤代無情的怒斥，文乃不由得低下了臉，但最後仍冷靜地回答道：「我生下的孩子是老爺的，名字也是老爺事先取好的，所以我特地來向本家報告。」

「你沒半點證據就說孩子是我父親的，未免太不要臉了。你不要開口閉口就是老爺，我聽得都快起雞皮疙瘩了！」藤代不但面露嘲諷的表情，還氣沖沖地罵道。

「現在，正是我這幾個外甥女分配遺產的關鍵時刻，你沒憑沒據就說生下我姊夫的骨肉，還說他已經幫孩子取好名字，你到底是什麼居心啊？若眞的要錢的話，姑念你跟我姊夫生前還有點情分，倒不計較分幾個錢給你。不過，我姊夫已經不在人世，我不准你再利用嬰兒當工具，趁死人不會說話，胡亂演一場。時代不同了，凡事都得照法律來，只要你拿不出具法律效力的證據，任你說得再多或哭天搶地，我們都不承認這孩子的身分！」姨母芳子也順勢反駁道。

「您們要的具有法律效力的證據，我今天把它帶來了。」

「什麼？今天能看到什麼證據？你不要胡說八道……」

「不，是眞的。老爺生前就已經承認孩子是他的，而且已經辦妥血緣承認手續。這就是當時的資料。」

說著，文乃從綢綢的布包中取出凸眼婦交給她的那個大信封，頓時大家半信半疑地看著，藤代她們之間瀰漫著一股恐怖的沉默。

驀然，宇市不以爲然地說道：「不過，血緣承認有很多種類型，至於是否有具法律效力，還是得打開來看才知道。」

宇市用那滿是皺紋的手接過那個大信封，慌忙地打開。

「噢，是承認申請的複件……」說著，宇市從信封裡拿出資料，連忙讀了下去，但表情變得很怪異，讀完以後又說：「這是老爺生前留下來的資料，是承認這孩子的申請書，您們先過目一下。」他把資料放在藤代她們面前。

聽到「承認申請書」這個陌生的名稱，藤代她們只是感到更加驚愕與疑惑，紛紛將目光看向眼前的資料。

承認申請書

(1)被承認人

籍貫：京都府船井郡川邊村三十四號

姓名：胎兒

住址：大阪市住吉區住吉町一百四十五號
出生年月日：　年　月　日
母親姓名：濱田文乃
母親籍貫：京都府船井郡川邊村三十四號
與母親之關係：親生子

(2)承認人
籍貫：大阪市東區南本町二丁目二百五十四號
姓名：矢島嘉藏

(3)承認的種類
承認胎兒

(4)其他事項
母親濱田文乃同意提出此申請

(5)申請人　矢島嘉藏
籍貫：大阪市東區南本町二百五十四號
住址：大阪市東區南本町二百五十四號
申請人身分：父親
簽名蓋章：矢島嘉藏
昭和三十四年二月十二日

那份由影印機複印的文件，顯然是已故矢島嘉藏的親筆書。在被承認人的「姓名欄」裡，只填寫著「胎兒」，並沒有寫下姓名，出生年月日那一欄也是空白，這讓藤代她們感到匪夷所思。

「天底下哪有這種怪事，怎麼事先承認肚裡的胎兒……」

藤代和千壽幾乎是同聲叫嚷了起來。

「宇市先生，這種承認胎兒的申請，具有法律效力嗎？」藤代求證似的問道。

「坦白說，我也是有生以來第一次聽說有承認胎兒這種事的。如果這孩子是在承認人生前即已生下的，倒是有人默默承認；可是孩子還沒生下來，就予以承認，我倒是沒聽過呢……這裡還有戶籍謄本，看看戶籍謄本就知道這個申請是否有效。」

宇市用遺囑執行人的愼重口氣說著，立即打開戶籍謄本。

籍貫：京都府船井郡川邊村三十四號

姓名：濱田文乃

因戶籍移出，昭和二十九年三月十九日戶籍編製

上面註明文乃於五年前從父母的戶籍移出獨立成戶，底下還清楚記載著文乃其子的正式入籍資料。

父：矢島嘉藏

母：濱田文乃

男　嘉夫

於昭和三十四年九月十五日，出生於大阪市住吉區住吉町一百四十五號，其母濱田文乃申報戶口，同月十六日住吉區長受理，同月十七日正式入籍。

其父矢島嘉藏住大阪市東區南本町二丁目二百五十四號，於昭和三十四年二月十二日提出承認胎兒申請。

此戶籍謄本與原件完全相符。

昭和三十四年九月十九日

京都府船井郡川邊村長

佐藤總一郎

看完戶籍謄本以後，宇市臉色大變。

「宇市先生，你怎麼了？」姨母芳子急切地問道。

「戶籍謄本上清楚寫著老爺提出申請的年月日，並寫明其父矢島嘉藏，其母濱田文乃，其子嘉夫，倒沒寫明是長子，只寫了一個『男』字，是沿用過去的作法，也就是『私生子』，現在的《新民法》稱為非嫡出子。所以，剛才那份承認胎兒的申請書是具有法律效力的，看來我們不得不承認文乃生下的男嬰是老爺的非嫡出子。」宇市說著，氣憤地將戶籍謄本丟在矮桌上。

這時候，藤代她們無不露出驚愕和慌張的神色，直盯著矮桌上那份戶籍謄本。當文乃突然拿出那份資料時，藤代她們還不以為然地質疑那份資料的可靠性，但她們看過戶籍謄本上清楚寫著父親矢島嘉藏的姓名，以及提出承認申請的年月日和孩子的名字之後，事實已經擺在眼前。由此看來，矢島嘉藏承認胎兒的方式、種類、年月日等等，都是經過十分周密的安排與計算，而這正是藤代她們最始料未及的。

「有了這份憑證，您們願意相信了吧……？」

文乃說話了。她說得不多，但語意堅定。霎時，客廳裡陷入一片沉默。藤代轉身看著文乃，語帶諷刺地說：「這下子，我終於明白你沒抱小孩來的原因了。是啊，與其抱著嬰兒來，倒不如拿出這份戶籍謄本來得具有法律效力。你身為人家的小妾，但腦筋動得還滿快的嘛，你是什麼時候辦這些手續的？」

只見文乃低著頭，溫靜地回答：「這手續不是我辦的，是老爺在生前就寄到我的原籍地，我依老爺的指示，只在寫有母親濱田文乃的地方蓋上印章而已。」

「既然如此，那你為什麼不早點將這件事告訴我們？上次你來我們家，還有我們去你家探病時，我不是問過你，我父親是否留下什麼文件給你嗎？可是你都佯裝不知，只會故作可憐狀。今天卻突然使出這狠招，莫非是對我們本家的報復嗎？」

藤代的語聲中充滿了強烈的憎恨。文乃頓時臉色蒼白，不由得顫抖了一下，但最後還是抬起頭來，用那雙單鳳眼看著藤代。

「您說的沒錯，我只是個小妾，可是我並沒有因此要壞心眼。我之所以沒有將這件事告訴本家，是因爲老爺生前曾囑咐過我，在孩子還沒有生下來以前，絕對不可以告訴任何人，包括本家；一旦生下孩子，就要馬上申報戶口，然後拿著相關資料和戶籍謄本到本家拜會，我只是照老爺的吩咐去做而已。」

「這麼說，我姊夫可眞是用心良苦哪。他擔心你若被發現懷有身孕，會引起什麼麻煩，竟然連他女兒和我這個姨妹統統矇在鼓裡，極機密地進行嘍。」姨母芳子不悅地說道。

宇市眼裡露出銳光，彷彿終於讀懂嘉藏的心思似的說：「原來如此，老爺計算得眞是愼重而周密啊！只有生下孩子，一切手續才生效……老爺早在生前即背著我和小姐們，將承認胎兒的申請書寄往文乃的原籍地，只要文乃申報戶口的同時，這份資料便即時生效。另外，他擔心文乃原籍地的戶政人員通知本家，所以叫文乃搶先一步來本家拜會。」

「這簡直是卑鄙的陰謀嘛……父親竟然把跟外面女人生的孩子塞給我們沒生下一子半女的矢島家，還硬要我們承認，父親的作法眞是太可怕了……」千壽轉身看著丈夫良吉，嘟囔著。

雛子也對父親的無情對待表示憎惡。「是啊，怎能這麼做呢！」

文乃驚訝地抬起頭來，旋即爲已故的嘉藏辯護道：「不，您們這樣誤解是不對的。令尊是個心地善良的好人，他不是爲了爲難您們才這樣做的，他只是考慮到我只有生下胎中的孩子，一切手續才會生效。他還吩咐我，所有事情只有等孩子生下來，再聯絡本家，我只是照他的吩咐去做而已。令尊是個好人，您們不能這樣誤會他。」

「我們要怎樣看待自己的父親是我們家的事，用不著你這個外人多嘴！我父親的遺照就掛在那裡，但我們從今以後對他的爲人處事，恐怕要大大改觀了。」藤代瞪大眼睛，以眼神指著掛在佛龕上的矢島嘉藏遺照說道。

隔著黑亮的佛龕，上方的橫框分別掛著初代矢島嘉藏和矢島家三代長女的照片，她們都穿著印有家徽的和服；底下的橫框則掛著初代店主元配卯女和三代入贅女婿的照片，最後一個相框看起來最新，裡面裝著矢島嘉藏的照片。一雙濃眉大眼，端正的五官，但是比起趾高氣揚、面相福泰的妻子，似乎又有說不出的陰鬱。藤代帶著憤怒和輕蔑的眼神，瞪視著父親的照片。

「這三十四年來，父親隱忍著做爲入贅女婿的怨恨，瞞著我們這些遺產繼承人，不但承認了小妾生的孩子，還在死後，當女兒們分配遺產的關鍵時刻，用這種無情無義的方式來打擊我們，這種作法何等陰險啊……這一切都是經過他的精心算計，宛如在對付沒有血緣關係的陌生人一般……他這樣做，不僅是對女兒們的懲罰，也是對我死去母親的報復，更可怕的是，早在幾年前他就已經著手這個計畫，等待最佳時機來個致命一擊……」

藤代按捺不住胸中的怒火，氣沖沖地說個不停，千壽也沒好氣地呼應著。

「不久之前還是個跟我們矢島家毫無關係的嬰兒，現在只憑著一張血緣承認的文件，就要變成矢島嘉藏的非嫡出子……」

千壽話中帶恨，她那雙細長的眼睛露出銳光，問著宇市：「非嫡出子到底要怎麼繼承遺產？」

宇市頓時不知如何回答，最後還是勉爲其難地解釋：「依法律規定而言，非嫡出子繼承的部分是嫡出子的二分之一。」

「那具體來說，可以分到多少遺產？」

「這個嘛，我粗估一下好了。現在，遺言上的指定繼承遺產是大約兩億九千萬圓，另外，還有山林、農地、銀行存款、有價證券等，約值一億六千萬圓，加起來總共四億五千萬圓。嫡出子有三位小姐，非嫡出子只有文乃的孩子，每位小姐可分得總額的七分之二，亦即各分得一億二千八百萬圓，文乃的孩子大約可分得六千四百萬圓……」

「什麼？六千四百萬圓……？」

千壽驚愕得幾乎叫了起來。姨母芳子則激動地說：「宇市先生，你怎能說得這樣無關緊要啊？一個小妾的孩子，無緣無故就要繼承六千四百萬圓，天底下哪有這麼便宜的事啊？正因爲分遺產跟你沒有關係，你才這樣輕鬆地替她計算。可是你有沒有替元配的女兒設想，只憑著一張紙，就讓人家短少六千四百萬圓，哪叫人不心痛啊……別說這幾個女兒不滿，連我這個局外人也……」芳子不小心說出了心中的祕密，趕緊轉移話題，沒好氣地數落著宇市：「宇市先生，莫非你早就知道文乃手中握有這些文件，所以跟她合謀來算計我們？」

「夫人，請您不要胡亂指控。自從老爺死後這半年來，我做爲遺囑執行人，每天無不忙著聽取三位小姐的意見，還辛苦地製作財產清冊，這期間又在文乃家和本家來回奔波，好不容易協商成功，明天就要召開最後一次家族會議，我怎麼可能跟文乃有什麼共謀……？比起夫人，我倒想問問文乃……」

宇市轉身對著文乃，問道：「文乃！我去過你家那麼多次，每次問你老爺是不是對你有做什麼安排，你總是不露聲色。現在卻突然來個回馬槍，豈不是要我下不了台嗎？」

宇市想到自己大費周章才撮合明天的家族會議，卻意外被文乃破了局，不由得怒火中燒。

「文乃，你到底在打什麼主意？爲什麼選在召開家族會議的前一天提出這種事？」

宇市移膝向前，正要說下去，藤代打斷了他。

「事情到了這種地步，問她是什麼目的、什麼動機，已經太遲了。現在最重要的問題是非嫡出子的繼承問題。」

她說著，凝目瞪著文乃，逼問道：「如果我們執意拒絕非嫡出子的繼承要求，你打算怎麼辦？」

文乃驀然沉默下來，不一會兒，她抬起那下定決心的眼神，用有別於平常的堅定語氣說：「姑且不提分給我多少錢，不過這孩子已經取得血緣承認的證明，一切就要照法律執行。如果您們無論如何都不承認這孩子有繼承權，爲了孩子的將來，最後我只好拿這份資料上法院了。」

剛才，文乃只不過是一個孤援無助的女人，現在卻展現無比的堅定意志，端坐在藤代她們面前。藤代看到文乃堅定的姿態，更是充滿敵意，緩緩地開口說道：「你的意思是說，要去法院告我們嘍？那好，我們也會……」

藤代正要說下去，宇市知道事情若鬧到法院，對矢島家極爲不利，趕緊出言制止：「不行！這件事一旦鬧到法院，很快就會傳得沸沸揚揚，而且文乃手上又握有絕對的資料……」

千壽欲伸手拿起攤在矮桌上的那兩份資料，然後咬牙切齒似的說：「法律這東西還眞是無情哪，只憑一張紙，就要六千四百萬圓……」

藤代、姨母、雛子和良吉都說不出話來，始終默不作聲。

「還是去嵯峨野賞月好啊。」

雛子冷不防冒出的這句話，跟眼前的氛圍多麼不協調，然而藤代望著雛子凝視著庭院胡枝子花叢的神態時，也不禁想起那天賞月的情景。她們坐在篷船上，駛進大澤池的湖心，遙望著東山和小倉山，一邊聆聽琴簫和鳴的觀月曲，一邊欣賞皎潔的明月。當她爲那仲秋明月從山後升起的優雅景致感動不已時，心裡突然掠過一絲不祥的預感——這可能是她們三姊妹最後一次相偕出遊賞月！難道就是指這件事嗎？想到這裡，她不由得感到無比懊惱。

「我們三姊妹好不容易相互讓步才達成共識，準備在家族會議做最後的遺產分配，而且還辦了一場賞月宴預先慶祝……想不到現在卻發生這種事……」藤代憤懣地說道。

文乃彷彿在等待這個機會似的，壓低聲音而清楚地說道：「其實，我這裡還有一份東西。」

「什麼？還有一份……」

「是的，是有關承認這孩子的一份遺囑。」

「咦？遺囑……？」藤代語聲顫抖地說道。

「是的，這遺囑是老爺臨終前交給我的。」

說著，文乃從紫色的縐綢布巾裡拿出一只白色信封，藤代旋即像利劍般盯著她手上的信封。

信封上用毛筆寫著「遺書」兩個大字，乍看之下顯然是父親矢島嘉藏的字跡，藤代正想伸手去拿，宇市連忙制止道：「大小姐，我是遺囑執行人，這份遺囑由我打開吧。」

說著，宇市用恭敬的姿勢接過遺囑，翻過背面，查看封印是否被拆過，然後才打開信封。他從信封內取出一疊厚厚的信紙，帶著緊張的神情把它攤開。

「遺囑……」

他乾咳了一聲，接著往下念道：

致全體繼承人

我自知病情漸重，考慮事有萬一，便將矢島家所有住宅及商店、現款、各式家產等全部做為遺產分配，請依如下的方案分配：

一、遺產中，矢島商店所使用的土地建物、商品財物不予分割，由次女千壽繼承，入贅女婿良吉即日起從姓矢島嘉藏，接掌矢島商店的經營權。不過，每個月必須撥出營業淨利的一半，平分給長女藤代、次女千壽、三女雛子。商店後院的土地建物等，由三個女兒共同持有，經三人合議後可適當處理。

二、位於大阪市西區北堀江六丁目的二十間出租屋，以及位於都島區東野町的三十間出租屋和地皮，由長女藤代繼承。有關變賣或出租均由藤代決定。

三、股票六萬五千股及倉庫內的古董物品，由三女雛子繼承。有關股票和古董何時出售或兌換現金，由雛子全權決定。

四、各親族長年來給予我多所關愛，我深表謝忱，謹向出席家族會議的每位代表，致贈壹拾萬圓。我於生前曾在工作之餘存下些許零用錢，請以我的舊名山田道平之名義存於「住友銀行船場分行」的存款簿，並轉交與我的生家。

五、以上，凡屬於共同繼承的部分，由三人合議處理。另外，有關各人應繳之遺產稅，由各自負擔。

讀到這裡，宇市終於放下心來。藤代她們也覺得這遺囑和宇市保管的那封遺囑沒有兩樣，進而感到安心，反而帶著胸有成竹的表情，看著坐在末座的文乃。

宇市繼續念道：「六、長年以來，濱田文乃對我非常照顧，因而特立新的遺囑如下：預定於昭和三十四年九月某日出生的濱田文乃腹中的胎兒，確定爲我的骨肉，我已向濱田文乃的原籍地提出承認孩子的申請，一旦平安生下，便做爲法定的非嫡出子，可分給嫡出子繼承的二分之一遺產。如果生下男孩，等他成年之後，與千壽夫婦共同經營矢島商店。」

讀到這裡，客廳內頓時陷入異樣的騷動。

「宇市先生！那上面眞的寫著如果生下男孩，將來要與我們夫婦共同經營矢島商店嗎……」

千壽不禁大聲嚷了起來，良吉也露出慌張的表情。藤代、姨母和雛子無不臉色蒼白，只見宇市點點頭，繼續讀下去。

「七、萬一濱田文乃生下死胎，除了向濱田文乃的原籍地提出胎兒死亡證明，應從共同遺產中撥出五百萬圓分予文乃，並將現居住吉區住吉町一百四十五號的房子歸入她名下。」

宇市話聲方落，在場者的銳利目光紛紛射向了文乃。

「哼，連小妾生下死胎的退路都預做安排了，這像什麼話嘛！」

姨母大聲嚷著，藤代等人也一臉怒容。

「宇市先生，繼續念下去！」藤代氣沖沖地喊道。

宇市再次將目光投向那份遺囑，往下讀著：「八、各位繼承人在繼承家產後，長女藤代需自立門戶，未婚的雛子需將分得的遺產做爲結婚費用，嫁往他家。除本家及分家招婿外，爲矢島家和雛子著想，切不可再另立女系家族。」

聽到這裡，藤代和姨母不由得感到一陣天旋地轉。

「雛子！你……」

姨母轉身正想對雛子說些什麼，但看到雛子那彷彿與己無關的表情時，吃驚得說不下去。

藤代氣得滿臉通紅，眼睛噴著怒火。

「繼續念下去！」

藤代的聲音顯得很平靜。宇市感受到氣氛非比尋常，只好繼續往下念。

「九、有關指定遺產繼承和共同繼承遺產的清冊，我已詳細註明，另見別紙……」

驀然，宇市念不下去了，他咧著滿布皺紋的嘴角，拿著遺囑的手不停地顫抖。

「怎麼了？念下去啊……」

就在藤代催促他念下去的同時，他原本想把遺囑撕成兩半，良吉見狀，趕緊從他手中奪了過來，接著往下念道：「如果我製作的遺產清冊與大掌櫃大野宇市所做的不吻合，即表示宇市從中動過手腳。不過，考慮其長年在矢島家工作與其名聲，我不予控告，只需繳回侵占之公款即可，另給予退職金三百萬圓，由他支用。」

代替宇市讀遺囑的良吉，聲音也不禁顫抖了起來，宇市驚恐地瞅著那封遺囑。良吉語聲顫抖地往下念：

在此，我重新指定入贅女婿矢島良吉代替大掌櫃大野宇市，做為新遺囑的保管人和執行者，有關遺產的執行，均需與良吉商量後，始得進行之。

我自知以上之分配必定引來不滿之語，但世間之事恐難以完全公平。祈望各位依法行事之餘，要相互忍讓，圓滿解決遺產繼承。另外，望在繼承遺產過程中，顧及祖上餘光，相互提攜，盛大祭祀先祖之同時，務必振興家業，嚴禁敗壞門風。

有關矢島家之財產歸戶清冊，與遺囑訂在後面，並蓋有騎縫章為憑。

第四代矢島嘉藏

良吉立即打開那份與遺囑合訂在一起並蓋上騎縫章的財產歸戶清冊。

跟遺囑一樣，故矢島嘉藏親筆在奉書紙上詳細寫著土地、房屋、山林、古董、銀行存款、股票和投資信託等等明細，包括戰爭期間因強制疏散的關係，土地和房屋被削減的坪數，以及房屋可使用的年限，甚至山林的實際面積和是否有砍伐權都有詳實記載。良吉仔細看著山林清冊：

熊野　四十公頃　（實際面積六十五公頃）　樹齡四十五年以上，有砍伐權。
吉野　五公頃　（實際面積八公頃）　樹齡三十年以上，只有砍伐權。
大杉谷　一百二十公頃　（實際面積一百九十公頃）　樹齡四十五年以上，有砍伐權。
丹波　十公頃　（實際面積十四公頃）　幼樹，多草地，有砍伐權。
鷲家　二十公頃　（實際面積三十五公頃）　樹齡三十年以上，有砍伐權。

良吉頓時臉色大變，氣得把山林清冊遞到宇市面前。

「宇市先生！山林的實際面積爲什麼差距這麼大啊？你從頭到尾瞞著我們，只告訴我們登記簿上的面積。而且，你分給我們吉野的那片山林，居然只有砍伐權而沒有地皮。你這樣費盡心機，到底是什麼居心？！你準備拿那些多出來的山林幹什麼？」

良吉出言責斥，宇市朝山林清冊瞥了一眼，臉上表情不同於剛才的狼狽，而是輕鬆自若地辯解道：「噢，實際面積……我哪知道這種事啊，我只是記下登記簿上的公頃數，然後按這面積分配。」

「問題是，實際面積和登記面積相差過大，整片杉木的砍伐量就差得更多了。」

「您不能把所有責任都怪到我頭上，我只是遺囑執行者，當然是按登記簿上的數字來分配啊。」

「那麼，樹齡方面你又怎麼解釋？你說我們分到的是有四十年以上樹齡的成木林，但在我岳父的清冊裡，樹齡只有三十年以上，這是怎麼回事？」

「噢，連樹齡都寫在財產歸戶清冊裡，老爺眞細心啊……我連自己的年齡都記不清楚了，哪有辦法去記住每片山林的樹齡。」

宇市裝聾作啞，別過臉去，沒理會憤怒的良吉。這時候，良吉面帶慍色，突然轉身對著藤代，一反平常的溫順，開始責問起她：「大姊，您跟宇市先生一起去查看山林，爲什麼沒發現這些弊端？您對山林那麼了解，又對宇市先生製作的清冊提出質疑，有可能這麼簡單就受騙嗎？到底是怎麼回事？」

藤代眼裡露出異樣的光芒，緊抿嘴唇說道：「我想騙他，卻反被他騙了……」

「咦？您被他騙了……？這是怎麼回事？」良吉驚訝地問道。

「你不會明白的。總之，我被他騙得團團轉……」

藤代說到這裡，怒視著宇市，說道：「宇市先生，我們在暗中爾虞我詐，最後還是你老奸巨滑，狠狠地擺了我一道。僅一天之差，你的詭計就會得逞。要不然在明天的家族會議上，包括我在內，千壽和雛子都要上你的當，大家都以爲自己撈到最多好處呢。想不到半路闖出了一個文乃，壞了你的大事，所以仔細算一算，吃虧最大的是你，其次是我，接著是誰呢……」

說著，藤代依序看著面露驚恐的千壽、良吉、姨母和文乃等等，最後把視線停留在文乃臉上，極其厭惡地說：「最大的獲利者就是坐在那裡持有胎兒承認書的小妾呀！」

千壽氣得齜牙咧嘴，激動地搖著頭說：「那我該怎麼辦？這女人的孩子居然要跟我們共同經營矢島商店……」

這時候，直盯著古董清冊的姨母芳子突然大聲嚷了起來。

「你們一直說找不到那幅雪村的山水畫，它明明就寫在這裡啊？」

姨母在指著古董清冊的同時，文乃的臉色變得比宇市更快。

「大掌櫃！我半年前把那幅雪村的山水畫交給您，您說它可能是贗品，必須拿給古董商鑑定，等鑑定無虞之後，再送還給本家。還交代我說，在這段期間，本家的人若是問起，就推說不知道。您是不是打算私吞那幅畫，才編出這樣的謊言？」文乃氣憤說道。

那是對宇市從中偷天換日最嚴厲的揭露。

「這麼說，連雪村的山水畫都在宇市手上……」

頓時，客廳裡引起一陣騷動，宇市趕緊移膝向前辯解道：「文乃，你怎能胡亂說是我私吞呢……因爲這幅山水畫屬於三小姐的繼承品之一，一旦離開庫房，就有必要鑑定眞僞，所以我只是把老爺拿去你家的那幅山水畫拿去鑑定眞僞而已，它現在就寄放在古董商那裡。」

「那麼，請問你是交給哪個古董商？」

「這……」

「宇市先生，事情到了這個地步，您就別再胡扯，不要推卸責任了。您以爲隨口說個古董商的名字，下班以後再去跟對方串通就能瞞混過去嗎？我約略看了一下古董清冊，不僅少了雪村那幅山水畫，裡面還缺了兩三件古董。而且以銀行存款來說，您製作的財產歸戶清冊和我岳父製作的細目相比，少了將近一千萬圓。照這樣看來，您動手腳的部分肯定更多，倒不如趁這時候全部交代清楚！」

長年以來，良吉對宇市的欺侮總是隱忍著，今天終於一吐爲快，藉此表達心中的憤慨。

「咦？交代清楚？要交代什麼？」宇市依舊裝聾作啞。

「宇市先生，您不必再演戲了。我岳父在遺囑上寫得很清楚，如果他製作的財產歸戶清冊與您製作的有所出入，即表示您作假。您也知道，這份遺囑具有法律效力，您若不坦白，我這裡也會有動作。」

「會有動作……」

宇市露出驚慌的神色，但旋即不以爲然地說：「噢，那您打算怎麼做？」

良吉雙眼圓睜，瞪視著宇市，語氣堅定地說：「我岳父在遺囑上說，念您長年以來在矢島家工作，沒有辛勞也有苦勞，所以不向您提出告訴。但您幹的勾當已經證據確鑿，若不趁這個機會說出實情，我就要以繼承人的共同名義，告您侵占公款，還要扣押您的所有財產，甚至徹底清查店裡的所有帳簿，找出您利用盤點時動了什麼手腳，以及向染整廠和紡織廠拿了多少回扣……」

宇市好像想到什麼似的，探看了一下遺囑，說道：「請問遺囑上的日期是什麼時候？」

「到了這個節骨眼，您還想耍賴……？」良吉拒絕回答他。

「我不會再說什麼或問些什麼，只是想了解一下這份新遺囑的日期。」宇市執拗地說道。

「昭和三十四年二月十八日。」良吉不耐煩地說道。

「三十四年二月十八日……這麼說，這份遺囑比老爺交給我的那一份還要晚……」宇市感到沮喪，「看來已經分出勝負了，我輸了。如果同時出現兩封遺囑，以日期最晚的那份遺囑最具法律效力。換句話說，不管是同一天寫下的遺囑或是新寫的遺囑，沒有標上日期等同於無效。因此，我想藉此翻盤的機會幾乎是不可能了，我徹底地輸了。大小姐說的沒錯，我原本想欺上瞞下，結果卻被精明的老爺給騙了……」

宇市懊惱地說著，不由得想起太郎吉說的那句「說不定你家老爺早就知道你動手腳的事，只是佯裝不知而已」，以及文乃始終對他戒愼恐懼的各種反應。

故矢島嘉藏當然知道文乃懷孕，早就在一月底寫下第一份遺囑，接著在二月十二日提出承認嬰兒的申請，然後在二月十八日寫下第二份遺囑；趁臨終之前支開宇市，將第二份遺囑交給文乃保管。他藉由第一份遺囑，讓繼承人和遺囑執行者爭執不休，等到緊要關頭，才讓文乃提出第二份遺囑，來個反敗爲勝。萬一文乃沒有早產，即使沒趕上隔天的家族會議，只要提出上述兩份具有法律效力的文件，她照樣有權提出繼承遺產的訴訟，如同今天的結果一樣。而做爲入贅矢島家的店主矢島嘉藏，之所以製作這份詳細的財產清冊，是因爲他早就看出宇市盜領公款的行徑。對於欺凌入贅女婿的宇市來說，這無疑是一種冷酷的報復與無情的嘲諷！宇市積壓了五十八年的怨恨與計畫，好不容易盼到了千載難逢的機會，霎時無聲無息地崩解了，他感到眼前一陣發黑，連忙用他那骨節突出的枯手撐著身體。

「那麼，我要怎麼清算，您們才要接受？」他宛若幽靈似的重新端正坐姿說道。

「我要將岳父製作的財產清冊和您製作的核對，逐一清查有出入的部分。首先從……」

沒等良吉說下去，文乃出聲說道：「對不起，接下來是您們的家內事，我不方便在場，您們也不好講話，我先告辭了。有關我孩子應得的權利，今後請您們多加關照。」

在場的矢島家族沒有人有回應，文乃恭謹地施上一禮，靜靜地站了起來。不知不覺間，夕陽開始西斜，坐落在大樓夾縫間的矢島宅邸，沐浴在薄暮餘暉下的庭院，已無客廳裡的悶熱，斜長的樹影映照在倉庫的白牆上。

文乃頂著微弱的斜陽，穿過走廊，朝玄關的方向走去。她那從容自信的身影，在藤代她們看來，猶如炫耀勝利的姿態。目送著文乃離去的背影，藤代等人驀然蒙上一種椎心的挫敗感，千壽猶如呻吟般地嗚咽著，雛子則緊抿著嘴，姨母芳子氣急敗壞地喘著粗氣。

藤代冷不防抓起那份遺囑。

「如果生下男孩，等他成年之後，與千壽夫婦共同經營矢島商店……」

她高聲朗讀，但聲音充滿了奇特的餘韻。千壽等人驚訝地回頭看著她，她怔愣地盯著那份遺囑，茫然地繼續讀下去。

「大姊，您怎麼了？怎麼突然大聲朗讀遺囑……」

天眞的雛子驚訝地探看著藤代，可是藤代沒有回應，進而更大聲地讀著遺囑。

「八、各位繼承人在繼承家產後，長女藤代需自立門戶，未婚的雛子需將分得的遺產做爲結婚費用，嫁往他家。除本家及分家招婿外，爲矢島家和雛子著想，切不可再另立女系家族……」

藤代的聲音顫抖，猶如發瘋似的，而且愈念愈大聲，響徹整個客廳。姨母芳子、千壽、雛子、良吉和宇市他們似乎都在思忖：身爲矢島家長女的藤代向來貪婪無度、自私自利，由於這份遺囑的關係，她所奢望的不但將被剝奪一空，還得離開矢島家自立門戶，當然會感到極度的悲恨與狂亂。

藤代又重複念著：「除本家及分家招婿外，切不可再另立女系家族……」

藤代的聲音迴盪在具有兩百年歷史的矢島家內宅的廊柱與牆壁之間，而就在那聲音消失的同時，彷彿又傳來矢島嘉藏從墓地深處發出的嘲笑聲，他似乎在宣告持續四代的女系家族就要終結，預告新的男系家族即將到來。

（全文完）

後記　山崎豐子

赤裸展現物欲與貪相的遺產爭奪戰

女系家族是大阪舊商家中至今猶存的一種特殊家庭關係。有些商家爲了繁榮家業，不惜讓女兒招婿入門，即使家中已有長子，但其長子毫無經營能力時，便爲女兒挑選具有卓越經營才能的入門婿，代代以女系爲中心來支撐家業。確切地說，這種以恪守家業爲主、近乎冷酷無情的家族關係，遠勝於骨肉親情和手足之愛。

在這種特異的家族關係中，人們所顯現的利己主義和貪婪的欲望，都是令人難以理解的。它具有極爲異常的特色，每當手足發生利害衝突時，便出現六親不認和相互仇殺的局面，甚至彼此憎恨和積怨，這些不斷上演的荒謬戲碼，堪稱爲「現代怪談」。

這部小說正是要呈現這種「現代怪談」，亦即藉由一名百年老店的店主彌留之際，勾勒出家族爲了爭奪家產所展現的赤裸裸物欲與貪相，這也是我撰寫這部小說的企圖。坦白說，要將遺產繼承的相關法律做爲小說的主軸首尾貫徹，超乎我想像之困難。我先研讀過遺產繼承方面的法律與判例，然後每個月請文藝春秋社的法律顧問藤井幸先生前來大阪，定期爲我講解繼承法，才開始動筆寫這部小說。換句話說，要將艱深難懂的法學理論和法律用語巧妙地融入小說中，並將它做爲重要的伏筆，對我來說都是艱難的挑戰。

正因爲如此，我足足和「繼承法」這個法律怪物打了一年三個月的交道，終於寫出這部有別於我以往作品的長篇小說。對我而言，這不但是一次試煉，同時也帶給我莫大的意義，爲此我感到幸運。

一九六三年（昭和三十八年）四月末日

山崎豐子

解說　　權田萬治

刻繪大阪商人群相的現代怪談

山崎豐子是日本代表性的女作家，其具有濃厚社會性的大河小說《不毛地帶》、《兩個祖國》、《大地之子》、《不沉的太陽》等名作，早已在國際間享有聲譽。與這些大作媲美而受到矚目的是生動刻繪作者故鄉大阪船場商人群相的《暖簾》等系列作品。其中，以船場爲場景的《女系家族》（一九六三年）即是該長篇小說系列的第五部。這是一部扛鼎之作，主要描寫船場老字號的棉布批發商店主矢島嘉藏死後引發三個女兒爲爭奪家產反目成仇的故事。

《暖簾》是作者任職於《每日新聞》藝文記者時期所完成的長篇處女作，她曾在該書的後記提到：「對我來說，大阪就像是我身上的血液。我在大阪出生，在大阪長大，我可以充分感受到大阪生活的所有細節。而最能代表大阪這個城市特色的，正是這些具有悠久商號的船場商人……而這樣的大阪商人，無形中與大阪的市街、天空及河川，成爲我生命中的一部分。」

山崎豐子之所以比其他作家更常著墨於船場商人的描寫，並投以更多關愛的眼神，大概是因爲她出身於大阪船場的老字號海帶批發商「小倉屋」的緣故。無論是鮮明刻畫兩代卓越大阪商人的《暖簾》（一九五七年），或是以吉本興業的女老闆及旗下克服各種困難的女演員爲藍本、榮獲直木獎的《花暖簾》（一九五八年），或是描寫船場老店的少爺在外拈花惹草，卻又懂得節制之成長過程的《少爺》（一九五九年），在在洋溢著船場的濃厚氛圍。

作者撰寫的小說，向來以綿密的採訪和徹底的時代考察聞名，其寫實主義的刻畫使得小說中的每個人物躍然紙上，這些都是源自於她在船場成長的豐富體驗。

山崎豐子的小說有趣好讀，《女系家族》也不例外。

誠如作者在該書後記中所說的，在大阪的舊商家之中，有些商家為了繁榮家業，不惜讓女兒招婿上門，代代以女系為中心來支撐其家業。楠本憲吉在《船場人》一書中也指出：「大阪的富豪之家大都有招贅上門的習俗，住友家和殿村家都是如此。」山崎豐子除了刻畫船場的小說之外，《少爺》和《女人的勳章》（一九六一年）等作品，仍強烈突顯女系家族的陰影和弊病。

作者把在女系家族這種特殊的家族關係中，為了爭奪家產所引發令人匪夷所思的仇視和人性扭曲，稱為「現代怪談」。而《女系家族》所要呈現的正是手足之間為爭奪家產而勾心鬥角的醜陋面。

谷崎潤一郎在其長篇散文〈我所看到的大阪和大阪人〉中提到：大阪和東京不同，大阪保留許多古老的風俗習慣，而大阪人之所以重視古老習慣，意味著他們非常注重父母留下的財產。這段描述讓我想起法國小說家巴爾札克、福婁拜和左拉的小說，他們即使在愛情小說中，仍對小說中人物的經濟狀況有詳細描述，因此「大阪人對『財產』的執著可見一斑」。

誠然，上述那種爭奪家產的根源，主要出自於關西的獨特習俗和以女系家族為中心之百年老店的封閉世界，而能描繪得如此栩栩如生，在在顯示出山崎豐子的匠心獨運。

閱讀《女系家族》時，讓我想起巴爾札克的《高老頭》。這部小說生動描繪高老頭的三個女兒生長在關係特殊的家庭環境中，因而衍生超乎尋常的物欲貪念，從其筆觸和堅持描寫數字的細節來看，山崎豐子頗有巴爾札克式的風格。

《女系家族》這部小說是從接連四代的棉布批發商矢島家的店主矢島嘉藏病故之後，舉辦盛大的葬禮時揭開序幕的。身爲入贅女婿的矢島嘉藏，長年處在女系家族的掌控下，不但妻子和女兒們瞧不起他，店裡的員工也不把他放在眼裡，連最後的葬禮都受到鄙視。但諷刺的是，隨著他的去世，三個女兒和姨妹竟然爲了爭奪龐大的遺產，彼此勾心鬥角，互相算計逐一浮上檯面。

身爲矢島家長女的藤代雖然離婚後返回娘家居住，但仍想掌控家中大權，而二女兒千壽則因未得到更多禮遇而生心不滿，三女兒雛子對家規嚴格的生活感到反感，亟欲掙脫。這三個女兒同住在一個屋簷下，在父親矢島嘉藏死去的同時，積壓已久的憤懣全部爆發了出來。

此外，接受矢島嘉藏之託執行遺囑的大掌櫃宇市，始終認爲嘉藏的情婦濱田文乃那裡必藏有什麼祕密，小說初始就這樣預做伏筆，不能不說是高招。

如同書名那樣，這部小說的主角是矢島家的三個女兒，從這個意義來說，這部作品是在女系家族中發展起來的。如果描寫布襪商人在外拈花惹草之後終於懂得自主的《少爺》，談的是男人的觀點，那麼《女系家族》即是一部透過女人的目光觀照世界的作品。我們甚至可以說，這兩部作品是互爲表裡的小說，不同的是，最後的結局卻爲之逆轉……而這個意外的結局，正是最精采之處。

大掌櫃宇市身爲矢島嘉藏的遺囑執行者，外表看似忠厚老實，其實是個居心叵測的壞蛋，他每次耍詐使壞，其野心便漸漸地暴露出來，但藤代的舞蹈老師梅村芳三郎卻在這時候站出來與他作對。

芳三郎向來對不動產知之甚詳，藤代因而拜託他對其繼承的房屋估價，其實這個男人只是覬覦財色才接近藤代的。而姨母芳子見雛子對遺產繼承不表關心，便虛情假意表示關懷，意欲收她爲養女，藉機占有遺產。這部小說中的人物，大多是利欲薰心的角色。比如，宇市和矢島家的三個女兒，當然也包括剛開始表示分文不取的嘉藏情婦濱田文乃在內。

這部小說寫得饒富趣味，尤其將每個視財如命的人物、爾虞我詐的心理狀態，刻畫得極其生動，有時不禁令人莞爾。比方說，文乃去矢嘉家向佛龕祭拜時，姨母芳子硬是當場將她的短外褂脫下，指著她隆起的肚皮說，「你肚裡的孩子已經幾個月了？」其無情而又咄咄逼人的描寫，堪稱是「現代怪談」。

在我看來，《女系家族》這部描寫爭奪家產的長篇小說，在結構上可分爲三幕。首先由宇市公開矢島嘉藏的遺囑揭開序幕，接著再藉宇市之手公布財產歸戶清冊爲第二幕，最後則由文乃提出新的遺囑來個大逆轉爲結局。而這樣的鋪陳，都是經過作者精心布局的。

我覺得，作者在共同繼承的財產中加入「山林」這個項目，充分顯現出作家非凡的才華。因爲在第一份遺囑公布時，不僅出現普通的房地產和古董文物，還把山林列入共同繼承的財產項目中，藉由故事的開展牽扯出更多問題。

比如，大掌櫃宇市帶著藤代、千壽、雛子到吉野查看山林，從頭到尾都是一場騙局。這個受店主之託管理家產的宇市，乍看是個老實的家僕，卻在這時候慢慢地顯露陰險狡詐的本性。

必須指出，作者對山林的管理方式和估價都做過實際調查，這一點實在令人敬佩。眾所周知，山林大都處於偏僻地區，加上杉木和林地屬於複合不動產，若不是專業的鑑定人士，很難對山林做出精確的估價。而且山林主多所不在，必須委託專人管理。熊崎實在其《林業經營讀本》一書指出：「在吉野地區有個獨特的護林員制度，亦即山林主委請護林員代為看管山林。值得一提的是，山林主必須依賣出木材的金額比例，付給護林員做為報酬。」而跟宇市聯手使詐的同夥戶塚太郎吉，正是他書中所說的護林員。

作者在本書後記提到，撰寫這部作品時，除了研讀遺產繼承的相關法律和判例之外，還請律師為她講解各項法律疑點，其成果在小說各章節隨處可見，尤其在召開最後一次家族會議的前一天，安排嘉藏的情婦文乃提出那份新的遺囑，使得最後的結局大為逆轉，足以證明這些努力的成果。故事的最後則是藉由長年以來飽受矢島家冷落的嘉藏來自墓地深處的嘲笑聲畫上反諷的完美句點。

《女系家族》是船場系列小說中的力作，在某種意義上，宣告船場的女系家族已告終結。作者在寫完這些作品以後，轉向以揭露醫界醜聞、充滿社會批判的小說《白色巨塔》（一九六五年至一九六九年），同樣值得讀者給予關注。

二〇〇一年十一月

本文作者簡介

權田萬治

文藝評論家

一九三六年生於東京港區三田，東京外國語大學法文系畢業。一九九六年擔任專修大學文學部教授，二〇〇四年起擔任推理文學資料館館長。一九六〇年發表首篇推理小說評論〈感傷的效用——雷蒙·錢德勒論〉。一九七六年以《日本偵探作家論》獲得日本推理作家協會獎，二〇〇一年以和新保博久共同監修的《日本推理小說事典》獲得第一屆本格推理大獎。此外曾擔任如幻影城新人獎、推理作家協會獎、江戶川亂步獎等多項獎項評審委員，現為日本推理文學大獎的評審委員。

日本暢銷小說 14

女系家族

作者 | 山崎豐子
譯者 | 邱振瑞
封面設計 | 莊謹銘
主編 | 徐凡
責任編輯 | 王曉瑩（初版）、丁寧（四版）

國際版權 | 吳玲緯　楊靜
行銷 | 闕志勳　吳宇軒　余一霞
業務 | 李再星　陳美燕　李振東
總編輯 | 巫維珍
編輯總監 | 劉麗眞
發行人 | 凃玉雲
出版 | 麥田出版
10483 台北市民生東路二段 141 號 5 樓
電話：(02) 2500-7696
傳眞：(02) 2500-1967
部落格：http://ryefield.pixnet.net
發行 | 英屬蓋曼群島商家庭傳媒股份有限公司
城邦分公司
地址：10483 台北市民生東路二段 141 號 11 樓
網址：http://www.cite.com.tw
客服專線：(02) 2500-7718 | 2500-7719
24 小時傳眞專線：(02) 2500-1990 | 2500-1991
服務時間：週一至週五 09:30-12:00 | 13:30-17:00
劃撥帳號：19863813　　戶名：書虫股份有限公司
讀者服務信箱：service@readingclub.com.tw
香港發行所 | 城邦（香港）出版集團有限公司
地址：香港灣仔駱克道193號東超商業中心1樓
電話：+852-2508-6231
傳眞：+852-2578-9337
電郵：hkcite@biznetvigator.com
馬新發行所 | 城邦（馬新）出版集團 Cite (M) Sdn Bhd
地址：41, Jalan Radin Anum, Bandar Baru Sri Petaling, 57000 Kuala Lumpur, Malaysia.
電話：(603) 90578822
傳眞：(603) 90576622
電郵：cite@cite.com.my

印刷 | 中原造像股份有限公司
初版一刷 | 2006 年 9 月
四版一刷 | 2023 年 12 月
定價 | 650 元

國家圖書館出版品預行編目資料

女系家族 / 山崎豐子著；邱振瑞譯 . -- 四版 .
-- 臺北市：麥田出版：英屬蓋曼群島商家庭傳媒股份有限公司城邦分公司發行 ,
2023.12
面；　公分
譯自：女系家族
ISBN 978-626-310-549-2（平裝）

861.57　　112015311

城邦讀書花園
www.cite.com.tw

ISBN 978-626-310-549-2
電子書：978-626-310-595-9 (EPUB)
Printed in Taiwan.
本書若有缺頁、破損、裝訂錯誤，請寄回更換。